光文社文庫

長編冒険小説

極点飛行

笹本稜平

JN282301

光　文　社

目次

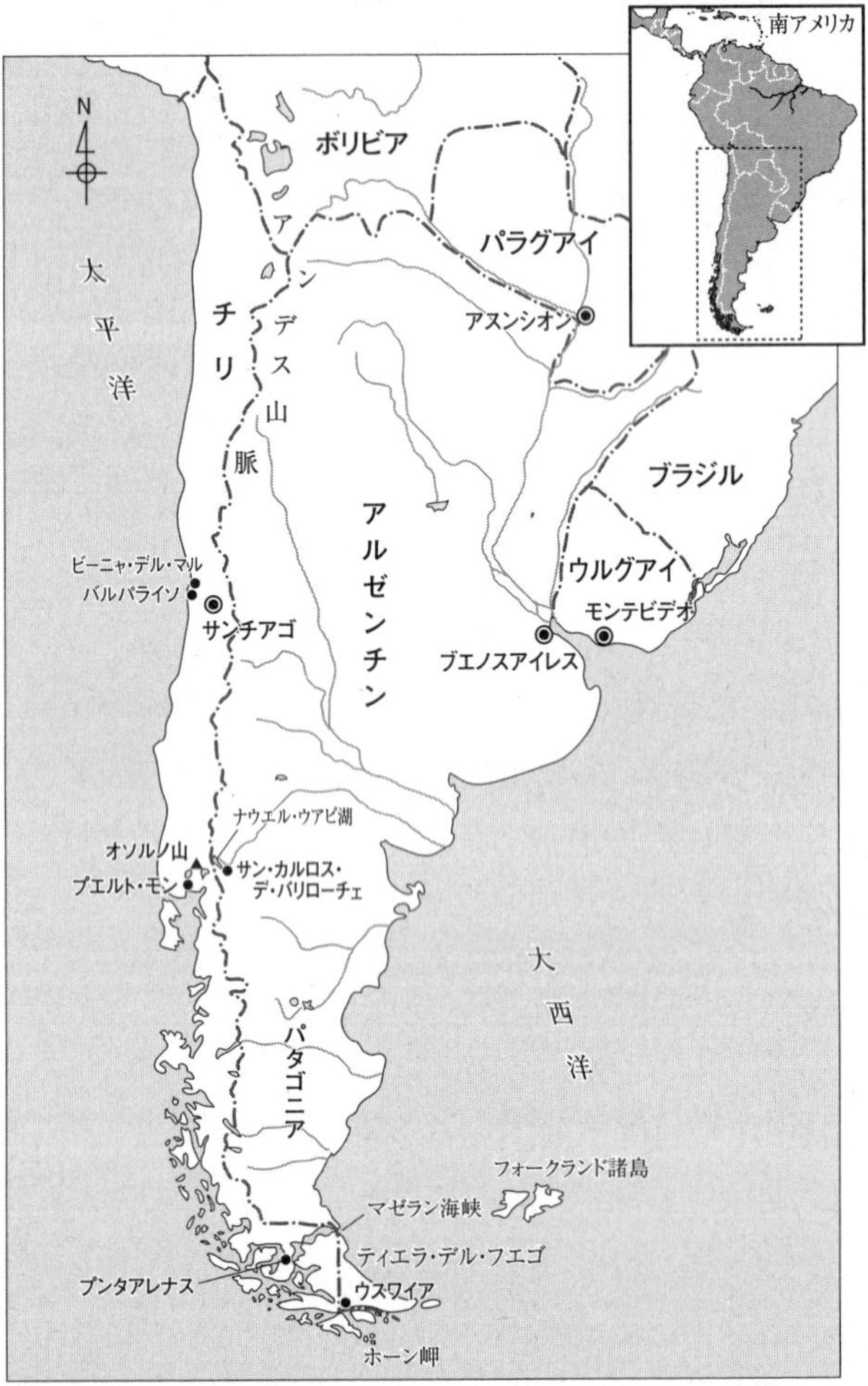
南アメリカ
N
ボリビア
パラグアイ
アスンシオン
太平洋
チリ
アンデス山脈
ブラジル
アルゼンチン
ウルグアイ
ビーニャ・デル・マル
バルパライソ
サンチアゴ
モンテビデオ
ブエノスアイレス
ナウエル・ウアピ湖
オソルノ山
サン・カルロス・デ・バリローチェ
プエルト・モン
大西洋
パタゴニア
フォークランド諸島
マゼラン海峡
ティエラ・デル・フエゴ
プンタアレナス
ウスワイア
ホーン岬

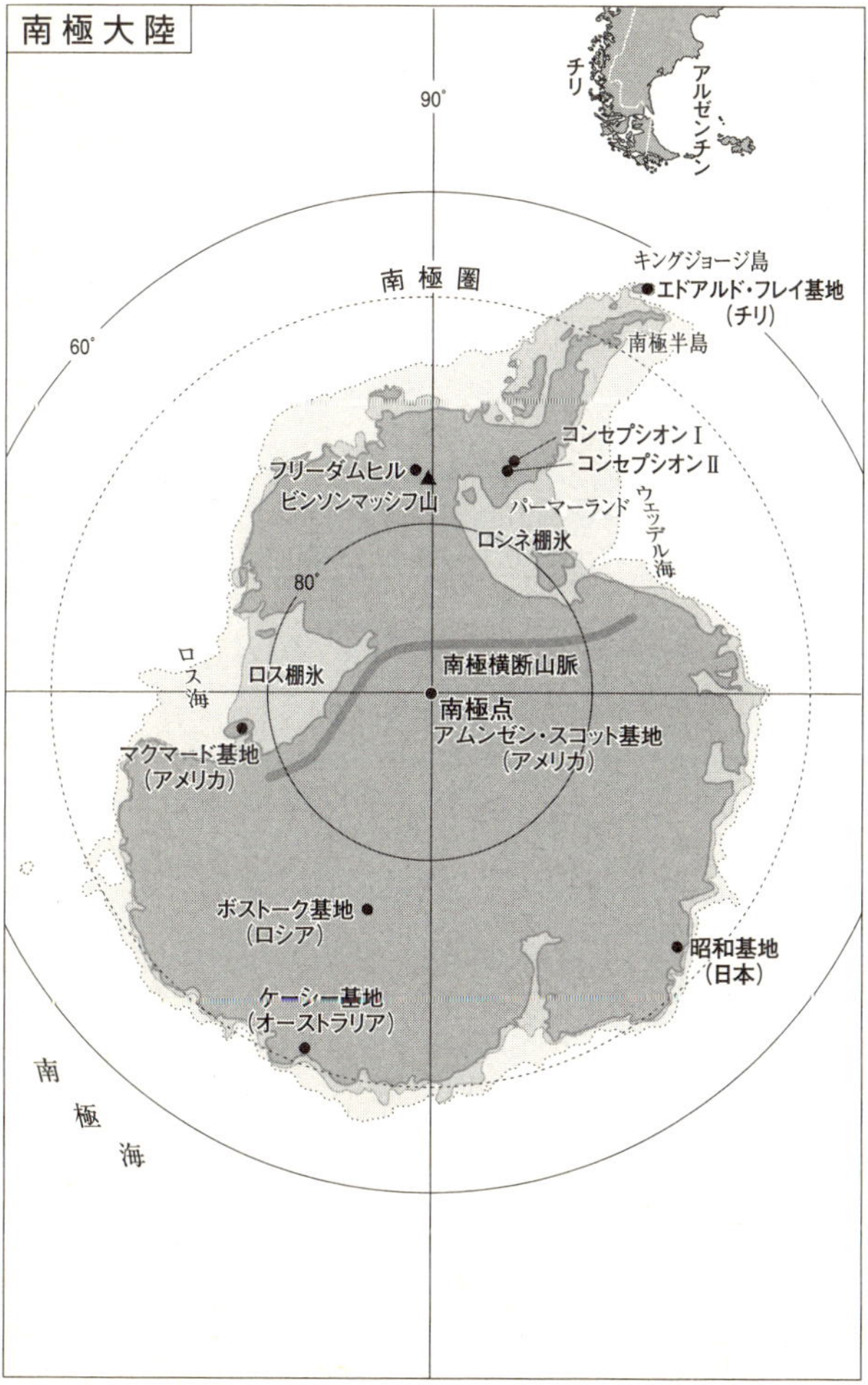
南極大陸
90°
チリ
アルゼンチン
キングジョージ島
エドアルド・フレイ基地
（チリ）
南極圏
60°
南極半島
コンセプシオンⅠ
コンセプシオンⅡ
フリーダムヒル
ビンソンマッシフ山
パーマーランド
ウェッデル海
ロシネ棚氷
80°
ロス海
ロス棚氷
南極横断山脈
南極点
アムンゼン・スコット基地
（アメリカ）
マクマード基地
（アメリカ）
ボストーク基地
（ロシア）
昭和基地
（日本）
ケーシー基地
（オーストラリア）
南極海

ハンス・ハウザー　サンチアゴ在住の貿易商。
ジークフリート　ネオ・オデッサの中枢メンバー。
ルドルフ・ギルダー　ブエノスアイレスの実業家。
クリス・ミューラー　コンチネンタル・マインズ・インダストリーズ社ＣＥＯ。
ルイス・ビカリオ　アルゼンチン反政府市民グループのメンバー。

アレグザンダー・フォン・リッテンバウム　旧ドイツ軍南極探検隊副隊長。陸軍少佐。
エルンスト・フォン・ザウケル　ナチス親衛隊大佐。南極探検隊隊長。
ベルガー　ナチス親衛隊中尉。
クルップ　ナチス親衛隊少尉。
ハフナー　ナチス親衛隊少尉。
ゲオルグ・マイヤー　南極探検隊工兵隊員。元船大工。
ランドルフ　南極探検隊員。鉱山技師。元航海士。
クラウス・ワイツマン　南極探検隊に徴用されたユダヤ人労働者。
アストル・ゾンバルト　アルゼンチン陸軍情報部。大佐。

グスタフ・フォン・リッテンバウム　アレグザンダーの弟。
ジョゼフ・フォン・リッテンバウム　グスタフの息子。
クルト・フォン・リッテンバウム　グスタフの叔父。退役ドイツ海軍大佐。

アウグスト・ピノチェト　元チリ共和国大統領。
ホアン・ドミンゴ・ペロン　元アルゼンチン大統領。
マルティン・ボルマン　元ドイツ・ナチ党副党首。

●登場人物一覧●

桐村　彬	WAA所属の極地パイロット。日本人。
フェルナンド	WAA所属のパイロット（副操縦士）。チリ人。
ドロシー・セイヤー	WAAのフリーダムヒル基地マネージャー。
リカルド・シラセ	通称アイスマン。チリ国籍を持つ日系人の実業家。コンセプシオンI（アイスマンヒュッテ）の実質的所有者。
ナオミ・シラセ	アイスマンの姪。内科医。日本とチリの二重国籍を持つ。
セルジオ・ヌネス	チリ空軍の軍医。空軍士官。
バスコ・サリナス	チリ空軍フレイ基地憲兵隊長。
ジョン・ファーガソン	アムンゼン・スコット基地の隊員。地質学の教授。アメリカ人。
ギュンター・ロシュマン	アイスマンヒュッテの隊員。ドイツ系チリ人。
アロンゾ・サントス	アイスマンヒュッテの隊員。
オクタビオ・リヒター	アイスマンヒュッテのシェフ。
ドミンゴ・エストラーダ	私立探偵。アイスマンの元ボディガード。
フランツ・ロシュマン	ギュンターの父。気象学者。
ヘルベルト・ロシュマン	ギュンターの曾祖父。物理学者。
カール・ロシュマン	ギュンターの祖父。生物学者。
シュナイダー夫妻	ギュンターの養親。
エウヘーニオ・モラエス	アルゼンチン空軍の退役少佐。
ゲオルグ・ハイダー	リンチアゴの釣り道具店経営者。ネオナチ。

第一章

1

ツインオッターは風を捉えた。南極からの風を——。

子供が並べた積み木のようなプンタアレナスの街並みが主翼の背後へ飛び去って、鮫《さめ》の肌のような深緑色のマゼラン海峡の水の帯が悠然と眼下に迫ってくる。左手に横たわるのはティエラ・デル・フエゴの赤茶けた大地。正面に連なるのはダーウィン山脈の氷河をまとった乱杭歯《らんぐいば》のような鋭鋒群。そしてまだ見えないはるか南には、北半球人から見れば地球の底、美しくも壮絶な氷と寒気と強風の処女地《ウィルダネス》——南極大陸。

二基のプラット&ホイットニー製ターボプロップエンジンが高空の冷気を切り裂く音がコクピットを心地よいバイブレーションで押し包む。副操縦士《コ・パイロット》のフェルナンドに操縦を預け、桐村《きりむら》彬《あきら》は機外の気配を五感で感じとった。頭上の空は網膜に染みわたる青。気象通報によれば向かう先の南極半島一帯も雲ひとつない快晴らしい。

　きょうはクリスマスイブ。フェルナンドがダッチロールぎみの音程で「赤鼻のトナカイ」を口ずさむ。去年同様、今年も南極でのクリスマス。極地パイロットのスケジュールは南極の陽気のご機嫌次第で、飛べるときに飛ばなければ商売は成り立たない。

　南半球はいま夏の真っ盛りだ。南極大陸を取り囲む海氷が緩んで流動するこの季節は、あちこちに開けた水路を通って船が沿岸まで接近できる。ロシアから用船した砕氷《さいひょう》型のクルーズ船が、好奇心旺盛な観光客を満載して、人間以上に物見高いペンギンたちの好奇心を満たすためにウスワイアの港と南極半島沿岸を行き来する。各国の観測隊のサポート部隊が越冬に備えて山のような物資を基地に運び込む。潔癖で気位の高い南極も、この季節は文明の浸透を最大許容度まで受け容れる。

　彬にとって今シーズン二度目の南極行きだ。これからほぼ一ヵ月、内陸のベースに滞在し、観光客や貨物の輸送に働き蜂のように飛び回る。南極でフライトが可能なのは九月から翌年の三月までのほぼ半年間に限られる。この時期、南極圏の大部分で太陽はほとんど沈まない。平均気温は沿岸部で零度前後、極点でもマイナス二〇度から三〇度と、この土地の陽気としてはすこぶる温暖で、南極名物のカタバ風（斜面下降風）が荒れ狂う頻度もさほど多くはない。

　といっても一度荒れれば手がつけられないのが南極で、ブリザードを突いて氷河や氷床の上に着陸するのは命を偶然の悪魔に委ねるようなものだ。運よく着陸できたとしても、地上を吹き荒れる強風に煽《あお》られて機体が横転しかねない。機体を壊したりエンジントラブルで不時着でもすれば、軽装備のパイロットが寒気と強風の地獄で生き延びる可能性はないに等しい。

だからこそリスクに見合った実入りがある。南極大陸内陸部での飛行はおそらく世界で最も値の張る輸送手段の一つだろう。南極条約によって犬橇《いぬぞり》はいまは使えない。雪上車は速度が遅く燃料も大量に消費する。最も効率的で安全な長距離輸送手段が飛行機なのだ。南極に足を踏み入れる顧客にしてみればほぼ選択の余地がない。

彬にとって南極は、冒険の対象でもなければ人生の夢を委ねる場所でもない。手っ取り早く金が稼げる土地であり、いまよりましな人生へのステップボードであるに過ぎない。

プンタアレナスで暮らしはじめて今年で三年目。出入りの激しい雇われパイロットのなかではいまや古株だ。南極の息遣いを五感で感じ取れるようになった。生きて還るために越えてはならない一線が見えるようになった。それでも克服できない恐怖がいまもある。着陸の瞬間、不意に襲いかかるマイクロバースト（局地的下降気流）――積乱雲のできない南極では起こり得ないその突発的な気象現象の記憶が着陸の瞬間に蘇《よみがえ》り、いまだに冷や汗をかくことがある。そのマイクロバーストによって、彬のエアラインパイロットとしての未来は閉ざされた。

国内線の副操縦士として乗務して半年目の夏だった。滑走路に進入した直後の突然の揚力《ようりょく》低下。機体は急速に降下した。異常を告げる音声警報がコクピット内に鳴り響く。機長は強引に機首起こし《ローテーション》を試みた。そして失速。慌ててパワーを最大にしたが間に合わなかった。横風に煽られて機体は右にバンクした。主脚のタイヤより先に右翼端が接地した。機体は時計方向に回転しながら滑走路上で大きく弾み、右翼をもぎ取られ、タイヤを次々パンクさせ、七〇〇メートルほど滑走してようやく停止した。

マイクロバーストの発生を通報しなかったか、あるいは気づかなかったのは管制官の怠慢だった。失速の原因となった機首起こしは機長の判断によるものだ。マイクロバーストは目には見えないし気象レーダーでも探知できない。見逃したからといって副操縦士の責任ではない。その時点で着陸を断念し、まずエンジン推力を上げて揚力を確保するのがたぶん正しい選択だった。彬のとっさの判断もそうだった。しかし機長はそうは考えなかった。そこが運命の岐路だった。

損傷したのは片翼だけで、機体は大破をまぬがれたが、着陸時の衝撃で数人の乗客が重軽傷を負い、高齢の乗客一名が心臓発作で死亡した。死んだのは彬が所属する航空会社の創業者一族の大物で、大株主の一人でもあった。事故原因調査の結果は玉虫色で、機長も彬も担当の管制官も直接的な責任は問われなかった。にもかかわらず機長と彬は注意義務違反のかどで譴責《けんせき》処分を受け、半年間の再訓練を言い渡された。

機長はその後、副操縦士として乗務に復帰したが、彬は地上職への配転を命じられた。創業者一族への申し開きのために会社は人身御供《ひとみごくう》を必要としたというわけだった。それから一年、彬はひたすら酒に溺れ、会社を馘《くび》になった。アルコール依存症の治療にまた数ヵ月を費やした。

国内の航空会社に再就職の口を求めたが、日本の航空業界に隠然たる力をもつ創業者一族への配慮からか、小規模なコミューター業者を含め、彬を雇用する会社はなかった。

友人の伝手《つて》でハワイに渡り、素人相手のパイロットスクールのインストラクターを一年やった。そのとき彬は二十八歳。このまま朽ち果てる気はなかった。なにかでかいことがしたかった。自分一人に煮え湯を飲ませた卑劣な世間を見返してやりたかった。

小さくてもいいからエアラインのオーナーになる——。そんな夢に彬は闇雲に自分の未来を託した。そんなことができるとは本人も信じていなかった。要は魂を支える突《つ》っ支《か》い棒が欲しかった。夢を語る言葉すら持たなければ、翼を失ったイカロスのように底知れぬ失意の海へ墜落してしまいそうだった。

アルコールへの餓《う》えはその後も襲ってきた。焦燥や抑鬱、原因不明の体調不良といった禁断症状との闘いは、トラウマとして刻印されたマイクロバーストの恐怖とともに、持病のように魂のなかに居座り続けた。

南極で飛んでみないか——。そんなときパイロット仲間が集まるホノルルのレストランで声をかけられた。相手はWAA（ワールド・アドベンチャー・エアライン）という、民間人を顧客に南極での航空輸送を手がける新興企業のリクルーターだった。仕事は危険だが報酬は破格だった。商社員だった父の勤務地の関係で三歳から十二歳まで彬はペルーのリマで育った。スペイン語はいまもなんとか使える。一も二もなく話に乗って、その年の九月にプンタアレナスへやってきた。

チリ最南端の街プンタアレナスは、うらぶれた心によく似合ううら寂れた最果ての街だった。居着いて一年目で地元の娘と恋に落ちた。最初の半年は甘い睦言《むつごと》で、残りの半年は罵《のの》り合いで、錆びついていたスペイン語にはだいぶ磨きがかかったものの、やがて女はもっとましな北の街へと去って行き、彬は行く当てもなく居残った。

住み着いてみれば居心地のいい土地だった。南極での仕事はハードだが、長らく忘れていた生きることの手応えのようなものを蘇らせてくれた。パイロットとしてのアキレス腱だったアルコールへの欲求や禁断症状も、さほどの努力を要さずコントロールできるほどには軽減していた。

ＷＡＡのオーナーは自身がかつては南極に入れ込んだアマチュア冒険家で、そのノウハウを活かして、好奇心と財力をもてあます裕福な観光客と、南極で一旗揚げようと目論《もくろ》む命知らずの冒険家を相手に十年ほど前に会社を興した。南極での航空輸送を専門に手がける会社は現在のところＷＡＡのみで、その独占的地位を武器にした商売はほとんど追いはぎだというもっぱらの評判だ。それでも事業は拡大を続け、南極大陸最高峰のビンソンマッシフの麓には、夏季にはＷＡＡの顧客のために宿泊設備の整った大規模なテント村が出現する。

大枚の金さえ払えばアマチュア登山家でもガイド付きでビンソン登頂が可能になる。冒険家たちはスポンサーから掻《か》き集めた資金のあらかたをＷＡＡに吸い取られるが、補給物資の投下や到達地点からのピックアップなど生死に関わるサポートを任せざるを得ない以上、余儀ないことと諦めるしかない。国家のバックアップなしに南極を訪れる連中にとって、ＷＡＡは避けて通れない唯一頼れる追いはぎなのだ。

夏場の最盛期にはスキーを履いたＣ１３０輸送機の極地バージョン——ＬＣ１３０や、ＤＣ-６、イリューシンといった大型輸送機もチャーターし、エアラインパイロット時代に四発機の操縦経験のある彬はその運航もしばしば任される。しかし普段の愛機はいま搭乗しているツインオッター——DHC-6-300だ。

「オッター」とは「かわうそ」の意味で、その愛嬌のある機首形状からのネーミングらしい。初代のオッターは単発のDHC-3で、その機体を双発にしたDHC-6はツインオッターと呼ばれるようになった。デ・ハビランド・カナダ社製の傑作で、高いSTOL(短距離離着陸)性を備え、荒地や氷河上での離着陸も苦にしない。南極ではなくてはならない機体の一つといえる。

弱点は約一四〇〇キロという中途半端な航続距離で、プンタアレナスからWAAのベースのある内陸部のフリーダムヒルまでひとっ飛びというわけにはいかない。燃料補給のため南極半島北端に近いキングジョージ島を経由する。キングジョージ島は世界各国の基地がひしめく南極大陸の西の玄関口で、チリ空軍が運用するエドアルド・フレイ基地はなかでも最大規模を誇る。キングジョージ島と南アメリカ大陸を隔てるのは荒海で鳴るドレーク海峡で、途中に不時着可能な島はない。南極大陸のほんのとば口までの飛行がすでに危険な綱渡りというわけなのだ。

「そろそろキングジョージ島だよ。交替しようか、アキラ」

フェルナンドが訊《き》いてくる。プンタアレナスを離陸してほぼ五時間。機内に設置したプラス一〇〇〇ポンドの追加燃料タンクの残量もすでに余裕がない。巨大な氷山や断片化した海氷が眩《まばゆ》く輝いて眼下を埋め尽くし、その隙間に黒味を帯びた南極海の海水が顔をのぞかせる。氷河に覆われたキングジョージ島の無骨な岩山が間近に迫る。

「OK。腕を上げたな、フェルナンド」

彬は自ら操縦桿をとって声をかけた。ここまで視界は良好だったが、ドレーク海峡上空は強烈な西風が吹きすさび、機体は始終煽られていた。意図せぬ横滑りに抗しながらのフェルナンドの操縦は脇で見ていても安心できた。

「だったら着陸もやらせてよ、アキラ」

フェルナンドは図に乗ってくる。大柄でやや肥満型の、気立ての良さが取り柄の二十四歳。パタゴニア南部の裕福な牧場主の三男で、馬に乗るより飛行機に乗るのが好きで、チリ国営のランチリ航空のパイロットを目指してただいま修業中だ。この時期、その資格となる飛行時間がいちばん手っ取り早く稼げるのがWAAの南極パイロットというわけだった。

右手にエドアルド・フレイ基地の空の玄関にあたるロドルフォ・マルシ飛行場が見えてきた。隣接する基地内には観光客向けの宿泊施設や病院や教会や学校、郵便局やスーパーマーケットまでもある。マクマード基地やスコット基地に次ぐ南極では最大規模の「都市」の一つで、WAAは航続距離の短い小型機のための中継地としてその一角を借用している。

「そいつは地上のご機嫌次第だな。ジェリーに訊いてみてくれよ」

飛行場への進入ルートに機首を向けながら彬は応じた。フェルナンドは嬉々としてインターコムを航空無線に切り替える。ジェリーはWAAのマルシ飛行場駐在員で、人目を引くカナダ生まれのブロンド美人だ。どうやらフェルナンドはジェリーに着陸の腕前を披露したいらしい。

「メリー・クリスマス。こちらWAA-TO2。ジェリー、聞こえるかい。そろそろ着陸コースに入るところだ。そっちの状況は？」

「WAA-TO2。メリー・クリスマス。ちょっと強めだけど風は向かい風で、滑走路はがら空きよ。詳しいことは管制に訊いて。とにかく急いで降りてきて欲しいのよ。荷物はなにを積んでるの？」

ジェリーの声はどこか緊張を帯びている。フェルナンドが当惑気味に視線を向ける。彬は二人の通話に割って入った。

「来週到着するオランダのテレビ取材チームの食料と撮影機材だけど、なにかあったのか」

「コンセプシオンIで緊急事態が発生したの。その荷物は急ぎじゃないから後回しよ。燃料を補給したらすぐに飛び立ってもらうことになるわ」

「コンセプシオンI——。またアイスマンのところか。あそこは飛行機が必要なときはいつだって緊急事態だ」

「こんどは嘘でもなさそうなのよ。食料貯蔵用の雪洞の天井が落ちて、隊員が一人とアイスマン本人が重傷を負ったらしいの」

「彼のところにもセスナが一機あるじゃないか」

「オーバーホールでプンタアレナスへ帰っているの」

「空軍の飛行機はいないのか」

「足の短い単発機とヘリ以外は出払ってるのよ。帰りの燃料を積んでコンセプシオンⅠまで往復できるのはそのツインオッターだけなのよ。基地の医師が同乗するわ。ドクトール・ヌネスよ。顔なじみでしょう。もう準備をして待ってるのよ」

ジェリーの声は掛け値なしに深刻だ。前回のアイスマンの緊急事態は孫の誕生日にフレイ基地の郵便局からカードを送るためだった。その前のときはフレイ基地に届いたチリ産ワインの新酒を運ばされた。南極へやってくる遠征隊にとってつねに頭痛の種になる高額な航空機のチャーター料も、アイスマンにとってはタクシー代程度の感覚らしい。金の払いがいいから断りにくいが、そのつどスケジュールを狂わされるのが悩みの種だ。彬の頭のなかではアイスマンはいい歳《とし》をした狼少年でしかないのだが、今度はどうやらその手の人騒がせでもなさそうだ。

南極半島の付け根に近いパーマーランドの高地にあるコンセプシオンⅠは、表向きはチリの観測基地ということになっている。しかし事実上の所有者は「アイスマン」ことリカルド・シラセ。チリ国籍を持つ日系人の実業家で、チリ国内で最大のスーパーマーケットチェーンを経営し、鉱山業や石油開発にも投資するチリ有数の富豪の一人だ。日本の南極探検のパイオニア、白瀬《しらせ》矗《のぶ》陸軍中尉の遠縁にあたるという触れ込みだが、真偽のほどは誰も知らない。

そのセニョール・シラセが五年前に突然事業を息子に譲り、余生を南極での観測活動に費やすと宣言した。当時はまだ五十代半ば。大金持ちの気まぐれにすぎないと世間はたかを括《くく》っていたが、その翌年、チリが運営する高緯度地域の唯一の基地だったコンセプシオンⅠが予算不足で維持できなくなったとき、アイスマンは自腹を切ってその基地を買い取った。以後アイスマンはサマーシーズンのほとんどをコンセプシオンⅠに入り浸るようになり、昨年は十名の隊員とともに越冬さえも行なった。

研究といっても、本業の鉱山開発で使った中古のボーリング機械を持ち込んでひたすら氷床のサンプルを採取するだけで、とくに気の利いた研究成果を発表するわけでもない。ほどなく奉られた「アイスマン」というニックネームが本人はどうやら気に入っているらしい。コンセプシオンⅠもいまでは「アイスマンヒュッテ」の別名のほうが通りがよくなって、その歯に衣着せぬ言動と直情径行な性格で、アイスマンは近隣の南極関係者から半ば愛され半ば煙たがられている。

形式上コンセプシオンⅠはいまもチリ共和国の管轄下にあるが、それは南極条約にからむ国家としての思惑によるものだ。現在は条約によって領土の請求権は凍結されているが、チリは南極の特定地域に対する主権請求権を放棄していないクレイマントと呼ばれる七ヵ国の一つ。しかもパーマーランドのほとんどがイギリスとチリとアルゼンチンの三国が重複して領有権を主張する地域に含まれる。その地域内により多くの基地や観測拠点を設けることが将来の主権請求の援護になるという考えから、事実上の売却にもかかわらず、所有権の移転を伴わない半永久的貸与という形態をとっているらしい。

「了解した。詳しい話は着陸してから聞くよ。これから管制に交信を切り替える」

彬が答えるとすかさずフェルナンドが管制に周波数を合わせる。離着陸機が錯綜する都市の空港とは違う。着陸許可をとり、風向や風力を問い合わせ、駐機エリアの指示を受け、「サンキュー」、「グッドラック」の挨拶を交わしただけで、あとはすべてパイロット任せだ。フェルナンドが横目で顔を覗き込む。頷いて操縦を替わってやった。

フェルナンドはこれ見よがしに機体を傾けてダウンウィンドに滑り込む。パワーを絞り高度を下げながらU字形に機首を回し込むと、斑《まだら》模様の雪を残した滑走路が目の前にぐいぐい迫る。無意識に手足の筋肉が硬直する。別れたチリ娘の口癖だった祈りの言葉が思わず声に出る――サンタマリア！　続いてドスンと背骨に響く接地音。機首起こしのタイミングがやや遅れ、着地のショックは大きかったが、まずまず及第点の着陸だった。

ハンガー前のランプエリアにはジェリーと同行予定の医師が待機していた。南極仕様のアノラックに身を包んだジェリーが白い息を吐きながら駆け寄ってくる。意気揚々と機外に降りたフェルナンドにジェリーはジョーク一つ言う暇も与えない。

「アイスマンは足を骨折したらしいの。こちらはとりあえず命に別状はなさそうね。危険なのは隊員のほうなの。頸椎《けいつい》を損傷した疑いがあるのよ。意識不明の重態らしいわ」

「事故が起きてからどのくらい経《た》っている？」

ジェリーの心配顔につられて、彬も落ち着かない気分で問いかけた。

「連絡を受けたのが一時間前。事故はその直前だったらしいから、まだそうは経っていないと思うけど」

ジェリーは苛立《いらだ》つようにミッキーマウスの靴のような耐寒ブーツで足元の雪を踏みしめる。いま午後二時を過ぎたところ。アイスマンヒュッテのあるパーマーランドまでツインオッターの足だと四時間はかかる。距離にすれば日本の本州の端から端までに相当する長距離飛行だ。現地はいまは晴れているらしいが、到着まで持つかどうかが気がかりだ。

フェルナンドが燃料を補給しているあいだに、積んできた荷物をいったん地上に降ろし、脳波計や心電計、人工呼吸器や頸椎固定器具を機内に運び込む。三五〇〇ポンドのジェット燃料をタンクに呑み込み、さらに帰りの燃料のドラム缶八本をキャビンに積み込んだツインオッターは、三十分後には追い立てを食らったようにマルシ飛行場を飛び立った。

翼の下に広がるのは、山体の大部分を氷床に覆われた南極半島の脊梁《せきりょう》山脈とウェッデル海に広がる純白の砂漠のような棚氷《たなごおり》。その果てには氷山をちりばめた黒々とした南極海。無限に続くとも思われるただひたすら同じ風景。沈むことのない太陽は地平線上を飽きもしないで周回している。単調さもまた南極の過酷さの一要素だ。それは豊饒の対極にある生の躍動への冷酷な拒絶そのものだ。

同乗したドクトール・ヤルジオ・ヌネスはチリ空軍の軍医。WAAのツアーで怪我をした顧客を運び込み、何度か世話になったことがある。伸ばし放題の髭面にバンダナで纏《まと》めた赤毛の長髪は、医師というよりいにしえの海賊の相貌だが、腕は南極半島一との評判だ。

インターコムを介して早速ドクトールと情報交換。通報者から聞いたところでは、アイスマンは単純骨折でそう手はかからないが、問題はやはり隊員のほうだという。頸椎骨折なら高度な手術が必要なためフレイ基地では対応できない。その場合はプンタアレナスか医療設備の充実したマクマード基地へ移送するしかない。マクマード基地はアメリカがロス島に建設した南極最大の基地で、都市というにふさわしい巨大コミュニティだ。しかしアイスマンヒュッテがあるパーマーランドからは直線距離で三〇〇キロ弱。いったんフレイ基地に戻ってプンタアレナスに向かうほうがはるかに近い。それでもヌネスはマクマード基地への移送が妥当だと主張する。

「プンタアレナスの医療機関では十分な対応ができない可能性があるんだよ。そのときは首都のサンチアゴに再移送することになる。へたをすれば手遅れになりかねない。むしろマクマード基地のほうが希望が持てる。あそこの医療体制なら十分な初期治療が可能だし、ニュージーランドへはほぼ毎日LC130の定期便が飛んでいる。それに乗せてクライストチャーチの病院へ移送すれば高度な治療が期待できる。そのうえマクマード基地の病院にいるシュルツ博士は知る人ぞ知る頸部整形外科の権威でね。安心して当面の処置を任せられる」

「しかし、マクマード基地まではツインオッターの航続距離では無理ですよ。フレイ基地にもっと足の長い機体はないんですか」

ごく常識的な反駁《はんばく》を試みると、ヌネスはおざなりな口調で嘆いてみせる。

「空軍の輸送用ヘリが一機、ピラタス・ポーターが一機いるだけだ。どちらも足が届かない。INACH（チリ南極研究所）のセスナ404は昨日プンタアレナスに帰ってしまった。あの機体なら四〇〇〇キロは飛べるんだが」

「だったらどうしようもない」

彬は聞こえよがしにため息を吐《つ》いたが、ヌネスの口ぶりには妙に余裕がある。

「待機しているあいだにいろいろ検討したんだがね。機内に積んできた帰りの分の燃料でフリーダムヒルまでは飛べるだろう――」

ヌネスの考えていることが読めてきた。フリーダムヒルはビンソンマッシフの麓にあるWAAの観光拠点だ。アイスマンヒュッテからは約八〇〇キロ。航空燃料のデポもある。ヌネスはそこで不足分の燃料を補給しようと考えているのだ。しかしフリーダムヒルで満タンにしても、そこからマクマード基地まではさらに直線で二〇〇〇キロ以上。そのコース上に燃料が補給できる基地はない。唯一考えられるルートは――。

「まさか南極点を経由しようというんじゃ？」

「そのまさかだよ」

ヌネスの自信たっぷりの声が彬の不安を倍加した。空軍士官でもあるヌネスは南極の航空事情に詳しいようだ。南極点にはアメリカのアムンゼン・スコット基地がある。フリーダムヒルからは約一二〇〇キロ。満タンなら十分飛べる。遠回りにはなるが、基地で燃料の補給が可能なら、マクマード基地まではそこから約一三〇〇キロ。これもぎりぎり飛べる距離だ。しかしパイロットの体力からいえば明らかに限度を超えている。

「フリーダムヒルでの給油はなんとかなるとして、アムンゼン・スコット基地が燃料を用立ててくれるかどうかですよ」

彬はさらに抵抗を試みた。しかしヌネスは動じる気配もない。

「すでに打診はしてある。もし必要なら人道的支援として燃料の提供に異存はないそうだ」

「しかし、それじゃまるまる南極大陸を横断するのと同じですよ。今年はとんだクリスマスになったもんだな」

一昔前なら間違いなく冒険の範疇に入る長駆の飛行の苦難を思いながら、彬は力の入らない声を返した。

「そんなことはないよ。マクマード基地のクリスマスイブはこの大陸最大のイベントだ。一仕事終えたら存分に羽目を外せばいい。女性隊員も大勢いる。美人のサンタが思いがけないプレゼントをくれるかもしれないぞ」

ドクトール・ヌネスは含みのある笑いを漏らす。副操縦席のフェルナンドの頬が心持ち緩んだように見えた。

2

アイスマンヒュッテは周囲に二〇〇〇メートル級のヌナタック（氷床から突き出た岩峰）が点在する広大な氷床の台地にあり、標高は一八〇〇メートル。上空から見ればほぼ南極半島が大陸に繋がるあたりに位置するが、ウェッデル海側のロンネ棚氷が大陸から六〇〇キロも張り出しているため、氷の下の実際の地形からすると半島の中ほどというほうが正確だ。アイスマンはその周辺一帯を「シラセ・プラトー」と名付けているらしい。むろん国際的に公認された呼称ではない。

南緯七〇度を過ぎたところで海岸線を離れ、氷河の斜面を舐《な》めるように高度を上げる。無線が通じる距離に入ってから、アイスマンヒュッテとはすでに何度か交信していた。応答したのは女性の声だった。ヒュッテの周辺は一時間ほど前から風が強まり、ブリザードの様相を呈しているが、まだ視界が完全に失われるほどではないという。

何度か着陸したことがあるから勝手はわかる。滑走路は硬く締まった氷雪の平原で、昨年立ち寄ったときはクレバスはほとんど見当たらなかった。現在も滑走路上に目立ったクレバスはできていないという。こちらからは視界不良の際に備えて赤かオレンジの目立つ服装の人間を滑走路末端に立たせてくれるように要請した。

着陸ポイントに機首を向けると、前方にアイスマンヒュッテの赤屋根が見えてきた。比較的大きなプレハブの主棟の周囲に、資材倉庫や研究棟らしい小ぶりな建物が点在する。夏のあいだはアイスマンを含めて十数名の隊員が居住しているはずだ。地表はブリザードの雪煙にうっすら覆われているが、角度の浅い太陽光のせいで雪面の凹凸がなんとか識別できる。注文通り、滑走路の末端には赤いアノラックを着た人間が二人立ち、こちらにしきりに手を振っている。

進入コースに入ると強い横風で機体が煽られた。腋の下にじわりと汗が滲《にじ》み出す。着陸時の突風はいつまで経ってもメンタルな鬼門だ。方向舵を操作して機首を風上に向け、滑走路に対して右に捻《ひね》った姿勢で横滑りぎみに進入する。横風着陸に必須な蟹《クラビング》の横這いと呼ばれるテクニック。機体はなんとか安定した。

赤いアノラックの二人の姿が翼の下を飛び退《すさ》る。風防の周囲がブリザードの雪煙に包まれる。

タイミングを見計らって機首を素早く正面に戻す。ほぼ同時にスキーを履いたランディングギアが接地する。下から突き上げる重い衝撃。すかさずプロペラのピッチをリバースに切り替える。機体が荒々しい振動に包まれる。

ツインオッターは雪面の凹凸でバウンドしながら四〇〇メートルほど滑走して停止した。タキシング（地上走行）で逆方向に戻ると、先ほどの二名の誘導員がスノーモビルでこちらに向かってくる。手振りでついてこいと合図するので、あとを追ってさらにタキシングしていく。クレバスを迂回しながら主棟の前に到着すると、濃いグリーンのアノラックを着た小柄な人影がこちらに向かって駆け出してきた。

彬も急いで機外へ降り立った。とたんに固い金属塊のような強風が頬に殴りかかる。風上に体重を預けなければ立っているのもおぼつかない。吐いた息が顔面に凍りつくのがわかる。気温はせいぜいマイナス二〇度くらいだ。しかし風のせいで体感温度はそれをはるかに下回る。後部ドアからドクトール・ヌネスが元気に飛び出して、医療キットを抱えて走り出す。グリーンのアノラックの人物がヌネスを途中で捉《つか》まえて、せわしなく言葉を交わしながら主棟の入り口に誘うのが見える。声は風にかき消されて聞こえない。

先ほどの誘導員二人に手伝ってもらい、担架や酸素吸入用のボンベを機外に運び出す。主棟からさらに何人かの隊員が飛び出してくる。積んできた燃料の搬出と給油作業はフェルナンドと彼らに任せ、隊員一名の手を借りて彬は救急機材を主棟に運び込んだ。

入り口の二重ドアをくぐると、内部は蒸し暑いほどに暖房が効いていた。狭い通路を少し進むと食堂らしい広い部屋がある。床には分厚いウレタンのマットが敷かれ、二人の怪我人はそこに横たわっていた。骨折したアイスマンの大腿部は添え木で固定され、しっかりとテーピングが施されている。さぞや苦痛に呻《うめ》いているだろうという予想を裏切って静かな寝息を立てている。

頸椎を損傷した隊員もやはり意識はないようにみえた。ヌネスがその首にプラスチックの頸椎固定器具を装着している。その作業を先ほどのグリーンのアノラックの人物がこなれた動作で介助する。フードを外しているので女性だと気がついた。器具を固定し終えたところで、ドクトール・ヌネスは彬と女性に交互に視線を向けた。

「紹介しよう。こちらはドクトーラ・ナオミ・シラセ。彼はこれから患者を運んでくれるアキラ・キリムラだ。南極一のパイロットだよ」

「キリムラさん――。日本人ですか？」

女性が振り向いて驚いたように問いかける。彬も驚いた。彼女の言葉は正確な日本語だ。

「ええ、そうです。シラセということはつまり――」

「アイスマンの姪です」

ナオミ・シラセは立ち上がって自然な仕草で手を差し出した。彬も慌てて握手を返す。アイスマンヒュッテへは昨年のサマーシーズンにも何度か飛んでいるが、ナオミも頸椎を損傷した隊員もそのときはいなかった。今年から新しく参加したスタッフなのかもしれない。

ナオミはしもやけと日焼けで黒ずんだ顔に凍傷防止用のクリームを塗りたくり、髪を無造作にうしろで束ねた、化粧気などまるでない典型的な南極人種のスタイルだ。しかし名前が想起させるように、その相貌にはあきらかに日本人の面影が宿る。表情にも身のこなしにも緊張と疲労の色が濃い。そのせいか年齢は二十代にも三十代にもみえる。それでもナオミ・シラセは美人の部類に入るだろう。彬は自分の口調がぎごちないのを意識しながら問いかけた。

「ドクトーラということは、お医者さんですか？」

「ええ。専門は内科なんです。整形外科に関しては不勉強だし、ここには人工呼吸器や必要な検査装置も置いてないので――」

ナオミは硬い表情でヌネスの顔を見た。日本語の会話はわからなくても、その様子からナオミの不安を理解したらしい。ヌネスがスペイン語で口を挟む。

「ドクトーラ・シラセが頸椎を圧迫しないように上手《うま》く気道を確保してくれていたんで、致命的な事態は避けられた。自発呼吸もあるし神経反射もある。いまのところ脳圧亢進《こうしん》の兆候もない。アイスマンの骨折の処置も適切だったよ。室温を上げてくれたのもショック症状を防ぐ上で理に適《かな》っている。アイスマンは痛がって暴れるので鎮痛剤と鎮静剤を投与したそうだ。つまり私の出番はあまりなかったことになる」

ヌネスの高採点にナオミの表情がわずかにほぐれる。その印象が先ほどより若やいで見えた。チリは南米諸国のなかではアジアからの移民の少ない国で、国民の大半がヨーロッパ系の顔立ちをしている。だから里心がついたというわけでもないが、穏やかな線でかたちづくられた卵形の輪郭とくっきりした目鼻立ち、活発な知性の動きを感じさせる黒い瞳が、甘い郷愁を伴って彬の心に印象づけられた。アイスマンもその性格とは対照的な、日本人というより日本犬を連想させる柔和な顔立ちの男なのだが、ナオミの相貌はそれと似ているとも似ていないともいえる。

「さて、のんびり話し込んでいる暇はない。燃料の補給は」

ヌネスは気ぜわしい様子で立ち上がった。

「いまフェルナンドがやってます。やはりフレイ基地へ戻るわけにはいきませんか」

彬は憂鬱な気分でヌネスに確認した。自分もフェルナンドもきょうはすでに十時間近く飛んでいる。このうえ極点経由でマクマード基地まで長駆するのは、どう考えても非常識な飛行プランだ。

「X線撮影をしてみないと正確なところはわからないが、第三頸椎に圧迫骨折の疑いがある。急いで処置をしないと命に関わる危険がある。やはりマクマード基地へ移送するのが正解だな」

ヌネスの口ぶりに妥協の余地はなさそうだ。それを聞いただけで鉛のような疲労感が背中に貼りついた。

「大変なお仕事になりますけど、よろしくお願いします」

ヌネスとのあいだですでに話はついているらしい。応諾《おうだく》を信じて疑わない様子でナオミが顔を覗き込む。その切実な眼差《まなざ》しの前では、ヌネスにならら言える厭味《いやみ》の一言も彬は口に出せなかった。

アイスマンヒュッテを飛び立つ直前に難題が持ち上がった。

フリーダムヒルと無線で交信したところ、現地はいま猛烈なブリザードに襲われて、着陸はたぶん不可能だろうという。天候の回復を待つにしても、いつになるかは見当がつかない。患者の容態を考えればここで待機している猶予はない。フレイ基地へ戻る——答えはすでに見えている。それでもヌネスは依怙地《いこじ》な子供のように諦めることを認めない。

「君も南極のプロだろう。なにかいい知恵はないか、アキラ」

「マクマード基地にこだわれば、かえって手遅れになりかねませんよ。ここは断念するしかないでしょう」

今度は彬が妥協の余地のない口調で応じた。ヌネスが医師として最善を尽くしたい気持ちはよくわかる。しかしパイロットにとって最大の責務は乗客の命の安全だ。自分が死ぬのもむろん嫌だが、それとは別にプロフェッショナルとして越えてはならない一線がある。

「やむを得ないか——」

ヌネスも無念さを滲ませてうつむいた。いかにも消沈したように大柄な体軀《たいく》が一回り縮んで見える。そうなると逆になんとかしてやりたい気分になるもので、これもまたプロならではのひねくれた習性らしい。ふと思いついてナオミに訊いてみた。

「ここには航空燃料のデポは？」

「セスナ用の航空ガソリンならありますけど——」

質問の意図を訝《いぶか》るようにナオミが軽く首を傾《かし》げる。

「それならいけるかもしれない」

彬は勇気づけるように大きく頷いてみせた。ナオミはまだ戸惑い顔だ。ヌネスが横から割って入る。

「ツインオッターはターボプロップ機だ。ジェット燃料じゃないとまずいんじゃないのか」

「じつはどっちでも飛べるんですよ。ガソリンは高いから普段は使わないだけです」

彬はヌネスとナオミに種を明かした。それは燃料事情の悪い辺境での運用を考慮したツインオッターの特徴的な仕様だ。厳密なタイミングで燃料を爆発させるレシプロ機関と違って、タービン系のエンジンは乱暴な言い方をすれば燃える液体ならなんでも使える。彬はナオミを振り向いた。

「とりあえず二〇〇リッター入りのドラム缶で五本用意してください。それを積んでいけば、途中で着陸して再給油できます。それなら南極点まで十分飛べます」

「アキラ、わかっててもったいをつけたんじゃないのか」

ヌネスが大袈裟に目を剝《む》いた。彬は余裕をもって睨《にら》み返した。

「せっかくない知恵を絞ったんだから、言いがかりはつけないでくださいよ。気づいてしらばくれてたくらいなら、そのまましらばくれ通します」

ヌネスはにんまり笑って手を差し伸べた。彬も笑ってその手を握り返した。ナオミが安心したようにため息を吐き、傍らにいた隊員にてきぱきと燃料の用意を指図する。

そのときフェルナンドが背中を丸めて室内に駆け込んできた。

「給油はもう済んだよ、アキラ。ブリザードがだいぶひどくなった。早く飛び立たないと——」

「そのまえにもう一仕事できたんだよ、フェルナンド。ドラム缶五本分の燃料を機内に積み込むことになった」

「どうしてまた？」

フェルナンドの顔が険しくなる。新しい飛行プランをかいつまんで説明すると、フェルナンドは一挙に爆発した。

「ブリザードのなかで重いドラム缶を八本おろして、やっとのことで給油し終えたばかりなんだよ。そのうえさらに新しいのを五本積み込めって言うの。みんなはこんなところでぬくぬくしてて、こっちはもう凍死寸前だよ。どこまでこき使ったら気が済むの。アキラはナチか？強制収容所の看守なのか？」

もちろん半ば冗談だ。たまには腹に溜め込んだ感情のガスをそんなふうに抜かないと、南極暮らしはとてもやりきれない。

「悪かった、フェルナンド。機嫌を直せよ。今度は俺も手伝うから——」

宥《なだ》めにかかったとたんに背後でヌネスが叫んだ。

「危ない！　ナオミ、足を押さえて！」

振り向くと頸椎を骨折した隊員がなにかを訴えるように手足をばたつかせている。室内の空気に緊張が走る。せっかく固定した頸椎に不用意な力が加われば一大事だ。ヌネスが体を覆い被《かぶ》せて首と肩を押さえ込む。

「ギュンター、動いちゃだめ！」

弾かれたようにナオミが男の足に飛びついた。その足がナオミの顔や腹部を蹴り上げる。それでも必死でしがみつく。彬も男の太腿に体重を預けて押さえ込む。身動きがとれないままに男は体を硬直させ、熱に浮かされたようになにかを口走る。ドイツ語のように聞こえたが意味はわからない。ナオミが口にした「ギュンター」という名前からすると患者はドイツ人か、あるいはドイツ系のチリ人か——。

男はやがて筋肉を弛緩させ、ふたたび眠りの世界に沈んでいった。ナオミは力尽きたようにマットの上に突っ伏した。その額や頬には赤い打ち身の痕ができている。男の脈拍を取り、自発呼吸を確認し、頸椎の損傷部分を触診し、ヌネスが立ち上がって頷いた。とりあえず症状に異変はなかったらしい。

「な、なにかまずいことを言ったかな？」

フェルナンドが蒼ざめた顔でうろたえる。ナオミが一瞬、フェルナンドに厳しい視線を向けた。しかし動転しているフェルナンドはそれに気づかない。気まずく凝固したその場の空気を力ずくで攪拌《かくはん》するようにヌネスが言った。

「さあ、患者を急いで機内に運び込まなきゃいかん。凍死しかねない仕事で申し訳ないが、アキラとフェルナンドはすぐに燃料の積み込みと離陸の準備を始めてくれ。患者の搬送は我々がやる」

彬は手持ち無沙汰にしている隊員二名とフェルナンドを伴って、ブリザードの吹きつのる屋外へ飛び出した。今度はフェルナンドも文句を言わずについてきた。

3

猛《たけ》り狂うブリザードの底からツインオッターが力任せに這《は》い昇ると、上空は拍子抜けするほどの晴天だった。

南極特有の強風のカタバ風は、大陸中心部の高気圧から冷たく重い空気が落下して、それが氷床の斜面を駆け下りるいわゆる重力風だ。風向はつねに南から北へと一定で、内陸部のブリザードはほとんどこの風による。秒速九〇メートルを超えた事例も観測されているが、影響はほぼ地表付近に留まり、高気圧に覆われた上空はおおむね好天だ。

反乱を起こしかけたフェルナンドもいまは機嫌を直している。空を飛ぶことが根っから好きな人間なのだ。燃料のほうはなんとか目処《めど》がついたが、今度は自分とフェルナンドの体力がどこまで持つかが気にかかる。極点基地にマクマード基地へ向かう定期便のLC130がいてくれればと期待したが、問い合わせたところ、運航を担当する軍がクリスマス休暇のため欠航とのことだった。

それでもナオミが機内に運び込んだサンドイッチとコーヒーで体力はいくらか盛り返した。

気流はいまのところ安定している。飛行時間の貯蓄に余念がないフェルナンドに操縦を任せ、彬は患者の様子をみようとキャビンへ向かった。

　航空燃料のドラム缶で狭められたキャビンの一角からやかましいスペイン語の会話が聞こえてくる。ギュンターは点滴を受けながらまだ意識不明の状態のようだが、アイスマンはすでに目が覚めて、床に敷いたマットの上に身を起こし、サンドイッチをぱくついている。わめいているのはアイスマンだ。

「なんでマクマードくんだりまで行かにゃならんのだ、セルジオ。私はアメリカの世話になんかならんぞ。やつらは私の父祖の国日本の敵だ」

　テーピングを緩めて患部を触診しながらヌネスがわずかに声を荒らげる。

「あんたのほうはどうでもいいんです、アイスマン。ただの単純骨折ですからね。アメリカの医師の手にかかるのがそんなに嫌なら私が処置してあげますよ。しかしギュンターの場合は命に関わる。細心の手術が必要なんです」

　ヌネスの指が動くたびに大袈裟に顔をしかめながら、アイスマンはかさにかかって厭味の爆弾を投げつける。

「チリにだって名医はいる。おまえさんみたいな藪《やぶ》医者ばかりじゃないはずだ。アメリカの三流医大に留学したからって、やつらに魂まで売り渡すことはないだろう。まったく、チリ人の風上にも置けん男だ」

「そんなに嫌なら途中で降りてもらいたいところですが、そうなるとあんたはすぐに凍死して、私は殺人罪で告訴されることになる。ここはサンチアゴのビジネス街じゃない。南極なんです。日本もアメリカもへったくれもない。生きるためには誰もが力を合わせなきゃいけない土地なんです。あんたの我《わ》が儘《まま》がギュンターを殺すことにもなりかねないんですよ」

ヌネスの声は辛うじて抑制されているが、内心は忍耐の限度に達しつつあるようで、こめかみがぴくぴく痙攣《けいれん》している。それでもアイスマンの舌鋒《ぜっぽう》はとどまるところを知らない。

「いいや、降りるのはおまえさんだ。しょうがないから極点基地までは乗せてってやる。こっちはそこからフレイ基地へとんぼ返りだ。ギュンターの面倒はナオミがみるよ。姪は軍隊勤務の藪医者とは違うぞ。東京帝国大学の医学部卒だ。頭の出来がおまえさんたちとは違う」

「リカルド叔父さん、いいかげんにしなさいよ!」

ギュンターの点滴を交換していたナオミが堪忍袋の緒が切れたように声を上げた。アイスマンは床から二センチ飛び上がり、骨折に響いたのか痛みを堪《こら》えるように思い切り顔をしかめた。

「いまは東京帝国大学なんて言いません。それはお祖父さんの時代の話でしょ。アメリカが日本の敵だなんていう話もそうじゃない。叔父さんにとってはそういう馬鹿げた時代錯誤遊びが楽しくても、周りの人はただ迷惑なだけなのよ」

「ナオミ、私は真剣だ。何度も言っているように日本は戦争に負けたわけじゃない。いまは一服してるだけだ。そのうち横暴なヤンキーどもに目にもの見せてやる日が必ずくる——」

アイスマンはいつもの持論を展開するが、ナオミの前では旗色が悪い。眦《まなじり》を上げ頰を紅潮させたナオミの表情には、いま置かれている状況への深刻な憂慮がありありと窺われる。間の悪いタイミングでキャビンに入ってきた彬が今度は攻撃目標になった。

「なんだ、パイロットはまたへぼのアキラだったのか。いや、そもそもなんでそんなところに突っ立っている。さてはいま操縦しているのはへぼにさらに輪をかけたフェルナンドだな。どういうことだ。我々を道連れに自殺でもする気か？」

彬は辟易《へきえき》しながらアイスマンの挑発を受け流した。

「痛みはどうですか、アイスマン。僕も以前骨折したことがあるけど、痛くて痛くて、そんな減らず口を叩いている余裕なんかありませんでしたよ」

アイスマンはぎょろりと目を剝いて、手に負えない悪たれ小僧のようにまたわめきだす。

「おまえみたいな若造とは精神の鍛え方が違う。まあいい。いますぐここから引き返してフレイ基地へ飛べ。さもなきゃおまえのところは二度と使ってやらんぞ。この飛行機のチャーター料も払わん。そうなればおまえの首が飛ぶ。ＷＡＡがどれほど金にみみっちい会社か、おまえが一番よく知ってるはずだ」

「よく考えてくださいよ、アイスマン。ギュンターの命を救うためにナオミさんもドクトール・ヌネスも必死なんです。僕もフェルナンドもすでに体力の限界を超えて飛んでいる。みんなの思いを無駄にしないでください。ここはギュンターの救命が最優先なんです」

アイスマンが手にしたコーヒーカップの中身が自分の方に飛んでこないように距離を置きながら、彬は精いっぱい穏やかに説得した。その言葉に反応したようにアイスマンの顔にときならぬ怯《おび》えの色が広がった。

「だから言ってるんだよ。ヤンキーどもの巣窟《そうくつ》へギュンターを運び込んだら、あとはやつらの思いのままだ。殺さないまでも一生意識が戻らないようにするくらいやりかねんのだ。私とギュンターをこんな目に遭わせたのはCIAの手先だ」

「なんですって?」

アイスマンが投じた突然の変化球を彬はうまくキャッチし損ねた。いつもの反米的言動が過激化しただけなのか、それともなにか根拠があってそんな突拍子もない疑心を抱いているのか。

「もうやめなさいよ、リカルド叔父さん――」

強い口調でアイスマンを諫《いさ》めて、ナオミは彬を振り向いた。

「ごめんなさい。怪我のせいで気分が昂《たか》ぶっているんです。気にしないでこのまま飛行を続けて。私もギュンターの治療についてはドクトール・ヌネスの考えに賛成なのよ。チャーター料の件は心配しないで。私が責任を持って支払わせますから」

ナオミの毅然とした態度に気圧《けお》されたのか、アイスマンはふてくされたように背もたれのマットにふんぞり返り、それがまた骨折した大腿部に響いたようで、顔全体をへの字に曲げた。どうやらナオミにはこの南極一偏屈な人物の手綱《たづな》をとる稀《まれ》な能力があるらしい。

「アキラ、ちょっとおかしいんだ。きてくれないか」

そのときインターコムにフェルナンドの声が飛び込んだ。

「なにがあったんだ?」

「右三〇度から飛行機が近づいてくる。距離は一〇マイルくらい。こっちとほとんど同じ高さだ。このままだと衝突する」

「ちょっと待ってくれ」

答えてキャビンの窓に顔を寄せた。フェルナンドの言うとおり、右前方に小豆粒《あずき》くらいの機影が見え、それがみるみるピーナッツほどの大きさに変わる。こちらの存在に気づかないはずはないが、回避する気配はまるでない。慌ててフェルナンドに指示を出す。

「一〇〇〇フィート上昇してくれ。患者がいるからできるだけ静かに頼む」

さらにナオミとヌネスとアイスマンに声をかけた。

「こちらに異常接近してくる飛行機がいます。これから上昇して回避します。揺れるかもしれないから気をつけて」

エレベーターに乗ったような緩やかなG（重力加速度）が加わる。ヌネスはギュンターの体を押さえつけている。アイスマンは壁面のハンドレールで体を支える。フェルナンドの機体操作は穏やかで、キャビンにとくに異変はなかった。慌ててコクピットに戻ると、操縦桿を引きながらフェルナンドが困惑した顔を向けてくる。

「アキラ、あの飛行機おかしいぞ。方向はそのままで向こうも高度を上げている。衝突させる気なんじゃないのか」

機影はぐんぐん近づいてくる。機種が判別できた。スキーを履いた極地仕様のパイパーPA23アズテック。双発のレシプロ機で、ツインオッターより小型だが速力はやや上回る。機体は全体がクリーム色で、胴体側面にブルーのラインが引かれている以外は国籍や企業名を示すマークもロゴもない。南極でこんな機体を見たのは初めてだ。そのうえこんな無謀な飛び方をする飛行機に出会ったのはパイロットになって初めてだ。

慌てて機長席のシートに座り、フェルナンドから操縦を引き継いだ。パイパーはまっしぐらにこちらに向かってくる。このまま上昇するか、それとも下降するか——。急激に下降に入れれば頸椎を損傷しているギュンターには負担が大きすぎる。スロットルを最大にして操縦桿をさらに引き起こす。Gが強まってシートに体が押し込まれる。

フェルナンドの言うとおり、向こうもこちらに追随して機首を引き起こしているようだ。回避をしても相手にその気がなければ意味がない。ほぼ満タンの上に追加燃料を積んだツインオッターの機体は重い。身軽な小型機との空中戦で勝ち目はない。

本気で衝突させる気か、嫌がらせのための威嚇なのか、相手の真意がつかめない。斜め前方からパイパーは弾丸のように突っ込んでくる。双方の速力を合算すれば三〇〇ノット（時速五五六キロ）は超えている。

緊張で脳味噌がずきずきする。必死でパイパーの動きを注視した。昇降舵が上に動く。急上昇に入ろうとしている。ぶつける気はない——。一瞬の判断でスロットルを絞る。操縦桿を軽く押し込み、ダイブしない程度に機首を下げる。今度はマイナスGで体が浮き上がる。パイパーの腹が窓に覆い被さる。主脚のスキーが頭上すれすれをかすめてゆく。

すれ違いの瞬間は小数点以下数桁の秒数だ。しかしパイロットの悪質な意図は読み取れた。こちらの機体を揺さぶろうとして仕掛けているのだ。頸部を損傷したギュンターを狙っての行動だとしたら――。先ほどのアイスマンの言葉が薄気味悪い現実味を帯びてきた。

機体を右に振って背後を確認する。パイパーは急上昇から宙返りに入る。速力差を生かして前へ出ようとしているのか、それとも背後から襲いかかろうとしているのか。いずれにせよぶつけてくる気はないだろうとなけなしの理性を動員して胸算用する。姿勢を水平に戻し、スロットルを全開する。

パイパーは旋回弧《せんかいこ》の頂上でひらりとロールし、正常姿勢に戻って直進する。インメルマン・ターン――曲技飛行の初歩的な技だ。多少は腕に覚えがあるらしい。パイパーとツインオッターのスペック上の速力差は五ノットほどだが、予備の燃料まで積み込んだツインオッターはその分足が遅くなる。向こうはほとんど空身《からみ》のようで、こちらより十数ノットは速そうだ。パイパーはぐいぐい前に出て、案の定、五マイルほど先で急旋回し、再びこちらに直進してくる。

「アキラ、早く回避しないと正面衝突だよ。危ない！　わっ、やられる！」

フェルナンドが横で騒ぎ立てるが、ギュンターの容態を考えれば急激な回避はしたくない。心臓がきりきり締めつけられる。みぞおちが勝手に痙攣する。神に祈るフェルナンドの悲痛な声が聞こえてくる。彬も心のなかで祈りだす。サンタマリア、サンタマリア――。

高圧ヘリウムで膨らむ風船のようにパイパーの機影が膨張する。操縦席のパイロットの顔が見えてきた。彬はその相貌を瞼《まぶた》に焼きつけた。薄い口髭、えらの張った顎《あご》。しかし目深《まぶか》に被った濃紺のキャップとゴーグルで隠されたその表情までは見極められない。

距離は六〇〇フィートほど。回避したい誘惑で操縦桿を持つ手が痙攣する。頭の芯がボーッとしてきた。気がつくとさっきから呼吸を止めている。慌てて大きく一呼吸。頭の霧が去った瞬間に相手の機首が下がるのが見えた。反射的に機首を引き起こす。パイパーは吸い込まれるようにこちらの機体の下にもぐり込んだ。

すぐに姿勢を水平に戻す。機首起こしはほんのわずかで、キャビンではGの変化を感じる暇もなかったはずだ。フットペダルを踏んで機体をわずかに右に振る。後方で小さな機影が光っている。パイパーはそのまま遠ざかり、青空に溶け込むように消え去った。

彬は何度も荒い息を吐いた。アップテンポの鼓動がなかなか収まらない。全身の筋肉がこむら返りを起こしたように硬直している。フェルナンドの顔は蒼白で、ほとんど気絶寸前だ。失禁しなかったのは上出来と言うべきか。インターコムにヌネスの声が入る。

「なにがあったんだ、アキラ。なんであんな無茶な操縦をする？」

「頭のおかしなパイロットがカミカゼ攻撃を仕掛けてきたんです。患者は大丈夫ですか？」

「大丈夫だが、いったいどういうことだ」

ヌネスの声に穏やかではない気分がのぞく。

「わかりません。国籍も所属も不明の小型機です。明らかに意図的な攻撃です。心当たりがないか、アイスマンに訊いてみてください」

ヌネスとアイスマンのやりとりがイヤホンからかすかに漏れてきて、ヘッドセットの声がアイスマンに変わった。アイスマンはいきり立っている。

「アキラ、すぐにフレイ基地へ引き返せ。私の言ったとおり、やつらは私とギュンターを狙っているんだ。このまま極点まで行ったらヤンキーどもの思うつぼだ」

彬はため息混じりにアイスマンに言った。

「そのふざけた飛行機が飛び去ったのは南極半島の方向です。あの辺にあるアメリカの基地というとパーマー基地だけですが、二ヵ月前に滑走路が高波でやられてまだ復旧できていません。つまり飛行機は離着陸できないんです」

アイスマンは苦々しげに言いつのる。

「ヤンキーの友好国のイギリスの基地がある」

「南極半島には世界中の基地がひしめいています。あのパイパーの航続距離から言って、必ずそのうちのどこかへ着陸するでしょう。ただしパーマー基地は除外される。それでもあえてCIA犯行説にこだわる根拠はなんですか、アイスマン」

「そ、それは――」

アイスマンは口籠《くちごも》る。傍らで鋭い口調で諫めるナオミの声が聞こえる。彬は穏やかに追い討ちをかけた。

「ただアメリカに面倒を見てもらうのが嫌なだけでCIAのせいにしてるんでしょう。極点基地と交信したときの話では、マクマード基地の広報が、今回の人道支援のニュースをインターネットで世界に配信しているそうですよ。もし向こうにあなたの言うような意図があるなら、我々のことを世間の注視のもとに置くような馬鹿はやらないと思いますが」

アイスマンは渋々折れた。

「勝手にするがいい。やつらを信用するわけじゃないが、今回のことについてはおまえの言うことにも一理ある。ギュンターの治療はやつらに任せる。ただし私の怪我には指一本触れさせん。この程度の骨折なら藪医者のヌネスの手にかかっても死ぬ心配はないだろう」

彬は正確を期して訂正した。

「心配ありません。ドクトール・ヌネスは南極半島一の名医です」

4

南極点のアムンゼン・スコット基地には午後八時に到着した。

飛行時間はアイスマンヒュッテから約六時間、プンタアレナスを飛び立ってからだと延べ十六時間で、東京・ニューヨーク直行便の所要時間にほぼ匹敵する。フェルナンドと交替しながら適度に仮眠はしてきたが、予期せぬドッグファイトで神経をすり減らし、さらに途中で給油した際の重労働で疲労はかなり蓄積していた。

時刻でいえばすでに夜だが、沈まない太陽はひたすら煌々《こうこう》と照りつけて、外はマイナス三〇度近くでも機内は汗ばむほどに暖かい。そもそも極点はあらゆる時間帯の収束点で、地方標準時という概念に意味がない。中心となるマクマード基地の後方支援《ロジスティックス》のベースがニュージーランドにある関係で、補給活動が行なわれる夏のあいだはアメリカのどの基地もニュージーランド時間を採用する。機内ではここまでフレイ基地に合わせてチリ時間を使ってきたが、連絡の都合を考慮して、ここでアメリカ側の標準時に切り替えることにした。

コクピットの時計を合わせて気がついた。こちらの時間ではすでに日付が変わり、いまは十二月二十五日の午前九時。つまりクリスマスの朝なのだ。マクマード基地でのクリスマスイブというヌネスが目の前にぶら下げたニンジンはそもそも幻だった。フェルナンドもそれに気づいたらしく、詐欺だペテンだと愚痴をこぼす。

氷雪上の滑走路では基地の雪上車が燃料を積んで待機していた。アメリカ側の対応は至れりつくせりで、燃料の補給から機体の点検まで彼らにできることはすべてやるという。そのあいだ体を休めろというので、巨大なドームに覆われた基地内の食堂棟で軽食をとりながら待機することにした。

ギュンターはいまも意識はない。ヌネスとナオミはその点を心配していた。アイスマンヒュッテではみられなかった眼球運動障害や瞳孔散大、血圧の上昇など危険な兆候が出はじめているらしい。搬送中に脳圧が高まった可能性があるという。基地のドクターの所見も同様のようだ。機内では三人の医師が懸命に脳圧亢進を防ぐ内科的処置を行なっているが、事態が急迫しているという点で彼らの意見は一致している。

極点からマクマード基地まで気流の状態がよくて四時間。軍用大型輸送機のＬＣ１３０なら速力はツインオッターの倍近いが、いまはクリスマス休暇でクライストチャーチにいる。マクマード基地では頸椎整形外科の権威のドクター・シュルツが緊急手術に対応できる態勢で待機している。そこまでなんとか支障なく飛べるのを願うだけだ。

ドッグファイトを仕掛けてきたパイパーについては、到着してすぐ基地の責任者に訊いてみた。やはりその機体は見たことがないという。各国の基地に問い合わせてみてもどこも反応は同様だった。見かけたら連絡してくれるようにと要請はしたが、南極大陸はあまりに広く、小型機が離着陸できる平坦な氷原は無限といっていいほどある。そのうえ国際法上は公海と同様で、正体不明の飛行機が侵入しても監視もできなければ取り締まりもできない。

アイスマンは何者かが自分やギュンターの命を狙っていると主張した。CIA犯行説は日頃の言動と考え合わせて眉唾《まゆつば》だが、あの謎のパイパーの挙動は明らかに意図的だった。アイスマンの言うとおりギュンターの命を狙っての行動だとしたら、その狙いの何割かは達成できたのかもしれない。回避のための機体動作は極力抑えるようにしたものの、ギュンターの頸椎に少なからぬ負担がかかったのは間違いない。それがギュンターの予後にどれだけ影響するか。マクマード基地へ移送するというヌネスの考えは結果として正しかったのか——。むろん答えはまだ出ない。いまできることは自分を含めた全員がただ精いっぱい努力を傾けることだけだ。

夏の極点基地には二百人を超す隊員がいる。クリスマスツリーを中央に飾った食堂は朝食どきでなかなかの盛況だ。隣のテーブルにいた隊員のグループから怪我人の具合はどうだと声がかかる。ニュースはすでに行き渡っているらしい。かいつまんで容態を説明すると、プロレスラーのような体格をしたスキンヘッドの男が訊いてくる。

「おかしな飛行機にぶつけられそうになったってのは本当かい」

本当だと答えると、男はこちらのテーブルへやってきて、空いている椅子に腰を下ろした。

「一ヵ月ほど前に南極横断山脈の地質調査に行ってきたんだが――」

その調査隊は南緯八〇度付近の台地にキャンプを張っていたらしい。その麓の谷にもキャンプを張っている別の隊がいたので、到着してほどなく男を含む隊員数名が表敬訪問したという。

「それが怪しいやつらでね。二十人近いグループで、スペインからきた民間の調査隊だというんだが、調査の目的はなんだと訊いても、氷の研究だ大気の研究だと曖昧《あいまい》な話ではぐらかす。我々はそこに二週間近くいたが、そのあいださっぱり仕事をしている様子がなかった」

「南極条約加盟国のまともな観測基地だって、やってることは似たようなもんでしょう」

彬は軽くいなしてみせた。さして興味をそそられる話ではない。仕事柄、各国の基地の仕事ぶりを目にする機会はたっぷりある。条約廃止後の既得権づくりに基地を設けて隊員を派遣するというのが大方の実態で、金のかかる研究はほとんど行なわないような基地が少なくない。アイスマンヒュッテもかつてはその種のダミー基地だった。

「耳の痛い皮肉だな。つまりその『ちゃんとした観測基地』の人間のなかでもいちばんぐうたらな部類に入る俺の目から見ても、そいつらはなにもやっていなかったということだ。おかしいのはそれだけじゃない。岩山の上からときどき観察していたんだが、日常の行動が馬鹿に規律正しいんだよ。まるで軍隊みたいに――」

男はいかにも納得がいかないというようにスキンヘッドを振り立てる。

言いたいことはよくわかる。南極人種のあいだに一般社会の組織のような指揮命令系統は存在しない。良かれ悪《あ》しかれ一匹狼の集まりで、原始人ともいうべき野人の集団なのだ。本国へ帰れば出世競争のトラックをひた走るエリート科学者たちも、南極にいるあいだは風変わりなユートピア暮らしを謳歌《おうか》する。衣食住のほとんどが支給され、金があったところで買える物はなにもない。管理職だからと威張り散らしても、人員はそれぞれの分野のエキスパートで、誰かにそっぽを向かれれば基地の機能に支障をきたす。冬ともなれば外部世界からは隔絶されて、付き合える人間は基地の仲間だけ。外からみれば偏屈で身勝手な人間ばかりのようでも、自由で自然発生的な秩序に満ちたなんとも不思議な世界なのだ。

「本当に軍隊だったのかもしれませんね」

その話に彬は興味をそそられた。南極では条約によって演習を含む軍事行動が禁じられている。しかし観測活動の支援としてなら軍の活動は妨げない。現にキングジョージ島のエドアルド・フレイ基地はチリ空軍の管轄下にあり、アメリカのマクマード基地や極点基地への物資輸送はニューヨーク州空軍が担当する。日本の昭和基地への輸送任務も外国からみれば軍隊以外のなにものでもない海上自衛隊が担当する。

「しらばくれて軍事演習をやっている国があるとは聞いている。極地での耐寒演習は、将来南極で起きるかもしれない紛争に備えた重要な研究テーマでもあるからな」

皮肉な笑みを浮かべて男は頷く。そんな噂はたしかにあるが、摘発することはまず不可能だ。平服で武器は携行しなくても、極地で幕営や行軍を経験するだけで訓練の目的は十分果たせる。それをなにかの研究活動だと偽ることも簡単だ。そのうえ特定の国家による領有が認められていない以上、南極には違法行為を取り締まる司法機関も存在しないことになる。

「おれは昔マドリードで暮らしたことがあるんだよ。連中のスペイン語は本国のとはちょっと違ってた。あれはたぶん南米の訛《なま》りだ。チリかアルゼンチンの陸軍じゃないかと思ったね」

男は身を乗り出して声を低める。彬は引きずられるように問いかけた。

「飛行機は？」

「一機停まってた。双発のレシプロエンジンを積んだやつだ」

「機体の色は？」

「クリーム色で、ブルーのラインが一本通ってた」

「マークやロゴや機体番号のたぐいは？」

「なかった。というより塗装の色味が微妙に違っているところがあった。塗りつぶした可能性があるな」

思いもかけなかった情報だ。ギュンターとアイスマンがなぜ狙われたのか。アイスマンはそれを知っているような気がするが、どこかの国の軍隊が関与しているとしたらことは相当厄介だ。

「ドッグファイトを仕掛けてきたのはたぶんその機体ですよ――」

続けて彬はすれ違う瞬間に見たパイロットの容貌を説明し、その男がいなかったかどうかも確認したが、はっきりした答えは得られなかった。それでも重要な手がかりであることに違いはない。

「貴重な情報をありがとう」

「いやなに。しかしとっ捕まえるのは難しいだろうな。じきにどこかへ雲隠れするだろうし、君たち以外に犯行現場を目撃した者がいないとしたら――」

男は力ない仕草でスキンヘッドの天辺《てっぺん》を撫《な》でた。

「我が身を守るうえで、知らないよりははるかにいい」

彬は感謝の思いを滲ませた。男は立ち上がって手を差し出した。

「ほかになにか訊きたいことがあったら連絡をくれ。ジョン・ファーガソン。頭にドクターがつく。こう見えても国へ帰ればそこそこ知られた大学の地質学の教授だ」

彬は岩石標本のように無骨なその手を握り返した。

「アキラ・キリムラ。WAAの雇われパイロットです。こう見えても昔はジャンボジェットを飛ばしたこともある」

「顔つきからすると日本人か。フジヤマとゲイシャは健在か？」

「フジヤマは健在だけど、ゲイシャはいまや滅亡寸前です」

「そいつは残念だ。そのうち行こうと思っていたのに。幸運を祈るよ」

ファーガソンは握手した手にもう一度力をこめてから、自分のテーブルへ戻っていった。

そのとき構内放送のスピーカーから彬を呼び出すアナウンスが流れてきた。至急滑走路まで戻れとの内容だ。出発の準備ができたらしい。フェルナンドを促してドームを飛び出し、滑走路へとひた走る。アムンゼン・スコット基地は標高二八〇〇メートルの高地にある。薄い空気のなかでの全力疾走で息が切れ頭がくらくらする。

まずは患者の容態を確認しようとキャビンのドアから飛び込んだ。その場の重い空気にたじろいだ。食堂へ出かける前には規則正しく動いていた人工呼吸器が停止している。脳波計も心電計も波形はただの直線だ。

ヌネスがこちらを振り向いた。その瞳にあの自信に満ちた光がかけらもない。ヌネスは我が身を呪うように呟いた。

「ギュンターは死んだ。脳圧が突然亢進して、私の力ではもう手の打ちようがなかった――」

ナオミがギュンターの体に取りすがり、背中を小刻みに震わせている。遺体の頬に手を当てながら、嗚咽《おえつ》まじりになにかを語りかけている。泣き腫《は》らしたのか目の周りがひどく赤い。語るべき言葉が頭のなかから消えうせた。刃物で切り裂かれたような痛みが胸を貫いた。

基地のドクターが黙って点滴の針を外し、心電計や脳波計のスイッチを切っていく。魂が抜けたようにたたずむヌネスの背後から、瀕死の獣の呻きのようなアイスマンの声が聞こえてきた。

「アキラ。私は後悔しとるよ。藪医者のヌネスの言うとおりにしたのが失敗だった。フレイ基地へ向かっていればこんなことにはならなかった。私はかけがえのないものを失った。ギュンターは実の息子以上の宝だった。ああ、ナオミ。可哀そうに。秋にはギュンターと結婚するはずだったのに――」

ギュンターの遺体ともどもアイスマンたちを極点基地からフレイ基地まで運び、彬とフェルナンドは休む間もなくフリーダムヒルへ飛び立った。疲労と虚脱感とアイスマンたちを取り巻く不穏な状況への憂慮を抱いて基地に到着すると、シベリアの矯正収容所もかくやと思われる過酷な労働が待ちうけていた。

5

ＷＡＡの内陸拠点のフリーダムヒルはビンソンマッシフの膨大な山塊を間近に望む標高一八〇〇メートルの高地にある。そこを拠点に、人を運び荷物を運び、長距離飛行のための燃料デポをつくり、そのデポを飛び石のように伝って大陸奥地にいる命知らずの冒険家に食料を投下し、機体も肉体も酷使しながらの働き蜂の暮らしが来月の半ばまで続く。

体力も集中力もほぼ限界に達するころにプンタアレナスから交替要員がやってきて、ようやく二週間ほどの休暇に入る。そんなハードなローテーションを暗黒の冬が近づく三月まで繰り返す。年収の大半はこの季節に稼ぎまくり、冬場はプンタアレナスに腰を落ち着けて、暇つぶし程度に近隣への人や貨物の輸送に従事する。

機体の整備から荷物の積み降ろしまで、エアラインのパイロットと比べて仕事の量は格段に多い。ギュンターやアイスマンを搬送した日のブリザードが唯一の例外でもあったように、以後、フリーダムヒル周辺の天候は安定していた。つまり飛行不能で休める日もそれだけ少ないということだ。飛行時間に応じた歩合給《ぶあい》ならそのぶん実入りも多くなるが、ここでは契約期間に応じて報酬が支払われる。つまり好天続きというのはパイロットにとって分が悪い。

自身の骨折の治療とギュンターの葬儀のために、アイスマンはあれからすぐフレイ基地を発《た》ってプンタアレナスへ向かった。ナオミもむろん伴って行き、アイスマンヒュッテは居残りの隊員だけで運営されているはずだった。

あの謎のパイパーの攻撃を受けてからは、彬自身もギュンターの死とアイスマンの負傷を単なる事故によるものだとは考えにくくなっていた。しかし極点基地からの帰路もフレイ基地に到着してからも、アイスマンはそのことには触れようとせず、ナオミもまた同様だった。

ナオミは見るのが辛いほど悲嘆に暮れていた。アイスマンも似たようなもので、プンタアレナスまでの飛行の手配はヌネスが手際よく代行した。極点経由のマクマードへの移送については、自らも医師としての判断で同意したことであり、ヌネスにはなんの落ち度もないのだと、ナオミはアイスマンが繰り出す言葉の棘《とげ》に苛《さいな》まれ続ける気の毒な医師を擁護した。体力的に過酷な長距離飛行を行ない、謎のパイパーの攻撃をなんとか無事に回避した彬に対しても心のこもった言葉でその労をねぎらった。

プンタアレナスへのナオミとアイスマンの傷心の飛行にパイロットとして同行したい気持ちは抑えがたかったが、フリーダムヒルには新たな仕事が山積していた。ちょうどいいタイミングで飛来したチリ空軍のC130輸送機で、アイスマンたちは慌しく南極を去っていった。

逼迫《ひっぱく》した状況に取り紛れてナオミの来歴についてはなに一つ聞くことができなかった。辛うじて知り得たのは、アイスマンの姪であることと、死んだギュンターがその婚約者であったことくらいだ。彼女が失ったものの大きさについてもその悲しみの深さについても、想像という朧《おぼろ》に曇ったレンズを透かして辛うじて覗けるだけなのだ。

それでも虚無をそのまま形にしたような白一色の大陸の空に翼を駆るとき、そんなナオミの心と共鳴でもするように居たたまれないような孤独感が湧き起こる。これまでの生活で、孤独は気の置けない友人のようなものだった。そもそも孤独になることが困難な点が南極で仕事をするときの不満の一つだった。副操縦席にはいつもフェルナンドがいる。居住用のテントもまたフェルナンドと相部屋だ。アメリカやヨーロッパからやってくるツアー客は賑やかさを通り越してただ喧《やかま》しい。フリーダムヒルの基地マネージャーのドロシー・セイヤーはドルとセントを時間の単位に使うような人間で、孤独な時間などという贅沢品は金輪際支給してくれない。しかし心の中に居座っているのはそうした現実の人間関係における孤独とは別物だった。

それはいまプンタアレナスにいるナオミと自分を隔てる数千キロの距離に由来するものなのかもしれない。もう二度と会うことはない——なぜかそう思えてならない——そんな相手へのどこか熱を帯びた想いに由来するものなのかもしれない。もともと面識がなかったとはいえ、死んだギュンターへの悼みの感情は罪の意識を覚えるほどに希薄だった。

事件から二週間経った朝、ビンソンマッシフ直下のキャンプ地へツアー客の一団を運んで帰ったところへ、アイスマンから突然の連絡が入った。インマルサット（国際移動体衛星通信）

の受話器から耳に飛び込んだその声は馬鹿に意気軒昂だった。

「へぼパイロット。済まんがすぐにフレイ基地へ飛んでくれ。私をシラセ・プラトーまで運んで欲しい」

いくらアイスマンにしてもあまりにも唐突な話だ。大腿骨の骨折の場合、きれいに折れて全治二ヵ月、面倒な折れ方だと三ヵ月はかかるとヌネスから聞いていた。

「ちょっと待ってください。いまどこにいるんですか」

「プンタアレナスの空港だ。五時間ほどでマルシ飛行場につく。そこから先はお前さんの飛行機で行くことにした」

「だって骨折してまだ二週間ですよ。どうして病院にいないんです」

「まだ歩けるわけじゃないが、折れた骨はチタンのプレートとボルトで固定してもらった。抜糸が済んだんでコンセプシオンⅠへ戻ることにした。向こうでリハビリすればじきに松葉杖で歩けるようになる。二ヵ月もすれば元通りだ」

壊した車を修理に出すような口ぶりだ。この人物と話していると常識の土台にだんだん亀裂が生じてくる。

「しかし普通の場所じゃない。南極ですよ。陽気のいい保養地の別荘とはわけがちがう」

「大丈夫。専門は内科でもナオミはれっきとした医者だ。東京帝国大学の医学部卒だ。ヌネスのような藪医者とはレベルが違う」

「ナオミさんも一緒に?」

不意に心がざわついた。声がかすかに上ずったが、アイスマンがそれに気づいた様子はない。

「ギュンターがいなくなって頼れるのは姪だけだ。サンチアゴのオフィスでふんぞり返っている馬鹿息子にも、パーティー狂いでアルコール漬けのでぶ女房にも、私はもう愛想を尽かしている。南極にいるときがいちばん気が休まる」

アイスマンは同情を誘うように深々とため息を吐く。彬はまだどこか腑に落ちない。

「しかし、なにも僕を呼ばなくても自家用のセスナがあるじゃないですか。あなたならフレイ基地にいるチリ空軍機だって使えるでしょう」

「どこの飛行機を使おうと私の勝手だ。なあアキラ。私はおまえが気に入っている。人生なんて短いもんだ。気に入った人間とだけ付き合うのが知恵ある者の処世術だ。そこでフリーダムヒルを牛耳っているあの強欲女とはもう話をつけておいた」

「ドロシー・セイヤーと？」

「そういう名前も持っているらしいな。三月いっぱいまでおまえのツインオッターは私が借り切った。パイロット付きでな。副操縦士は誰でもいい。おまえが気に入ってるあのパタゴニアの羊飼いの倅《せがれ》でも構わん。チャーター料とは別にボーナスもはずむ。業突《ごうつ》く張りのドロシーに馬車馬のようにこき使われるより仕事はずっと楽なはずだ。どうだ、文句はないだろう」

文句がないどころか有頂天になって然《しか》るべき話だが、ここはそんな気配を押し隠した。

「そりゃ会社がそういう契約をしたんなら、こちらは命令どおり動くだけですから」

「だったらすぐにフレイ基地へ飛ぶんだ。五時間以内に必ず着くようにな」

アイスマンはそれだけ言って勝手に通話を切った。

ドロシー・セイヤーは上機嫌で彬とフェルナンドをアイスマンのもとへ送り出した。穴埋めには休暇中のパイロットとその乗機を急遽プンタアレナスから呼び戻すという。運用可能な機体が当面一機減ることで本業の輸送業務のやりくりは苦しくなるはずだが、その幸福そうな顔から察するに、アイスマンからは十分満足のいくチャーター料をせしめたらしい。

キングジョージ島上空はやや雲が多かったが、着陸に支障はなかった。アイスマンは、ナオミや新顔の隊員数名に付き添われて、閑散としたマルシ飛行場のロビーで待機していた。

「遅かったじゃないか。どこで油を売っていた？」

「タクシーじゃありませんから、突然連絡をもらって、はいそうですかとは飛んでこられませんよ。お加減はいかがですか」

アイスマンにしてはそよ風のように優しいカウンターパンチを受け流しながら、彬は傍らに付き添うナオミに視線を向けた。グリーンのアノラックの上下は真新しいが、初対面のとき同様、洒落《しゃれ》っ気のかけらもない南極ファッションであることに変わりない。しかし淡い化粧をしたその表情には彬の心を摑んで離さない不思議な眩さがあった。あれから二週間のあいだ、彼女の心のなかをどんな嵐が吹きつのったのだろう。その時間が彼女の内面からなにを奪い去り、そこになにを付加したのだろう。この日のナオミはなにか特別な光の中にたたずんでいるようにみえた。

「医師としては絶対反対なのよ。でも言うことを聞いてくれる人じゃないでしょ」

アイスマンが次の攻撃を思いつくより先にナオミが口を挟む。

「残り少ない人生だ。私は好きなように生きることに決めたんだ。誰の干渉も受ける気はない」

ナオミの言葉への反発というよりも、ここにはいない誰かに戦いを挑むかのようにアイスマンは不敵に笑った。

「リカルド叔父さんは生まれたときから好き放題に生きてきたんじゃないの」

ナオミは挑発するように軽口を返し、同意を求めるように彬に視線を向けた。その無邪気な瞳の光が心を掻き乱す。ギュンターの死がすでに年月を経た出来事でもあるかのように、アイスマンの態度にもナオミの態度にも屈託がない。二週間前、同じマルシ飛行場のターミナルで別れたときの悲痛な雰囲気と、きょうの二人の妙に明け透《あす》けな態度のギャップに彬は戸惑った。二人とのあいだに保つべき距離を摑みあぐねた。

「さて、こんなところでぐずぐずしている時間はない。すぐ飛べるのか」

アイスマンは気ぜわしい口ぶりで促す。それもいつもの磊落《らいらく》な態度のようにみえて、言葉の背後からなにか切迫したものが滲み出ている。彬は薄々感づいた。ナオミにせよアイスマンにせよ、おそらくなにかを隠すために、まるで入念にリハーサルを済ませたようにさりげなく一幕を演じているらしい。それが自分に対してのものなのか、彼らを見つめる別の視線に対するものなのかはわからない。そんな不快な弾力を感じさせる見えない壁の存在に苛立ちながら、表面上はさりげない口調で応じてみせた。

「いま燃料を補給しているところです。荷物はどのくらいありますか」

「私のリハビリ用の器具とボーリング用の資材やら地震探査装置一式だ。大した量じゃない。全体で三〇〇キロ以内だ。もうランプエリアに運んである。積み込みは連中にやらせよう」

アイスマンは、リーダー格らしい、顔も体型もウェッデル・アザラシに似た隊員に顎で合図する。その男を先頭に、隊員たちは勝手を知った様子でロビーを横切り、ツインオッターを駐機してあるランプエリアの方向に走り去った。

アイスマンの車椅子を押しながらランプエリアに向かうと、先ほどの隊員たちが荷物の積み込みの最中だった。木枠で補強された段ボール箱入りの貨物が十個ほどで、すでに半ばが機内に積み込まれている。フェルナンドがタラップ脇に秤《はかり》を据え、搬入される貨物を梱包ごとに計量している。手元のメモを覗き込むと、人員と予備燃料を合わせても離陸重量にはまだだいぶ余裕がある。

管制から入手した気象情報によれば、南極半島東岸は風弱く晴れ。こと飛行の面からみれば、アイスマン・ファミリーの一員としての初仕事にとり立てて波乱はなさそうだった。

6

飛行中アイスマンはことのほか饒舌《じょうぜつ》で、インターコム越しに、今後の輸送業務の概要を相変わらずの憎まれ口を織り交ぜながらレクチャーした。

アイスマンヒュッテから一〇〇キロほど南の地点に、いま新しい基地を建設しているという。ヒュッテまでの燃料や資材の大量輸送には大型の輸送機をチャーターするが、新しい基地は鋸《のこぎり》の歯のようなヌナタックに囲まれた狭い谷あいにあり、そちらは大型機が離着陸できるほどの滑走距離が確保できない。つまり小型機としては積載重量の大きいツインオッターで、アイスマンヒュッテと新しい基地を結んだピストン輸送をやって欲しいという話だった。

南極に新しい基地の建設とは――。学者でもなければ探検家でもないただの金持ちの企《くわだ》てとしては度を越している。

「その基地でなにを研究されるんです」

「研究？　そんなものやらんよ。とにかくそこが気に入ったんだ。岩山に囲まれているから風が遮られる。コンセプシオンIより標高が低いから、寒さもいくらか緩和される。世界でいちばん南にある個人所有の別荘ということになるな。あのいまいましい南極条約のお陰で表向きはチリ共和国の基地という形をとるしかないが」

アイスマンはけろりと言ってのける。自分の金でなにをしようと勝手だが、他人の道楽もそこまで嵩《こう》じると癇《かん》に障る。そんな思いが滲み出て返す口調が少し尖《とが》った。

「別荘ならもっとましな場所がこの地球上にいくらでもあるでしょう」

「南極以外のあらゆる陸地を人間どもがゴミ溜めに変えてしまった。私に言わせれば人間という生き物がそもそもゴミなんだ。南極だっていずれは同じ運命をたどるだろうが、少なくとも私が生きているあいだくらいは神聖な大地のままでいるはずだ。いいか、アキラ。伊達《だて》や酔狂で南極暮らしを始めたわけじゃない。私は南極を終《つい》の棲家《すみか》と定めたんだ。変わり者だと言われてもいっこう気にならん。これは財力だけでできることじゃない。哲学やら信念やらといったごたくとも無縁の話だ。それが絶望を希望に変える私にとって唯一の方法なんだ」

「絶望を希望に変える？」

アイスマンにしてはばかに気取った物言いだ。問い返すとアイスマンは照れたように取り繕う。

「それ以上は喋らんぞ。それ以上喋ると、私は哲学者や宗教家といったたぐいのペテン師に成り下がる。そいつは私の魂に関わる問題で、それを他人に押し付けようなどとはこれっぽっちも思っておらん」

「そういう人間のことを世間では天《あま》の邪鬼《じゃく》というんじゃなかったかな」

彬は軽い皮肉のジャブを入れたが、それはむしろアイスマンを喜ばせたようだった。

「上手いことを言うな、アキラ。そのとおり。私は南米一の、いや世界一の天の邪鬼かもしれん。できればギネスブックに載りたいもんだ」

本音の見えない大風呂敷に次第に頭が痛くなる。彬は話題を切り替えた。

「自家用のセスナはどうしたんです」

「運用効率を考えて、今シーズンからは基地で使う燃料をすべてジェット燃料のＪＰ４に統一することにした。暖房用も発電用も含めてだ。そうなるとガソリンを使うセスナは邪魔になる。

ターボプロップ機に買い換えたいんだが、極地仕様の機体となると今シーズンは間に合わん。しょうがないからセスナはサンチアゴの道楽息子に譲って、このツインオッターを長期チャーターしたんだ。強欲女のドロシーにはこいつを買い取りたいと申し入れたんだが、法外な値段をふっかけてきたんで、シーズンいっぱいのチャーターということで折り合ったんだよ」

「燃料のストックは？」

「とりあえずニュージーランドでＪＰ４を一〇〇トン買い付けた。そいつを二、三日中に、ロシアからチャーターしたイリューシン輸送機がコンセプシオンＩまでピストン輸送する。それだけあれば来年の春まで持つだろう」

「来年の春――。つまり今年も越冬を？」

思わず声が裏返る。歩行もままならない重傷患者が越冬を――。アイスマンは余裕しゃくしゃくで切り返す。

「冬こそが本物の南極だ。おまえさんも付き合うか」

「いや、結構です」

条件反射のように答えを返すと、アイスマンはこちらの気持ちを知ってか知らずか、鋭く急所を突いてきた。

「ナオミも一緒に越冬するぞ」

「やはり結構です、アイスマン」

わずかに間をおいてそう答え、内心汗をかきながら、それが果たして妥当な答えだったかと彬はしばし思いを巡らせた。

7

アイスマンヒュッテまであと十五分ほどのところで、また厄介な雇い主の気まぐれが始まった。このままさらに南下して、建設中の新しい基地――コンセプシオンIIへ立ち寄りたいという。

「骨折した足に差し障りはないんですか？」

彬は念を押した。コンセプシオンIIはツインオッターの足ならアイスマンヒュッテからわずか二十分ほどの距離だ。しかし搬送中に死亡したギュンターのことがまだ頭にこびりついている。気難しい怪我人を最終目的地に早く降ろして、同時に肩の荷も降ろしたいというのが本音なのだ。

「朝からずっと乗り心地の悪いポンコツ飛行機のなかで寝転がっているんだ。少しは運動しないと関節が固まって回復に手間がかかるとプンタアレナスの藪医者も言っていた。車椅子で動き回るのもいい運動になる」

アイスマンは平然と言う。自分の体が形状記憶合金かなにかでできていると思っているらしい。

「コンセプシオンIIで機外に出るつもりなんですか？」

ことさら慌てた口調で応じてみせたが、アイスマンは意に介す様子もない。

「上空を遊覧飛行したってしようがないだろう。明日からの仕事がやりやすいようにおまえさんも一度着陸しておいたほうがいい。セスナを操縦していたパイロットの話だと、谷の入り口が気流が乱れてちょっと厄介らしい。これからナオミがそっちへ行くから案内してもらえ」

勝手に言い捨ててアイスマンは通話を打ち切った。しばらくしてナオミが操縦室に顔をのぞかせた。

「本当に大丈夫？」

確認するとナオミは困惑気味の笑みを浮かべた。

「言っても聞かないし、強がっているけど、あれで内心はだいぶ落ち込んでいるの。いまは気晴らしが必要なのよ。骨折のほうは時間の経過に任せるしかないの」

久しぶりに聞く滑らかな日本語が耳に優しい。アイスマンは日本語が喋れないわけではないが、ナオミのように流暢《りゅうちょう》ではないせいか、彬との会話はもっぱらスペイン語だ。フェルナンドに席を空けるように目顔《めがお》で示して、ナオミを副操縦席に座らせた。慣れた手つきでシートベルトを締めながら唐突にナオミが訊いてくる。

「どうして南極へ？」

こちらが訊きたかった質問だ。思わぬ不意打ちを受けて、嘘ではないが真実にもそこそこ遠い答えを見繕う。

「いちばん稼ぎのいい仕事がたまたま南極にあったから。あなたは？」

「ギュンターの希望を叶えるために」

「ギュンターの希望？」

彬の鸚鵡《おうむ》返しの問いに戸惑うように、ナオミは純白の雪原に連なる南極半島脊梁山脈の赤茶けた岩稜の連なりを見下ろした。

「このままアイスマンヒュッテを飛び越して南下すると、ピラミッドを二つ並べたようなヌナタックがあって、それを右手から回り込むと馬蹄形の谷が見えてくるの。建設中のコンセプシオンIIはその谷の奥よ。谷底は平坦な氷原でクレバスはないわ」

「緯度と経度は？」

はぐらかされた気分でやむなく問い返す。

「ちょっと待ってね——」

ナオミはアノラックのポケットから小さな手帳を取り出した。

「南緯七三度一二分二四秒。西経六一度五一分三五秒」

GPSと地図でチェックする。ナオミの言うとおり、このまま一〇〇キロほど南下したあたりだ。針路をわずかに修正して、もう一度ナオミに訊いてみた。

「ギュンターの希望というと？」

「どうしても答えないといけない質問かしら」

鼻先でぴしゃりと戸を閉じられたような気分だ。思わずむっとした。一つはナオミの高飛車《たかびしゃ》な態度に対して。もう一つはギュンターの話についての自分のいささか過敏な反応に対して。

足して二で割った軟弱な反発を投げ返す。

「最初に質問を始めたのはそっちじゃなかったかな」

「ごめんなさい。挨拶代わりに人の来歴を訊くのはいいことじゃないわね——」

ナオミは小さく一つため息を吐いて、今度は言葉を選ぶような調子で語りだした。ギュンターの話に戻るのかと思ったらアイスマンの話だった。

「叔父の両親、つまり私の祖父母は戦前に移民としてアルゼンチンに渡ったんだけど、最初の話とは違う悪条件の農園労働に嫌気がさしてチリのサンチアゴに逃げ出したらしいの。艱難辛苦《かんなんしんく》の末、持ち前の商才を生かして小さな雑貨屋を始めて、移民としてはまずまずの成功を収めたのよ。その店を受け継いで、チリ国内一のスーパーマーケットチェーンにまで育て上げたのが叔父だったの——」

プンタアレナスにもいくらかはいる日系移民やその二世、三世から聞く話と似たり寄ったりだ。チリはかつて日本からの集団移民を受け容れなかった関係で、他の南米諸国と比べて日系人の数が少ない。そのほとんどが近隣の国に移民した人々が再移住したものだと聞いている。あまり興味も感じずに、ただナオミの声とその声で語られる日本語が心地良いBGMででもあるかのように黙って耳を傾ける。

「私の父は叔父と違って商売よりも学問向きだったのね。チリの大学を卒業してから日本へ留学して、留学期間が終わったあともそのまま居残って研究を続けていたの。私は日本で生まれたんだけど、父は私が小学生のとき交通事故で亡くなって、母もそれを追うように数年後に病死して、一人残された私を引き取ってくれたのが叔父のリカルドなの」

決して幸福とはいえない身の上を語りながら、ナオミには卑下する様子も同情を求める様子もない。その淡々とした態度が逆に不思議な磁力のように彬の心を揺らしだす。興味を引かれるままに問いかけた。

「じゃあ、あなたの国籍は？」

「日本とチリの二重国籍よ。中南米のほとんどの国の国籍法は出生地主義で、日本は血統主義だから、こちらで生まれた日系人はほとんどが二重国籍なの。父も母も日本国籍をもっていたので、私も自動的に日本国籍が取れたのよ。ところが日本生まれだからチリ国籍のほうが取れなかった。でも両親が死んだあと私はチリに帰化して、ちょっとした法律の盲点を利用してチリと日本の両方のパスポートを持っているわけ――」

日本の国籍法は多重国籍を認めていないが、運用面で他国での国籍取得状況をいちいちチェックしているわけではない。したがって建て前としては存在しないはずの多重国籍者が事実上は黙認されている。ナオミが言う法律の盲点とはそのことらしい。

「日本の大学へ留学させてくれたのは叔父よ。娘同様に育ててくれたわ。感謝しているし尊敬もしているの。叔父はああ見えても心優しい人なのよ。ギュンターのことにしてもそう」

不意に話題がギュンターに戻った。つい引き寄せられるように問いかけた。

「彼の育ての親もアイスマン？」

「ほとんどそう言っていいでしょうね」

ナオミはなにかに思いを馳せるようにそう答え、直後に唐突に表情を失った。語るべきではないことに触れてしまったように。あるいは心の裡《うち》でいまも止まない嵐に煽られて、魂の翼が突然失速でもしたように。後方のキャビンからフェルナンドとアイスマンの掛け合い漫才のようなやりとりが聞こえてくる。両翼のエンジンの駆動音と絶え間ない風切り音がくぐもった唸《うな》りとなってコクピットの気まずい空気を震わせる。その話題をこれ以上続けることが酷《ひど》いことのような気がして彬は話向きを変えた。

「南極ではなにか研究を?」

「極地における代謝機能の変化とか紫外線照射量増大に伴う人体へのストレスとか――」

ナオミは気のない口調で続けた。

「でもそれはSCAR（南極科学委員会）に申告するための名目に過ぎないのよ。私も叔父と同じで、ただ南極で暮らすのが好きな人間なの。昨年はアイスマンヒュッテで越冬も経験しているのよ」

ナオミの表情に精気が戻った。しかし南極暮らしが好きだというその言葉は率直には呑み込めなかった。アイスマンとナオミのあいだに、あるいは死んだギュンターをも含めた三人のあいだに、不透明なベールに覆われたなにかがあるという思いはやはり拭いきれなかった。

第二章

1

アイスマンヒュッテの上空を過ぎて十五分ほど飛ぶと、ナオミが言ったピラミッド状の二つのヌナタックが見えてきた。

彬はツインオッターの高度を下げた。右手のピークを巻いていくと、屛風《びょうぶ》のような岩稜に囲まれた氷雪の谷が眼下に開けた。ふわりと上昇気流に持ち上げられたかと思うと、エアポケットに落ち込んで突然機体が沈む。アイスマンが言ったとおり、確かに谷の上空は気流が乱れている。インターコムでキャビンに注意を促し、フェルナンドにはアイスマンの体を固定するよう指示を出す。

谷底は幅のある平坦な氷床で、入り口から奥に向かう緩い登り勾配だ。滑走距離を切り詰めるには都合がいい。谷の奥行きを正面に捉え、高度を下げて進入していく。奥まったあたりにプレハブの建築物が見えてきた。周辺には建築資材や燃料のドラム缶が雪に埋もれて野積みされている。その一角に不審なものが目についた。小型機が一機着陸している。

「あれは？」

視線で示すと、ナオミも驚いたような声を返す。

「コンセプシオンIIに飛行機が来ているという話は聞いていないわ。そもそもあそこにはいま誰もいないはずなのよ」

稜線より低い位置まで下降すると気流は安定した。基地の手前二〇〇フィートのあたりを接地点と見定め、スロットルを絞りフラップを下げる。地上の小型機の姿がはっきり認められた。心臓がびくりと収縮した。ツインのレシプロエンジンを積んだ双発機。クリーム色の機体にブルーのライン。カミカゼ攻撃を仕掛けてきたあのパイパーだ。

反射的にフラップを上げスロットルを押し込んだ。ターボプロップエンジン特有の金属的な唸りが鼓膜に突き刺さる。基地の建物群とパイパーが翼の下を飛び退る。速力がついたところで機体を引き起こす。谷の突き当たりの赤錆色のヌナタックの岩肌が迫る。強烈なGがのしかかる。傍らでナオミは唇を真一文字に結び、声一つ上げるでもなく正面を見据えている。

岩肌の亀裂や断層が目視できるほどの距離をほぼ垂直の壁に沿って這い昇り、ランディングギアのスキーが稜線を擦《こす》りそうな高度で谷間の上空へ躍り出た。

「このへぼパイロット、なんて操縦をするんだ！」

アイスマンの怒鳴り声がインターコム越しに耳に飛び込む。

「このあいだのカミカゼ野郎のパイパーがあなたの基地に着陸してるんですよ。心当たりはありませんか?」

谷の入り口に向かってUターンしながら、彬もヘッドセットのマイクロフォンに怒鳴り返した。

「なんだと——」

アイスマンの言葉が途切れ、荒い息遣いが聞こえてくる。

「どうしますか。いったん引き返して対応策を考えますか」

さらに問いかけると、やや落ち着きを取り戻した口調でアイスマンが応じた。

「いや、着陸するんだ」

「危険じゃないですか。この前の攻撃はただの悪戯《いたずら》じゃありませんでしたよ。ギュンターはあれで命を落としたのかもしれない」

あの異常接近時の総毛立つような恐怖を思い浮かべ、胃がむかつくような憤りを抱きながらもう一度確認した。

「いいんだ。着陸してくれ。その飛行機に乗ってきたやつに話がある」

アイスマンは明瞭に言い切った。思いもよらない言葉に驚いた。

「誰だか知っているんですか」

「ああ、よく知っている」

湧き起こる感情をもてあますように、答えるアイスマンの息遣いがまた荒くなる。傍らに目を向けると、ナオミがうろたえたような眼差しを投げ返す。普段ならなにかにつけて明快な意思を示すナオミにしては意外な態度だ。本当にいいのかと目顔で確認すると、ナオミはまだ曖昧さを残した表情で頷いた。

谷の入り口で機首を返し、再び着陸体勢に入る。地上のパイパーの傍らに三人の人影が見える。武器を携行している様子はない。

滑らかな摩擦音を伴ってスキーが接地する。リバースピッチで減速しながら三〇〇メートルほど滑走し、そのままタキシングで基地へ向かうと、三人の男がこちらに歩み寄ってきた。機体がまだ動いているうちに、同乗してきた隊員たちが飛び出して侵入者の前に立ちはだかる。

エンジンが停止すると機外のやりとりが聞こえてきた。会話はスペイン語。喋っているのはアザラシ顔の隊員と相手のリーダーとおぼしい大柄な人物だ。

その男の顔を見て息を呑んだ。間違いない。角張った顎の輪郭。赤茶色の薄い口髭。いまはゴーグルを外しているが、すれ違いざまに網膜に焼きついたあのパイロットの顔だった。落ち窪んだ眼窩《がんか》の奥の鉛色の瞳と、両頬に刻まれた刃物傷のような深い皺《しわ》。間近に見るその印象は予想していたよりだいぶ老けている。年齢はアイスマンとそう変わりなさそうだ。

機内にいるアイスマンに聞こえよがしに男は声を張り上げる。

「心配するな。見ての通り丸腰だ。危害を加えるつもりはないよ。私はセニョール・シラセと話をしたいだけなんだ」

アザラシ男がトランシーバーを耳に当てた。アイスマンの指示を仰いでいるらしい。頷きながらなにか応答し、面白くなさそうな顔つきでトランシーバーをポケットに仕舞い込むと、ついて来いというように男に手招きしてキャビンのドアに向かっていく。ナオミは緊張した様子で副操縦席から立ち上がり、黙ってキャビンに戻っていった。

「何者なんだ、あいつ？」

入れ替わりに操縦室に戻ってきたフェルナンドが声をひそめて訊いてくる。

「誰だかは知らないが、会ったことはあるよ。あの糞ったれパイパーを操縦していたカミカゼ・パイロットだ」

フェルナンドは目を剝いた。

「なんで。どういうわけで。だってアイスマンはあいつを知ってるみたいじゃないか。いったいどういう関係なんだ、アイスマンとあいつと？」

彬は大きく首を振ってフェルナンドの質問の速射を遮った。

「訊きたいのはこっちのほうだ。アイスマンに人払いされたのか」

「ああ。操縦室へ戻れって言われた。どうやら、これから始まるのは身内以外には聞かれたくない話のようだな」

不快感丸出しにフェルナンドは厚手の唇を尖らせる。アイスマンが横たわっているのはキャビンのいちばん奥の貨物用デッキだ。男たちが機内に乗り込むのは床を伝わる振動でわかったが、内緒話の内容はここまでは聞こえてこない。

フェルナンドならずとも頭の回線がオーバーヒートしそうな成り行きだ。ギュンターの命を狙ったはずのあの男とアイスマンは面識があるらしい。男のほうはアイスマンがここに立ち寄るのをあらかじめ知っていて待ち伏せしたとしか思えない。アイスマンと男の関係にしても、いまのところ一触即発のムードはない。ナオミの態度もどこかはっきりしない。

ふと思いついてヘッドセットのボリュームを上げてみた。目いっぱい上げるとキャビンの会話がかすかに漏れてきた。アイスマンの声と先ほどの男の声が、ときに重なりながら聞きとれる。音量がごく小さいところをみると、アイスマン本人はヘッドセットを外していて、そのマイクロフォンが離れた位置で会話を拾っているらしい。男の口振りはまずは神妙だ。

「ギュンターのことは済まなかった。そういう状況だとは知らなかった。ちょっとした挨拶のつもりだったんだよ。しかし私の悪戯がギュンターの死因と直接結びついたわけではないはずだ」

「なんにせよ貴様が人殺しであることに変わりはない。いまさら手をかけた死人の数が一人や二人増えたところで、ことさら寝覚めが悪くなることもないだろう」

応じるアイスマンの声からは、いつもの無邪気な悪態とは異なる澱《よど》んだ憤りが伝わってくる。

「ご挨拶だな。しかし将軍はあんたの力を必要としている。あんただって将軍には恩義があるだろう。サムライなら恩義は忘れないはずだ」

「それは相手がサムライの場合に限った話だ」

「かつては同じ夢を見た仲間じゃないか」

「同床《どうしょう》異夢《いむ》というべきだよ、エウヘーニオ・モラエス。私が望んだのは国家を能無しのコミュニストの手から取り戻すことだった。それを別の種類の悪魔に手渡すことではなかった」

アイスマンの声が昂ぶった。フェルナンドも彬のやっていることに気づいたらしく、自分のヘッドセットのボリュームボタンをいじっている。エウヘーニオ・モラエスと呼ばれたその男が猫なで声で語りかける。

「それは将軍を悲しませる言葉だよ、リカルド。彼はいまや高齢で、寿命があとわずかだということもわきまえている」

「しかし自分がやったことを悔いているわけではない。あの男の妄念の犠牲になって恥辱と苦痛の果てに死んでいった夥《おびただ》しい数の人間のことを考えれば、ベッドの上で往生できるというのは贅沢すぎる話だ」

動じる様子のないアイスマンに、モラエスは冷笑を含んだ声で畳みかける。

「あんただって、かつてはそれに加担したじゃないか、リカルド」

「私はあの悪党に利用されただけだ」

アイスマンはおぞましい毒物を吐き出すように言い捨てた。会話の成り行きがまるで摑めない。

「ところで、見つかったのかね。例のものは?」

モラエスがからかうような調子で問いかける。

「ハイエナの餌になるようなものはここにはないよ、エウヘーニオ」

アイスマンの方も木で鼻を括ったような答えを返す。モラエスがかすかに気色《けしき》ばむ。

「リカルド、あれは本来ピノチェト将軍のものだ。ハイエナはあんたのほうじゃないのか」

突然出てきた名前に啞然とした。ピノチェト将軍――かつてのチリ共和国大統領。一九七〇年代の軍事クーデターでサルバドール・アジェンデの社会主義政権を打倒し、その後の軍政下での過酷な弾圧で世界に悪名を馳せた独裁者。チリ国内ではいまも有名人で、彬もその令名《れいめい》にはしばしば接している。

二〇〇〇年には大統領時代の人権侵害の罪で告訴され、終身上院議員の免責特権も剝奪されたが、その後健康上の理由によってチリ最高裁が裁判中止を決定した。元大統領の特権の終身上院議員の職も辞し、政治的には明らかに死に体だが、チリ国内にはいまだピノチェトを支持する政治勢力があり、国民の一部にはいまも彼に愛着を抱く者が少なくない。

明らかにここまでの話向きは、そのピノチェトとアイスマンにかつてなんらかの繫がりがあったことを示唆している。もともと見えない部分の多かった今回のアイスマンとの付き合いだが、見えていると思っていた部分さえこれで怪しくなってきた。

「お前たちがあの老い先短い悪党にいまも忠誠を誓っているはずはない。魂胆はわかっている。本音は将軍の名を騙《かた》って自分たちの野望を実現することだ」

アイスマンが語気を強める。モラエスは下卑たせせら笑《わら》いでそれを受け止める。

「そのとおり。将軍は老いぼれても、コンドルはまだ尾羽《おは》を打ち枯らしたわけじゃない」

フェルナンドが落ち着かない視線を投げてくる。コンドル――。話の脈絡からそれが「コンドル作戦」のことを指しているのは容易に想像できる。フェルナンドもそのことを言いたいらしい。

プンタアレナスの居酒屋でかつて民主化運動の闘士だったという男から聞いたことがある。コンドル作戦とは、ピノチェトが主導し、そこにアルゼンチン、ブラジル、ボリビア、ウルグアイ、パラグアイの当時の軍事独裁政権が連携して構築した白色テロの多国籍ネットワークだ。国外へ亡命した政敵や反政府活動家を相互に監視下に置き、誘拐、襲撃、拷問、虐殺といったあらゆる非人道的手段を駆使して、法の埒《らち》外《がい》で夥しい人命を闇に葬った。もちろんそれはすでに過去の話だと彬は思っていた。

「私はコミュニスト以上にアメリカという国が嫌いだが、あの大泥棒は国家の魂をＣＩＡに売り渡した。十六年にわたる独裁政権は所詮はアメリカの傀儡《かいらい》だった。だから私はあの男と袂《たもと》を分かった。しかしすべてはもう終わったことだ、エウヘーニオ。帰ってくれ。ここはおまえたちがくるべき場所じゃない」

アイスマンの声音に悲痛な響きが加わる。モラエスは余裕のある声で言い募る。

「いずれ手を組むことになるよ、リカルド。コンドルは不死鳥だ。あんたはつねに我々の監視下に置かれている。そのことを決して忘れるべきじゃない」

「私の頭のなかまでは監視できんぞ、エウヘーニオ」

「いや、結果は見えている。どう悪知恵をめぐらそうと、あんたの行く手には我々が必ず立ちはだかる。じゃあ達者でな、セニョール・シラセ。いや最近はアイスマンで通っているらしいな。早いとこ怪我が治ることを祈ってるよ」

モラエスはことさら優位を見せつけるように上機嫌だ。再び機体が軋《きし》んで、男たちが機外へ出ようとしているのがわかる。キャビンのドアが開く音がして、間もなく機外へ降り立った連中が操縦室の横手を通りかかるのが見えた。

そのときキャビンの方向から呼びかける声が聞こえた。魂に切り込むように鋭く甲高い声――。

「エウヘーニオ・モラエス！」

グリーンのアノラックを着た小柄な人影が走り寄る。振り向いたモラエスの頬を、伸び上がるようにしてその人影が平手打ちした。ナオミだった。

「ろくでなし野郎《イホ・デ・プータ》！」

頬を紅潮させてナオミが罵った。見開いた瞳が濡れている。口にした言葉は数多いスペイン語の悪態のなかではごく穏当な部類だが、ナオミのような教養ある女性はまず使わない。そこから感じとれる憤りの深さが彬の心を揺さぶった。

モラエスは嘲《あざけ》るような笑みを浮かべてナオミに向き直る。噴き出した鼻血が薄い口髭に凍りついている。舌なめずりするような口調でモラエスが言う。

「勘違いしないで欲しいね、お嬢さん。ギュンターが死んだのは俺のせいじゃない。強いて言えば自業自得だ。あんたもアイスマンもこれ以上強情を張るとどうなるか、ここはじっくり考えたほうがいい」

ナオミは全身を小刻みに震わせながら、怒りと悲しみを満面に湛《たた》えてにじり寄る。モラエスの顔が残忍に歪んだ。二人の子分が表情を硬くした。彬は用心深く操縦室のドアを押し開けた。

ナオミが右手を高く振り上げた。今度は造作もなくモラエスがその手首を捉え、いかにも華奢《きゃしゃ》なその腕を軽々と捻り上げる。よろめいたナオミの頬にモラエスの団扇《うちわ》のような平手が叩きつけられた。小さな悲鳴とともにナオミの体が横に飛んだ。

唐突な怒りの衝動が彬の筋肉をじかに動かした。すかさず機外へ飛び出して、そのままモラエスの胸元めがけて頭からダイブする。重なり合って硬い雪面に倒れ込む。もみ合いながら膝頭でモラエスの股間を蹴り上げる。モラエスの大きな手が喉元に絡みつく。機内からアザラシ顔の男とその部下が飛び出すのが見える。

モラエスの手が万力のような馬鹿力で喉を締めつける。視野が狭まり頭のなかに靄《もや》がかかるのを感じながら、なおその腹部にアッパーを叩き込む。本気で殴り合いの喧嘩をするのはたぶん小学生以来だろう。制御しきれない憤りに突き動かされ、そのことに心地よささえ覚えながら、彬はモラエスの上体に体重をかけてのしかかり、アノラックの襟を渾身の力で締め上げた。

モラエスの視線が素早く動いた。背後に人の気配を感じた。振り向こうとした瞬間、後頭部に重いなにかが叩きつけられた。

目の前が暗くなり、頭のなかで夥しい星が明滅する。洞窟のなかにいるように周囲の音が谺《こだま》する。アザラシ顔の隊員の怒声。雪を踏みしめる乱れた足音。素手で殴り合うような鈍い打撃音。

耳元でナオミが自分を呼んでいる。その悲しみを帯びた声が急速に遠のいていく。頬に当たる雪面の感触が冷たいというより焼けるように痛い。スピンしながら墜落する機体のように、彬の意識は暗い奈落へ落ちていった。

2

「目が覚めたようね。よかった」

聞き覚えのある声が耳元で柔らかく響く。南極暮らしでは日ごろ縁遠いほのかなシャンプーあるいはコロンの香り。ぼんやりした視野のなかでナオミの顔が揺れている。頭の芯が鉛を詰め込まれたように重い。ようやく焦点が定まった目で周囲を見渡した。

狭い部屋だが息苦しいほどではない。壁も天井も素気《そっけ》ないウッドパネルで組み立てられ、コンピュータや配電用のケーブルが剝き出しでその壁面を這い回る。ベッドの横手の壁の前には殺風景なグレーのスチールロッカーが置かれ、その隣にいかにも素人仕事といった不細工な作り付けの机と棚がある。ベッドは肩幅よりわずかに広く、暖房用のオイルヒーターだけがやけに真新しい。室内は暑からず寒からず。体の上には布団代わりに羽毛の寝袋が掛けてある。

地獄というほどひどくはないが天国というにはほど遠い。ナオミがベッドの脇のスチールパイプの椅子に座り、生真面目な医師の顔つきでこちらを見つめている。

「ここは？」

「コンセプシオンIよ。この部屋はあなたのための個室。これでも基地のなかでは最上級の部類なの」

ナオミの顔がほころんだ。惨めさと面映《おもはゆ》さの同居した軽傷の傷病兵のような気分でさらに訊く。

「どうやってここまで?」

「フェルナンドが操縦してきたの。つまりあなたはあれからずっと意識を失っていたの」

確かにモラエスとの乱闘までは思い出したが、その後の記憶が消えている。ナオミの左頬には特大の救急絆創膏が貼ってあり、その周囲にも青痣《あおあざ》が広がっている。その痛々しい様子がモラエスに挑みかかったときのあの激した表情と重なって、心にかすかな疼《うず》きが走る。

「ひどくやられたようだね」

「重いスノーブーツで蹴られたの。後頭部に大きなこぶができているわ。それで脳震盪《のうしんとう》を起こしたのよ。骨に異状はなさそうよ。吐き気や頭痛は?」

ナオミの怪我のことを訊いたつもりが、返ってきたのはこちらの打撲の話のようだ。後頭部がひんやりする。氷枕で冷やしてくれているらしい。大丈夫だと答えるとナオミは安心したように笑ったが、彼女のほうもまだ痛みがあるようで、笑った顔がそのましかめっ面に変わった。

「明日にでもフレイ基地へ行ってドクトール・ヌネスの診察を受けたほうがいいわね。万一のことが心配だからX線撮影くらいはしとかないと。新しい荷物が到着しているはずだから、それを取りにいくついででどうかしら」

モラエスとの一件などなかったようにナオミの口調は快活だ。動いていいかどうかわからないので目顔で頷いてみせてから、いちばん気になる質問をした。

「あの男は何者なの？」

「エウヘーニオ・モラエス。アルゼンチン空軍の退役少佐。いまはブエノスアイレスで警備保障会社を経営しているらしいわ」

電話帳で調べるより多少はましという程度の情報だ。盗み聞きしたことを気取《けど》られないようにさらに探りを入れてみた。

「その人物がどうして南極へ？」

「それ以上訊かないで欲しいといったら、納得してもらえるかしら」

案の定、ナオミは神経を尖らせた。むろん納得できる話ではない。

「あいつが仕掛けてきた挑発行為にしても、君があいつに示した態度にしても、アイスマンのただの知り合いだという程度の話では説明がつかない」

「この世界には説明のつかない話がいくらでもあるわ」

ナオミはさもうんざりしたという様子でアノラックのポケットに両手を突っ込む。アイスマン自慢の才長《た》けた姪は、アイスマン本人に負けず劣らず扱いにくい。

「そういう問題じゃない。あのときは一つ間違えば墜落さえしかねなかった。そういう危険を背負ってこれから仕事をする以上、ある程度の真実は知っておきたい」

「モラエスはブエノスアイレスへ帰ったわ。もう南極へはこない。だからあなたが心配するような危険はないのよ」

「モラエスが言っていたね。コンドルはまだ尾羽を打ち枯らしたわけじゃない——」

彬は手札を広げてみせた。ナオミは眉根を寄せて警戒心を滲ませた。

「話を聞いていたの？」

「インターコムのスイッチが入っていて勝手に聞こえてきたんだ。悪気はなかった」

そんなありきたりの言い訳をとがめもせずに、ナオミは落ち着きのない様子で身を乗り出した。

「誤解しないで欲しいの。叔父はとうの昔に彼らとの関係を断っているし、ピノチェトとも二十年以上接触していないわ」

「しかし火種はまだ残っていた。アイスマンは南極でなにをやらかそうとしているんだ」

ベッドに半身を起こしながらさらに問い詰めた。後頭部から首筋にかけて電気が走ったような痛みが襲う。思わず顔をしかめると、ナオミが慌てて立ち上がり、肩口を押さえてベッドに押し戻す。

「もうしばらく安静にしていないと。まだ腫れがひどいのよ」

「安静にしていられる気分じゃないんだ。わかるだろ。僕だって『コンドル』という言葉がなにを意味しているかくらい知っている。モラエスは明らかにアイスマンを脅迫していた」

「詮索はしないで欲しいと言っているの。あなたはお願いした仕事をやってくれるだけでいいの」

ナオミは強い口調で言いながら、ずれた氷枕の位置を荒っぽい手つきで整える。雇用主の立場からの威圧には抗しにくい。今度は質問の方向を変えてみた。

「ギュンターの死にモラエスがなにか関与を？」

ナオミが示したあの激しい憎悪は紛れもなくそれを暗示していた。ナオミは苛立ちを滲ませて首を振る。

「関係ないわ」

「アイスマンは雪洞の落盤事故が何者かの故意によるものだと仄《ほの》めかしている」

「叔父さんの被害妄想よ。私たちがプンタアレナスに行っているあいだに、フレイ基地の憲兵がここへきて現場検証をしたわ。気温上昇でできたクラックが原因だそうよ。つまり自然発生的な災害よ。それに、そもそもそんなことがなぜ重要なの。私たちはあなたを探偵じゃなくてパイロットとして雇ったのよ。それ以上詮索するのは止めて」

「ここは南極だ。君やアイスマンに危険が迫ったとき、救い出せるのは探偵でもなければ警察でもない。ここではパイロットは荷物を運ぶだけが仕事じゃない」

彬もむきになっていた。確かにナオミの言うとおり、雇われパイロットは頼まれた仕事だけをやればいい。しかしそう割り切れないなにかがそこにある。ナオミとアイスマンが張り巡らした見えない壁が覆い隠しているものが、なにかのっぴきならない危機をはらんだもののように思えて、それを座視することが自分のなかの大切なものを裏切る行為のような気がした。たとえ当人たちがそれを望まないとしても。

「本当に、危険はないのよ、アキラ。あまり説得力のある言い方だとも思えないけど、私も叔父もしょせんはただの物好きな南極マニアに過ぎないの」

ナオミは子供をあやすように微笑みかける。いかにも作り物めいたそのガードを押し退《の》けて、彬はさらに核心へ踏み込んだ。

「モラエスは君たちがここでなにかを捜しているようなことを言っていた」

「叔父の嫌いな哲学めいた話をすれば、そもそも人生というのは、自分にとって大切ななにかを探し求める旅なんじゃない」

「はぐらかすのが上手いな。というより――」

「というより？」

「開き直りだよ。つまり僕に理解できるのは、君が隠しごとをしているという明白な事実だけだ。どんな危険な事態がそこから生じるか、それを回避するためになにをすべきか、僕は判断する材料すらもてないわけだ」

「もし危険があるとしても――」

ナオミの瞳に頑《かたく》なな意志の光が宿った。

「それは私と叔父が二人で引き受けようと決めたことなの。もしそのことをあなたに明かしたとしても共感を得られるとは思わない。あなたに限らず誰に対してもそれを理解してもらいたいとも思わない。それは私と叔父の魂にとって切実な問題であって、それ以上のものでは決してないのよ」

「一つだけヒントをくれないか」

頷くでもなくナオミは彬の顔を覗き込む。

「それは死んだギュンターと関係のあることなのか」

ナオミの肩が震えた。黒目がちの瞳が潤んだ。彬はそれをナオミからの無言の答えだと受け取った。

3

到着した翌日から、アイスマンヒュッテ周辺ではこの世の風が一堂に会したような殺人的ブリザードが吹き荒れた。

南極のブリザードは一度吹き出すと一週間以上は続くことがざらで、そのあいだ飛行機の離着陸はほぼ不可能となる。ニュージーランドからジェット燃料を輸送する予定だったイリューシンもクライストチャーチの空港でひたすら無聊《ぶりよう》をかこっている。彬とフェルナンドはすでに三日間地上待機で、ツインオッターが巨大な雪像と化さないように日に何度も雪掻きに追われていた。

朝の日課は食堂から聞こえてくる発情期のアザラシのような絶叫で始まる。ナオミが、動かさないでいるうちに固まってしまったアイスマンの膝や踝《くるぶし》の屈伸運動をさせているのだ。コンセプシオンIIの建設は進まないが、なにはともあれ南極に戻ってアイスマンは上機嫌のようだ。

アイスマンヒュッテは三十人ほどの定員で設計されているが、アイスマンが買いとってからは予算上のアリバイ工作に過ぎないやらずもがなの観測業務の大半を廃止したため、居住区には賃貸に出したいほど余裕があり、彬とフェルナンドを含め全隊員が南極暮らしとしてはまず優雅な個室を割り当てられている。

外は眼球さえ凍りつきそうな烈風が吹き荒れていても、居住区内は摂氏二〇度前後に保たれている。食事もサンチアゴの息子が経営する高級レストランチェーンのシェフを破格のギャラで引き抜いたとかで、食通のアイスマンの好みに合わせてすこぶる質が高い。外観は建設現場の飯場のバラックと似ているが、アイスマンヒュッテの暮らし向きはWAAのフリーダムヒル基地と比べれば王宮生活とさえいえるものだ。

そんなぬるま湯的な日常に浸っていると、エウヘーニオ・モラエスとの遭遇のこともギュンターの死のことも、ナオミが言うようにもはや過ぎ去った危機のようにも思えてくる。

しかしナオミの心にいまもギュンターの死が深い影を落としているのは疑いなく、それを考えれば不自然なほど屈託のない日常の態度の背後に、彼とナオミとアイスマンが共有するなにやら不穏な企てが隠されているという疑念はいまも拭えない。しかし一方で、そうした憶測が杞憂《きゆう》に過ぎないのではと疑わせるほどに、この極寒の小宇宙は居心地のいい場所だった。

アイスマンは、モラエスとの遭遇の件をフリーダムヒルには報告しないようにと釘を刺した。強欲女のドロシーが危険な事態の発生を理由にチャーター料金を吊り上げては困るというのがその言い分で、彬は唯々諾々《いいだくだく》としてそれに従った。

南極という極限世界での別荘暮らしというアイスマンの度し難い贅沢に大人しく付き合っていればとりあえず金にはなるのだし、なによりナオミとともにいることが、これまで欠乏していたその欠乏にすら気づかなかった心の糧《かて》を与えてくれること、つまり自分がナオミに熱を上げているらしいことを彬は認めざるを得なかった。忸怩《じくじ》たる思いではあるが、ナオミやアイスマンに必要以上に楯突いて、この好ましい環境から放り出されることがいまは怖いのだ。

さしものブリザードもこの日の昼頃にはようやく息を切らしてきた。フレイ基地にはプンタアレナスから空軍の定期便で運ばれてきて、そのまま滞留している荷物があった。そこにはアイスマンの好みでとり寄せたチリ産の新鮮な魚介類が含まれ、コンセプシオンIIの建設が滞っていることよりもそちらのほうがアイスマンの苛立ちの種だった。

「アキラ、これ以上無駄飯を食らっていては気が咎《とが》めるだろう。いますぐフレイ基地へ飛べ。ついでに藪医者のヌネスに頭の具合も検査してもらえ。私が乗っているときにパイロットに発作を起こされてはかなわんからな」

アイスマンは昼食の席で、嵐が収まりかけた窓の外を眺めながらさっそく指令を発した。

「ドクトール・ヌネスには私のほうから連絡を入れておくわ。フレイ基地の空軍病院には最近中古のCTが入ったそうだから、それで検査してもらえば万全よ」

ナオミは気がかりな問題が一つ片付くことにほっとした様子だ。左頰の青痣はだいぶ色褪せて、まだ小さな傷が癒えてはいないが、痕が残るほどのものではないと本人は意に介さない。

血気盛んなフェルナンドは、単調なアイスマンヒュッテの暮らしにそろそろ退屈しだしているようで、フレイ基地での金髪のジェリーとの逢瀬《おうせ》に気もそぞろだ。

インマルサットでマルシ飛行場の管制に現地の気象を問い合わせると、快晴で視界は良好、横風が強いが着陸が難しいほどではないという。昼食を済ませてから機体の雪を払い、各部を点検し、燃料を満タンにして、暖かい寝床から追い出される気分でフレイ基地へと飛び立った。

4

フレイ基地に到着したのは夕刻の五時だった。

慌てて荷を積んでとんぼ返りしてもアイスマンヒュッテに着くのは深夜になる。深夜といっても白夜《びやくや》で昼と変わりはないのだが、隊員たちは就寝中なので荷降ろしは手伝ってもらえない。アイスマンの承諾を得て出発は翌早朝とし、今夜はWAAの現地オフィスにある仮眠所で一泊することにした。

ジェリーを捉まえて冴えないジョークを連発するフェルナンドはそのままオフィスに残し、徒歩でドクトール・ヌネスのいる基地の病院へ向かった。フレイ空軍病院はマルシ飛行場に隣接した殺風景な外観のコンテナハウスだが、清潔で明るい内装は一般的な都市のクリニックと遜色がない。診療時間はとっくに過ぎていたが、ヌネスは彬の到着を待っていてくれた。

「転んで頭を打ったんだって？　アイスマンヒュッテのドクトーラから連絡を受けたよ。ベテラン極地パイロットにしてはドジな災難だな。頭痛や吐き気は？　眩暈《めまい》がしたり目がかすんだりはしないか？」

ヌネスは矢継ぎ早に問診しながら、脈をとり、瞳孔を覗き込み、頭部の打撲箇所を触診する。

「腫れは少し残っているが、ほかは健康そのものだよ。頭蓋骨の陥没はないし、脳内に血腫ができている兆候もない。心配ならCTの撮影をしてやってもいいが、きょうはもう技術者が帰っちまった。やるなら明日の朝になるがね」

ヌネスのぶっきらぼうな説明を聞きながらふと机の上を見ると、小さな木枠の写真立てがあり、そのなかにかつてのチリ共和国大統領、サルバドール・アジェンデの写真が飾ってある。ピノチェトによる軍事クーデターで政権を奪取され、大統領府のモネダ宮で殺害されたとされる左翼政治家。一九八〇年代の民主化運動の盛り上がりのなかで反ピノチェトのシンボルとして偶像視されたこともある。空軍の士官がその写真を机上に飾れるほどに軍も近ごろは民主化されたのかと感じ入り、ついでにふとひらめいた。

「ドクトールが太鼓判を押してくれるならCTは結構ですよ。それより――」

コンセプシオンIIでの顚末をかいつまんで聞かせ、なにか心当たりはないかと訊いてみる。コンドル作戦に関わる話を空軍士官のヌネスに喋ることが適切かどうか危ぶむところはあったが、空軍は軍政時代のチリの四軍のなかで最も反ピノチェト色が強かったと聞いている。そのうえ机に写真を飾るほどアジェンデに傾倒しているなら、ヌネス自身の政治信条も反ピノチェトだと解釈できる。

「食事はどうする。私はこれから基地の士官食堂に出かけるが」

ヌネスは質問に直接は答えず誘いをかける。先方もその件に関心があるらしい。二つ返事でOKした。

まださほど混み合ってはいない士官食堂の、さらに人気《ひとけ》のない奥まったテーブルに陣どって、定食のディナーとともに、ヌネスはビールを、アルコールに弱い体質ということで通している彬はノンアルコールビールを注文する。ウェイターが立ち去るとヌネスはようやく切り出した。

「アイスマンが南極暮らしを始めた理由については、基地の連中のなかでも憶測が飛んでいる。どれも根拠はいいかげんだが、話の面白さでランク付けすればトップがナチスの金塊探しだな」

多少はましな情報があるかと思えば、出てきたのはとんでもないB級ネタだ。

「そりゃ確かに面白い。ほかには？」

「暴力女房から逃げるためだとか、南極を舞台にしたポルノ映画を撮るためだとか――」

ヌネスは真顔を崩さない。鼻白みながら合いの手を入れる。

「どれも興味深いけど、説得力には欠けますね」

「しかしナチスの金塊というのは十分ありうる話だ。これは軍内部でいまも密かに語り継がれている伝説なんだが――」

テーブルに両肘をついてヌネスはやけに深刻な口振りだ。

「南米諸国では第二次大戦後に全体主義的な独裁政権が林立し、アルゼンチンはその筆頭だった。大統領のホアン・ドミンゴ・ペロンは、妻のエビータのお陰で国民的英雄に祭り上げられたが、本質はムッソリーニに心酔した筋金入りのファシストだ。そのせいでアルゼンチンはナチスの残党の恰好の避難地になり、アドルフ・アイヒマンやヨゼフ・メンゲレ、グスタフ・ワグナーといったナチ戦犯のスター級が、戦後、政府の庇護のもとに身を隠していた。ペロンは西ドイツからの身柄引き渡し要求にも応じなかった」

「その連中が金塊をもち込んだんですか」

前置きがまだるっこしいので先回りすると、そろそろ佳境に入る合図でもあるようにヌネスはぴくりと眉を上げた。

「取り沙汰されているのはもっと大物でね。一九四五年の五月半ばというからベルリンが陥落して一週間目くらいのころだろう。ドイツ海軍のUボートが密かにブエノスアイレスの軍港にやってきた――」

ウェイターが飲み物とパンを運んできたところで、他聞を憚《はばか》るようにヌネスは小休止し、ウェイターが立ち去るのを待ってビールのグラスを片手に続きに入る。

「Uボートに乗っていたのは誰だと思う。マルティン・ボルマン。ナチ党の副党首でヒトラーの側近中の側近。あの悪魔の申し子の後継者と目されていた人物だ。ベルリン陥落当日に姿を消し、いまだに生死不明とされている」

彬は覚えずその話に魅せられた。

「そのUボートが南極へ金塊を？」

「そう単純な話じゃない。Uボートはかなりの量の貨物を運んできたが、それは当時の海軍司令官の指示で密かにどこかへ仕舞い込まれた。Uボートはアルゼンチン海軍の手で大西洋の沖合いに曳航《えいこう》されて撃沈された。ボルマンとUボートの乗組員は当時の軍事政権の保護のもと、新しい名前と身分を手に入れて行方をくらませた。すべては秘密裡に処理された。第二次大戦中のほとんどのあいだアルゼンチンは表向きは中立を宣言し、水面下ではナチス・ドイツと親密な交渉をもっていた。しかし大戦末期にはアメリカの圧力でいやいやドイツと日本に対し宣戦布告をした。ボルマンの亡命を受け容れたことが連合国側にばれてはまずい事情があったわけだ」

ヌネスはそこで一息入れて、焦らすように本物のビールを喉に流し込む。生唾とともにノンアルコールビールを呷《あお》りながら、苛立ちを隠せず先を促す。

「そのUボートの積み荷が金塊だったというわけですか」

「そのとおり。ナチスの紋章が刻印されたインゴットが五〇トン。いまの相場だと五億ドル相当だろう。中米あたりの小国なら国家予算に匹敵する」

「その金塊はどうなったんです」

ヌネスは顔の前で掌をひらりと返した。

「消えてなくなった」

「誰かがかすめ盗《と》ったということですか」

「戦後まもなく政権を握ったペロンにしてみれば、逼迫していた財政の穴埋めに喉から手が出るほど欲しい代物《しろもの》だ。そういうことがあったという噂は聞いていたから、国中を探し回ったが、中央銀行の保管庫にも軍関係の施設にも、どの国家機関の施設にも見つからなかった」

「マルティン・ボルマンが知っていたんじゃないんですか」

「そのボルマンも巧妙に行方をくらましていた。前政権の軍部に消されたという噂もある」

「ではどうしてその金塊が南極にあると――」

「三十年ほど前に南極半島のある場所で、偶然チリの調査隊が一本の金の延べ棒を見つけた。そこには鉤十字《かぎじゅうじ》の刻印が押されていた」

「例のナチスのマークの？」

言わずもがなの質問にこくりと頷き、ヌネスは意味深長な笑みを浮かべた。

「場所はアイスマンヒュッテから五〇キロほど東のウェッデル海に面した氷河の上だった――」

どうも話ができすぎている。なにやら担がれているような気がしてきた。ポーカーフェイスで先を促すと、ヌネスはにやりと笑って肩をすくめる。

「もちろん噂だよ。しかしよくできた噂だ。第二次世界大戦中にナチスドイツが占領国やユダヤ人から巻き上げた金銀財宝のたぐいは、現在の資産価値で八〇億ドル相当といわれる。そのおよそ七〇パーセントがスイスの銀行の地下金庫に眠っているらしいが、残りについてはいまも行方がわからない。その一部が大戦末期にアルゼンチンへ運び込まれたという憶測もそう不自然じゃない」

ヌネスの衒《てら》いのない話し振りは妙に説得力がある。好奇の虫が蠢《うごめ》きだす。

「チリの調査隊が発見した金の延べ棒はどこにあるんです？」

「極秘裡にサンチアゴに運ばれて、そのままピノチェトの金庫に納まったという話だ。アルゼンチンでの事件の顚末を知っていたピノチェトは、その金塊が見つかった場所の近くに残りがあるのではないかと考えて、捜索のためにわざわざ基地を建設した。もちろん表向きは適当な名目の科学観測だ。それがコンセプシオンI、つまりアイスマンヒュッテだった」

「で、見つかったんですか」

「何次にもわたって捜索チームを派遣したが、すべて空振りだった。そのうちピノチェトは退陣し、あとを受けた政権には金塊の話は知らされなかった。コンセプシオンIはその後も名目上の科学観測のために運営されていたが、やがて財政的に破綻をきたし、アイスマンがそれを買いとったというわけだ」

　ようやく話の行方が見えてきた。思いもよらない着地点――。

「アイスマンが南極に居着いているのは、やはりナチスの財宝捜しのため？」

「そう憶測されても仕方がない事情はある。しかしアイスマンは否定している。いくら医者でも人の考えまでは覗けんからな」

　ヌネスは思わせぶりに頷いて、千切ったパンを口に放り込む。彬は憶測以上の手応えを感じながら、話の向きを変えてみた。

「死んだギュンターはドイツ人なんですか」

「チリ人だよ。ドイツからの移民の家系だからドイツ風の名前らしい」

アイスマンヒュッテでフェルナンドがナチスうんぬんのことを口走ったときの、ギュンターの異常な反応を思い起こした。

「まさか姓はボルマンじゃ？」

「そこまで都合のいいシナリオにはなっていない。ロシュマンだよ。たしかギュンター・ロシュマン」

「アイスマンとの関係は？」

「詳しい事情は知らないが、ギュンターは孤児なんだそうだ。なにかの縁でアイスマンが親代わりになって面倒をみることになったらしい」

ナオミから聞いた話とも符合する。さりげない口調でさらに訊く。

「ギュンターの両親はどうしたんです？」

「ピノチェトの独裁時代に行方不明になった。あとは言わなくてもわかるだろう。あの時代に政治的弾圧で殺された市民は二千人以上、行方不明者も千人以上いるといわれる。これはあくまでチリ政府の公式発表で、実際にはその十倍以上だとする説もある。そしてその行方不明者が生きていると信じるチリ国民は一人もいない」

ヌネスは皮肉な口調で吐き捨てた。彬はさらに踏み込んだ。

「コンドル作戦にアイスマンが関わったという話は？」

「私は聞いていないが、あのころ実業家として頭角をあらわしていたアイスマンが、急ピッチで企業の国有化を進めるアジェンデを嫌っていたのは確かだろう。しかし独裁体制の末期にはアイスマンはピノチェトへの批判を強め、搦《から》め手から反ピノチェト陣営に資金援助をしている。要するに彼はイデオロギーよりも商機に敏感な種類の人間だった。彼は実業家として抜け目なく混乱の時代を渡りきったというわけだ」

ヌネスの口振りにことさら辛辣《しんらつ》な批判は含まれていない。自分がそうであるように、アイスマンの特異な性格は承知のうえでその人間的魅力に惹かれる者は多い。ヌネスもそんな一人なのかもしれない。

「エウヘーニオ・モラエスという男のことは？」

「私は知らないが、退役したアルゼンチン空軍の少佐だという話だったな。こちらの空軍にも知っている人間はいるはずだ。ちょっと当たってみるよ――」

ヌネスはテーブル越しに顔を寄せてくる。

「アイスマンはここエドアルド・フレイ基地にとっては重要なパトロンなんだ。南極におけるわが国のプレゼンスを維持する上でこの基地は大きな意味をもっている。しかし国家の財政は逼迫し予算は年々削られている。空港施設の補修や病院の設備の更新もアイスマンからの財政支援に頼っているのが現状でね。彼の安全に目配りすることは我々の重要な任務でもある。アイスマンの身辺でまたなにか起きたら遅滞なく知らせて欲しい」

彬は当惑した。

「あなたに？」

「コンセプシオンⅠの運営に軍が公に関与することをアイスマンは嫌う。幸い私は医師という立場から彼の身辺に接触できる。健康上のことを含め、私は基地司令官から彼の後見役を仰せつかっているんだ」

そう言うヌネスの表情からは、憂慮に満ちた気遣い以外のなにかを読みとるのは難しかった。

5

翌日の早朝、アイスマンが待ちかねている荷物を積んでマルシ飛行場を飛び立った。

フェルナンドのしおたれた顔からは、ジェリーとの逢瀬が期待どおりの成果には至らなかったことが読み取れる。彬は景気づけに、きのうヌネスから聞いたナチスの財宝の話を教えてやった。

「金持ちというのはどこまでも欲の深い人種だな。しかし大枚の金をかけて南極で基地を運営して、もし見つからなかったら大損じゃないのか」

フェルナンドはしごく現実的な感想を漏らす。しかし彬は心のざわめきを抑えられない。ヌネスの話が本当ならこの世もまんざら退屈な場所ではない。ここ数年来沈滞しっぱなしだった人生にもようやく弾みがつきそうだ。自分が求めていたのはこれだったのかもしれないと彬は心に響くものを感じていた。

モラエスの登場ぶりやギュンターの生い立ちといった怪しい事実の断片を突きあわせれば、アイスマンの南極暮らしが単なる隠居生活ではないことは確かだと思えてくる。五億ドル、日本円で約六〇〇億円という数字は桁が多すぎて実感が摑めない。それでもアイスマンの宝捜しの話は十分刺激的だった。

一攫千金の熱病に浮かされたわけではない。おすそ分けに与《あず》かろうという気はないし、そもそもそんなものが見つかると信じているわけでもない。それでも馬鹿げた夢に余生を懸けた気まぐれで偏屈な金持ちと、どんな理由によるものか、その叔父に付き随《したが》う気の強い姪に抗いようもなく心が惹きつけられる。

そんな与太話に浮かれる滑稽《こっけい》さは重々承知しているが、アイスマンとナオミのやっていることがそもそも常識の範疇を超えている。正気とも思えない企てに否が応でも付き合わされて、モラエスのような怪しげな連中ともお付き合いせざるを得ないとすれば、しがない雇われパイロットの身としては、せめて夢の切れ端くらいは共有させてもらいたい。ナオミたちが簡単に真相を明かす気配はないが、近くで接していればいずれ尻尾《しっぽ》が摑めるはずだ。そのうち一枚嚙むチャンスも巡ってくるだろう。

南極半島上空の気流は安定しており、飛行はすこぶる順調だった。四時間弱で南緯七〇度を過ぎ、アイスマンヒュッテまであと三十分足らずのところで前方に気になるものが見えてきた。赤みを帯びた花崗岩の衝立のようなヌナタックの麓の氷原に、オレンジ色の大型ボックステントと小型のドームテントが数張り。周囲には食料や燃料らしい大量の物資が野積みされ、そのあいだを何人もの人影が蠢いている。少し離れたところには双発の小型機が着陸しており、その傍にも荷降ろしをする人の姿が見える。どこかの遠征隊のキャンプのようだが、昨日ここを通過したときには目にした覚えがない。いやな予感がみぞおちのあたりを掻きむしる。

接近するにつれてその正体が見えてきた。予感はやはり的中した。駐機しているのはエウヘーニオ・モラエスのあのパイパー・アズテック――。

現在地はアイスマンヒュッテから北へ七〇キロ強。広大な南極大陸ではほんの庭先という感覚だ。極点基地で出会ったスキンヘッドの教授の話では、連中は南緯八〇度付近の南極横断山脈中にいたはずだった。知らないあいだに一〇〇〇キロ近く移動してきたことになる。航空燃料を中心にキャンプに集積されている物資は相当量にのぼるはずで、パイパー一機ではとても運べない。あらかじめデポをつくっておいたか、あるいはパイパーよりも能力の大きい輸送手段が利用できるかどちらかだ。いずれにしてもその行動はよほど周到に計画されたものだと考えられる。

モラエスがブエノスアイレスに戻ったというのはナオミの希望的観測か、もしくは嘘だったことになる。ともあれハイエナの手の内を探るにはいい機会だ。ついでに売られた喧嘩のツケを払ってやることにした。

「フェルナンド、あいつらにちょっと挨拶だ」

「なにをする気だ？」

「モラエスとかいう糞ったれ野郎に少々怖い思いをさせてやるんだよ」

言いながら彬は操縦桿を押し込んだ。スロットルを最大に叩き込む。両翼のターボプロップエンジンが金切り声を上げる。機体をバンクさせながらキャンプの中心部に機首を向け、そのまま真一文字の急降下に入る。

獣の咆哮《ほうこう》のような風切り音がコクピットを押し包む。速力計はあっという間に二〇〇ノットを振り切った。目測で地上六〇〇フィートまでダイブして、そこからゆっくり機首を起こし、三〇フィートで水平に戻す。

ツインオッターは地表すれすれを駿馬《しゅんめ》のように駆け抜ける。オレンジ色のテントの群が風防ガラスの向こうで膨張する。棒杭のように突っ立つ者、慌てて地面にひれ伏す者、ただ闇雲に逃げ惑う者。そのなかに興奮してなにやらわめき散らすモラエスの姿が見えた。片手で操縦桿を引きながら窓越しにモラエスにVサイン。フェルナンドは傍らで意味不明の奇声を上げている。

ランディングギアのスキーでテント群をなぎ倒すように飛び過ぎて、再び五〇〇フィートまで上昇する。翼を翻して今度は逆方向から急降下。こちらを振り向いたモラエスにぴたりと機首を向ける。あっという間に距離は詰まってモラエスの顔の皺まで見えてくる。前回のチキンレースとは趣向が違う。金属の塊の飛行機と生身の人間の勝負はあっけなくついた。モラエスはバッタのように横っ飛びして雪面に顔から倒れ込む。

機首を起こして一〇〇〇フィート上昇し、キャンプの上空をゆっくり周回し、雪上にピン留めされたようにへたり込むモラエスたちを尻目に機首を南に向けた。これでいくらか胸のつかえが下りた。

見たところキャンプに物騒な武器のたぐいはなさそうだった。モラエスとその手下たちも丸腰のようだ。わざわざ近場に出張《でば》ってきた理由はわからないが、ことさら危害を加えてきそうな様子もみられない。フェルナンドが副操縦席ではしゃいでいる。

「やるじゃないか、アキラ。こっちが戦闘機だったらあいつら全滅だ」

「ああ、今度ふざけたまねをしやがったら、全員スキーで轢《ひ》き潰してやる」

思わず嘯《うそぶ》いた自分の言葉がまんざら誇張でもないような気がして、内心ぎくりとした。頭を打ったせいではないだろうが、理性のたががやや緩んでいるらしい。しかしきょうの彬は自分に寛大だった。構いはしない。ここは落ちるところまで落ちてたどり着いた地球のどん底なのだ。

窓の外には途方もない広がりを見せる純白の大地。心を押し潰すように威圧的だった無機質な大陸が、いまは弾む心の絵筆のための真新しいキャンバスのようにさえ見えてくる。下絵にはすでに脳裡に住みついて離れないナオミの面影が描かれている。いま彬が心に抱いているのは、気恥ずかしいほどに子供じみていて、それゆえに抗いがたい蠱惑《こわく》に満ちたロマンスと冒険の日々への予感だった。

6

アイスマンヒュッテに着くと、氷床上の滑走路の脇に巨大な蛾のような翼形状のイリューシン76が駐機していた。

二〇〇リッターのジェット燃料入りドラム缶が後部のランプから異界の昆虫の産卵さながらに次々転げ落ち、せわしなく動き回るフォークリフトが主棟に近いデポ地点にそれを運んでは整然と並べてゆく。アイスマンがニュージーランドで購入した燃料の第一便で、この大型ジェット輸送機でも、すべてを運ぶにはクライストチャーチとのあいだをさらに二往復する必要がある。

アロンゾ・サントス（それが例のアザラシ男の名前だった）が作業の陣頭指揮に立ち、アイスマンは雪上車の助手席から仏頂面でその様子を眺めている。ナオミの姿は外には見えない。

イリューシンの後方にツインオッターを駐機し、暖かい機内に籠もって久々に対面するロシアの怪鳥の雄姿を眺めていると、昨年のサマーシーズンにフリーダムヒルで一緒に仕事をしたロシア人パイロットのイゴール・コンドラチェフが分厚い防寒コートをまとって機窓に歩み寄ってきた。

ロシア空軍の退役将校で、極地パイロットとしての腕は抜群。ニュージーランドをベースにフリーのパイロットとして活動しており、WAAがロシアの航空会社から大型輸送機をチャーターするときは機長にイゴールを指名するのが慣例だ。このイリューシンもたぶんWAA経由でチャーターされたものだろう。

イゴールが風防ガラスをノックする。荷降ろし中は機長の出る幕はない。こちらもイリューシンが荷を降ろし終えるまでは待機するしかない。暇つぶしに付き合うことにしてアノラックを羽織って機外へ出ると、イゴールは濃いサングラス越しに人懐っこい笑みを浮かべ、さっそくロシア流の抱擁の挨拶を仕掛けてくる。いつまで経ってもこれは彬の苦手種目で、腰を引きながら体の密着をできるだけ回避する。

「ドロシーからあんたがここで極楽生活をしているって聞いてきた。交替というわけにはいかないかね」

ようやく体が離れたところでイゴールが軽口を飛ばしてくる。彬も応酬した。

「クライストチャーチの夜は酒池肉林の世界らしいな。替わりたいのはこっちのほうだよ。ここは初めてかい」

「コンセプシオンIは初めてだが、ごく近場へは来たことがあるよ」

「近場というと？」

落ち着きの悪い直感が疼きだす。南極では近場といっても普通は一〇〇キロ単位の話だが、建設中のコンセプシオンIIを除けば、アイスマンヒュッテの周囲数百キロに基地はない。

「ここからほんのちょっと北。詳しい緯度経度は忘れたが、距離にすれば七〇キロくらいだ。なんにもないただの雪原で、そこに航空燃料と食料その他のパレットをパラシュートで投下した」

「いつ？」

「二ヵ月ほど前だよ。それがどうかしたか？」

イゴールは訝しげだ。委細構わず問い詰める。

「赤い花崗岩でできた一枚岩のヌナタックの麓じゃなかったか」

「ああ、そうだ。なんでそんなことを知っている」

「依頼主は？」

「たしかシアトルに本社のあるアドベンチャーツアーの企画会社だよ。物好きな素人探検家を募って南極半島横断ツアーを主催するという話だった」

「なんて会社だか憶えていないか？」

「パタゴニア・アルパイン・ツアーズ——。そんな名前だったな」

彬の矢継ぎ早の訊問にイゴールは困惑を隠さない。

「料金の支払いはちゃんとしてたか？」

「WAA経由でチャーターしてきたんだ。あの遣《や》り手のドロシー・セイヤーが一見《いちげん》の客から前金以外の条件で仕事を受けると思うか」

イゴールの指摘には頷くしかないが、だとしてもそれだけのツアーがWAAの縄張りの南極半島で実施されるのを、ドロシーやトロントの本社が指を咥《くわ》えて眺めているはずがない。サポート業務の一切合財《いっさいがっさい》を押さえ込み、身ぐるみ剝ぐように荒稼ぎするのが通例だが、彬が知る限り南極半島での民間エクスペディションのサポートでWAAが動いた気配はない。

「そのツアーは本当に実施されたのか」

「さあね。私はそのあとすぐクライストチャーチに戻って酒池肉林の生活を楽しんでたから。いやそれは嘘で、ニュージーランド・アルプスのトレッキング客のピストン輸送で飛び回っていた。だからそのあとのことはなにも知らない」

「そんなツアーがもし実施されていたらＷＡＡに情報が入らないはずがない。しかしこっちも噂一つ聞いていないよ」

　彬は誘い水をかけるように首を傾げてみせた。イゴールはごく月並みな答えを捻り出す。

「おおかた中止になったんだろう。よくあることさ。客が集まらなかったとか、天候が不順だったとか、ツアー会社の社員が資金をもち逃げしたとか」

「そんなところかもしれないな」

　イゴールにはとりあえず頷いてみせたが、むろん納得のいく説明ではない。エウヘーニオ・モラエスがそのデポを使ってキャンプを設営したのは確かだろう。イリューシンで運んだからには相当な量の物資が備蓄されているはずで、モラエスはあの地点に長期にわたって滞在する構えのようだ。だとすれば極点基地のファーガソン教授が見たという南極横断山脈のキャンプにも、おそらくそんなやり方で物資の輸送が行なわれたはずだ。その方面へも飛んだことがあるかと鎌をかけてみたが、イゴールは飛んでいないと明言した。

　さらにしばらく雑談を交わしたが、イゴールからはそれ以上の情報は得られなかった。いずれにせよモラエスは周到な計画のもとにアイスマンに接近してきている。イゴールに暇《いとま》を告げ、モラエスとの遭遇の件を報告しにアイスマンのいる雪上車へ向かおうとしたところで、ふと思いとどまった。

　ヌネスから得た情報を含めて、こちらが知っていることをいま敢《あ》えてアイスマンやナオミに知らせる必要があるのかどうか。向こうが肝心のことをなにも明かさない以上、こちらも手の内をさらけ出す必要はない。とりあえず情報戦においては互角の関係にもち込むべきだ。

問題はフェルナンドの口をどう塞《ふさ》ぐかだったが、あのモラエスのキャンプへの奇襲攻撃は明らかに業務契約違反に当たり、ばれればいまの別天地の暮らしからフリーダムヒルの侘住《わびず》まいに逆戻りする惧《おそ》れがあると深刻な口調で脅してやると、フェルナンドは生真面目な表情で口のチャックを閉じる仕草をしてみせた。

7

フレイ基地から戻ってさらに一週間が過ぎた。ブリザードはときおりやってきても長逗留《ながとうりゆう》することはなく、コンセプシオンIIの建設はまずまず順調に進んでいる。

アイスマンヒュッテとコンセプシオンIIのあいだの飛行時間は二十分足らずで、空中にいる時間より荷物を積み降ろしている時間のほうがはるかに長い。基地建設の指揮官はアザラシ顔のアロンゾ・サントスで、彼を含む十名の隊員が毎日ツインオッターで現地に出向き、アイスマンの薫陶《くんとう》よろしきを得てか、アスタ・マニャーナ（そのうちに）のお国柄を思わせない手際で、氷床に土台の鉄骨を打ち込みプレハブの建材を組み上げてゆく。

ツインオッターの仕事は、人員の輸送はもとより、イゴールの操縦するイリューシンがはるばるクライストチャーチから運び込んだジェット燃料や備蓄用の食料、必要な建材や工具をコンセプシオンIIまで二次輸送することだ。コンセプシオンIIにはヒュッテから陸路を自走してきた雪上車と、それに載せて運んできたフォークリフトがあり、積み降ろしはすべて隊員たちがやってくれる。地上にいるときの彬とフェルナンドの仕事は機体の点検や燃料の補給をすることくらいだ。

アイスマンが言ったとおり馬蹄形の山稜に囲まれた谷にはほとんど風が吹き込まず、山稜の外をブリザードが吹き荒れているときでも内側はおおむね平穏だ。そのぶん日照は少ないが、体に感じる寒さに関しては風がないことが極地ではなにより有利な点なのだ。

周囲の稜線は谷底の氷床から平均二〇〇メートルほどの高さに連なり、ところどころに雪を抱いてアルプスのミニチュアのように美しい。頭上の空は星の瞬きさえ見えそうな深い青を湛え、開けた谷間の向こうには緩やかに海へ向かう南極半島東岸の氷床とその延長の広大な棚氷。さらに彼方には夥しい氷山を浮かべた暗いブルーのウェッデル海が広がっている。

アイスマンは二日に一度は現場にやってきて、ほぼ完成した主棟の一部を御座所に、工事が順調に進行するさまを眺めて悦に入っている。新基地はアイスマンヒュッテと同様のプレハブの南極風建築で、規模はアイスマンヒュッテよりやや小さい。実用一点張りのその外観や配置からアイスマンの真の意図はまったく読みとれない。

エウヘーニオ・モラエスはなんの動きも見せない。発見されたことがわかっていてなお平然と居据わり続けているというのもなにやら薄気味悪い。コンセプシオンIIからの帰途、しらばくれて足を延ばし、挑発はせずに一万フィートの上空から何度か偵察をしたが、相変わらず同じキャンプ地に貼りついたままで、例のパイパーが迎撃に向かってくる気配すらない。

アイスマンの王国では日常のすべてが粛々と進行している。ナオミがコンセプシオンIIに出向くことはない。健康管理のためなのか医学研究のためなのか、ナオミは毎日隊員の体温や血圧、脈拍を測定し、三日に一度は血液を採取している。日中はフレイ基地やプンタアレナスとインマルサットで交信して資材や機材の調達を行なったり、サンチアゴの銀行と連絡をとってそれらの代金の決済をしたりと、アイスマンヒュッテのマネージャーとしての多忙な仕事をこなしている。一方の彬は基地間のピストン輸送で忙しく、日中はナオミと言葉を交わす機会がほとんどない。

夜はフリータイムだが、食事のあとナオミはおおむね自室に引き籠る。隊員の誕生日やらなにやらにかこつけた気晴らしパーティーには同席するが、隊員中たった一人の女性でアイスマンの姪であるという立場から、ナオミは王女の風格さえみせてホステス役に徹し、込み入った話を聞きだす機会はまず得られない。

隊員はアイスマンとナオミを含めて総勢十七名。そこに彬とフェルナンドを加えればなかなかの大所帯だ。ちょうど交替の時期らしく、ギュンターが事故死した当時のメンバーはほとんど新顔と入れ替わっている。新メンバーはラテン気質の気のいい若者が大半で、これまで彬が接してきたへそ曲がりの見本市のような他の観測基地とは雰囲気がだいぶ異なる。和やかではあってもアイスマンやナオミとのあいだに主従の一線は明瞭に引かれ、アロンゾはハーレムの雄アザラシのような風格で隊員たちを統率している。彼らは学術的関心や冒険心を抱いて南極にやってきたわけではなく、チリ国内では得られない破格の報酬に惹かれて参加した雇われ隊員に過ぎない。その点では彬やフェルナンドと立場は同様なのだ。

アロンゾはサンチアゴのエンジニアリング会社の技術者で、十年ほど前、アイスマンがフエゴ島で天然ガスの採掘に乗り出したとき、採掘設備の建設やパイプラインの敷設に携わったらしい。そのときの仕事振りをアイスマンに気に入られ、今回の新基地建設に力を貸すように口説かれたという。フレイ基地の空港で出会った連れの男たちはアロンゾが引き抜いてきたかつての部下で、アロンゾ自身も勤めていた会社はすでに辞めているらしい。

食事中の四方山《よもやま》話の際にさりげなくアイスマンの腹のうちを探ってみたが、アロンゾは鼻の下に蓄えたスターリン髭を捻りながら、報道用のステートメントを丸暗記したようにアイスマンの愛国的義侠心《ぎきょうしん》についての賛辞を述べるだけで、彬が期待するような生臭い話はおくびにも出さない。ナチスの財宝の話はしょせんは噂に過ぎなかったのか、あるいはヌネスに担がれたのか。一週間前の奇妙に昂揚した気分が、いまは目的地を明かさずに航海する船に乗り合わせたような言葉にしにくい不安に侵食されはじめていた。

8

空身の機体にコンセプシオンIIで作業していた隊員を乗せて、アイスマンヒュッテに戻ったのは午後六時だった。

きょうはアロンゾ・サントスの誕生日で、ディナーにはシェフのオクタビオが趣向を凝らした特別メニューを用意することになっている。内容は事前に明かされないので、食堂では待ちきれない隊員がもうテーブルに就き、きょうはどんな珍品が出てくるか、厨房から漂う匂いで料理や食材を当てる賭けゲームが始まった。

アイスマンもナオミに車椅子を押されてやってきて、血行がよくなり骨折にいいからと身勝手な理屈をつけてアペリチフのシェリーを調子よく飲《や》りだした。

「ルイス、アレッサンドロ、あなたたちきょうは非番で一日中カードゲームやってたんでしょう。食前の運動にお皿を並べるのを手伝ってちょうだい」

ナオミは暇そうにたむろする若い隊員を柳の鞭のようにしなやかな声で叱咤し、人手の足りない厨房の手を煩わせないように、普段より食器の多いテーブルの準備を手際よく進めていく。彬も立ち上がって手伝おうとすると、ナオミは有無を言わさぬ口調でそれを制した。

「アキラはくつろいでいて。ずっと働き詰めなんだから。それより叔父さんの相手でもしてやってよ。できれば飲み過ぎないようにブレーキをかけてくれるとありがたいんだけど」

「アキラ、こっちへ来い。ナオミの言うとおりだ。おまえにへばられたらコンセプシオンIIの建設が立ち往生する」

アイスマンも上機嫌で傍らの椅子に手招きする。三々五々集まりはじめた隊員は、それぞれビールやウィスキーを手に能天気な雑談の花を咲かせだす。フェルノンドもそんな輪の一つに紛れ込み、冴えないジョークで盛んに座をしらけさせている。

ディナー前の食堂が自然にカクテルパーティーの様相を呈するのは、ことさらこの日がアロンゾの誕生日だからというわけではない。衣食住のうち南極で贅沢ができるのは食だけだと、アイスマンは飲食にかける費用を惜しまない。午後六時以降はアルコールは自由。ただし飲みすぎて翌朝仕事にならなければその分給料から差《さ》っ引《ぴ》かれるし、それがさらに続けば容赦なくお払い箱だと脅されているから、おのずと節度は保たれる。

ディナーの主賓がだれであろうとアイスマンの定席《じょうせき》は変わらない。縦長のテーブルの中央の、最後の晩餐のイエス・キリストの位置に陣どり、その血と肉ならぬヘレス・デ・フロンテーラ産のシェリーとカスピ海産のキャビアを盛大に自らの胃袋に拝受している。むろんこれは前座に過ぎず、ディナーが始まれば若い連中と同等かそれ以上の量を平らげる。六十をやや過ぎた年齢だが、その健啖家《けんたんか》ぶりにはあきれるばかりだ。

「居心地はどうだ、アキラ。フリーダムヒルにはやぼ用で二、三日滞在したことがあるが、あそこの食事は豚も逃げ出す代物だった。強欲ドロシーはそれでもホルスタイン並みに太っているが、あの女の舌のつくりがどういうものなのか、喉から引っ張り出してじっくり調べてやりたいと思ったもんだ」

極上のシェリーをなみなみと注いだグラスを手にして、のっけからアイスマンは情け無用の悪態の矢を放つ。自分の身に及ばない限りその舌鋒は爽快に聞こえるから困ったものだ。アイスマンが美味《うま》そうに呷る琥珀色の液体に全身の細胞がよだれを流す。疼くような欲望を平静を装った顔の下に押し込んで、お定まりのノンアルコールビールを手元のグラスに注ぐ。

「南極へ来て二週間もすると普通は体重が落ちるんですが、今回はちょっと増えたくらいですよ。シーズンオフにプンタアレナスへ帰るのがいやになります」

まずは調子を合わせたが、まんざら真実から遠い話でもない。車椅子を器用に回してアイスマンは機嫌よくこちらに向き直る。

「だったらWAAの雇われパイロットなんか辞めて、私のところの専属にならんか」

「無理ですよ。まだ契約が二年残っています。こちらから契約を破棄すると――」

慌てて首を振ると、アイスマンは皮肉な笑みを浮かべて先回りする。

「ドロシーに違約金で身ぐるみ剝《は》がれるというわけだろう。しかし冬のあいだは仕事がないんじゃないのか」

「プンタアレナスをベースに近場への輸送業務をいろいろと。条件が許せばフレイ基地まで飛ぶこともあります」

「その時期の収入は？」

「極地ボーナスがつかないので、月収では夏場の半分ほどですが――」

口籠りながら答えると、アイスマンはわが意を得たりと勢いよくテーブルを叩いた。

「頭を切り替えろ。私は守銭奴《しゅせんど》のドロシーとは違う。私のところへ来れば冬のあいだも十分な収入を保証する」

「しかし冬場は南極で飛行機を飛ばすのは無理ですよ」

釈然としないまま反駁した。提案の意味がまだ呑み込めない。冬の南極では強風で離着陸が困難なことはもちろん、極度の低温でオイルが固まってエンジンが動かなくなる。ここシラセ・プラトーのような内陸の高地ではマイナス五〇度以下の気温はざらで、エンジンメーカーもそこまでの性能保証はしていない。アイスマンはぎょろりと目を剝いた。

「まったく無理というわけでもないだろう」

「そりゃ冬のあいだに何日かは条件のいい日もあるかもしれません。しかしこれまで冬の南極を飛んだことはないし、飛んだ人間がいると聞いたこともない」

「だったら世界初に挑戦してみろ。日本男児だろう。タマはついているんだろう」

ナオミが遠くで咳払いをするが、アイスマンに退く気配はない。その執心ぶりから、ひょっとして、いやかなり確実な線で、例の宝捜しと関係がありそうに思えてきた。

「どうして真冬に飛行機を飛ばせたいんです。ギネスブックに載せるためですか」

「ギネスは好みに合わん。ビールはピルスナーしか飲まんことにしている」

アイスマンは空とぼける。彬はさらに追及した。

「そういうことじゃなくて、なぜそんな無茶をしたいのかお訊きしてるんです。そもそもいまのツインオッターのチャーター契約も三月で切れますよ」

「そのころには極地仕様の別の機体が手に入る。出物があったんで予約を入れた。今度は買いとりだからエンジンは冬の南極に合わせて改造すればいい。その辺のことはおまえに任せる。金に糸目はつけんから安心しろ」

アイスマンは余裕綽々《しゃくしゃく》で琥珀色のシェリーを口元に運ぶ。架空の酔いを求めてノンアルコールビールを呷りながら、彬は執拗に食い下がった。

「肝心の質問に答えていませんよ。なぜ無理をして真冬に飛ばせたいんですか？」

「追々《おいおい》わかる。なに心配するな。条件のいい日に何度か飛んでもらうだけだ。それ以外の日は遊んでいればいい。成功報酬はたんまり支払うし、だめだったからといってペナルティもない。この好条件を断るとしたらおまえは大間抜けの臆病者の薄らとんかちだ」

アイスマンはいよいよかさにかかるが、提案自体は検討に値する。たしかにアイスマンの言うとおり、冬の南極といってもたまには穏やかな日が訪れる。条件さえ整えば飛行が不可能というわけでは決してない。さらにその意図を明かそうとしない頑なな態度の裏には、あのナチスの金塊に関わる秘密が必ずあるはずだ。テーブルセッティングに忙しいナオミを横目で盗み見た。こちらの会話が聞こえない距離ではないのだが、ことさら関心のある素振りはみせない。まずは即答を避け、思わせぶりに交渉を試みる。

「考えてみましょう。条件を聞かせてください」

「いまのWAAとの年間契約金額の五割増し。さらに飛行に成功したら成功報酬としてそれと同額を出す」

考えるまでもない好条件だ。うっかり頷きかけるところをぐっと堪えて、腹を探るためのカウンターオファー。

「現在の契約金額の二倍プラス成功報酬もそれと同額では？」

呑むとは思わなかった破格の条件を、アイスマンはシェリーよりも美味そうに呑み下した。

「いいだろう。善は急げだ。ナオミに明日さっそく契約書を用意させる」

ナオミは背中を見せたままこちらを振り向きもしない。さりげなくアイスマンの相手役を押し付けたあたりからして、息を合わせた連携プレイのような気がしないでもない。

9

アロンゾ・サントスの誕生パーティーは、南米人とは思えない無口で質実剛健な主賓の性格が災いして滑り出しはやや盛り上がりに欠けた。とはいえバルパライソ生まれのアロンゾのためにシェフが用意した魚介類料理《マリスコ》の数々は、サンチアゴの一流レストランはだしの逸品ぞろいで、アロンゾが立ち上がって堅苦しい謝辞を述べる頃にはすでにあらかた片付いていた。

それでもさらに酒宴は続いた。午後十時を過ぎても白夜の太陽は執拗に窓から照りつける。夏の南極では夜は単なる概念に過ぎないが、アルコールは酔いという生理的現実をもたらす実体で、その実体の抜け殻のボトルがテーブルに林立するころには、騒音と熱気のバロメーターはプンタアレナスのうらぶれたディスコ程度には上がってきた。

ナオミは促されればカラオケのマイクを握り、チリの蓮《はす》っ葉《ぱ》なポピュラーソングを情感を込めて歌って聞かせる。どこで憶えたのか、男たちの民族舞踊の輪にもこなれたステップで加わっていく。アイスマンの家系に伝わる遺伝子のせいか、座をリードするように乾杯を重ねながらも決して乱れるところがない。ギュンターが死んだ日の、あの悲嘆に暮れていたナオミはいったいどこへ消えてしまったのかと訝しい思いが拭えない。

この夜のナオミの服装は、淡いパープルのタートルネックセーターに裾に色違いのフリルのついた派手な色調の膝丈のスカート。どちらもややタイトで形のいい胸や腰のラインがすっきり強調されている。プンタアレナスやサンチアゴならせいぜい女子大生ファッションといった程度だが、春夏秋冬エスキモー・ファッションに席巻されている南極ではそれでも十分すぎるほどに男の目を惹きつける。

血の気の多い男ばかりの基地でたった一人の女というリスキーな役回りを、ナオミは巧みなバランスで演じてみせる。男たちの心に穏やかならざるさざ波を立てながら、下卑た下心には無言の拒絶を示す凛《りん》とした立居振舞《たちいふるまい》。女としての魅力とアイスマンの寵愛《ちょうあい》を受ける姪という威光を飴と鞭のように使い分け、ナオミはこの荒々しい小宇宙にいとも軽やかに君臨する。もしこの場がサンチアゴの名士が集う一流ホテルのパーティー会場だとしても、ナオミはアイスマンの王国の王女として臆することなく、麗しい華を、可憐な蝶を、ときには蠱惑的な妖婦をさえ演じてみせることだろう。

ラジカセから鳴り響いていた牛飼《ガウチョ》いのフォルクローレが、突然鮮烈なバンドネオンの旋律に変わった。重く速い二拍子のリズムに乗って哀調を帯びたパッセージが魂にじかに絡みつく。現代タンゴの巨匠、アストル・ピアソラの名曲「リベルタンゴ」。その印象的な主題とリフレインは彬の耳にも鮮やかな染料の飛沫のように沁《し》みついている。

「お相手していただける?」

バンドネオンの厚い和音の隙間をすり抜けてナオミの声が耳に届いた。片手を腰に当て、胸を反らせて、もう一方の手を誘うようにこちらへ差し出している。

知らない間に大テーブルの一部が片付けられ、手狭だが一組のカップルが踊るには十分なダンスステージができている。どうやらナオミの今夜のタンゴタイムの最初のパートナーの栄誉を担う羽目になったらしい。

彬にとっては戦慄すべきそのステージを、若い隊員たちが見世物の始まりを待つように遠巻きにする。応じるべきか断るべきか、頭のなかで議論が百出する。別れたチリ娘に何度か手ほどきを受けたことはあるが、けっきょく落第の宣告を受けて挫折した。衆人環視の場でタンゴを踊るくらいなら、積乱雲の中を計器飛行で飛ぶほうがまだしも気が落ち着く。

ティエラ・デル・フエゴを吹き渡る風のように、悲しみを帯びたバンドネオンの主旋律が立ち上がる。アイスマンが行け行けと顔で促す。ナオミはステージから不思議な光を帯びた微笑みを投げかける。ノンアルコールビールが知らない間に本物に掏《す》り替えられてでもいたように、体全体がほろ酔い状態のように火照《ほて》っている。

ふと頭のなかの喧騒が消え失《う》せた。肉体から魂が抜け出るように彬は椅子から立ち上がった。ステージに歩み出ると、ナオミは素早く彬の手をとって、きりっと背筋を伸ばし、ぴたりと腰を寄せてくる。バンドネオンの歯切れよいリズムに乗って、ナオミは滑らかに足を運び出す。力ずくではなく穏やかな磁力で操られるように体が自然に追随する。柔らかい腹部と太腿が擦れ合う感触が心地よく血流を加速する。

自分がただ無様にナオミに引き摺《ず》られているだけだというくらい周囲の隊員の顔から想像は

つくが、心のなかではブエノスアイレスのジゴロのように滑らかで華麗なステップを踏む気分だ。ナオミは言葉では伝え得ないなにかを伝えるように生気に満ちた視線を向けてくる。頰がことのほか赤みを帯びているのはヴィーノ・ブランコ（白ワイン）のせいだけなのかと彬は訝しい思いだった。

バンドネオンの主旋律に咽《むせ》び泣くようにバイオリンが絡み、音楽はさらに熱を帯びる。腰に添えた彬の右手にしなやかに体を預けて、ナオミは髪が床につくほどに背を反り返す。満幅の信頼を寄せられたその右手一本で体重を支えると、形よい胸の隆起が否応なく目に飛び込んでくる。なんと呼ぶのか知らないが、タンゴ特有のその決め技に周囲でやんやのどよめきが湧く。錆びついていた勘が少しずつ戻ってきた。ナオミの動きを先読みするように自然に体が動き出す。

ナオミの動きが激しさを増す。互いの息遣いが荒くなる。音楽が高潮する。ピアソラの情熱的な歌心が乗り移ったように、ナオミは彬の腕のなかで外で思いのままに躍動する。周囲から掛け声と手拍子が立ち上がる。ナオミの髪が目の前で揺れるたびに、ヴィーノの精気とコロンの香りが鼻腔《びこう》を甘く刺激する。

ピアソラの音楽が唐突な死のように終止符を打った。隊員たちの拍手と冷やかしの奇声がかましい。ナオミが自然な仕草で両腕を背中に回す。温かく柔らかい胸の感触を心地良く受けとめながら、彬もナオミを抱き寄せた。右の頰でナオミの小さなキスが炸裂した。続いて左の頰――。

体を離し、ふとはにかむように微笑みかけ、ヴィーノ・ブランコのグラスを摑むと、ナオミは壁際に寄せた椅子の一つにそのまま腰を落ち着けた。いつもなら続けて新しいパートナーからの誘いを受けるのに、それがいかにも特別な意味をもつ出来事なのだと強調するかのように、その夜ナオミは彬一人としか踊らなかった。彬はその夜一睡もできず、ひどい睡眠不足の朝を迎えた。

10

二月に入り、コンセプシオンIIの建設は仕上げの段階に進んでいた。

度重なるブリザードの奇襲攻撃をかいくぐりながらも、陸路と空路を合わせて優に二〇〇トンを超す燃料や食料の輸送がほぼ完了し、現在は居住棟の内装が突貫工事で進められている。隊員の約半分はすでにコンセプシオンIIに引っ越して、本家のアイスマンヒュッテはいよいよ閑古鳥が鳴き出した。

気がかりだったエウヘーニオ・モラエスのキャンプは一週間前に煙のように消え失せた。その三日ほど前に上空を偵察したときは撤収しそうな気配は見えなかった。尻に帆かけて退散した理由は定かではないし、どこへ行ったのかも皆目わからない。

近くにいられるのも不愉快だが、突然消えてなくなったのはそれに輪をかけて薄気味悪い。アイスマンにはモラエスのキャンプのことも、それが消えたことも話していないが、アイスマンのほうもその辺の事情に気づいているのかいないのか、モラエスの件はおくびにも出さない。

コンセプシオンⅡが完成し次第、アイスマンは拠点を移す腹積もりだ。周囲の稜線が風を遮るコンセプシオンⅡは確かに越冬にはお誂《あつら》え向きで、強風による体感温度の低下が緩和されるだけでなく、標高が低いためコンセプシオンⅠより平均気温が五、六度は高い。それだけエンジンを始動できる気温の日が多くなるわけで、アイスマンが目論む目的不明の冬季飛行には間違いなく有利に働くだろう。

アイスマンはできるだけ早く現在のツインオッターを新しい機体と交換し、エンジンのチューニングとテストを行なうことを望んだが、フリーダムヒルの女盗賊ドロシー・セイヤーは、案の定、チャーター契約の途中解約を認めない。現時点で機体の使用を中止しても残り期間のチャーター料は返還しないとのたまった。

WAAとのチャーター契約が存続する以上、彬とフェルナンドもそれに拘束される。彬はアイスマンの提案に応諾し、機体の契約が切れた時点で自身のWAAとの雇用契約を打ち切り、アイスマンのもとに移籍する腹を固めていた。もし違約金が発生するならそれも負担するとアイスマンは太っ腹なところをみせる。しかしフェルナンドはまだ結論を保留している。仕事そのものに危険が伴わないことは納得し、アイスマンが提示した報酬にも異存はないものの、南極での越冬という血の気の多い若者なら誰しも気の重くなる生活には及び腰なのだ。

結論を出すのはぎりぎりいっぱいでいいとフェルナンドには言っておいた。実際には越冬期間に入ればそう仕事はないのだし、ツインオッターは一人でも十分飛ばせる機体だ。メンテナンスの負担が増えるくらいで、フェルナンド抜きでもなんとかやれる自信はあった。

ドロシーが解約に応じないなら、契約期間いっぱいで現在の機体を使い潰してやるとアイスマンは息巻いている。アイスマンヒュッテとコンセプシオンIIを結ぶ飛行はすでにルートに慣れているフェルナンドに任せて、彬は単身プンタアレナスへ飛んで、そちらで新しい機体のチューニングとテスト飛行を行なう。プンタアレナスには空軍の優秀なメカニックがおり、こちらで作業をするよりも高度な技術的サポートが得られるという判断だ。

フェルナンドは計器飛行証明は取得していないが事業用操縦士の資格はある。ヒュッテとコンセプシオンIIのあいだはごく短距離で、そもそも南極でブリザードが吹き荒れるなかを計器飛行で離着陸することはあり得ない。地上が荒れても上空はおおむね好天で、そのうえ夏季は日が沈まない。南極では有視界飛行が原則で、計器飛行で飛ぶ機会は実際はほとんどないのだ。一人で飛べば機長としての飛行時間も稼げるし、アイスマンはボーナスを弾むと約束した。フェルナンドに異存があろうはずはない。

プンタアレナス行きに気乗りがしないのはむしろ彬のほうだ。気のせいかもしれないが、アロンゾの誕生パーティーでの気をそそるような行動は気まぐれに過ぎなかったのだと強調するように、以来ナオミは彬にことさら醒めた態度をみせる。あるいは多忙さにかまけているだけかもしれないが、言葉を交わす機会をできるだけ避けるかのように、夕食後のフリータイムは自室に籠ることが以前に増して多くなった。

食事の際には顔を見せるが、その表情にはやつれたような翳《かげ》りが見える。どうやらナオミの気まぐれに勝手に翻弄されたらしい自らへの腹立たしさと、あるいはそうではない別の理由でナオミは気鬱《きうつ》に陥っているのではないかという憂いがせめぎ合い、ここしばらくただ煩悶するだけのやるせない日々が続いていた。

哀れな恋のしもべとしては、その傍を離れることで閉ざされた心を開くきっかけを失うのが心残りだが、だからといってこれ以上ぐずぐずしていてもはかばかしい見通しがあるわけではない。それならいっそ気分転換もいいのではないかと、きょうになってようやくプンタアレナス行きを決断した。

基地でロジスティックスを担当するのはナオミだ。コンセプシオンIIへの午前中の便を突貫作業で片付けて、食堂の大テーブルで事務仕事に没頭しているナオミを捉まえた。

「フレイ基地からプンタアレナスへ飛ぶ便は？」

「やっと出かける気になったのね。今月以降はサマーシーズンの観測を終えて帰国する隊が多いのよ。C130の定期便は週三便に増えているはずよ。いまスケジュールを確認するわ。できるだけ早いほうがいいんでしょ」

ナオミの口振りは険があるといえるほどに事務的だ。心に覚えた反発がそのまま口に出る。

「できるだけ早く追い出したいみたいに聞こえるな」

ナオミの頰に赤味がさした。

「どうしてそんなふうにとるの」

「冗談だよ。軽く受け流せばいい話じゃないか」

思いとは裏腹に無意識に言葉がささくれ立つ。その言葉の棘がさらにまた自らの心を掻き乱す。あの晩のことはなにかがあったとも言えるし、なにもなかったとも言える。つまりナオミに当たり散らす合理的な理由はないのだと思い直し、こんどはわけもなく自己嫌悪に陥る。

「ごめんなさい。最近少し苛ついているのよ」

ナオミが寂しげに微笑んだ。相手のほうから唐突に退かれて返す言葉に詰まった。凍傷防止クリームの塗りむらが目立つその顔に、あの晩の華やいだ輝きはかけらもない。傍らの椅子を引いて座るようにと目顔で示し、ナオミは黙って立ち上がって厨房へ向かった。

心のなかを薄ら寒い風が吹き抜ける。気まずい感情の齟齬《そご》の原因はむしろ自分にあるような気がしてくる。

テーブルの上には越冬に向けて発注した品々の送り状や請求書のファックスが山のように積まれている。彬の日常の金銭感覚とは大きく桁の違う数字のやりくりは、アイスマンの財力をもってしても気苦労の多い仕事には違いない。しかしナオミはそんなことにはとうに慣れているはずなのだ。

越冬の準備は着々と進んでいる。アイスマンはきょうも朝一番でコンセプシオンIIに向かい上機嫌で現場の指揮をとっている。それでも彼女を苛立たせ憔悴《しょうすい》させているものがあるとしたら、おそらくいまも頑なに心に秘めているギュンターへの思いに由来するとしか思えない。

どうして南極へ来たのかという問いに、ナオミはギュンターの希望を叶えるためにと答えた。そして彼女がギュンターと共有しているというその謎めいた世界への扉は、部外者の彬にはいまもって閉ざされたままなのだ。ナオミへの思いが募るに連れて、そのことがいよいよ苛立ちの種になる。

香ばしいコーヒーの匂いに振り向くと、ナオミがマグカップを両手に持って戻ってきた。一方を彬の前に置き、もう一方を両手で包むようにして、ナオミは自分の座っていた椅子にまた腰を下ろす。さっきとくらべて表情にいくぶんゆとりがみえる。

「なにか心配事が?」

当り障りのない問いを装って訊いてみた。本当の答えが返るはずもないが、その答えのなかに真実に至るヒントが隠されているかもしれないと期待して。

「こんなことに意味があるのかなと思って——」

ナオミはため息混じりに呟《つぶや》いた。

「こんなことって」

「復讐するということ」

穏やかではない言葉をナオミは躊躇《ちゅうちょ》なく口にした。心臓を冷たい手で触れられたような気がした。

「どういうことなんだろう。意味がわからない」

「いまはわからなくていいの。でもいずれわかるわ」

物憂げに答えて、ナオミは手にしたコーヒーを口に運ぶ。その仕草もどこか心もとない。腫れ物に触るようにさらに探りを入れてみる。

「ギュンターの両親がコンドルの手によって殺されたという話は本当?」

ナオミは緩慢な仕草で窓の外に視線を投げた。ブリザードの名残で凍てついた窓枠の向こうに、悲しみの色を帯びたような青空がある。

「ドクトール・ヌネスから聞いたのね」

彬は黙って頷いた。ナオミの表情にことさら非難めいたものはない。

「ほかにはなにを?」

「ナチスの金塊の話」

「どちらも秘密というほどのものじゃないわ。あちこちに出回っている噂のたぐいよ。真実かどうかは別にして」

ナオミはさも無関心そうな表情をつくってはぐらかす。そのどこか芝居じみた反応自体が、彼女からの婉曲《えんきょく》な回答のように思えた。

「つまり本当の話なんだね」

ナオミは曖昧な笑みを浮かべた。

「大まかに言えばね。でも真実はディテールにこそ宿るものよ。憶測では決してそこまではたどり着けない」

「また言葉の魔法だ。君の話はいつも煙のように実体がなくて、油断をするとすぐに手品師の兎か鳩のようにどこかへ消えてしまう」

「あなたには詩人の素質があるようね」

いかない。

「探偵の素質がないのは問違いない」

ナオミはクスリと笑った。二人のあいだを埋めていた心の海氷が緩んだような気がした。せっかくの友好的な雰囲気を壊したくはなかったが、行きがかり上、その先を訊かないわけにはいかない。

「復讐というのは、つまりギュンターの思いを遂げるということ？」

「そうも言える。でもそれは私たちの思いでもあるのよ。私と叔父の——」

ナオミの答えは相変わらずほのめかしに満ちている。質問の方向を変えてみた。

「アイスマンはなぜコンドルと関わりを？」

「あなたをどこまで信用していいかまだ確信がもてないの」

ナオミは唐突に不信のバリアーをめぐらす。一瞬むっとしかけたが、なんとか気持ちを嚙み殺す。ここはヌネスの話の裏が取れただけでもよしとすべきだ。

「君の心を開くのにどんな信用状を用意したらいいのか僕にはわからない。それより君と付き合うにあたっては詳細な取扱説明書が必要な気がするよ」

「私だって自分で自分の取り扱いに困ることが多いのよ。さてと、ノレイ基地発プンタアレナス行きのC130便でしたね、お客様——」

ナオミは厭味ではない程度におどけた口調で言って、目の前のファックスの山からチリ空軍エドアルド・フレイ基地のレターヘッドのあるスケジュール表を取り出した。

「明後日の午前十時の便があるわ。これがいちばん早そうね。すぐに座席を二つ確保しておくわ」

「座席を二つ？」

「サンチアゴに用事があるの。プンタアレナスまでご一緒させていただくことにするわ」

「そんな話は聞いていなかったな」

「いま決めたの。私もいずれは行かなきゃいけない用事を先延ばししていたのよ」

ナオミは気分を入れ替えるように背筋を伸ばし、悪戯好きのハイティーンのように白い歯をのぞかせた。

第三章

1

丸二日間吹き荒れたブリザードのせいで、彬とナオミのプンタアレナス行きは予定より二日遅れた。

彬の不在中、機長として留守を預かるフェルナンドの操縦で、まずフレイ基地に向かい、彬たちはそこで空軍のC１３０に乗り継いで、フェルナンドはアイスマンヒュッテへとんぼ返りという段取りだ。

雪に埋もれたツインオッターの掘り出しに手間取って、到着は予定より二時間ほど遅れたが、幸いC１３０も整備の都合という曖昧な理由で出発が五時間遅れていた。フェルナンドは機長への臨時昇進がことのほか嬉しいらしく、仕事が山積していると愚痴をこぼしながらも、彬たちを降ろすと勇んでアイスマンヒュッテへ飛び去った。

キングジョージ島には各国の観測基地が集中し、その大半が自前のロジスティックスをもたない小規模基地だ。フレイ基地に所属するロドルフォ・マルシ飛行場はそうした基地の住民にとっては文明社会への唯一の脱出口で、冬が近づくと狭いターミナルのロビーには国際色豊かな逃亡民の群れが殺到する。そんなエクソダスの季節にはやや早いが、それでもロビーには煤《すす》けたアノラックを着た各国の隊員の姿が目についた。

出発までまだだいぶ時間があったので、ドクトール・ヌネスのクリニックを訪れた。ナオミの不在中、骨折が癒えないアイスマンや新たな患者が発生したときのケアはヌネスに依頼しておいた。軽い症状ならインマルサットで留守の隊員に治療方法を指示してもらい、いざというときは現地までご足労願う手はずになっている。

その挨拶を兼ねてアイスマンの骨折の経過も説明しておきたい。そう言い出したのはナオミだった。ヌネスは二人を歓迎し、例の士官食堂へランチに誘った。

「プンタアレナスの陸軍病院の医師によると、アイスマンはあの年齢にしては骨組織の密度が驚くほど高いらしい。回復は早いんじゃないのかね」

ランチの定食とヴィーノ・ブランコと彬のためのミネラルウォーターが並んだところで、ヌネスがさっそく訊いてくる。

「通常歩行は無理ですけど、松葉杖でなら歩けます。冬入り前には完治させると本人は張り切っているんです。筋肉の拘縮《こうしゅく》もさほどではなく、リハビリの成果でいまはほとんど解消しています——」

ナオミは持参したカルテをヌネスに手渡し、ここ最近の経過を説明する。ヌネスはカルテに目を走らせ、安心したように何度か頷いた。

「骨折してわずか二週間目で、南極に戻ると言いだしたときは、正直言ってあきれたもんだが、アイスマンにはこの世で思い通りにならないことはないらしい。あと一ヵ月もすれば松葉杖も要らなくなるよ」

「よかった。順調にみえても普通の土地じゃないから、寒さの影響が心配だったんです」

　肩の荷を下ろしたようにナオミはヴィーノのグラスを傾ける。整形外科が専門ではないが、軍医という職業柄、ヌネスは骨折の治療経験が豊富らしい。ナオミもその点を信頼しているようだ。

「ところでお二人揃って、なに用あってプンタアレナスへ？」

　下世話な関心を装ってヌネスが探りを入れてくる。

「ゴシップねたをお探しならおあいにくさまよ、ドクトール。私は叔父の代理の商用で、プンタアレナスからサンチアゴへ直行するの。アキラはプンタアレナスに居残って新しく買ったツインオッターの調整とテスト。睦まじいランデブーはドレーク海峡を越えるほんの二時間半だけですから」

　ナオミは勘ぐりの入りそうな余地を残しつつ、ヌネスの詮索に調子を合わせる。この韜晦《とうかい》の才能は先天的としか思えない。実際のところナオミの言うとおり、プンタアレナスの空港でしばしのアディオスになる公算が大きいのだが、そうはさせまいとする彬の下心を読んだ牽制球のようにも受け取れる。

「いつまで向こうに?」

「私は一週間から十日。アキラは一ヵ月は滞在することになりそうね。今度は彬の腹を探るようにナオミが水を向けてくる。術中にはまらないように慌てて首を振る。

「そんなにはかからないよ。三月になると機体をコンセプシオンIIまで運ぶのが難しい。長くてせいぜい二週間。順調なら新しいツインオッターで一緒に帰れる」

ヌネスは芝居気たっぷりに目を剝いた。

「冬に向かう時期に南極へ飛行機を持ち込んでどうする。それじゃ宝の持ち腐れだ。アイスマンはツインオッターの氷漬けをつくるつもりか」

「雇用主の気まぐれに翻弄されるのは極地パイロットの宿命の一つですから」

皮肉な調子で答えながらその雇用主の姪を一瞥《いちべつ》すると、ナオミは笑って器用に身をかわす。

「私も叔父の気まぐれに付き合うのは宿命の一つと諦めてますから」

さすがにヌネスは納得しない。

「それで本当のところはどうなんだ」

「本当のところは――」

切り出しながらナオミは彬の顔を盗み見る。とりあえず話を合わせろというシグナルらしい。

ナオミはわざとらしく声を落とした。

「これはまだ内緒の話よ、ドクトール。じつは叔父には南極大陸内陸部に冬でも使える航空基地をつくろうという目論見《もくろみ》があって、コンセプシオンIIの条件はそれにぴったりなんです」

「どうしてそんなものを。世間に物好きは大勢いるが、冬の南極に観光旅行にくる馬鹿はそうはいない」

ヌネスはその程度の嘘には騙されないぞと言いたげだ。ナオミはしらっと言ってのける。

「コンセプシオンIIのある南緯七〇度近辺はオーロラがいちばん出やすい地域でしょ。つまり叔父は一般人でも滞在できるオーロラ観光基地をつくりたいんです」

思わずナオミの横顔を覗き込む。動じるふうもなくナオミは小羊のソテーを切り分ける。

そういう話は聞いていないし、現実的だとも思えない。そんなツアーを仕立てたところで、冬の南極での飛行チャンスは僥倖《ぎょうこう》といっていいほどに限られるし、下手をすれば命の危険に晒される。商売として成り立つとは思えない。しかしカムフラージュの口実としては上出来だ。アイスマンの奇抜なアイデアと大胆不敵な行動力は南極じゅうに知れ渡っている。アイスマンが企てたとなれば、どんな奇々怪々なプロジェクトでも、人はさもありなんと納得するだろう。

「本当なのか、アキラ?」

ヌネスが裏をとりにくる。ここはナオミに貸しをつくることにした。

「そのようです。アイデアは奇抜でも、不可能というわけじゃありません」

「確かにアイスマンならやりかねん。実現すればこの基地を経由することになるから、観光客が金を落とす。そいつは悪い話じゃないかもしれん――」

ヌネスはすでに術中にはまったように、ぶつぶつ勝手に胸算用する。アイスマンがこの姪を重用《ちょうよう》する理由がよくわかる。ナオミの才能はたぶんホワイトハウスあたりの報道官に向いている。


食事を終え、ナオミが化粧直しに席を立つと、ヌネスがテーブル越しに顔を寄せてきた。

「例のエウヘーニオ・モラエス。やはりろくでもない奴だ」

「つまりコンドルの残党？」

ヌネスは飛び切り不味《まず》いものを嚙み潰したように唇をひん曲げる。

「ブエノスアイレスの『オルレッティ自動車会社』というのは知ってるか」

「いいえ」

彬は首を振った。頷いてヌネスは続ける。

「コンドル作戦で使用された秘密収容施設の表向きの名称だよ。南米各地で拉致された反体制派や亡命者の多くがいったんはそこに収容された。そして人知れずそこから本国へ送還され、あるいはその場で拷問の果てに抹殺された。死んだ人間はいまも行方不明者として扱われている。完璧なカムフラージュのもとに行なわれた大量殺戮《さつりく》だよ。オルレッティはコンドル作戦のためにつくられたアウシュビッツだった」

「モラエスはその施設の――」

彬は生唾を飲み込んだ。ヌネスは囁《ささや》くような声で言う。

「実質的な責任者だった」

食べ終えたランチが胃のなかで鉛に変わる。ヌネスはナオミが戻る前に話し終えようとするように続きを早口で語りだした。

アウグスト・ピノチェトが軍事独裁体制を確立し、南米六ヵ国の軍情報部を糾合《きゅうごう》してコンドル作戦を始動した一九七〇年代半ば、エウヘーニオ・モラエスはアルゼンチン空軍参謀本部の将校としてアルゼンチン側の実行部隊の中枢メンバーに加わった。作戦を主導したのはピノチェトの腹心で、チリの政治警察——DINA（国家情報局）長官のマヌエル・コントレラス大佐。その薫陶を受けて頭角をあらわしたモラエスは、秘密収容施設「オルレッティ自動車会社」を介して数多くの失踪事件に関与した。その血塗られた手で抹殺された亡命者や反体制派は無慮《むりょ》数百人におよぶらしい。

モラエスと対峙《たいじ》したときのナオミの、あの絶望的なまでの怒りの表出が思い浮かんだ。ギュンターの両親は、あるいはモラエスの手にかかって殺害されたのかもしれない。

「そんな人間が、なぜ大手を振って世間を歩いていられるんです」

「民政復帰後の八〇年代末にモラエスは訴追され、三件の暴行罪で有罪判決を受けたが、軍人の職務としての行為という情状が考慮されて執行猶予がついた。事実上の無罪放免だ。その時点でモラエスは軍を退役し、コンドル時代の部下を集めて警備会社を設立した。元軍人といってもごろつき同然の連中ばかりで、当初は暗黒街のボスの用心棒のようなことをやっていたが、羽振りがよくなるにつれまともな商売へ鞍替えし、いまではブエノスアイレスでも一、二を争う大手警備保障会社にのし上がっている」

「それだけ人を殺したというのに、どうして？」

「死体が発見されなければ殺人罪は成立しない。元空軍パイロットだったモラエスは巧妙な殺害方法を得意としたらしい」

「と言うと？」

「拉致されて用済みになった連中を、国外で解放すると騙して輸送機に乗せ、大西洋のど真ん中に出てから突き落とす。もちろんパラシュートなしだ。数千メートルの高さから海面に落下したら衝撃で体はバラバラになる。あとは魚がきれいに始末してくれる」

ヌネスは渋面《じゅうめん》をつくって骨だけ残った子羊料理の皿に目を落とす。冗談にしても悪趣味な連想だ。あのパイパーで襲いかかってきたときのモラエスの正気とは思えない操縦を思い起こした。たしかにそういうことを平然とやってのけそうな男だ。吐き気を堪えて言葉を失っていると、ナオミがこちらに戻ってきた。ヌネスも目ざとくそれに気づいて、慌てたように付け加えた。

「モラエスはサンチアゴにいる。いまの話は、昨夜、基地司令官の宿舎へ遊びに行ったときに仕入れたんだが、同席していた着任したての副司令官が、こちらへ来る直前にサンチアゴ市内のレストランで見かけたそうだ」

背筋をぞくりと悪寒《おかん》が走った。

「いつのことですか」

「三日ほど前だ。司令官からはアイスマンとモラエスの繋がりまでは探れなかったが、不穏な匂いがしないでもない。ナオミの身辺には注意を払うべきだな」

早口にそこまで言って、ナオミが戻ったとたんにヌネスは話題を切り替えた。

「アイスマンのプランのことは基地司令官にも伝えておこう。我々にとっても悪い話じゃない。必要なことがあれば協力するよ。もちろん秘密は厳守する」

「ありがとう、ドクトール。その節はぜひお願いします。フレイ基地の支援がなければ実現できない計画ですから」

ナオミはヌネスと握手を交わす。内緒の話だと言ったわりには妙に前向きだ。オーロラ観光うんぬんは一〇〇パーセント出まかせだと彬は踏んだ。


貨物の隙間のわずかなスペースに仮設の座席を作りつけた軍用輸送機C130の乗り心地は、この世のあらゆる乗り物のなかで最悪の部類に入るだろう。速力と輸送力では勝るものの、コミューターとして設計されたツインオッターと比べれば機内の騒音は拷問に近いし、エアコンの効きは最悪だ。

狭いシートに押し込まれ、肩が触れる距離にいるナオミとの会話にも、喉が嗄《か》れるほどに声を張り上げる。会話の内容はまともでも、罵り合うようにやりとりするうちに気持ちのほうも殺伐としてくる。ドレーク海峡越えの二時間半の飛行は、彬の意に反して睦まじいランデブーとはほど遠い、すさんだ気分の旅になりそうだった。

これ以上隠してもおけないので、ここまでに知りえた事実を彬はノオミに打ち明けた。モラエスがこのあいだまでアイスマンヒュッテの近くに引っ越してきていたこと、それがまた忽然《こつぜん》と消えてしまったこと、そのモラエスがいまサンチアゴにいるらしいとドクトール・ヌネスが注意を喚起したこと——。

モラエスの来歴のことは知らないふりをしておいたが、当然そこにも考えが及んだのだろう。ナオミは明らかに動揺し、それを押し隠すように闇雲に怒りの矛先を向けてきた。

「私たちに黙ってモラエスのキャンプを偵察飛行？ 私が席を外しているあいだにドクトール・ヌネスと情報交換？ 名探偵さんはずいぶん仕事熱心ね。どうしてあなたは私たちのことにそうやって首を突っ込むの」

「首を突っ込む？」

さすがに堪忍袋の緒が切れた。

「頼みもしないのに厄介ごとに巻き込んだのは君たちじゃないか。あのモラエスとの空中戦で、下手をすればこっちも命を失ったかもしれない。コンセプシオンIIでの一件にしたってそうだ。君からは納得のいく説明は一つも聞けなかった」

「それについては申し訳ないと思っているわ。だからこそ、これ以上あなたやフェルナンドを巻き込みたくないのよ。この世界には知らないほうが無難なことがたくさんあるわ」

表情を見れば宥めにかかっている様子だが、機内の騒音に張り合っているせいか、ナオミの口調はいかにも攻撃的に響く。彬も条件反射のように声を荒らげた。

「現に面倒なことはもう起きている。これからもあいつはなにを仕掛けてくるかわからない。

君たちに付き合っている限りこっちも一蓮托生だ」

騒音に負けない耳ざとい乗客たちがこちらに視線を向けてくる。喋っているのは日本語だから話の内容はわからないはずだが、それでも慌てて声を殺す。

「アイスマンはなにを企んでる。オーロラ観光基地なんてどうせ出まかせなんだろう」

「嘘じゃないわ。今度のサンチアゴ行きも科学省と観光省に根回しするためよ。南極で観光ビジネスを興《おこ》すには国家のバックアップが必要なの。計画が漏れれば抜け駆けを狙うライバルも出てくるわ。だから秘密にせざるを得ないのよ」

ナオミは訴えるように彬の顔を覗き込む。内心の動揺を示すようにその瞳が小刻みに揺れている。やはり嘘だと直感した。

「あのモラエスがそのライバルだというわけか。そのためにあの危険な飛行を仕掛けてきたというわけか。ギュンターはそれで死ぬことになったのかもしれない。最初からあいつはギュンターの命を狙ってきたのかもしれない。その本当の理由が君たちが隠している企てにあるとしたら――」

「あなたには関係のないことよ。どうして私を苛めるの。ギュンターのことはもう言わないで！」

悲鳴にも似たナオミの声が機内の騒音を引き裂いた。周囲の視線がまたこちらに注がれる。湧き起こる感情に抗《あらが》うように、ナオミは唇を噛み、空中の一点を見つめている。小刻みに肩が震えている。その心の脆《もろ》いなにかを壊してしまったような、そんな自責の念に苛まれ、昂ぶっていた心が一気に萎《しぼ》んだ。

「済まなかった。ギュンターのことはもう言わない。だけどわかって欲しい。僕は、君やアイスマンが大変な敵を相手にしているらしいことに気づいている。巻き添えを食わないようにいますぐ逃げ出すこともできる。でも僕はそうしない。なぜかといえば――」

続く言葉が喉の奥から出てこない。C130の奏でるエンジン音と風切り音の壮絶な狂想曲が頭のなかで渦を巻く。死者であるギュンターに完膚《かんぷ》なきまで打ちのめされた気分――死によって永遠化された恋敵にいったいどう太刀打ちすればいいのか。

膝の上で握り締めていた拳に温かく柔らかい手が重なった。肩が触れ合い、ナオミの声が耳元で響いた。

「話すわ。プンタアレナスに着いたら――」

ナオミの顔がすぐ近くにあった。なにかに怯え、なにかに疲れ、それでもなおなにかに囚《とら》われているような、くすんだ悲しみの色を湛えて。

2

C130はプンタアレナス空港の軍用エリアに午後三時近くに到着した。

鼓膜がたるみそうな騒音地獄から解放されて機外に降り立つと、マゼラン海峡からの潮風が心地よく肌をなぶった。南緯五〇度のプンタアレナスの夏は、東京やロサンゼルスの秋ほどに冷涼だが、それでも南極の気候に馴染んだ体には天国にいるように暖かい。羽毛入りのアノラックはザックの隙間に押し込んで、空軍差し回しのマイクロバスで国内線ターミナルに向かう。

ナオミは急遽予定を変更し、予約してあった午後六時発の便をキャンセルし、この日は市内のホテルに部屋をとるという。彬のほうはもともとホテルから空港にある空軍の修理工場へ通勤するつもりだったから、事情が変わったのはナオミだけだ。理由はとくに明かさなかったが、プンタアレナスに着いたら話すと言った、あの機内での約束を果たすつもりだと彬はとりあえず理解した。

明日から世話になる空軍の技術将校には電話で挨拶だけしておいて、ナオミとともにタクシーでプンタアレナス市街へ向かった。空港のロビーでもタクシーの車中でもナオミは携帯電話を耳から話さず、サンチアゴの官庁や旅行代理店関係のアポイントメントをとるのに忙しい。その様子を見る限り、オーロラ観光うんぬんの話もまんざら嘘でもなさそうな気がしてくる。多忙とは傷ついた魂を守る一種の楯なのだと勝手な心理学的解釈を援用し、彬はその姿をただ黙って見守るだけだった。

マゼラン海峡に沿う二〇キロほどの道のりは、見馴れれば単調な風景が続くだけだが、陽光にきらめく海峡の水面や、強風で変形した道路沿いの樹木、周囲の草原に点在するカラフルな屋根の民家、路傍の花々、はるかに望む雪を頂いたパタゴニアの山々の景観が、白一色の南極の風景に馴染んだ目には極彩色の万華鏡のようだ。ほぼ五週間ぶりのプンタアレナスの街並みは、パタゴニア観光や南極クルーズの団体客があちこちに目立つものの、相変わらず穏やかでうら寂しい。

向かった先は彬の定宿の安ホテルではなく、市街中心部《セントロ》のアルマス広場に面した五つ星ホテル「マガジャネス」。プンタアレナスの郊外にはアイスマンの広壮な別邸があるが、現在は使用人がおらず、空港へのアクセスも不便なため、ナオミとアイスマンは急場の滞在にはいつもこのホテルを利用するらしい。空港から電話を一本入れただけで、予約もなしにナオミは最上階のスイートを二つ確保した。

チェックインしたのは午後四時過ぎで、各々《おのおの》の部屋でしばらく休憩し、六時にダイニングルームで落ち合うことにした。

ナオミが確保したスイートルームのベランダからは、高い建物の少ないプンタアレナスの街並みを隔てて、午後の陽射しにきらめくマゼラン海峡と、荒涼として横たわる対岸のティエラ・デル・フエゴが一望できる。

落ち着いたヨーロッパ調の見るからに値の張りそうな部屋で、場末の安ホテルかフリーダムヒルのテント村ばかりをねぐらにしてきた彬にはどこか居心地が悪い。アイスマンはさすがに豪気で、ナオミの話によれば、プンタアレナス滞在中、彬はこのスイートルームに投宿することに決まっていたらしい。

アイスマンヒュッテの居室の広さとさして変わらないサイズのベッドに寝転んでナオミのことを考えた。考えるほどに疑念の暗雲が湧いてくる。

コンドル作戦のリーダーの一人だったエウヘーニオ・モラエスと、あるいはその背後に控える大立者《おおだてもの》のアウグスト・ピノチェトと、アイスマンは繋がりをもっていた――。ヌネスから聞いた話からもコンセプシオンIIでのアイスマンとモラエスのやりとりからも、それは確かだと思われる。だとすればアイスマンも、あるいはナオミさえも、モラエスに匹敵する危険人物ということにはならないか。

アイスマンの狸親爺ぶりにはこれまでもさんざん手を焼いてきたが、その天衣無縫の横紙破りには不思議に悪意が感じられず、よほど自分に災いが降りかからない限り、愛すべき個性にも思えてくる。ナオミの心も量りがたいが、そこに邪《よこしま》な意図を感じないのは、彼女への想いに目が曇らされているせいなのか。

その全体的な構図にはどこか危険な謀略の匂いが漂うが、実体はいまも皆目みえてこない。にもかかわらずことさら恐怖も抱かずに、いやむしろその匂いに惹きつけられるように、謎の深みに足を踏み入れようとする自分に彬は当惑した。

シャワーを使い、ザックの底で潰れていた着慣れないブレザーの皺を伸ばし、給仕長《メートルディ》に睨まれない程度に身だしなみを整えて、六時ちょうどにダイニングルームへ向かった。

重厚な家具調度からウェイターの服装まで、いかにも格式の高そうなレストランだが、ドレスコードには頓着しないらしく、客の大半はパタゴニア観光から帰ったばかりというようなカジュアルな服装だ。

ウェイターの案内でテーブルに向かうと、先着していたナオミがテーブルライトの光のなかで視線を上げた。南極にいるときとは別人だった。

光沢のあるシルクのブラウスに淡いピンクの麻のジャケットという装いには、シンプルだが身に付いたセンスの良さがある。彬が部屋で時間を潰しているあいだに美容室へ行ったのだろう。無造作なポニーテールだった髪が短めにカットされ、ふわりとウェーブのかかった都会的な雰囲気の髪型に変わっている。耳元のパールのイヤリングとくっきりと描かれた口紅やアイライン。その装いの全体からの印象は、パタゴニアの大地に咲く野生の蘭のように馨《かぐわ》しい。心のなかでため息を漏らしながら、二人テーブルの向かいの席に腰を下ろす。

「ここは本当に無防備に人が生きられる場所ね」

ナオミはしもやけの痕が残る指でミネラルウォーターのグラスを弄《もてあそ》ぶ。糊の利いたナプキンを広げながら彬はさりげなく応じた。

「自然に対してはね。でも人間に対しては話は別かもしれない」

「あの男のことね。たぶんあなたが思っているほど危険じゃないわ。牙を失ったハイエナのようなものよ」

「モラエスのこと？　それともピノチェトのこと？」

「どちらも」

ナオミはあっさり言って、物憂げにミネラルウォーターを口に運ぶ。彬にはそうは思えない。腫れ物に触るような気分で促した。

「機内で、本当のことを話してくれると言ったね」

「ええ、話すわ。でも急ぐことはないでしょう。まずは久しぶりの文明社会のディナーを楽しみましょう。ここのマリスコ料理はなかなかのものなの」

言いながらナオミが首をめぐらせると、仕草に気づいてウェイターが歩み寄る。ナオミはアラカルトのメニューから、迷うことなく魚介類中心のコースを組み立てる。高級レストランのチリ料理に馴染みのない彬は「シェフのお勧め」をオーダーした。こちらも新鮮な海の幸をふんだんに使った献立だ。

ナオミはウェイターにソムリエを呼んでもらい、ワインリストを一瞥もせずに、彬も名前くらいは知っているヴィーノ・ブランコのヴィンテージ物をオーダーする。彬がいつものノンアルコールビールを頼もうとすると、ナオミが力のこもった視線でたしなめる。飲むのはグラスに二杯までと決め、きょうは素直に誘惑に負けることにした。

ソムリエが恭《うやうや》しく運んできたヴィーノのテイスティングが済み、それぞれのグラスにかすかに琥珀色を帯びた液体が注がれると、ナオミがグラスを掲げ、視線と笑みで乾杯を促す。乾杯の名目は取り立てて思い浮かばない。ただ「サルー」とだけ声に出す。ナオミもわずかに遅れて唱和する。

たまたま二人が同じメニューになったマゼラン海峡産の生牡蠣《なまがき》のオードブルが運ばれてくる。ヒュッテでの食事にアイスマンがいかに贅を尽くしても、南極ではここまで新鮮な素材は手に入らない。刺激的なほどの磯の香が、美食家とは程遠い彬の胃にも無遠慮な食欲を掻き立てる。久しぶりに味わう本物のヴィーノの芳醇《ほうじゅん》な精気が胃の腑に鮮烈に沁み渡る。

「ここはギュンターが育った街なの。私は小さいころ、毎年叔父に連れられてこの街にやってきて、マゼラン海峡に面した海辺の叔父の別邸で一夏を過ごしたわ」

ナオミが穏やかに語りだす。テーブルライトの黄金色の光のなかで、ナオミは時を隔てたプンタアレナスの海と空を懐かしむように目を細める。足を踏み入れることを禁じられた果樹園の前の子供のような、複雑な心境で続く言葉を待った。

「だからギュンターの亡骸はこの街に埋葬したの。私は信じたの。本人もきっとそう望んでいると。私もこの街が好きだから、ギュンターにはここで眠って欲しかったの」

ナオミの表情に寂寥《せきりょう》と明るさが不思議なバランスで混じり合う。天敵の罠だと知りながら逃れるすべをもたない昆虫のように、彬はナオミの話に引き込まれてゆく。

「ギュンターとはそのころ知り合ったの？」

「ギュンターは両親が失踪してから、叔父の別邸の管理を任せていた遠縁のドイツ人の老夫婦に引き取られていたの。叔父は二人の孤児――つまり私とギュンターを、おそらく彼の実子のフェデリコより愛していたわ。そしてたぶん二人を結婚させようと最初から目論んでいたんだと思うわ」

「つまりアイスマンの希望に従って二人は――」

「そうじゃない。いえ、結果的に叔父の希望に沿うかたちになったとしても、それは私とギュンターのあいだに自然に芽生えたものの結果よ――」

Ｃ１３０の機内での会話とは打って変わって、ナオミの表情にも口調にもささくれだったものはない。この世にいない恋敵との馴れ初めの物語に少なからぬ嫉妬を抱きながらも、ヴィーノの力で紳士の体面を繕いつつ聞き入った。

「私がチリにやってきたのは十歳のとき。いまからどのくらい昔かはご想像に任せるわ。ピノチェト軍事独裁政権がピークを迎えたころと言えば見当はつくかしら」

元反体制活動家の論客に酒場でおだを上げられるうちに、知らない間に頭に染みついたいいかげんなチリ現代史の知識によれば、ピノチェトがクーデターでアジェンデ政権を倒したのは、たしか一九七〇年代の前半だった。そして苛烈を極めた弾圧で反独裁勢力の押さえ込みに成功し、一方で経済を本格軌道に乗せたのが八〇年代半ばのはずだった。以後九〇年まで続く政権のピークといえばその時期だろう。そこから類推してナオミが自分より三歳ほど年下だとわかり、いくらか優位を取り戻した気分になった。

「ギュンターは私と同い年だった。初めて会ったのは私が叔父に引き取られてチリにやってきた最初の年で、場所はそのプンタアレナスの別邸。相次いで両親を失って私ももちろん傷ついていたけど、ギュンターはたぶんもっと辛い心境だったはずよ。私の場合は悲しかったけれど、それは確定してしまった事実。でもギュンターの両親は彼が四歳のとき、ブエノスアイレスのホテルに滞在中に怪しい連中に拉致されて、そのままいまも行方不明。そしてそれがほぼ確実に死を意味することを、私が出会った当時すでに彼は理解していた。でも遺体とは対面できなかった。お墓もない。死亡証明書もない。まだ子供だった彼は心のなかに時が癒すことのできない生々しい傷口をいつも抱えて生きていたの。それが当時のこの国の、いいえ、ほぼ南米全体を包む雰囲気だったのよ」

「ギュンターの両親はいったいなにをして――」

「父親はフランツ・ロシュマン。第二次世界大戦以前にやってきたドイツ移民の子孫で、ギュンターは日本風に言えば四世ということになるわね。極左グループやゲリラのたぐいじゃなかったわ。ＰＤＣ（キリスト教民主党）の党員で、反ピノチェトの陣営に属していたけど、せいぜい穏健な中道左派といったところよ。代々学者を輩出してきた家系で、曾祖父は国立チリ大学に教授として招聘《しょうへい》された物理学者のヘルベルト・ロシュマン。祖父は生物学者のカール・ロシュマン。チリ産ワインの品質向上に大きな役割を果たした醸造学の権威でもあったそうよ。そして父親のフランツは国際的に知られた気象学者で、やはり国立チリ大学の教授。当時は大学への独裁政権の介入に反対する教員グループの代表を務めていたの。母親は反ピノチェトの立場を鮮明にしていたＰＤＣの下院議員の秘書だった」

「拉致したのはコンドル？」

「手口はまさしくそうだった。目撃者の話では、アルゼンチンのＰＤＣとの会合のあったホテルの真ん前でタクシーに乗ろうとしていたとき、目の前に停車した車から男たちが降りてきて、その車のなかに連れ込まれたらしいの。近くにアルゼンチン国家警察の武装警官がいたけど、見て見ぬふりだった」

「そんな危険な時期にどうしてブエノスアイレスへ」

「そのころはコンドルの活動はいまのようには知られていなかったの。それにピノチェトの弾圧の対象は主に共産党や極左のMIR（左翼革命運動）で、PDCとは睦まじいとは言えないまでも交渉する姿勢くらいはみせていたの。出国を妨害されるようなことはなかったし、アルゼンチンへの入国に際してもなんのトラブルもなかった」

「だったらなぜ？」

「おそらく政治信条や権力抗争とは無関係な理由――」

ナオミはそこまで言って、ふと警戒するように口をつぐんだ。周囲の客たちは自分たちのテーブルに話の花を咲かせるのに熱心で、二人の会話に耳をそばだてている気配はないし、日本語の会話がわかりそうな日系人の姿もない。

「軍政から恨みを買うような特別な理由が？」

「ドクトール・ヌネスから聞いているんでしょ。南極で見つかった鉤十字の刻印入りの金の延べ棒の話？」

テーブル越しにナオミはわずかに身を乗り出す。彬は直感した思いを口にした。

「その発見者がギュンターの父のフランツ・ロシュマン博士だったの？」

黒目がちの瞳に強い光を湛えてナオミは頷いた。ナオミとギュンターを結ぶ絆がただ男女の愛だけによるものではなかったような気がして、その背後に蠢くほの暗い闇の気配に驚き以上に慄然とするものを感じた。

「つまりロシュマン博士は、残りの金塊の在《あ》り処《か》を知っていたということ？」

「ピノチェトがそう疑っていたことは確かかね」

「そもそもどういう経緯で、博士はその金の延べ棒を発見したの？」

「一九七〇年代の初頭、ロシュマン博士はチリの南極観測隊の一員として、パーマーランドにあった夏季観測ステーションに派遣されていたの――」

ナオミはもう一度念を押すように周囲のテーブルに視線を投げ、それでもなお声を落として語りだした。深い歳月の霧の向こうの、驚くべき真実といまだ解明されない謎の混淆《こんこう》した奇妙な物語を――。

3

両親が失踪して間もなく、チリ大学のギュンターの父の研究室は軍部によって封鎖され、論文や草稿、メモのたぐいはすべて没収された――十六歳の年までギュンターはそう聞かされていたという。

ところがある日、スーツケース二個におよぶ大量の文献が届けられた。送り主は父の同僚のチリ大学の教授で、父たちが失踪したという情報を得て、研究室の文献や資料が軍部に没収されるのを惧れ、学生たちの手を借りてすぐさまそれを秘匿してくれたらしい。

祖父母は病死していて、サンチアゴ市内に住む叔父がいたが、政治的立場の違いから関係は疎遠で、一人残されたギュンターを引き取ってくれたのは、遠縁にあたるドイツ系移民のシュナイダー夫妻だった。政治とは無縁だった夫妻の周囲にもやがて軍政の目が光りだした。彼らの狙いがなんであれ、それがすなわち生命の危険に結びつくことは、当時の政治状況から明らかだった。

夫のほうはかつてアイスマンの父親が経営していた雑貨店で働いたことがあった。その後もアイスマンとは昵懇《じっこん》で、窮状を見かねてアイスマンが別邸の管理人として働かないかと声をかけた。夫妻は喜んでその救いの手にすがった。首都サンチアゴから遠く離れたプンタアレナスまでは軍政の監視の目も及びにくく、当時すでにチリ経済界の実力者にのし上がっていたアイスマンには軍政もうかつに手出しはできなかった。

そんな経緯を知らずに文献を秘匿していた同僚の教授が、とあるパーティーでアイスマンの口からギュンターの行方を聞き、それをプンタアレナスへ送り届けた。シュナイダー夫妻にはさして重要なものとは思えなかった。中身のほとんどが専門的な論文や草稿で、そこにギュンターの両親の行方を示唆する情報があるはずもない。

しかし、当時十六歳の少年だったギュンターは、大人にとっても難解で取り付きにくいその膨大な文献にのめり込んだ。それは彼にとって、行間に父の体温や息遣いを封じ込めた貴重なタイムカプセルだった。

その年、アイスマンとともに夏を過ごしにプンタアレナスにやってきたナオミは、どこか吹っ切れた表情のギュンターと出会った。やつれてはいたが、瞳にはそれまで見たことのない輝きがあった。

「僕は気象学者になる。父さんの研究を引き継ぐんだ。そして南極へ行く」

形見の文献が届いてから数ヵ月、ギュンターは部屋に籠り、寝食を忘れて貪《むさぼ》り読んだという。最初はひたすら難解な専門用語と数式の迷宮だった。しかしギュンターはひるまずそこに踏み込んだ。その迷宮こそが、かすかな面影だけが記憶に残る父の魂の軌跡だという信頼を支えに。

それがギュンターの魂の餓えを癒した。芽生えつつあった知性に光と養分を与えた。必死で辞書を引き、膨大な言葉のジグソーのピースを根気よく拾い集め、一つの言葉が別の言葉を照らし出すように、奥深い意味の連鎖に光を当てていった。そしてある日、頭上を覆う天蓋《てんがい》が砕け落ちたように、父が構築した学問の王国の眩さに接したという。そして生きることの意味を、父も母もいないこの世界で、魂にこれ以上傷を負うことなく生きるための鎧《よろい》と楯を見出した。

「やっと父さんにたどり着く道を見つけたんだよ、ナオミ。ここからは道標《みちしるべ》がある。父さんが愛した学問という道標が——」

ギュンターはそのときナオミの目にひと回り大きく見えた。驟《しゅう》雨《う》の通り過ぎたマゼラン海峡に虹がかかっていた。庭に咲き誇るカラファテの黄色い花が目に眩かった。そのときの不思議なときめきによって、ただ子供同士の友情に過ぎなかったギュンターへの思いが、もっと大人びたものに変わったのを感じた——。ギュンターとの恋の始まりをナオミはそう表現した。

ギュンターと過ごしたその夏は、照る日も曇る日も毎日が光り輝いていた。潮風が流れ込む別邸の離れで、二人で難解な学術用語のパズルを解くのに熱中した。自分には格別関心のもてない高層気象学や対流理論の論文でも、ナオミなりに知恵を貸し、辞書を引くのを手伝い、インスピレーションを分かち与えた。それを読み解き、その意味を自分のものにしたときのギュンターの笑顔を見るのが嬉しかった。

それまでのギュンターは蒼ざめて暗い少年だった。心のなかの傷口がいつも開いていて、そこから滲み出る血がいつも瞳を湿らせているような少年だった。そんなギュンターに抱く感情には憐憫《れんびん》という無意識な尊大ささえ含まれていただろう。その論文や文献が彼の心のなかでどんな錬金術を行なったのかは知らないが、その変化はナオミにとって驚きである以上に言葉に尽くせない喜びだった。

海辺を散歩した。砂浜に座り、親愛の儀礼とは別のときめきを伴う口づけを交わした。ナオミはギュンターの髪を撫でた。ギュンターはナオミの髪を撫でた。ギュンターの手がナオミの胸に触れ、そしてすぐに離れた。頬が赤く染まった。ナオミはその先を期待した。ギュンターはなにもしなかった。ギュンターは同じ年ごろの南米の少年と比べて奥手だった。そんな二人の姿を見て彼の育ての親のシュナイダー夫妻はおろおろしたが、アイスマンは意に介さなかった。

そんなふうにギュンターを愛している自分に当惑しながら、ナオミはまた惧れを抱いた。ギュンターの眼差しはしだいにどこか遠くへ向かっていった。ここではないどこか、いまではないいつか——。

ギュンターはもともと頭のいい子だった。そのうえ父の遺品と出会ってからは人一倍勉強した。まるで少年としての時間を倍のスピードで駆け抜けようとするように。飛び級で一年早く高校を卒業し、十七歳でブエノスアイレス大学に進学した。母国ではなく隣国アルゼンチンの大学を選んだ理由は想像できた。自分をすり抜け、ギュンターが駆け足で向かおうとしている世界がわかった。ギュンターはそこでなにかを探そうとしている。十数年前、父と母が失踪した街、軍靴《ぐんか》と戒厳令の時代、暗黒の時代のブエノスアイレス――。

アイスマンは頭脳明晰で素直な性格のギュンターに目をかけた。それが自分に与えられた責務でもあるように。学費はすべて援助した。市街中心部レコレータ地区の高級住宅地に贅沢なアパートを買い与えた。目の中に入れても痛くないほど可愛がった。ときにはナオミでさえ嫉妬するほどに。

実子のフェデリコはナオミたちより五つ年上だが、生来の怠け者のうえ、母親っ子でアイスマンにはなつかなかった。高校時代には同級の少女を孕《はら》ませ、その揉み消しにアイスマンは大枚の金をはたいた。大学に入ってすぐ酔払い運転で人を轢き殺し、その揉み消しにもアイスマンは大枚の金をはたいた。事故のとき自分も頭を強打し、そのせいかどうか学業ではアイスマンの期待を裏切り続けた。そんな不肖の息子を後継者に据えたのは、子飼いの重役たちが担ぐ御輿《みこし》に乗せる以外に、まっとうな人生を歩ませる手立てが見出せなかったからだ。

そのころはチリもアルゼンチンも軍事政権による独裁は終焉し、南米を吹き荒れた弾圧と白色テロの嵐は過去のものとなっていた。新政府は軍政時代の弾圧による失踪者の調査に乗り出した。ピノチェトは国軍最高司令官としていまだ影響力を温存していたものの、その力はもっぱら大統領時代の犯罪への訴追から逃れるための政治的画策に費やされていた。

そんなことからアイスマンは、ギュンターが単身ブエノスアイレスで生活することになんの心配もしていない様子だった。サンチアゴとブエノスアイレス間は空路で二時間足らず。飛行機代を惜しまなければ、ナオミは週末にはどちらかでギュンターと会うことができるし、富豪のアイスマンがそれを惜しむはずもない。

極地気象学に半生を捧げた父の足跡をたどり、ギュンターもその分野の研究者として南極に行くことを望んでいた。それを聞いてナオミは迷わず医師になる決意をし、名門の国立チリ大学医学部を目指し勉強に拍車を掛けた。

極地の基地で医師は不可欠な人員だ。医師になればギュンターと一緒に南極へ行ける。動機は単純だった。できればギュンターと同じブエノスアイレス大学に留学したかったが、若い二人が自分の目の届かないところでともに暮らすことまでは、アイスマンもさすがに容認しなかった。

異変はギュンターの学生生活の最初の春に起きた。ギュンターが突然失踪したのだ。まるで十数年前に両親がたどった道に自ら迷い込むように――。

アパートに電話をしてもギュンターが出ない。そんなことが一週間続いた。管理人に問い合わせると、ここしばらくギュンターを見かけないと答えた。大学の指導教官の話でも、ギュンターはキャンパスに姿をみせず、友人たちの前からも姿を消しているらしい。

湧き起こる不安に心が乱れた。失踪そのものが穏やかではない出来事だが、それ以上にギュンターの身に降りかかった、あるいはギュンターが自分の意志で踏み込んだのかもしれない不気味な運命の罠を感じた。アイスマンも同じような不安を覚えたのだろう。現地の警察に捜索願いを出すとともに、ナオミを伴って自らブエノスアイレスへ乗り込んだ。

ギュンターの部屋には、軍政時代の人権侵害を糾弾する市民グループのパンフレットや資料が大量に収集されていた。ギュンターが両親の消息を追い求めて、急進的な左翼グループを含む政治団体や市民活動家と交流をもっていた様子が窺えた。

そのときアイスマンの顔に浮かんだ苦渋の色にナオミはたじろいだ。ギュンターの失踪に自分が負うべき咎《とが》をもつかのように自らを口汚くののしった。アイスマンはギュンターの行方に心当たりがあるようだった。しかしナオミにはなにも言わず、ギュンターの部屋でしっかり施錠をして待つようにと言い置いて、屈強なボディガード二名とともにどこかへ出かけていった。その態度が不安を一層掻き立てた。アルヘンティーナ警備保障――戸口でボディガードに行き先を告げるアイスマンの声が耳にこびりついた。

不穏な思いに苛まれながら、さりとてほかにやることもなく、ナオミは部屋に残された資料の山に目を通しはじめた。マーカーでラインを引いた箇所が目についた。「コンドル作戦」、「オルレッティ自動車会社」、「エウヘーニオ・モラエス空軍少佐」。どれもなじみのない固有名詞だ。そして「アルヘンティーナ警備保障」――先ほどアイスマンが口にした言葉だ。資料によればエウヘーニオ・モラエスが退役してから作った会社の名前らしい。

それらのキーワードを含む記述を読むうちに、資料を持つ手が震えだす。コンドル作戦は一般市民の目からは徹底的に秘匿され、当時、ナオミの耳にはまだ噂すら届いていなかった。しかしチリより一足先に民政に復帰したアルゼンチンの市民グループは、その活動の実態をほぼ把握していた。

ギュンターはそんな情報に接してなんらかの行動を起こしたのだろう。アイスマンはそれを察知してモラエスのところへ向かった。だとしたらアイスマンはコンドル作戦やモラエスのことを最初から知っていたことになる。愛する叔父への猜疑《さいぎ》心が湧き起こった。

ブエノスアイレスの電話帳をめくった。アルヘンティーナ警備保障――すぐに見つかった。いても立ってもいられず電話した。がらの悪い男の声が電話口に出た。エウヘーニオ・モラエスと話をしたいと告げた。誰だと訊かれ、とっさに手元の資料にあった市民グループの名を告げた。少し待てと言われ、五分待ったが男は電話口に戻らない。さらに五分待った。やはりなしのつぶてだ。痺れを切らして受話器を置いた。

手持ち無沙汰に資料を読み漁った。コンドル作戦の全容が浮かび上がった。民政復帰後にマスメディアが一斉に暴露しはじめた、チリ国内での苛烈な弾圧の実態をそのイメージに重ね合わせた。

クーデター直後に逮捕され、虐殺されたチリの国民的歌手――ビクトル・ハラのこと。サンチアゴ市内のスタジアムに収容された数千人の無辜《むこ》の政治囚を励ますために、ハラはアジェンデ政権を支えた人民連合の歌「我々は勝利する《ベンセレーモス》」を歌った。ギターを奪われても手拍子で歌い続けた。軍はその手をへし折った。さらに銃剣で口を切り裂いた。そしてその体に無数の銃弾を撃ち込んだ。逮捕されて一週間後、ハラ夫人は死体収容所《モルグ》に山をなす惨殺死体のなかに変わり果てた夫の姿を見つけた。

それは一つの象徴的な死に過ぎなかった。ハラの運命に劣らない残虐な拷問が、酸鼻を極める死がチリ全土を埋め尽くした。国内の砂漠地帯や無人島に大規模な収容所が設置され、十七年におよぶ軍政の時代を通じて夥しい数の政治囚が送り込まれ、拷問を受け、その半数が虐殺されたとされる。その遺体の多くがいまも発見されず、チリやアルゼンチンで軍政時代の行方不明者といえば、事実上その遺体のことをさす。

しかしそれはあくまで国家の枠内で行なわれたことだと思っていた。実態はナオミの想像を絶していた。アルゼンチン、パラグアイ、ブラジル、ウルグアイ、ボリビア、チリ——各国の秘密警察が手を結んだ超国家的白色テロネットワーク。背後には当時の軍事独裁政権を反共の砦にしようとした米国の思惑があった。それを支援するために闇のルートから莫大な資金が供与された。数千人におよぶCIA工作員がその背後で暗躍した。米国にとってそれは冷戦のいわば代理戦争だった。そのバックアップを得て、コンドルは南米全体をまたにかけて屍肉《しにく》を漁った。政治亡命者の誘拐と秘密裡の送還、法の埒外での尋問、拷問、処刑——。その中心人物の一人がモラエスだった。

ギュンターの両親を襲った運命の酷さが目の当たりに想像できた。悪性の熱病のような悪寒に襲われた。ギュンターの心を思った。そしてさらに恐ろしい想像が首をもたげた。ギュンターは復讐を果たそうとしてモラエスに接近し、それに失敗して——。

そのときドアをノックする音がした。アイスマンにしては戻るのが早い。ギュンターか？

慌てて戸口に走った。

「どなた？」

「速達です」

外で男の声が答える。どこかで聞いたような声。それもつい今しがた――。ドアは開けずに覗きレンズから外を見た。人相の悪い大柄な男が立っている。郵便局員の制服は着ていない。

直感が鋭いアラームを鳴らす。返事はせずに、心臓が止まりそうな気分で立ち去るのを待った。

男は立ち去るどころかドアを激しく蹴りだした。ドアチェーンがかかっていることを確認し、リビングに駆け戻った。スポンサーのアイスマンが自ら選んだアパートだけあって、造りはすこぶる贅沢で、頑丈なドアはそう簡単には壊れない。

息を殺して様子を窺う。ドアを蹴る音が途絶えた。諦めたらしい。

足音を忍ばせてもう一度ドアに近づいたとたんに、今度は圧搾《あっさく》空気が爆《は》ぜるような音がした。錠前が吹き飛んだ。慌てて背後に飛び退いた。ドアがわずかに引かれ、続いてまた同じ音がして、今度はドアチェーンが吹き飛んだ。

ドアが開いて、外に立っていた男がのっそりと玄関に踏み込んできた。右手にはサイレンサーのついた大型自動拳銃。そのうしろから、さらに手下らしい男が二人続いて入ってくる。

「お嬢さん。うちの会社へ電話をよこしたのはあんただね？」

男は引き攣《つ》ったような笑みを浮かべてずかずか歩み寄る。ナオミは後退《あとずさ》る。

「誰なの、あなたは？」

問いかける声がかすれた。

「エウヘーニオ・モラエスの配下の者だ。用事があるのは、お嬢さん、あんたのほうじゃないのかね」

男はせせら笑う。その言葉でようやく思い当たった。アイスマンがこの場所をモラエスに教えるはずはない。先ほどモラエスの会社へ掛けた電話だ。十分以上は待たされた。元秘密警察の幹部が興した警備保障会社なら、そのあいだに逆探知でこちらの居場所を探るくらい朝飯前だろう。ナオミは歯噛みした。わざわざ自ら危険な罠に飛び込んでしまったのだ。

周囲を見渡した。武器になりそうなもの——ギュンターが高校時代に全国学力コンクールで獲ったトロフィーが書棚の上にある。にじり寄る。手を伸ばす。

「よしなよ、お嬢さん。命が惜しくはないのか」

男の拳銃の筒先が胸元を捉える。恐怖が心臓に爪を立てる。

「さて、少佐に接触しようとした理由をじっくり聞かせてもらおうか」

男は目の前でこれ見よがしに銃を弄ぶ。手下の一人がナオミの背後に回り込む。もう一人は錠の壊れたドアを背中で押さえている。

「ギュンター・ロシュマンはどこへ消えたの？」

恐怖に胸を締めつけられながらも、自分でも思いがけないほど平静な声が出た。

「そいつがあんたの男か。このスイートホームはどうやらそいつのものらしいな——」

舌なめずりするように男が続ける。

「いいか。昔のことをこれ以上詮索するな。俺たちは国家に忠誠を尽くした。俺たちは正義を実践した。それをおまえたちのようなクズがえらそうに糾弾する。自由だ民主主義だという絵空事をわめき散らし、国家に寄生し、秩序を破壊し、神の名を汚し、建国の英雄の顔に泥を塗るおまえたちこそ蛆虫《うじむし》だ。おれたちの力を甘く見るな。おまえたちを世間の誰も気づかないように捻り潰すくらいわけはない」

「もう一度訊くわ。ギュンターにあなたたちはなにをしたの？」

ナオミは銃口を見据えて言った。理不尽な恫喝への憤りが恐怖を撥ね退けた。

「知らんな。あんたの電話を逆探知して、ここがギュンター・ロシュマンとかいうやつの住まいだとわかった。それで飛んで来たらあんたがいた。こっちこそ聞きたいもんだ。ギュンターってのは何者だ？」

男は居丈高な態度を崩さない。ナオミは意表を突かれた。ではギュンターはどこに――。

そのときソファーテーブルの上で電話が鳴った。

「出るんだ。相手が誰であれ余計なことは喋るな。普段どおりに受け答えろ」

言いながらナオミの頭部に男は銃口を向けてくる。受話器をとる手が緊張に震える。聞き慣れない男の声が耳に飛び込んだ。

「カルロスを出してくれ」

「あなたは？」

「モラエスだと言ってくれればわかる。いまそちらで無礼を働いている図体のでかい男がカルロスだ」

「エウヘーニオ・モラエス？」

思わず問いかけた。男は穏やかに答える。

「そうだ、いまあんたの叔父さんがここにきている。カルロスがそちらへ伺ったのはちょっとした手違いだ。あとで叔父さんが説明するだろう。まずはカルロスと話をさせてくれ」

事情が呑み込めないまま電話を取り次いだ。カルロスはときおり相槌を打ちながら相手の話に聞き入り、受話器を置いてナオミを振り返った。

「悪かったな、お嬢さん。しかしもとはといえばあんたがつまらない悪戯を思いつくからだ。セニョール・シラセの姪御さんとはね。少佐も飛んだとばっちりを食ったもんだよ」

男は意味不明な台詞《せりふ》を残し、部下を引き連れて立ち去った。入れ替わるようにアイスマンが戻ってきた。どやしつけられるかと思ったら、アイスマンはことのほか優しかった。ナオミの肩を抱き寄せ、頰ずりをしながら経緯を語った。

「ナオミ。無事でよかった。モラエスの事務所でクズどもが立ち話をしているのを聞いた。この電話番号と住所が耳に入ったんで、奴を問い詰めたんだ。それでカルロスとかいう悪党がこちらに向かったのがわかった——」

アイスマンはモラエスに事情を話し、その場でカルロスに電話を掛けさせたという。その説明にまだ腑に落ちないところはあったが、ナオミにとっては二の次だった。

「それで、ギュンターはモラエスのところに？」

「いなかった。しかしやっかいなことをしでかしてくれたらしい――」

　アイスマンは額に汗を浮かべ、口籠りながら先を続けた。

「一週間前、国軍情報部の資料保管庫に侵入した連中がいる。軍政時代の弾圧を糾弾している過激な市民グループらしい。軍はその話をおおっぴらにしていないが、そこには当時の非合法活動の記録がまだ大量に仕舞い込まれている。それをトラック一台分盗み出した。どういう手口で侵入したのかは知らんが、軍政のころと違って警備も手薄になっていたようだ」

「ギュンターはそのグループのなかに？」

「いたようだ。国軍情報部の監視ビデオシステムはモラエスの会社が請け負っている。そのコネを利用してやつはビデオのテープを入手していた。盗まれた資料にはモラエスの犯罪に関するものも大量に含まれていたんだろう。モラエス自身がいま犯人探しに躍起になっている」

「そのテープにギュンターが映っていたということ？」

「ああ、こちらの事情を話して、ギュンターの消息に心当たりはないかと鎌をかけたら、向こうからそれを持ち出してきたんだよ。間違いなくギュンターが映っていたが、私は黙っていた。しかしやつらはいずれメンバーの身元を特定するだろう。その前になんとかギュンターと連絡をとって保護しないと」

「じゃあ、彼らはまだギュンターのことは――」

「ここに住んでいたギュンター・ロシュマンがビデオに映っていた一人だとは気づいていない

ようだ。もし気づいていたらおまえだってただじゃすまなかった」

ナオミのなかで抑え込んでいた疑惑が爆発した。

「ギュンターが集めた資料を読んだわ。ギュンターの両親を拉致したのはコンドルなんでしょ。モラエスがコンドル作戦の首謀者の一人なら、彼がその息子だということにもう気づいてるんじゃない？　そもそも叔父さんはなぜモラエスのことを知っていたの？　コンドルとどういう関係があったの？」

アイスマンは体を震わせ、額に脂汗を滲ませた。

「それ以上訊かないでくれ、ナオミ。答えればおまえに愛想をつかされる。ギュンターは私を憎むだろう。おまえとギュンターは私の宝だ。そうなったら私は人生の希望を失うことになる」

猜疑の雲が膨張するのに任せて、ナオミはさらに容赦なく追及した。

「モラエスはギュンターの両親の失踪に関わってるんでしょ？　叔父さんとモラエスはどういう関係だったの？　叔父さんは本当はギュンターの両親の行方を知っているんじゃないの？」

アイスマンは頰を紅潮させて弁明する。

「ナオミ、たしかに私は罪深い人間だ。だが神かけて言う。ロシュマン夫妻の失踪に私は一切関与していない。モラエスとは面識があるだけで深い付き合いはない。やつが夫妻を拉致した張本人かどうか私は知らないし、もしそうだとして、その狙いがなんだったかも知らない。問い質《ただ》したところでしらばくれるだけだろう。アルゼンチンの検察もせいぜい些細な暴行事件を訴追できただけで、あいつがやったと噂されている悪事はいまもなに一つ証明されていない――」

その弁明のなかにナオミが納得できる言葉は一つとしてなかった。しかしあまりにも悲痛な表情に気圧されて、もうそれ以上問い詰めることができなかった。アイスマンは警察に出した捜索願いを取り下げて、自前の捜索に乗り出した。警察がギュンターを見つければ、それが国軍情報部やモラエスにも知られるとの判断からだった。ブエノスアイレスにある子会社の社員を動員して、ギュンターが立ち寄りそうな場所を探させた。キャンパス、友人の家、学生が立ち寄りそうなカフェテリア――。ギュンターのアパートにも人を張りつけた。

しかしギュンターの足どりは巨大都市ブエノスアイレスの闇に消えたままだった。癒えることのない悲嘆に心を苛まれながら、ナオミはアイスマンとともにサンチアゴに帰った。

4

「それで、結局ギュンターは見つかったの?」

ディナーのコースも終わりに近づき、デザートとコーヒーが出てきた。先を促すように彬は問いかけた。ナオミが含みのある顔で提案する。

「急いでデザートを片付けない? 行きたいところがあるの。続きは車のなかで話すわ」

「車のなか?」

「私の車がホテルの駐車場に預けてあるのよ。プンタアレナス滞在中いつでも使えるようにね」

ナオミはイチジクの果肉入りのシャーベットにはほとんど手をつけず、手元のコーヒーにせわしなくミルクを注ぐ。つまり夜のドライブに誘われているらしい。

追い立てられるようにそそくさとデザートを片付けて、ロビーに出た。ナオミはコンシェルジュのカウンターに歩み寄る。コンシェルジュはカウンターの下から花束を取り出して手渡した。食事中に用意するように依頼してあったものらしい。

エントランスに出てしばらく待つと、メタリックシルバーの真新しいポルシェが乗り付けた。金モール付きの制服を着た若い男が降りてきて、ナオミにキーを差し出した。親しげに微笑んでそれを受け取り、チップを渡すと、ナオミは彬を促して運転席へ乗り込み、花束をバックシートに置いた。

彬が助手席に滑り込むと、ナオミはアクセルを踏み込んだ。身震いするようなエギゾーストノートを響かせてポルシェは一気に加速する。エントランスにいた宿泊客が羨望《せんぼう》の眼差しを投げかける。

心地よいGを感じながらシートベルトを装着する。アルマス広場のマゼラン像を左に見ながら五月二十一日通りに出て南へ向かう。市内随一の目抜き通りも、オフィスビルや商店が建ち並ぶエリアは広場から二ブロックほどで、あとは閑散とした地方都市のたたずまいに変わる。行き交う車の数も少なく、ナオミは巧みなハンドルさばきで先行車を抜いてゆく。ヴィーノのアルコールが残っているはずだが、ドライブ技術に乱れはない。

「どこへ？」

戸惑いを隠せず問いかける。

「ギュンターが眠っているところ」

正面を向いたままナオミが答える。ということは墓地。五月二十一日通りを北に真っ直ぐ進めば市営墓苑に行き当たる。しかし向かっているのは逆方向だ。通りはすぐにセントロを抜け、マゼラン海峡に沿って南西に向かう州道に合流する。時刻は午後八時を回っているが、高緯度地域の夏の日の入りは遅い。西の空は茜色に染まりだしたばかりだ。

「ギュンターのお墓は叔父の別邸の近くの小さな村にあるの。育ての親のシュナイダー夫妻は、まだその村に住んでいるのよ」

ナオミが思いを込めた口調で言う。縮緬皺《ちりめんじわ》のように細かく波立つマゼラン海峡の水面を入り日がサーモンピンクに染め上げる。彬は穏やかに促した。

「ギュンターの話の続きを聞かせてくれないか」

「消息を絶って一ヵ月後にプンタアレナスの叔父の別邸に現れたの。シュナイダー夫人から連絡を受けて、私と叔父はすぐに飛んできた。ギュンターはげっそり痩せこけて、まるで別人のようだった。というより――」

ナオミは言葉を呑み込んだ。サイドウィンドウから射し込む夕日が、その目尻に滲んだ水滴をきらりと光らせた。

「別人そのものだったの。ギュンターは私が誰だかわからなかった。自分が誰だかもわからなかった。叔父のことも、シュナイダー夫妻のことも——」

「つまり記憶を失っていたということ?」

ナオミは頷いた。

「残っていたのはプンタアレナスという地名とそこで暮らしたかすかな記憶だけ。それを頼りにヒッチハイクでサンチアゴからやってきたと言うの。そこへ行けば自分を知っている人間がいるかもしれないと思って。叔父の別邸のテラスで倒れているのを、たまたま庭の手入れに出たシュナイダー夫人が見つけたのよ」

「サンチアゴから? 失踪したのはブエノスアイレスじゃ?」

「それも謎だったわ。持ち物は薄汚れたデイパックだけ。中身はわずかな衣類と気象学の専門書が数冊。それにびっしりとドイツ語の文字の書き込まれた古びた分厚いノート。ギュンターの一族は代々ドイツ語を大事にしてきたらしいの。それはシュナイダー夫妻も同様で、家庭での会話はすべてドイツ語。だからギュンターはドイツ語の読み書きができたの。でもシュナイダー夫人が見た限り筆跡はギュンターのものじゃなかった。それにそのノート自体が何十年も経ったもののように変色していて、その点からもギュンターが書いたとは思えなかった」

ナオミはそれが十数年の時を駆け抜けるタイムマシーンででもあるかのようにポルシェを加速させる。急速に夜の帳《とばり》が降りてくる。すれ違う車はまばらだ。前方に車はいない。ルームミラーのなかで後続する車のヘッドライトがちらついた。オフホワイトのメルセデス——。セントロを出たあたりから背後にいる。気づいてからずっと車間距離が変わらない。

「サンチアゴへ連れて帰って、チリ大学の付属病院で検査をしてもらったの。外傷はなかったけど、脳にわずかな器質的変化が認められた。診察した医師は、薬物に起因する脳機能障害の可能性があると疑っていたわ」

「ギュンターはドラッグを？」

ナオミは大きくかぶりを振る。

「そんなものに関心があったとは思えない。アパートの部屋にもそれらしい痕跡はなかった。その医師は似たような症例を見たことがあると言ったわ。強力な自白剤による後遺症に類似してるって」

「つまりギュンターは何者かに拉致されて拷問を受けたということ？」

「物理的な拷問の痕はなかった。叔父はモラエスが怪しいと睨んで、ブエノスアイレスへ飛んで問い詰めたの。モラエスは関与していないというのが叔父の結論だった」

話の脈絡が漠然としている。彬は問い質した。

「そのまえに教えてくれないか。モラエスとアイスマンの結びつきが僕にはどうもわからない」

「叔父はかつてピノチェトのスポンサーの一人だったの――」

州道の舗装が切れたらしく、硬めのサスペンションを介して荒れた路面の感触が伝わってくる。暴れだしたステアリングを巧みに宥めながらナオミは硬い表情で語りだした。

「ブエノスアイレスから戻って、毎日毎日、私は叔父を問い詰めたの。渋々明かしたわ。そのことは誰にも言うなと釘を刺して。いまはそのことを自分は死ぬほど恥じているのだと言い訳しながら――」

アイスマンは父親の興した雑貨店を継いで、七〇年代前半にはチリ国内でも有数のスーパーマーケットチェーンに発展させた。アジェンデ社会主義政権が誕生したのはその時期だった。アジェンデは公約どおり急激な国有化政策を推進した。アメリカはアジェンデ政権を打倒するために苛烈な経済封鎖を行なった。

チリ経済はどん底に落ち込んだ。アイスマンはアジェンデ打倒を狙ってクーデターを画策していたピノチェトに資金面から肩入れした。クーデター成立直後、ピノチェトは国軍参謀本部にアイスマンを招いた。そこにのちに秘密警察ＤＩＮＡの長官に就任するマヌエル・コントレラス陸軍大佐と、当時はアルゼンチン空軍中尉だったエウヘーニオ・モラエスがいた。

ピノチェトは言った。現在の状況は一過的なものだ。国家の危機を真に克服するには、不本意ながら一切の禍根を絶たねばならない――。サンチアゴ市内の至るところで徹底した弾圧が行なわれていた。その苛烈さにはアイスマンも辟易した。しかしここでクーデターが頓挫《とんざ》すれば国家は破局に至る。手塩にかけて育て上げたビジネスをアカどもの手に渡すわけにはいかない。一過的なものだというピノチェトの言明を信じてアイスマンは継続的な支援を約束した。

コントレラスはモラエスを彼に紹介した。コンドル作戦という超国家的公安ネットワークの構築が進んでいる話をそのとき知った。アイスマンは当時、近隣のアルゼンチンやパラグアイ、ウルグアイにも関連企業を持っていた。コンドル作戦の隠れ蓑としてそれを利用させて欲しいとモラエスは要請した。きな臭い匂いはしたがアイスマンは承諾した。

交換条件としてピノチェトは、アジェンデ政権によって国有化されていたチリ南部の油田とガス田の採掘権を払い下げると約束した。さらにアメリカによる経済封鎖が解けた暁には、国内で底を突く消費財の輸入のための外貨割当てを目いっぱい保証するとも約束した。それはアイスマンの企業グループが一挙に国内有数のビッグビジネスへ飛躍するチャンスだった。

クーデターは天の声だとアイスマンは自らに言い聞かせた。国家の安定と企業家としての成功――多少の荒事には目をつむるつもりだった。しかしいつ果てるともない戒厳令下で、暴虐と殺戮の嵐は吹き募った。コンドル作戦の正体も明らかになった。ブエノスアイレスやアスンシオンの事務所の駐在員の報告から、その実態が法の埒外で行なわれる非道な犯罪だと知った。

アイスマンは経営上のトラブルを口実に国外の関連会社を閉鎖した。ピノチェトへの資金供与は続けたが、その一方で搦め手から反ピノチェト陣営に潤沢な資金をばら撒いた。モラエスは閉鎖した国外の事業所の再開を迫った。アイスマンはそこで行なわれた違法な行為を公にするぞと脅してやった。アイスマン自身もDINAによる白色テロの標的となりかけたが、ピノチェトの鶴の一声で動きは封じられた。ピノチェトにとってアイスマンは貴重な金蔓《かねづる》であるうえに、沈没寸前のチリ経済を建て直すうえで無視できない経済界の重鎮だった。

アメリカの圧倒的な支援でチリ経済は奇跡の成長を遂げた。アイスマンはその果実を存分に味わった。一方で反ピノチェト陣営も勢力を盛り返した。一九八八年、ピノチェトは大統領職の任期延長の賛否を問う国民投票に敗れ、九〇年三月には民政が復活する。アジェンデ打倒からピノチェトの失墜に至る十七年間――アイスマンにとっては危険な綱渡りの時代。それを彼は無事に渡り切った。民政移管後の国政選挙では上院議員候補に擁立しようという動きもあったが、アイスマンはそれを断った。以後は実業家としての活動に専念し、政治には一切関わりをもたなかった――。

そこまで語り終えて、彬の反応を窺うようにナオミは沈黙した。ヌネスから聞いた話と矛盾しない。しかし本当にそれだけか。そもそもナオミ自身がその程度の説明で納得できたのか――。釈然としない思いを抱きながらも、彬は無難な答えを見繕った。

「当時の事情を僕は知らない。アイスマンのような行動をとった人はたくさんいたはずだし、少なくとも僕は彼の行為を責める立場にはいない」

アジェンデ社会主義政権がチリ経済の破綻を招いたことは事実だし、当時もいまもピノチェトのクーデターを支持する国民は多い。そのことと、以後ピノチェトが行なった非道な弾圧への批判は別次元の話だろうと自分に納得させた。

「そう言ってもらえると気分が楽になるわ。じゃあ、ギュンターのことに話を戻しましょう――」

ナオミはこわばった表情を緩めた。

「モラエスはコンドル時代の悪事を知られているから叔父には逆らえない。もちろん向こうも叔父がピノチェトに加担したことを知っているからおあいこね。いろいろ角度を変えて突っ込んでみたけど、モラエスがギュンターに手出しをした可能性はなさそうだし、そもそもギュンターが国軍情報部の倉庫に侵入したグループの一人だとは、その時点でもモラエスは気づいていない様子だったらしいの」

「だったら誰がギュンターに自白剤を？」

「結局わからなかったの。ギュンターの記憶は最後まで戻らなかったから」

ナオミは唇を噛み締めた。彬は少なからぬ衝撃を覚えた。

「最後まで――。ということは？」

「ギュンターは記憶を失ったまま死んだのよ。もちろん生前の彼は自分がギュンター・ロシュマンであることを知っていたし、シュナイダー夫妻や私や叔父のことも、失踪した両親のことも、祖父たちのことも知っていた。でもそれは知識として得たものに過ぎないの。すべて私たちが語って聞かせたことだったの――」

シュナイダー夫妻もナオミもアイスマンも、ギュンターについて知っている限りのことを教えたという。プンタアレナスで過ごした少年時代のこと、学校の成績証やアルバムも見せた。ブエノスアイレスへも連れて行って、大学のキャンパスや彼が住んでいたアパートも見せた。大学の指導教授やクラスメートにも会わせた。もちろん両親のことも話した。ただしアイスマンは、自分が一時期コンドル作戦に支援を与えていた事実だけは伏せた。ギュンターの置かれたデリケートな状況を考慮すれば、ナオミもそれは是認せざるを得なかった。

失われた記憶はついに蘇らなかったが、ギュンターはそれを新たな知識として記憶した。つまりギュンターはナオミたちの語ることを聞いて、頭のなかで自分自身のアイデンティティを再構成したのだ。それがギュンターの魂にどれほどの負荷を与えるものなのか、ナオミにはわからなかった。そして知識として蓄えられた過去は、当然それを生きたときの感情を伴わない。ギュンターのナオミへの愛は戻らなかった。シュナイダー夫妻やアイスマンに対してもそれは同様だった。

それから約一ヵ月して、ギュンターは再び失踪したという。ナオミやアイスマンやシュナイダー夫妻に宛てた親切な赤の他人への感謝といったほどの内容の手紙を残して——。

「ギュンターが記憶を失って戻ってきた時、すでに私はギュンターを失っていたのよ。それでもそばにいてくれれば、いつか本物の記憶が蘇るかもしれないという期待が持てた。でもそのギュンターもいなくなってしまった。たった十七歳で私は寡婦《かふ》になったような気分だった。彼の記憶に結びつくものすべてから遠ざかりたくなった。それまで抱いていた叔父に対する愛情も冷めてしまった。それで当初予定していたチリ大学への進学をやめて、生まれ故郷の日本の大学へ留学することにしたの」

ナオミはさりげなく手の甲で目頭を押さえた。マスカラが流れて目尻に滲んだ。語尾がかすかに震えていた。ナオミの心の体温にようやくじかに触れた気がした。

西の空にわずかな赤みを残して日は沈み、街路灯のない州道はヘッドライトの光のなかをただ白々と南へ続く。背後のメルセデスとの車間距離は変わらない。背中に貼りついた不快な感覚を振り払うようにナオミに訊いた。

「ギュンターが持っていたノートにはなにが書かれていたの？」

「パーマーランドにあるドライバレーに関する調査記録——」

ことどもなげにナオミは答える。ドライバレーとは南極大陸の一部に見られる特殊な地形で、ほとんどが厚い氷床に覆われている内陸部に、そこだけぽっかりと乾燥した大地が露出している。成因は謎とされ、マクマード基地に近い南ビクトリアランドに最大のものがある。しかしパーマーランドにドライバレーがあるとは聞いたこともないし、何度も上空を飛んでいるが、それらしい地形をみたこともない。

「まさか——」

あきれ声で応じると、同意するようにナオミは頷いた。

「そこが謎だったの。書かれたのは一九三二年から三三年にかけて。第二次世界大戦前夜ね。執筆者はアレグザンダー・フォン・リッテンバウム。当時ドイツから派遣された南極探検隊の隊員らしいんだけど、旧《ふる》い記録を探しても、その時期にパーマーランドを踏査したドイツの探検隊は存在しないのよ。それにそのノートは二度目の失踪のときギュンターが持っていってしまって、詳しい内容を誰も知らなかった。シュナイダー氏が一度は目を通したらしいんだけど、専門的な記述ばかりでほとんど興味を覚えなかったというの。そもそものときはギュンターの記憶を戻す努力が先決で、そんなわけのわからないノートのことなんか誰も気にしなかったのよ」

頭のなかに深い霧が立ち込める。

「その話とナチスの金塊の話をどう結びつけたらいいんだろう」

「その糸口を見つけたのがギュンターなのよ」

「と言うと？」

「置き手紙によれば、ギュンターは自分の過去の空白を埋めようとしていたらしいの。ギュンターにしか知り得なかったこと。つまり自分が記憶を失った理由。もし自白剤を使われたとしたら、いったい誰がそれをやったのか。なぜそんなことをしたのか。もちろんそれは私たちにとっても重要な関心事だったけど、調べる手立てがまったくなかったの。本人は生きて帰ったんだから警察は事件として取り扱おうとさえしない。モラエスにも心当たりはなさそうだった。でもギュンターには真実を突き止める方法が一つだけあったの」

「ギュンターはすべての記憶を失っていたんじゃないのか。いったいどうやって？」

「鍵はそのノートのなかにあったのよ。彼はその謎を解くために一人でドイツに渡ったの。ヒッチハイクでウルグアイのモンテビデオに出て、そこで皿洗いのアルバイトをしてお金を溜めて、観光ビザでドイツに渡って、そのまま一年間不法滞在していたらしいの」

「アイスマンに言えば、ドイツに行くお金くらい出してくれたんじゃないのか」

「結局、信じてはもらえなかったのね。叔父も私もシュナイダー夫妻も――。彼はどうしても自分の力で失われた過去への扉を開きたかったのよ。彼には私たちが本当は敵なのか味方なのか、嘘つきかそうじゃないかを判断する手掛かりもなかったのよ」

「しかし、ギュンターは帰ってきたんだね」

「ええ、不法滞在が発覚してチリへ強制送還されたの。その連絡を受けて、私は留学先の東京から飛んで帰ったわ。ギュンターは生まれ変わったようだった。心のなかで折り合いがついたって彼は言った」

「折り合い?」

微妙なニュアンスの言葉に戸惑うと、ナオミはどこか痛々しさを感じさせる笑みを浮かべた。

「記憶は結局戻らなかったの。でも知識として蓄積された自分の歴史と自分の心のあいだに折り合いがついたと言うの。言葉では上手く説明できないけど、そのときのギュンターの表情を見て私にはその意味がわかったの。彼の魂はもう分裂していなかった。私の目の前に若い一本の樹のように立っていた。記憶を失う前のギュンターのように——。そんなギュンターを、私は以前のように愛することができた。そしてギュンターは、私を一人の女として新しく愛しはじめてくれたの——」

しかしナオミが喜びに浸るのも束の間、ギュンターはとてつもないことを言い出したという。両親が拉致され、おそらくは殺された——その理由がわかったというのだ。

「彼はドイツでそのノートを書いた人物が誰かを突き止めたと言うの。アレグザンダー・フォン・リッテンバウム旧ドイツ陸軍少佐。そしてその甥にあたる人物に会うことに成功し、彼が一九四四年に執筆した第二のノートを入手したの。それを読んですべての謎が明らかになった。ギュンターの両親が拉致され殺された理由。ギュンターが拉致され、ある人物によっておそらくは自白を強要され記憶喪失に至った理由。そしてその背後に隠されたある重大な秘密——」

気を持たせるようにナオミはそこで一息入れた。好奇心が疼く。西空の残照は消え、南の空には南十字星が瞬きはじめた。黒々とうずくまるティエラ・デル・フエゴの丘陵の上に半月が昇り、マゼラン海峡の沖合いの波頭を金色に染めている。

「左手に教会があるでしょう。ギュンターの眠る墓地はその裏手にあるの」

ナオミが視線で示す先には、たしかに鄙《ひな》びた小さな教会がある。ファサードの上の十字架がなければコロニアル風の古びた住宅のようにしか見えない。スピードを落としながら「聖マグダレーナ教会」の看板のあるフェンスに囲まれた庭の前を通り過ぎ、風で曲がりくねった木立のあいだを海辺に向かう砂利道にナオミは車を乗り入れた。背後を振り返ると、あのオフホワイトのメルセデスが州道を南に行き過ぎるのが見えた。尾行していたわけではなさそうだ。まとわりついていた緊張が解けた。こちらからナオミに誘い水を入れる。

「ただの墓参りに付き合わせたわけではなさそうだね」

「そのノートがギュンターと一緒に眠っているの。それをあなたに読んでもらおうと思って――」

思いつめた口調でナオミが応じた。

5

ナオミは蔦《つた》の絡まったアーチ形の門の前に車を停めた。

門をくぐったところが墓地だった。ゆったりとした敷地に百基ほどの墓石が水銀灯の光を浴びて整然と並んでいる。三方は広葉樹の疎林《そりん》に囲まれているが、東側が海に向かって開けていて、沖合いの船の灯火とティエラ・デル・フエゴのまばらな街の灯が望める。

墓石を経巡《へめぐ》りながら海側へと下るプロムナードの周囲には、よく手入れされた植え込みや花壇があり、ところどころに大理石でできた天使の像や小噴水が配されている。晴れた休日に来れば気持ちよさそうな公園のような墓地だった。

勝手を知った様子でナオミは前を進んでゆく。彬はホテルで用意した花束を手に、無言でそのあとに続いた。すでに午後九時近い。墓地に人の気配はない。ナオミのパンプスの靴音が敷石に甲高く響く。海側へ五分ほど下り、白御影石の小さな墓石の前でナオミは振り返った。

「ギュンターはここにいるの」

ナオミは彬の手から花束を受け取り、墓石の前にしゃがみ込む。誰かが供えた花があった。五輪の白い百合。まだ萎《しお》れていないところをみると最近のものらしい。簡素な長方形の墓石には掃除の跡がうかがえ、周りの雑草もきれいに除かれている。

「たぶんシュナイダー夫妻よ。住まいはすぐ近くだから」

その百合の花に並べて、持参した蘭の花束を供えながらナオミが言う。近くに灯台があるのか、サーチライトのような光芒《こうぼう》が規則的な間隔で夜空に円を描き、教会の破風《はふ》屋根を束の間白く浮かび上がらせる。ひんやりとした夜気と単調な潮騒のリズム。冴え冴えとした半月が叢《くさむら》の夜露に無数の光を宿している。

ナオミは跪《ひざまず》いた姿勢で十字を切り、両手を組み合わせて黙禱する。彬もナオミに倣って黙禱を捧げた。車のなかでナオミから聞いた話が、ギュンターを彬にとってかつてなく近しいものにしていた。小声で問いかけた。

「その大事なノートをどうしてこんな場所に」

考えていることはわかっているというようにナオミは微笑んだ。

「銀行の貸し金庫にでも預けたほうが安全だと言いたいんでしょう。私も最初はそう思ったのよ。でも叔父が反対したの。ピノチェト軍政の時代に、なにかの手違いで、叔父は貸し金庫に預けていた株券やら貴金属やらの個人資産をＤＩＮＡに押収されたことがあるの。コントレラスに強硬に抗議して取り戻したらしいけど、以来、銀行の貸し金庫というものを信用しなくなったの」

「いまは軍政の時代じゃない」

「でも敵はその残党で、非合法活動のプロよ」

ナオミは初めて率直な懸念を口にした。彬は確認した。

「それはモラエスのことと理解していいの？」

「まだことを荒立てる気はないようだけど、焦りだせばなにをやってくるかわからないわ」

「やはりナチスの金塊のことを知っているわけか」

「おそらく」ナオミは頷いた。

「しかし君の話だと、モラエスはギュンターには目をつけなかった」

「そこが不思議なところなの。ブエノスアイレスでのギュンターの失踪に、やはり連中は嚙んでいないようなのよ。国軍情報部へ侵入したうちの何名かは身元が特定されて警察に捕まったの。でもそのなかにギュンターはいなかったし、モラエスの会社を訪ねたとき、叔父はギュンター・ロシュマンの名前を何度も出して問い詰めたけど、モラエスはなんの反応も示さなかった」

「だったらモラエスはロシュマン夫妻の拉致にも関与していないということ？」

「あくまで手口がコンドルと似ていただけで、そうだという証拠はないわ」

ナオミは確信のない様子で首を振る。

「だったら君やアイスマンの企てにモラエスが気づいた理由は？」

「最初は噂だと思うの。ナチスの金塊の話は、ある種の伝説として当時すでに軍内部に広まっていたのよ。まともに信じる人はいなかったけど。叔父が南極に基地を所有すると発表したとき、マスコミの一部がその伝説と結びつけた記事を書き立てたの。事実は大当たり。でも騒いだのが眉唾ものの暴露記事しか書かない三流紙だったせいで、かえって誰もその話を信じなくなったの。皮肉にも真相そのものが恰好の隠れ蓑になったというわけね」

「しかしモラエスはそうは考えなかった」

「ええ、何度も叔父に接触してきたの。過去の話を世間に広めて欲しくなかったら、自分も一枚嚙ませろと。叔父はしらばくれたけどモラエスは信じなかった。どこかで裏を取った様子なの」

ナオミは眉をひそめる。潮騒が高まる。風が出てきた。海辺の方向でくぐもった車のエンジン音が響く。背中に嫌な緊張がわだかまる。

「叔父はただのブラフだとたかを括っていたけど、モラエスは別の情報ソースを持っているようなことを仄めかしたのよ。それがなんなのかは明かさずに」

「裏を?」

ナオミは墓石のうしろに回って、敷石の一枚を取り外そうとする。彬もそちらへ回り込む。瓦二枚ほどの大きさだが、きっちりとはめ込んであるせいか、ナオミの力では動く気配がない。

彬が替わって試みる。両手を石の下にこじ入れて、背筋に力を入れて持ち上げる。石同士が擦れる音がして、わずかに緩んだところをこじりながら手前に引き抜くと、敷石は難なく外れた。その下にはコンクリートの土台があり、ダイヤル錠付きの小型金庫が扉を上にして埋め込まれている。ナオミがダイヤル錠の数字を合わせ、取っ手を摑んで扉を上に引く。

金庫の中にはビニールシートで包装された角張った品物がある。ナオミがそれを取り出す。彬は金庫の扉を閉じ、その上に敷石を元通りはめ込んだ。

かすかな気配を感じて背後を振り返る。海側のプロムナードをこちらに向かってくる人影が見える。三人——。自分たちにしてもそうだが、普通の人間はこんな時間に墓地へはこない。

今度は入り口のゲートの方向でエンジン音が響き、続いてタイヤが砂利を嚙む音がした。挟み撃ち——。先ほどのメルセデスかもしれない。油断をさせるためにいったん南へ向かってみせたのかもしれない。

月明かりを受けたナオミの肌が透き通りそうに蒼ざめている。海側からの足音が高まる。ゲートの方向でも別の足音がする。

周囲を見渡す。左右の疎林は下草が繁茂して走りづらい。相手が銃を持っていれば背後から狙い撃ちされる。教会に助けを求めるにはゲートからくる敵と対峙しなければならない。いずれにせよ相手が武器を持っていれば勝算はない。だが無条件降伏は論外だ。ギュンターの話をここまで聞いた以上、毒を食らわば皿までだ。

傍らでナオミがバッグをまさぐる。拳銃を取り出す。ワルサーPPK――小型の割にはパワーがある。ハワイにいたころ、射撃センターで何度か実射した。なぜそんなものを持っているのだという疑問はこの際ねじ伏せた。

ナオミは覚束ない仕草で銃を構える。実射の経験はなさそうだ。黙って手を差し出す。ナオミは一瞬躊躇しただけであっさり銃を手渡した。

案の定、実包はまだ薬室に装塡されていない。セーフティを解除する。スライドを引く。撃鉄が起きる。実包が薬室に滑り込む。ハワイで暇つぶしに入れ込んだ射撃訓練がこんなところで役に立つ。

もう一度周囲を見渡す。前後の敵から同時に身を隠せるところ――。右手に小さな東屋《あずまや》がある。コンクリートで出来た四囲の壁は腰くらいの高さしかない。だが身を隠すには十分だ。

ナオミはパンプスを脱いで手に持った。気転が利く。墓石の陰に隠れるように背をかがめ、足音を忍ばせて東屋に走り込む。ナオミに訊く。

「セントロから尾《つ》けてきたメルセデスに心当たりは？」

ナオミは当惑顔で首を振る。

男たちはギュンターの墓の前に集まった。それぞれの手に鈍く光るものがある。一人はライフルあるいはショットガン、二人は拳銃。月明かりが背後から射し、顔は影になってわからない。

例の敷石を動かした跡を見つけたらしい。一人がしゃがみこむ。敷石を外す音がする。低い声のやりとりは潮騒に混じり合って聞き取れない。たぶん金庫のなかが空だと気づいたのだろう。男たちが散開する。獲物の匂いを嗅ぎまわる野犬の群れのように、銃を携えて墓石のあいだを徘徊する。心臓が音を立てて跳ね回る。壁からわずかに頭をのぞかせて、ワルサーをボス犬らしい上背のある男に照準する。ナオミの息遣いが潮騒の音を圧倒するように耳元で響く。

男の一人が東屋に気づいた。こちらを指さしてほかの二人に声を掛ける。今度は東屋を包囲するように散開し、その輪を徐々に狭めてくる。三対二、いや銃の数では三対一。まともに撃ち合って勝ち目はない。心臓が喉仏を突き上げる。ナオミが強く肩を寄せてくる。しわがれた男の声が静寂を破る。

「そこにいるのはわかっている。言うことを聞いてくれれば手荒なことはしないよ、セニョリータ。さあ、出てくるんだ」

聞き覚えのある声。エウヘーニオ・モラエス——。サンチアゴで見かけたという話をヌネスから聞いたが、プンタアレナスまでわざわざお出迎えとは予想しなかった。

「欲しいのはフォン・リッテンバウムのノートだよ。我々としても八方手を尽くして探したんだが、見つからなかった。セニョール・シラセはよほど巧妙な場所に隠したらしい。あんたなら知っているかもしれないと思って、あとを尾けさせてもらったんだよ」

ナオミの顔に驚きの色が浮かぶ。先ほどの口ぶりからして、ノートのことはまだモラエスが知らないと思っていたはずだ。敵はじりじりと包囲を狭めてくる。こちらが東屋にいるのを確信しているように。ナオミが意を決した口調で言う。

「出て行くわ。このノートを渡せば済むことよ」

「待って。それだけで済む保証は一つもない――」

そのまま立ち上がりそうなナオミの肩を力を込めて押さえつける。相手はコンドル作戦を通じて数え切れない人間を虐殺した張本人なのだ。

「ここで待っていて。絶対に動かないで」

「どこへ行くの?」

「陽動作戦だよ。裏手から出てやつらの背後に回り込む。そこで連中を引きつけるから、君は林に飛び込んで右へ真っ直ぐ進むんだ。ゲートの前に出たら、そのまま車で脱出して警察を呼んでくれ」

ナオミが目を丸くする。

「三人を相手に一人で闘う気?」

「射撃の腕には自信がある」

「相手はプロよ」

「なにごとも経験さ」

ようやく軽口が飛び出した。上手い具合に頭のねじがすっ飛んでくれたらしい。パイロットになって死の恐怖への耐性はある程度身についた。というより本当に生命が脅かされる状況では、死を意識するゆとりさえないものなのだ。アドレナリンが血流を加速する。こわばっていた関節の動きが滑らかになる。ナオミにもう一度念を押す。

「銃声が聞こえたら、すぐ林の中へ走るんだ。できるだけ足音を立てずに」

ナオミはこくりと頷いた。恐怖に対する不感症が多少は乗り移ってくれたらしい。

東屋の裏から外へ這い出す。墓石の列と林のあいだに水の流れていない側溝があった。もぐり込んで匍匐《ほふく》前進。少し進んだところに拳大の石が落ちている。それを敵の背後に抛《ほう》る。乾いた音が響く。

敵は音の方向に一斉に振り向いた。まだ発砲はしない。モラエスが顎で合図する。三人は東屋の包囲を解いて音のしたあたりに向かってゆく。さほど警戒するふうではないところをみると、こちらが銃を持っていることは想定していないらしい。ならばつけ入る隙がある。

左一〇メートルほどのところに身を隠すのに手ごろな天使のモニュメント。側溝を飛び出して足音を殺して走る。敵はまだ気づかない。天使の足と台座がつくる三角形の隙間が恰好の銃眼になる。

敵との距離約三〇メートル。外す心配はないが、これまで撃ったことがあるのは人型をした厚紙の標的だけだ。手にしているのが人を殺傷できる危険な道具だということに、ここでようやく思い至った。殺さなくてもいい。戦闘能力を奪えば十分だと自分に言い聞かせる。

ライフルを手にした男の肩口に照準を合わせる。噴水前の小さな広場に敵が差しかかる。周囲に身を隠すものはない。相手は紙の人形なのだと自己暗示をかけながら、トリガーにかけた指を軽く引く。銃声が鼓膜を突き抜ける。男が跳ね上がる。乾いた音を立ててライフルが敷石に落ちる。

銃口炎《マズルフラッシュ》でこちらの位置に気づいたらしい。遮蔽物を求めて広場を駆け抜けながら、モラエスともう一人の手下がこちらに銃弾を浴びせかける。天使の翼が蜂の巣になる。跳弾が頬をかすめる。天使の股間から二人目の標的に照準を合わせる。今度は動きが大きいから狙いが定まらない。

外す惧れより殺してしまうのではないかという惧れ——手に滲んだ汗で銃把《じゅうは》が滑る。足を狙う。外す。今度は腰を狙う。外す。銃弾が雨あられと襲いかかる。そのとき東屋の方角からひときわ大きい銃声が響いた。一瞬目を疑った。モラエスの手下の片足が膝のあたりでちぎれて飛んだ。

男は絶叫しながら敷石の上を転げ回る。モラエスは動転している。東屋に向かって闇雲に発砲する。背筋に冷たい汗が吹き出した。ナオミはもう逃げているだろうか？

モラエスは弾を撃ち尽くした拳銃を投げ捨てて、海岸の方向へ一目散に退散する。彬が肩を撃ち抜いた男も慌ててあとを追う。さきほどの銃声の方向から反撃はない。東屋を見る。ナオミがこちらに手を振っている。

狐につままれた思いで東屋に向かう。広場を通り抜けようとしてちぎれた男の足にけつまずく。少し離れたところでその落とし主がうめき声をあげている。

東屋の前でナオミは血の気を失っていた。その傍らに黒いブレザーに黒シャツ姿の色の黒い男がのっそり立っている。右手にはスミス&ウエッソンの357コンバットマグナム。小粋な身なりで包み込んだ大柄で筋肉質の体型は都会派のゴリラという印象だ。ナオミには変わった知り合いが多い。

「ドミンゴ・エストラーダよ。以前、叔父のボディガードをやっていて、いまはサンチアゴで私立探偵事務所を開業しているの。叔父が連絡をとって警護を依頼していたらしいのよ」

ナオミが慌てて紹介する。

「するとあのメルセデスは?」

「俺の車だよ、セニョール・キリムラ。大した射撃の腕だな」

エストラーダが気さくに手を差し出す。握手しながら彬はどちらにともなく問いかけた。

「モラエスはどうして僕らがここに向かっていることを知ったんだ?」

「これだよ、セニョール――」

エストラーダは背広のボタンほどの金属製の物体をポケットからつまみ出した。小さなアンテナのような突起がついている。

「小型だが強力な発信機だ。半径二〇キロまでカバーできる。ナオミの車に取り付けられていたんだよ」

銃声を聞きつけて誰かが通報したのだろう。遠くからパトカーのサイレンが近づいてくる。

「さあ、急いで退散しよう。後始末はセニョール・シラセに任せればいい。地元の警察にはだいぶ鼻薬を効かせているそうだから」

エストラーダに促され、車のあるゲートに向かって走り出す。膝が笑って上手く走れない。

6

さすがに途中でパトカーとすれ違うのはいい気持ちがしないので、土地に詳しいナオミは山間部を縫う旧道を辿った。ホテルへ帰ったときは午後十一時を回っていた。

ナオミはホテルからアイスマンに連絡を入れた。簡潔に状況を説明しただけでアイスマンは事情を呑み込んだようだ。プンタアレナス警察からはその晩も翌日も問い合わせや接触は一切なかった。翌朝の新聞には事件を報じる小さな記事が載ったが、警察はギャング同士の抗争と発表し、地元のマスコミもとりたてて関心は示していないようだった。

ナオミはエストラーダの警護つきでサンチアゴへ向かった。昨晩のあの事件があっても予定を変更する気はさらさらない様子だった。早朝の便で出発するナオミとエストラーダを空港の搭乗ロビーで見送り、彬は軍用エリアにある空軍のワークショップへ初出勤した。

空軍のサポート役はフレイ基地の司令官に紹介してもらったベテフン技術将校のペドロ・グ

スマン中尉。製造元がすでに生産を中止しているので、アイスマンが購入したツインオッターは中古機だ。しかし整備の行き届いたよい機体で、エンジンは新品のプラット&ホイットニーPT6Aに換装されていた。

極寒冷地仕様に改造するといっても、できることはそう多くはないというのがグスマン中尉と彬の共通した意見だった。翼面やフラップなどの可動部分は通常の寒冷地用凍結防止剤の塗布で対応できるとグスマンは言う。低温時のトラブルの大半はエンジンの始動に関係するものだ。潤滑油が固まってしまうためで、アイスマンが希望する内陸部の冬季の低温に耐えられるオイルはいまも開発されていない。しかしいったん始動してしまえば、タービンの燃焼熱でオイルも流動化するから飛行中は問題はない。

いちばん簡単なのは地上に加熱装置を用意して飛行前にエンジンを温めることだが、設備が大掛かりになるし、離着陸可能な場所も限られる。そこで潤滑系統の断熱と電気ヒーターによるオイルの予熱に重点を置き、そのためのバッテリーも出力の大きなものに載せ換えることにした。それでもだめなら奥の手があるとグスマンは言う。

「エンジンの真下でしばらく焚き火をすれば間違いなく始動するさ。非常時に備えて機内に薪とガソリンを常備しておくんだな」

追加のヒーターやパーツの取り寄せに一週間ほどかかるという。本格的な改修作業はそれ以降に行なうことにし、それまでは細部の調整とエンジンの慣らし運転を兼ねたテスト飛行に時間を費やすことにした。

その報告のために電話を入れると、アイスマンは昨夜の彬の武勇伝をことのほか賞賛し、さらにボーナスを弾むと約束した。ナオミから興味深い話を聞いた件は黙っていたが、それもすでにアイスマンには伝わっているのだろうと推測した。

ギュンターの墓から取り出した包みには二冊のノートとギュンターによるスペイン語訳の冊子が入っていた。ナオミはそのスペイン語版をコピーして彬に託し、オリジナルは自ら携えてサンチアゴに向かった。とにかく読んで、読み終えたら焼き捨てて欲しいと言う。

そんな大事なものをわざわざ隠し場所から取り出し、サンチアゴまで持っていく理由についてナオミからは説明がなかった。ナオミは読めばすべてがわかると言いたげだった。

物語の序章は昨晩すでに語られている。つまり戸口は開け放たれたのだ。しかしそれは一度踏み込んだら引き返せない危険領域への入り口なのかもしれない。これまで頑なに閉ざしていたその扉をナオミが突然開け放った理由もわからない。昨晩の一件以来、ナオミがこれまでにない信頼を寄せるようになったのは言葉の端々から伝わってきた。それはきょうまで望んで得られなかったものだった。しかし手にしたとたん、それが想像以上に重い対価を求めるものかもしれないと彬は感じはじめた。

約一時間のテスト飛行を済ませ、明日から調整に取りかかる箇所をチェックし、この日は午後三時にはホテルへ戻った。ルームサービスでコーヒーとサンドイッチを取り寄せ、穏やかな海風が吹き抜けるベランダの樫《かし》材のデッキチェアに陣取って、三〇〇ページはあろうかという分厚い冊子に彬は目を通しはじめた。

第四章

1

ワードプロセッサで清書されたその冊子は第一部と第二部に分かれていた。

第一部は記憶喪失状態で発見されたときにギュンターが持っていた第一のノートに、第二部はドイツで入手したという第二のノートに対応する。第一のノートは一九三二年の九月二十一日から始まり翌年の三月十日で終わる日記の形式を取っている。第一部には前書きがあり、リッテンバウムはそこで遠征が行なわれた背景を簡潔に説明している。

第一のノートを執筆したとき、アレグザンダー・フォン・リッテンバウムは弱冠二十八歳のワイマール共和国陸軍少尉だった。極度の財政難に陥っていた当時のワイマール共和国に国費で南極探検を企てる余裕はなく、彼が参加したのはルール地方のある鉄鋼財閥が組織した私的な遠征隊だった。

南極条約が成立する以前の話で、チリやアルゼンチン、イギリス、オーストラリアなど領有権を主張している国はすでにあり、それが重なり合っている地域もあった。リッテンバウムたちが踏査したパーマーランドはチリとアルゼンチンとイギリスが領有を主張しあう係争地だった。それがワイマール共和国が自国の名を冠した探検隊の派遣に消極的だった理由の一つでもあったらしい。

アムンゼンとスコットの極点到達からすでに二十年余り経ち、世界大恐慌の煽りで各国の南極探検に向ける情熱も下火になっていた。その間隙を縫って南極半島脊梁山脈の資源調査を行ない、有望な鉱脈が発見されれば政府を動かして領有を宣言させるというのが出資者の目算だった。

遠征隊の副隊長として参加したリッテンバウムはよほど生真面目な性格の人物だったらしく、日記の記述のほとんどは実務的な行動記録に費やされ、過去の偉大な探検隊が残したような心躍る冒険譚はほとんどない。

リッテンバウムの隊は総勢二十三名。ワイマール共和国海軍の老朽輸送船でウェッデル海に向かい、九月中旬にロンネ棚氷の末端から南極半島に上陸した。大陸中央部へ向かう探検行とは違い、南極半島脊梁山脈への旅は海岸線からせいぜい一〇〇キロ。極点到達を目指したアムンゼンやスコットのそれと比べれば散歩のようなものだった。天候悪化による停滞以外には大きなトラブルもなく、一行は一週間ほどで脊梁山脈中のキャンプ地に到着し、その後数ヵ月を費やして周辺一帯の鉱物資源調査を行なったという。

学術的には価値があるのかもしれないが、彬にとっては砂を嚙むように味気ないその日記を、義務感のようなものに急《せ》きたてられて流し読みした。ナオミが言っていたパーマーランドのドライバレーに関する記述は、第一部を五〇ページほど読み進んだところにあった。もしギュンターがその部分をイタリック体で強調していなかったら、おそらく読み飛ばしていたことだろう。リッテンバウムは次のように記していた。

〈リッテンバウムの日記　一九三二年十月十八日〉

早朝キャンプを出発し、脊梁山脈の核心部に連なるヌナタックの麓を南に向かって踏査する。気温はマイナス一〇度。風は弱く快晴。犬橇隊のコンディションはよく、三日分の食料と燃料、調査用の機材合わせて一トン余りの荷物を積んで一時間に一〇キロは進む。

キャンプから二五キロの地点で奇妙な地形に遭遇した。周辺のヌナタックはほぼ南北に列をなしているが、そこだけは東に開口部を持つU字形に湾曲し、内部はヌナタックの胸壁に囲まれた圏谷《けんこく》の様相を呈している。さらに驚いたことには、その谷には雪がなく、荒涼とした岩盤の大地が露出していた。U字の開口部や稜線の低まったところからは周囲の氷床が懸垂氷河となって落ちているが、いずれも途中で蒸発したように消えている。

私たちは懸垂氷河を下って圏谷の内部に立ち入った。気温は谷の外より二、三度低いが、それは周囲の稜線が日射を遮るためだと思われた。内部はほぼ無風のせいか、体感温度は我々のキャンプよりもかなり高く感じる。

私はその奇妙な地形から突飛な仮説を思いついた。すなわちこのU字形の地形は火山であり、圏谷状の窪地はその火口に相当するのではないかと。しかしその可能性はしばらく調査をするうちに後退した。溶岩流や硫黄《いおう》化合物、火山灰の堆積といった火山特有の痕跡が見つからず、谷底の岩盤も周囲を取り囲むヌナタックも、南極半島脊梁山脈のほとんどにみられる花崗岩で構成されていたからだ。

南ビクトリアランドにドライバレーと呼ばれるこれとよく似た地形が存在することが知られている。ここはそれよりはるかに規模が小さいが、南極大陸で大地が露出している場所はごく限られる。数千メートルの厚さの氷の下にどれほど価値のある資源が眠っていようと、採掘はおろか探査することすらも容易ではない。つまりここは氷雪の城壁に覆われた南極大陸に奇跡的に開いた窓なのだ。

私たちは希望を抱いた。隊長と相談の結果、キャンプを圏谷内に移動して重点的に調査することに決定した。隊長は出資者であるルールの財閥に敬意を表し、この谷を「グロックナーバレー」と命名した——。

日記によればそれから三日後、遠征隊は圏谷内にキャンプを移動して本格的な調査を開始する。しかし成果といえば谷底の岩盤に密度の高い黄鉄鉱《おうてっこう》の鉱床が確認されただけだった。黄鉄鉱は世界のどこにでもあるありふれた鉱物で資源としての価値はほとんどない。そもそもスポンサーのグロックナー財閥の所望は金・プラチナ等の貴金属もしくはダイヤモンドなどの宝石類だった。

リッテンバウムたちはそこでの調査活動を間もなく打ち切り、拠点をもとのキャンプ地に戻して他地域の調査に精力を傾けた。しかしスポンサーの希望するような成果はついに得られず、翌年三月には空しく帰国の途についた——。

そこまで読んで彬は不思議な思いにとらわれた。グロックナーバレーはコンセプシオンIIがあるU字形の谷と酷似している。しかし一方はドライバレーで一方は氷雪に埋まっている。リッテンバウムも言及した南ビクトリアランドのドライバレーの形成は数百万年前に遡るという。わずか数十年でそうしたドライバレーが氷雪の谷に変わるとは考えにくい。グロックナーバレーはパーマーランドのどこかにある似たような地形なのだろうと思い直した。

結局第一のノートには、彬が期待したような秘密はなに一つ含まれていなかった。なぜギュンターがこのノートに着目し、ドイツにまで渡ったのかがわからない。好奇心を不完全燃焼させたまま彬は第二のノートへと読み進んだ。

第二のノートは日記ではなく手記の形をとり、リッテンバウムは一九四三年の九月から翌四四年の五月にかけて行なわれた第二次遠征について語っている。タイトルは単に〈メモワール一九四三—四四〉とのみ記されていた。こちらは第一のノートのような無味乾燥な記録ではなかった。行間に封じられた魂の熱に惹き込まれるように彬はページを繰っていった。

〈メモワール　一九四三—四四〉

私が二度目の南極遠征に向かうことになった一九四三年当時、ワイマール共和国はすでになく、ドイツはヒトラー率いる第三帝国の絶頂期にあった。しかし欧州全土に版図《はんと》を広げるかにみえた破竹の勢いも翳りをみせはじめ、東部戦線はソ連軍の猛反撃で泥沼化し、北アフリカ戦線でも決定的な敗北を喫し、ドイツの主要都市は連合軍による爆撃で瓦礫《がれき》の山と化しつつあった。

イタリア戦線で負傷して帰国し、当時ベルリン予備軍参謀本部に所属していた私は、六月のある日、東プロイセンの総統司令部——通称「狼《ウォルフス》の巣《シャンツェ》」に呼び出された。待ち受けていたのはヒトラーの側近中の側近で、当時は副総統として権勢を振るっていたマルティン・ボルマン。人払いした執務室で明かされたのは予想もしない秘密計画だった。ボルマンは前置きもなく口火を切った。

「南極へ遠征して欲しい。場所は一九三二年に君たちが踏査したパーマーランドだ」

一九三二年の遠征——。それは成果の乏しい小規模な民間ベースの遠征だった。私が参加したのもあくまで個人的な興味からで、軍務としてではなく休暇をとっての私的な参加だった。いま戦争の行方はのっぴきならない方向に向かっている。そんな折りも折り、ナチスの上層部が悠長な南極探検にうつつを抜かすとは考えにくかった。恐る恐る私は確認した。

「目的は？」

「君たちが発見したグロックナーバレーの金を精錬して運び出すことだ」

「金？」

私には意味がわからなかった。あのとき発見したのは黄鉄鉱の鉱床だけだ。隊には高名な鉱物学者のヘルマン・ザイサーが加わっていたが、隊員が採取した石英《せきえい》に含まれている金色の鉱物を見るなり、無価値な黄鉄鉱だと切って捨てたのを憶えている。私はおずおずと申し立てた。

「しかし副総統閣下。あそこには金鉱床はありませんでした」

「君が知らんというだけのことだ――」

ボルマンは冷ややかな表情のまま言い放った。

「ザイサーは詐欺師だ。盗人だ。やつは高品位の金鉱床を黄鉄鉱だと偽って報告してグロックナーを騙した。ほとぼりが冷めたら我が物にしようと企んだのだ。やつは悪辣《あくらつ》なユダヤ資本の手先だった――」

ヘルマン・ザイサーは一ヵ月ほど前の空襲で、ベルリンの自宅に直撃弾を受けて死亡したと報じられていた。ドイツ科学アカデミーの重鎮で、筋金入りのナチ党員で、ヒトラーの覚えめでたい御用学者――それがザイサーの表向きの顔だった。ユダヤ人だという話は聞いていないし、ユダヤ資本との関係もこれまで取り沙汰されたことはない。ボルマンは皮肉な調子で続けた。

「やつは肉の破片になった。夫人と息子を巻き添えにして。連合軍の爆撃で死んだという話が真実かどうかはどうでもいい。確かなのは、原因をつくったのはザイサー本人だということだよ」

私は薄ら寒い思いで居住まいを正した。私自身はナチ党員ではなかった。ヒトラーとその追従者の暴虐には日ごろから反感を抱いていたが、ボルマンのようなナチの高官の前では、それを口に出すことはおろか顔色に出すことも憚られた。ボルマンのあからさまな仄めかしは、それがゲシュタポの手による暗殺だということを示唆していた。どんな命令であれ、ここで拒否すればザイサーと同様の運命を辿ることにもなりかねない。

ボルマンによれば、ザイサーは十一年前の遠征で採取した試料を研究室の金庫に保管し、スポンサーのグロックナー財閥にはスペインで採取した黄鉄鉱の試料を渡していたらしい。それをゲシュタポに密告したのは、教授への推薦を見送られ、ザイサーに恨みを抱いていた愛弟子の助教授だったという。

いかなる僥倖によるものか、私を含む他の隊員には隠蔽の嫌疑が及ばなかった。ただしここで語られたことは一切口外してはならない、遠征隊のスポンサーのグロックナーに対してはとくに秘匿されなければならないという指示を聞いて、ボルマンの意図が私にはわかった。ナチスの金庫番として名高いこの男は、本来ならグロックナー財閥に帰属すべきその金鉱床を掠《かす》め取ろうと画策しているのだ。だから詐欺や横領の容疑で逮捕して処罰することも可能だったザイサーを、空爆による被害に見せかけてゲシュタポに暗殺させたのだ。

密告した助教授の分析によれば、グロックナーバレーの金鉱石は、数センチから十数センチのナゲット（自然金の塊）を大量に含み、金含有率が一トン中二・五キログラムという想像を絶する高品位を示していたという。これまで発見された世界最高水準の鉱山でせいぜい一トン中に五〇〇グラム足らず。一般には数十グラムというのが相場だという。私たちが発見したのは純金の山ともいうべき超高品位の鉱床だったのだ。

遠征隊にはザイサーのほかにも鉱山関係の学者や技術者が参加していたが、彼らはそんな大量の金を含んだ鉱石など見たこともなければその存在さえ想像していなかった。ドイツ一の鉱物学の権威がそれを金ではないと断定したとき、彼らが自らの常識に従ってその見解を受け容れたのは無理からぬことだった。学問的にもそれはまさに驚異だったが、ボルマンの関心はもっぱらその経済価値に向けられていた。

「作戦の目的は、現地に掘削機械や精錬用の設備を運び、採取した金をインゴットにして南米に運び出すことだ。君はグロックナーバレーの事情を把握している。現地指揮官として適材だ。作戦を統括するのはエルンスト・フォン・ザウケルSS（ナチス親衛隊）大佐。ザウケルは私に直属する。彼の命令はすべて私の命令であり、言うまでもなくそれは総統の命令でもある。作戦本部はウィルヘルムスハーフェンに置く。九月上旬には始動させたい。間に合うようにすぐに準備に取りかかってくれ」

耳を疑う計画だった。ドイツ国内へではなく南米へ運ぶということの意味を私は薄々感じとった。南米にはナチスドイツに好意的な政権が多い。ナチ党の上層部はすでに敗北を必至とみており、その際の亡命資金として金塊をあらかじめ南米へ運び込もうとしているのではないか――。

深い猜疑心を抱きながらも、ボルマンの特命に従い、私は北海に臨むドイツ最大の軍港ウィルヘルムスハーフェンに赴いた。

作戦司令部は海軍本部の地下壕に置かれていた。連合軍の昼夜を分かたぬ空爆のなか、ドイツ全土からありったけの掘削機械が集められ、急遽駆り集められた鉱山技術者の手で精錬用の装置が組み立てられた。半年間の作戦に必要な燃料、食料、衣料品、装備が、生活物資に困窮する一般市民を尻目に最優先で調達された。

作戦に投入される人員はおよそ二百名。ザウケル配下のSS部隊二十名に陸軍工兵隊一個小隊約四十名、鉱山や冶金《やきん》関係の技術者約四十名がその主力で、そこに私のような南極経験者や医師などの専門家グループが加わり、さらに各地の強制収容所から労働者として百名余りのユダヤ人が徴発されることになっていた。

当時すでにダッハウ、アウシュビッツ、ベルゼン、ブッフェンヴァルドなどの強制収容所ではあの悪名高い絶滅計画が実行に移されていた。しかし一部の関係者以外のドイツ国民にはその事実は秘匿されており、私も作戦に加わるユダヤ人たちの運命については想像するすべもなかった。

フォン・ザウケルは無能で狡猾《こうかつ》な男だった。実務は私に任せっきりで、ボルマンの覚えめでたきを得ようとひたすら巧言令色に全能を傾けていた。付き合うほどにその下劣な心根が見え透いてきて、この男と作戦行動をともにすることに私は不安を抱きはじめていた。

本国での準備は八月下旬に終わり、九月に入ってすぐに作戦は始動した。大量の資材や人員を戦時下の大西洋を南下して南極まで運ぶ――それがこの作戦の最初にして最大の難関だった。南極までの人員と物資の輸送に使ったのは、中立国スイスの企業を経由してアルゼンチンの船会社から用船した貨物船アウレリアーノ号で、使途は東アフリカへの貿易物資の輸送ということにしてあった。

マデイラ諸島の沖合いで待機するアウレリアーノ号とヴィルヘルムスハーフェン軍港のあいだを人と物資を積んだ無数のUボートが行き来した。かさばる機械類は分解して積み込まれた。それでも無理な重量物はUボートの護衛をつけた海軍の輸送船で運ばれた。敵に発見され撃沈される輸送船やUボートがいくつか出たが、それはあらかじめ織り込み済みで、一ヵ月にわたる輸送作戦で五〇〇〇トンを超える物資と二百名余りの人員がアウレリアーノ号に移送された。

そこから南極までの行程にはほとんど障害はなかった。アルゼンチンの国旗を掲げたアウレリアーノ号は連合国側の艦艇に臨検されることもなく、約三週間の航海で、南極半島沿岸の棚氷の末端に到達した。

目的地までの物資や人員の輸送には戦車を改造した数台の雪上車と夥しい数の橇が用いられた。一台の雪上車が十数台の橇を牽引するという方法で輸送作戦は迅速に進み、すべての資材を運び終えるのにわずか三週間しか要しなかった。

アウレリアーノ号に乗船したとき、私は初めて腕に刺青《いれずみ》を施されたユダヤ人を見た。彼らは亡霊のように青白く、やせ衰えていた。ザウケルは南極への航海中、彼らを船倉の一角に押し込め、粗末な食事しか与えず、運動も日光浴もさせようとはしなかった。

私は見るに見かねて抗議した。極地の厳しい環境下で彼らを労働力として使いたいなら、まず健康であることが最低の条件であることを懇々と説いた。ザウケルは渋々それを認め、食事については粗末ながらも栄養の点は改善され、日光浴や運動の時間も与えられるようになった。

そのとき私は、強制収容所での彼らの扱いがどのようなものであるかを直感的に理解した。それを祖国ドイツの恥だと感じた。しかし私はそのときもまだ収容所で行なわれている絶滅計画の実態を知らなかった――。

2

そこまで読み終えて気がつくと、西に傾いた陽光はすでに黄昏《たそがれ》の色を帯びていた。ベランダを吹き抜ける風も冷たくなってきた。身震いを覚えて彬は室内に戻った。

事実は想像とまるで逆だった。問題の金塊はナチスの手によって南極に運び込まれたのではなく、運び出されたものだったらしい。そしてその計画を立案したのは、ヌネスの話に出てきたナチの大物のマルティン・ボルマン――。

腹の虫が疼き出していたが、核心に向かいつつあるリッテンバウムのメモワールがうしろ髪を引いた。夕食は後回しにして続きを読もうとデスクに向かったところで電話が鳴った。外線のランプが点滅している。受話器を取るとどこかで聞いた声が耳に飛び込んだ。

「セニョール・キリムラか？　ドミンゴ・エストラーダだ。ナオミからなにか連絡がなかったか？」

声が緊張している。不安を覚えて問い返した。

「ない。いったいなにがあったんだ？」

「いなくなった」

語尾の震えからエストラーダの狼狽《ろうばい》ぶりが伝わってくる。つい問い詰める口調になった。

「ぴったり貼りついて警護していたんじゃないのか？」

「ナオミはレディだよ。ついて行けない場所もある――」

エストラーダが弱々しく応じる。ナオミとエストラーダはセキュリティに定評のあるサンチアゴ中心街の高級ホテルに隣り合った部屋を取っていたという。食事も共にし、移動のための車もエストラーダが自ら運転し、訪問先のオフィスでも柄ではないがナオミの秘書ということにして傍らを離れなかったという。

「いなくなったのはきょう最後に立ち寄った科学省のオフィスだ。用事が済んでロビーに出たところで、ナオミがトイレに行くと言い出した。おれは廊下で待っていた。女ってのはああいうところへ入ると化粧直しで時間がかかるもんだから、おれは十五分待った。それでも出てこないので、近くにいた清掃員の婆さんになかを見てくれと頼んだ。すると誰もいないと言う。

そんなはずはないと突っ込んだら、じゃあ自分で覗いてみろということになって、なかに入った。誰もいなかったよ。個室の扉もぜんぶ開いていたから間違いない」

「いったいどこへ消えたんだ？」

「おれが迂闊《うかつ》だった。そのトイレには反対側にも出入り口があった」

エストラーダが苦々しく呻く。思わず手近な椅子を蹴飛ばした。

「誰かに拉致されたということか？」

「わからん。おれが外で待っているあいだ気になる物音はしなかったし、トイレのなかにも荒っぽいことが起きた形跡はなかった」

「自分で行方をくらましたということか？」

「そうだとすれば理由がわからん。自慢じゃないがおれはどちらかと言えば女に好かれるたちなんだ。すぐにナオミの携帯電話を呼び出してみたが応答がない。ロビーにいた警備員に訊いてもナオミらしい女の姿は見かけなかったそうだ」

心の動揺を抑えて確認する。

「アイスマンには連絡したのか？」

「それがおかしいんだよ。インマルサットが応答しない。みんな出払っているのか、インマルサットが故障したのか、それとも——」

エストラーダは言葉を呑み込んだ。いやな予感が立ち上がる。もし全員がコンセプシオンⅡに出払っているにしても、インマルサット端末は可搬《かはん》型だから一緒に持っていったはずなのだ。

故障ということもあり得るが、そう考えようとしてもどこか気持ちが収まらない。

「こっちで連絡を取ってみる。おたくはいまどこに？」

「科学省を出たところだ。これから心当たりのあるところを当たってみる。用があったら携帯に電話をくれ。番号は――」

エストラーダが言う番号をメモしていったん電話を終え、今度はフレイ基地のドクトール・ヌネスを呼び出した。こちらのインマルサットは問題なく通じた。事情を説明し、基地の無線でアイスマンヒュッテを呼び出して欲しいと依頼する。騒ぎを大きくしたくないのでナオミの失踪の件はまだ伏せておいた。ヌネスはすぐにやってみるという。十分後にまた電話を入れることにして、もう一度エストラーダを呼び出した。

「いまどこに？」

「セニョール・シラセの自宅に向かっているところだ。住み込みの執事が留守を預かっているはずだから、ナオミが立ち寄ったかどうか確認してみる。可能性は低いがね」

「どうして？」

「セニョール・シラセが南極暮らしを始めてから、あそこは空き家同然なんだよ。執事は家族と一緒に離れに住んでいるが、メイドも料理人も暇を出しているんで、ナオミもセニョール・シラセもたまにサンチアゴに出てきたときはもっぱらホテル住まいだ」

エストラーダの声には力がない。とにかく手を尽くして捜してみてくれと激励して通話を終えた。鋭い棘を含んだような不安に苛まれながら八分待った。ヌネスにまた電話を入れる。腹立たしいほどののんびりした調子でヌネスが応じた。

「無線も通じないんだよ。ただここ数日、磁気嵐の影響で全般に電波の調子が悪い。インマルサットが通じないのもそのせいだろう。もうしばらく交信を続けてみるよ。ところで、アイスマンになにか急用でもあるのか」

ヌネスはお目付け役として探りを入れることを忘れない。業務上の連絡だとお茶を濁して受話器を置いた。ヌネスの言うとおり、アイスマンのほうは単なる通信障害だろうと無理やり自分に言い聞かせる。しかし昨夜の事件のことを考え合わせればナオミのほうはそうはいかない。ランチリ航空に電話を入れて、明日の朝一番のサンチアゴ行きに空席がないか確認する。ちょうどキャンセルが出たところだというのでその席を押さえる。エストラーダを呼び出して到着予定時刻を告げ、空港で落ち合うことにする。

理性のたがが外れていた。抑制が利かない。ミニバーからスコッチの小瓶を取り出し、グラスに注いで一息に流し込む。喉が焼ける。胃壁に火の手が上がる。壁や天井がぐるぐる回り出す。不吉な想像が頭のなかで渦を巻く。昨晩モラエスを仕留めなかったことを本気で悔やんだ。ナオミのいない世界はもう考えられない。


午後十時を過ぎても朗報は届かない。

エストラーダはサンチアゴ市内を駆けずり回った。市内のアイスマンの邸宅にもナオミは立ち寄っていなかった。アイスマンの息子のフェデリコのところにも出向いた。やはりナオミは立ち寄っていないという。フェデリコとアイスマンの妻のマチルダから、ナオミの交友関係を知っている限り聞き出し、片っ端から電話をかけ、必要とあらば直接出向いたという。その知人たちからまた新たな交友の糸を手繰りだし、さらに捜索範囲を広げていったが、やはりはかばかしい情報は得られないようだった。

ヌネスのほうもかんばしくない。インマルサットも無線も通じず、今のところ手の施しようがないという。ただ無線が通じにくいのはアイスマンヒュッテに限ったことではなく、同じような距離にあるアルゼンチンのサンマルティン基地やイギリスのロゼラ基地との交信もままならない状態らしい。南極ではよくあることだとヌネスは楽観的だ。

モラエスはあのあとどこへ行方をくらましたのか。当面は鳴りを潜めるだろうと勝手に予測していたが、見事に外れたようだ。

失踪したときのナオミの所持品は小さなハンドバッグ一つだけだったらしい。リッテンバウムのノートとギュンター訳のスペイン語版はかさばる荷物で並みのサイズのバッグには収まらない。エストラーダがフロントで確認したところ、ナオミの名義でホテルの金庫にアタッシェケースが預けてあったという。ノートはたぶんそこに入っているのだろう。万一のことを考えてエストラーダに受け出して預かってくれるようにと頼んだが、ホテル側はナオミ以外の人間に引き渡すことを頑なに拒否したという。

ここはホテルのセキュリティ意識を信じるしかない。ナオミがもし何者かに拉致されたのなら、狙いはたぶんリッテンバウムのノートのはずで、それをナオミが持っていなかったということは、少なくともいまのところそのことがナオミの生命を守る保険になっている。しかしそれはまた一方で彬のなかにおぞましい恐怖を掻き立てる。ノートの在り処を喋らせるために連中がやりそうなこと——恫喝、拷問、自白剤の使用。

不安と憤りを宥めようと、さらにアルコールにすがる。足元がふらつく。嘔吐する。それでも神経はかえって研ぎ澄まされる。眠ろうにも眠れない。リッテンバウムのメモワールを手に取った。そこに隠された秘密がナオミの消息を探る手がかりになるかもしれないと期待して。

3

〈メモワール　一九四三—四四〉（続き）

南極は夏の盛りに近づき、気温は平均マイナス一〇度前後で、この地としてはすこぶる過ごしやすかった。三日に一度はやってくるブリザードも周囲をヌナタックに囲まれた圏谷内には吹き込まず、陸軍工兵隊は運び込まれた資材を使い、わずか数日でグロックナーバレーの中央に十棟の兵営を建設した。一九四三年の十一月下旬には鉱山技師たちが掘削、砕石、精錬のための設備を完成させた。

厳しい自然環境にもかかわらずユダヤ人労働者たちはよく働いた。私を含めた他の隊員たちと比べれば食事も仕環境も劣悪だったが、それでも強制収容所での暮らしとは比べ物にならないものだったことを私はのちに知った。そしてその扱いが人道的な配慮によるものではなく、この地では彼らが本国の収容所のように、死んでも補充の利く「消耗品」ではなかったからだということも。

労働は過酷だったが逃亡を企てる者はいなかった。夏とはいえこの雪と氷の不毛の土地で、たとえ逃げおおせても生き延びられる可能性は限りなくゼロに近い。そのうえこの任務が終われば褒賞として第三国で身柄を解放するとザウケルは約束していた。それがなけなしの労働力を使用済みになるまで酷使するための空手形に過ぎなかったことも私はのちに知ることになる。

一日じゅう日が沈まない南極の夏を利して作業は二十四時間休みなく続けられた。鉱床は予想にたがわず、というより鉱山技術者たちが度肝を抜かれるほどの高品位だった。砕石し選鉱する段階ですでに夥しいナゲットが回収された。鉱床は浅く広く、採掘は露天掘りで十分だった。一日二〇〇トンの鉱石が掘り出され、そこから五〇〇キログラム余りの金が採取された。副産物として回収される銀やモリブデンは惜しげもなく捨てられた。SS将校が警備する保管用の兵営にはナチスの鉤十字が打刻された金塊が次々と積み上げられた。

同行した鉱山学者たちは驚異の鉱床の研究に没頭した。彼らの説によればグロックナーバレーの鉱床は温泉型金鉱床と呼ばれ、火山活動で上昇した金イオンを含む熱水が地表付近でドロマイト層に浸潤《しんじゅん》し、冷えて沈殿したものだという。つまりここはかつては活火山であり、山体の大部分が氷河による浸食で殺《そ》ぎ落とされ、その結果、山体内部にあった鉱床が地表に露出したものらしい。

この圏谷を発見したとき私たちが立てた仮説は当たらずとも遠からずだったことになるが、山体を浸食した氷河が消えてなくなった理由については学者たちは首を傾げるばかりだった。

温泉型金鉱床そのものは世界に広く分布しているという。しかしここほど大量の金を含んでいるものはかつて発見されたことがなく、こうした特異な鉱床が南極大陸に多数存在するなら、偉大なる総統は即刻その領有に乗り出すべきで、それは第三帝国がさらなる発展を遂げる上で重要な礎《いしずえ》になるだろうと御用学者たちは口を揃えてまくし立てた。

フォン・ザウケルも表面上は大いに賛意を示したが、その第三帝国自体がすでに風前の灯《ともしび》なのだ。そして採取された金塊が決してドイツ本国へは持ち帰られず、敗戦すれば戦犯として訴追をまぬがれないナチス上層部の亡命資金として南米のどこかに秘匿される。それによって祖国ドイツを塗炭《とたん》の苦しみに投げ込んだ張本人たちはのうのうと優雅な余生を送るのだということが私には自明だった。

私はお目付け役のSS将校の目を盗んでときおり無線室に籠った。無線設備はドイツ本国からの指令を持って近海にやってくるUボートと交信するためのものだったが、その来訪もやがて間遠くなり、設備は遊休化していた。地形の関係で近隣諸国間の無線は傍受できなかったが、チリやオーストラリアのラジオ放送をしばしば捉えることができた。

ドイツを取り巻く戦局が悪化していくのが手にとるようにわかった。枢軸《すうじく》国の一角のイタリアではムッソリーニが失脚し、日本は太平洋戦線でアメリカの攻勢の前にじりじりと後退を強いられていた。ドイツ本土ではハンブルクが、ドレスデンが、その他の主要都市が連合軍の空襲で壊滅した。連合軍はイギリスに膨大な兵力と物資を集積し、のちにノルマンディー上陸作戦と呼ばれる大規模攻勢の準備を進めていた。

世の中の関心はすべて大戦の帰趨《きすう》に向けられ、南極は世界地図上の完全な空白地帯だった。上空に飛来する航空機はなく、大陸で活動する基地や遠征隊の無線交信も途絶えていた。

こうした状況で、果たして冬がくる前に帰還できるものかと私は危ぶんだ。私たちを運んできた貨物船アウレリアーノ号が翌年の三月下旬に戻ってくる予定になっていたが、それもすべて戦局次第であり、アメリカがアルゼンチンやチリなどドイツに親近感を寄せていた南米の中立国に対し、枢軸国への宣戦布告を迫っていることを、ラジオのニュースを通じて私は知っていた。

そうなったとき、たとえ第三国のスイスを経由した用船であるにせよ、アルゼンチン政府が介入してこない保証はない。大西洋の制海権はすでに連合軍側にあり、ドイツの艦船が私たちを救出しにやってくる可能性もまた極めて低い。そうした事情をフォン・ザウケルが把握していないはずはなかったが、ザウケルには妙に余裕があった。

グロックナーバレーで暮らしはじめて一ヵ月もすると、私はユダヤ人たちの何人かと親しく言葉を交わす仲になっていた。

私の出自であるユンカー（土地貴族）は一般に保守的で、反ユダヤ的な傾向をもつ者が少なくないが、私個人はそうした伝統的傾向に反発を感じていた。当然ユダヤ人に対して偏見や憎悪も持っていなかった。幼いころからユダヤ人の友人は多かったし、大学時代の恩師もユダヤ人だった。私は彼らの才能や勤勉さに敬意を抱いてさえいた。

　やがてナチスが台頭し、幾人もの幼馴染みが、友人や知人が、財産を没収され、着の身着のままでいずこかへと連行された。私は深い憤りとドイツ国民としての恥辱感を味わいながら、我が身可愛さにそれに抗して闘うこともできなかった。

　そんな忸怩たる思いへの埋め合わせという無意識な気分もあっただろう。私は彼らに対してつねに友好的な態度をとった。彼らも私に心を開いた。ザッケルらＳＳ将校は不快感を隠さなかったが、私たちが帰国するころには（帰国できるとしての話だが）、あの悪魔の申し子が創りだした狂気の国家——第三帝国はとうに崩壊しているだろうと確信していたから惧れる気持ちは微塵《みじん》もなかった。

　そんなユダヤ人のなかにクラウス・ワイツマンという二十二歳の青年がいた。アウレリアーノ号の船上で会ったときは幽鬼のように痩せ衰えていたが、グロックナーバレーでのまずまず人間並みの食生活によって本来の健康と快活さを取り戻していた。彼には両親と妹がいたが、ダッハウの収容所で生き別れになり、いまはどこにいるかわからないと言う。私にとってこの聡明な青年と語り合うことは、ヒトラーという邪悪な神に帰依《きえ》する愚鈍な一神教信者たちがのさばる環境での魂の救いですらあった。

「私たちは自由になれると思いますか、リッテンバウム少佐？」

ある日クラウスが真剣な顔で訊いてきた。遠征隊の業務に関する報告書の作成が私の仕事の一つだったが、私はタイプが苦手だった。クラウスは収容所に連行される前はミュンヘンのスペイン領事館で下働きをしていたことがあり、タイプを打つのが得意だった。もともと語学の才があったのか、クラウスはそのときタイプのみならずスペイン語も習得しており、これがのちに大いに役に立つことになる。私はザウケルと交渉して週のうち二日だけクラウスを助手として使うことを承諾させていた。

クラウスの問いが、この世で考えうる最も暗い絶望から発しているものだということを私は知っていた。ダッハウの収容所から幌つきのトラックで連れ去られた彼の両親や妹と、生きて再会することができないだろうことを彼は悟っていた。彼らがいた場所のことをSSの関係者が「絶滅収容所」と呼んでいたことを、そのころは私も彼もまだ知らなかった。しかし連れ出されたきり二度と帰らない人々の運命は、遠く離れた山林から立ち昇る黒煙と風が運んでくる悪臭によって収容所の人々にはおぼろげに想像できたとクラウスは言った。

「なれるさ。第三帝国は間もなく瓦解する。ドイツ国民は自分たちが犯した過ちに必ず気づく」

私は勇気づけるつもりで答えた。クラウスは私の楽観論に穏やかに水を注《さ》した。

「その前に生きて帰れるかです。いまもダッハウに残っている人たちや、生き別れになった家族と比べればここでの暮らしは幸せです。でも私たちは労働力として生かされているだけです。用が済めばたぶん殺されます」

「絶対にそうはさせない」

私は依怙地になってそう応じた。いま思えば私は一般的なドイツ国民の大半と同様、ナチスの非道をかなり割り引いて考えていた。行き過ぎであり、狂気の沙汰であるにせよ、それはあくまで人間の所業であると。それが真に悪魔の所業であると知っていたならば、そんな無責任な言葉は気安く口にできなかったはずだった。

「チリに私の祖父がいます――」

クラウスが唐突に言った。

「いまはチリに帰化していますが、ドイツ人です。名前はヘルベルト・ロシュマン。物理学者で、国立チリ大学の教授です。私の母は彼の娘でした」

その高名な物理学者の名前は知っていた。しかし彼は生粋《きっすい》のドイツ人のはずだった。

「だったら君のお母さんはユダヤ人じゃなかったのか」

「彼女の母親――つまり私の祖母がユダヤ人でした。ドイツの法律では片親がユダヤ人ならその子供もユダヤ人と見なされるのはご存知でしょう。祖母は母が生まれて間もなく病死し、祖父はしばらくして再婚しました。母のマレーネは義理の母との関係が上手くいかず十八歳のときに家を出ました。そしてユダヤ人の私の父と出会い結婚しました。祖父はその後、国立チリ大学に招聘されてドイツを去りました」

「君はお祖父さんとは会ったことがあるのか」

「一度だけ。私が七歳のときに学会に出席するためにドイツを訪れ、義理の祖母の目を盗んで母と私に会いにきました。祖父は私を抱きしめてくれました。大柄で静かな声で話す人でした。温かく優しい人だったという印象がいまも残っています——」

幼い日のその思い出を愛しむようにクラウスは穏やかに微笑んだ。

「あなたが無事に国に帰ったら、私からの手紙を祖父に届けてくれませんか」

「君が会いに行けばいい。生きてここから帰るんだ」

「きょうまで生き延びただけで私は恵まれています。父や母や妹と比べれば——」

クラウスは静かに首を振った。生き長らえる希望を自ら否定する、自分より十七歳も若い青年の態度に衝撃を受けた。なんとしてもクラウスを生きて南極から連れ帰るのだと、私は強い思いに駆られた。

4

東の空が白んでいた。ヘルベルト・ロシュマンという名前が彬の脳裡で谺していた。ナオミから聞いたギュンターの曾祖父の名がそれだった。ドイツから国立チリ大学に招聘された物理学者というバックグラウンドも一致している。それならクラウス・ワイツマンはギュンターの父フランツ・ロシュマンのいとこということになる。唐突に繋がった数奇な運命の糸。そしてパーマーランドの謎の黄金郷《エル・ドラド》――。

頭の芯が痺れていた。夢とうつつの境のようなとりとめのない思考の海を漂っているところへ喧しい電話の呼び出し音。受話器を取る。エストラーダがなりたてる。

「ナオミの足取りはまだつかめない。ブエノスアイレスの同業者にモラエスの動きを探ってもらった。やつはきのうの朝から自分のオフィスにいるそうだ。つまり一昨日の騒動のあと、ブエノスアイレスへ飛んで帰って鳴りを潜めていたということだ。少なくともモラエスは今回のナオミの失踪に直接は関わっていないことになる。サンチアゴにもいろいろ手蔓のある男だから、まるっきりシロとは言えないがね」

安心する一方で希望が遠のいた。モラエスが関与しているなら、アイスマンと連絡が取れれば打開策を見つけてくれるだろうと期待していた。不安が募る。また新しい敵の登場か。パーマーランドのエル・ドラドに目をつけている禿げ鷹は一羽だけではないのかもしれない。簡潔に答えた。

「まだ油断はできない。モラエスの見張りは続けてくれ」

「声が引き攣っているぞ。寝ていないのか」

エストラーダが心配する。そのざらついた声にも睡眠不足からくる疲労がありありだ。

「ああ。飛行機の中で眠れるさ。予定通りそちらへ向かう。あんたこそ、少し休んだほうがよさそうだな」

「こっちはプロの面子《めんつ》が丸潰れだよ。寝ているどころの騒ぎじゃない。じゃあ、空港で」

慌しく受話器を置く音が聞こえた。フレイ基地からはまだ連絡がない。交信に成功すればヌネスが知らせてくれる手はずになっている。直接アイスマンヒュッテのインマルサットを呼び出してみる。やはり通じない。こちらのほうも気分が落ち着かない。

時計を見る。午前五時を回ったところだ。サンチアゴ行きの一番便は午前七時四十分で、空港まではタクシーを飛ばして三十分。少なくとも十五分前にはチェックインする必要がある。出発の支度やホテルのチェックアウトの時間を考えればのんびりはしていられない。メモワールの続きは機内で読むことにして、熱いシャワーを浴び、身支度を整える。

フロントにチェックアウトの手続きを頼み、部屋を出ようとしたところでまた電話が鳴った。慌てて駆け戻る。受話器を取るとフェルナンドの声が耳に飛び込んだ。

「アキラ、こっちはえらい騒ぎだよ。アイスマンヒュッテで火事が起きて、主棟の一部が燃え落ちた。インマルサットや無線の置いてあった部屋も焼けちまったんで外に連絡が取れなかった。ツインオッターの無線も距離が遠すぎて届かない。しようがないからフレイ基地までひとっ飛びしてきたんだよ」

受話器を持ったままベッドにへたり込んだ。弱り目に祟《たた》り目とはこのことだ。火事は南極ではもっとも恐ろしい災害で、空気が乾燥しているからよく燃える。周りは雪と氷ばかりで水がないから消火活動もままならない。

「いつの話だ」

「きのうの夕方だよ。ちょうど全員がコンセプシオンⅡから帰ってきたところだったんで、なんとか消し止められた。アイスマンは火災には用心深くて、資材保管庫に大量の消火剤があったんで助かった」

「みんな無事なのか」

「ああ、全員無事だ。消火作業でアロンゾが軽い火傷《やけど》をしたけど心配するほどじゃない」

「原因は？」

「わからない。火元はもともと火の気のない場所なんだ。ただ無線機やらインマルサットの端末やらのコードがごちゃごちゃしてるんで、配線が古くなってショートしたのかもしれないとアロンゾは言っている」

フェルナンドは確信のなさそうな調子で答える。不意に「放火」という考えが頭に浮かんだ。

「きのうは全員コンセプシオンIIに出払っていたのか」

「シェフのオクタビオと非番の連中が三人居残っていた。最初に気づいたのはオクタビオで、ちょうどいいタイミングでおれたちが帰ってきたんだ。あと十分も遅れていたら取り返しがつかなかった。まさにタッチの差だよ」

フェルナンドはそれが自分の手柄だと言いたげだ。出火の原因について疑念を抱いている気配はない。いたずらに不安を掻き立てることもないのでそれ以上は追及しなかった。いまはこちらもナオミの一件を抱えてそれどころではない。

「ところでアイスマンに連絡がつかなくて心配しているんだ。そっちは問題ないのか」

続けてフェルナンドが気ぜわしく訊いてくる。ナオミの失踪の件を手短に語って聞かせると、その声が硬くなる。

「心配だな。すぐアイスマンに知らせたいところだけど、無線もインマルサットも不通でどうにもならない。これから基地の無線機と携帯型のインマルサットを借りて飛んで帰るよ。天候は問題ないから、たぶん昼過ぎにはアイスマンヒュッテに戻れる。そしたらアイスマンから連絡を入れさせるよ」

「こっちはいまからサンチアゴに飛ぶ。まだ滞在先は決まっていないので、連絡はドミンゴ・エストラーダという男の携帯電話に入れておいてくれ。ナオミを警護していた私立探偵で、アイスマンがよく知っている男だ」

「その役立たず野郎の携帯の番号は？」

フェルナンドは辛辣だ。番号を伝え、飛行機に乗り遅れるからと慌てて電話を切った。

5

ランチリ航空のエアバスA３２０はほぼ定時にプンタアレナス空港を飛び立った。

ゆうべはほとんど寝ていないというのに、背もたれを倒して目を閉じても神経がささくれて眠気がやってこない。ナオミから聞いたＤＩＮＡ（国家情報局）やコンドルの酷い拷問の話がリアルなイメージとなって脳裡を離れない。

うしろの席で突然けたたましい悲鳴。シートから飛び上がる。振り向くと幼児が泣いている。

母親が必死であやしている。高鳴った鼓動がなかなか収まらない。

幻聴と幻視が勝手に暴れだす。肉と骨を殴打する音、迸《ほとばし》る血飛沫《ちしぶき》、絶叫するナオミ、苦悶するナオミ——。モラエスは直接関与していないとエストラーダは言ったが、それもせいぜい気休めに過ぎない。あのときなぜモラエスを仕留めなかったのかと本気で悔やむ。いまは軍政による独裁時代ではないのだと懸命に自分に言い聞かせる。

キャビンアテンダントが朝食を運んでくる。視線が釘付けになる。ナオミに共通する面立ちの日系人。切ない思いが溢れでる。食欲がまったく湧かないのでコーヒーだけ受け取る。眠るのは諦めてリッテンバウムのメモワールを取り出す。サンチアゴまでは四時間以上かかる。眠気を催すまで読み通すことにする。

〈メモワール　一九四三—四四〉（続き）

一九四四年の二月に入って、グロックナーバレーの金塊の総量は五〇トンに達していた。上旬には三ヵ月ぶりに南極海へUボートがやってきて、暗号無線で本国からの指令を伝えた。エルンスト・フォン・ザウケルはわずかな側近以外にはその内容を明かさなかった。

オーストラリアのラジオ放送は連合軍の上陸作戦が間近いことを伝えていた。ソ連軍はスターリングラードに続いてレニングラードも奪還し、その勢いで東からのドイツ侵攻作戦に着手しつつある。ベルリンは連合軍による大空襲で壊滅状態だという。官邸の地下壕で、夥しい将兵を死地に追いやるだけの空しい作戦指令を連発している狂気に冒された小男を除けば、すでにドイツの敗色は濃厚だと世界が認めていた。

グロックナーバレーでも問題が起きていた。食料の不足が発覚した。実際に運ばれた小麦と缶詰類が当初の計画の七割に満たない。フォン・ザウケルは私の失態だとなじった。私は帳簿類を提示してみせた。ヴィルヘルムスハーフェンの倉庫には間違いなく必要量が入荷されていた。輸送作戦を担当した海軍省の高官もそれを実地に確認し、書類にサインしている。

足りないとすれば、輸送中に消えたか、もともと輸送されなかったかだ。撃沈されたUボートや輸送船の損失分は当初の見込みの範囲に納まっている。私が上陸後の基地建設計画の立案に忙殺されていたこともあって、アウレリアーノ号船上での受け渡しはザウケル配下のSS大尉が担当した。そのときのチェックシートによれば不足はないはずだった。

ザウケルはチェック漏れがあったのだろうと今度は空とぼけた。私はクラウスとともに帳簿類を再点検した。クラウスが何者かが書き直した数字を見つけた。帳簿は改竄《かいざん》されていた。改竄後の数字は、ヴィルヘルムスハーフェンの倉庫に実際に搬入された量を大きく下回っていた。船上での受け渡しを担当したSS大尉はその数字をもとに数量をチェックしていた。

横流し——。準備段階でも船上でも上陸後も、帳簿はつねに私が保管していたが、求められて何度かザウケルに見せたことがある。つまり私以外に帳簿に接したのはザウケルだけだ。ヴィルヘルムスハーフェンから積み出される前にその不足分はどこかへ運び出され、帳尻合わせにザウケルは数字を改竄したのだ。

　私はザウケルの執務室を訪れて問い詰めた。ザウケルは開き直った。生きて帰りたければそのことは口外するなと。要求を聞き入れれば来週ブエノスアイレスへ向かうUボートに私も乗せてやると。

　初めて聞く話に私は耳を疑った。作戦はようやく計画の三分の二を消化したばかりだ。予定では三月下旬に戻ってくるアウレリアーノ号で全員が帰還するはずだった。

　ザウケルはUボートから届いた暗号無線の内容を私に明かした。戦況は逼迫している。南極からの脱出は時を経るほどに困難になるだろう。ついては現在までに確保した金塊をすべてブエノスアイレスまで運び、作戦はそこで終了としたい。金塊とともにUボートに乗船できるのは十名前後。それを超える人員の帰還は保証できない――。

　つまりザウケルを含むSSの将校団、それも約半数のみをUボートで脱出させ、ほかの遠征隊員とユダヤ人労働者は置き去りにする計画だった。全員を帰還させるには大掛かりな作戦が求められるが、ザウケルの目論見どおりならUボートが一隻あれば十分だ。おそらくそれが当初からの腹積もりだったのだろう。食料を横流しして平気でいられたのもそのためだ。自分たちが滞在するあいだだけもてば十分だったからだ。だとすれば本国のボルマンも当然一枚嚙んでいる。

　憤りに体が熱くなった。ナチスの悪党どもは本性を露呈した。自分たちの欲望のためにユダヤ人のみならず同胞の私たちまで、さらには腹心のSS隊員の一部までも捨て駒にするつもりなのだ。私は憤然として立ち上がった。

「無事にここから出て行けると思っているんですか、大佐？」

「どういうことだ」

ザウケルは居丈高に問い返す。私には目算があった。

「十二年前にも私はここへきました。上陸地点も同じでした。ルートは熟知しています。ここへくるのに氷河上のルートをとったのを覚えているでしょう」

ザウケルはもの問い顔で頷いた。充血した眼差しに戸惑いの色がある。私は感情を抑えてさらに続けた。

「いまは夏の盛りです。あそこには巨大なクレバスが無数にできています。秋になれば自然に埋まりますが、それまでは雪上車も通過できません」

ザウケルは人を食ったように笑った。

「伊達に陸軍工兵隊を連れてきているわけじゃない。兵営を建てた使い残しの建材がある。それで橋をかけさせればいい」

「置き去りにされるとわかっていて工兵隊が協力すると思いますか」

皮肉な口調で応じると、ザウケルは私の肩に馴れ馴れしく手を置いた。

「そんなことは口が裂けても言わなきゃいいんだよ、少佐。私は隊員にこう説明するつもりだ。まず我々が先にアルゼンチンへ向かい、本国と連絡を取りながら君たちを救出するための準備を進める。三月末にはアウレリアーノ号が迎えにくるよう必ず手はずを整えるとね」

人を欺くことになんの道徳的痛痒《つうよう》も感じないその下司《げす》な心根に私は心底失望した。私はさらに強い調子で指摘した。

「誰が信用しますか。それまで食料がもたないことをみんなが知っている」

「それについてはこう提案しよう。ユダヤの豚どもには食わせなければいい。飼っておくのが面倒なら殺せばいい。ここでの連中の扱いは普通じゃない。それが彼らが受けるべき本来の処遇なんだよ、リッテンバウム少佐」

私のユダヤ人に対する日ごろの態度を皮肉るようにザウケルはせせら笑う。クラウスの顔が、親しく付き合ってきたユダヤ人たちの顔が思い浮かんだ。胸の奥に新たな怒りが噴きだした。

「あなたの考えは理解しました。しかしながら承服はしかねます。私には遠征隊全員にこのことを報告する義務があります」

鋭く言い捨てて私は踵《きびす》を返した。ザウケルが呼び止めた。

「命を粗末にするんじゃない、少佐。君は優秀なアーリア人種だ。我々の同胞だ。私としても君を殺すに忍びない」

振り向くとその手には金メッキを施した派手な軍用のルガーが握られていた。恐怖よりも憤りの力が勝った。私は一か八かの賭けに出た。腰のルガーを素早く抜き取って銃口をザウケルの頭部に擬した。ザウケルの顔から薄笑いが消えた。

「そちらの負けです、フォン・ザウケル大佐。あなたが引き金を引いた瞬間、私も引く。私も死ぬがあなたも死ぬ。私は遠征隊のみんなとともにここに残るつもりです。食料もなく、耐寒装備も不十分なこの隊は生きて冬は越せないでしょう。しかしあなたは我々を犠牲にして生き延びようとしている。つまり死ぬことを恐れている。どうです。これで勝負はついたと思いませんか」

ザウケルは苦々しげに唇を歪め、一瞬間をおいて銃口を天井に向けた。予測もしないその行動が私の虚を突いた。銃声が耳をつんざいた。スレートの屋根材が砕け散った。銃声を聞いてSS将校数名が駆け込んできた。

「反乱だ。リッテンバウムを拘束しろ!」

勝ち誇ったようにザウケルが命じる。私は羽交《はが》い締めにされて拳銃をもぎ取られた。ザウケルは嗜虐《しぎゃく》的な笑みを浮かべてルガーの銃把を私の顔に叩きつける。頰が裂けるのがわかった。奥歯が砕け、口の中に血の味が広がった。

私は足腰が立たなくなるまで殴打された。顔はおそらく別人に変わっていただろう。口も利けず物も食べられず水も飲めない状態で営倉に放置された。

営倉の外で、隊員たちを集めてまことしやかに嘘を並べ立てるザウケルの声が聞こえた。曰く、戦況は逼迫し救出計画は困難をきたしている。南大西洋には連合軍の艦艇が遊弋《ゆうよく》し、それを突破するのはまさに生死を懸けた闘いとなる。さらにアルゼンチン政府は米国の圧力で連合国側に傾きつつあり、帰還船のアウレリアーノ号の派遣を渋っている。これを懐柔するには不本意ながら金塊の一部を手土産《みやげ》として連中にくれてやる必要がある――。

曰く、この状況に鑑《かんが》み、我々は敢えて諸君の捨て駒になる覚悟で、金塊を携え、危険極まりない海域を突破する。諸君の帰還への希望はすべて我々の死を賭した作戦にかかっている――。

曰く、食料の不足分はきょうまで飼育してきた悪魔の血族――ユダヤ人の分を君たちに回すことで賄える。反抗するものがあれば射殺せよ。純潔なアーリア人種の生存が薄汚い豚どものために脅かされてはならない――。

SS将校が「ハイル・ヒトラー」の雄叫びを上げる。遠征隊員のどよめきが伝わる。私は隊員たちの理性に賭けた。人の心に賭けた。そして賭けに負けた。

工兵隊の将校が架橋の資材を用意するように命令した。雪上車のエンジンが始動した。ザウケルがユダヤ人たちを兵舎に監禁せよと命じた。窓の近くで人々が疑心に満ちた呟きを交わすのが聞こえたが、ザウケルに対して敢えて声を上げるものは一人としていなかった。

気の遠くなるような痛みに苛まれながら、私は泥のような絶望のなかを這いずり回った。やがて睡魔が苦痛から私を救いにやってきた。私は血みどろの夢の世界に落ちていった――。

目が覚めると、営倉の外が騒然としていた。

眠りに落ちてどれくらい経っただろう。鉄格子の嵌《は》められた窓の磨《す》りガラスが赤く染まっている。ドアの隙間から侵入した煙が室内に充満している。

悲鳴が聞こえる。救いを求める声が聞こえる。私は四肢の関節の痛みに耐えて立ち上がった。ドアを蹴った。鉄製の頑丈なドアを蹴破れないのはわかっていた。それでも何度も蹴った。その音を聞いて誰かが戸口に駆け寄ってきた。私はなかから大声で怒鳴った。

「リッテンバウムだ。ここを開けてくれ！」

ドアの外の人物はいったん走り去り、すぐまた戻ってきた。錠を外す音がしてドアが開いた。工兵隊の下士官がたたずんでいた。

「なにが起きたんだ？」

最悪の予感を抱いて問いかけた。動かした顎に激痛が走った。下士官は狼狽していた。

「居残りのＳＳの連中がユダヤ人を監禁していた兵舎に火を放ったんです」

一瞬、目の前が暗くなる。私はよろめきながら駆け出した。全身の関節が悲鳴を上げた。

ユダヤ人の居住用兵舎の一つが炎に包まれている。その前にシュマイザー短機関銃を構えたＳＳ隊員が立ちはだかっている。それを取り巻く遠征隊員たちは燃え盛る火の手をただ茫然《ぼうぜん》と見上げるばかりだ。兵舎のなかから断末魔の呻きや叫びが聞こえてくる。

「兵舎の錠を開けろ！」

怒りに駆られるままに私は分隊長のハフナーＳＳ少尉に詰め寄った。

「だめです。フォン・ザウケル大佐の命令です。それに食料の問題があります。救出船がくるまで我々が生き延びるためにも必要な措置です」

若いSS少尉は私の胸元に短機関銃を擬してまくし立てる。全身がおこりのように震えた。銃口を払いのけてハフナーににじり寄った。

「ザウケルはもう戻ってこない。奴は我々を見捨てた。君たちも同様だ。ここから逃げおおせたのはザウケルら上級SS将校だけだ」

「嘘だ！」

ハフナーは悲鳴のような声を上げた。しかしその瞳には疑心の色がありありだった。周囲の兵士や隊員のあいだにもどよめきが広がった。私はさらに声を荒らげた。

「ベルリンもハンブルクもドレスデンも壊滅した。連合軍はまもなくフランスに上陸する。ソ連もベルリンを目指して攻勢をかけている。ドイツの敗北は必至だ。ユダヤ人種だアーリア人種だという血迷いごとはもう沢山だ。神を惧れろ！　これ以上罪を犯すんじゃない！」

「嘘だ！　嘘だ！」

ハフナーは顔面を蒼白にして首を振る。私は容赦なく追い詰めた。

「だったらどうして君のような年少の将校や下士官を残して、上級将校だけがアルゼンチンへ向かった？　我々同様、君たちも捨て駒だとどうして気づかない？」

背中に群衆の圧力を感じた。居並ぶSS隊員がシュマイザーを構えなおす。その表情がこわばっている。背後にいた工兵隊員や技術者たちが私の前に進み出る。全員丸腰だが人数ではSS部隊を圧倒している。

SS部隊はじりじりと後退る。味方を撃つことへの躊躇が窺える。ザウケルたちほど心は腐っていないらしい。

工兵隊の軍曹が斧《おの》を携えて兵舎に向かう。さらに数名がそのあとに続く。SS隊員の一人がその背中にシュマイザーを向ける。

「止《や》めろ！　撃つな！」

唐突にハフナーが叫んだ。

「兵舎の鍵を開けろ！　彼らを救い出せ！」

呪縛を解かれたようにSS隊員が走り出した。胸に熱いものが迸る。奇跡が起きたのだ。私も走る。工兵隊員が、鉱山技術者が、医師が、学者が、われ先にと炎の中へ駆け込んだ。

工兵隊の軍曹は斧で扉を叩き割った。煙にむせながらユダヤ人たちが駆け出してくる。火だるまになって地面を転げ回る。若い工兵隊員が外套《がいとう》ではたいてそれを消し止める。消火用の水はなく、兵舎は焼け落ちるに任せるしかない。重傷者を安全な場所へ移動させる。医師が駆け回って手早く応急処置を施す。

火が放たれたのは三棟のうちの一棟だけだった。それでも五名が焼死した。重傷の三名が手当ての甲斐もなく死亡した。生存者はザウケルたちが使っていた兵舎に運ばれ、医師の手厚い治療を受けた。他の棟にいたユダヤ人たちは監禁を解かれ、負傷者の看護に奔走した。クラウスは無事だった。

一段落ついてから私は隊員たちを広場に集め、スピーカーのボリュームを上げてオーストラリアのラジオ放送を聞かせた。私の言葉を疑う者はいなかった。全員のあいだで真実が共有された。ドイツは間もなく降伏する。ザウケルは私たちを見殺しにして逃走した。救援の船はこない。私たちがここにいることは誰も知らない。私たちは自力で脱出するしかなかった。この地球上で最も過酷な冬がやってくる前に――。

6

リッテンバウムのメモワールを反芻《はんすう》しながら、彬はサンチアゴのアルトゥーロ・メリノ・ベニテス国際空港に降り立った。四時間のフライト中ひたすら読み続け、結局一睡もできなかった。到着ロビーに向かうとエストラーダが憔悴した様子で出迎えた。

「アイスマンからは?」

「まだ連絡はない」

その顔を見れば、ナオミについては格別訊く必要がないことがわかる。

「モラエスは?」

「きょうもオフィスに籠っているようだ。手下が動いている様子もない。やはりこの一件じゃシロだな」

エストラーダは無精髭をさすりながらため息を吐いた。ロビーを出て駐車場に向かう。プンタアレナスとは打って変わってサンチアゴの夏の陽射しは予想以上に身に堪える。セントロに向かって車が走り出し、ようやくエアコンが効きはじめたところでエストラーダが切り出した。

「ナオミはやはり自分から行方をくらましたんじゃないのか」

その疑念は彬の頭のなかにもわだかまっていた。しかし動機が思い当たらない。

「なぜそう思う」

「途中で銀行に立ち寄ったんだよ。俺は外で待っていたんだが、出てきたときナオミのバッグが馬鹿に膨らんでいた」

「つまり現金を下ろしたということか」

「それもかなりの大金だな——」

エストラーダは右手でハンドルを操りながら器用に煙草を咥えて火を点けた。

「このご時世、ただの買い物ならクレジットカードで済む。誰かに強請《ゆす》られている様子はなかったか?」

いかにも私立探偵らしい推理だが心当たりはない。しかし考えてみれば、ナオミがわざわざ予測可能な危険を冒してまでサンチアゴに出向いてきた理由ははっきりしない。例のオーロラツアーの話はおそらく出まかせだろう。だとすればその根回しのためだというナオミの説明は信憑性が薄い。エストラーダの仮説に立てば失踪時の状況も含めて説明がつけやすい。しかしそれもまたすっきりとは腑に落ちない。

「とくに思い当たらないな。それにもしそうだとしても——」

曖昧に応じると、エストラーダはこの道のプロらしい慎重な口振りでその先を引き継いだ。

「ナオミが無事でいるという保証にはならない。やはりのんびり様子を見ていられる状況じゃないな。セニョール・シラセと早く連絡がつけばいいんだが」

胸の奥にどす黒く沈殿していた不安がまた騒ぎ出す。得体の知れない、途方もなく大きな怪物の掌で踊らされているような不快な恐怖が振り払えない。

メモワールは機内ですでに読み終えていた。重要な秘密はリッテンバウムたちが南極に置き去りにされて以降の数奇な物語のなかにあった。ボルマン、ザウケル、そしてクラウスとリッテンバウム。彼らを結んでもつれ合う糸が、アイスマンやナオミの秘められた企てにどう繋がっているかがおぼろげに理解できた。メモワールの後半は次のようなものだった。

〈メモワール　一九四三—四四〉（続き）

ザウケルたちがグロックナーバレーをあとにしてから二週間経った。

私たちは食料計画を再検討した。ぎりぎり切り詰めても四月いっぱいがやっとだった。

ラジオのニュースでアルゼンチンが枢軸国に対し宣戦布告したことを知った。これでアウレリアーノ号が我々を救出にくる可能性は潰《つい》え、最悪の場合は越冬することも考慮せざるを得ない状況となった。

私たちはグロックナーバレーを捨てて沿岸部へ移動することにした。内陸部にいるかぎり、たとえどこかの国の船が近くにきたとしても救出を求めることは困難だ。もし越冬を余儀なくされても、沿岸部は標高が低い分グロックナーバレーよりは暖かい。さらに重要な点はそこには豊富な陸上生物がいるということだ。私は前回の遠征でアザラシの肉が美味で栄養価が高いことを知っていた。

ザウケルたちに同行した工兵隊員五名が帰還しないのも気がかりだった。問題の氷河まで なら往復で五日。橋梁建設に手間取ったとしても、一週間あれば帰れると工兵隊長は見積もっていた。沿岸部へ移動すればその消息も確認できる。

二月下旬に私たちは撤収を開始した。夏も盛りを過ぎ、一日のうち数時間は太陽が沈み夜がくる。ヌナタックの障壁でブリザードの猛威から守られていたグロックナーバレーとは異なり、白一色の南極の荒野は外界からの侵入者に寛容ではなかった。

予定では三日で沿岸部にたどり着けるはずだった。問題の氷河も無事通過し、行程ははかどるかに見えた。しかし二日目の午後に猛烈なブリザードに襲われた。先行する雪上車の轍《わだち》は瞬く間に雪に埋まり、視界はブリザードの白い壁の奥に塗り込められた。防寒着は貧弱だったし、テントは数が不足していた。私たちは雪のブロックを築き、マイナス三〇度の寒気の中で身を寄せ合って夜を明かした。

翌朝になってブリザードは去り、私たちはようやく雪の中から這い出した。雪に埋もれた備品を掘り出していたユダヤ人労働者が私を呼んだ。見ると人間の足が突き出ている。人を集めて掘り返すと、帰還が遅れていた工兵隊員の一人だった。後頭部に銃弾を撃ち込まれていた。ＳＳの将校は人を処刑するとき後頭部に銃弾を撃ち込むことを好む。一帯をさらに掘り起こすと、ザウケルに帯同した工兵隊全員の遺体がみつかった。

起きたことは想像がつく。なにかのきっかけで隊員たちはザウケルの意図に気づき、逃亡を阻止しようとしたか、あるいは自分たちも一緒に逃亡させるように要求した。ザウケルたちは最も簡潔な手段でその障害を排除した――。

私たちは雪の中に遺体を埋葬して出発した。途中、雪上車の故障で半日ほど停滞したが、四日目の午後にはウェッデル海を望む南極半島の沿岸部に達した。平坦な場所を求めてロンネ棚氷に下って幕営し、次の日は一日かけてグロックナーバレーから運んできた兵営を再建した。

翌日、私たちはロンネ棚氷の末端を東へと探索した。ザウケルたちが使った雪上車が取り残されているのを発見したが、中には人っ子一人おらず、むろん五〇トンの金塊もそっくり消えていた。

さらに十数キロ進むと、分厚い海氷に閉じ込められた一世紀以上前の捕鯨船の残骸が見つかった。なんらかの理由でウェッデル海に迷い込み、身動きが取れなくなって遺棄されたのだろう。船体は氷の圧力で無残に押し潰されていた。

私たちは冬に備えて大量のアザラシを獲った。久しぶりの新鮮な肉は隊員たちに好評だった。食事の用意や日常の些事《さじ》以外の時間は、ほとんどの隊員がウェッデル海の水平線を眺めて過ごした。船影は見えず、目に映るのは氷山の蜃気楼ばかりだった。ときおり南極海で操業する捕鯨船や漁船の交信を捉えたが、無線機の出力が足りないせいかこちらからの呼びかけに応答する船はなかった。

工兵隊員の中に元船大工がいた。ゲオルグ・マイヤーという軍曹で、ある日彼は一隻のボートの図面を携えて私の居住棟を訪れた。

「これをご覧ください。定員は二十名。基本は帆走《はんそう》ですが、発電用のディーゼル発動機を使えばプロペラ推進も可能です」

私は興味を覚えた。

「材料は？」

「このあいだ発見した捕鯨船の残骸から十分な木材が得られます。帆布《ほぬの》にはテントの布地を利用できます」

「ドレーク海峡の荒波を越えられるかね」

「強度の点ではもちろん不安があります。しかしここで無駄に時間を費やしていても希望はないでしょう。食料はともかく、越冬に持ち堪えられるだけの燃料がありません」

マイヤーの説得に私は心を動かされた。二十名という定員は熟考した末決めたものだという。全員が乗れる船を作るのは不可能だ。定員を五名程度に抑えれば強度は高まるが、転覆したり帆を失って漂流する可能性はさほど変わらない。その場合乗船している人数が多いほど誰かが生き残る確率が高い。一人でも生きて陸地へたどり着き救助を要請してくれれば、南極に残っている仲間は救われる――。

マイヤーが企てた航海が生死を賭した冒険であることが私にはわかった。同時に私たちが自らの力でこの窮地を脱するために可能な、おそらく唯一の手立てであることも。私は全員を集めて意見を聞いた。反対する者はいなかった。早速ボートの建造が始まった。

マイヤーの設計は巧みで、特別な工具や機械は必要とせず、切り取ってきた捕鯨船の部材を最小限の加工で転用できるようになっていた。完成したボートはノアの方舟に似た不恰好なものだったが、強度の面では十分信頼に足るはずだとマイヤーは自信を示した。

建造中も私はオーストラリアやニュージーランドのラジオ放送を傍受し続けた。ドイツの敗色はますます濃くなっていった。しかし戦争が終わるのを待つわけにはいかなかった。冬は確実に近づいていた。南極海を海氷が埋め尽くせば、せっかく建造したボートも無用の長物になり、嫌でも越冬せざるを得なくなる。燃料が一冬持たないのは確実で、暖をとるための燃料なしに南極の冬を乗り切れるとは到底思えなかった。

ボートは三月中旬に完成した。私はそのボートを「ホーフェン（希望）号」と命名した。早速、志願者を募った。南極への航海では誰もがドレーク海峡の荒海を経験していた。七〇〇〇トンのアウレリアーノ号が木の葉のように揉みしだかれた。全長一〇メートルのホーフェン号でそこに乗り出すことがどれほど無謀な企てかは考えるまでもなかった。

船大工のマイヤーがまず手を挙げた。これから向かう航海に彼が不可欠な人員であることは疑いない。まずは胸をなでおろした。次いで鉱山技師のランドルフが手を挙げた。彼は若いころ北海の定期航路を結ぶ帆船の航海士だったという。海についてなんらかの専門知識を持っているのはとりあえずその二人だけだった。

続いて意を決したように半数近い隊員が手を上げた。私は籤引《くじび》きで選ぶことを提案した。工兵隊員、鉱山技術者、学者、ＳＳ隊員、ユダヤ人労働者による十九名の混成チームが結成され、クラウスもその中にいた。私は隊長としてそこに加わった。

ホーフェン号はロンネ棚氷の末端からウェッデル海に乗り出した。マイヤーの設計もランドルフの操船も絶対だった。ディーゼル発動機に砕石場の換気に使っていた鋼鉄のファンを取り付けただけの推進装置で約五ノットの速力を出した。海氷の迷路のような水域を抜けたところで帆走に切り替え、私たちは南極半島に沿って北上した。

ランドルフは半島から吹き降ろす強風を突いて果敢に操船した。沿岸部に人のいる気配は見えなかった。三日目に南極半島の先端を回りこみ、私たちはドレーク海峡を北西に向かった。風は西からの強風で、潮流は東に向かっていた。

風と潮流に逆らわずに東に向かうほうが楽なのはわかっていたが、その先には小さな島がいくつかあるだけで、コースがわずかに逸れてもそのまま大西洋に出てしまう。そうなると完全な逆風となり引き返すのは難しい。困難は覚悟で南米大陸の末端を目指すほうが成功の確率は高いというのがランドルフの意見だった。

ランドルフは汽走と帆走を巧みに切り替えて荒海を進んだ。沖合いに出るにつれて風も波も強まった。ホーフェン号は波濤《はとう》の絶壁を這い登り駆け下った。マイヤーは水密性の高い上甲板を設けて船内への浸水を防ぐようにしていたが、海水はあらゆる隙間を見つけて浸入した。全員がひどい船酔いに苦しみながら懸命に海水を汲《く》み出した。

ドレーク海峡に出て最初の五日間は重く垂れ込めた曇天と濃い霧のせいで天測もままならなかった。予定よりも東に流されているのは確実だったが、周囲に島影もなく、コンパスだけが頼りの航海では正確な位置を確認することが困難だった。

六日目にようやく太陽が現れた。早速ランドルフが天測をすると、ホーフェン号は予定航路を一〇〇キロほど東に外れていた。針路を修正してさらに進んだ。私は衰弱を感じていた。ランドルフもマイヤーも疲労は極限に達していた。

好天が一日続くことは稀だった。衣服は絶えず濡れていて、気温はマイナス一〇度を上回ることはなく、暖を取ろうにも絶え間ない動揺と浸水で灯油ストーブはまともに燃焼しない。温かい飲み物や食事がとれるのは短時間訪れる気まぐれな凪《なぎ》のあいだだけだった。

若いクラウスはランドルフに代わってずぶ濡れになりながら長時間舵を取った。船体に打ち込む飛沫は瞬時に凍りつく。次第に厚みを増す氷を砕き落とさなければ、ホーフェン号の重心は高まり、やがて転覆する。クラウスは命綱をつけ、海中に投げ出される危険を顧みず舳《へさき》や艫《とも》やマストの氷を率先して取り除いた。

当初は働きの悪かった二名のSS将校もその姿に心を動かされたようだった。やがて寒気に堪えながら飛沫に身をさらし、氷砕きからセールの操作まで獅子奮迅《ししふんじん》の活躍を始めた。

クラウスと若いSS少尉のハフナーはとくに息が合った。世界でおそらく唯一のSS将校とユダヤ人の友愛の絆が生まれた。一瞬の怠慢が生死を分かつ過酷な航海は二人の心の障壁を知らない間に取り払ってしまったようだった。

ドレーク海峡の荒海は想像を絶してしたたかだった。ホーフェン号は東へ押し流そうとする風と潮流に抗いながらじりじりと前進した。北上するにつれて気温は上がり、船体着氷の危険は薄れたが、風と波はいよいよ強まった。真水のタンクにはたびたび海水が打ち込み、次第に塩分が増して、飲むほどに喉が渇く。ビスケットは海水でふやけて、揺れ続ける船内では口に運ぶ前に砕けてこぼれ落ちてしまう。

凍傷に痛む足を引きずり、じっとりと海水を含んだ衣服に身を震わせ、空腹と渇きに苛まれながら、全乗組員が非情な荒海に果敢に立ち向かった。その闘いは自らの生命を守る闘いであると同時に、祖国ドイツを破滅に追いやり、挙句の果ては自らの延命のために私たちを見捨てたナチスドイツの悪鬼たちとの怒りに満ちた闘いでもあった。

基地を出発して二週間目、わずかに途切れた霧の向こうに捕鯨船らしい船影が見えた。私たちは懸命に手を振り、声を嗄らして呼びかけた。しかし天を突くような波濤のあいだを浮き沈みする小さなボートをその船は視認してくれなかった。霧笛を鳴らしながら遠ざかる黒い船影を私たちはただ虚しく見送った。

ときおり訪れる晴天の日には私たちは上甲板に出て衣服を乾かした。出発時に積んできたアザラシの肉は腐ったので捨てるしかなかった。ときたま釣れる新鮮な魚が缶詰類と水気を含んだビスケットだけの単調な食事に変化を与えはしたが、栄養の欠乏は確実に乗組員の体力を奪いつつあった。私も歯茎から滲み出る血に壊血病《かいけつびょう》の兆候を感じていた。

それからしばらくして乗組員中もっとも高齢だった鉱山技師のブラウンが、湿って冷え切った寝袋のなかでひっそり息を引き取った。船内の全員がアウレリアーノ号船上で初めて対面したときのユダヤ人たちに似てきた。冗談ぎみにそんな思いを漏らすと、クラウスは真顔で私に言った。

「私はいま希望という船に乗っています。ここでは自分の力で絶望と闘えるんです。たとえ力尽きて死んだとしても、私は自分に誇りを持って神に召されることができるでしょう。いまも収容所にいる仲間と比べれば僕はあまりにも幸せです」

かつては死が抗うことを許されない運命でしかなかったクラウスにとっては、この大自然との過酷な闘いでさえ生の燃焼を味わえる幸福な時間なのかもしれなかった。私は目頭に熱いものを感じながら痩せ細ったクラウスの肩を抱きしめた。


航海に出て三週間ほど経ったある日、私たちは壮絶な暴風雨に襲われた。ここまでの荒海がまるで子供だましだったように、風はすさまじく咆哮し、海は猛り立ち、ホーフェン号は空中高く投げ出され、激しく波間に叩きつけられた。船体は気味悪く鳴動し、やがて波濤が上甲板の板材を引き剝がした。

海水は容赦なく船内に流れ込んだ。マイヤーは必死に補修を試みた。全員がバケツから鍋からあらゆる容器を手にして懸命に水を汲み出した。しばらくして今度はマストがへし折れた。そして最悪の事態が訪れた。艫の見張りに立っていたクラウスが、舵がもぎ取られて流されてしまったことを報告した。

ついにやってきた絶望のとき――。マストもなく舵もなければボートは漂流するしかない。強烈な西風と東に向かう潮流に押し流されて、ホーフェン号はやがて大西洋に向かい、行き着く小島一つない大海原《おおうなばら》を当てどもなくさまようことになる。食料も真水もほとんど尽きかけていた。いまや死は既定の事実となりつつあった。

翌朝になって暴風雨は去ったが、海上には六メートルを超すうねりが蠢き続け、ホーフェン号は断末魔の海獣のように傷ついた船体を押し寄せる波濤に翻弄されるに任せていた。全員が疲れ果て、もはや立ち上がることもままならなかった。それでもクラウスは満身創痍《まんしんそうい》の体に鞭打って上甲板に身を乗り出し、周囲の監視を怠らなかった。

昼過ぎ、クラウスの叫びが私たちの心と肉体に生気を吹き込んだ。

「右前方に島影が見えます！　大きい島です！」

なけなしの体力を振り絞って私は上甲板に身を乗り出した。クラウスの言うとおり、斜め右方向に険しい岩山を連ねた島影が迫っていた。

「上陸しましょう。ホーン岬の周辺の小島かもしれません。だとすれば人がいる可能性があるし、たとえ無人島でも近くにやってくる船は多いはずです」

ランドルフが私の横に立ち上がり、苦しい息を吐きながら言った。

「しかしどうやって島へ向かう？」

私は問い返した。いまや舵も帆もない。汽走のための発動機もすでに浸水で使い物にならない。ホーフェン号は東へ流されている。このままでは島をやり過ごす。ランドルフは言った。

「漕ぎましょう。板切れでも鍋でもなんでもいいから、船内にあるものを手にして全員で漕ぐんです」

私たちは、昨夜の嵐で引き剝がされた上甲板の破片や調理用の大鍋、中甲板の板材、折れたマストなど、ありとあらゆるものを手にして海面を漕いだ。希望と呼ぶことすら虚しい悲壮な努力だった。それでもホーフェン号は少しずつ舳を島の方向に向け出した。

やがてホーフェン号は奇跡のように右方向へ回頭しはじめた。島影が次第に大きくなる。乗組員たちの顔に生気が蘇った。しかしランドルフは恐怖に引き攣った声で警告した。

「回頭を始めたのは島の方向へ向かう潮流のせいです。それもかなり強い。危険です。行く手に白波が見えるでしょう。あの下には岩礁があります」

私の中に残っていた最後の気力が砕け落ちた。全員がただ茫然と、白く泡立つ行く手の海面を凝視していた。

ホーフェン号のスピードが増した。船体が突然大きな衝撃を受けた。船底の板材がへし折れ、隙間から恐るべき水圧で海水が浸入してくるのが見えた。ホーフェン号は右に大きく傾いた。続けてまた衝撃がやってきた。目の前で上甲板に亀裂が走り、次いで船体が二つにへし折られるのが見えた。恐怖を味わう暇もなく、私は海へ投げ出されていた。

私は懸命に手足を掻いて水面に顔を出した。しかしそれ以上泳ぐ体力はなかった。周囲ではまだ体力のある人々が島に向かって泳いでいるのが見えた。しかし強い潮流は途中から反転しているらしく、泳いでいる者もただ海上に浮かんでいるだけの私も同じ方向に流され、島からは遠ざかるばかりだった。

海水は氷のように冷たかった。着重ねた防寒着が海水を吸い、徐々に体が水中に没していくのがわかった。それでも抗う気力もなく、私の意識は次第に薄れていった。

そのとき力強い腕で水面に引き上げられるのを感じた。耳元で訴えるクラウスの声が聞こえた。

「リッテンバウム少佐。生きてください。あなたは私に生きるチャンスをくれました。こんどはあなたが生きる番です。生きている限り希望があると教えてくれたのはあなたです。あなたにだけは生きて欲しいんです。お願いです、少佐——」

目を開けるとすぐそばにクラウスの顔があった。クラウスはボートの残骸の大きな板切れにしがみついていた。

クラウスはさらに力を込めて私を引き上げた。私は最後の力を振り絞って板切れの上に身を預けた。クラウスが私の肩に腕を回した。濡れそぼった衣服を通してかすかに伝わってくる体温に魂の絆のようなものを感じながら、私は再び無意識の世界に落ちていった。

質素だが清潔なベッドの上で私は目醒めた。右の腕からゴムのチューブが伸びて、天井から吊るされた液体入りのガラス瓶に繋がっている。どうやら点滴を受けているらしい。つまりここは病院なのだと気づいて私は自分が生き延びたことを知った。

首を巡らすと隣にもベッドがあり、同じように点滴を受けながらクラウスが穏やかな寝息を立てている。それを見たとたんに胸に熱いものが込み上げた。

あのとき私は生きる意志を喪失していた。あの苦しみがさらに続くよりはむしろ死を望んでいた。クラウスは力強い腕で私の体を海から引き上げてくれたのみならず、私の魂をもこの世界へ引き戻してくれたのだ。クラウスが生きろと励ます声が心の中でいまも谺していた。

「クラウス」と私は声をかけた。塩水に痛めつけられた喉からは風音のような声しか出なかった。それでもクラウスには聞こえたのか、ゆっくりと瞼を開けて私のほうに首を巡らした。そして擦《かす》れ気味の声で言った。

「私たちは助かりました。たぶん私とリッテンバウム少佐だけ――」

鋭い痛みが私の胸のうちを貫いた。クラウスは私よりも一足早く意識を回復したらしい。スペイン語が理解できるクラウスは、その医師から私たちが救出されたときの状況をすでに聞いていた。私はクラウスの話にただ黙って耳を傾けた。

一枚の板切れにすがって漂流していた私たちを発見し救助してくれたのはアルゼンチン最南端の都市ウスワイアを母港とする大型の巻き網漁船で、幸いにも船医が乗船しており、適切な応急処置が受けられたという。

私もクラウスも目立った外傷はなかったが、脱水症状がひどいうえに極度の栄養失調とショック症状が認められたらしい。船医はリンゲル液の点滴による水分の補給と栄養剤の投与を続け、船は急遽ウスワイアの港へ取って返した。

私たちが発見されたのはホーン岬の沖合い五浬《かいり》の海上で、そのときすでに午後八時。ボートが大破したのが昼過ぎだったから、ほぼ八時間、冷たい海水に身を浸して海上を漂っていたことになる。医師によれば生存したのは奇跡に近いらしかった。

おそらく私たちだけが別の潮に乗ってホーン岬の方向に流されたのだろう。発見されたのは私とクラウスだけで、周辺の海上にはほかの乗組員の姿は見えなかったという。運よく別の船に救助されていればいいが、ウスワイアへはそうした情報はまだ入っていないらしい。

「絶望」の二文字がまず脳裡に浮かび、苦難をともにしたマイヤーやランドルフをはじめとする乗組員の顔が次々に浮かんだ。そして南極に居残っている隊員たちのことに思い至った。

「ロンネ棚氷の残留組の救出は？」

「医師には話しました。少佐の意識が戻ったら、さらに詳しく事情を聞くということでした」

クラウスの返事は心もとない。しかしことは急を要する。ウェッデル海にはまもなく海氷が発達し、ロンネ棚氷への接近が困難になる。

怪訝な顔を見せると、クラウスはなにかに対して警戒するように声を落とした。

「ちょっと変なんです。ここは普通の病院じゃありません」

「どうして？」

訊くとクラウスは黙って視線を窓に向けた。病室の窓にしてはそれは小さく、嵌め殺しの一枚ガラスの向こうに頑丈な鉄格子がある。窓の向こうに見えるのは灰色のコンクリートの壁だけだ。

「ドアは外から施錠されています。医師やナースが出入りするときは、兵士のような制服を着た連中が錠を開け閉めします。彼らは腰に拳銃と警棒のようなものをぶら下げています」

収容所の記憶がまだ強く残っているのだろう。クラウスは怯えている。私は似たような施設を知っていた。刑務所の医療病棟だ。少し事情が呑み込めた。私たちはスパイもしくは敵性国家の軍人・軍属としてここに勾留《こうりゅう》されているのだ。アルゼンチンとドイツの関係は、いまや私たちが想像していた以上に険悪らしい。

そのときドアの外でいくつもの靴音が響いた。ドアの上部の小窓から黒い二つの瞳がこちらを覗いた。錠を開ける音がしてドアが開いた。軍服に似たオリーブ色の制服姿の男が先に立ち、白衣を着た男女が続いて入ってきた。医師とナースのようだ。最後に大柄で赤茶色の口髭を生やした、明らかにアルゼンチン陸軍のものと見てとれる軍服姿の男が入ってきた。

医師が私とクラウスを診察するあいだ、赤髭の男は部屋の隅の椅子に陣どって、その様子を無遠慮に観察していた。診察が終わると医師は赤髭になにか耳打ちし、ナースを伴って部屋を出て行った。制服姿の男も続いて外へ出た。

三人だけになったところで赤髭は私のベッドの脇に歩み寄り、流暢なドイツ語で話しかけた。

「リッテンバウム少佐。お初にお目にかかる。私はアルゼンチン陸軍情報部に所属するアストル・ゾンバルト大佐だ。先祖がドイツ人で多少のご縁はある」

「まず、こんな場所に監禁されている理由をお聞かせ願いたい」

私は問い質しながら身を起こそうとしたが、衰弱した筋肉が言うことを聞いてくれない。ゾンバルトはそのままでいいと言うように軽く首を振って続けた。

「アルゼンチンはつい最近まであなたの祖国とは友好国の間柄だった。私個人の出自を考えても心苦しい思いだが、いまではあなたは敵性国家の軍人だ。あなたと一緒に救出されたその青年にしても同様に敵性国家の軍属と見なされる」

ゾンバルトはクラウスに視線を投げた。クラウスが身を硬くするのがわかった。

「つまり私たちは捕虜ということですか」

「無実ならね。しかしスパイ容疑が認められれば犯罪者ということになり、その場合は国内法に基づいて裁判にかけられる」

ゾンバルトは落ち着き払って言い放つ。私のほうは落ち着いていられる気分ではない。

「私たちは単なる遭難者です。それよりロンネ棚氷で救出を待っている私たちの仲間がいる。人道的立場に立って、すぐに救難船の派遣を要請します」

「問題はそこなんだよ、中佐――」

ゾンバルトは哀れむように顔をゆがめた。

「クラウス君から話を聞いて、我々は今朝、陸軍の輸送機をウェッデル海に派遣した。ついい今しがた報告が届いたよ。彼が証言した場所には誰もいなかった。居住用の兵舎も雪上車もなかった。そこで我々は君たちの証言に対して重大な疑念を抱くに至った」

「そんなはずはない！」

私は思わず声を荒らげ、痛めた喉に走った刺激で咳き込んだ。ゾンバルトは鷹揚《おうよう》な態度で口髭を捻った。

「真実は一つしかない。そしていま私が言ったことが唯一の真実なのだ。それ以外の真実は存在してはならない。言っていることはわかるね、少佐。わかってもらえるなら悪いようにはしない。私個人には貴国に対する恨みはないし、クラウス君の同胞に対しても同様だ。軍事法廷は形式的なものだし、君たちは我が国に対していまのところ実害を与える行為はしていない。容疑を認めさえすれば不起訴となるのは確実だ」

私はゾンバルトの背後に蠢く不気味な影を感じた。ザウケル、ボルマン、そしてすでにアルゼンチンへ運び込まれたであろう五〇トンの金塊――。アルゼンチン軍部とドイツ第三帝国のあいだにはいまも緊密な絆がある。そしてゾンバルトの言葉には裏の意味がある。グロックナーバレーのことを一言でも漏らせば、私たちの命はない——。

一週間後、体力が回復した私とクラウスはブエノスアイレスの軍刑務所へ移送された。ホーフェン号の乗組員の安否についても、ロンネ棚氷のキャンプで救出を待っている隊員たちについても、私にはいかなる情報も与えられなかった。私たちは捕虜ではなく犯罪者であり、軍事政権下のアルゼンチンではスパイ罪の最高刑は死刑だった。

難破船の乗組員を装ってアルゼンチン国内の政治状況を探るために密入国を試みたというのが私たちの罪状で、ゾンバルトはそれを認めれば、短期の懲役刑を科した上で執行猶予とし、国外追放処分にするという密約を持ちかけた。選択の自由はなかった。拒否すれば軍事法廷に立つ以前の段階で私たちは抹殺されるだろうとゾンバルトは露骨に仄めかした。慚愧《ざんき》に堪えない思いで私はその条件を受け入れた。

南極の居残り組が越冬に耐えて生き延びる可能性は決してゼロではないし、生きて自由の身になれば自ら救出に向かうことができる。そのころおそらく戦争は終結し、あの忌まわしい第三帝国は崩壊しているだろう。祖国へ帰ればユンカー出身の私には馬鹿にできない程度の資産がある。私財を投じて救助のための船を雇うことができる——。そんな言い訳を用意することで私は虚偽によって延命を図る自らの不実を許容した。

私は生きることに執着した。生きることによってしか贖《あがな》えないものがあるとクラウスを説得した。クラウスもゾンバルトの示した条件を受け入れた。いったんは強制収容所での死を覚悟したクラウスにとって、いま与えられた生は私などにとってよりはるかに貴重なもののはずだった。

ゾンバルトとの密約どおり、軍事法廷は即決で執行猶予つきの五年の禁固刑を科した上で国外退去の決定を下した。私たちはいったん釈放されたのち、憲兵隊の護送車で身柄の受け入れを承諾した隣国ウルグアイとの国境へ向かった。護送車の扉は外から施錠されていたが、私たちはすでに囚人ではないので、護送を担当する憲兵の扱いは思いのほか丁重だったし、手錠もかけられていなかった。

パラナ川の架橋を越え、低湿地帯の寒村をいくつか抜けたところで護送車が停まった。時刻は午後十時を回っていた。国道を行く車はなく、近くに民家の明かりも見えない。後部の扉が開いた。月明かりの下に拳銃を持った私服姿の二人の男がいた。その顔には見覚えがあった。ザウケルとともに金塊を持って逃亡したSS将校団の片割れ――。

してやられた。ゾンバルトとザウケルはやはり通じていた。グロックナーバレーの金鉱床の存在をこの世界から完全に隠蔽することが彼らの目的だったのだ。そのことを知っている私とクラウスは彼らにとって存在してはならない人間なのだ。護送中に逃走したので射殺したということにすれば私たちを合法的に抹殺できる。つまり軍事法廷は最初から仕組まれた茶番だったのだ。

「リッテンバウム、降りるんだ。ユダヤの豚もだ」

押し殺した声で命令したのはベルガーというSS中尉だった。もう一人はクルップという少尉で、いずれもザウケルの腹心というより腰巾着だ。

「貴様のような人間の屑に命令されるいわれはない」

答えながら私は自分の置かれた状況を確認した。運転手と助手の二人の憲兵は頑丈な金網で仕切られた運転席で見て見ぬふりをしている。しかし幸いにも私もクラウスも手足は拘束されていない。決して勝機がないわけではない。

すでに何度か落としかけた命だ。惜しむ気はなかった。ただクラウスだけは生き延びさせたかった。この若者の愛と勇気を新しい時代のために生かして欲しかった。

私は開いた戸口に向かった。ベルガーとの間合いを計る。ドイツ本国での準備期間を含めて半年以上の付き合いだ。二人の性格は熟知している。クルップは気の小さい男で、ベルガーを先に始末すればたぶんひるむだろうと計算した。現にクルップの構える筒先は小刻みに震えている。一方のベルガーは私を舐めきっている。並外れて体格のいいこの男は、腕力に物をいわせてことを処理するのが好きで、そのぶん警戒心が甘い。

軍用トラックを改造した護送車は床の位置が高い。案の定ベルガーは私に対して安全な距離を保つでもなく、薄笑いを浮かべて手元で拳銃を弄んでいる。その顔は私の膝の高さにある。距離は一メートルに満たない。私はとっさに腰を回転させて右足の甲をそのこめかみに蹴り入れた。士官学校時代に格闘戦の訓練で習った日本の空手の蹴りだ。

ベルガーはよろめきながら引き金を引いた。銃声が鼓膜を突きぬけ、銃弾が頬をかすめた。二発目の銃声はなく、ベルガーは白目を剝いてその場に倒れ込んだ。私は地面に飛び降りた。クルップは慌てて私の蹴りの射程外に飛び退る。私はベルガーの上体を起こし、背後で身を低くしてその体を楯にした。よほど射撃に自信がないらしい。至近距離なのにクルップは発砲できない。

護送車の運転席から二人の憲兵が飛び出した。運転手のほうは拳銃を抜いた。助手のほうはライフルを構えた。私はベルガーの手から拳銃をもぎとって銃口をその頭に突きつけた。

「こいつはまだ生きている。いますぐとどめを刺して欲しいか？」

クルップは銃を構えたまま棒立ちだ。どうしていいかわからずパニックに陥っている。私はベルガーの頰を平手で叩いた。ベルガーはうっすらと目を開け、自分の頭部に銃を突きつけている私と、こちらに銃を向けているクルップを交互に見た。

「撃つな、止めろ、クルップ！」

唐突にベルガーは絶叫した。私は先ほどの蹴りで腫れ上がったそのこめかみを銃口で小突いた。

「クルップと護衛の憲兵に、銃を護送車の扉の下に投げろと言え」

ベルガーはクルップにそのように命じ、さらに二人の憲兵にスペイン語でなにかを言った。クルップと憲兵は指示した場所に銃を投げ出した。クラウスが護送車から飛び降りて、素早くクルップのルガーを手に取り、憲兵の拳銃とライフルを道路脇の沼地に蹴り込んだ。

私は頭に銃を突きつけたままベルガーを立たせた。

「護送車に乗れ。全員だ」

私はベルガーの尻を蹴飛ばした。ベルガーは護送車の後部扉に向かってよろめいた。クルップと憲兵たちがその後に続く。クラウスは横手から彼らに銃を向けている。

不意にベルガーが腰を落とした。素早くズボンの裾をたくし上げ、脛《すね》のあたりからなにかを引き抜いた。

小型のワルサー――。憲兵の背中が視界を遮る。これでは応戦できない。私は横手に身を投げ出した。銃声が轟《とどろ》いた。右の二の腕に焼き鏝《ごて》を当てられたような痛みを感じた。ベルガーの銃口が私の頭を狙って移動する。私は地面を転がって身をかわす。激痛でこちらは銃を構えられない。

引き金にかけたベルガーの指が動く。私は死を覚悟した。そのとき別の方向で銃声がした。ベルガーの体が空中に跳ね上がり、どさりと地面に倒れ込んだ。射出ガスの煙がわだかまる銃を構えてクラウスが震えている。私はゆっくり立ち上がり、ベルガーに歩み寄った。

銃弾はベルガーの心臓を打ち抜いていた。私のほうはわずかに肉を抉《えぐ》られただけで、かすり傷といっていいほどのものだった。私はクルップと憲兵にベルガーの遺体を護送車に運び込ませ、彼らも同乗するように命じた。

憲兵が腰のベルトに吊るしていた手錠を拝借し、クルップと憲兵にうしろ手で手錠をかけた。さらにグラブコンパートメントに突っ込んであったぼろ布で猿轡《さるぐつわ》をかませる。ベルガーとクルップの所持品を調べ、財布を抜き取った。そこそこの額の現地通貨があったので、旅費として拝借した。これで私たちにはスパイ罪にさらに強盗殺人罪という犯歴が加わったことになる。しかし罪の意識は微塵もない。後部ドアを外からロックし、私とクラウスは運転席へ乗り込んだ。

このままウルグアイへ向かうのが危険なのは自明だった。私たちは西へ向かった。アンデス越えでチリを目指す——頼りはサンチアゴにいるクラウスの祖父ヘルベルト・ロシュマンだった。私自身はともかく、せめて孫のクラウスの身柄は保護してくれるだろうと一縷《いちる》の望みを繋いだ。

アルゼンチンの地理には不案内だが、車に積んであった地図を頼りに、私たちはひたすら西を目指した。追っ手の姿はなく、途中の町や村に手配が回っている気配もまだなかった。丸々一昼夜走り続けてメンドーサという大きな町を過ぎ、私たちはアンデス山麓の山道に分け入った。ガソリンがそこで切れたので、クルップたちを監禁したまま車を道路脇の森の奥に乗り捨てた。

問題はどうやって国境を越えるかだった。五時間ほど歩いた谷あいに先住民が暮らす寒村があった。ブエノスアイレスから来た旅行者を装ってクラウスが訊ねると、一日一便チリ側へ向かう乗合バスがあるという。しかし国境には検問所があり、パスポートを持たない身では通過できない。ゾンバルトが用意した古着の上下は長旅でくたびれ果てていた。

食事も一昼夜とっていない。私たちのやつれ具合がよほど惨めに見えたのだろう。村の長老が自宅に招いて食事を供してくれた。私の腕の傷も手当てしてくれた。私たちを怪しむ気配がないのが逆に不審だった。

長老は私たちを首都から逃げてきて国境を越えようとしている犯罪者と品定めした。不本意ながら図星だったので私は腹を括り、当局の目を盗んでチリ側へ抜けさせてくれたら謝礼は弾むと申し出た。長老は希望に応えるのはお安い御用だが、金は要らないと鷹揚に言う。怪訝な思いの私たちに長老は語った。

五年前、国軍の兵士がこの村にやってきた。反政府側の政治犯を匿《かくま》ったという濡れ衣による捜査だった。仕掛けたのは隣の村の連中で、アンデスの山懐にある先祖代々の質のいい牧草地を掠め取るのが狙いだった。当時アンデスを越えてチリへ亡命した政治犯は多かったが、村人は軍政とことを構える気はなかったので、彼らを匿ったり逃走を手助けしたことはなかった。しかし嫌疑は晴れず、逃走を幇助《ほうじょ》したとされる十数人の村人が裁判もなしに銃殺され、逃走経路に使われたという名目で牧草地は没収され、隣村に譲渡されたという。

「当時、このあたりを管轄していた国境警備隊の司令官に相当額の金品が渡されたのは確かだよ。以来わしらは反政府側に立つようになった。国境を越えたいと望むものには誰に対しても手を差し延べることに決めた。あんたたちがどういう事情でここへ来たかはわかっている。村の若い者が麓の森の中で軍のトラックを見つけた。国軍の憲兵と怪しげな外国人が乗っていて、死体が一つあった。あれはあんたたちの仕業だな」

こうなれば長老を信じるしかない。私は頷いた。長老は顔をほころばせて請け合った。

「やつらは車ごときれいに始末しておいたよ。証拠は残らない」

牧草地を奪われてアルパカや羊の飼育による収入源は途絶えた。村人たちはやむなくコカインの原料となるコカの葉の栽培に手を染め、国境を越えてチリの業者に密売して生計を立てているという。収穫したコカの葉は検問のない山中の隘路《あいろ》を通って運ばれる。長老は先住民に成りすましてそのキャラバンに加われば問題なく国境を抜けられるという。

翌朝、私たちは民族衣装のポンチョを羽織り、キャラバンに紛れ込んで険しい峠への道を登りつめた。三〇〇〇メートルを超す峠の通過には三日を要した。長老はチリ側の業者への手配も怠りなく、私たちはアルゼンチンの通貨ペソをチリの通貨エスクードに両替してもらい、サンチアゴに向かう国道まで車で送ってもらった。私たちはそこからバスでサンチアゴに向かった。

当時のチリはまだリベラル派が政権を握っており、サンチアゴ市内は自由な雰囲気に溢れていた。クラウスは祖父ヘルベルト・ロシュマンの住まいは知らなかったが、公衆電話から国立チリ大学に問い合わせると、すでに名誉教授に退いているロシュマン博士の住居を教えてくれた。

博士はサンチアゴから二時間ほどの太平洋に面した保養地ビーニャ・デル・マルに居を

構えていた。二番目の妻もすでにこの世を去り、老いた執事と二人きりでひっそりと暮らしていた。成長したクラウスに博士は最初は訝しげだったが、母についてのさまざまな思い出や、かつて一度だけ対面した博士についての思い出を語って聞かせるうちに、博士はそれが実の孫であることを確信したようだった。

私たちがサンチアゴにやってくるまでの事情を聞いて、博士は涙ながらにクラウスを抱きしめた。現在のドイツの状況に関しては、第三国にいる博士はドイツ人の私よりも詳しく、各地の強制収容所の実態についても彼なりのルートで情報を得ているらしかった。噂に過ぎないがと前置きして博士は、ナチスドイツが進めている絶滅収容所計画やその手段としてのガス室のことを語った。その話のかなりの部分がクラウスの体験によって裏付けられ、彼の両親と妹が辿ったであろう悲惨な運命を想起して、私は身の毛がよだつ思いだった。

ドイツ領土内でユダヤ人の隔離政策が始まったとき、博士は娘一家の安否を気遣い、なんとかチリへ亡命させようとしたという。しかし八方手を尽くしてビザの取得の目処が立ったときには、すでに一家とは連絡がつかなくなっていたらしい。

戦争が終わるまでは目立つ行動をとらないほうがいいと博士は言った。チリ国内のドイツ人社会に不穏な勢力が浸透しているという。オデッサ（ＯＤＥＳＳＡ）と呼ばれる謎の組織で、すでにナチスドイツの敗北を見越したナチス親衛隊の大物たちが、戦犯としての訴追を逃れて亡命するためにあらかじめ世界に張り巡らしている逃走幇助のための秘密組織のようだという。

建前上は連合国側についている南米諸国だが、いまもナチスびいきの気風がある。そこにつけ入ってアルゼンチンやチリやブラジルを敗戦後の避難地として地ならししておこうという動きらしいが、ザウケルたちがアルゼンチンに運んだ金塊にしても、その出所を知る私やクラウスの殺害を図ったことにしても、おそらくそのオデッサと連動した動きだろうと博士は断言した。さらに作戦の頂点にナチスの大物のマルティン・ボルマンがいること、そして南極にいまも残されている膨大な金鉱床のことを考え合わせれば、オデッサは南米を第三帝国再興の拠点にしようと画策しているのではないかとまで博士は想像を逞《たくま》しくした。

博士は私たちを屋敷の一角に住まわせ、状況が落ち着くまでは外出しないようにと勧めた。

泡立つ白波に縁取られた紺碧の太平洋を望む一室を与えられ、私とクラウスはあの忌まわしい小男が祖国に君臨して以来初めての、穏やかで和みに満ちた日々を送った。

私たちがこの地に身を寄せていることを知っているのは、博士と老執事、それに博士の息子のカール・ロシュマンとその妻だけだった。カールは生物学者で当時は国立チリ大学の助教授だった。夫妻には子供がいなかった。それまでは話に聞くだけで突然目の前に出現した甥に、やがて彼らは好感以上の愛情を抱くようになった。

彼らは一計を案じた。ナチスドイツによって家族を奪われ、ようやく一人生き延びたクラウスをさらにオデッサの毒牙にかけるわけにはいかない。カール・ロシュマンは学者ながら世知《せち》に長けた人物で、この世界には裏と表があることをよくわきまえていた。彼は融通の利く移民局の知人に少なからぬ贈り物をして、引き換えにフランツ・コバクスという船上で死亡したハンガリーからの移民の出生証明書を融通させた。

その書類によってクラウスはフランツ・コバクスに成りすましてチリに帰化することができた。カール・ロシュマンは間もなくフランツ・コバクスことクラウス・ワイツマンと養子縁組した。クラウスはロシュマン夫妻の息子のフランツ・ロシュマンとして生まれ変わり、これでオデッサにつけ狙われる惧れもなくなった。ロシュマン夫妻は願ってもない健康で聡明な息子を得ることができた。

時は一九四四年の七月で、その一ヵ月前にはノルマンディー上陸作戦が敢行され、連合軍はパリへ向けて破竹の勢いで進軍していた。ドイツの敗北はいよいよ決定的だった。私はようやく訪れたクラウスの幸福を見届けたところでチリを去る決心をした。敗戦前になんとしてでも祖国へ帰り、土地と財産を処分して、十月までには南極へ残してきた隊員の救出に向かいたかった。彼らが生存しているかどうかは確信がもてなかった。しかし私にしてみればそれこそがここまで自分が生き延びた理由であり、命に代えても果たすべき責務なのだった。

ヘルベルト・ロシュマンもカール・ロシュマンもクラウスも私を引き留めた。この情勢下でのドイツへの旅がどれほど危険なものかは誰でも容易に想像できた。そのうえチリはすでにドイツとの国交を断絶しており、いまや国内にドイツの大使館も領事館もない。事情を説明してパスポートを発給してもらうこともままならず、ここでも私の法的地位は不法入国者なのだ。

私の決意が固いことを知って、カール・ロシュマンがまた一肌脱ぐことになった。彼はメキシコまで出かけて、あるオランダ人名義のパスポートを入手してくれた。そこには私の写真が貼ってあったが、もちろん精巧な偽造品だった。

私はそのパスポートを使ってバルセロナ行きの貨客船のキャビンを予約した。船出を待つ一週間のあいだに私はこのメモワールを書き上げた。両親はすでになく、私には妻も子供もいない。親しい縁者といえばブランデンブルクにいる弟のグスタフだけだった。

戦争が終わったらその弟に送ってくれるようにと私はクラウスにこのメモワールを託すことにした。もし旅の途中で万一のことがあった場合、私が弟の知らない異国でどのように生きたかを知ってもらうために。私がアドルフ・ヒトラーやその取り巻きとはまったく別のかたちで、祖国ドイツを愛し、ユダヤ人の友人たちを含むすべてのドイツ国民を愛した者であることを、ささやかな誇りとともに記憶にとどめてもらうために――。

一九四四年七月二十八日　ビーニャ・デル・マルにてこれを記す

アレグザンダー・フォン・リッテンバツム

第五章

1

エストラーダはサンチアゴの旧市街の外れにあるオフィスに彬を案内した。

「ここで少し休んだらどうだ。病人のような顔をしてるぞ」

ゆったりとした革張りのソファーを指し示し、デスクにあったスコッチのボトルを抛ってよこす。ソファーに身を沈め、一口だけ口にしようとしたが、いつもなら抗いがたいその芳香を珍しく体が拒絶する。フェルナンドの帰りが遅れているのかアイスマンからはまだ連絡がない。

リッテンバウムのメモワールがいまも心のなかに捉えどころのない余韻を残していた。その数奇な運命の物語は、いくつもの謎を解き明かし、その解き明かされた謎の向こうからまた新たな謎を提示する。グロックナーバレーはいったいどこにあるのか。おそらく意図的にだろう。日記のなかでもメモワールのなかでも彼はその位置を明確に記述しなかった。

アイスマンが建設した新しい基地――コンセプシオンIIが立地する馬蹄形の谷とグロックナーバレーの地形的な類似が気にかかる。しかしそこには決定的な違いがある。一方は深い氷雪に覆われており、一方はドライバレーなのだ。

しかし彬の知る限りパーマーランドにドライバレーは存在しない。南極大陸は広く、実地に踏査されたのは点を線で結んだごく狭い範囲に限られる。見落とされている可能性がないわけではないが、航空写真や衛星写真に写っていたという話もとくに聞いていない。彬もパーマーランド上空は何度も飛んでいるが、それらしい地形に気づいたことはない。

さらにメモワールによれば、ザウケルたちが五〇トンの金塊を携えてアルゼンチンへ逃亡したのは一九四四年の二月だった。しかしヌネスから聞いた話だとUボートに金塊を積んでブエノスアイレスにやってきたのはマルティン・ボルマンで、それもドイツが降伏してまもなくだから翌年の一九四五年五月以降ということになる。そのあたりの齟齬がメモワールの記述では説明がつかない。

しかしギュンターの父フフンツ・ロシュマンがリッテンバウムとともに南極から生還したクラウス・ワイツマンだという話が事実なら、アイスマンやナオミの得体の知れない企ては、グロックナーバレーにいまも秘蔵されているはずの高品位の金鉱脈と太い糸で結びつく。

そこに影を落とすオデッサ。歴史の闇の彼方から伸びたその魔の手がナオミの失踪に関わっているとは考えられないか――。グロックナーバレーの秘密を隠蔽するためにリッテンバウムたちを抹殺しようとし、南極に残された百数十名の隊員を見殺しにした。その策謀を担った組織がいまも命脈を保っているとしたら——。

寒々とした恐怖を覚えながらエストラーダに問いかけた。

「心当たりのところはもうないのか」

「お手上げだ。セニョール・シラセがなにか知ってりゃいいんだが」

エストラーダは希望の残り滓《かす》のような紫煙を噴き上げた。たしかにアイスマンはメモワールに書かれている以上のなにかを知っている。ナオミもおそらく同様だが、いまはそれを問い質すことができない。ふと思いついて訊いてみた。

「オデッサというナチスの秘密組織のことを知ってるか」

「知識としてという意味か。コネがあるかという意味か」

「どちらでも」

気のない調子を装って促す。エストラーダは短くなった煙草をビニールタイルの床に落として踏みつけた。

「第二次大戦直後、ナチスの悪党どもの逃走を手助けするためにつくられた元SS隊員の秘密組織だよ。敗戦直後は戦犯級の大物連中の国外逃亡に手を貸し、その後は亡命した戦犯の互助組織としても機能したらしい。ユダヤ人から略奪して国外へもち出した潤沢な資金をバックに、ドイツ国内はおろか海外にもネットワークを張りめぐらした。いまでもネオナチやらなにやらの反ユダヤ勢力の影のスポンサーになっているという噂だ」

「南米にもそのネットワークはあるのか」

「この国は移民がつくった国だ。そもそも新大陸の国というのはみんなそうだがね。スペイン系が多いのはもちろんだが、ユダヤ系もいればドイツ系もいる。イタリア系もいる。セニョール・シラセのような日系もいる。つまりここは世界の民族の闇鍋《やみなべ》のようなものだ。だから自国じゃ世間を表立って歩けない連中も地元社会に簡単に紛れ込める」

「ナチスの戦争犯罪人も？」

「アドルフ・アイヒマンやらヨゼフ・メンゲレやらグスタフ・ワグナーやら——。みんな南米のどこかでとっ捕まったかくたばった。しかし捕まえたのは当事国の官憲じゃない。アルゼンチンに潜伏していたアイヒマンを拘束したのはイスラエルのモサドだ。メンゲレはブラジルで堂々と闇医者を開業していたが、当局は知っていてしらばくれていた。そんな連中を手引きする組織——つまりオデッサは、第二次大戦終結前から南米の各国に浸透していたらしい」

「チリには？」

「むろん例外じゃないはずだ。いまじゃ生死は不明だが、かつてナチスの大物が一人、この国にも潜伏していた」

「大物？」

「マルティン・ボルマン。第二次大戦末期にはヒトラーの後継者と目されていた男だ」

唐突に思わぬ人物が浮上した。しかしヌネスから聞いた話とはやや食い違う。

「アルゼンチンじゃなくチリに？」

「そいつのことを知ってるのか」

エストラーダは訝しげに眉を寄せる。

「ああ、ベルリンが陥落する直前に行方をくらましたそうだな。いまも逮捕はされていないし、死亡も確認されていない。その男が戦後まもなく、Uボートでブエノスアイレスにやってきたという話を聞いたことがある」

金塊の話はまだ伏せておいた。考えごとでもするように視線を漂わせながらエストラーダは新しい煙草を咥えて火を点ける。少し間を置いてエストラーダは盛大に紫煙を吐き出した。

「だったら話が早い。おれはそのボルマンに会ったことがある」

彬はソファーから跳ね起きた。

「いつだ？」

「五年前のことだ。おれはそのころセニョール・シラセのボディガードをやっていた」

エストラーダの顔にからかっている気配はない。

「どこで？」

「バルパライソの貧民街にある老人ホームだ――」

エストラーダはそのときの経緯を語りだした。

当時ボディガード兼運転手として仕えていたエストラーダにある朝アイスマンがそこへ行くように命じたという。妙なところに出かけるものだと思いながらも雇用主の命令とあらば理由も質せず、バルパライソに車を向けた。

行った先は山肌に貼りついた貧民街にあるお世辞にも高級とはいえない市営の老人ホームで、

アイスマンが面会したのはどうみても百歳に近い老人だった。部屋の表札はドイツ風の名前になっていたが、なんだったかは覚えていないとエストラーダは言う。ただし「マルティン・ボルマン」ではなかったのは間違いないらしい。

老人は寝たきりで半ばぼけている様子だったが、アイスマンとは面識があったようで、持参した気前のいい手土産が気に入ったのか、達者とはいえないスペイン語で繰り返し歓迎の辞を述べ、再会を喜んでいたという。

「挨拶が終わると人払いされて、おれは廊下で面会が終わるのを待っていた。盗み聞きするつもりはなかったが、ドアの建てつけが悪くてなかの会話がかすかに漏れてきた——」

聞こえたのはごく一部だが、アイスマンは老人に「副総統閣下」と呼びかけていた。閣下のほうは上機嫌で当時のチリの政治情勢を論評し、ピノチェトについてはことさら口汚く罵っていたという。アイスマンは上手く調子を合わせていたらしい。

老人は白髪でもとの髪の色はわからなかったが、顔立ちや瞳の色からヨーロッパ系だということは察しがついた。つまりアイスマンの親類縁者というわけではなさそうだ。思いあぐねていると、傍らのベンチで新聞を読んでいた老人が興味深げにこちらに視線を向けてくる。噂話でも聞きだせないかと、アイスマンが訪れている部屋のドアを顎で示して問いかけた。

「あそこの爺さんはいったい何者なんだ?」

老人はエストラーダの顔に視線を据えた。当人なりの判断基準で無難な人間と見定めたらしい。老人はぽつりと呟いた。

「ナチじゃよ、やつは」

なんのことかわからず、問いかけるように視線を向けると、老人は新聞を脇に置いて、パジャマの袖をめくってみせた。手首にアルファベットと五桁の数字を組み合わせた刺青があった。

「わしはリガの強制収容所の生き残りじゃ。絶滅収容所の一つじゃよ。生きてここにいるのは奇跡としか言えん」

悪寒めいた衝撃を受けて、エストラーダは咥えていた煙草を落としそうになった。

「ボルマン――。マルティン・ボルマン。かつてはナチスの副総統にまで登りつめた男だ。リガに一度視察に来たからよく覚えている。収容所長はやつのご機嫌をとるために見世物を思いついた。わしらは寒風のなかで二時間立ちっぱなしでやつが現れるのを待たされた。粗食と重労働で衰弱しきった体でな。やつが出てくると、わしらのなかから十数人が列の前へ引き出された。直立不動の姿勢を崩したとかよそ見をしたとか、つまらん言いがかりでだ。SSの将校がやつの目の前で全員を裸にし、散々辱めたうえ、革の鞭で長時間にわたって殴打した。皮膚が裂けた。骨が折れた。血飛沫がわしらの足元まで飛んできた。大半がなぶり殺しにされ、それでも息の残っている者は射殺された。やつは終始ご満悦の体《てい》でそれを見物していた」

苦い薬を飲まされる気分でエストラーダは問いかけた。

「ずいぶん若いころの話じゃないのか。あれだけ歳をとっているんだ。見間違いということもあるだろう」

「やつが自力で動けたころ、シャワールームで裸でいるところを見たことがある。二の腕に細長い火傷の痕があった。刺青を消した痕だ。ナチスの幹部やSS隊員には腕に鉤十字と血液型と自分の名前の刺青を入れる習慣があった。焼き鏝を当てたり硝酸をかけたりして消すとそんな痕が残る」

老人は確信している様子だったが、エストラーダは半信半疑で相槌を打っていた。それを見透かしたように、老人はちょっと待てと言って姿を消し、しばらくして雑誌か新聞の切り抜きらしい変色した紙切れをもって現れ、そこに載っている男の写真を指で示して言った。

「こいつがボルマンだ。あの部屋にいる爺さんにそっくりだと思わないか」

写真のボルマンは四十代だったろう。そこにさらに五十年分の老いを重ねれば、エストフーダの目にもアイスマンが面会中の老人と同一人物に見えた。

「警察には言ったのか」

エストラーダは声を落として訊いた。老人は首を振った。

「相手にもしてくれん。この国のお偉方はやつの来歴を知っている。知っていてしらばくれている。そんな連中がほかにも大勢いるだろう。だがやつは大物中の大物だ。わしゃ情けない年寄りで、いまとなってはなにもできんが、せめてやつが無様にくたばるのを見届けるまでは、ここで生き続けてやろうと心に決めとるんじゃよ」

そう言って肩を落とす老人の瞳の奥に沈んだ怒りをエストラーダはいまも覚えているという。

「本当にボルマンかどうか、アイスマンに確認したのか」

「いや、おれもしらばくれたよ。きな臭い匂いがしたんでね。セニョール・シラセのボディガードは収入のいい仕事だった。棺桶に片足を突っ込んだナチスの亡霊のために仕事を失う気などさらさらなかった」

予想もしない話向きに頭が混乱した。答えを探しあぐねていると、それを察したようにエストラーダはつけ加えた。

「セニョール・シラセがナチの信奉者じゃないことはおれが保証する。当時、彼の会社にはユダヤ人が何人も雇われていたし、幹部に抜擢もされていた。それにおれ自身が——」

エストラーダは言いよどんだ。

「ユダヤ人なのか」

エストラーダは首を振った。

「父親がジプシーだ。ナチスが絶滅計画の対象にしたのはユダヤ人だけじゃない。第二次大戦中にヨーロッパ全土で五十万人以上のジプシーが虐殺された。親類にも殺された者が大勢いる。セニョール・シラセはそれを知っていておれを可愛がってくれた」

エストラーダがボルマンとおぼしい人物に会ったのが五年前。アイスマンが南極に基地をもつと宣言した時期と一致する。その意図がなんであれ、アイスマンたちの企てが深いところでオデッサやナチスの生き残りと繋がっていた可能性は高い。覚えず鼓動が高鳴った。過ぎ去った時代の亡霊たちが息を殺して近づいてくるかすかな足音が聞こえるような気がした。

2

エストラーダの携帯電話にフェルナンドから連絡が入ったのは昼少し前だった。

「フレイ基地にインマルサット端末の予備がなくてね。プンタアレノスの空軍基地に一台あったから、急遽C130の定期便で運んでもらったんだよ。それからすぐ飛び立って、やっとヒュッテに着いたところなんだ。いまアイスマンに替わるよ」

電話の向こうで短いやりとりがあって、アイスマンの気ぜわしい声が耳に飛び込んだ。

「アキラ、ナオミとはまだ連絡がつかんのか」

「まだです。いまセニョール・エストラーダのオフィスにいます。こちらで思い当たるところはすべて当たったんですが――」

エストラーダから聞いた昨日の捜索の経緯を説明すると、アイスマンは地獄から立ち昇る瘴気《しょうき》のような重苦しいため息を吐いた。

「サンチアゴへ着いたらエストラーダをそばから離すなと口を酸っぱくして言っておいたんだが、聞き分けのない娘だ。セラエスは本当に動いている様子はないんだな」

「ありません。セニョール・エストラーダが今朝もブエノスアイレスの同業者を使って確認したそうです。こちらはいまのところ手詰まりです。そちらで思い当たることはありませんか」

この一件についてアイスマンは自分やエストラーダが知らないことを知っているはずだ。ナオミの身に危険が迫っている状況で、まだ隠し通すとは思えない。アイスマンは問いには答えず性急な口調で言った。

「ゲオルグ・ハイダーという男と連絡をとってくれ。サンチアゴにそいつの経営するハイダー商会という釣り道具屋がある。電話番号は電話帳に載っている。そいつに取り引きに応じる用意があると伝えてくれればいい。たぶん折り返し別の人間から連絡がある」

気持ちを抑えようもなく問い質した。

「ハイダーという男はオデッサの片割れですか？」

「リッテンバウムのメモワールはもう読んだわけだな――」

アイスマンは苦渋を滲ませた。

「私は甘くみていたよ。第二次大戦後の数十年にわたって、敵は虎視眈々《こしたんたん》と牙を研いでいたらしい」

話が核心に向かいだした。彬は勢い込んで促した。

「そろそろ本当のところを教えてください。取り引きとはなんのことです」

「隠し立てする気はないが、話せば長くなる。いまはナオミの安否が気がかりだ。先にそいつと連絡をとってくれ。詳しい事情はそのあとで話す」

インマルサット回線の向こうからアイスマンの焦燥がじわじわ伝わってくる。

「警察に通報しなくていいんですか」

「この件には警察を関与させるわけにはいかんのだ。警察が関われればマスコミが雲霞《うんか》のごとく押し寄せてくる。ここまで秘密裡に進めてきた計画が丸裸にされる――」

アイスマンはそこまで言って口籠る。こちらはその先が聞きたいが、いまは詮索している時間がない。

「あなたが直接交渉したほうが早いのでは」

「いや、これからおまえさんとエストラーダにはいろいろ動いてもらうことになる。そっちを交渉窓口にしたほうがなにかと都合がいい」

その言い分には道理があるが、アイスマンにしては馬鹿に腰が引けている。しかしいまはナオミの安全が最優先だ。傍らで電話帳をめくっていたエストラーダがメモを差し出す。ハイダー商会の電話番号が書きとめてある。地声の大きなアイスマンの話が携帯電話から漏れて聞こえたらしい。まずはハイダーと連絡をとり、折り返しかけなおすと告げて通話を終えた。

「ハイダーって野郎の噂はよく聞くよ。サンチアゴじゃドイツ系の極道グループの頭目で名が通っている。ネオナチかぶれのただの糞野郎だと思っていたんだが」

エストラーダが苦々しく呻く。彬はデスクの電話をとってボタンを押した。男の声が出る。

「釣具をお求めならサンチアゴ随一の品揃えのハイダー商会へ。ご用件は？」

「ゲオルグ・ハイダーと話がしたい」

「あんた誰だ？　なんの用だね？」

能天気な営業言葉がどすの利いた胴間声《どうまごえ》に切り替わる。

「リカルド・シラセの代理の者だ。取り引きしたい。そう言ってもらえばわかる」

「ちょっと待て」

男は電話口を離れた。待ち受けメロディーはワグナーの「ワルキューレ」。事態が事態なだけに傲慢《ごうまん》で大袈裟なその響きが無闇に癇に障る。

「ゲオルグ・ハイダーだ」

ほどなく脂ぎった地声の男が電話口に出た。

「ナオミ・シラセは無事なのか？」

「なんのことだ。取り引きというから商売の話かと思った」

ハイダーは空とぼける。一筋縄でいく男ではなさそうだ。こちらもとり合わずに食い下がる。

「ナオミ・シラセが無事かどうかをまず確認したい」

「そんなことおれが知るか。言うなればおれは電話番だ。取り引きに応じるのはあんたなんか想像もつかないどでかい黒幕だ。おれは話をとり次ぐだけで中身には関与しない」

「じゃあその黒幕に言え。ナオミ・シラセの無事が確認されない限り取り引きはなしだ」

アイスマンからは取り引きを申し出ろという指示だけだったが、このくらいの裁量を認めてもらわなければただの子供の使いにすぎない。

「どこの馬の骨か知らないが、図に乗ると痛い目に遭うぞ。そのナオミ・シラセというのがうちの若い者が手を焼かされた日系のじゃじゃ馬女のことなら、いまのところは無事だと言っておこう。ただしまともな体で帰れるかどうかは心がけ次第だ。その女とあんたたちのな」

ハイダーがすごむ。別の受話器をとってやりとりを聞いていたエストラーダが目配せする。

いまはこれ以上刺激するなという意味らしい。

「じゃあ、連絡を待つ。ナオミに万一のことがあったらただじゃ済まない。地獄の果てまで追い詰めて八つ裂きにしてやるから覚悟しておけ」

「いい度胸だ。電話番号を言え」

ハイダーが鼻で笑って訊いてくる。はらわたの煮えくり返る思いで番号を告げる。ハイダーはなにも言わずに電話を切った。エストラーダが脇で口笛を吹く。携帯電話からアイスマンを呼び出した。

「ご指示のとおりにしましたよ。さあ、本当のことを教えてください」

「連中が手に入れたがっているのは、たぶんグロックナーバレーの秘密に関するドキュメントだよ」

アイスマンは渋々答えた。彬は当惑した。

「誰がそのドキュメントを書いたんです」

「ギュンターだ。それに関する重要なヒントが、父ロシュマン博士が残した論文や資料のなかに隠されていた。素人には読解不可能なかたちでな。ギュンターは自らが気象学者としての研《けん》鑽《さん》を積むことによってその謎を解明したというわけだ。それはいま私の手元にある――」

アイスマンは渋い口振りで経緯を語りだした。

じつは昨年の春、アメリカのある科学財団の主席研究員だという人物からアイスマンに、グロックナーバレーの金鉱脈についての調査・研究活動を共同で行ないたいという申し出があったという。アイスマンは、そんな話は聞いたことがないし、自分は単に道楽で南極暮らしをしているだけだとはぐらかした。

その財団は実在したが、匿名で問い合わせたところ、そういう名前の主席研究員はかつても現在も所属したことはないという返事だった。財団側が嘘をついたか、あるいは財団の名を騙ったのか、その得体の知れない人物の不審な動きに対する危惧はあったが、とりあえずは放っておいて様子を見ることにした。

ところがつい最近、フレイ基地経由で分厚い書類の入った小包が届いた。送り主は米コネチカット州にある聞いたことのない地方新聞社で、確認したところこちらは実在しない架空の会社だった。中身は軍事独裁時代に、アイスマンからピノチェトに渡った巨額の闇資金の流れと、クーデター後にアイスマンが手に入れたフエゴ島の石油と天然ガスの利権を始めとするさまざまな優遇措置の関係を正確な数字と事実関係のデータで裏づけたレポートだった。言うことを聞かなければ暴露するという脅迫の意味が込められているのは明らかだった。

送り状には「この件に関する問い合わせはサンチアゴのゲオルグ・ハイダーへ」というメッセージとハイダー商会の電話番号が書いてあった。アイスマンはすぐにハイダーに電話を入れて、脅迫に屈する気はないと宣告した。事実関係は正確でも、すでに歴史の埃《ほこり》の下に埋没しつつある時代の話であり、その程度のことはマスコミに流れる前に封じ込めるだけのコネクションがアイスマンにはあった。またもし漏れたとしても、彼はすでに事業から引退した身であり、息子に預けたグループ本体への影響は軽微だろうと腹を括っていたらしい。それでも敵は執拗で、ついに打ってきた手が今回の拉致事件というわけだった。

「金塊をもって逃走した連中はその所在を知っていたんでしょう」

「リッテンバウムは日記のなかに正確な位置は記述しなかった。第一次遠征隊の資料はグロックナー財閥が保管していたが戦争で焼けてしまったらしい。詳細な地図をもっていたのはアルゼンチンに逃げたザウケルだけだった。ところが私が調べたところでは、ザウケルは一九四八年にパラグアイのアスンシオンで死んでいる。自殺したことになっているが、本当のところは誰も知らない。遠征隊のほかのメンバーで生き残ったものは確認されていない。つまりグロックナーバレーがどこにあるのか知っている者はフランツ・ロシュマン博士ことクラウス・ワイツマンを除けば誰もいなくなった」

「リッテンバウムは？」

「ドイツへ帰る途中、スペインで客死した。滞在中のホテルで銃で撃たれた死体で見つかったそうだよ――」

アイスマンの口調には死者を悼む複雑な響きがあった。あのメモワールを読んで、彬のなかでもリッテンバウムの人となりへの思い入れが強まっていた。その末路があまりに哀しく思えて、熱いものが胸に迫った。

「オデッサの手で殺されたということですか」

「おそらくな。スペインは第二次大戦には参戦しなかったが、枢軸国を支持する立場を表明していた。ナチスの連中には行動しやすい土地柄だったはずだ」

彬は核心に迫った。

「あなたはマルティン・ボルマンと面識があるでしょう」

エストラーダが口に人差し指を立てたが、もう遅い。

「どうしてそんなことを知っている?」

アイスマンは浮き足立った。先ほどのエストラーダの話を聞かせてやった。

「世間というものは侮れんな。ボルマンは二年前に死んだよ。私がやつと知り合ったのはピノチェトが全盛期に開いた私的なパーティーの席だった——」

アイスマンは腹を括ったように語りだした。

「当時はボルマンはまだかくしゃくとしていた。ピノチェトに紹介されたときはハンス・ハウザーという別の名前をもっていた。サンチアゴ在住の貿易商という触れ込みで羽振りも良さそうだったが、あとで商工会議所の名簿を調べてもそんな名前は見つからない。ピノチェトに訊いたら自慢げに正体を耳打ちしてくれたよ。あの悪党は老いた猛獣をペットにするような感覚でナチの超大物を飼育していたというわけだ」

「五年前にバルパライソの老人ホームへ出向いたのは?」

「人づてにやつが死にかけているという噂を聞いてな。死なれる前に一つだけ聞いておきたいことがあった」

「いったいなにを?」

「フランツ・ロシュマン夫妻をやつが拉致して殺したのかどうかを」

思いもよらない答えに戸惑った。

「コンドルの手にかかったのでは」

「ピノチェトとはパーティーで会う機会がよくあった。おりにふれて探りを入れたが、返ってくる答えがどうもピント外れだった。やつはグロックナーバレーのことは知らない。だとしたらやったのはコンドルの犯行を装った別のグループだと私は考えた。可能性が高いのがボルマンとオデッサだった」

「ボルマンの反応は？」

「確かにやったと自慢げに答えたよ。耄碌《もうろく》はしていたがその点に関してはたぶん真実だろう。フランツ・ロシュマン博士に対しては感情的にも異常な反応を示した。第三帝国の資産を掠めとった極悪人だとか、悪魔に魂を売ったユダヤの豚だとか、総統《フューラー》を欺いた報いは地獄の業火に値するとか──」

「つまり、やったのはコンドルじゃなかった」

「ピノチェトは間抜けなこそ泥で、歴史の真理を見抜けないでくの坊だと嘲ったかと思えば、第三帝国が再び世界に君臨するとき真っ先に絞首台に登るのはあの屑野郎だとえらい剣幕で罵った。たぶんピノチェトはただの気まぐれでボルマンを飼っていただけだろう。しかし自らの権勢に衰えがみえ始めるとあっさり見限った。ピノチェトの庇護で羽振りのよかったころと、そのときのボルマンの零落ぶりのあいだには天国と地獄ほどの隔たりがあった。ボルマンとピノチェトがグロックナーバレーの秘密を共有していたとしたらそういう処遇はしなかったはずだ」

　まとまりかけていた構図がまたばらばらになる。ヌネスから聞いた話を思い出した。

「コンセプシオンIはピノチェトがパーマーランドの金塊を探すために建設した基地だという噂を聞いたことがあります」

「そのとおりだ。ピノチェトはロシュマン博士が発見したナチスの刻印入りのインゴットから、アルゼンチン国内から消えた大量の金塊がパーマーランドに隠されていると信じ込んだ。コンセプシオンIが建設された本来の目的はそれを探すことだった」

　ヌネスから聞いた話がこれで裏づけられた。さらに訊いた。

「ロシュマン博士が発見したインゴットというのは？」

「拾ったのは博士本人じゃなく隊員の一人だった。たぶんザウケルたちが金塊を運び出したときに途中で落としたものだろう。博士はそのインゴットをアルゼンチン国内から消えた五〇トンの金塊の噂に巧みに結びつけた報告書を書いた。ピノチェトはそれに乗せられた。博士にしてみればそれがグロックナーバレーの秘密を封じ込めるための苦肉の策だったわけだろう」

　アイスマンのため息が携帯電話のスピーカーをがさつかせる。もう一つの疑問——。

「ではギュンターを拉致したのは？」

「ボルマンはそのころすでにピノチェトに袖にされて、バルパライソの貧民街で生活保護を受けて暮らしていた。老人ホームへ移ったのはそれからまもなくで、足腰が弱ってそんな荒事に関与できる状態ではなかったはずだ」

「だとすると、ボルマンはギュンターの拉致には関与していない——」

「当時はオデッサもボルマンのことは見限っていたようだ。私がドイツ系の実業家仲間から得た情報では、オデッサそのものがチリ国内では活動をほとんど終息させていた」

いよいよ頭の整理がつかない。捉えたと思った敵の姿がまた逃げ水のように遠ざかる。

「つまり、コンドルでもなければオデッサでもない、第三のハイエナがいるということですか」

「ああ、たぶんそいつがいちばんたちの悪いハイエナだ」

「ハイダー経由で連絡をとった相手は？」

「その三番目のハイエナだ」

アイスマンの声には過剰なほどの警戒の色がある。そのときデスクの上の電話が鳴った。折り返し連絡すると告げてアイスマンとの通話を終える。エストラーダが受話器をとり、数秒耳に当てただけで彬に手渡した。

「待ちかねていたお方のようだ」

電話口から流れてきたのは、明らかにネイティブではない癖のあるスペイン語だった。

「取り引きしたいという話だが、こちらはセニョール・シラセとじかに話がしたい。代理じゃ困る。そもそもあんたはいったい誰なんだね」

「アキラ・キリムラだ。セニョール・シラセから全権を委任されている。つべこべ御託を並べる前に人質が無事だということを証明するのがこの場合の礼儀じゃないのか」

男は虚勢を張るようにせせら笑う。

「礼儀とはね。まずはお互い紳士であることを確認し合おうというわけか。よかろう。本人の声をお聞かせしよう」

少し間が空いた。電話の向こうで人の声と物を動かすような音と足音が入り混じる。ナオミの声が耳に飛び込んだ。

「アキラ。私はいまのところ無事よ。周りにいるのは紳士とはほど遠い人たちだけど――」

その声には憔悴した様子が感じられたが、気持ちの張りは失っていないようだ。心を圧《お》し潰していた不安が軽くなった。電話の向こうのナオミに心が千切れるほどの愛おしさを感じながら、声の動揺を抑えて問いかけた。

「拘束されているのか」

「両手を縛られているわ。ご親切なことにいまは猿轡を外してくれているの。でも怪我はしていないから安心して」

「誰なんだ、君を拉致したのは?」

「それは――」

ナオミが答えかけたとたんにまた物音が聞こえて、最初の男の声に戻った。

「無事だということがこれでわかってもらえたかな。私はリカルド・シラセと直接話がしたい。とり次いでくれ」

「リカルド・シラセは南極にいる。そちらの要求に迅速に対応することはできない。これは双方の便宜を考えての判断だ。それが嫌なら取り引きは中止だ」

彬としてはここは退けない。アイスマンが交渉を委任した理由は定かではないが、ナオミを救うためにはサンチアゴにいる自分が直接行動するのが有利なのは間違いない。その立場をあえて放棄することがナオミへの裏切りでもあるような気がした。

「女が死んでもかまわないということか」

誘拐犯一般に共通する恫喝の常套句――。こちらもはったりを交えた恫喝を投げ返す。

「侮らないほうがいい。あんたの言うことを聞いてなけなしの秘密を盗まれるくらいなら、これを誘拐事件として警察に通報しても同じことだ。そのときは事情聴取でグロックナーバレーの秘密についても洗いざらい喋ることになる。それが公になるのは、こちらも困るが、あんたにとっても大いに問題じゃないのか」

「タフな交渉をするじゃないか、セニョール――」

男はひしゃげたような声で笑った。

「よかろう。こちらは欲しいものが手に入ればそれでいい。手順は簡単だ。ギュンター・ロシュマンのドキュメントを私のところへファックスで送信してくれ。本物だと確認できたら、こちらの指定する場所でナオミ・シラセを解放する」

案の定、こちらが呑める話ではない。条件反射のように反駁する。

「冗談じゃない。じかに会ってナオミの身柄と現物を交換する。それ以外の手順では応じるわけにはいかない」

「私を信用しろよ。文明の発達したこの時代に、わざわざそんな手間暇かかる儀式をする必要はないだろう」

男は人を食った調子で押してくる。こちらも鼻で笑って押し返す。

「誘拐のような姑息な手段を使うろくでなしをどうして信用できる」

「目的を達成するためには非情であれというのが私のモットーでね。あの聡明で活発な女性の運命についても同様だということを忘れないで欲しい。ナイフは人の肉を切り刻むためにあり、拳銃は人の体に穴を開けるためにある。これがテレビ電話だったら恐怖に慄《おのの》く彼女の美しい表情をお見せできるんだが」

受話器の向こうで聞こえよがしに自動拳銃のスライドを引く音がする。氷塊のような恐怖が押し寄せる。

「やめろ。言うとおりにする。ナオミはどこで解放してくれる？」

「ファックスを受けとったら、こちらから追って連絡する」

男は平然と言い放つ。歯の根が震えるほど腹が立つ。こちらはいいように翻弄されている。

「ふざけるな。いますぐだ」

「言うとおりにするんだ、キリムラ。そちらに選択の自由はない」

男は居丈高に言い募る。電話の向こうでもみ合う音。下卑た口調で罵る別の男の声。ナオミが抵抗しているらしい。その身の安全を思えばこちらはもはや抵抗しきれない。

「わかったよ。どうすればいい？」

「十五分以内にこれから言うファックス番号へドキュメントを送るんだ」

「そんなに早く準備はできない。せめて一時間待ってくれ」

「いいや、待てない。リミットは十五分だ。一分でも遅れたらセニョリータの手足の爪が一枚ずつ剝がされるかもしれない。五分遅れたら耳が殺ぎ落とされるかもしれない。十分遅れたら指が何本か切り落とされるかもしれない。十五分遅れたら眼球が――」

低く抑えた男の声には狂気じみた愉悦の響きがある。血の色をした恐怖が頭のなかで弾け飛ぶ。脅しに過ぎないとたかを括れる場合ではない。

「やめろ。言うとおりにする」

悲鳴のように声が裏返った。男は平然とした口調でファックス番号を告げた。手元のメモパッドに走り書きしてエストラーダに手渡し、男に訊いた。

「こちらから連絡をとる方法は？」

「用件を書いていまの番号にファックスを入れてくれればいい」

「あんたの名前は？」

「故あって名乗れない。そうだな。ジークフリートとでもしておこうか。さて、時間がない。タイマーの針はもう動き始めているぞ」

受話器を置く音がして通話が切れた。ファックス番号のメモを手にしてエストラーダが苦虫を嚙み潰す。

「国番号が五四。つまりアルゼンチンだ。それから市外局番が〇二九四四――」

「どこなんだ？」

「サン・カルロス・デ・バリローチェ。知ってるか？」

地団太を踏む思いで頷いた。アルゼンチン領パタゴニアにある南米のスイスの異名をもつ山岳リゾート都市――。敵はサンチアゴにいるとばかり思っていた。いや、と思いなおす。連絡はファックスのみという指示が引っかかる。つまりジークフリート本人はバリローチェにはいない可能性がある。周到な陽動作戦だ。脳味噌が沸騰する。

「まずはセニョール・シラセに連絡だ。ジークフリートはまともじゃない。遅れればナオミの身になにが起きるかわからない」

エストラーダの浅黒い顔が青銅のように蒼ざめている。アイスマンヒュッテのインマルサットをコールする。怒りと焦燥に指先が震えてボタンを押し間違う。罵りながらやり直す。呼び出し音が続く。二度、三度――。暴れ出した鼓動が止まらない。みぞおちが痛む。吐き気がする。

3

時間がないのでファックスはアイスマンのほうから直接送ってもらった。

送信が済んだ旨の連絡を受けてすでに一時間経った。ジークフリートからは連絡がない。催促のファックスを入れても、やはり反応しない。してやられたらしい。敵はナオミの身柄は確保したまま、さらに新しい要求を突きつけてくるつもりかもしれない。

アイスマンはここまではやむを得ない選択だったと納得し、落ち着いてもう少し待てと言う。しかし得体の知れない敵に手もなく捻られた自分にひたすら腹が立つ。

エストラーダはサン・カルロス・デ・バリローチェの電話番号を逆引き検索した。ジークフリートが知らせてきた番号の名義は「ホテル・トロナドール」。観光用のガイドブックで探すと、市街中心部を少し離れたナウエル・ウアピ湖畔にあるリゾートホテルだった。

サンチアゴからバリローチェへの直行便はなく、いますぐ飛ぶにしてもブエノスアイレスを経由することになる。よほど便を上手く繋いでも六時間以上はかかる。そのうえ、そもそもここまで開けっぴろげに連絡場所を知らせてくる点からして、ジークフリートとナオミがバリローチェにいる可能性は極めて低い。

ホテル・トロナドールの代表番号へ電話を入れた。電話に出た女性のフロント係はとくに疑う様子もなく応対した。

「現在そちらに日系の女性は宿泊していますか」

「いいえ、きょうは日本からの団体客が宿泊していますので、日本人なら大勢いらっしゃいますが、日系の南米人で女性という方はいらっしゃいません」

「スペイン語の喋れるドイツ人あるいはドイツ系の南米人は？」

「ドイツの方はいらっしゃいませんが、オーストリアの方なら。ただしスペイン語はまったくお使いになりません」

「一時間ほど前にそちらへファックスを送ったんですが、受けとったのはどういう人物でしょうか」

「あいにくフロントではその時間にファックスを受けとっておりません。外線からの電話は各部屋へ直接通じていますので、長く滞在するお客様のなかには、ご自分でファックスをもち込んだり、パソコンを使って受信する方もいらっしゃいます」

「ではこの番号は——」

ジークフリート宛てにファックスを送った番号を告げると、それは各部屋への直通番号の一つで、その部屋に宿泊している客はアメリカから観光旅行に来た大学生の二人組だという。フロントの声の調子に嘘を言っている様子は感じられない。礼を言って電話を切る。

今度はそのファックス番号に電話をかけてみる。呼び出し音が何度か鳴り、回線が通じたとたんにファックスの受信音が鳴り出した。「ハロー、ハロー」と繰り返し呼びかけてみる。誰も応じず、まもなく向こうから回線が切れた。

フロントから聞いた話が事実なら、その大学生二人組は、おそらく金で雇われてファックスの転送を引き受けただけだろう。転送先がどこかわかればジークフリートの居場所も突き止められるが、そのためには現地へ飛んで二人を締め上げるしかない。

しかしこれから動いたとしても、着いたとき彼らがそこにいる保証はないし、そのあいだにジークフリートから連絡がきた場合には対応のしようがない。地元の警察に動いてもらえればいいが、アイスマンはそれを嫌っている。エストラーダもバリローチェには力を貸してもらえる人脈はないという。

「いったいなにが起きているんだ。おれだけ除け者にされているような気がするんだが——」

エストラーダが不服顔をする。ナオミやアイスマンがエストラーダを信頼していることは、ここまでの経緯を通じて十分察しがついた。いまとなっては自分が把握している情報を彼にも伝えておくことが、困難な状況を打開するうえで重要なように思える。そうすることで現地の事情に詳しいエストラーダからいいアイデアが引き出せるかもしれない。

リッテンバウムのメモワールを中心に、グロックナーバレーの黄金をめぐる数奇な物語をかいつまんで語って聞かせた。エストラーダは聞きながら煙草を立て続けに吸った。語り終えるころには事務所のなかはほとんど燻製《くんせい》部屋に変わっていた。エストラーダが幻の黄金の輝きに憑《つ》かれたような充血した眼差しを向けてくる。

「で、セニョール・シラヤはその金鉱脈を見つけたのか」

「わからない」

彬は首を振った。切迫した状況にとり紛れて、まだアイスマンからそこまでの話を聞いていなかった。アイスマンにしても問題の核心に触れるのを意図的に避けている節《ふし》があった。

「いずれにせよセニョール・シラセもナオミも、危なっかしい知り合いには事欠かないようだな」

エストラーダは生欠伸《あくび》ともため息ともつかないものを吐きながら机の上に両足を投げ出した。しかしその表情に滲み出た好奇の色は隠せない。打ち明けたことが正しい選択だったかと迷いだす。

「どうする。ここで油を売っていてもしようがないだろう」

エストラーダが問いかける。思いつく答えもなく問い返す。

「なにかいい考えはあるか」

「ハイダーの野郎を締め上げにいってみるか」

コンバットマグナムを懐に仕込みながらエストラーダが立ち上がる。

「ジークフリートから電話がくるかもしれない」

「携帯に転送するようにしておくよ」

エストラーダは手慣れた様子で卓上の電話機のセッティングを変更し、さらに抽斗《ひきだし》からとり出した小型の自動拳銃を投げて寄越した。グロック26――世界最小最軽量といわれる九ミリオートマチック。実物を目にするのは初めてだが意外にしっくり手に馴染む。躊躇することなく上着の内ポケットに落とし込む。きな臭い事態にはなってきたが、我が身が蒙《こうむ》るかもしれない危険は少しも気にならない。ジークフリートのあの血腥《ちなまぐさ》い脅迫がいまも鼓膜の奥で谺する。ナオミの安否への思いが嵐の予兆の暗雲のように頭のなかに湧き起こる。

4

エストラーダはオイギンス通りを東に車を走らせた。

いまではクーデターの痕跡ひとつ残さない壮麗なモネダ宮殿の前を過ぎ、サンタ・ルシアの丘の麓を回り、緑濃いマポチョ川沿いの森林公園を左に見ながら新市街へ向かう。

盛夏の陽射しは鋭いが、開け放った車の窓からは高原都市サンチアゴらしい涼風が吹き込んで心地よい。歩道や公園のプロムナードをそぞろ歩く人々の顔が等し並みに平和そうに見える。

ハイダー商会はオイギンス通りがプロビデンシア通りに名を変えるあたりの通りに面した真新しいビルにあった。店舗は一階だけだが、ビルのコーナーの突き出し看板をみれば、二階もハイダー商会が使っていると想像がつく。

店のつくりはオーナーがネオナチかぶれにしては落ち着いていて、高級ブティックやレストランが並ぶ周囲の街並みとも違和感はない。ウィークデーの昼下がりのせいか、店内に客はさほどいない。エストラーダは警戒する素振りもみせず店内に踏み込んだ。レジの前の店員に声をかける。

「ハイダーを出せ」

「誰だよ、あんたは？」

屈強な体格の店員が気色ばむ。

「私立探偵のエストラーダだ。ハイダーが裏でやっていることならなんでも尻尾を摑んでいる。麻薬の密輸入、銃の闇取引、幼児ポルノの販売、脱税に保険金詐欺――。マスコミに流して欲しいかとハイダーに訊いてこい」

「恐喝するのか。警察に通報するぞ」

男の手がカウンターの電話機に伸びる。

「好きにしろ。そうなりゃ警察で洗いざらい喋ってやる」

男は手を引っ込め、今度は舐めた口調で突き放す。

「ハイダーさんはついいましがた出かけたよ。用件は伝えておくからあとで出直しな」

エストラーダは素早い動きでカウンター越しに受話器をつかみとり、電話機本体の内線切替えボタンを押した。それぞれのボタンには店内各部署のラベルが貼ってあるが、そのボタンだけはただ二重丸になっている。ボタンのランプが点灯する。相手が出たらしい。

「ハイダーか？」

ランプが消えた。エストラーダは受話器を叩きつけ、近くにある「従業員専用」と書かれたドアに駆け出した。男も慌ててカウンターを飛び出した。彬も戸惑いながらあとに続いた。

エストラーダがドアの向こうに走り込む。男も続いて駆け込んだ。もみ合うような音がした。緊張しながら彬がなかに飛び込むと、商品の段ボールが積まれた狭い階段の踊り場に男が鼻血を噴き出して伸びていた。その手際からして、エストラーダはただ図体がでかいだけではなく、かなりの格闘技の手練《てだれ》らしい。

「エレベーターを見張っていてくれ」

エストラーダは一声叫んで上り階段に突進する。通路の反対側の突き当たりにエレベーターホールがある。

エレベーターのドアが開いた。黒いTシャツを着た筋肉質の小柄な男が半身をのぞかせる。逆毛を立てた赤い髪、威嚇的な長いもみ上げ。ボディビルで鍛えたような太い二の腕に鉤十字の刺青。無性に怒りが込み上げた。内ポケットからグロック26をとり出しながらホールに向かって走り出す。

「ハイダーだな?」

呼びかけると、男は彬を一瞥し、すぐまたエレベーターのなかに姿を消した。ホールに駆けつけたところでドアが閉まった。

エレベーターは上に向かった。慌てて階段を駆け上がる。息が乱れる。階段脇の段ボール箱に蹴躓《けつまず》く。二階の踊り場に出たところで、また人が争う物音がした。身震いしながらグロックを構えてエレベーターホールへ走り寄る。

ドアの開いたエレベーターのなかには巨大なリボルバーを手にしたエストラーダがのっそり立っていた。呼吸を乱している様子もない。その足元で先ほどの赤毛が股間を押さえて背中を丸めている。

「こいつがハイダーだ。ヒトラーの屁の臭いがたまらなく好きなネオナチのスカトロ野郎だ」

「こんなことをしてただで済むと思うなよ。ジプシーの豚野郎」

ハイダーが苦しげに呻く。

「ケツの穴に鉛弾をぶち込まれたくなかったら、ご立派なオフィスに案内してもらおうか。ナチスかぶれの糞ったれ野郎」

エストラーダはハイダーの尻を蹴り上げた。ハイダーは苦痛に顔を歪めて立ち上がる。

ハイダーのオフィスはエレベーターホールの斜向《はすむ》かいにあった。正面の壁には大袈裟な額縁に入ったヒトラーの肖像。デスクの背後にはハーケンクロイツの第三帝国旗。壁にしつらえたショーケースにはナチスの勲章やら短剣やらヘルメットやら軍服やらの骨董品《こっとうひん》。新聞か雑誌の写真を複写して拡大したのだろう。強制収容所の虜囚のやせ細った裸身や折り重なった虐殺死体の写真が壁のあちこちに貼ってある。

デスクの脇には熱帯魚用の水槽が二つ。片方の水槽で泳いでいるのは獰猛《どうもう》なアマゾン産のピラニアだ。隣の水槽で群れをなして泳いでいるグッピーはその生きた餌ということらしい。

「とことんむかつく野郎だな」

エストラーダは壁の写真を一瞥しながら、なかからドアの錠を閉め、ハイダーの尻をまた特大サイズの足で蹴飛ばした。ハイダーは前にのめってデスクの角にしたたか頭を打ちつけた。

エストラーダはデスクの上の電話を顎で示した。

「大事なお客さんがお出でだから二階へは絶対に来るなと下の者に言え。二階の踊り場から上へ一人でも上がってきたら、その出来の悪い頭を西瓜《すいか》のように吹き飛ばす」

「撃てるものなら撃ってみろ。そんな馬鹿でかい銃をぶっ放したら、うちの店の者じゃなくても銃声を聞いて警察に通報するぞ」

額から血を滴らせながらハイダーがせせら笑う。エストラーダは骨董品のショーケースのガラスをコンバットマグナムの銃把で叩き割り、ハンガーにかかったナチスの軍用外套を掴みとる。撃鉄を起こし、銃を握った手を外套を丸めて包み込む。

エストラーダの腕が上がり、くぐもった鈍い音がした。ハイダーの頭のすぐそばで、寄りかかっていたデスクの角が粉みじんに吹き飛んだ。丸めた外套の先端に穴が開き、焦げ臭い紫煙が立ち昇る。ハイダーはばねで弾かれたように飛び上がり、受話器をとってエストラーダに言われたとおりの指示を出した。

エストラーダは上着のポケットから手錠をとり出して投げて寄越した。ハイダーは蒼ざめた顔に脂汗を浮かべ、すでに抵抗の意志を失っている。デスクの椅子に座らせて、その両手を拘束する。さらにエストラーダが物色したナチスの軍用ベルトを使って上半身を椅子の背もたれに括りつける。

車のなかで聞いた話によれば、私立探偵と言っても当地では、警察に言いにくい恐喝事件の解決や、保釈金を踏み倒して逃げた容疑者の逮捕といった荒事も請け負うという。そんな関係でこの手の小道具は欠かせないらしい。

「さて、ヘル・ハイダー。ナオミ・シラセの監禁場所を素直に喋る気になったかね」

外套のなかから抜き出したコンバットマグナムをショルダーホルスターに収め、エストラーダは気味悪いほど穏やかに問いかける。ハイダーが大袈裟に首を振る。

「女は一時預かっただけで、きのうのうちにジークフリートに引き渡したんだよ。もうここにはいないし、どこにいるのかもおれは知らない」

「ヘル・ハイダー。おれが古い時代の恨みごとをしっかりと思い出さないうちに白状したほうがいい。何十年も前に、あんたが信奉するナチスの糞ったれどもにおれの親戚が大勢殺された。あんたのお気に入りのピンナップに写っているのと同じような場所でな」

エストラーダは壁に貼られた酸鼻を極める写真を眺め渡した。

「お、おれがやったわけじゃねえよ」

哀願するようにハイダーは顔を引き攣らせた。

「いいや、おまえがやったんだ。おまえはああいう写真を何百枚も溜め込んで、それを眺めながら毎晩頭のなかで何百万人もの人間を殺している。山と積まれた死骸の山に興奮してマスを掻いている。おまえは悪魔に魂を売り渡した屍姦症《しかんしょう》の変態だ」

エストラーダの冷ややかな口調には深く沈潜した憤りが籠っている。ハイダーの瞳に恐怖の色が浮かんだ。エストラーダはデスクの脇のサイドボードからブランデーのボトルをとり出して、封を切り、一口喉に流し込む。

「これはじつに上物だ、ヘル・ハイダー。ゴミ溜めの野菜屑を頭に詰め込んだネオナチ野郎がここまで舌が肥えているとは知らなかったよ」

エストラーダはデスクの上の灰皿にブランデーを注いでジッポのライターの火を近づけた。青い炎が勢いよく立ち上がる。

「こういう上物は腐った肉の臭いを消すのにも効果がある。ちょっと試してみようか」

ボトルをもって歩み寄り、エストラーダはその中身をハイダーの頭から注いだ。輸入物の高級ブランデーがハイダーの赤毛を濡らし、首筋や腕を濡らし、Tシャツに沁み込んだ。さらにベルトに手をかけてズボンと腹のあいだに隙間をつくり、そこから股間にもたっぷり注ぎ込む。ハイダーの全身から高級ブランデーのアロマが香り立つ。

エストラーダはハイダーの鼻先に顔を寄せて煙草を咥え、手のなかでジッポを弄ぶ。ハイダーは悲鳴を上げてのけぞった。

「やめろ。おれは本当に知らないんだ。脅されて手伝っただけなんだ」

エストラーダは黙ってジッポに着火した。ハイダーの顔から血の気が失せた。頑丈なスチールパイプの椅子を軋ませて体をのけぞらせ、悲鳴のような声で哀願する。

「頼むよ。助けてくれ。おれはただの使い走りだよ。上の考えていることなんかなんにも知らされちゃいねえ」

「ジークフリートってのは何者だ？」

エストラーダは火のついた煙草の先をハイダーの顔に近づける。

「言えねえよ。言ったらおれが殺される」

「言わなきゃいまここであの世へ行くことになるぞ。おまえのようなカスを殺してもおれの良心はこれっぽっちも痛まねえ」

ブランデーの沁みたズボンの股間のあたりにエストラーダは火の気の残る煙草の灰をはたき落とす。ハイダーは体を揺らして椅子ごと後ずさる。

「なあ、勘弁してくれよ。おれも最近考えているんだ。ナチスのやったことは大間違いだった。ヒトラーは頭の狂った脳足りんで、ゲーリングはうすのろの無駄飯ぐらいだった。ゲッベルスはちびの脳梅病《のうばいや》みで、ルドルフ・ヘスはチャーチルにオカマを掘られた腰抜け野郎だった」

「答えろ。ナオミはどこにいる？」

エストラーダは容赦しない。再びジッポに着火して、ハイダーの胸のあたりに近づける。薄気味悪く盛り上がったハイダーの大胸筋がびくびくと痙攣する。

止めようとする間もなく、エストラーダはジッポの炎を一振りした。髑髏《どくろ》の絵柄のTシャツに青白い炎が燃え移る。あっという間に炎が全身を包み込む。ハイダーは金切り声を上げながら、椅子ごと床を飛び跳ねる。

「言うよ。言うよ。言うから助けてくれ！　火を消してくれ！」

エストラーダは機敏に起《た》ち上がり、デスク脇のピラニアの水槽を担ぎ上げた。炎に包まれて泣き叫ぶハイダーの頭からピラニアごと水槽の水をぶちまける。

炎は一瞬にして消え、ハイダーの体から蒸気と焦げ臭い白煙が立ち昇る。水浸しの床の上をピラニアが威勢よく跳ね回る。ハイダーの着衣には焼け焦げた穴がいくつも開いて、鶏冠《とさか》のように逆立っていた赤毛が焼け縮れて頭皮に貼りついている。皮膚のあちこちが赤くなっているが、火傷といってもせいぜい日焼けに毛の生えた程度だ。

ハイダーは焦点の定まらない眼差しをエストラーダに向けながら、自白剤でも打たれたように喋りだした。この期《ご》におよんでその言葉に嘘偽りはなさそうにみえた。

5

ジークフリートは午後三時過ぎに連絡を寄越した。

指定してきた条件は意表を突いた。ナオミの身柄を引き渡すのは一週間後で、場所は南極――ギュンターのドキュメントが示すグロックナーバレー。実際に現地に赴いて、ドキュメントが偽物ではないと確認されたらナオミを解放すると言う。アイスマンはまだその場所を明らかにしないが、リッテンバウムのメモワールの記述に従えば、パーマーランドのどこかであるのは間違いない。

まともに考えて呑める条件ではないが、すでにドキュメントを渡してしまった以上、こちらに交渉の切り札はない。ならば言いなりになると装って敵の裏を掻くしかない。

ハイダーはジークフリートと直接会ったことはなく、ドイツのケルンで開かれたネオナチの集会でその代理と名乗る者にリクルートされたらしい。彼らは世界のネオナチグループの精鋭を結集して第三帝国の再興を目指して活動する「ネオ・オデッサ」を名乗り、ジークフリートはその中枢メンバーの一人だと説明したという。

その代理人によれば、ジークフリートはネオナチ運動におけるハイダーの功績を高く評価し、「ネオ・オデッサ・サンチアゴ支部長」の肩書きを与え、以後そこそこまとまった額の活動費を振り込んでくるようになったという。

ところが自分の店の運転資金に窮したハイダーはそれを赤字の穴埋めに使ってしまった。そして二ヵ月ほど前、例の代理人からその事実を指摘する叱責の手紙を受けとり、今回の拉致事件の片棒を担ぐことを強要されたらしい。断ればこうなると手紙に同封されていたのは、ハイダー同様ジークフリートにリクルートされたブエノスアイレス支部長の両手足を切断された惨殺死体の写真で、その人物は二週間ほど前に行方不明になったと聞いていたという。

ハイダーはナオミの居場所を白状した。ジークフリートの隠れ家はやはりサン・カルロス・デ・バリローチェにあり、ナオミもそこにいるという。ただしファックスの送付先のリゾートホテルではなく、バリローチェの西方にあるトロナドール山の麓の個人所有のロッジ。

ハイダーはナオミを拉致したあと、睡眠薬で眠らせて、バリローチェの西に位置するチリ側の街プエルト・モンまで車で移動したという。そこでジークフリートの配下の者と会い、夜になるのを待ってフロートつきの軽飛行機で国境を越え、湖のほとりにあるそのロッジへナオミを運び込んだらしい。

プエルト・モンで出迎えた男と合わせてロッジで見かけた人数は三人。ジークフリートもそこにいると聞いたが、そのときは姿を見せることもなかったという。ハイダーは同じ軽飛行機でプエルト・モンにとんぼ返りし、その日のうちに国内便の旅客機でサンチアゴに帰った。

ハイダーは頭は悪いが記憶力だけはいい男で、ロッジの入り口のプレートに書いてあったオーナーの名前と連絡先を記憶していた。オーナーはブエノスアイレス在住のルドルフ・ギルダー。この人物についてはオフィスに帰ってからエストラーダがブエノスアイレスの電話帳で実在を確認した。

アイスマンに問い合わせると、なんとその人物とは面識があるという。ブエノスアイレスの実業界では名士で通り、オデッサやネオナチと関わりがあるという噂は聞いたことがなく、慈善家で、地元のユダヤ人社会との関係も良好らしい。アイスマンは南極からじかにギルダーに問い合わせてくれた。ギルダーはロッジを人に貸した覚えはないという。

ギルダーは早速ロッジの管理人に電話を入れてくれたが、さっぱり通じないとのことだった。異変が起きている可能性は高いとギルダーは認めた。地元警察に調べに向かわせると言うギルダーに対し、アイスマンは姪の命に関わる危険があるので、警察への通報は控えて欲しいと頼み込み、ギルダーは二十四時間という限定つきでそれを了承したらしい。誘拐の目的は金目当てということにしておいたという。

ギルダーは犯人に心当たりはなさそうだった。ロッジにはしばしば政治家や外交官を招くことがあるが、そのなかに犯罪に手を染めそうな人物はいないという。そこがギルダーのロッジと知って利用したのか、たまたま目星をつけて侵入しただけなのかは判断がつかない。

ハイダーはあのあとすぐに解放した。ハイダーのジークフリートに対する恐怖心は並みのものではなく、洗いざらい喋ったことを隠しこそすれ、それをわざわざご注進におよぶ気遣いはないとエストラーダは結論づけた。わざわざ殺すほどの大物でもないし、拉致して連れまわれば足手まといだ。連絡を寄越したときの態度から判断しても、ジークフリートがそのことを知っている気配はない。

エストラーダの提案は大胆なものだった。これからすぐにプエルト・モンに飛び、そこからフロートつきの軽飛行機で東に山脈を飛び越え、ロッジのあるトロナドール山麓の湖に向かう。つまりハイダーたちが使ったのと同じルートで侵入する作戦だ。

ギルダーからの情報によれば、現地の周辺には他のロッジも民家もなく、夜間なら人目につかず容易に接近できそうだった。チリとアルゼンチンの国境は険しい山岳地帯で、低空で飛べば無許可で越境してもアルゼンチン側の対空レーダーに捕捉されることはないはずだし、現にハイダーたちはそれを実行している。

ハイダーの自白が正しければ敵の人数は四人。まさかこちらがロッジを急襲するとは考えていないだろうから、敵には油断がある。だから勝算は十分あるとエストラーダは強気をみせる。アイスマンは事件解決のための必要経費としてまとまった金額をエストラーダの口座に振り込んでいた。ロッジを襲撃してナオミを救い出す程度の軍資金なら十分そこからひねり出せるとエストラーダは言う。

無謀と言えば無謀だが、圧倒的に不利な現状をひっくり返すにはほかに方法はなさそうだ。思いあぐねているところへまた電話がきた。受話器をとったエストラーダの顔が緊張する。

「フェルナンドからだ。セニョール・シラセが倒れたらしい」

「なんだって?」

慌てて受話器を受けとる。こちらから問いかける間もなく、フェルナンドがまくし立てる。

「ついさっき、突然、頭痛と体の痺《しび》れを訴えたんだ。意識が朦朧として右側の腕と足が麻痺している。ドクトール・ヌネスにいま連絡したところだ」

「ドクトールの見立ては？」

「脳卒中の可能性があると言うんだ。いまのところ生命の危険はないけど、早く治療を受けさせないと障害が残ることがあるし、新たな発作が起きたらかなり危ないらしい。とにかく急いでフレイ基地の病院に搬送しないと。気象条件はそう悪くないんで、これからすぐに飛ぶよ――」

アイスマンはもともと血圧が高いとナオミから聞いたことがある。この事件で心労が重なったせいもあるだろう。フレイ基地までツインオッターの足で五時間。急患の搬送時間としては長すぎはしないかと不安が募る。

搬送に際してはアロンゾがアイスマンにつき添うという。アロンゾは万一の際の応急処置の手ほどきをナオミから受けており、ヌネスからも適切な指示を仰いでいるらしい。あとはフェルナンドのパイロットとしての技量を信じるほかはない。

6

彬は伝手のあるプエルト・モンの飛行クラブに手配して、水陸両用フロートつきのセスナ206をチャーターした。

火器を携行するつもりなので空の便は使えない。サンチアゴからプエルト・モンまで約一〇〇〇キロの道のりをエストラーダは車を飛ばすと言う。

頑丈な錠前のとりつけられた事務所のロッカーには、銃規制の厳しいチリ国内でよくこれだけ買い集めたと感心するほどの銃器が隠してあった。

レミントンM700スナイパーライフル、スパス12ショットガン、ウージー・マシンピストル、グレネードランチャーつきM4カービン。さらにハンドガンの類いなら「熊殺し」の異名をもつIMIデザートイーグルからロシア製マカロフ9ミリまで、彬が名前を知っている銃だけでも枚挙に暇がない。

聞けばエストラーダは兵役を終えたあと南アフリカに渡り、民間の傭兵組織に所属してアフリカや東欧の紛争地域を転戦した時期があるという。

「これだけあったらいつでも戦争に出かけられるな」

皮肉混じりにため息を吐くと、エストラーダは生真面目な表情で応じた。

「第二次大戦後のフレイ政権にしても、そのあとのアジェンデ政権にしても、この国のかつての政権は銃規制に熱心でね。国民はほとんど丸腰にされた。そのあと登場したのがピノチェトの軍事独裁政権だった。夥しい無辜の市民が抵抗するすべもなく虐殺された。だからおれは銃規制には反対だ。自分の力で身を守らなきゃならないのは強盗や変質者の類いに対してだけじゃない。ラテンアメリカの政治風土では、いつなんどきピノチェトのような悪党が国家を牛耳る事態にもなりかねない。国家が市民に牙を向けてきたとき、銃はそれに対抗する最大の防御手段になる」

日本や欧米の銃規制に関する議論とはだいぶ切り口が違う。それがチリ国民一般に共通する考えだとは思えないが、この国のかつての政治状況を思えばエストラーダの主張にも多少の説得力はある。

彬はエストラーダの武器庫からハワイの射撃クラブで実射したことのある九ミリのウージーと予備マガジン五個を選び、すでに借り受けているグロック26も併せて携行することにした。エストラーダはスパスのショットガンやレミントンのボルトアクション、グレネードランチャーつきM4カービンライフル、さらにハンドガンも数種類と、ほとんど手当たり次第に頑丈なアルミケースに詰め込んだ。実包やグレネードも保管用のアルミケースごと車のトランクに押し込んだ。

「武器はもてるだけもっていく。どれをどう使うか思案している余裕はないんでね。作戦は走りながら立てればいい」

豪胆なのか能天気なのかわからない。しかし元傭兵ならこの手の作戦のプロには違いない。いまはエストラーダの得体の知れない自信にすがるしかない。食事は途中でとることにして、午後四時には慌しくオフィスを出発した。

旧市街のショッピングヤンターに立ち寄り、サン・カルロス・デ・バリローチェ周辺の詳細な地形図と、作戦行動用の迷彩柄のワークスーツに軽量のトレッキングブーツ、小型のバックパック、休憩の時間を省くために食料と飲み物を仕入れた。

エストラーダのメルセデスＳ５００は、セントロを抜け、パンアメリカン・ハイウェイに入り、南十字星を正面に捉えながら、プエルト・モンまで一直線に南下する道路をひた走る。

彬は助手席でサンチアゴで買い込んだ二万五千分の一地形図を広げ、ペンライトで照らしながらギルダーのロッジ周辺の状況を分析した。

ロッジの位置はチリとアルゼンチンの国境にある標高三五五四メートルのトロナドール山麓のフリアス湖のほとり。一帯はバリローチェを中心とするナウエル・ウアピ国立公園でも最も奥まった地域に当たる。夜間なら人が訪れることはまれだろう。

ただし湖を周遊する観光船のための船着き場が二ヵ所あり、夜間でも人がいる可能性がある。着水地点はロッジからも船着き場からもほどほど離れた小さな入り江とする。そこから湖畔に沿ったトレイルをたどってロッジに接近する。ロッジの敷地と建物の見取り図は、発作を起こす直前にアイスマンがギルダーから入手していた。

ロッジは湖の東側の小高い丘の斜面にあり、三方が深い樹林に囲まれ、湖に面した側だけが開けている。ロッジと湖岸は一〇〇メートルほどのプロムナードで結ばれ、湖岸には私用の小さな船着き場とボートハウスがある。車の通れる道路はなく、普段は対岸の船着き場から自前のモーターボートで行き来するらしい。

建物は二階建てで、湖に面した一階にはポーチのついた玄関があり、玄関を入ったところが二階まで吹き抜けの居間兼用のホールになっている。ホールの位置は建物の南側で、一階の北側部分に食堂と厨房と物置と管理人の居室があり、二階には家族や来客のための寝室が五部屋ある。管理人は普段はバリローチェ市街の自宅におり、ロッジにはギルダーの一家が利用するときや草とりや建物の補修作業などのときだけ滞在するらしい。

管理人とはその後も連絡がとれないようだった。現在はギルダー本人も家族もブエノスアイレスにおり、メンテナンスについては管理人に任せきりなので、バリローチェの自宅にいてたまたま不在なのか、あるいは仕事でロッジに行って事件に巻き込まれたのかはギルダーも判断がつかないという。

ハイダーから情報が漏れたことを知らないとすれば敵は無警戒だろうとエストラーダは読んでいる。人数は二対四。奇襲攻撃なら十分勝機のある人数比だというが、エストラーダはその道のプロでも彬は単なる銃マニアの素人に過ぎない。その点をどう計算に入れているのかと訝った。

エストラーダは言う。通常の作戦なら敵を殺さなくても戦闘能力を奪えばいい。むしろ殺さずに動けなくすることで、敵は負傷者の救出に手間どり、全体の作戦能力が低下する。しかし奇襲で重要なのは躊躇なく敵を殺すことだ。局地における奇襲作戦では、降伏した敵も負傷した敵も一瞬の状況変化で反撃力をもった敵に戻る。そのとき殺されるのは自分なのだと肝に銘じておくことが奇襲作戦の要諦なのだ――。

人を殺すための道具であることを、そこまで意識して銃を手にするのは初めてだ。そのことへの心理的抵抗が余りに少ないことが意外だ。いまナオミが味わっている恐怖を思う。その恐怖が自分に乗り移る。バランスをとるように鋭い怒りが湧き起こる。歯の根が震える。呼吸が荒くなる。

ジークフリートからは音沙汰なし。フェルナンドからも連絡はない。最後に聞いたナオミの声が幻聴のように谺する。その声に次第にハウリングのような歪みが加わり、苦しげな呻きに変わる。恐怖の絶叫に変わる。

頭のなかが血の色に染まる。悪鬼の形相をしたジークフリート。ウージーのトリガーを引く。その胸部や腹部に銃弾が穴を穿《うが》つ。トリガーを引き続ける。ジークフリートは倒れない。ジークフリートはせせら笑う。

「新兵のように緊張しているな。それが当たり前だ。いま目いっぱい緊張しておけばいい。そうすりゃ緊張疲れして、本番ではリラックスできる。これは嘘じゃない。経験から言える真実だ」

煙草を咥えたままエストラーダが言う。走り出してから休む間もなく喫っている。緊張しているのは自分だけではないと気づく。左手に壁のように連なるアンデスの雪嶺を、昇ったばかりの月が亡霊のように浮かび上がらせる。

7

サンチアゴを出発して四時間余り経ったところで、ようやくフェルナンドから連絡が入った。無事フレイ基地に着き、アイスマンは病院でヌネスの治療を受けているという。しばらくは絶対安静が必要だが、脳内の血栓は薬物治療で溶かせる程度のもので、多少の後遺症が残る可能性はあるが、生命の危険はないとのことだった。

現在は意識があり、アイスマンはチリ本土の病院への転院を頑なに拒否しているという。無理に転院させてストレスを高じさせても逆効果だし、基地の病院でも十分処置可能な病状なので、このまましばらく様子を見るというのがヌネスの下した結論のようだった。その報告を聞いてまずは一安心した。

プエルト・モンには午前二時に着いた。彬がセスナをチャーターしたクラブの施設はレロンカビ湾に面したマリーナの一角にあった。

「こんな時間に飛ぶってことは、たぶんろくでもない商売だな」

迎えに出たフリオ・ガルシアが生欠伸を嚙み殺しながら厭味を言う。ハワイのパイロットスクールで一年ほど同僚として過ごした男で、こつこつ貯金した金と親からの援助で故郷に自前の飛行クラブを開設した。パイロットスクールとプエルト・モン周辺からバリローチェにかけての遊覧飛行の二足の草鞋《わらじ》で商売をしている。

無数の氷河湖が点在するこの地域ではフロートのついた水陸両用機は使い勝手がよく、そこに目をつけたガルシアの戦略は予想以上に当たり、たった一機のパイパーからスタートして、いまではフロートつきの小型機三機を運用する、当地では中堅どころの航空サービス業者にのし上がった。南極のような荒っぽい場所で命を削るより、こちらへきて共同経営者としてコンビを組まないかと何度か誘いを受けている。

「こちらのカメラマンの先生が、オソルノ山とトロナドール山の夜景をどうしても撮影したいとおっしゃるんでね。きょうは満月で快晴で、条件として申し分ないと言うんだ。この時間に飛び立てば、ついでに日の出の情景も撮影できる」

道中打ち合わせたとおりに高名な山岳写真家のホセなんとか先生だとエストラーダを紹介する。エストラーダは愛想よくガルシアに名刺を手渡した。職業も名前も違う偽名刺を常時四、五十枚は携帯しているという話だ。

サンチアゴで買い整えたワークスーツとトレッキングブーツで身を固め、手伝おうとするガルシアを慇懃《いんぎん》に遠のけて、武器の入ったアルミケースを桟橋に係留されたセスナの機内に運び込む。

「アルゼンチン側に飛ぶつもりなら——」

ガルシアが意味ありげに目配せする。

「トロナドールの南側をぎりぎり低い高度で飛び越えるんだな。何度かやったことがある。まずあちらさんの防空レーダーには捕まらない」

チリとアルゼンチンのあいだにいまは緊張関係はない。ガルシアも遊覧飛行の客を乗せてトロナドールの東に無断で越境することはしばしばあるが、どちらの航空当局にも咎められたことはないという。

水上からの離陸はホノルル以来だ。ガルシアが舫《もや》いを解く。エンジンを始動する。機体はするすると桟橋を離れる。フットペダルを操作して機首をシーレーンに向ける。前方に障害物がないのを確認してフルスロットル。凪いだ海面を滑りながら六〇ノットに加速したところで離水する。機首を上げ、旋回しながら上昇。一万五〇〇〇フィートで水平飛行に移り、一二〇ノットで東に向かう。目的地まで直線距離で約一〇〇キロ。飛行時間は三十分ほどに過ぎない。レロンカビ湾を縁どる街の灯が背後に遠ざかる。左手に雪をいただいた円錐形のオソルノ山、正面にひと際高く岩肌をのぞかせたトロナドール山。その山麓に広がる無数の氷河湖が西に傾きかけた月を鏡のように映し出す。

エストラーダは後部の貨物スペースで襲撃の準備を始めた。段取りはすでに車中で詰めてある。それを頭のなかでシミュレートする。エストラーダの言うとおり、過度の緊張は長持ちしないらしい。筋肉の強張《こわば》りもとれている。耳の奥で鳴り響いていた不吉な幻聴も消えている。久しぶりに聞くレシプロエンジンの鼓動が心地よい。

エストラーダが口笛《う》を吹いている。「人生よ、ありがとう《グラシアス・ア・ラ・ヴィーダ》」。彬もよく知っている曲だ。社会矛盾との闘いに倦み疲れ、失恋の追い討ちを受け、愛用のギターを胸に抱いて、自らこめかみに銃弾を撃ち込んで死んだチリ屈指のフォルクローレ歌手——ビオレータ・パラの名曲。ピノチェト軍政の時代には彼女の歌は放送禁止となっていた。平凡で穏やかな人生が与えてくれる全てのものに感謝を捧げる歌。山ほどの武器を携えて奇襲攻撃に向かういまの状況にはどう考えてもそぐわない、その愛に満ちた旋律に不思議に心が和む。

トロナドールの巨大な山容が目の前に迫る。ガルシアの忠告どおり右に機首を振り、南側のピークとの鞍部をぎりぎりの高度で飛び越える。アルゼンチン側の景観が眼下に広がった。

前方にはナウエル・ウアピの湖面が月影を映して黒々と広がる。雪をまとったトロナドールのいくつもの支稜が蜘蛛の足のように東に伸びる。その末端が山麓の樹林に溶け込むあたりに小さく見える三日月形の湖に向かって高度を下げる。

湖の上空に近づいたところでエンジンを切り、プロペラのピッチをフェザリングに切り替える。目標の入り江に向かって、セスナは音もなく滑空する。

漆黒の湖面は高度が認識しにくい。月光に映えて光るさざ波を頼りに慎重に降下する。熱い湯船に足を浸けるようにそろりと着水する。惰性だけで機体をコントロールしながら、静かに目標の入り江のなかにタキシングする。

入り江は周囲が小高い樹木に囲まれ、機体が発見される気遣いはない。エストラーダがロープをもって岸辺に飛び移り、器用に機体を湖岸の木の幹に舫う。

右手にわだかまる丘陵の中腹に明かりが見える。標的のロッジだ。膝頭が震え出す。武者震いだと自分に言い聞かす。ワークスーツのポケットからエストラーダがなにかをとり出し、こちらに投げてよこす。ステンレス製のフラスコ。栓を開けると高級スコッチの芳香が鼻腔にまつわりつく。

一口だけ含む。少しだけ落ち着く。これ以上飲むとたぶん理性が狂いだす。あるいは狂ったほうが都合がいいかとも思いながらフラスコを投げ返す。

ウージーを肩から吊るし、グロックをベルトのヒップホルスターに収める。空いているポケットに予備のマガジンを入るだけ詰め込む。さらにバックパックにエストラーダが用意したハンドグレネードと救急用品と若干の食料を詰め込む。

エストラーダの兵装はデザートイーグルとグレネードランチャーつきM4カービン。腰には二五センチのコンバットナイフ。さらにバックパックには今回もち出した武器弾薬類のなかでもいちばん物騒なものを忍ばせた。

ロッジへ続くトレイルは湖岸伝いに延びている。湖をとり巻く森は樹影が濃いが、湖の側が開けているので、トロナドール山の肩越しに射し込む月光で足元は明るい。日中は観光客が散策するのかトレイルは十分踏み固められていて、面倒な藪漕ぎを強いられることもなさそうだ。

遠くでときおり梟《ふくろう》や獣の声が聞こえるほかは、湖畔は重苦しいほどの静寂に支配されている。注意しているつもりでもブーツが土を踏む音がやけに大きく聞こえる。

前を行くエストラーダのズボンのポケットで鈍く唸るような音が連続する。エストラーダが慌ててポケットから携帯電話をとり出した。国際ローミングサービスつきで、チリ国外でも通話が可能になっている。

携帯を耳にあてたエストラーダの顔に緊張が滲む。押し殺した声で通話を終え、エストラーダが耳打ちする。

「フェルナンドからだ。フレイ基地でラジオのニュースで聞いたそうだ。ハイダーが殺された。自宅で銃で撃たれ、犯人は不明。警察はプロの手口とみているらしい」

「ジークフリートの手の者の仕業か」

「おそらく」

エストラーダは頷く。思わず生唾を飲み込む。

「ということは、ジークフリートはこちらが居場所を突き止めたことを知っている――」

「その可能性は高い。しかしこちらがこうまで迅速に奇襲攻撃に出るとは思いもよらないだろうよ。まだ大した警戒はしていないはずだ」

エストラーダはあくまで冷静だ。疑念が湧き起こる。敵はなぜハイダーが情報を漏らしたことを知ったのか。

ルドルフ・ギルダー――。こちら側の関係者以外で事件のことを知っているのはギルダーだけだ。黒幕はギルダーか。慈善家としての顔やユダヤ人社会との友好的な関係は、その正体を隠す仮面だったのかもしれない。そしてアイスマンもそのことに気づいてはいなかったことになる。

「膝を高く上げて足を引き摺るな。足元にばかり気をとられるな。敵が罠を仕掛けるとしたら地面すれすれか喉の高さだ」

エストラーダが囁く。ブービートラップのことを言っているのだ。エストラーダはM4カービンのセーフティを解除した。彬もウージーを腰だめに構えてセーフティを解除する。静電気を帯びたように全身の皮膚が痺れる。

エストラーダが先に立って慎重に歩を進める。木の間《こま》越しにロッジの明かりがちらつく。時計を見る。午前三時を過ぎているが、敵は眠らずに警戒しているとみるのが妥当だろう。

幸いトレイルの途中にトラップは仕掛けられていなかった。ロッジの全貌が見えてきたところでトレイルを外れ、ブッシュを掻き分けながら丘の斜面を這い登る。

樹林の下草は深く、人が足を踏み入れた形跡はない。トラップはないと踏んでハイピッチで藪を漕ぐ。ワークスーツが夜露でじっとり濡れる。灌木の小枝が顔を打つ。耳の周りで藪蚊の群れが唸りを上げる。

尾根に登りつめるわずか手前で、エストラーダが黙ってロッジの一角を指さした。二階の北側のバルコニーにサブマシンガンを手にした男が二人。歩哨を立てているからには、やはりジークフリートはハイダーが情報を漏らしたことを知っている可能性が高い。だとすれば敵の人数も増えているかもしれない。

こちらの接近に気づいた様子はない。男たちの死角に入るようにさらに右手に回りこむ。灌木の葉擦れが耳障りな音を立てる。男の一人がこちらを振り向く。木の間越しにハンドライトの光が射し込む。息を殺して動きを止める。男はなにごともなかったように煙草をふかしだす。灌木の小枝を宥めるように手で押さえながら、静かに森を抜け、ロッジの裏手の狭い庭に出た。二階の南側の二つの窓と一階のホールとおぼしいあたりの窓が明るい。その一階の窓に歩み寄る。マントルピースの前のソファーに男が三人。バルコニーの二人と交替で警戒に当たっているのか、こちらはいまは眠っている。ナオミの姿は見えない。

建物の南を回って正面に向かう。壁の陰に身を隠して様子を窺う。芝の植えられた広い庭があり、ポーチの柱にとりつけられた白熱球がその庭を煌々と照らし出している。ポーチのベンチに男が一人。こちらもオートマチックライフルを抱え込んで退屈そうに煙草をふかしている。

予想したとおり警戒は甘い。全体の人数はわからないが、いてもせいぜいあと数人と見てよさそうだ。ナオミはたぶん二階のどこかにいる。おそらくジークフリートも。

庭から直接バルコニーに登る階段がある。エストラーダが目顔でそれを示す。侵入経路はその階段からと決めたようだ。もう一度建物の裏手に戻る。

エストラーダはバックパックから茶紙で包まれた角張ったものをとり出した。包装を剝がすと中身はチーズ状で、エストラーダはそれを千切って小分けにし、粘土を扱うように手で丸めて板張りの壁面に押しつけていく。コンポジション4――いわゆるプラスチック爆弾だ。

それぞれに信管を差し込む。信管同士を導爆線《タイムヒューズ》で結ぶ。その末端にダイヤルつきのタイマーを接続する。ダイヤルをセットする。

「急げ。一分だ」

エストラーダが囁く。足音を忍ばせて庭に出る。先ほどの壁の陰で息を殺して待つ。感覚的には長すぎる一分が経過した。鋭い爆発音が頭蓋骨を直撃する。地面が揺れる。ロッジの壁が躍る。熱を伴った爆風が背後から襲いかかる。

エストラーダが走り出す。鼻を突く硝煙。屋内で呻き声と怒号が入り混じる。破れたドアから黒煙が噴き出している。ポーチにいた見張りの男が、玄関ドアのガラスの破片で血まみれになってこちらに銃を向けてくる。エストラーダは躊躇なくM4カービンの一撃で撃ち殺す。

彬もウージーを射撃姿勢で構えて建物の正面を駆け抜ける。バルコニーに続く踊り場でエストラーダが手招きする。階段を駆け上がる。バルコニーにいた二人の歩哨の姿が見えない。爆発音を聞いて階下へ降りたのだろう。

バルコニーへの出入り口のドアは開いたままだ。M4を構えてエストラーダは屋内に飛び込んだ。彬もウージーを構えてあとに続く。吹き抜けのホールに向かって廊下が延びている。左側にドアが五つ並んでいる。ホールから噴き上がる黒煙が廊下に充満している。

エストラーダが最初のドアを蹴破る。背後から援護する。心臓が止まりそうになる。いちばん見たくないもの――ナオミの遺体がそこにあるのを惧れて。

最初の部屋は一間だけの寝室。誰もいない。次のドアを蹴破る。やはり誰もいない。さらに次のドア。いない。五つ目まで蹴破ったどのドアのなかにもナオミはいない。

五番目の部屋には食事の食べ残しやコーヒーカップが残されていた。硝煙の匂いに混じって、気のせいかもしれないがナオミが使っていたコロンの香りが感じられた。

ナオミの痕跡を探す。ベッドの下にベージュのパンプスの片方が落ちている。ベッドの鉄パイプから手錠がぶら下がっている。ナオミはここに拘束されていたらしい。襲撃を受けて慌てて部屋から連れ出されたのは間違いない。

ジークフリートがナオミを連れて逃走したとすれば、足手まといなら途中で殺すかもしれない。あるいは人質としてしばらく連れ回す――。いまは是が非でも後者であって欲しい。

階下へ駆け降りる。吹き抜けのホールの西側の壁は二階部分まで崩落している。

「爆薬がちょっと多すぎたかな」

エストラーダが舌打ちする。焼け焦げた木片や砕けたコンクリートやガラスが散乱する床に男が三人。目にした瞬間、吐き気を催す。

一人は胸部から上が消し飛んでいる。一人はまだ息があるが夥しい出血だ。余命は長くてあと数分だろう。もう一人は壁に背をもたれて荒い息を吐いている。片腕がなくなっているが話はできそうだ。

その男に歩み寄る。背後でエストラーダが叫ぶ。

「アキラ、伏せろ！」

血の海の床にダイブする。バーストするサブマシンガンの銃声に応戦するエストラーダのM4カービンの連射音が入り混じる。頭上間近を飛び抜ける銃弾の風圧を感じる。まだ生きていた目の前の男が襤褸《ぼろ》のように床にくずおれる。

銃声がやんだ。背後を振り返る。先ほどバルコニーにいた男の一人が食堂に続く廊下に倒れている。エストラーダの肩口にも血が滲んでいる。

「やられたのか」

「かすっただけだ。それより大物を逃がしたようだな」

エストラーダは苦々しげに顔を歪める。

そのとき湖の方向でモーターボートのエンジンが始動する音がした。頭のなかが空白になる。庭へ駆け出す。エストラーダの足音が背後に続く。

立て続けに銃声。足元の芝が抉れて弾け飛ぶ。まだ敵はいた。北側一階の勝手口に銃を構えた人影が見える。倒れこむように芝生に伏せる。エストラーダが腹ばいの姿勢でM4カービンを男に向ける。グレネードランチャーの鈍い圧搾音。わずかな放物線を描いてグレネードが飛ぶ。耳をつんざく爆発音。眩い閃光と白煙のなかで男の体が宙に舞う。

立ち上がり、庭を突っ切って、湖岸へのプロムナードを駆け降りる。エンジン音が遠ざかる。迂闊だった。攻撃の前にボートを破壊しておくべきだった。

プロムナードを外れて芝の斜面を駆け降りる。足場が滑る。転倒する。そのまま湖岸のトレイルまで転げ落ちる。セスナのある入り江に向かってトレイルを全力疾走する。背後からエストラーダも駆けてくる。息が上がる。脇腹に激痛が走る。歯を食いしばってそれでも走る。

入り江にたどり着く。半ば朦朧とした意識のままセスナの操縦席に飛び移る。エンジンを始動する。エストラーダが舫い綱をナイフで切断し、そのまま後部座席に飛び込んだ。スロットルを倒す。セスナはゆるゆると滑走を開始する。

入り江を出たところで、すでに小さくなっているボートの姿が見えた。湖の北端の船着き場を目指している。そこからはバリローチェまで車で出られる。フルスロットルで加速する。フラップを下げ、強引に機首を上げ、力ずくで離水する。高度は上げずに六〇フィートの超低空飛行で追尾する。速度は八〇ノット。高速のモーターボートも敵ではない。ボートの姿が瞬く間に大きくなる。

乗っているのは三人。操縦席に一人。後部座席に二人。後部の一人は男で、もう一人は女。男は女の肩を一方の腕で抱え込み、その頭部に拳銃を向けている。男が背後を振り向いた。女のほうも振り向いた。間違いなくナオミだ。

陸上に逃げられると厄介だ。なんとか水上で食い止めたい。ボートの前に回り込み、進路を妨害するように舳先の前方ぎりぎりを飛び抜ける。ボートは波飛沫を上げて右に転舵する。機首を転じて何度も同じ動きを繰り返し、ボートを湖の中央へ押し戻す。男はしきりに銃で応戦するが、動揺するボートの上からの射撃では、高速で飛び回るセスナにはかすりもしない。

「狙撃できるか？」

エストラーダに問いかける。すでにそのつもりらしい。エストラーダは窓を開け、射程の長いレミントンのボルトアクションを構えている。

「空を飛んでいちゃ無理だ。着水して追尾できるか？」

エストラーダが問い返す。水上滑走ならこちらもボートと変わりない。フロートのラダーを使えばタキシングでも意外に小回りが利くし、速力はモーターボートをはるかに上回る。機体を銃撃される危険は高まるが、臆してはいられない。

ボートの一〇〇メートルほど真横に着水し、速力を落としながら並走する。ボートからはしきりに銃撃してくるが、拳銃の有効射程からは外れている。案の定、機体の二、三〇メートル手前に小さな水柱がいくつも上がる。こちらはスコープつき狙撃用ライフルだ。有効射程は優に二〇〇メートルを超える。

「まず向こうのエンジンを止める」

開け放った窓からエストラーダが半身を乗り出して、高倍率のスコープで照準する。やかましいエンジン音を突き抜けるように耳元で鋭い銃声。ボートの船外機から炎が上がる。燃料タンクに命中したらしい。ボートはしばらく迷走して停止した。こちらもエンジンをアイドリングにして速度を落とす。

「狙えるか？」

「ナオミの体を楯にしている。撃てばナオミに命中する」

エストラーダが舌打ちする。スロットルを押し込み、フットペダルを操作しながら、ボートの周りをゆっくり周回する。

「だめだ。相手もこちらの動きに合わせてくる。どうも小柄な野郎らしい。ナオミの首に腕を回して体の陰に完全に隠れている」

エストラーダの歯軋りが聞こえる。こうなれば陽動作戦しかない。

「泳いでボートに近づいて、ナオミとやつを引き離す。離れたところで狙撃してくれ——」

エストラーダを操縦席に座らせ、フットペダルによる操舵法とスロットルレバーの操作法をレクチャーする。それだけのことなら車の運転より簡単だ。エストラーダはそれが可能性の高い作戦だと認めた。

ワークスーツを脱いで身軽になる。武器はエストラーダのコンバットナイフを拝借する。ボートからは見えない右側のドアから静かに水中に滑り降りる。氷河の融水を集めた湖の水温は低い。氷水に浸かったような冷気が体の芯にまで浸透する。

直接ボートには向かわず、潜水状態で息が続くまで横手に進む。横隔膜が痙攣しだしたところで静かに水面に顔を出す。セスナからはもう二〇メートルほど離れている。敵が気づいた様子はない。

大きく息を吸い込んでまた水中に身を沈め、さらに回りこむようにボートに近づく。手足の指先が無感覚になる。懸命に水を掻く。また顔を出す。位置はボートのほぼ後方。エストラーダの言うとおり、小柄な男がナオミの喉元に腕を回し、その頭部に拳銃を突きつけている。ナオミは抵抗する気力を失っているように見える。衰弱した印象は感じられるが、怪我をしている様子はない。敵がこちらに気づいた様子もない。

さらに一泳ぎ。ナオミたちの背後に顔を出す。距離は一〇メートルほど。静かにボートに泳ぎ寄る。操縦席の男もナオミを楯にしている男もまだ気づかない。ボートの舷側に手をかける。水上に身を躍らせる。一気に舷側に体重を預ける。ボートがぐらりと傾いた。男はよろめいた。

「しゃがむんだ、ナオミ！」

鋭く叫んだ。ナオミが振り向いた。男もバランスを崩しながら振り向いた。貧相なブロンドの初老の男。こいつがジークフリートか。湧き起こる怒りが冷え切った筋肉に温かい血を送る。

ベルトのケースからコンバットナイフを引き抜いてボートのなかに転げ込む。ナオミがジークフリートの腕のなかで身を捩《よじ》る。ジークフリートはこちらに銃口を向けてくる。

「ふざけた真似をしやがって、黄色い豚野郎！」

ジークフリートが引き攣った声を上げる。怯えて浮き足立っている。大それた事件の黒幕とも思えない。トリガーにかけたジークフリートの指に力が入る。ナオミがその腕のなかで懸命に身を捩る。

「しゃがめ、ナオミ！」

もう一度叫ぶ。ジークフリートの手元で銃声が轟く。耳の脇を銃弾がかすめる。グラスファイバーの船体に銃弾が穴を穿つ。身を捩りながらジークフリートの足をナイフで切りつける。ジークフリートがよろめく。ナオミがデッキに身を沈める。心のなかでエストラーダに撃てと叫ぶ。

その瞬間、ジークフリートの頭のあたりでなにかが潰れるような音がした。ジークフリートの体が硬直した。頭部の左半分が吹き飛んでいる。少し遅れて銃声が轟いた。血液まじりの脳《のう》漿《しょう》を撒き散らしながら、ジークフリートはゆっくりと後部座席にへたり込む。

背後で水音がした。操縦席にいたはずのもう一人の男の姿がない。周囲を見渡す。男が岸に向かって泳いでいく。ボートの陰に隠れてエストラーダの位置からは狙えない。放っておくことにした。逃げたからといってわざわざ警察に通報することもないだろう。死人を見るのはもううんざりだ。

傍らで、ジークフリートの血糊を浴びて、ナオミが震えている。言葉もなく抱き寄せた。骨が軋むほど強くナオミがしがみついてくる。肩が小刻みに揺れている。嗚咽が漏れる。

「怪我は？」

喉の奥から搾り出すように、ようやくそれだけ問いかけた。駄々をこねる子供のようにナオミは激しく首を振る。見たところたしかに外傷はなさそうだ。冷え切った体に生きているナオミの体温が伝わってくる。

ふらつきながらもなんとかセスナを操って、エストラーダが近づいてくる。胸のなかで堪えていたものが爆発する。

ナオミの体を力いっぱい抱きしめる。柔らかい胸の感触の向こうから温もりに満ちた鼓動が伝わってくる。

ビオレータ・パラの優しい歌声が唐突に頭のなかに立ち上がる。

グラシアス・ア・ラ・ヴィーダ——人生よ、ありがとう。あなたはたくさんのものをくれた。目が見るもの、耳が聞くもの、言葉が語るもの、喜び、そして悲しみ。人生が与えてくれたすべての贈り物に感謝を捧げるあの歌——。

涙でなにも見えなくなる。気がつくと声を上げて泣いていた。しがみつくようにナオミの体を抱きしめながら——。

8

彬たちはレロンカビ湾のマリーナには直接戻らずに、プエルト・モンの北東のトドス・ロス・サントス湖にいったん着水した。持参していた武器は湖の底に沈めた。現場の始末をしているゆとりはなかった。まもなく湖に浮かぶボートの上でジークフリートの死体が見つかるだろう。さらに湖畔のロッジでは六人の男の死体が見つかるだろう。

しかしチリ国内まで追及の手が及ぶことはないだろうとエストラーダは平然としている。ロッジのオーナーのルドルフ・ギルダーがこの一件に関与しているのは間違いない。だとすればギルダーは必死で事件の揉み消しを図るだろうし、またそれができるだけの実力をもった人物のはずだとエストラーダは妙なところで太鼓判を押した。

エストラーダとナオミは湖岸の船着き場で降り、タクシーで近くのエンセナーダの街に向かった。ナオミは憔悴していた。宿をとり、緊張を解いて休養させる必要があった。彬はプエルト・モンのマリーナで機体を返却し、昼少し前にエンセナーダのホテルでナオミたちと合流した。

「アキラ、してやられたよ――」

ルームサービスのランチを並べたベランダのテーブルでエストラーダは苦々しい笑みを浮かべた。ナオミの話によると、エストラーダが頭を撃ち抜いたのは子分のほうで、ジークフリートを名乗っていたのは、逃がしてしまったほうの、ボートを操縦していた男だったらしい。

「本当なの?」

驚いて確認するとナオミは頷いた。間違いなくあの男がボスで、彬と電話で話したのもあの男だと言う。襲撃前のエストラーダの教訓は正しかった。戦意を喪失した敵への油断が新たな危機への火種を残すことになった。

アイスマンが倒れたことはすでにエストラーダが伝えており、ナオミはすぐにフレイ基地のヌネスに電話して容態を詳しく聞いたという。アイスマン本人とも話をし、症状が軽かったことを確認したらしい。ナオミの無事を知ってアイスマンは狂喜し、また血圧が上がりそうで心配だったとナオミはようやく笑みを漏らした。

ナオミは拉致されたときの状況を問わず語りに語り出した。それがこの事態を引き起こした自分の責務でもあるように。

ナオミが科学省のロビーでエストラーダを撒いたのは、その直前に面談した高官に賄賂を手渡すためだったらしい。実質的に個人所有の基地とはいえ、アイスマンヒュッテの運営はさまざまな点で南極条約に則った規制を受ける。その管理を行なうのが科学省で、ほぼフリーパスのかたちで人員の派遣や物資の搬入を行なえるように、アイスマンはこれまでも担当の高官への心づけを怠らなかったという。

途中、銀行に立ち寄ったナオミがまとまった額の現金を引き出したと睨んだエストラーダの眼力に狂いはなかった。高官には事前に電話でその旨を伝えており、ナオミは化粧室の反対側のドアから出て、廊下の向かい側にある喫煙室に向かったらしい。高官はまだ姿を見せておらず、なかには怪しい風体の男が三人たむろしていた。薄気味悪いので外で待とうとドアに向かったとき、突然背後から針のようなもので首筋を刺され、直後に意識を失った。

最初に意識が戻ったときは車のなかにいた。ナオミは抵抗したが、男たちに押さえ込まれて静脈に注射を打たれた。直後にまた意識を失ったところを見ると、それも強力な麻酔剤だったらしい。

次に目が醒めたのはあのロッジのホールの一角で、ナオミは椅子に拘束され猿轡をかまされていた。ジークフリートを名乗る男が彬に電話したのはその場所で、彬と話をさせたときだけ猿轡を外された。そのときのやりとりを聞いて、自分は生きては帰れないとナオミは覚悟したという。

そのあとナオミは二階の寝室に監禁された。手錠を掛けられていたのは最初の半日だけで、食事もまずまずのものが供された。彬とやりとりしたときの凄みのある口振りとは裏腹に、ジークフリートは物静かな男で、配下の者がナオミに無礼な態度をとると、それを窘《たしな》めるようなところもあったらしい。年齢は六十歳前後で、髪は銀髪まじりの栗色で、目は青く、アングロサクソンもしくはゲルマン系の血筋を思わせたという。

ナオミはすぐにも南極へ戻ることを希望した。エストラーダはもう少し本土で休養すべきだと提案した。彬もそれに賛成した。プンタアレナスでの作業のスケジュールを早めれば彬の操縦するツインオッターで南極入りができる。ジークフリートを逃走させたいま、不特定の乗客が混乗する定期便のC130でナオミに旅をさせるには不安があった。エストラーダを護衛につけられれば安心だが、南極への入域許可をとるにはアイスマンの手づるを使っても日数がかかる。

両者が折り合うかたちで、明日プンタアレナスへ飛び、そこで数日休養したのち南極へ戻ることに決まった。プンタアレナスにいれば危急のときにはすぐに南極へ飛び立てるし、ナオミにとってそこは心の落ち着く土地のはずだった。

第六章

1

プンタアレナスでは、シュナイダー夫妻がマゼラン海峡に面した別邸の準備を整えて待っていた。

昨晩はやはり眠れなかったのか、エンセナーダからの車中のほとんどを、ナオミは彬の肩にもたれて寝息を立てていた。ときおりうなされてもいた。別邸へ着いたとき、ナオミの頬にはいくぶん赤みが戻っていた。

シュナイダー夫人はナオミが幼いころ親しんだ手作り料理でもてなしてくれた。ギュンターと過ごした少女時代の夏の記憶のなかでナオミが語ったように、庭にはカラファテの低木が眩い黄金色の花を風にそよがせていた。

アイスマンは自分のことは心配いらないから、好きなだけ静養させるようにとの意向を伝えてきた。エストラーダはいったんサンチアゴに戻っていった。雑用を片づけて三日後にまたこちらにやってくる予定だ。どうやらアイスマンと交渉が成立したようで、そのあいだにアイスマンはエストラーダの観測隊員としての資格取得の手続きを進めるつもりらしい。今回の事件で、アイスマンとしても強力な用心棒の必要性を痛感したようだった。

到着した翌朝の新聞で、ブエノスアイレスのルドルフ・ギルダーが昨晩心臓発作で死亡したというニュースに接した。アルゼンチン財界の名士として記事の扱いは大きく好意的だった。しかし心臓発作という死因については不審な思いを拭えなかった。

同じ新聞の片隅に、サン・カルロス・デ・バリローチェ近郊の湖で、ボートの上で射殺された男の遺体が見つかったというニュースと、同じ湖のほとりのロッジが火災で焼失したというニュースが、互いに関連のないべた記事として載っていた。エストラーダの読みどおり、敵は事件を手際よく揉み消すことに成功したらしい。ただし揉み消したのはギルダーではない。死人に口なし。ジークフリートは想像以上に強大な敵だ。おそらくギルダーはハイダー同様、その使い走りに過ぎない存在だったのだろう。

昨晩かいがいしく接待してくれたシュナイダー夫妻は、気兼ねなく過ごせるようにと気を遣い、きょうは自宅に戻っている。ナオミは遅い朝食を済ませたあと、肌寒いほどの海風が吹き込むバルコニーで、ウインドブレーカーを着込み、海を眺めながら何時間も物思いにふけっていた。ギュンターの記憶喪失からその死、さらに我が身に襲いかかってきた得体の知れない敵の脅威。心のなかに開いた深い傷口を自らの意志の力で癒そうとするかのように——。見守るしかなかった。ナオミの魂の強さを信じて。

彬もまた広々としたリビングのソファーで、バルコニーにいるナオミの様子にさりげなく神経を配りながら、自分のなかにも吐き気を伴う疼きとなって残っているバリローチェの惨劇の記憶と闘っていた。海峡の向こうに平たくうずくまるティエラ・デル・フエゴの島影が午後の驟雨に煙《けぶ》りだすころ、ナオミはようやく暗い洞窟からの出口を見出したように立ち上がった。

リビングに戻り、彬と向かい合うソファーに腰を落として、ナオミはどこか切迫した様子で切り出した。

「ツインオッターの整備にはどのくらいかかるの？」

「必要な部品が届くまでにあと四、五日はかかると思う。それから改修とテストに三日ほど必要だ」

「なるべく早く南極に戻りたいの。スケジュールを早められない？」

「こちらにいると危険だということか？」

「違うわ。叔父の体調が万全じゃないし、越冬に向けた準備も急がなきゃいけないし、それに——」

ナオミは束の間逡巡する。

「答えが見つかったのよ」

「答え？」

訝しい思いで問いかける。ナオミは硬い表情で身を乗り出した。

「ジークフリートの正体よ。それがおそらくギュンターが闘おうとしていた敵の正体でもあるの」

ギュンターが闘おうとしていた敵――。やはりアイスマンやナオミの企ては単なる宝捜しではなかったらしい。思わず飲み残しのコーヒーに手を伸ばす。冷えて苦味の増したコーヒーに顔をしかめると、ナオミは立ち上がって隣り合うダイニングへ向かった。コーヒーの豆を挽く音がして、香ばしい匂いがリビングまで漂ってくる。コーヒーメーカーのポットと二人分のコーヒーカップをトレーに載せてナオミが戻ってきた。

新しいカップに淹《い》れたてのコーヒーを注ぐと、ナオミは自分の考えを一つ一つ点検するように語りだした。

2

ナオミの話は、ドイツから強制送還されてきた際にギュンターが語ったという二度目の失踪事件の顛末から始まった。

ギュンターがリッテンバウムの日記を発見したのは、やはりブエノスアイレスで国軍情報部の倉庫に侵入したときだったらしい。ギュンターはそのときの記憶すら失っていたわけだが、二度目に失踪したときも、自分が記憶を失うまでの足どりを知るために、彼はまずブエノスアイレスへ赴いた。アイスマンやナオミから聞かされたかつての生活圏を、失った記憶の糸口を求めて歩き回ったというのだ。

旧市街の外れの安宿に身を落ち着け、レコレータ地区のアパートと旧市街のキャンパスのあいだをコースを変えて行きつ戻りつするうちに見知らぬ人物に声をかけられた。相手のほうは自分をよく知っているらしい。ギュンターも最初は適当に調子を合わせた。しかしそれも無理があり、相手が信用してもよさそうな人物だったので思い切って自分が記憶を失っていることを告白した。

驚いたことにルイス・ビカリオと名乗るその人物は、ギュンターと一緒に国軍情報部の倉庫に押し入った仲間の一人だった。

ビカリオの話によれば、国軍情報部の倉庫に侵入した市民グループへはギュンターが自ら接触してきたらしい。ギュンターの両親のロシュマン夫妻は、グループのメンバーのあいだではコンドルによる拉致被害者として名が知られていた。その息子だと確認しただけで市民グループは彼を快く仲間に迎えたという。侵入事件に参加したのは偶然か、あるいはもともと国軍情報部に日記があることを知っていたからなのかはギュンター本人にもわからなかった。

盗み出した文書を隠れ家の倉庫で分類しているうちに、ギュンターがリッテンバウムの日記を見つけてひどく興奮したのをビカリオは覚えていた。その日記をギュンターは個人的に譲り受けたいと申し出た。グループのリーダーはそれがコンドル作戦の実態を暴く上で価値のある資料ではないと判断して了承したようだった。

グループのメンバーは警察の捜査の目を逃れるため、以後互いに連絡を絶った。そのためビカリオは侵入事件以後のギュンターの消息についてはなにも知らないという。

なぜその日記に興味をもったのかがギュンター自身にもわからなかった。プンタアレナスのシュナイダー夫妻の家を出るとき、ギュンターは数冊の分厚いノートをもち出していた。本人は記憶がなかったが、父フランツ・ロシュマンの遺品の文献を夢中で読みふけっていた時期にギュンター自身が書いたメモだとナオミから聞いていた。失った過去にたどり着くヒントがそこにあるのではないかと考えて携えて出たものだった。

滞在先の安宿に戻り、そのノートにくまなく目を通した。秘密を解く鍵はやはりそこにあった。父の残した論文や草稿を整理した目録のなかに、「グロックナーバレーの気象学的変遷」という表題の草稿があった。そしてリッテンバウムの日記のなかにも、グロックナーバレーと呼ばれる奇妙な圏谷についての記述があった。記憶を失う前に、なにかの理由で自分がその草稿に興味を引かれたのではないかとギュンターは想像した。

その草稿はプンタアレナスのシュナイダー夫妻の家にあった。それを手に入れるためにギュンターはいったんプンタアレナスへ戻った。シュナイダー夫妻に見つかれば引き止められるのがわかっていたので、不在の時間を見計らって忍び込み、その草稿をもち出してまたブエノスアイレスへ戻った。

草稿の内容は難解だったが、ギュンターにはそれが不思議なほど自然に理解できた。自分が父の文献を読みふけり、高校生のころすでにその内容を理解できるだけの知識を蓄えていたとナオミから聞いていた。その話は真実なのだとそのときギュンターは思い至った。

父フランツはその草稿で、南極半島のパーマーランドにある圏谷の気象学的な変化に関する仮説を提示していた。南極大陸のドライバレーは一般には数百万年前に誕生したとされる。しかしグロックナーバレーと名づけられたその谷の場合、数十年の周期で氷雪の谷とドライバレーのあいだで相が遷移《せんい》するというのだ。父はチリの観測隊員としてパーマーランドに滞在したことがあり、そのおりに収集した氷雪サンプルや気象データを駆使して仮説に高い信憑性を与えていた。

そのなかで父がしきりに言及していたのがリッテンバウムの日記だった。記述の内容から類推してそれは父の手元にあったはずのものだった。しかしギュンター自身が分類した目録のなかにその日記は存在しなかった。

父の研究室にあった文献はピノチェトの手が入る前にすべて同僚の教授が隠しておいたと聞いていた。その日記はなんらかの理由でそこから漏れ、さらになんらかの理由でアルゼンチン軍部の手に渡ったのか。あるいは父が拉致されたとき、なんらかの理由でその日記を携行していたのか――。

ルイス・ビカリオはギュンターの身の上を案じ、リスクを冒して何度も相談に乗ってくれた。ギュンターが記憶を失った状態でブエノスアイレスに滞在することにビカリオは危惧を示した。警察の捜査はいまも続いており、不用意に捜査の網にかかってしまう危険がある。ビカリオは隣国ウルグアイのモンテビデオでレストランを経営する知人を紹介し、そこでしばらくアルバイトをしてほとぼりが冷めるのを待つようにと勧めた。

日常の暮らしに不自由しないようにとアイスマンが手渡していた少なからぬ小遣いもすでに使い果たしていた。かつて自分が住んでいたアパートで暮らすこともできたが、家主に見つかればアイスマンに連絡が行くのはわかっていた。ギュンターはビカリオの助言に従った。

その時点でギュンターには胸に秘めた思いがあった。父がリッテンバウムの日記に記述されたグロックナーバレーに強い興味を抱いていたのは確かだ。だとすればそれはブエノスアイレスでの両親の失踪と密接に関係しているのではないか。さらにその後の自分自身の失踪と記憶喪失に至った理由もそれと関連しているのではないか。リッテンバウムという人物について調べれば、なにか新しい発見があるのではないか。

モンテビデオのレストランで働きながらギュンターは図書館に通い詰め、その日記が書かれた一九三二年の九月から翌三三年の三月にかけて行なわれたドイツの南極探検の記録を探した。どの文献にも該当するものは見つからなかった。リッテンバウム自身が書いた日記の前書きにはそれが非公式な性格のものだったという記載があったので、それもやむをえないかと諦めかけたところで奇妙な文献を見つけた。

それはドイツのユンカーの家系図を集めた書物だった。ギュンターは期待した。リッテンバウムの姓には貴族の称号である「フォン」がついている。だとすればその人物はユンカーの家系に属しているはずで、その家系図から当人の消息を知ることができるかもしれない。

ドイツ語で記された分厚い書物だったが、アルファベット順に並べられた索引からギュンターは容易にそのページを見つけ出した。

リッテンバウム家はドイツ東部のブランデンブルク地方に領地を有した貴族で、起源は神聖ローマ帝国の時代にまで遡る。第二次大戦後に階級としてのユンカーは消滅したが、数頁にわたる家系図はその後の系譜まで網羅していた。日記を書いたアレグザンダー・フォン・リッテンバウムは二十三代目の当主だったが、一九四四年にスペインで客死していた。

彼には子供がおらず、跡を継いだのが弟のグスタフ・フォン・リッテンバウムで、こちらも一九四八年に死去。現在の当主はその息子のジョゼフ・フォン・リッテンバウムだった。

ギュンターは矢も楯もたまらなくなった。甥に当たるジョゼフに会うことができれば、アレグザンダー・フォン・リッテンバウムという人物についてなにか知ることができる。そこから両親の失踪や、自分自身が記憶喪失に陥った理由が導き出せるかもしれない――。

半年働いて旅費を蓄え、翌年観光ビザでドイツへ渡った。家系図に記載されたブランデンブルクの住所にある広壮な邸宅には別姓の医師の一家が住んでいた。訊ねてみると屋敷は二十年ほど前に売りに出されたらしく、売り主はジョゼフ・フォン・リッテンバウムその人だった。しかしジョゼフからは以来音信はなく、現在の居所も知らないという。

ギュンターはドイツ国内を放浪しながらジョゼフの行方を追い求めた。邸宅を買った医師の話では、ジョゼフ・フォン・リッテンバウムの当時の職業は地元の大学のドイツ文学の教授で、その後もどこかの大学で教鞭をとっている可能性が高かった。在籍していたというブランデンブルク州立大学に問い合わせると、ジョゼフは二十年ほど前にポツダムの私立大学に移籍したが、その後のことはわからないという返事だった。

ポツダムの大学でもわかったのは次の移籍先だけで、どうやらジョゼフにはひとところに落ち着けない性癖があるようだった。観光ビザの有効期限はすでに切れ、当局に通報されることを惧れて身元確認のいい加減な安宿を転々とし、ヒッチハイクをしながらジョゼフ・フォン・リッテンバウムの足どりを追った。

ミュンヘンまで南下したところで鬼ごっこはようやく終わった。ジョゼフは地元のあまり評判の芳しくない私立高校に臨時教師の職を得ていた。教務課に問い合わせるとその日は休んでいるというので、とりあえず住まいを聞き、その夜ジョゼフの安アパートを訪れた。

ジョゼフは体全体からアルコールの匂いを発散させながら、怪訝な面持ちでギュンターを迎え入れた。家族は寄る年波で足元のふらつく猫が一匹と、煙草の脂《やに》で羽根が薄汚れた貧相なカナリヤが一羽だけだった。ジョゼフが転々と職場を異動し、ついには三流高校の臨時教師にまで成り下がった理由がギュンターにも理解できた。

リッテンバウムの日記を手渡すと、ジョゼフは安ワインを片手にほんの数頁めくっただけで、さして興味もなさそうにテーブルに投げ出した。

「つまらん代物だ。アレグザンダー伯父には文才というものがかけらもなかった」

ギュンターは自分が南米から訪れた理由を縷縷《るる》説明した。安ワインと安煙草を交互に口に運びながらジョゼフは黙って話を聞いた。話を終えたところで唐突に口にしたジョゼフの言葉がギュンターの意表を突いた。

「南極がリッテンバウム一族の家運を傾かせた。没落貴族の分際で親父は南極に私財を注ぎ込んだ。黄金の山だとかなんとかいうアレグザンダー伯父の法螺《ほら》話にたぶらかされて——」

「黄金の山？」

ギュンターは当惑した。ジョゼフは覚束《おぼつか》ない身のこなしで立ち上がり、部屋の奥の書棚から一冊の分厚いノートを引っ張り出してきた。

「くれてやるからもっていけ。そこにおまえさんが知りたい与太話が山ほど書いてある」

ジョゼフはギュンターの膝の上にそのノートを投げて寄越した。表紙は黄ばんでいたが、ギュンターがもってきた日記よりはだいぶ新しい。表紙には〈メモワール　一九四三—四四〉とだけ書かれていた。その場で読み始めようとしたギュンターにジョゼフは言った。

「慌てることはない。いったん帰ってゆっくり読んだらいい。明日同じ時間にくれば、そこに書いてないことでおれのほうから話してやれることがいくらかある。ともかくきょうは帰れ」

ぶっきらぼうな言葉とは裏腹に、ジョゼフの表情にはどこか同情めいたものが感じられた。

宿に帰って一晩かかってメモワールを読み終え、ギュンターはその理由を知った。

リッテンバウムとともに死地を逃れたクラウス・ワイツマンが自分の父だったという事実には衝撃を覚えた。グロックナーバレーの研究に父が多くの時間を割き、しかもその成果を一切公表しなかった理由もおぼろげに理解できた。おそらく父はその鉱脈の存在を世に明らかにすることを嫌っていた。それを我が物にしようという思いからだったのか。そうではないとギュンターは信じた。

メモワールで知ったクラウス・ワイツマンからは潔癖で一本気な性格が感じられた。アレグザンダー・フォン・リッテンバウムと父との友情の物語はギュンターの荒涼とした心に温かい血を通わせた。フランツ・ロシュマン、すなわちクラウス・ワイツマンの息子だという事実がギュンターには誇らしかった。

翌日の晩、再びアパートを訪れると、ジョゼフ・フォン・リッテンバウムは昨晩よりは親密な態度でギュンターを迎え、近くの安食堂へ誘った。ジョゼフとしては張り込んだと思われる定食二人分と自分の分のワインを注文してからジョゼフは訊いてきた。

「読んだか」

「ええ、読みました」

「書いてあったことを信じるか」

「ええ、信じます」

「だったら、これから話すことをよく聞け。知らないほうがよかったとあとで思うかもしれんが、それについては責任は負わんぞ」

ジョゼフは店内に視線を走らせた。夕食時だというのに客は少なかった。隣り合うテーブルに客はいない。

「戦争が終わった年に、チリのビーニャ・デル・マルに住むフランツ・ロシュマンという人物から親父のもとにそのノートが送られてきた。伯父から託されたものだという添え書きがあった」

ジョゼフの眼差しには、はるばる南米からやってきた若い訪問者をいとおしむような感情が込められていた。ギュンターは問いかけた。

「では、父がもっていた日記は？」

「それについても断り書きがあった。伯父と別れるとき、フランツはなにか記念になるものをと求めたらしい。伯父は南極へ携えていった自筆の日記をフランツに手渡したとのことだ。それについてはできれば自分の手元に置きたいとフランツが言うので、親父は代わりに写しを送ってもらったらしい」

未解決の謎の一つに答えが与えられた。ジョゼフは続けた。

「親父はその手記を読んで伯父の遺志を引き継ぐと言い出した。おれはそのころ生まれたばかりの赤ん坊だったからすべては人伝に聞いた話だが、そのときは一族こぞって反対したらしい。ところが親父は聞かなかった。伯父の遺志というのは、手記の中身から察すれば南極に残してきた隊員の救出のはずだった。しかし置き去りにされてからすでに一冬を越していた。生存の可能性はほとんどなかった。それでも親父は私財をなげうって私的な南極遠征を企てた――」

グスタフ・フォン・リッテンバウムがアルゼンチン南端の港町ウスワイアに向かったのは一年後の一九四六年九月。そこは奇しくもドレーク海峡で遭難した彼の兄とクラウス・ワイツマンが漁船に救出されて搬送された町だった。

遠征隊の編成は現地で行なわれた。隊員といっても捕鯨やアザラシ猟に携わっていた地元の漁民を中心とする二十人ほどの小規模なもので、目的地は兄アレグザンダーが最後のキャンプを設営したロンネ棚氷の南極半島に近い末端部分だった。

グスタフはすべての準備を秘密裡に進めた。南極へ向かう船は地元でチャーターした捕鯨船で、隊員たちには目的地が南極だということは口外しないようにと口止めし、そのための報酬も別途支払う契約をしたという。

グロックナーバレーの存在を兄アレグザンダーの命を奪ってまで隠蔽しようとする勢力がいた。なによりもそれを警戒しての隠密作戦だったが、その裏にグロックナーバレーの金鉱脈の探索という隠された目的があることを、グスタフの企てを知る一族の誰もが疑わなかった。当初は反対したものの、グスタフが押し切ってしまった以上、今度は金鉱脈発見に一族の命運を託す者も少なからずいたという。

一九四六年の十一月、グスタフの遠征隊を乗せた五〇〇トンの捕鯨船サン・マルティン号は、表向きの目的をウェッデル海での捕鯨活動と偽ってウスワイア港から船出した。

それまでほぼ毎週妻のもとへ届いていたグスタフからの手紙が途絶えた。もちろん当時は南極から手紙を出す手段はなかったので、遠征が始まれば帰還予定の翌年四月下旬まで連絡を絶つとは聞いていた。しかし五月を過ぎても六月を過ぎてもグスタフからは連絡がこなかった。

ヨーロッパは初夏を迎え、南極は冬に向かいつつあった。妻も一族の者もグスタフは遭難したものと諦めた。グスタフの叔父で退役ドイツ海軍大佐のクルト・ノォン・リッテンバウムが一族を代表してウスワイアへ向かった。しかし彼は当地で意外な事実に直面した。

グスタフが乗船したという捕鯨船サン・マルティン号は二ヵ月ほど前に老朽化を理由にスクラップされ船籍を抹消されていた。船のオーナーだった捕鯨会社は倒産し、事務所は閉鎖されていた。最終航海の乗組員に事情を聞こうにも名簿も入手できなかった。つまりグスタフが準備を整え、南極へ向けて船出したはずの遠征隊についての情報が、現地のウスワイアには痕跡も残っていなかったことになる。

それから一年後、ウスワイアの市当局から連絡が入った。市内の貧民救済施設に極度に体力の弱った中年の男が運び込まれた。所持していたパスポートの名義が旧ドイツ国籍のグスタフ・フォン・リッテンバウムとなっていたので通報したという。

叔父のクルト・フォン・リッテンバウムが再びアルゼンチンに渡り身柄を引きとった。グスタフはアルコールと麻薬で体と神経を冒されていた。自らが組織した南極遠征隊の運命については頑なに口を閉ざしたまま、半年後に肝硬変で死亡した。

まもなくソ連の占領下にあったエルベ川以東の地域にはドイツ民主共和国（東ドイツ）が成立した。徹底した土地改革が行なわれ、リッテンバウム家は代々続いた領地を失った。戦時中に中立国スイスの銀行に預けてあった現金や金融資産もグスタフが大半を使い尽くしていた。当主の地位を引き継いだジョゼフにはブランデンブルクの私邸だけが残されたが、それも生活の困窮から売却せざるを得なくなった。ジョゼフはやがてアルコールが手放せなくなり、職場を転々としながら零落の道をたどって現在に至った——。

「お袋から聞いたんだが、死ぬ間際に親父は妙なことを口走っていたらしい——」

ジョゼフは暗い表情で続けた。

「やつらは私にとり憑いた。やつらは私を地獄に引きずり込む。私は裁かれる。私が犯したのではない罪によって——」

「どういう意味なんでしょう」

ギュンターはその言葉のもつ禍々《まがまが》しい響きに戸惑った。

「アルコール性の譫妄《せんもう》だと医者は言ったらしい。しかしお袋は親父が南極でなにか恐ろしいことに遭遇したのだと言い張った。そして親父の南極行の話については、一切口外しないようにと一族に厳命した。当時は共産主義者がのさばり出した時代で、怪しげな風説が広まればどんな目に遭わされるかわからなかった。そうでなくても有産階級だったユンカーに対しては世の中の目が厳しかった」

ジョゼフは暗い翳りを帯びた視線を向けた。

「そしてお袋の危惧はたぶん正しかった。親父が死んだ翌年、その親父の身柄を引きとりにウスワイアへ行ってくれた大叔父のクルト・フォン・リッテンバウムがハーフェル川に死体となって浮かんだ。警察は自殺と断定したが、大叔父は海軍出身の豪胆な人物で、どう考えても自殺などとは無縁の男だった」

「殺されたと考えているんですか」

ギュンターは訊いた。ジョゼフは頷いた。

「触れてはならないものに触れてしまったんだろう。親父も大叔父も」

「触れてはならないもの？」

「その正体が南極に巣食う魑魅魍魎《ちみもうりよう》の類いなのか、あるいはもっと現実的で危険な実体をもつ連中なのか、おれにはわからん。しかしグロックナーバレーが危険な罠であることは間違いない。触れないことだ。黙って通り過ぎることだ」

ジョゼフは声を落とした。これ以上自分につきまとってくれるなと、荒《すさ》んではいても安全な現在の暮らしから自分を引きずり出してくれるなと訴えるように──。

3

そこまで語り終えてナオミは大きな荷物を下ろしたようにやや快活な瞳の色をとり戻した。

「ギュンターはジョゼフの忠告よりも、父フランツ・ロシュマンがグロックナーバレーに傾けた情熱を受け容れたの。それが記憶のなかでは失われ、知識としてだけ与えられた父親とのあいだに生きた感情を通わせるたった一つの道だと考えたの。それが過去を失ったギュンターにとって、この世界と自分を繋ぐたった一つの接点だったの──」

ポットのなかのコーヒーは空になっていた。ティエラ・デル・フエゴから渡ってきた雨雲が窓の外を覆い、驟雨の礫《つぶて》が窓ガラスを強く打ち始めた。

グスタフ・フォン・リッテンバウムとクルト・フォン・リッテンバウム──グロックナーバレーの謎に絡んで浮上した新たな二人の死者。不明瞭だが危険な存在の影が確かな質量をもって迫ってくる。ナオミに水を向けた。

「答えが見つかったと言ったね。ジークフリートの正体──」

「ハイジャンプ作戦というのを知ってる？」

ナオミが逆に訊いてくる。思い当たるものがないので首を振る。ナオミは思いつめた様子で身を乗り出した。

「第二次世界大戦直後にアメリカが実施した南極探検プロジェクトのコードネームよ。指揮したのは南北両極点への初飛行で有名なリチャード・バード海軍少将――」

作戦名までは覚えていなかったが、それなら知っている。アメリカの威信をかけた南極史上最大の作戦で、数千人の人員と何十機もの航空機、さらには空母や潜水艦を含む海軍の艦艇まで投入して大陸沿岸の六〇パーセントの航空写真撮影に成功し、南極の航空時代の幕開けともなった。フリーダムヒルの娯楽室にあった南極探検史の本で読んだ記憶がある。

「その作戦とジークフリートとのあいだにどういう関係が？」

「作戦期間は一九四六年から四七年にかけて。つまりハイジャンプ作戦はドイツが降伏した翌年に始まってるの」

窓の外で稲妻が走り、ナオミの顔が一瞬逆光に翳った。雷鳴が窓ガラスを震わせた。彬は無言で先を促した。

「第二次大戦の直後に、アメリカがそんな大掛かりなプロジェクトを実施した本当の理由が謎なのよ。あまりに謎めいているせいで馬鹿げた噂も出回っているわ。その代表が地球空洞説よ」

地球空洞説――。テレビのオカルト番組で観たことがある。南極と北極に巨大な穴があり、それは地球内部の空洞に通じている。空洞の中心には太陽があり、気候は温暖で、高度な文明をもつ人々が暮らす地底都市があるというような話だった。ＵＦＯはその都市の住民の乗り物だという説もあるらしい。ナオミが続ける。

「北極点と南極点の飛行に成功したとき、バード少将がその地底都市の入り口を見たというの。もちろん彼がそんなことを言ったという記録はないし、それ以前に南極点に到達したアムンゼンもスコットもそんな大穴は見ていない。それでもアメリカの情報当局が真実を隠しているとか、アムンゼンもスコットも本当は南極点に到達していないとか、いろいろ理屈を捏《こ》ね回して地球空洞説論者はいまも主張をとり下げていないわ。ことほど左様にハイジャンプ作戦には謎が多いということなのよ」

ナオミは小さく笑った。逃れがたい不安に抗うような硬さのある笑みだった。

「グロックナーバレーの地形には南極に開いた穴という比喩も使えるんじゃないか」

思いついたことをジョークのつもりで口にした。ナオミは意外でもなさそうに頷いた。

「あの作戦の目的はたぶんグロックナーバレーを探すことだったのよ。大陸全土を対象にしたのは、そのあいだ南極を部外者に対して封鎖するためで、同時に本来の探索地を気取られないための陽動作戦でもあった。地球空洞説もおそらく真の目的を覆い隠すために捏造されたデマだと思うの」

「それにしては信憑性がない」

「そこが狙い目なのよ。下手に信憑性があるとマスコミや他国の南極関係者が注目するでしょう。地球空洞説ならまともなジャーナリストや科学者は相手にしない」

「でも、どうして彼らはグロックナーバレーのことを?」

「ボルマンから聞いたという信憑性の高い情報があるの」

「マルティン・ボルマン――」

またもお馴染みの名前が飛び出した。

「だったら戦後まもなく、Uボートに乗ってブエノスアイレスに現れたという噂は？」

「それもたぶん本当よ。ボルマンはアメリカと取り引きしたんじゃないかしら。つまり敗色が濃厚になった時点でアメリカに寝返った」

「ナチスはアメリカの敵じゃなかったのか」

「空の専門家ならフォン・ブラウン博士のことは知ってるでしょう」

ナオミが逆に訊いてくる。もちろん知っている。第二次大戦でロンドンを恐怖のどん底に陥れた弾道ミサイルV2号の開発者で、戦後アメリカへ亡命し、ミサイル開発や宇宙計画の推進に貢献したロケットの父ともいわれる人物だ。頷くとナオミは続けた。

「彼は終戦直後の一九四五年に渡米して、すぐにロケット開発の顧問として活動を始めているの。SSのばりばりの少佐だった過去はきれいに洗浄されてね。でもブラウンは一例に過ぎないの。生物化学兵器やマインドコントロール技術を研究していた札つきのナチスの科学者が大勢アメリカに亡命している事実があるのよ。科学者だけでなくSS諜報部門の大物スパイやヒトラーの側近までアメリカは受け容れているの。彼らはニュルンベルク裁判での訴追を免れ、創設されたばかりのCIAに雇用され、ナチスとアメリカの共通の敵である共産主義に対抗する諜報分野で大きな働きをしたというわ」

「ボルマンもその一人?」

「アメリカは中南米への共産主義の浸透を警戒し、極右の独裁政権に支援を与えてきた。ピノチェトにてこ入れしてアジェンデ政権を倒したのもアメリカよ。彼らは当時すでに南米に浸透していたオデッサをも反共の砦として利用しようとしたのよ。ボルマンは手土産としてアメリカにグロックナーバレーの秘密を売り、アメリカは見返りにボルマンの南米への亡命を黙認した。そこにはCIAの意向に沿って南米の独裁政権に協力させようという意図も含まれていた」

「昨日の敵は今日の友か。そんな情報をどこで」

「ギュンターが入手したの。彼は両親が拉致された理由を知りたかったし、自分自身が記憶を失うような目にあった理由も知りたかった。ジョゼフ・フォン・リッテンバウムはギュンターの熱意にほだされて、数年前に接触したユダヤ系ドイツ人のジャーナリストを紹介してくれたの。その人物は長年ボルマンの行方を調査していて、その過程でグロックナーバレー遠征計画を知り、それに参加したリッテンバウムの消息を取材するためにジョゼフに接触してきたというのよ。ギュンターはすぐにベルリンにいるそのジャーナリストに会いに行った。結局、ばかばかしい情報は得られなかったけど、ナチス研究者のあいだではすでに知られていたその種の情報を惜しみなく提供してくれたらしいの」

「自由の国アメリカとナチスは水と油の関係だと思っていたよ」

彬は嘆息した。ナオミは頷いて続けた。

「そもそもアメリカの産業界や財界には戦前からナチスのシンパが多かったのよ。例えば自動車王のヘンリー・フォードはナチスに多額の献金をしただけでなく、独自のユダヤ人排斥論でヒトラーに強い影響を与えた人物なの。ヒトラー自身が自著の『わが闘争』でその思想を賞賛しているのよ。現大統領のジョージ・W・ブッシュの祖父プレスコット・ブッシュはヒトラーの支援者だったドイツの鉄鋼王ティッセンと組んで、アメリカにナチスの資金を管理するダミー会社をつくった。これもいまでは公然の秘密よ。同時にフォード家はバード少将の極地探検の強力なスポンサーでもあった」

歴史の滓《おり》の底から権力と金の亡者の醸し出す腐臭が漂ってくる。嫌悪感を覚えながら問いかけた。

「アメリカはボルマンからの情報をもとにハイジャンプ作戦を始動させたということ？」

「そう考えるのが妥当ね。でもなにも見つからなかった――」

ナオミはあっさりと言う。思考のギアが空転する。

「どうして。ボルマンは大まかな位置くらいは知っていたんじゃないのか」

「でもグロックナーバレーに相当するドライバレーはやはり見つからなかったんだと思うの」

ナオミは解きがたい謎に誘うように首を傾げる。吸い込まれるように問いかける。

「まさか。空から眺めてドライバレーのような地形が見つからないはずがない」

「あなたもパーマーランドは何度も飛んでいるでしょう。ドライバレーを見たことがある？」

「ない。仕事で飛んだだけだから、すべてをくまなく見たわけじゃないけど」

ナオミは当然だというように頷いた。思わず声のトーンが上がる。

「だったらグロックナーバレーはどこにあるんだ？」

「消えたのよ」

「消えた？」

「フランツ・ロシュマン博士にとってもそれが頭を悩ます謎だったんでしょうね。七〇年代の初頭に彼はチリの南極観測隊に参加したの。そしてパーマーランドに夏季キャンプを設営した。もちろん彼は容易にグロックナーバレーの位置を特定できた。でもそこにはかつて数ヵ月を過ごしたドライバレーは存在しなかった——」

「信じられない」

思わずため息が漏れた。同意するように頷いてナオミは続けた。

「でもギュンターはそう結論づけたの。博士が秘蔵していたグロックナーバレーの気候的変遷に関する草稿はそのメカニズムを解明しようとした試みなのよ。グロックナーバレーの位置についても名前の由来についても博士は触れてはいないんだけど、それはたぶん私的な理由で書かれたもので、外部に公表する意図がなかったからだと思うわ」

「博士はそのメカニズムを解明したの？」

「解明した。そして封印した。つまりグロックナーバレーを厚い氷雪の下に封じ込めたままにしたの」

硬いしこりのようにわだかまっていた疑念が弾けた。

「ひょっとしてそのグロックナーバレーというのは？」

「ご想像のとおり、コンセプシオンIIのある馬蹄形の谷よ」

ナオミはきっぱりと断定した。思いつくままに問いかけた。

「それを発見したのはギュンター？」

「ええ、ロシュマン博士の仮説から彼はその答えを導き出したの」

「そのドキュメントの存在をジークフリートはどうして知ったの？」

「二年前、ギュンターのコンピュータに誰かが侵入して、大量のファイルをコピーしていったの。そのなかにグロックナーバレーについてのファイルが含まれていたのよ。その時点ではまだ未完成だったんだけど、少なくともギュンターが謎の解明に近づいていることだけは敵は知ったはずよ。以後ギュンターはセキュリティに神経を尖らせて、ファイルは暗号化し、さらにネットに接続しているコンピュータには保存しないようにしたの。もう聞いてると思うけど、叔父のところへおかしな共同研究の誘いや脅迫まがいの文書が届くようになったのはそのあとなのよ」

「犯人は特定できたの？」

「ええ、おおよそは。その後も侵入が続いたので、叔父がサンチアゴでも名の通ったハッカーに追跡を依頼したの。チリ大学や政府機関のサーバーを経由して巧妙に正体を隠していたけど、彼はついに犯人の居所を突き止めたわ。なんと出発点はサンチアゴのアメリカ大使館。侵入者が使ったＩＤは『バクスター』でパスワードが『パルジファル』。もちろんＩＤやコードネームとしてはありふれたものよ。でも私はジークフリートがその侵入者と同一人物だという証拠を見つけたの」

「バリローチェのロッジで？」

「ええ、そうよ。あの男は私の目の前で何度かノートパソコンをインターネットに接続したの。そのとき打ち込んだＩＤがバクスター。パスワードは伏せ字になるから画面では読めないけど、あの男は正確なブラインドタッチができるの。私もブラインドタッチには自信があるのよ。だから眺めているうちに指使いからキーの並びが読みとれたのよ。彼が押したのはＰ、Ａ、Ｒ、Ｓ、Ｉ、Ｆ、Ａ、Ｌ――パルジファル。叔父が雇ったハッカーは侵入者が偽アカウントをつくるとき、そのＩＤとパスワードを使う癖があることを突き止めていたの」

「ジークフリートはアメリカの連邦政府関係の人間――」

「断言はできないけど、高い確率でそう言えるんじゃないかしら」

ナオミは硬い表情で頷いた。

4

誘拐事件から一週間が過ぎ、彬はナオミとエストラーダとともにフレイ基地に滞在して、越冬に向けた物資の搬入作業を進めていた。ドクトール・ヌネスの治療の甲斐あってアイスマンの回復は順調で、面と向かってヌネスを藪医者呼ばわりする頻度は以前と比べてだいぶ減っていた。

ツインオッターの改修は、プンタアレナス空軍基地のグスマン中尉に頭を下げまくって、突貫工事で片づけた。テスト飛行は十分とはいかなかったが、現地で飛んでみるほうが本番の環境に近いわけだし、そもそも冬季に飛ぶとなれば一発勝負で、実際のところ運を天に任すしかないのが実情だ。幸い新しい機体に目立ったトラブルはない。冬が近づき、気象条件は厳しさを増していたが、フェルナンドの操縦するWAAのツインオッターとの並行運用で作業は予想外にはかどっていた。

ジークフリートからは音沙汰なし。アイスマンに確認したところ、誘拐事件のときに送ったファックスは万一のときのためにギュンターが用意していたダミーで、まことしやかなことは書かれているが、専門家が分析すれば真偽のほどはすぐわかるという。ナオミが人質にとられている状況でよくぞそこまで大胆なことをと呆れたが、本物を送ったとしてもナオミが無事に帰れる保証はなかったし、結局は彬とエストラーダの働きに命運を託すほかなかったのだと、アイスマンはけろりと言ってのけた。しかし言葉とは裏腹に、心労は並大抵ではなかったのだろう。突然の病変がそのストレスに由来することは十分想像できた。

エストラーダの参加については、アイスマンの忠実な従者としてなのか、グロックナーバレーの黄金色の幻影にたぶらかされた金の亡者としてなのかは判断がつかないが、この企てに不可欠なメンバーであることは、ナオミを救出した際の豪腕によって証明済みだ。

いまでは彬自身ものっぴきならない形で関わることになった、アイスマンとナオミの奇妙な企ての中心で、ギュンターはいまも生き続けている。リッテンバウムの手記を読み、ナオミの語るギュンターの孤独な旅の物語を聞き、ギュンターの思いへの共感は彬の心のなかにも然るべき位置を占めるようになっていた。

クラウス・ワイツマンとアレグザンダー・リッテンバウムの冒険譚は彬の心を魅了した。雪と氷と岩だけが織り成す膨大な無機物の大地は、人の心を常識の軛《くびき》から解き放つらしい。厚い氷雪に覆われたエル・ドラド。そこに群がるナチスの亡霊や血に餓えた禿げ鷹たちが、現実と夢想のはざまで彬の心を躍らせる。アイスマンとナオミが企てる奇想天外な企てが、心の奥に秘められていた野望の血を疼かせる。その狂おしい熱に知らぬ間に浮かされている自分に彬は内心驚き、しかもそのことを心地よい昂揚とともに受け容れていた。

ナオミの心はいまも摑みがたい。事件以来、彬に対してはこれまでになく自然で優しい態度を示すようになったが、それが彼女への自分の思いと同質のものなのか彬にはいまも量りがたい。プンタアレナスで見せたあでやかな姿は再び洒落っ気のかけらもない南極ファッションのなかに押し包まれてしまったが、内面から射す光のような生気がその表情を輝かせていた。ギュンターとナオミと自分——。一人の死者を交えた奇妙な三角関係のなかで彬の心はいまも揺れ続けていた。

夕刻、ナオミとともにフレイ空軍病院の病室へ見舞いに出向くと、アイスマンは血色のいい顔を大袈裟にしかめて嘆いてみせた。

「そろそろ我が家へ戻るぞ、ナオミ。監獄暮らしはもう飽き飽きした。ヌネスの人でなしがふざけた食事療法を押しつけおって、塩味も脂っ気もないキリギリスの餌のような食事しか出さんうえに、食前のシェリー一杯許してくれんのだ。これじゃせっかく天から授かった寿命が磨り減るだけだ。あいつが藪医者なのはこれではっきり証明された。おまけにこの病院のナースは揃いも揃って無器量で無愛想ときている——」

ナオミは駄々っ子をあやしつけるような調子で応じた。

「じつはけさドクトール・ヌネスと相談したのよ。経過は良好で、後遺症もほとんど見られないし、あとは私がしっかりお目つけ役を務めれば、退院はOKだそうよ」

「本当か、ナオミ。藪のヌネスにしてはずいぶん気の利いた見立てじゃないか」

アイスマンは無邪気に相好を崩す。ナオミは冷ややかに釘を刺す。

「ただし食事はしばらくキリギリスの餌を続けるというのが条件なの。私もその意見には賛成なのよ」

アイスマンは一声呻いて天を仰いだ。それでも自らの王国に帰還する虜囚の王のように、その表情は誇らかに輝いていた。

二月中旬の南極半島は地球上の大半の土地と同様に昼と夜が交互に訪れる。水平線から太陽がそろりと顔をのぞかせるチリ時間午前五時三十分に、満載の貨物の隙間にアイスマンとナオミとエストラーダを押し込んで、彬のツインオッターはマルシ飛行場を飛び立った。

すでに南極原住民になりきっているアイスマンやナオミや彬にとっては故郷に帰る旅のよう

なものだが、まだまともな都会人であるエストラーダにとって、南緯七〇度の氷雪とブリザードの国への飛行は死地への旅にも匹敵するものらしい。身を硬くして蒼ざめているエストラーダをからかうアイスマンの憎まれ口が賑やかにコクピットまで聞こえてくる。

アイスマンの話では、コンセプシオンⅡの建設はほぼ完成に近づいており、まもなくアイスマンヒュッテは閉鎖して、全員がそちらに移る予定だという。といっても雇われ隊員のほとんどは夏季だけの契約なので、越冬隊員として残るのは、アロンゾ・サントスと彼が連れてきた五人の子飼いの部下とシェフのオクタビオだけになる。

フェルナンドは悩んだ末、越冬部隊に加わることにしたようだ。大牧場主の御曹司で金に不自由する身分ではないが、厳冬期の南極での初飛行という記録によって航空史上に名を残す千載一遇のチャンスに惹かれたのか、南極の大地に秘められたエル・ドラドの夢が引き起こすある種の熱病に冒されたのか。

グロックナーバレーと地形的に類似したコンセプシオンⅡに敵が目をつけてくるのは必至だが、アイスマンはむしろそのことを楽しんでいるようにも見える。思惑どおり金鉱脈を発見してしまえば、南極条約失効後にどの国の領土になろうと、その採掘権を主張する法的根拠は十分研究済みだという。

飛び立ってまもなく、アイスマンはコンセプシオンⅡに直行するように指示した。プンタアレナスから戻って以来、彬も何度かフレイ基地とコンセプシオンⅡのあいだを飛んでいる。二月の中旬を過ぎてからアイスマンヒュッテの周辺は気象条件が厳しくなり、連日ブリザードに襲われて飛行機の離着陸は困難になっている。この日も上空から見下ろすと、アイスマンヒュッテの各棟は縞模様の雲のようなブリザードの底に沈み、特徴的な赤屋根がいくつかうっすらと顔をのぞかせているだけだった。

コンセプシオンIIの周辺も事情は変わりないが、ヌナタックに囲まれた圏谷のなかだけは風もなく、ツインオッターの着陸に支障はなかった。気温はマイナス一〇度をわずかに下回る程度だ。アロンゾ・サントスが主棟から迎えに出てきた。ここ数日常駐しているアロンゾの話では、暖かいのは日中で日も高いためで、夜間はマイナス三〇度に近づくこともあるという。この地上で最も過酷な冬は足早に近づいているようだ。彬にしても冬の南極は初体験だった。

到着後さっそくアロンゾは倉庫棟に隣接した研究棟に彬を誘い、燃える氷のサンプルを見せてくれた。谷のあちこちの氷雪層をボーリングして採取したものだという。一〇センチほどにカットされた円筒状で、見た目にも触った感触も内陸部の観測基地で見かける氷雪のサンプルと変わりなかったが、ライターの火を近づけただけでそれは青白い炎を上げて燃焼した。

メタンハイドレートという物質で、高圧低温の条件下で、籠《かご》のような構造をした水分子のなかにメタンガスがとり込まれたものだという。メタンハイドレートは世界の深海底や寒冷なツンドラ地帯や極地に分布し、最近では新しいエネルギー資源として世界の関心を集めているらしい。

谷を覆う氷雪層の二〇メートルから三〇メートル下にはこのメタンハイドレートの層が広く薄く分布しているのだという。そんな危険なものの上に基地を設けて大丈夫なのかと不安を漏らすと、アロンゾは自分は人生の半分近くを油田やガス田の上で生活してきたが、いまも元気で生きていると笑い飛ばした。

事前にアイスマンから指示を受けていたらしく、アロンゾはアイスマンやナオミが企てている計画を詳細に語って聞かせた。ナオミの誘拐という事態まで招いたその目論見を、彼女の救出の立て役者となった彬たちにこれ以上秘匿することは今後の計画の遂行上支障があるとアイスマンは判断したようだった。

アロンゾは厳冬期にあたる五ヵ月後の七月半ばを目指してその「計画」の準備を進めているという。いまはアイスマンがもち込んだボーリングマシンで谷の全面にわたって無数の縦孔を掘っているところらしい。その縦孔は氷雪の下のメタンハイドレート層まで達するもので、アイスマンたちの計画の核ともいうべき仕掛けだった。

ギュンターの父フランツ・ロシュマンが目指したのは、地理的にも地勢的にもグロックナーバレーとおぼしいこの谷が、現在は深い氷雪に覆われている謎の究明だった。そして未発表の草稿のなかで、ドライバレーだったグロックナーバレーがのちに氷雪の谷に変わったとする仮説を提示した。というより気象学的には本来氷雪に覆われているはずのその谷が、なぜかつてドライバレーの様相を呈していたかを理論的に解明したというのが正しいだろう。

若き日にクラウス・ワイツマンとしてグロックナーバレー遠征に参加したロシュマン博士は、同行した地質学者が岩盤から微量の火山性メタンガスが発生していると指摘していたのを覚えていた。燃料として使えるほどの量ではなく、風に飛ばされて大気中に拡散してしまうため、金採掘が目的のその遠征では誰も注目しなかった。

メタンハイドレートが世界的に注目を集めだしたのは博士がグロックナーバレーの謎に取り組み始めたのとほぼ同時期だった。極低温と積雪、そしてメタンの発生というメタンハイドレートの生成に必要な条件をグロックナーバレーは備えていた。

博士の仮説によれば、地形的にブリザードの吹き溜まりになるその谷は、本来は積雪量の多い場所だった。つまり雪のある状態が正常で、ドライバレー化した時期はむしろ特異な状態だった。博士はその原因が氷雪の下のメタンハイドレート層にあると考えた。積雪が一定の量に達すると、自重による歪みでクレバスが生じ、そこから漏れたメタンが落雷などによって自然発火する。それがさらにメタンハイドレート層に引火して、氷雪層の底部の雪を溶かし、それが潤滑剤となって氷雪全体が地滑りを起こす——。

その仮説に基づいて博士は谷の下流の氷河を丹念に調査し、大陸の氷床から流れ出す古い氷とは性質の異なる、ごく新しい氷に覆われた箇所がいくつもあることを突き止めた。その氷には上部にある谷の氷雪と共通する特徴があった。それは仮説の正しさを示していた。その谷を覆う氷雪はある程度の間隔を置いて氷河に雪崩《なだれ》落ちている——。

博士の論文を読み、その仮説の存在を知ったギュンターは、アイスマンヒュッテを拠点にこの谷を調査し、谷底を形成する岩盤の立体図を作成した。そしてコンピュータシミュレーションを駆使して、氷雪の層が一定の条件下で崩壊すること、そしてそれを人工的にも引き起こせることを立証した。

計画はギュンターの発案によるもので、メタンハイドレートの層を人為的に燃焼させて氷雪の下層を溶かし、溶けた水を潤滑剤にして谷を覆う氷雪全体を滑落させるというものだった。谷の全面にわたって穿たれる縦孔は、メタンの燃焼に必要な酸素を供給すると同時に、着火用の導火線をメタンハイドレート層に届かせるための仕掛けだ。

谷底の岩盤は約二〇度の傾斜で谷の出口へと下っており、計算どおりに地滑りを引き起こせば、その上の氷雪は谷の東の氷河にそっくり雪崩落ちる。その下から現れるのがリッテンバウムのメモワールにあったグロックナーバレーのはずだった。

もちろん人為的にそんな大それた土木工事を行なえば南極条約に抵触する。アイスマンたちはあくまでそれが自然現象であるかのように装うことにした。実施時期を厳冬期にしたのは南極での人の活動が最も困難な時期だからだ。それだけの規模の氷床の崩壊が起きれば、衛星写真で各国の知るところとなるが、厳冬期なら地上からも空からも接近は困難だし、少なくとも春までは現場に赴こうと考える者もいないはずだ。

そのあいだに現場に残された人為の痕跡を消し、発見者としての権利を堂々と主張する。条約が存続する期間は採鉱はできないが、アイスマンは条約失効後の採掘権を確保することは国際法の解釈によって十分可能だという。そうなれば実際に金は生産しなくても、権利そのものを売却することで巨額の利益を確保できる。それがアイスマンの目算らしい。

その話を聞いたあとも彬の本音は半信半疑だった。しかしロシュマン博士の仮説とギュンターの推論のとおり、ここは間違いなくグロックナーバレーであり、ギュンターの作成した緻密なプランに従って実行されるその計画によって、驚異の黄金の谷はそのベールを脱ぎ捨てるはずだとアロンゾは確信していた。

すでに谷底の岩盤までボーリングを進めているが、リッテンバウムが記述したような大量の金を含んだ母岩はまだ採取されていないという。しかしアロンゾがリッテンバウムの手記から得た感触では、鉱脈の規模は純金換算で推定三万トン。世界全体の年間採掘量の十年分以上に相当するらしい。

5

三月初めにはコンセプシオンIIへの引っ越しを完了し、チャーター契約の切れたツインオッターを返却するために、彬とフェルナンドは翼を連ねて古巣のフリーダムヒルへ飛んだ。

サマーシーズンだけの営業のフリーダムヒルは撤収の準備でてんてこ舞いで、ドロシー・セイヤーは彬たちに言葉をかける暇もない。返却した機体の傷み具合をあげつらわれて追加料金を請求されても困るので、彬が操縦してきた新しい機体に燃料を補給し、そそくさと飛び立とうとしたところへ四発の大型軍用輸送機が着陸してきた。ニューヨーク州空軍のLC130。マクマードやアムンゼン・スコットなど、アメリカの各基地への輸送業務を担当する南極では馴染みの機体だが、民間のキャンプであるフリーダムヒルへのご到来は異例だ。たまたま近くを通りかかったドロシーに声をかけた。

「どうしてアメリカのLC130がこんなところに」

「冬のあいだだけここを貸すことに決まったのよ。臨時の越冬基地を作ってオーロラの集中観測をするらしいの。ここしばらくマクマード基地から毎日飛んできて、生活物資や資材を大量に搬入しているのよ」

億劫そうにそれだけ答えて、ドロシーは足早に立ち去ろうとする。さらに問いかける。

「どうしていまごろ準備を?」

「急遽決定したのよ。SCARの承認をとるのに時間がかかって適当な用地の確保ができなかったらしいの。それでここを賃貸して欲しいという申し入れがあったわけよ。こちらとしても冬場は遊ばせておくだけだから、悪い話じゃないでしょう」

思いがけない臨時収入にドロシーはほくほく顔だが、こちらは嫌な感じがする。オーロラなら日本の昭和基地を始め世界各国の越冬基地が十分な観測態勢を整えている。いまさらアメリカがわざわざビンソンマッシフの麓に大袈裟な観測拠点を構築する意味はないはずだ。

平坦なブルーアイスの滑走路を挟んでフリーダムヒルのキャンプと向かい合う氷原には、すでに大量のコンテナがデポされている。雪上車や建設用の土木機械もある。さらに航空燃料のドラム缶が数百本はある。ということは彼らも冬の南極で航空機を運用する計画なのだろう。オーロラの観測で飛行機を飛ばすというのはなおさら解せない。

言葉にしにくい不安が膨らむ。フリーダムヒルからコンセプシオンIIまで直線距離で約六〇〇キロ。ツインオッタークラスの小型機でも楽々往復できる。しかしフリーダムヒルはコンセプシオンIIよりも高緯度である上に標高一八〇〇メートルの高地で、加えて周囲に風を遮るもののない吹きさらしの氷原だ。厳冬期の飛行の困難さはコンセプシオンIIの比ではないはずだが、超大国アメリカが本腰を入れて取り組むとなれば、必ずしも不可能とは言い切れない。

コンセプシオンIIから積んできた予備燃料のドラム缶を降ろし、給油をフェルナンドに任せて、さりげないふうを装ってLC１３０に歩み寄る。ニューヨーク州空軍のロゴつきのアノラックを着て後部ランプの下で荷降ろしを指揮していた男がこちらを振り向いた。

「そこでなにをしている?」

口調が鋭い。こちらも条件反射のように言葉が尖る。

「ここは南極だ。どこの国の領土でもない。なにをしようと勝手じゃないのか」

男は威嚇するように顔の前で拳をつくった。

「それ以上近づくなと言ってるんだ。痛い目に遭いたいのか」

およそ南極人らしからぬ非友好的な態度だ。マクマードやアムンゼン・スコット基地はもちろん、ロシアや中国の基地でも、こんな無礼な態度をかつて見せられたことはない。

「なにか、知られちゃまずいことでもあるのか?」

挑発するようにさらに二、三歩近づいた。男は両手を広げて目の前に立ちはだかる。身長は彬より頭一つは高そうだ。馬鹿でかい防風ゴーグルと分厚く氷のこびりついた無精髭に隠されてその表情は読みとれないが、白く立ち昇る鼻息でご機嫌斜めらしいことは想像がつく。一触即発の気配に周りにいたスタッフが動きを止める。

「アキラ・キリムラ。ここで会うとは思わなかったな」

横手からどこかで聞いたような声がした。振り向くとセーターの上にウインドヤッケを羽織ったただけの、南極暮らしにしてはえらく軽装の男が手を振りながら近づいてくる。いきり立つ大男と彬のあいだに割って入って、男はおもむろにゴーグルを外してみせた。アムンゼン・スコット基地へギュンターを搬送したとき、基地の食堂で出会ったスキンヘッドの地質学者――。

「ドクター・ジョン・ファーガソン。こんなところでなにを企んでるんです」

ファーガソンはにこやかに歩み寄り、親しげに彬の肩に手を回す。

「南極の素敵な夜を心ゆくまで楽しむようにと米国防総省《ペンタゴン》がお膳立てしてくれたゴージャスで過酷なサバイバルゲームだよ。名づけて夜更かし屋作戦《ナイトアウル》。オーロラの動きと地球規模の電波障害の関係を究明するための科学研究プロジェクトだ」

「ペンタゴンが？」

不快な衝撃を覚えて問い返す。

「勘ぐるなよ。目的はあくまで科学技術への貢献で、SCARの正式な承認を得たプロジェクトだ。軍事的な目的は一切ない」

「しかしオーロラの研究になぜ地質学者のあなたが？」

「じつは人手不足で、設営スタッフとして駆り出されたんだよ。氷でも岩盤でも穴を掘るのは得意なんでね。精度を要求される機材を氷床上に設置するにはちょっとしたコツがいるんだよ。専門のボーリングで培ったノウハウが活かせるというわけだ」

スキンヘッドを毛糸のキャップですっぽり包み込んだファーガソンは相変わらず屈託がない。

「君のほうはどうなんだ。最近WAAからアイスマンのほうへ寝返って、なにかろくでもないたくらみに加担しているとドロシーから聞いたが」

なにをどこまで知っているのか、馬鹿にストレートに探りを入れてくる。神経がざわつく。とりあえずナオミとアイスマンがでっち上げているオーロラ観光基地の話をしておいた。

「アイスマンらしい奇抜なアイデアだな。しかし例の馬蹄形の谷なら実現の可能性は高いかもしれん。建物はほとんど完成したんだろう。越冬の準備は着々と進んでいるようだな」

ファーガソンはさりげない調子で応じる。この男はメッセージを送っていると彬は直感した。コンセプシオンIIで進行していることを自分たちはつねに掌握しているという不気味なメッセージ——。

ペンタゴンが運用する偵察衛星を使えばコンセプシオンIIの動静は上空から手にとるようにわかる。ジークフリートはCIAの人間だとナオミやアイスマンは断定しているが、もしペンタゴンまで関わっているとしたら、CIAの一部の人間だけによる策謀とは言い切れない。その背後でアメリカという巨大な国家がなんらかの動きを見せ始めていることになる。

「この前会ったとき、南極横断山脈でキャンプを張っていた怪しげな連中のことを話しただろう——」

ファーガソンが思い出したようにつけ加える。

「そのときと同じ場所に、またおかしな連中が基地を建設しているのは知っているか」

さらに気味悪いショックを感じたが、素知らぬふうを装った。

「初耳ですよ。目的は？」

「わからない。ＳＣＡＲにはまだ届出が出ていないらしい」

「規模は？」

「こちらの得た情報では人員は二十名ほどだ。施設や機材の概要はわからない。しかし頭数からみると越冬基地としてはちょっとした規模だな」

「ナイトアウル作戦の人員は？」

「約百名。こちらもちょっとした規模だ」

ファーガソンはにんまり笑う。昭和基地の越冬隊員がせいぜい四十名前後で、それでも越冬基地としては大きいほうなのだ。ちょっとしたどころか、度を超した物量作戦と言っていい。落ち着かない気分でしばらく立ち話を続けたが、ファーガソンからはそれ以上の情報は引き出せなかった。

ブリザードの予兆の強風がブルーアイスの滑走路に塵のような雪粉を舞い上げる。荒れ始める前に離陸しないときょうのうちにコンセプシオンIIに戻れなくなる。ファーガソンに別れを告げ、彬はツインオッターがある滑走路脇の駐機エリアへ駆け戻った。

6

一万五〇〇〇フィートまで上昇すると、白一色の大陸が視界いっぱいに広がった。極点方向から箒《ほうき》の筋目のようなブリザードの吹き出しが放射状に延びている。そのブリザードの層を突き抜いて、牛の背のようなビンソンマッシフの山塊が黒々と聳《そび》え立つ。そのはるか奥には南極横断山脈の峰々が氷原に浮かぶ列島のように連なっている。

フリーダムヒルで燃料は満タンにしたが、予備燃料のドラム缶がまだ機内に三本ある。ファーガソンから聞いた南極横断山脈の不審な基地を偵察しても十分コンセプシオンIIへ帰投できるし、万一の際には途中で着陸して給油もできる。さきほどのファーガソンの話を聞かせてからフェルナンドに問いかけた。

「その新顔の基地を表敬訪問してみるか」

「やばくはないのか？」

「やばい連中の正体を見極めないで、周りをうろつかせているほうがよほどやばいよ」

フェルナンドはさほど考えるまでもなく頷いた。

「OK。でもこの前みたいな危ないことは止めてよ」

「わかってる。上から偵察するだけだ。まさか対空砲火まではもち込んじゃいないだろう」

無線でコンセプシオンIIを呼び出した。ナオミが応答した。フリーダムヒルのアメリカ隊の不審な動きについて報告し、それに輪をかけて不審な連中の動きを偵察して帰りたいと提案すると、少し間をおいて了解との応答があった。アイスマンもOKしたという。

「それより、こっちでもちょっとした問題が起きたのよ——」

続けてナオミのほうから切り出した。

「チリ共和国政府を通じて、SCARが、コンセプシオンIIでの越冬を認めないと通告してきたのよ。手続きに不備があるとか言いがかりをつけて」

「よほどの条約違反をしていない限り、南極条約加盟国の活動に横槍を入れる権限はSCARにはないんじゃないのか」

「そのとおりよ。そもそもコンセプシオンIIは本来チリ共和国が領有権を主張している場所だし、形式的にはチリ共和国の基地なんだから、そこでの越冬に関してとやかく言うのは内政干渉に当たると科学省の担当官も抗議しているの」

「例のオーロラ観光の話に神経を尖らせているのか」

「それはまだSCARの耳には入っていないはずだし、いまどきどこの基地だって資金不足を補うための観光サービスはやっているわ。フリーダムヒルのように最初から観光目的でつくられた基地だってあるんだし——」

ナオミはいかにも納得がいかない様子だ。敵は包囲を狭めてきている。アイスマンにすれば思うつぼかもしれないが、手の内が見えないだけに薄気味悪い。いずれにしても、そちらのほうはアイスマンの政治力に任せるしかない。追って連絡すると答えて通話を終えた。

この季節、太陽は日中でも地平線を転がるように移動するだけで決して高くは昇らない。ひたすら平坦な氷原にビンソンマッシフが長い影を落とす。ツインオッターのエンジンは快調で、巡航速度の一三〇ノットを安定してキープする。

二時間ほどの飛行で、南極横断山脈の隆起が眼下に迫ってきた。ウェッデル海をとり囲む城砦のような峰々を分断して無数の氷河がロンネ棚氷に流れ込む。接近するにつれ、その最大級の一つであるファウンデーション氷流が前方の視界を覆いつくす。氷河というより荒れ狂う氷の大海。生命のかけらすらない無機物の集塊《しゅうかい》の果てもない狂騒。それは邪悪な意思を秘めて蠢く巨大な生命体でもあるような錯覚を呼び起こす。

末端で一〇〇キロ近い幅をもつファウンデーション氷流を飛び越えると、南極横断山脈の支脈の一つ、フォレスタル山群が迫ってきた。氷雪の歯茎から突き出た赤錆色の虫歯のようなヌナタック群の頭上を這うように高度を下げながら、GPSを頼りにファーガソンから聞いたロケーション――南緯八三度八分、西経五三度五四分を目指す。

「ありゃなんだ?」

フェルナンドが奇声を上げた。その視線の方向に機首を振る。彬も目を疑った。そこは赤茶色のヌナタックが馬蹄形に湾曲した窪地で、コンセプシオンIIのある谷より一回り小さいが形状はよく似ている。周囲の雪原はブリザードの雪煙に覆われているが、窪地のなかは平穏で、その点もコンセプシオンIIとよく似ている。

その窪地の中央に白一色の塗装の軍用ヘリコプターが三機。一基はツインローターの大型輸送機CH47チヌーク。他の二機はUH1イロコイ。「ヒューイ」の愛称のほうが通りがいい中型の汎用ヘリだ。その近くにはプレハブの居住施設が五棟ほどあり、燃料のドラム缶も相当量が備蓄されている。

フリーダムヒルのアメリカ隊にしてもそうだが、南極での冬季飛行に挑戦したがっている変人はアイスマンだけではないらしい。しかしヘリコプターとなると固定翼機よりもメカニズムがはるかに複雑で、厳冬期に運用可能かどうかは疑わしい。

ツインオッターの爆音を聞いたらしい。プレハブの建物から数名の人影が走り出てきた。

「アキラ、気をつけろ。あいつら銃をもっている」

視力のいいフェルナンドが警告を発する。たしかに何人かが自動小銃のようなものを携えている。

キャンプのある窪地が眼下に迫る。指揮官らしい男が両手を振ってなにか指図する。銃を手にした連中が慌ててそれを体の陰に隠す。男たちはなにくわぬ様子でこちらに手を振ってみせる。服装は雪上用戦闘服を思わせる白一色の防寒スーツだ。

いったん上空を飛びすぎて、さらに低空で侵入する。ヘリの様子がはっきりと確認できた。チヌークはとくに兵装は目につかないが、ヒューイのほうは機首に二連装の機銃を備えたガンシップタイプだ。南極にこんな機体をもち込むことは明らかに条約違反だが、現状では相互信頼の原則に立って締約国同士の査察はほとんど行なわれていない。やろうと思えばいくらでもできるし、見つかったとしても罰則規定があるわけでもない。

しかしその狙いがわからない。モラエスの姿が見えないかと目を皿にしたが、指揮官らしい男は明らかに体型の違う男だった。しかし極点基地で初めて会ったとき、ドクター・ファーガソンは確かにこの場所でモラエスのパイパー・アズテックを目撃したと証言した。だとしたらそこにモラエスを始めとするコンドルの残党が関与している可能性は高い。背筋をひやりとした風が吹きすぎる。

「どういうつもりなんだ、あいつら。コンセプシオンIIまで攻撃を仕掛けてくる気か」

フェルナンドがため息を吐く。

「それはないだろう。航続距離の長いチヌークならともかく、ヒューイのほうはせいぜい片道飛行しかできない。そもそも冬が来たらメカニズムのややこしいヘリが飛べるとは思えない」

自らの不安を宥めるように応じたが、あんな場所でヘリを運用しようとする意図はやはり読み切れない。だからこそ不安が募る。消化不良の謎を頭に山ほど詰め込んで、パーマーランドの方向に機首を転じた。

7

四月中旬になると、コンセプシオンIIの気温は日中でもマイナス四〇度を下回るようになった。

周囲の氷原を吹き荒れるブリザードはここまでは吹き込まないが、空に舞い上がった雪粉が絶えず頭上から落ちてきて、毎日それを掻き落とさなければツインオッターの機体は雪の鎧で覆われてしまう。必要なときに迅速に離陸できる状態を維持するには日々のメンテナンスにかなりの時間を割かなければならない。その作業は想像以上に厳しいものがあった。

マイナス四〇度以下という彬にとって初体験の気温は、寒さというより強烈な痛みに似ていた。数分外気に身をさらしただけで顔の露出した部分は感覚がなくなり、代わりに頭から背骨の芯を鉄の串で刺し貫かれたような痛みが走る。

この温度では通常のやり方でエンジンを始動することは困難で、ヒーターによる予熱が不可欠だ。機内に増設したバッテリーも低温で電圧が低下しがちで、それをチャージしておくために毎日一定時間はエンジンを回すようにしなければならない。

コクピット内もエンジンが動くまでは外気と同様に冷え切っている。細かいスイッチやボタンを操作するために数分ミトンを外しているだけで指先に錐《きり》をもみ込まれるような痛みが走る。うっかり素手で金属類に触れればそのまま凍りつき、無理に剝がせば皮膚が破けて血が噴きだす。

トレーニングを兼ねて週に一度は周辺の遊覧飛行を試みる。乗客はナオミやエストラーダやシェフのオクタビオで、南極半島の主稜を飛び越して、太平洋側のベリングスハウゼン海まで足を延ばすこともある。一度始動してしまえばエンジンは快調で、はるか沖合いまで海氷に埋め尽くされた壮絶な冬の南極の景観を空から眺めるのは全員が初めての経験だった。

新しく出てきた問題もあった。極度の低温下では滑走時のスキーの滑りが悪くなることだ。

スキーは雪面との摩擦で雪や氷を溶かし、隙間にできた水を潤滑剤にして滑る。それがマイナス四〇度を下回ると雪が溶けにくくなり、離陸時のスピードが落ちてくる。さらに条件が悪くなれば必要な離陸スピードが得られなくなる。フェルナンドと相談して、エンジンを温めるヒーターの熱を回して、離陸時に金属製のスキーを熱することができないか検討してみることにした。

ＳＣＡＲとの交渉にアイスマンは老練な手腕を発揮した。チリ科学省の南極局を窓口に、ほとんど打開の見通しのない回答を連発した。アイスマンは時間切れによる居座り作戦を狙ったのだ。四月に入れば南極はすでに冬の入り口にあり、常識的にみれば撤退の時期は逸したことになる。ＳＣＡＲも無理押しはできず、結局、冬が明けてから話し合いを再開するという条件で折り合った。

アメリカの基地の動きについても南極局経由で可能な限り情報を仕入れたが、ファーガソンから聞いた以上の情報は得られなかった。航空機の運用計画はごく控え目なもので、試験をかねて極地仕様のビーチクラフト機を一機だけ導入するが、あくまで付随的な実験であり、実際に厳冬期の飛行が試みられる可能性は低いとの話だった。むろん備蓄されていた航空燃料の量を考えればその説明が眉唾なのは明らかだ。

南極横断山脈中の基地についてはなおさら情報が入らなかった。ＳＣＡＲには該当する基地に関する申請はないという。基地のある場所はアルゼンチンが領有を主張している地域に含まれるが、アルゼンチン当局も一切関知しないと言う。そう言われればあの基地にはどこの国の国旗もなく、ヘリの機体にも国籍を示すマークや文字は見当たらなかった。

不審な思いは募る。怪しいのはモラエスの動きだ。エストラーダがブエノスアイレスの同業者を使って確認したところ、彬たちが基地を偵察した日からほどなく、旅行に出るといって行方をくらまし、いまだに会社にも自宅にも戻っていないらしい。

ペンタゴンとコンドルが手を組んだ共同作戦——。それならなぜファーガソンが南極横断山脈の基地のことを彬に教えたのかが説明できない。SCARがつけてきた難癖も含めて、すべてがこちらの企てとは無関係なのかもしれない。しかしそう簡単には割り切れない、目に見えないパイプで繋がったなにかがあるような疑念は拭いようもない。

コンセプシオンIIの生活は平穏で、切迫した危機感はここに暮らす誰からも感じとれない。心の奥に秘められたものは推し量れないが、ここには外界の凶暴な寒さから守ってくれる暖かい家があり、十分すぎるほどの食料や生活物資がある。インマルサットを経由して世界のどことでも電話で話せ、インターネット経由で世界のあらゆる情報にアクセスできる。そして生命の存在を拒絶する外界の環境もまた、ここでは敵から身を守る堅固な砦なのだ。

気温がときにマイナス八〇度を下回り、風速数十メートルのブリザードが吹き荒れる真冬に、数百キロの距離を越えて接近できる敵はまずいない。背後にペンタゴンが控えるアメリカ隊にしても南極横断山脈にいる怪しげな隊にしても、決して容易には接近できない。

アイスマンはナオミが考えた献立プランには大いに不服のようだが、そのせいで健康状態はすこぶるよく、常時二〇度前後に保たれた居住棟内での生活ではまったく健康上の不安を感じさせない。

エストラーダは基地にある蔵書や雑誌の類いを片っ端から読みふけっている。人は見かけによらないもので、読書家というより活字中毒と言ったほうが適当で、いま本人がいちばん心配しているのはそのうち読む本がなくなることらしい。

フェルナンドはプンタアレナスからの定期便で山ほどとり寄せた航空シミュレーションソフトに熱中して、ジャンボからエアバスからF15イーグルからB2ステルス爆撃機まで、越冬中に世界のあらゆる航空機の操縦技術をマスターしようと暇さえあればコンピュータの前に張りついている。

アロンゾとほかの越冬隊員たちは毎日数時間、極寒の戸外で作業をしている。建物の周囲の雪掻きと、谷の雪面全体に穿った例の計画のための無数のボーリング孔に雪が詰まらないようにするための点検だ。

ブリザードが直接吹き込まないぶん、谷のなかは風で舞い上げられた雪の吹き溜まりになりやすい。南極では降雪は滅多になく、ブリザードは氷床に薄く積もった雪をある場所から別の場所へ移動しているに過ぎない。だからアイスマンヒュッテのような吹きさらしなら気にならないが、この谷底の場合は話が別で、周囲でブリザードが吹き荒れる日は一日じゅう粉雪が舞い落ちて馬鹿にならない量の積雪になる。今回の計画でいちばん神経を尖らせる問題が、この積雪と、唯一の足となるツインオッターのコンディションだった。

ナオミは助手のいなくなったシェフのオクタビオのアシスタントとして厨房に入ったり、定期的に隊員の健康診断をしたり、インマルサットやインターネットでチリ本国とビジネス上の連絡をとったりと日中は忙しそうにしているが、夕食の後は以前のように自室に籠ることもなく、だらだらと続く雑談に最後までつき合っている。

一つにはアイスマンが調子に乗って許容量以上のアルコールを口にしないように監視するためらしかったが、彬には、ナオミ自身がそれまでまとっていた心の鎧を脱ぎ捨てたようにも感じられた。

それまでしばしばあったぎくしゃくした言葉の行き違いがなくなっていた。食事や雑談のときにもナオミは彬の隣に席を占めることが多くなり、それがあながち偶然ではなさそうだった。ナオミは彬自身についての話題を好んだ。彬も過去の出来事について問われるままに答えた。ナオミはいまも彬の心と体の奥に居座っているアルコール依存症に医師としての関心を示した。マイクロバーストによる墜落のトラウマとの関連性を指摘し、専門ではない精神医学関係の資料をインターネットで検索していくつかのアドバイスを見繕ってきた。それは自らが抱えるギュンターの記憶喪失や死から受けたトラウマと折り合うための努力と表裏一体でもあるようだった。

ナオミが自分と語り合っている時間を楽しんでいることが感じられた。彬自身も同じ時間を楽しんでいた。二人のあいだにまだ残るみえない隔たりを限りなく縮めたい焦燥に絶えず心を焼かれながら——。

8

思いがけない連絡が入ったのは四月二十日の早朝だった。

インマルサット経由で彬をコールしてきたのはフリーダムヒルの越冬基地にいるドクター・ファーガソン。電話を受けた隊員から受話器を受けとると、ファーガソンは馬鹿に切迫した声で切り出した。

「じつは救難要請があってね。例の南極横断山脈にいる怪しげな隊からだ」

「なにが起きたんです？」

不審な思いがそのまま声に出た。ファーガソンは気にする様子もなく話を進める。

「隊員の一人が重態らしい。アルゼンチンのベルグラーノII基地を経由してマクマード基地が連絡を受けた。基地の医師が聞いた話だと、急性の肝機能障害で劇症肝炎の疑いもあるそうだ。急いで治療設備のある基地へ搬送する必要がある」

事情が呑み込めない。基地間の位置関係を思い浮かべて問い返す。

「そちらは動けないんですか。距離はほとんど同じだし、小型機を一機もち込んでいると聞きましたが」

「残念ながらここ最近の寒気で宝の持ち腐れになっている。ベルグラーノIIもこの季節は飛行機を置いていないんだ。マクマードからＬＣ１３０を飛ばす案も検討したんだが、現地には大型機が着陸できる場所がない。そちらのツインオッターが飛行可能なら、なんとかフリーダムヒルまで運んで欲しい。あとはこちらがＬＣ１３０で搬送するから」

面白くない気分を隠さず反論する。

「そちらに立ち寄った帰りに偵察しましたよ。連中はヘリをもっています。そのうち一機は航続距離の長いチヌークです」

「知ってるよ。馬鹿げたものをもち込んだもんだ。エンジンが凍りついてうんともすんとも言わないという話だ」

ファーガソンは先刻ご承知だというようにそっけない。偵察衛星の画像で確認済みなのだろう。それでもさらに言い募る。

「ほかにはヒューイが二機。どちらも機銃二連装のガンシップタイプです。そのうえ隊員は銃を携行している。まともな連中じゃないですよ」

「身元はこちらで確認したよ。どうやらアルゼンチン陸軍の跳ね返りらしい。南極条約が消滅したときに正当な主権を行使するには、極地の環境に耐えうる兵員の養成が不可欠だという信念に基づいて、政府の許可を得ずに越冬を始めてしまったらしい。軍事独裁の時代が長かった国だ。シビリアンコントロールには甘いところがある」

ファーガソンは気味悪いほど物わかりがいい。彬は強い言葉で反発した。

「明らかな条約違反です」

「それについては合衆国政府が外交ルートを通じて厳重に抗議する。しかし病人の問題はそれとは別だ。たしかそちらにはドクターもいるんだろう」

「ええ、います。しかし我々が上空を飛んだとき、彼らはいったん銃を向けてきた。安全の保証は？」

「アルゼンチン政府から保証をとった。急遽ベルグラーノIIから憲兵隊一個小隊を向かわせるそうだ。ただし陸路で行くことになるから、雪上車のスピードだと一週間はかかるだろう」

「それじゃなんの保証にもならない」

吐き捨てるように応じた。ファーガソンはいかにも南極人らしい人の良さを滲ませる。

「捕まれば軍法会議にかけられる身だよ。人の命がかかっているときに、さらに罪を重ねるような馬鹿なまねはしないだろう」

自分の警戒心がいささか過剰なのではないかと気になり始める。アイスマンと相談して折り返し連絡すると告げ、相手のインマルサットの番号を控えて通話を切った。事情を説明するとアイスマンは警戒心をあらわにした。

「そいつらはジークフリートの手先に決まっている。誘いに乗って出向いていけば向こうの思うつぼだ。もし病気の話が本当だとしても、私に言わせれば自業自得だ。命懸けで救出に向かう義理はない」

「そうはいかないわよ――」

ナオミが横手から身を乗り出す。

「ギュンターと叔父さんが怪我をしたとき、アメリカは最大限の支援をしてくれたでしょう。

困ったときはお互いが助け合うというのが南極で暮らす人間にとっては不文律じゃないの」

アイスマンは渋面をつくって説得にかかる。

「ナオミ、おまえのそういうまっとうな考え方が私は好きだが、あいにく世間は甘くできていない。リッテンバウムもフランツ・ロシュマンもギュンターも若くして命を落としたというのに、あの大悪党のボルマンは百歳近くまで生きた。ろくでもない奴がのさばって、まっとうな人間が馬鹿を見るというのがこの宇宙の大原理だ。人の善意を食い物にする悪党がこの世の中には大勢いるということだ」

「そういう意味じゃないのよ。この状況で救助に動かないとしたら、それはそれで異常な行動に見られるということよ。この前のSCARの干渉にしてもそうだけど、こちらの出方を見るための観測気球のような気もするの。現時点で世間によからぬ心証を振りまくのは考えものだと言っているのよ」

ナオミは噛んで含めるように言う。アイスマンが苦々しい顔を向けてくる。

「そのふざけた連中のところまで、無事に飛べそうか?」

「飛ぶだけならなんとかなります。問題は無事に帰れるかどうかです」

彬は率直に答えた。これが罠ならアイスマンの言い分が正しい。しかしそうでなければナオミの言うように、アイスマンの行動への世間の疑心を招くことになりかねない。アイスマンは腕組みをしてしばらく唸ってから断を下した。

「行ってくれ。エストラーダを護衛につける。危険だと思ったら着陸しないでそのまま帰ってくればいい。結果的にそいつらの正体を暴き出せるかもしれんしな。しかしくれぐれも無理はするなよ」

「私も行くわ」

ナオミが立ち上がる。アイスマンはその腕を摑まえて無理やり椅子に座らせる。

「だめだ。私はファーガソンという男もアルゼンチンの連中も信じちゃおらん」

アイスマンの口振りに妥協する気配はない。しかしナオミのほうにも退く気配はない。

「本当に病気だったら初期治療が重要なのよ。劇症の肝炎だとしたら感染の恐れもあるわ。この場合、医師が同行するのが常識よ」

「常識もへったくれもない。他人の命より自分の命のことを考えろ。この前の事件のこともある。幸運はそうたびたびは舞い込まないぞ。患者のことで必要なことがあったら無線で連絡をとり合えばいいんだ。そう思わんか、アキラ」

アイスマンは不意に話を振ってくる。ここはその言い分に賛成せざるを得ない。

「たしかに予測できない危険が多すぎる。病人やけが人の搬送はこれまで何度もやったことがある。フリーダムヒルには医師もいるはずだから、こちらがわざわざなけなしのドクターを派遣する必要はないと思うよ」

「足手まといになるというのね」

ナオミの視線が正面から突き刺さる。非難めいたその口調から謎めいた熱が伝わってくる。

「そういうわけじゃない。しかしわざわざ無用なリスクを負う必要はないと思って——」

　反論する言葉に力が入らない。ナオミは小さく首を振る。この世界に一人でとり残されるのはもういやだというように。ナオミの心が自分の心の一部のように確かな感触を伴って感じられた。胸の奥でなにかが弾けた。自然に言葉が口をついて出た。

「アイスマン。やはりドクターは必要です。彼女にも同行してもらいます」

「なんだと?」

　アイスマンの眉がぴくりと痙攣する。

「心配ありませんよ――」

　絶妙なタイミングでエストラーダが割って入る。

「ナオミが一緒ならアキラも無茶をしにくい。この男は少々頭に血が上りやすいところがある。ナオミがいればその抑止力になります」

　形勢は逆転した。エストラーダが訳知り顔で目配せする。ナオミは勢い込んで立ち上がる。

「すぐ支度をするわ。五分もかからないから、アキラはツインオッターの準備をしておいて」

　怒りの発作に震えるアイスマンを尻目に、フリーダムヒルのファーガソンを呼び出した。これから出発すると告げると、ファーガソンは大いに歓迎した。まもなくマクマード基地のLC130がフリーダムヒルに飛来して待機するという。

　冷気の缶詰になっているツインオッターのコクピットに駆け込んで、ヒーターのスイッチを入れエンジンを温める。始動できるようになるまで十数分はかかる。

フェルナンドが機体周りを点検する。手の空いている隊員が主翼や尾翼に積もった雪を掻き落とす。エストラーダがなにやら大き目のアタッシェケースを提げて後部キャビンへ飛び込んでくる。医療キットのバッグを抱えてナオミも機内へ駆け込んだ。

両翼のエンジンカウルからかすかに蒸気が立ち昇る。エンジンを始動する。低回転時特有の重くくぐもったエンジン音がコクピットの窓を震わせる。どうやら最初の難関はクリアした。しばらくそのままアイドリングする。エンジンの暖気がコクピットの空気を急速に暖める。フェルナンドが背中を丸めて副操縦席に滑り込む。

谷の上空にブリザードの雪煙が筋状に流れ込み、行き場を失って渦を巻き、朝の陽射しのなかをダイヤモンドダストのようにきらめいて落ちてくる。けさの気温はマイナス五〇度。プンタアレナスのグスマン中尉の腕は確かだった。特別仕様のツインオッターはこの気温でもまだ余裕をもって運用できる。

スロットルを全開にする。沈殿した寒気を切り裂いてエンジン音の周波数が一気に上がる。機体が動き出す。スキーの滑りも悪くない。フェルナンドが出したアイデアで、主脚の支柱に細工を施し、そこに機内の暖気を送り込むようにした。支柱からの熱伝導でスキーがいくらか熱せられ、それが雪面との摩擦を減少させる。仕掛けは単純だが予想した以上に有効だ。

東に向かって傾斜した雪原をフルスロットルで滑走する。離陸速度六〇ノットで機首を起こす。凹凸のある雪面から伝わる荒々しい振動がふつりと消える。頭上を覆うブリザードの雲に向かって急角度で駆け上がる。谷を囲む稜線の高さに達すると、機体が横風に煽られる。風上に機首を向けて横滑りぎみにさらに上昇する。乱気流が機体を激しく上下に揺さぶる。四〇〇〇フィート上昇してブリザードの上に抜けた。気流は安定した。さらに一万フィートまで高度を上げる。頭上には紫を帯びた藍色の空。眼下に広がる眩い氷原と天に嚙みつく牙のような南極半島脊梁山脈の岩峰群。谷底にあるコンセプシオンIIの建物はブリザードの雲の下に隠れてもう見えない。

はるか沖合いまで結氷したウェッデル海を左に見て、一三〇ノットで南東に機首を向ける。フェルナンドに操縦を任せ、手順を打ち合わせるためにキャビンへ向かった。

エストラーダがアタッシェケースから金属製のパーツをとり出して手馴れた手順で組み立てている。完成品を見て驚いた。M16A2——米陸軍の制式アサルトライフル。しかもグレネードランチャーまでついている。どうしてそんなものをと訊くと、エストラーダは不敵な笑みを浮かべた。

「なくてはならない商売道具だ。丸腰でボディガードというわけにゃいかんだろう」

プンタアレナスからいったんサンチアゴに戻ったときに用意してきたらしい。フレイ基地もコンセプシオンIIも国内法からみればチリの領土だから、手荷物は通関手続きが不要だ。搭乗してきたツインオッターは、自家用機のため手荷物のX線検査は必要ない。つまり自家用機を使えば、南極への小型火器のもち込みは事実上フリーパスなのだ。入れ知恵をしたのはアイスマンだという。

さっそく患者搬出の手順を打ち合わせる。着陸する前に上空から偵察する。危険がないと判断されれば着陸を試みる。その判断はエストラーダが行なう。着陸してもエンジンは止めず、着陸直後に怪しい動きが認められれば即刻再離陸する。患者の搬送は相手側に行なわせ、こちらは機外には出ない。エストラーダは銃を携えて予備燃料のドラム缶の背後に隠れ、怪しい動きがあれば迅速に行動できるように待機する——。

劇症肝炎の場合は感染の恐れがあるから、患者の血液や吐瀉物《としゃぶつ》には決して手を触れないようにとナオミが注意を喚起する。ここ数週間弛緩していた心と体に緊張が走る。打ち合わせが終わるとエストラーダはコンセプシオンIIの書棚から引っ張り出してきたペーパーバックのミステリーを読み出した。

ナオミは診療キットの中身に不足がないか点検している。窓の外に広がる大陸の氷床はブリザードの雲にまだらに覆われているが、頭上の空は地平線の彼方まで晴れ渡っている。ナオミが顔を上げる。視線が交差する。ナオミが笑いかける。彬も笑みを返す。緊張が解ける。わけもなく幸せを感じる。この飛行が永遠に続けばいいと思う。

第七章

1

彬の操るツインオッターは二時間半の飛行で南緯八〇度を越えた。

眼下に広がるロンネ棚氷の奥に、左右に荒々しい氷河を従えたフォレスタル山群の茫漠《ぼうばく》とした隆起が望める。ファーガソンから聞いた周波数で交信を試みる。ロケーションが悪いせいか相手は応答しない。

「どうも嫌なムードだな――」

フェルナンドが繰り返す空しいコールが聞こえたらしい。エストラーダがコクピットに顔をのぞかせる。

「応答がないんなら引き返すしかないな。この季節だと着陸するだけでも安全とはいえないんだろう」

たしかに彬も積極的な気分にはなれない。

「あのポイントならそう難しくはなさそうだけど、人が出て誘導するくらいは当然の礼儀だろうな。上空からコールして応答がなければ、そこで引き返したとしても世間は納得する」

エストラーダは頷いてさらに訊く。

「向こうは二十人くらいだという話だな」

「そう聞いた」

「火器はどんなのをもっていた？」

「軍用のライフルのように見えた」

「向こうがその気なら降りたとたんに蜂の巣だ」

エストラーダは薄いジュラルミンの壁を拳で叩く。まんざら冗談ではない顔つきだ。いますぐ引き返したい気分になる。ナオミを連れてきたことを後悔する。

フォレスタル山群のピークの一つ一つが判別できるようになった。目的の谷の上に聳える特徴的な台形のヌナタックが見えてきた。高度を下げながらその右手を回り込む。谷の上空に出たところでもう一度コールする。今度は応答があった。

「こちらアルゼンチン陸軍所属のホアン・ロペス大尉。救援を感謝します。谷のなかは風が弱く、着陸に支障はありません。患者は重篤です。ドクターは同乗していますか」

言葉づかいは紳士的だが、かえって腹の底が覗けない。さりげない調子で応答する。

「同乗しています。着陸地点にクレバスや顕著な凹凸は？」

「ありません。隊員二名が赤布をもって誘導します。ツインオッターの滑走距離なら十分余裕があります。さっそく降下を」

ロペスの声のトーンが上がる。エストラーダが渋い表情で首を振る。その意を汲んでアドリブで応答する。

「なにぶん初めての場所なので、状況を見極めないと自信がありません。上空を周回します。少し時間をください」

「了解。しかし患者は重篤です。なるべく早くお願いします」

ロペスはさらに切迫した声で念を押す。いかにもそれらしい口振りが鼻につく。谷の上を旋回しながらエストラーダに確認する。

「どう思う?」

「臭いな――」

側面の窓に顔を近づけて、エストラーダは首を捻る。

「あの連中、こんな場所にいて普通は退屈しているはずだ。全員外に出て、手伝ったり見物したりするもんじゃないのか」

言われてみれば確かにそうだ。ホアン・ロペスの言葉のとおり、二名の隊員が赤布をもって主棟から出てはきたが、それ以外には人影が見えない。あらかじめ病人を運び出しているわけでもない。言葉にしにくい違和感がまとわりつく。

「おれが話してみよう」

エストラーダがマイクロフォンをとってコールする。ロペスが応答するとエストラーダは穏やかに切り出した。

「あんたたちは南極条約に抵触する火器や武装ヘリをもち込んでいると聞いた。申し訳ないが、安全が保証されなければ着陸はできない」

「心配するのはよくわかる。しかし我々は反乱軍ではないし、誰に対しても敵意を抱くものではない。なんとかご理解願いたい」

ロペスは気味悪いほど低姿勢だ。エストラーダが問いかける。

「そちらの人員は？」

「私と患者を含め二十一名だ」

「申し訳ないが、全員を外に出してくれないか。丸腰でだ。それから機体までの患者の搬送はそちらにお願いする。フリーダムヒルまでの搬送は我々だけで行なう。そちらの隊員の添乗は認めない」

少し間をおいてロペスの声が返った。

「了解。すぐに準備をする」

その声に不服そうな響きはない。自分たちの立場をわきまえているともとれるが、用意されたシナリオに基づく演技のような気もしてくる。エストラーダはまだ緊張を緩めない。

さらに旋回を続ける。建物から隊員たちが出てくる。最後に担架に乗せられた患者が運び出された。それを含めて二十一名。本当にそれで全員だという保証はないが、疑っていてもきりがない。

「アキラ、一回目はタッチ・アンド・ゴーだ。問題がなければ二度目で着陸だ」

エストラーダはまだ慎重だ。いったん着陸すると見せかけて相手の動きを見るつもりらしい。滑走可能な雪原の長さを目測し、十分であることを確認する。谷は北東に開けている。風上の南西側から山越えで進入する。

高度が下がると地表を吹き荒れるカタバ風をまともに受ける。強い追い風で揚力が低下する。機体が急速に降下する。エンジン出力を上げ、機首を起こして目いっぱい揚力を確保する。背中にじっとり冷や汗が滲む。谷底に近づくにつれて風は弱まり、今度は機体が浮き気味になる。慌ててスロットルを絞り機首を下げる。

地上では五〇メートルほどの間隔で二名の隊員が赤布を振っている。その真ん中を目がけて接地する。鈍い衝撃が下から突き上げる。ごつごつした振動が機体を押し包む。

そのまま主棟の前を走りすぎる。白い防寒スーツの隊員がたむろしている。ライフルも拳銃も携行していない。右手に駐機しているチヌークと二機のヒューイはエンジン部分がシートで覆われているが、機体には雪が積もったままで、最近飛行した形跡はない。隊員たちが手を振っている。ことさら敵意は感じられない。

さらに一〇〇メートルほど滑走したところでスロットルを全開にする。ツインオッターは再び加速する。茫然と見送る隊員たちを尻目に機首を起こして再離陸。谷を囲む稜線の胸壁を舐めるように上昇し、先ほどの進入路へと翼を翻す。ホアン・ロペスから無線が入る。

「どうして着陸しないんだ。患者は重態だ。遊覧飛行している場合じゃないだろう」

ロペスは気分を害したようだ。エストラーダが親指を立てる。ＯＫのサイン。彬は愛想よく応答した。

「雪面の状況によっては離陸できないこともあるんで、試してみたんです。今度は着陸します。患者搬入の準備をよろしく」

同じ手順で再着陸に入る。二度目となれば風の影響も計算済みだ。適度な機首上げで滑らかに下降し、目標地点にぴたりと接地する。リバースピッチで減速し、主棟に向かってタキシングする。

エストラーダは打ち合わせておいたキャビンの所定位置に戻る。ノェルナンドも患者受け入れのためキャビンへ向かう。離陸に備えて機首を風上に向ける。患者が担架で運ばれてくる。エンジンをアイドリングにして待機する。

斜め前方に三機のヘリが並んでいる。真ん中のヒューイのコクピットで誰かが動いた。気のせいかと目を凝らしたとたんに、機首の二連装機銃が素早く振られた。銃口がぴたりと彬を向いた。無線機に聞いたことのある声が飛び込んだ。

「アキラ・キリムラ。プンタアレナスでは世話になったな。そこで座ったまま蜂の巣になりたくなければエンジンを停止しろ」

エウヘーニオ・モラエス――。今度はみごとに嵌められた。地団太を踏む思いで機外を見る。案の定、異変が起きている。担架に寝ていた病人が起きだした。その手にはショートタイプのＡＫ47アサルトライフル。偽病人を運んできた二人も同じ代物を手にしている。担架にかけた毛布の下に隠してあったらしい。この怪しげな基地にはなかなか役者が揃っている。

「アキラ、そのまま離陸しろ」

エストラーダの声がヘッドセットに飛び込んだ。そうは言われても、向こうが本気ならとたんにこの世とおさらばだ。スロットルレバーを握る手が硬直する。エストラーダがまたがなりたてる。

「心配するな。おれが援護する」

しかし狙われているのは自分なのだ。思わず叫び返す。

「向こうが先に撃ってくる」

「撃たせないから安心しろ。こちらが火器をもっていることを相手は知らない」

エストラーダはあくまで強気だ。その声が背中を一押しする。スロットルを目いっぱい押し込んだ。両翼のエンジンが高周波の唸りを上げる。機体がするすると滑り出す。ヒューイの機銃が追随する。血腥い恐怖が頭のなかで炸裂する。堪えきれずに目を閉じる。

キャビンの奥でライフルのけたたましい連射音。思わずまた目を開ける。ヒューイの風防が蜘蛛の巣のようにひび割れている。防弾ガラスで銃弾は貫通しないが、微細な亀裂で敵の視界は失われている。

ヒューイの機銃が火を噴いた。機体後部で乾いた衝撃音。こちらはスピードを増しており、銃口はあらぬ方向を向いているが、それでも何発か当たったらしい。頭から血の気が失せる。エストラーダに問いかける。

「そっちは大丈夫か？」

「三つ四つ穴が開いたが、人間のほうは無事だ。速度を緩めずそのまま離陸だ」

エストラーダの元気な声に、こわばっていた筋肉が弛緩する。機体はさらに加速する。ヒューイの前にさしかかる。再び後部でけたたましい射撃音。ヒューイの燃料タンクの一点に緑色に光る弾道が集中する。曳光弾を混ぜて射撃したらしい。エストラーダの狙いどおり瞬く間に燃料タンクが火を噴いた。

操縦席からモラエスが飛び出した。ヒューイが閃光と黒煙に包まれる。爆風でこちらの機体もぐらりと傾く。慌てて姿勢を立て直す。

離陸速度に達したところで機首を起こす。ふわりと機体が浮き上がる。向かい風で十分な揚力を得て最大角度で上昇する。稜線を越えるカタバ風に機体が大きく煽られる。八〇〇〇フィートまで上昇してようやく気流は安定した。

地上ではヒューイが派手な黒煙を上げている。残りのヘリが飛び立つ気配はない。水平飛行に移ったところでフェルナンドがコクピットに駆け込んできた。

「燃料タンクをやられたらしい。尾翼のあたりから白い霧が噴きだしている」

機体後部の補助燃料タンクだ。機内には別にドラム缶入りの予備燃料が積み込んであるが、補助タンクが空になればコンセプシオンIIまではそれでも足りない。一難去ってまた一難。この時期の南極で、燃料切れの不時着が意味するのは死以外のなにものでもない。そんな気持ちを気取られないように努めて平静に彬は応じた。

「ロンネ棚氷に出たら着陸して応急修理だ。早めに穴を塞げば燃料はもつ」

最大速度の一六〇ノットでフォレスタル山群を飛び越える。十五分でロンネ棚氷上に出た。補助タンクの燃料計は二〇パーセントのダウンだが、その程度なら許容範囲だ。

高度三〇〇〇フィートでクレバスや氷丘のない場所を探す。一帯は真綿のようなブリザードの雲に覆われて、氷上の障害物の有無がわからない。ブリザードを突いての着陸は地雷原に飛び込むのと変わらない。ようやくわずかな雲の切れ目に障害物のないブルーアイスの広がりが見えた。ほっと胸をなでおろす。

風上に回り込んで高度を下げると、機体がひどく煽られた。地表を吹くカタバ風と安定した上層の気流のあいだには強い乱気流の渦がある。その層を潜り抜けるとき機体は激しく翻弄される。ロデオの馬の背に乗った感覚だ。

操縦桿とフットペダルをせわしなく操作して懸命に姿勢を保つ。乱気流を抜けたとたんに機体がふわりと沈み込む。フラップを目いっぱい下げて、機首を起こし、揚力を確保しながら降下する。

これほどの地上風のなかで着陸するのはあのダウンバースト以来だ。低い陽射しにぎらぎら光るブルーアイスの氷面が眼下に迫る。降下速度が速すぎる。筋肉がこわばる。手先が震える。フェルナンドが傍らで十字を切っている。

重い衝撃が床から突き上げた。機体が大きく浮き上がる。また衝撃がやってくる。機体が軋んで悲鳴を上げる。さらに何度か氷上をバウンドしてようやく滑走が安定した。

リバースピッチで速度を落とし、ノーマルに戻して機首を風上に立て直す。停止したところでエンジンをアイドリングにし、アノラックとゴーグルとミトンの完全武装で彬は機外へ飛び出した。

降りたとたんに強風になぎ倒される。氷の上を二、三度ころがって、両手両足で這いつくばる。ツインオッターが風に煽られている。このままでは転倒しかねない。後部キャビンのドアが開いた。ナオミが不安げに顔をのぞかせる。這い寄って大声で叫んだ。

「後部の貨物スペースに黄色いキャンバスの袋がある。それをこちらへ投げてくれ」

ナオミもなにか口を動かすが、強風にちぎられて互いの声が届かない。ジェットエンジンの排気音のように風は耳元で猛り立つ。巨体のフェルナンドも主脚のスキーにしがみついている。

風上に体重を預けて、なんとか戸口へ歩み寄る。ナオミが身を乗り出す。その耳元でまた同じことを叫ぶ。今度は話が通じたらしい。ナオミが奥から重そうな黄色い布袋を運んでくる。エストラーダが途中でそれを受けとって、抱えて外に飛び降りた。

袋の中身は機体固定用のワイヤーとアイススクリューだ。氷床にアイススクリューを捻じ込んで、それを支点にワイヤーで機体を固定する。その作業をエストラーダとフェルナンドに任せ、彬は補助燃料タンクのある機体後部にとりついた。

ジュラルミンの外殻の下部に二〇センチくらいの穴が開いている。その奥の補助タンクにも幅数ミリの亀裂が入り、透明なジェット燃料が漏れ出している。

考えている余裕はない。ミトンを外し、その下のウールの手袋も外す。露出した手に刃物のような寒気が切りつける。

アノラックのポケットからアーミーナイフをとり出して、ウールの手袋を切り刻む。かじかんだ指は思うように動かない。なんとか切りとった小片をナイフの刃先で亀裂に押し込む。しばらくは漏れが止まるが、応急の詰め物はすぐに抜けてしまう。

冷え切った燃料が手にかかる。指先に錐で刺されるような激痛が走る。氷塊のような風に横面を殴られるうちに、しだいに意識が遠のいていく。

ふと冗談のようなアイデアを思いつく。それでも蜘蛛の糸にもすがる思いだ。ナオミのいるキャビンの戸口に戻り、紅茶の入ったテルモスがないか問いかける。戸惑いながらもナオミはすぐに探して手渡した。

それを手にして損傷箇所へ戻る。手袋の切れ端を亀裂に詰めなおし、テルモスの紅茶を振りかける。零下四〇度を下回る寒気のなかで紅茶は瞬時に氷に変わる。何度も繰り返し振りかける。燃料の漏れはぴたりと止まった。ナイフの刃先で叩いてみる。詰め物を覆った氷は金属のように硬い。冬の南極ならではの瞬間接着剤だ。どれだけもつかは不明だが、補助タンクを先に使い切るようにすればたぶんなんとかなるだろう。

両手の感覚はすでにない。指先が蠟燭のような色に変わっている。テルモスの残りの紅茶を振りかける。温かさを感じる前に紅茶は氷に変わってしまう。吐き気を覚えるような悪寒に襲われる。

フェルナンドとエストラーダはなんとか機体を固定し終えた。後部キャビンに集まって、全員がようやく一息ついた。タンクの修理に費やした時間は十分ほどだが、指先はすでに凍傷の初期症状だ。

ナオミの指示で予備のテルモスの紅茶をマグカップに入れ、雪を抛りこんで適温に調整し、そこに指を浸けて温める。指先に赤味がさしてくる。感覚が戻ると、今度は火傷のような痛みが走る。血行促進剤入りのクリームを塗布しながら、ナオミが指先をマッサージしてくれる。痛みはいくぶん和らいだ。ナオミが囁くように言う。

「大変なことに巻き込んじゃったわね」

「もう手遅れさ。それに結構楽しんでもいる」

我ながら意外なほど軽い口振りで彬は答えた。ここから逃げ出したいとは思わない。逃げ出せるとも思えない。どつぼにはまるとはこのことだ。これから始まるのは、たぶんプンタアレナスやバリローチェでの騒動が序章に過ぎないようなタフでスリリングな戦いだ。ナオミとともにそれを戦い抜くことに彬は心惹かれていた。この人生を擲《なげう》ってもいいような気がしていた。世渡りに長けた小賢《こざか》しい連中に蹴落とされて地球のどん底まで落ちてきた。ここで尻尾を巻いて退散するなら、そんな連中と五十歩百歩だ。

コンセプシオンIIを無線でコールしたが応答がない。特殊な地形のせいなのか、地上からはいつも無線が通じにくい。離陸してから再度交信を試みることにした。

銃撃で開いた穴を床張りシートと粘着テープで応急修理し、暖房を強めて冷えた体を温める。モラエスの登場には意表を突かれた。連絡をしてきたドクター・ファーガソンもなんとも怪しい。彼らが連携しているとしたら、アイスマンの拠りどころの南極の冬という天然の障壁も磐《ばん》石《じゃく》ではない。フリーダムヒルのアメリカ隊の物量作戦はことさら不気味だ。今後の計画について、アイスマンやアロンゾをまじえて再検討する必要があると、とりあえず全員の意見が一致した。

2

体が温まったところで出発することにした。

凍傷を負った彬をいたわってフェルナンドとエストラーダが離陸の準備に外に出た。ドラム缶入りの予備燃料をメインのタンクに補給して、機体を固定していたワイヤーをとり外す。彬は操縦席で計器類のチェックをする。

風防ガラスの向こうには純白の砂塵が迫っている。まもなくここもブリザードに包まれる。離陸は着陸ほど困難ではないが、それでも前方の障害物が見えない状態がいかに危険かは考えるまでもない。

フェルナンドが副操縦席に駆け込んできた。エストラーダも機内に戻ったという。固縛から解放された機体が強烈な向かい風を受けて暴れだす。燃料を含めて六トン近い機体がいきり立つ駿馬のように身を揺する。スロットルを全速に入れる。風に向かって滑り出す。向かい風の助けを得て機体はすぐに浮き上がる。急角度で乱気流の層をくぐり抜け、一万五〇〇〇フィートまで一気に高度を稼ぐ。

寒冷で稠密《ちゅうみつ》な上空の気流は安定していた。エストラーダに後部キャビンの窓から予備タンクの状態を確認してもらう。苦肉の策の応急修理はいまのところ成功しているようで、燃料の漏れはないという。巡航速度の一三〇ノットで北東に針路をとる。コンセプシオンIIを呼び出すと、今度はアロンゾが応答した。ここまでの一部始終を語って聞かせる。

「戦争がおっ始まりそうな雲行きだな」

アロンゾは物騒なことを言ってアイスマンに替わった。アイスマンはさらに穏やかではない。

「おまえたちは甘い。残りのヘリもぶち壊してくればよかったんだ」

「それじゃ過剰防衛になります。アルゼンチンから賠償請求されますよ。それにそもそもいまの季節にヘリが飛べるとは思いません。連中がなにを画策しているにせよ機動力はほとんどゼロです。どうせ一週間もすればアルゼンチンの憲兵隊に拘束されるんだし」

「だから甘いと言ってるんだ。アルゼンチンの軍部にはいまもコンドルの残党がいる。今回のことでアルゼンチン側が知らぬ存ぜぬの態度をとっているのはまやかしだ。油を売ってないで急いで帰ってこい。やってもらわにゃいかんことが山ほどある——」

アイスマンは苛立っていた。三時間ほどで戻ると答えて通話を終えた。フリーダムヒルのファーガソンにはこの事態についてはあえて知らせず、向こうからの反応を見ることにした。

前方の空に黒い点が二つ見えた。背中を虫が這いずり回る。視力二・〇のフェルナンドに確認させる。フェルナンドは目をしばたたいた。

「ヘリだよ。一機はツインローターだ」

「チヌークか？」

フェルナンドはこくりと頷く。

「もう一機はたぶんヒューイだよ。どちらも機体は白だ」

「さっきの連中のところにあった機体か？」

「たぶん」

フェルナンドはまた頷いた。速力を最大の一六〇ノットに上げる。小さな点がピーナツほどに大きくなる。フェルナンドの言うとおり白の迷彩のチヌークとヒューイだ。操縦桿を握る手に力が入る。あの基地にいたヘリに間違いない。コンセプシオンIIのある北東に向かっている。こちらが地上にいるあいだに上空を飛び越えていったのだろう。激しい風音に紛れて爆音が耳に届かなかったのだ。

二機のヘリとの間隔が一マイルほどに縮まった。高度はこちらより六〇〇フィートは低い。まだ相手の視界には入っていないはずだ。ナオミとエストラーダをコクピットに呼び寄せる。フェルナンドに操縦桿を預けて、彬は二人を振り向いた。

「どう思う？」

前方のヘリを指で示すと、エストラーダは厭味な口調で指摘する。

「たぶんコンセプシオンIIに向かっているんだろう。しかし連中のヘリは飛べないはずじゃなかったのか」

こちらも面白くない気分で応じる。

「読み違えたようだな。現に飛んでいるところをみると」

たしかに読みは狂ったようだ。よほど腕のいいメカニックがいたのか、冬季にヘリを運用する訓練を積んでいたのか。地上にいたときはエンジンはシートでカバーされていた。なにか特殊な細工が施されていたとも考えられる。

内陸部の気温はここ数週間で急速に低下しているが、まだ厳冬期にはほど遠い。フリーダムヒルのファーガソンの「ヘリは氷漬け」うんぬんの言葉で勝手に予断を抱いてしまった。ヘリはターボシャフトエンジン、ツインオッターはターボプロップエンジン。どちらもジェットエンジンの変形で原理は同じだ。こちらが飛べて向こうが飛べない理由はない。

「コンセプシオンIIまで燃料はもつのか」

エストラーダが訊いてくる。航空シミュレーションソフトの研究で、いまやあらゆる航空機のスペックに精通するようになったフェルナンドが代わって答える。

「ヒューイはたぶん片道だけだけど、チヌークなら往復が可能だ。チヌークがヒューイの帰りの燃料を積んでいれば十分行動範囲だろうな」

「狙いはなんだと思う」

エストラーダが煙草に火をつける。コクピットに貼られた「ノー・スモーキング」のプレートが目に入らないらしい。敵のシナリオが頭に浮かんだ。

「ツインオッターという唯一の足を奪った上で、コンセプシオンIIの制圧に向かう。結局こちらを拘束することには失敗したけど、燃料タンクに被弾したのは地上からもわかる。修理のために途中で着陸すると計算して、当初の思惑どおり攻撃に出発した――」

「そんなところかもしれないな」

エストラーダは煙草の煙で器用に輪をつくる。心臓が唐突に暴れ出す。

「あの人数と武装ヘリが一機なら、やろうと思えばコンセプシオンIIを制圧できるな。アイスマンたちは丸腰だから」

「丸腰というわけじゃない」

エストラーダが思わせぶりに言う。条件反射のように問いかける。

「M16のほかにも武器を運び込んだのか」

「おれじゃないよ」

エストラーダはにやりと笑って傍らのナオミに視線を投げる。

「ライフルが十挺ほどと迫撃砲とかロケット砲、携帯型の地対空ミサイルもあるわ」

ナオミはあっさり言ってのける。頭のなかにきな臭い匂いが立ち込める。

「どうしてそんなものが？」

「もともとアイスマンヒュッテにあったのよ。ピノチェトの時代に運び込んだものらしいわ。古い観測装置がしまってあった倉庫のなかに紛れ込んでいたの。ピノチェトが政権を追われてから基地の隊員は何度も代替わりをして、叔父がコンセプシオンIを買いとったときにはそんなものがあることを誰も知らなかったんでしょう――」

見つけたのは昨年の夏に古い倉庫を解体したときだという。木箱にあった搬入日の記録は一九八二年の四月で、アルゼンチンとイギリスのあいだでフォークランド紛争が勃発した時期だった。アイスマンヒュッテのあるパーマーランドに対しては、アルゼンチンとイギリスも主権を主張している。フォークランド紛争の根っこの部分には南極半島一帯の領有権に関わる鞘当てもあるらしい。ピノチェトは両国の争いに巻き込まれた場合に備えて、それらの武器を搬入したのかもしれない。アイスマンはそれをしらばくれてしまいこんでいたらしい。エストラーダが口を挟む。

「大半が錆びて使える状態じゃなかったんで、おれが暇な時間に手入れをしたんだよ。いまじゃ新品同様だ」

「アイスマンは最初からこんな事態を予測していたのか？」

「感じるものがあったのは確かなようね。叔父は当時もいまも、私でさえ知らない情報をもっているような気がするの」

ナオミが言う。親子以上に心が通い合っているようにみえたアイスマンとナオミのあいだにもまだ秘密があるということらしい。とらえどころのない変人だと思っていたアイスマンが得体の知れないモンスターにみえてくる。エストラーダが訊いてくる。

「どうする。アイスマンの希望どおり始末して帰るか」

「ライフルでヘリを撃墜しようというのか」

思わず訊き返す。エストラーダは吸いかけの煙草の火をブーツの底で揉み消した。

「真上から四〇ミリグレネードを一発落としてやれば空中でスクラップにできる。それともこのままやりすごしてコンセプシオンIIで待ち伏せするか」

エストラーダはすでに戦闘モードに入っている。血の気の多いのはどちらだと訝りながらこはとりあえず水を注す。

「まだ向こうはこちらに気づいていない。しばらく追跡して様子をみよう」

それがいいだろうとエストラーダも頷いた。緊張で顔面が固まっているフェルナンドに代わって彬が操縦桿を握る。さらに一〇〇〇フィートほど上昇し、スロットルを引いてヘリの速度に同調させる。

ブリザードの毛羽を一面に立てたロンネ棚氷に小さな影を落としながら、純白のチヌークとヒューイは、水平線上に青くわだかまる南極半島の方向に飛行を続ける。

ナオミが背後から肩に手を置いた。片手をうしろに回してその手の上に重ねる。まだ指先に残る凍傷の疼痛《とうつう》を和らげるようにナオミの体温が伝わってくる。

振り向いてナオミの顔を見る。思いつめた様子で頬を紅潮させている。肩に置いたその手を軽く叩いて微笑みかける。ナオミも笑みを返す。どこかぎごちないが、それでいい。緊張も恐怖も悲しみさえも微笑みによって克服できる。そんなことをパイロットの修業時代にメンタルトレーニングの本で読んだことがある。

傍らでフェルナンドがチヌークとヒューイの速力や運動性能について薀蓄《うんちく》を傾ける。気持ちは張り詰めているが気後れはしていない。エストラーダは煙草をふかしながら鼻歌を歌う。曲目はお馴染みの「グラシアス・ア・ラ・ヴィーダ」。ささやかで平和な人生への感謝を歌うその美しい調べが、この状況に妙に馴染んで聞こえるから不思議なものだ。

一時間ほど飛ぶと南極半島の主脈のピークが判別できるようになった。チヌークとヒューイの針路は相変わらずコンヤプシオンⅡの方向だ。

そのとき風防ガラスのすぐ横を緑色の光が連続して走った。

「曳光弾だ。うしろから狙われている！」

エストラーダが叫ぶ。頭上から黒い機影が飛び出して、そのまま前方へ駆け抜ける。速力はこちらより圧倒的に速い。単発のターボプロップ機だ。ジェット戦闘機のように細身の機体で、尾翼は大きく、風防は湾曲した一枚ガラス。コクピットは複座だが、乗っているパイロットは一人。スキーを履かせた極地仕様で、塗装は明るいグレー一色で、国籍を示すマークはない。今年の南極は国籍不明機でえらく賑わっているらしい。

「EMB－312トゥカノ。ブラジル製の軍用練習機だよ！」

フェルナンドが叫ぶ。聞いたことがある。一九八〇年代に開発された機体だが、安価なわりに高性能で、中南米諸国からヨーロッパまで広く輸出されている。練習機といっても性能は第二次大戦中の戦闘機に匹敵する。ツインオッターがドッグファイトで勝てる相手ではない。

「キャビンに戻ってシートベルトを！」

ナオミとエストラーダに指示を出す。トゥカノは一マイルほど前方で急上昇し、そのまま宙返りに入る。また背後に回る気だ。

「アキラ、こっちも旋回してやつのうしろにつけろ！」

インターコムにエストラーダのがなり声が飛び込む。

「旋回性能でも速力でもまるで歯が立たないよ。こうなったらじたばたしても無駄だ。いまのところ威嚇しているだけで撃墜する気はないらしい。もう少し様子を見てみよう」

乱れた呼吸を整えて、自分に言い聞かせるようにそう答える。撃ち落とす気なら無防備で鈍足のツインオッターを狙って外すはずがない。

トゥカノの機体が見えなくなった。再び背後に食いついたらしい。速力を失速ぎりぎりの六〇ノットに絞り込む。相手は高速の軍用練習機だ。こちらが遅いほうがかえって攻撃はやりにくいはずだ。緑色の光芒がまた風防の横をかすめていく。その直後、今度は下からトゥカノの紡錘形の機体が飛び出した。

案の定、敵は背後を押さえてもすぐに追い越してしまう。遅い飛行機にも利点はある。同じプロペラ機でも相手は高速型で、低速ではツインオッターより失速しやすい。こちらの背後を押さえようとして旋回やバンクをすれば失速の危険性はさらに高まる。

こちらがトゥカノと遊んでいるうちに二機のヘリははるか前方に遠ざかる。コンセプシオンIIへ先を越されたら手の打ちようがない。

「フェルナンド、席を替われ！」

M16を肩から提げてエストラーダが入ってきた。考えていることが読める。ここはエストラーダに任せることにして、フェルナンドに目顔で合図する。エストラーダは副操縦席に滑り込み、すかさず横手の窓を開ける。エンジンの唸りと風切り音とともに骨まで凍りそうな冷気がコクピットになだれ込む。

「あいつの燃料タンクはどこだ、フェルナンド？」

エストラーダが怒鳴る。

「両翼のつけ根から真ん中あたりだよ！」

フェルナンドが怒鳴り返す。トゥカノは斜め宙返りでまた背後に回る。機体の後方で気味悪い衝撃音。痺れを切らして威嚇から実射に切り替えたらしい。インターコムでナオミに問いかける。

「大丈夫か？」

「キャビンに穴を開けられたわ。でも燃料は漏れていないわ」

元気な声が返ってくる。燃料タンクのことよりナオミが無事なことが喜ばしい。

トゥカノが再び前に出る。M16を構えてエストラーダが窓から身を乗り出す。失速寸前の速度とはいえ時速一〇〇キロは超えている。構えた銃が風圧に煽られる。両足を床に踏ん張ってエストラーダは体勢を立て直す。

トゥカノが前方で上昇姿勢に入る。狙ってくださいというように幅広の翼面が起き上がる。その瞬間エストラーダの銃口が連続的に火を噴いた。翼のつけ根に銃弾が集中する。そこから燃料が霧になって噴きだした。

トゥカノは白い燃料の尾を引きながら高速で東に遠ざかっていく。行き先はアルゼンチンのベルグラーノⅡあたりだろう。モラエスの作戦にアルゼンチンの軍部が加担しているのはもう間違いない。

「これでおあいこだな」

エストラーダが窓を閉めながらにんまり笑う。鼻の頭が青白く変色している。外気に晒《さら》した時間は十秒ほどだが、すでに凍傷の初期症状だ。冬の南極で時速一〇〇キロの風圧に晒されて、まともでいられるほどにはエストラーダの面の皮も厚くはないらしい。

エストラーダは鼻の治療のためにキャビンへ戻っていった。黒い点となった二機のヘリとの距離をフルスロットルで詰めていく。速力はツインオッターが勝るといっても、その差はせいぜい五〇ノット。あのトゥカノが攻撃してきたということは、敵はこちらの接近に気づいていた可能性が高い。全速で逃げられたらコンセプシオンⅡの手前では捕捉できない。

じりじりしながら追尾するが、敵の機影は大きくならない。これでは途中で燃料が切れる。この季節の南極での不時着はほとんど死を意味する。やむなく追尾を諦め、巡航速度に戻す。

「アキラ、予備タンクの燃料の減少率が大きすぎないか？」

フェルナンドが注意を促す。応急補修した予備タンクを先に使い切るように、両翼のタンクからの供給はオフにしているが、たしかにそれでも燃料の減りが早い。トゥカノの銃撃で新たに亀裂が生じたか、あるいは苦肉の策の氷の接着剤が剝がれたか。

ナオミに窓から確認してもらう。やはりわずかだが霧のようなものが噴きだしているらしい。頭のなかで計算する。追い風を考慮に入れてエンジン出力を半分に絞る。予備タンクの燃料を当てにしなくてもぎりぎりコンセプシオンIIまでは飛べるだろう。ただし速力は八〇ノット程度に落ちる。チヌークやヒューイの巡航速度にはおよばない。捕捉することはもはや不可能だ。コンセプシオンIIに状況を報告し、南東から接近するヘリに警戒するように注意を促す。

太陽は南極半島の脊梁《せきりょう》の彼方に沈み、西空に暗い茜色を残して、頭上も眼下も夜の色に覆われはじめた。航空灯を点けない二機のヘリはしだいに薄暮の空に溶け込んでいく。

3

南極半島の沿岸部に達したときはチリ時間の十九時を過ぎていた。

太陽は完全に没し、漆黒の空を飾る夥しい星々と、宇宙の強風に煽られて妖しく揺れるオーロラの微弱な光だけが、眼下に横たわる氷の大陸をほのかに浮かび上がらせる。燃料をもたせるための低速飛行で、スケジュールは当初の思惑より二時間以上遅れていた。

コンセプシオンIIに状況を問い合わせる。二機のヘリはまだ見えないという。爆音も聞こえず、近くにいるような様子もないという。コンセプシオンIIを攻撃する可能性は薄らいだが、どこへ消えたかわからないのはやはり不気味だ。

アロンゾは用心のために秘蔵っ子のスティンガー地対空ミサイルを用意しておくという。とはいえ敵が本気で攻撃を仕掛けたら、彼らがもち堪えられるとは思えない。アロンゾにはとり乱した様子はなかったが、最悪の場合、死傷者が出ることは避けられない。

「こんな真っ暗ななかで着陸できるかな」

フェルナンドが不安げな声を漏らす。彬も同感だが、そんな気持ちは表に出せない。

「夜間の着陸には慣れているから心配ない」

「ジャンボに乗っていたころの話だろう」

「ハワイ時代にもだいぶやった」

「ハワイと南極じゃ天国と地獄くらい条件が違う」

フェルナンドはなかなか信用しない。上空の気流は安定しているが、地上近くではカタバ風がいまも吹き荒れている。その強風を突いて着陸する困難はこの日の飛行で身に沁みている。そのうえいまは夜なのだ。誘導設備の整った空港はともかく、地上との距離を目測できない夜間着陸はつねに地面に激突する危険がつきまとう。

「アロンゾに頼んで着陸地点でなにかを燃やしてもらってくれ。谷間に入れば風は収まる。あとはレーダー高度計を信じるだけだ」

フェルナンドが無線でコンセプシオンIIを呼び出す。コールを繰り返すが応答がない。ついさっきはアロンゾが応答した。無線室は食堂に隣接している。いまは食事どきで、こちらからのコールが聞こえないはずがない。

「まずいよ、アキラ。なにかあったんじゃないのか」

フェルナンドの声が緊張を帯びる。インターコムを通してその会話が聞こえたらしい。ナオミとエストラーダがコクピットに顔を出す。

「どうなってるんだ。無線機の具合が悪いんじゃないのか」

エストラーダが訊いてくる。フェルナンドが不安げに応じる。

「こっちの機械は正常だよ。ほかの基地同士の交信が聞けるし、さっきはちゃんと連絡がついたんだから」

「コンセプシオンIIにしても、この前の火事騒ぎで新品と交換したばかりよ。そう簡単には故障しないわよ」

ナオミが硬い口調で割って入る。機内の温度が急に低下したような気がした。機影を見失った二機のヘリがあのままコンセプシオンIIに向かっていて、ついいましがたの交信のあと攻撃を仕掛けた——。考えられないことではない。

そうだとしたら、アイスマンたちもさることながら、こちらも致命的な危機に直面している。燃料はコンセプシオンIIまでぎりぎりだ。地上のブリザードは止む気配がない。しかも夜間だ。そんな状況下での不時着は無謀というより自殺行為だ。なんとか無事に着陸できる唯一の場所がブリザードの吹き込まないコンセプシオンIIだけなのだ。最悪の場合は敵の制圧下に強行着陸することになる。もちろんその場合、敵が無事に着陸させてくれる保証はない。彬は努めて冷静な口調で言った。

「このままコンセプシオンIIに向かうことにする。フェルナンドは連絡がつくまでコールを続けてくれ。基地が無事であることを願って、予定通り着陸する。それが唯一の選択肢だ」

誰もが黙って頷いた。説明しなくても状況の深刻さをわかってくれている。

「バリローチェのときのようにエンジンを止めて進入できないか？」

エストラーダが訊いてくる。敵に制圧されている場合、感づかれるまでの時間を長引かせようという考えだろう。

「いくらなんでもそりゃ無理だ。普通に着陸するだけでも命懸けなのに」

「馬鹿でかい音を立てて進入したら、着陸したとたんに蜂の巣だぞ」

エストラーダが脅しをかける。不可能だとは言い切れない。谷のなかは気流が落ち着いている。しかし今夜は闇夜だ。バリローチェのときは月があった。不測のエンジン停止に対処するための滑空による着陸技術はパイロットにとって必須だが、あくまでそれは非常時の技術で、ここまで悪い条件で成功させるだけの自信はない。しかし迷っている余裕はない。燃料計の目盛りはほとんどゼロに近づいている。

「地上が危険な状態でもタッチ・アンド・ゴーはできないぞ」

エストラーダに念を押す。エストラーダは平然と言う。

「どっちにしてもあそこへ着陸するしかないわけだろう。おれが考えているのが、たぶんいちばん利口なやり方だ」

「というと？」

「静かに着陸して、できるだけ倉庫棟に近い場所に停めてくれ。そこから全員で倉庫棟に走るんだ。さっきナオミが言っていたピノチェトの置き土産の武器がそこにある。それを手に入れればなんとか敵と闘える」

「確かに闘えるな」

ため息とともに彬は応じた。倉庫棟は二〇フィートコンテナを十基ほど繋げたコンテナハウスで、一部は研究棟として使われている。居住性は最悪だが、鋼鉄製の外壁はライフルの銃弾程度は跳ね返す。武器もあるというなら籠城《ろうじょう》には最適だ。しかし敵を打ち倒すには十分ではない。

エストラーダは過剰な期待を抱かせない。闘えるとは言うが勝てるとは言わない。敵の人数も武器の種類もわからない。もし生存しているとしてもアイスマンたちは敵に拘束されているはずだ。楯にされれば攻撃はできない。状況が不利なことには変わりがない。

「単なる無線機の故障かもしれないわ」

自らの不安を宥めるようにナオミが言う。彬もそうあって欲しいと願いながらコンセプシオンIIに向かって高度を下げる。地上の起伏はほとんど見えない。位置と高度を教えてくれるのはGPSとレーダー高度計の数値だけだ。オーロラは頭上というよりほとんど機体の周囲で魔女の裳裾《もすそ》のように緑やオレンジ色の光芒を揺らめかせる。フェルナンドは傍らでコンセプシオンIIをコールし続ける。まだ応答はないようだ。

GPSの表示が、ほぼコンセプシオンIIの上空に達したことを告げた。フェルナンドが懸命に地上に目を凝らす。

「見えたか?」

「オーロラと星明かりだけじゃ稜線のかたちまで識別できないよ。たぶん近くにいると思うんだけど」

フェルナンドの返事は心細い。気象レーダーに映る地上の地形は曖昧な雲のようで、コンセプシオンIIをとり巻く山稜を特定するにはほど遠い。このあたりだろうと見当をつけた地点を中心にゆっくりと旋回する。

「アキラ、明かりが見えた」

フェルナンドが右前方を指さした。確かに一瞬コンセプシオンIIの灯火とおぼしい光が見えた。すぐに消えたのは谷を囲む稜線の背後に隠れたためだろう。

周回しながら一〇〇〇フィートほど高度を上げる。再び複数の光の点が現れた。光の配置はコンセプシオンIIの主棟の窓に対応している。間違いない。緊張がわずかに緩む。少なくとも着陸地点を見失い、燃料切れになる事態は回避できた。

光の点を正面に捉える。オーロラと星々の微弱な光を受けて、谷をとり巻く稜線のまだらな雪模様がぼんやり浮かんできた。これならなんとかいけそうだ。コンセプシオンIIのたたずまいは平和そのものに見える。単なる無線の不具合であって欲しいと願う。

谷の入り口から進入する。下降するにつれてカタバ風の影響を受ける。機体は横に流されているはずだ。左右の稜線はほとんど闇に溶け込んでいて、周囲の距離感が把握できない。ひたすら計器に目を凝らす。GPSで緯度方向の変化をチェックする。やはり流されている。

機首を風上に向け、横滑り気味に進入する。気流の乱れで機体が上下動する。冷や汗がじわりと滲み出る。みぞおちがきりきり痛くなる。

気流が落ち着いた。レーダー高度計が示す対地高度は一三〇〇フィート。エンジンを止める。ピッチをフェザリングに切り替える。ツインオッターは滑空しながら高度を下げる。

地表の状態はまだ見えない。底なしの奈落へ落ち込む気分だ。有視界飛行では重要な五感からの情報を一切無視し、トリムもピッチも速度も高度も、すべて計器の情報だけを信頼する。コンピュータシミュレーションの感覚に近い。それは計器飛行の基本中の基本だ。

対地高度一〇〇フィート。フラップをフルダウンして機首を上げる。着陸灯を点灯する。エストラーダのリクエスト通り、主棟からやや離れた倉庫棟に機首を向ける。着陸灯の光芒のなかに白々と谷間の雪面が浮き上がる。足元から衝撃が突き上げる。機体が振動に包まれる。大きく深く息を吸い込む。なんとか生きて地上に降り立てた。

倉庫棟に向かってスキーを滑らせる。雪面は緩い登りで滑走速度は急速に落ちていく。そのとき視界の片隅に見慣れないものが飛び込んだ。着陸灯の光の輪のなかにうずくまるずんぐりとした大きな塊。シングルローターのヘリ——ヒューイだ！

倉庫棟まで五〇メートルほど。ツインオッターはほとんど停まりかけている。主棟から人影がばらばら飛び出してくる。アロンゾたちではない。白い冬季迷彩の戦闘服。銃をもっている。キャビンの方向で銃声がした。エストラーダの先制攻撃だ。迷彩服の一人が雪上に倒れる。残りの連中が慌てて伏せる。

「機外に出ろ。倉庫棟まで走れ！」

インターコムの向こうでエストラーダが怒鳴る。

敵のライフルが一斉に火を噴いた。派手な着弾音が連続する。ツインオッターが穴だらけになるのが我が身のことのように実感される。フェルナンドが機外に転げ出る。彬も続いて外に飛び出す。

敵の銃口が一斉にこちらを向いた。背後でグレネードランチャーの鈍い発射音。敵の手前の雪面に黒い円筒が突き刺さる。閃光、黒煙、耳を劈《つんざ》く爆発音——。二人の男が宙に舞う。エストラーダは容赦ない。

「止まるな！　走れ！」

エストラーダが背後で叫ぶ。振り返るとナオミがこちらに駆けてくる。そのあとを追ってエストラーダも駆けてくる。フェルナンドはすでにはるか先を行っている。

主棟の方向でまたライフルの射撃音。足元の雪が跳ね上がる。別の銃声がそれに応える。エストラーダが反撃している。

背後で小さな悲鳴が聞こえた。ナオミが雪の上に倒れている。一瞬鼓動が止まりかける。彬は慌てて引き返した。

「撃たれたのか？」

ナオミは大きく首を振る。転んだだけらしい。大きく安堵のため息を吐く。腕を支えて助け起こす。敵の攻撃はまだ続いている。ナオミの腕をとり、引き摺るようにして倉庫棟へ走る。

敵のいる場所は窓からの光でかなり明るい。こちらはほとんど闇のなか。敵との距離は約三〇メートルで、光はここまで届かない。視野の点ではこちらが有利だ。それでも敵は闇雲に撃ってくる。周囲の雪面に雪煙が上がる。

露出した青氷《あおごおり》に足をとられる。夜間の寒気はアノラックを貫いて骨まで達する。息が弾む。脇腹が痛む。吐く息がそのまま顔に凍りつく。ナオミの手を強く握りしめる。その荒い呼吸が、速い鼓動が、切迫した心が、寒気の層を通して伝わってくるようだ。エストラーダが敵を牽制するM16の連射音が聞こえる。

4

倉庫棟の戸口にたどり着いた。フェルナンドが扉を開けて待っている。

「錠がかかっていたんじゃないのか?」

「開いていたんだ。誰かが閉め忘れたんだろう」

フェルナンドは気にする様子もない。こんな南極内陸部の基地までやってくる泥棒がいるはずもないが、アロンゾはすべてに厳格で、倉庫の施錠は隊員に徹底している。フェルナンドもツインオッターの補修部品をとり出したあとそのままにしてどやしつけられたことがある。アロンゾの逆鱗《げきりん》に触れるはずのうっかり者の隊員がいたことが、この状況では僥倖だった。

エストラーダが駆け込んできた。怪我をしている様子はない。内部は真っ暗だ。室内灯のスイッチをまさぐる。手に触れた突起を押す。天井の裸電球が点《とも》る。電源が切断されていないのが幸いだった。種々雑多な機器や備品が山と積み上げられた倉庫のなかで、明かりもなしに目当ての武器を探すのは不可能に近い。

エストラーダは勝手を知った様子で、武器が置いてある一角へ小走りに向かう。その方向で猛獣が呻くような声がした。

「誰だ?」

エストラーダが声を殺して問いかける。

「おれだ。アロンゾだ」

弱々しい声が答える。その方向へナオミが走り寄る。アロンゾは古びた木箱に背をもたせて荒い息を吐いていた。羽毛ズボンの太腿のあたりに穴が開き、そこからのぞく綿のズボンにはじっとりと血が滲んでいる。

「撃たれたの?」

ナオミが訊くと、アロンゾは顔を歪めて頷いた。

「連絡を受けてすぐ、武器を搬出しようとここへきたんだ——」

スティンガーとライフル数挺を運び出そうとしたところへ、突然ヘリの爆音が聞こえてきたという。慌てて外へ飛び出したが、爆音が聞こえるだけでヘリは見えない。ローターの風圧が周囲の雪を舞い上げていた。航空灯も着陸灯も点けずに、頭上でホバリングしているようだった。

アロンゾは茫然と立ち尽くした。そのとき闇のなかに連続する閃光が見えた。緑の光の矢が飛んできた。太腿に焼けるような痛みが走り、自分の体が跳ね上がり、硬い雪面に頭から落下した。たぶんそのまま気を失ったのだろう。

意識をとり戻したときはヘリは着陸しており、戦闘服姿の兵員がライフルを携えて主棟に侵入するところだった。雪上に横たわるアロンゾには目もくれない。死んだとみたか、息があっても寒さで死ぬと見越したのだろうとアロンゾは言う。

主棟からは争うような物音や銃声は聞こえない。武器もなければ戦闘経験もない隊員たちが、武装した侵入者に立ち向かえるはずもない。投降したのなら、すぐさま生命の危険に晒されることはないと判断し、アロンゾは彬やエストラーダが帰投するのをここで待っていたらしい。

ナオミが傷口を確認する。

「銃弾は貫通しているわ。大腿骨が折れている様子もないし、銃創はそう心配なさそうよ。それより頭を打ったのが気になるわ」

訊くと頭痛と吐き気がするという。ナオミはアロンゾの脈をとり、瞳孔をのぞき込み、打撲した頭部を触診する。とりあえず危険な兆候はないようだが、いずれにせよここでは手の施しようがない。

ヒューイに搭載されているのはたぶんM60汎用機銃。口径は七・六二ミリで、貫通力は高いが殺傷能力は低い。軍用銃本来の殺すより怪我をさせることを主眼にした火器だ。出血もさほどではなく、ナオミは髪をまとめていたバンダナで応急的な止血を施し、安静にしているようにアロンゾに指示した。

エストラーダは木箱の蓋を開け、M4カービンとマガジンをとり出して彬とナオミとフェルナンドに手渡した。まず彬が手本を示す。マガジンを装着し、初弾を薬室に送り、セーフティを外す。ナオミとフェルナンドが見よう見まねでそれに従う。

外が騒がしい。主棟側の壁に耳を押し当てる。雪上を走る足音が聞こえる。近くにあった木箱を踏み台にして、明かり取りの窓から外をのぞく。戦闘服を着た連中が、フォークリフトや雪上車を楯に散開している。

敵の武器はAK47アサルトライフル。アルゼンチン陸軍の制式銃ではない。グレネードランチャーのような物騒なものは装備していない。意外に軽装備だ。こちらに火器があるとは想定していないらしい。

エストラーダはM16の銃身で窓のガラスを叩き割る。外で一斉に銃声が響く。コンテナの外壁で銃弾が弾ける音がやかましい。エストラーダは慌てて首を引っ込める。窓から撃ち込まれた銃弾が跳弾となって、歯の浮くような金属音を響かせる。

「ちょって待て。話し合おうじゃないか」

エストラーダが敵に怒鳴りかける。なにを話し合いたいのかわからないが、むろんそれには敵は応じず、これが返事だとばかりにまた一斉射撃。向こうはなかなか強気のようだ。銃撃が収まるとエストラーダがまた怒鳴る。

「モラエス。いるなら返事をしろ。セニョール・シラセには指一本触れちゃいないだろうな。無礼なことをしていたら、そのかぼちゃ頭を粉々に叩き潰すぞ」

話し合いどころか挑発している。モラエスを引きずり出そうとしているらしい。さっそく当人がリクエストに応えた。雪上車の陰からわずかに顔をのぞかせる。

「きょうは楽しい思いをさせてくれたな、ジプシーの蛆虫野郎。大口を叩けるのもいまのうちだ。そこにはセニョール・シラセの可愛い姪っ子がいるんだろう」

なんとも不気味な物言いだ。エストラーダが怒鳴り返す。

「だからどうだというんだ」

「その鉄の箱のなかでアサード（アルゼンチン風焼肉）になると聞いたら、セニョール・シラセも穏やかじゃないはずだ」

エストラーダと顔を見合わせる。窓の外で敵が動く。雪上車の背後でなにやら作業が始まった。モーターの音が聞こえる。雪上車の陰から敵の一人が顔をのぞかせ、ホースのようなものをこちらに突き出す。エストラーダがフェルナンドに問いかける。

「ひょっとしてツインオッターの燃料は？」

「あの雪上車のうしろに置いてあったよ。給油用のポンプも一緒だった」

エストラーダの顔が引き攣った。ノズルから液状のものが噴きだして、暗い夜空に放物線を描く。天井で土砂降りの雨が降り注ぐような音がする。窓の外を透明な液体が滝のように流れ落ちる。

石油系燃料の刺激臭がコンテナハウスに侵入する。嗅ぎ慣れたジェット燃料のそれとはやや違う。エストラーダの顔が曇った。

「やつらガソリンを混ぜたようだな。ジェット燃料じゃ簡単に着火しないが、ガソリンを混入すれば、マッチ一本で着火する」

「どうしてあんなところにガソリンが？」

「ガソリンエンジンの古い雪上車が一台あるのよ。それ専用に備蓄してあったの」

ナオミが表情をこわばらせる。火を放たれたら、間違いなく全員が蒸し焼きだ。

「なにが欲しい？　おまえはなにを望んでいる？」

今度は彬が問いかけた。闇のなかからモラエスの声が返る。

「例の金塊に決まっているだろう。その在り処を聞きにお邪魔したんだが、困ったことにセニョール・シラセが色よい返事を聞かせてくれないんだ」

「叔父と話をさせて」

ナオミが呼びかける。モラエスは嘲笑する。

「いまさらしゃしゃり出たって埒はあかないよ。あんたは言うなれば交渉材料だ。セニョール・シラセの頑固さは有名だが、自分の強欲を満たすためにあんたの命を犠牲にするとは思えんからね」

アイスマンを救うどころの話ではない。こちらがアイスマンを脅迫するための道具にされているらしい。

「敵にもいくらか脳味噌があったらしいな」

エストラーダが吐き捨てる。火を点けられる前に外へ出て応戦するしかないが、たぶん飛び出したとたんに集中射撃を浴びる。しかもアロンゾは歩ける状態ですらない。計画の責任者のアロンゾが死ねばアイスマンの夢は挫折する。ナオミを助けようとしてアイスマンがその秘密を口にすれば、やはり計画は挫折する。もはや勝負は決まったようだ。

「この谷の秘密を明け渡して、ギブアップするしかないわ。そうすれば全員が助かるわ」

ナオミが深いため息を吐く。その表情に滲んだ無念さが胸を打つ。リッテンバウムの死もギュンターの死も、おそらくはロシュマン夫妻の死も、屍肉あさりの禿げ鷹にいちばん豪勢な宴を供するための空しい犠牲に過ぎなかったのか。

なにか突破口があるはずだ。懸命に思案をめぐらすが、頭の歯車は空転するばかりだ。

ふと先ほどのモラエスの言葉が気になった。たしか「例の金塊の在り処」と言った。ナオミに確認する。ナオミも頷いた。

「ひょっとしたらモラエスはなにも知らないのかもしれないわ。グロックナーバレーのことも、そこにある金鉱脈のことも――」

「アイスマンが探しているのはアルゼンチンで消えた五〇トンの金塊のことだと思っているわけか」

「そのようね。リッテンバウムの日記も手記もあの男は手に入れずに終わった。いよいよ焦りだして、勝手に私たちが金塊を見つけたと決めつけて、闇雲にここを襲撃してきただけなのよ」

ナオミの顔に希望と戸惑いの色が交互に滲む。ジークフリートの狙いがグロックナーバレーの金鉱脈だということは誘拐事件のときのやりとりで明らかだ。だとしたらジークフリートとモラエスのあいだに強い結びつきはない。こちらから観測気球を揚げてみる。

「だったらジークフリートに聞いてみろ。まんざら知らない仲じゃないんだろう」

「やつはすれっからしのペテン師だ。おれを利用するだけ利用して肝心のことはなにも教えない。こっちが禿げ鷹ならあいつはハイエナだ。しかし今度はおれが先手を打った。おまえたちも少しは利口になれよ。やつらは根こそぎ掠めとる気だが、おれはそこまで強欲じゃない。セニョール・シラセには恩義もある。協力してくれれば、少しぐらいはおこぼれに与からせてやる」

モラエスは上機嫌だ。アイスマンはまだ本当のことは喋っていないらしい。それならつけ入る隙がある。

「ジークフリートはあんたほど間抜けじゃない。本当のことを教えてやろうか。五〇トンの金塊なんて嘘っぱちだ。アイスマンもジークフリートも、そんな間抜けな話に踊らされちゃいない」

「しらばくれてもだめだ。この谷のどこかに金塊が隠されているのは間違いない。ピノチェト将軍もそう確信したからこそコンセプシオンⅠを建設して探索を進めた。だからセニョール・シラセがコンセプシオンⅠを買いとったとき、おれは臭いと思ったんだ。案の定ここに新しい基地をつくった。お宝は絶対にこの谷のどこかに埋まっている」

モラエスは簡単に誘いに乗らない。もう一つ鎌をかけてみた。

「だったらなぜジークフリートと手を組んだ？」

「話をもちかけてきたのはジークフリートだ。謝礼は弾むから、冬場に行動できる基地と空の足を用意しろってな。南極に人がいなくなる冬のあいだにこの基地を制圧して、例の金塊を掠めとる気だとおれは想像がついた。だからみごとに裏を掻いた。なに、ちょっと行動を早めただけだがね。ジークフリートは臆病な野郎で、作戦を実行するのは真冬の七月と決めていた。馬鹿な話だ。もういまごろは内陸で人のいるところは限られる。人がいたところで互いに行き来する足はない。少々手荒なことをしても邪魔は入らない。それにいくら耐寒仕様のへりといっても、厳冬期ともなればそうそう気軽に飛べるもんじゃない。つまりジークフリートがフリーダムヒルで様子見しているあいだに、お宝はおれがそっくり頂戴するというシナリオだ」

きょうのモラエスは格別口の滑りがいい。後段の話にショックを受けた。ジークフリートがフリーダムヒルで様子見している——。ペンタゴンがスポンサーだというあのアメリカの基地のことだろう。ドクター・ファーガソンの顔が思い浮かんだ。しかしナオミから聞いたジークフリートの人相特徴とは一致しない。もう一つ観測気球を揚げてみる。

「ジークフリートの裏には強大な権力がついている。あんたなんかが楯突いて、勝ち目があるとも思えない」

「舐めるなよ、若造。ジークフリートは嘘八百のごみ溜めから生まれたナチの亡霊だ。いいか、時代遅れのただの亡霊だ。やつの父親がどうのこうのの与太話にたぶらかされるんじゃない」

「やつの父親?」

思わず問い返す。モラエスの声に警戒の色が混じった。

「知らなかったのか。しらばくれやがって。悪知恵の働くチンピラ野郎だ。まあいい。これからこんがり人間アサードになる身だ。冥土《めいど》の土産に教えてやるよ。オデッサやネオナチの幹部のあいだじゃ、あいつはアドルフの息子ということで通っている」

「アドルフ？　アドルフ・アイヒマンか？」

「違うよ。もっと有名なほうのアドルフだ」

気味悪いショックを受けた。

「アドルフ・ヒトラー――」

「本人が吹聴しているらしい。ネオナチの屑どもは、第三帝国の正統な後継者だと祭り上げている。もちろんでたらめに決まってる」

モラエスは鼻で笑った。たしかヒトラーはベルリンの首相官邸の地下壕で妻のエバ・ブラウンとともに自殺した。二人のあいだに子供はいないとされている。しかし別の女がヒトラーの子種を宿していたとしたら、必ずしもあり得ない話ではない。誘拐事件のときにナオミが会ったジークフリートは六十歳前後に見えたらしい。年齢的には計算が合う。

傍らでナオミも唖然とした表情だ。どうやらこの話は初耳らしい。突然現れたヒトラーの申し子。信憑性はさておいても、ジークフリートの背後の闇がまた一段と深みを増してきた。

「さて、そろそろオーブンに火を入れる時間だ。寒いなか、遠路ご帰還あそばされた諸君にとってはさぞや堪《こた》えられないプレゼントだろうよ。快適な棺桶のなかで心ゆくまで暖をとることだ」

下卑た笑いを交じえながら、モラエスが「やれ」と命じた。部下の一人がAK47を構える。フルオートの連射音。鋼鉄の外壁に銃弾が当たる。鼓膜が破れそうな衝撃音とともに夥しい火花が散るのが見える。

窓の外を炎が包んだ。エストラーダが壊した窓から炎の舌が侵入する。手近にあった鉄板で慌ててエストラーダがそれを塞ぐ。倉庫のなかにもガソリンの気化ガスが侵入している。引火すれば内部まで炎に包まれる。

気温が急激に上昇する。寒さで収縮していた鋼板が反り返り、ティンパニーを強打するような音が鳴り響く。内張りのベニヤ板から焦げ臭い匂いが立ち込める。天井に張りついていた氷が剝がれ落ち、またたく間に溶けて水になる。

もう抵抗の余地はない。しかしアイスマンはまだギブアップしていない。愛する姪のナオミがここにいるというのに、いくらなんでも頑固の限度を超えている。

「研究棟へ移るんだ。急いで！」

瀕死の獣のような声でアロンゾが叫ぶ。エストラーダと顔を見合わせる。

「逃げ道があるんだ。例の計画のために雪洞が掘ってある。氷雪の状態を観測するための装置がそこに置いてある。そこを通って主棟にも出られるようになっている」

「あの雪洞は研究棟とも繫がっていたの？」

ナオミは驚いた様子だ。

「ああ、寒さが強まると研究棟への行き来が億劫になるんで、地下から繫いでおいたんだ。暇つぶしにやった仕事が、こんなところで役に立ったよ」

アロンゾは答えながら必死の形相で立ち上がる。フェルナンドが素早く肩を貸す。エストラーダはスティンガー地対空ミサイルとRPG－7ロケット砲を抱え込む。この男の頭のなかでは闘いはまだこれかららしい。彬とナオミも弾薬箱を一つずつ抱えて、倉庫と隣り合った研究棟に走り込む。

同じコンテナハウスの棟続きで、こちらも外は炎に包まれているはずだ。室温はすでにサウナ並みで、額や首筋から滝のように汗が流れ落ちる。アロンゾは研究棟の床の一角を指さした。取っ手のついた鉄の扉がある。

「おい、おまえたち。セニョール・シラセがギブアップした。お宝の在り処を教えてくれるそうだ。命は助けてやるから、武器を捨てて外に出てこい」

外でモラエスの怒鳴り声が聞こえる。本気かポーズか知らないが、アイスマンが取り引きに応じる姿勢をみせたらしい。ナオミはきっぱりと首を振る。

「ここまできたらその話はなしよ。せっかく突破口が見つかったんだから」

彬は大きく頷いた。エストラーダはにやりと笑う。

「こうなりゃあいつらを殲滅《せんめつ》するまでだ」

フェルナンドが鉄の扉を引き起こす。地下の雪洞に続く階段が見える。

「早くしろ。セニョール・シラセがその気になったのに、おまえたちをアサードにしちまったんじゃ元も子もない。それともなにか企んでやがるのか？」

モラエスは戸惑っている。エストラーダはM16を肩に提げ、スティンガーとRPG－7を両脇に抱え、真っ先に地下への階段を駆け降りる。アロンゾを背負ってフェルナンドがあとに続く。彬はナオミを先に行かせ、最後に階段を降りて鉄の扉を閉じた。

ライフルを肩に提げ、弾薬箱を脇に抱え、暗い雪洞を駆け足で進む。地上の灼熱地獄でかいた汗が氷点下数十度の冷気に凍りつく。低い天井に頭をぶつける。慌てて背を屈める。前方の明かりを頼りに必死で走る。

一〇メートルほど進んでやや広い空間に出た。裸電球に照らされた雪の小部屋。その中央の小テーブルには訳のわからない計測装置やコンピュータが置かれ、そこから延びた無数のケーブルが雪の壁に差し込んである。

倉庫棟に続く通路の奥で、立て続けに爆発音が轟いた。残してきた銃弾や迫撃砲弾が引火爆発したのだろう。この地下通路がなかったら、全員アサードどころかミンチボールになっていた。思わず膝から力が抜ける。

余分な武器弾薬はとりあえずそこに置き、アロンゾとナオミもそこに残して、いよいよ奇襲作戦にとりかかる。いまの爆発でまさかこちらが生きているとは思わないだろう。敵には油断があるはずだ。ポケットにマガジンと実包を詰められるだけ詰めて、エストラーダを先頭に主棟へ続く通路を走る。

倉庫棟ではまだ爆発音が続いている。雪のトンネルがその振動で揺れ動く。天井から雪の塊が落ちてくる。倉庫棟近くに駐機したツインオッターに被害が及べば一大事だ。

アロンゾによると、出口は厨房の裏手の食料庫内にあるという。トンネルは暗いが一直線だ。背後の小部屋からの明かりを頼りに迷うことなく駆け抜ける。行き止まりの暗がりにスチール製の階段が見える。エストラーダが頭上の鉄扉を押し開ける。室内灯の弱い明かりが射し込んだ。エストラーダが外へ出る。上から大丈夫だというように手招きする。

食料庫といっても天然の冷凍庫に過ぎない。凍結した食品類がうずたかく積まれた庫内を忍び足で走り抜け、厨房に続く戸口の前に立つ。分厚い断熱ドアの向こうで誰かが話す声がする。ドアに耳を近づける。喋っているのはシェフのオクタビオだ。

5

「セニョール・シラセ、真実をお聞かせ願いたい。本来我々が手にすべきエル・ドラドの在り処を」

オクタビオが落ち着き払った声で語りかける。屋外ではまだ散発的な爆発音が聞こえるが、ドアの向こうではその声以外に物音一つしない。オクタビオ一人で敵を制圧したのか。しかし主棟内に武器は置いていない。オクタビオは包丁をもつことはあっても戦闘のプロではない。そのうえ話の内容がどこかおかしい。まるでアイスマンに説教しているようだ。こちらがモラエスと対峙しているあいだに建物のなかでは別の事態が進行していたらしい。

「いよいよ本物の禿げ鷹が出てきよったか。おまえたちと比べればモラエスなどはまだ善人だ。

この命を楯にしても、貴様らの陰謀には手を貸さん」

ようやくアイスマンの声が聞こえてきた。こちらも動揺している様子はない。むしろ挑発を楽しんでいる。オクタビオの声に苛立ちが混じる。

「まだわからないのか。グロックナーバレーは我らが帝国の領土に属する。そしてあんたは帝国の民として選ばれた人間ではない」

「選ばれた人間が聞いて呆《あき》れる。貴様らの望んでいる帝国なんぞは権力亡者の妄想から生まれた地獄の糞つぼに過ぎない」

アイスマンの舌鋒は健在だ。オクタビオの声が高ぶった。

「我らが帝国を侮辱することはアドルフ・ヒトラー二世閣下を侮辱することだ。その罪は万死《ばんし》に値する」

アドルフ・ヒトラー二世閣下――。モラエスが言ったジークフリートの出自の話を思い出す。真偽のほどは別として、頭痛のするような大風呂敷が広がりだした。オクタビオはジークフリート一派の回し者――。

腕のいいシェフだとは思っていたが、無口なこの男の性格は摑みにくかった。しかしおかしなことはたしかにあった。ナオミが誘拐されたときの火事騒動はこの男の放火とみれば説明がつくし、ギュンターの死に繋がった落盤事故もこの男の仕業の可能性が高まった。

オクタビオはジークフリートの伏兵なのだ。敵はグロックナーバレーの秘密を探るために、二手から触手を伸ばしていた。ナオミの誘拐作戦は失敗に終わったが、もう一方の触手はきょうまでじっくり雌伏していた。期せずして出現した二つの敵をどう捌《さば》けばいいのか――。アイスマンが声を上げる。

「貴様一人でなにができる。モラエスだって成り行きによっちゃ敵に回るぞ」

「やつは金次第でどうにでも転ぶ、利用されて捨てられるのがお定まりの間抜けな小悪党に過ぎない」

「ところがその間抜けな小悪党にしてやられて、慌てて尻尾を出したのがおまえさんだよ、オクタビオ」

「予定よりスケジュールが早まっただけだ、セニョール・シラセ。決断は急いだほうがいい。ここでグロックナーバレーの真実を語るか、地獄に落ちて減らず口を叩くか」

オクタビオがふてぶてしく言い放つ。エストラーダが目配せする。突入の合図だ。エストラーダの背後に回り、M4カービンで援護する。フェルナンドも慌てて銃を構える。

エストラーダがドアを蹴破る。明るい室内照明に目がくらむ。エストラーダが厨房に駆け込んだ。彬とフェルナンドもそれに続いた。

「やめろ！　撃つな！」

アイスマンが叫ぶ。エストラーダが足を止めた。厨房のカウンター越しにオクタビオとアイスマンの姿が見える。アイスマンは椅子に座り、オクタビオはその傍らに立っている。基地の隊員たちとモラエスの子分の戦闘服の男が数名、壁際の床に座り込んでいる。

ＡＫ47数挺とマガジンがテーブルに積み上げてある。オクタビオはデイパックを背負い、そこから延びたケーブルが、手にしたライターのようなものと繋がっている。

「そこで止まれ、エストラーダ。背中の荷物は五ポンドのプラスチック爆弾だ。動けば全員あの世へピクニックに行くことになる」

オクタビオは起爆装置らしいそのライターのようなものを弄ぶ。モラエスが外でなにやらわめき散らす。ここで起きていることをまだ知らないようだ。

「気の利いたピクニックランチを用意したもんだな、オクタビオ。背中の荷物がもしチーズじゃないとしたら、おまえにもハンバーグの材料になる覚悟があるわけだ」

射撃姿勢のままエストラーダが挑発する。オクタビオが不敵に笑う。

「本気かどうか試してみるか。ただしその度胸があればだがな」

「エストラーダ、言うことを聞け。こいつの頭はまともじゃないぞ」

アイスマンが声を上げる。エストラーダは銃を降ろした。彬とフェルナンドもそれに倣った。

「銃はカウンターに置いて手ぶらで出てこい。おかしな動きをするんじゃないぞ――」

オクタビオは上機嫌で指図する。

「壁際に座れ。動くんじゃないぞ。ナオミとアロンゾはどうした?」

「逃げ遅れたよ。さっきの爆発でやられたようだ」

エストラーダが悲しげに答える。アイスマンの顔から血の気が失せた。モラエスの要求を受け容れた以上、全員無事だと思っていただろう。オクタビオの視線が逸れた隙に嘘だという意味を込めて彬が首を振る。アイスマンは軽く頷いて喜色を浮かべたが、直後にもとの落胆の表情に戻った。なかなかの名優だ。オクタビオがモラエスの部下に声をかける。

「トランシーバーであいつにここに来るように言え。武器は外に置いてくるようにな。逆らうとおまえ自身がどういう目に遭うか、しっかり状況を説明してやれ」

部下はトランシーバーを手に早口でまくし立てる。モラエスの苛ついた声が返る。しばらくやりとりして、部下はオクタビオに声をかける。

「あんたを出すように言っている。おれの口からじゃ説得できない」

オクタビオが顎をしゃくる。部下が抛ったトランシーバーを片手で受けて、オクタビオが喋りだす。

「モラエス。頭がついているなら考えどころだ。あんたの望みのお宝はセニョール・シラセの頭のなかだ。ナオミとアロンゾも知っていたはずだが、そっちはあんたが殺しちまった。言うことを聞かなければセニョール・シラセも頭の中身ごとミンチになる。協力すればおすそ分けくらいには与からせてやる」

トランシーバー越しにモラエスが息巻いた。

「ふざけるな、この盗人野郎。そんな半端な稼ぎで、おれの投資が回収できるか」

オクタビオが嘲るように応じる。

「あんたはやはり脳足りんだ。本当のお宝がなにか、まだ気づいていないらしい。あんたの思惑の五〇トンの金塊なんぞはした金だ。おれたちが狙うのは純金換算三万トンの鉱脈だ。それがどこにどんな具合に眠っているのか、セニョール・シラセがよく知っている」

「なんだと――」

モラエスは言葉に詰まった。会話の内容から察するに、オクタビオはアイスマンの計画の詳細をまだ把握していない。むろんアイスマンも、計画に直接関与しないオクタビオには真実は喋っていないはずだった。アロンゾの子飼いの部下にしても、知っているのは腹心の一名だけで、計画のための作業の名目は、あくまで南極の氷雪に関する科学調査だ。それだけアイスマンの偽装がみごとなわけだが、この状況ではそれがこちらに有利とも言い切れない。相手の腹が読めない点では互いに立場は同等なのだ。オクタビオはさらに続ける。

「どうする。おれたちに協力するか、それとも手ぶらでブエノスアイレスへご帰還あそばすか」

「つまり、いったいどういうことなんだ？」

モラエスは当惑を隠さない。オクタビオはさらに慎重に誘いをかける。

「悪いようにはしない。仲間に入りたければ銃を捨ててここに来い。これからセニョール・シラセの話がじっくり聞けるぞ」

「だまし討ちじゃないんだな」

モラエスはまだ疑わしい口振りだ。

「あんたの力が必要なんだ。ちょっとした行き違いで込み入った事情になったが、あんたと我々とは最初からパートナーだった。お互いに損をしないつき合いをするのが利口なやり方だ」

オクタビオは含みがあるような薄笑いを浮かべた。呉越同舟で多勢に無勢の状況を逆転しようという腹らしい。

「わかったよ。ふざけた真似をしやがったらただじゃおかねえぞ」

モラエスは言い捨てて通話を切った。まもなく主棟の出入り口のドアが開く音がし、さらに廊下に通じる二枚目のドアが開く音がした。床を踏む重い靴音がしてモラエスが姿を現した。例の南極横断山脈基地の隊長だというホアン・ロペスがあとに続く。さらに別の隊員が足に負傷したもう一人の隊員に肩を貸しながら入ってくる。全員丸腰だ。モラエスが驚いたように声を上げる。

「貴様だったのか、オクタビオ・リヒター。こんなところでウルグアイの殺人鬼のご尊顔を拝せるとは思いもよらなかった」

「始末した人間の数じゃあんたにはおよばないよ、エウヘーニオ・モラエス。コンドルの時代はよかった。我々には守るべきものを守る手立てがあった」

オクタビオが鷹揚に応じる。二人はかつてのコンドルの殺し屋仲間――。そこにアドルフ・ヒトラーのご落胤《らくいん》まで加われば、地獄の鬼も尻尾を巻く役者ぞろいだ。

「さっそくその話とやらを聞かせてもらおうか」

モラエスが馴れ馴れしい態度で歩み寄る。

「止まれ！　それ以上近寄るな！」

オクタビオが起爆装置を振りかざす。モラエスはびくりとその場に立ち止まる。

らに続いた。

物全体が激しく動揺した。厨房で鍋や食器が床に落ちる音がした。重苦しい地鳴りと揺れがさ
「信用しろよ。見てのとおりの丸腰だ」

　モラエスが大袈裟な身振りで両腕を広げてみせたとき、床下から重い衝撃が突き上げた。建
物全体が激しく動揺した。厨房で鍋や食器が床に落ちる音がした。重苦しい地鳴りと揺れがさらに続いた。

　地震——。オクタビオは口を開けて突っ立っている。そのときアイスマンの手が機敏に動いた。オクタビオの手から起爆装置が宙に舞う。エストラーダがテーブルに向かってダイブする。その上のＡＫ47を掴みとる。

　オクタビオの顔が凍りつく。エストラーダの手元でＡＫ47が火を噴いた。銃声が耳を劈いた。正確な二連射《ダブルタップ》。オクタビオは跳ね上がるようにのけぞって、棒杭のように床に倒れ込む。

　不気味な揺れはまだ続いている。モラエスに銃を向けてエストラーダが鋭く叫ぶ。

「アキラ！　フェルナンド！　銃をとれ！」

　弾かれたようにテーブルに駆け寄ってＡＫ47を掴みとる。フェルノンドもそれに続いた。セーフティを解除してモラエスの子分たちに銃口を向ける。

「なにが起きたんだ？　地震か？」

　モラエスが戸惑い顔で問いかける。アイスマンの顔が蒼白だ。これは地震ではないと彬は直感した。なにか極めてまずい事態が起きている。隊員たちがどよめきだした。

　地下の観測室にはナオミとアロンゾがいる。この揺れで雪洞が崩れたら命はない。隊員の一人に銃を預けて食料庫へ走る。フェルナンドもあとを追ってくる。

雪洞に通じる階段を駆け降りる。軽微な揺れはまだ続いている。天井から氷雪の塊が落ちてくる。さっきのような揺れがまた来たら、柱も梁もないただ掘り抜いただけの雪洞がもちこたえるのは難しい。

観測室へ駆け込んだ。崩落した氷雪のブロックが狭い空間を埋めている。目の前が暗くなる。不吉なイメージを振り払い、ナオミとアロンゾの姿を求めて視線を走らせる。

「アキラ、ここよ！」

ナオミの声がした。雪のブロックの隙間に赤いものが見える。ナオミのアノラック。回りこむとナオミとアロンゾがそこにいた。大きく安堵のため息をつく。

「大丈夫か？」

「なんとか無事よ。上のほうは片づいたの？」

ナオミの声は力強い。応える声が上ずった。

「ああ、なんとか。それより、またあの揺れがこないうちにここから脱出しないと」

「そうね、ちょっと危険な状態らしいわ。倉庫棟の火事から飛び火して、氷雪の下のメタンハイドレートに着火したらしいのよ。そうだとしてもごく一部で、谷全体が地滑りを始めることは考えにくいらしいんだけど」

ナオミは深刻な眼差しをアロンゾに向ける。アロンゾは頷いた。

「例の酸素供給用の縦孔に火の粉が飛び込んだらしい。そう簡単には着火しないはずだったんだが——」

谷の氷雪に穿った数百本のボーリング孔のことだ。いまのところ燃焼は一部に限定されているはずで、大規模な地滑りには至らないだろうとアロンゾは言うが、もしそれが起きたら退避の準備をしていない現状では基地にいる全員の命に関わる。アイスマンがツインオッターによる厳冬期の飛行にこだわったのは、地滑りを起こす前に計画的に退避するためだったのだ。

「それにしてもさっきの揺れはひどかった」

ため息を吐くと、アロンゾが観測用のコンピュータディスプレイを見て声を上げた。

「ちょっと待ってくれ。様子がおかしい」

そこに表示されている谷間の地図の半分近くが赤と黄に染まっている。

「これは地下温度のモニターなんだ。赤と黄の表示は温度の上昇を意味している」

「ということは——」

「広い範囲で温度が上昇している。予測を超える規模でメタンハイドレートが燃えているらしい」

「いったいどうして？」

「雪面下に我々が把握していない空洞があったのかもしれない。たぶんそこから燃焼のための酸素が供給されて、広範囲に延焼しているんだろう」

アロンゾの顔が土気色をしている。冷え冷えとした恐怖が皮膚全体に貼りついた。

「だったら落ち着いてはいられない。最悪の事態を想定したとして、地滑りが始まるまでの時間は？」

アロンゾは考えるいとまもなく答えを返す。

「せいぜい三十分だな。本格的な崩壊が始まるとしたら、その前にあちこちにクレバスができる。それまでがたぶん十分から十五分。つまり——」

「そのあいだに全員が退避しなきゃいけないというわけだ。ところがさっき帰投したばかりで、ツインオッターには燃料がほとんどない。給油には準備も入れて二十分はかかる」

「綱渡りだな」

アロンゾはあっさりと言う。彬も否定のしようがない。たぶんそのまま飛び立てる程度の燃料は残っているが、ここから最も近い避難場所はアイスマンヒュッテだ。距離は約七〇キロ、時間にして二十分ほどでも、そこまでもつかどうかは保証の限りではない。もったとしても着陸可能な気象条件かどうかさえわからない。おまけにモラエスという招かれざる客まで抱え込んでいる。

「なんとかやってみるしかないな」

彬はそれでもきっぱりと言った。希望の糸がいかに細くても、無為に死を待つよりはそれに賭けたい。

「そうよ、やってみるしかないわ」

ナオミが力強く応じる。フェルナンドとアロンゾも頷いた。

「さあ、のんびりしてはいられない。あとは時間との勝負だ」

彬はアロンゾを助け起こしながら立ち上がった。時間との勝負——。そうは言いながらも心のなかで訂正する。勝負の相手は時間ではない。それはおそらく死神との闘いだ。

6

力自慢のフェルナンドがアロンゾを背負う。エストラーダが運び出したスティンガー地対空ミサイルとRPG－7ロケット砲には未練が残ったが、それを使う状況が来ないことを願って放棄する。

息せき切って駆け戻った主棟の食堂では、モラエスと子分たちがすでにロープで縛り上げられていた。オクタビオはこと切れていた。エストラーダによれば、脅しに使ったデイパックの中身はコンポジション4ならぬピザ用の五ポンドのモッツァレラチーズだった。

負傷しているアロンゾに代わって彬が状況を説明した。話しているあいだも地震のような衝撃は襲ってきて、棚からは物が落ち、あちこちで物が倒れる。

「おれたちを置き去りにする気か？」

モラエスが泣き声を上げる。ただならぬ事態だとは察知したようだ。

「こっちは忙しいんだよ。いまはおまえたちのことまで気が回らない」

エストラーダは振り向きもしない。アイスマンとアロンゾのことはナオミとエストラーダに任せて、彬は機体の様子を確認しにフェルナンドを伴って外に出た。

谷の開けた東の空に半月が昇っていた。月明かりの下に広がる谷間の雪原は一見平穏そのものだ。倉庫棟の火災もほぼ収まっていた。しかしツインオッターに向かって駆け出してすぐ、目の前の光景に膝がすくんだ。主棟と倉庫棟のあいだの雪面にクレバスが黒々と口をあけている。長さは二〇メートルほど、幅は一メートル以上ある。そのはるか底では燃焼するメタンハイドレートの青い炎が揺れている。また衝撃が突き上げる。雪面がぐらりと揺れる。クレバスが広がるのが目で見てわかる。

クレバスを飛び越えてツインオッターまで一気に走る。機体を間近に見てまた愕然とした。後部の外板に穴が開き、キャビンのドアは半ば引きちぎれて頼りなげに揺れている。周囲にはコンテナの破片。倉庫棟の爆発による飛散物らしい。

コクピットに飛び込んで電気系統のスイッチを入れる。メーター類をチェックする。油圧系統を確認する。エンジンを始動する。二時間前までの飛行の余熱のせいか両翼のエンジンがスムーズに吹き上がる。

飛べることは飛べそうだが、機体に大穴が開いていれば機内は極寒の大気に晒される。モラエスのヘリを使う手もあるが、彬もフェルナンドもヘリの操縦はできないし、連中が素直に相乗りさせてくれるとも思えない。結局こちらの乗客には寒さに耐えてもらうしかない。

燃料のデポ地点までタキシングする。途中に二つ死体が転がっていた。エストラーダのグレネードの犠牲者だ。トランシーバーでエストラーダに状況を伝え、フェルナンドに給油の準備をしてもらい、彬は機体を点検する。

主棟からばらばらと人が駆け出した。着られるだけの防寒着を着てみんな達磨《だるま》のように膨れている。また大きな揺れがくる。これまでたぶん最大級だ。ツインオッターの翼が板バネのように上下に撓《たわ》む。

「彬、なんとかなりそうか？」

真っ先に到着したエストラーダが荒い息を吐きながら訊いてくる。

「アロンゾはなんて言っている？」

「崩壊が早まりそうだという話だよ。　燃料の補給は？」

「いま準備を始めたところだ。モラエスたちは？」

「勝手に逃げろと放してやった。見殺しにするのも寝覚めが悪い」

主棟の横手にうずくまるヒューイに向かってモラエスと子分たちが駆けていく。その行く手の雪面にもヘリの周囲にもいくつもクレバスができている。アロンゾが担架でこちらに運ばれてくる。アイスマンは隊員の一人に背負われている。ナオミがその傍らにつき添っている。

フェルナンドが魂を抜かれたような顔で歩み寄る。

「アキラ。ここにはもう燃料がないよ。モラエスのやつ、残らず倉庫棟にぶちまけたらしい」

RPG‐7が手元にあったらモラエスのヒューイにぶち込むところだ。ここはツインオッターへの給油用に少量をデポするだけの場所で、大半の燃料は三〇〇メートルほど離れた資材置き場にある。そこから重いドラム缶を何本も運んでいる余裕はない。

周辺のクレバスから白い蒸気が噴きだし始めた。青い炎の舌もちらちらのぞく。谷間の光景が地獄に似てきた。

「急げ、アキラ。時間がないぞ」

担架の上でアロンゾが叫ぶ。絶望的な気分で叫び返す。

「モラエスの馬鹿のせいで燃料の補給ができないんだよ。運を天に任せてこのまま飛ぶしかないな」

周囲の人声がぱたりと途絶えた。だれもがその意味をわかっている。全員が乗り込んだのを確認し、滑走路の方向に機体を回す。着陸灯を点灯して前方の雪面に目を凝らす。無数のクレバスができているが、どれもまだ幅は狭い。スキーでの滑走なら乗り越えられそうだ。

スロットルを全速に入れる。両翼のエンジンが甲高い悲鳴を上げる。ツインオッターは身震いしながら雪原を滑りだす。クレバスの黒い筋をいくつも乗り越える。そのたびに心臓が収縮する。

四〇ノット、五〇ノット――。予熱不足でスキーの滑りが悪い。なかなか離陸速度に達しない。のたうつようなクレバスが前方の視野に飛び込んだ。幅は四、五メートル。スキーで渡るのは到底無理だ。距離は五〇メートルほど。その手前で離陸しないと機体は転倒して大破する。

五五ノット、六〇ノット――。操縦桿を引く。機首が起きる。クレバスの開口が黒々と眼前に迫る。フェルナンドが傍らで神に祈る。彬も祈る。サンタマリア、サンタマリア――。

機体を包む振動が消えた。黒い帯のようなクレバスが翼の下を飛び退る。ほーっと深い息を吐く。ともかくこの場は生き長らえた。さらなる幸運に命を託してフルスロットルで高度を上げる。

アイスマンヒュッテのある北へ機首をめぐらす。下方に赤と緑の飛行灯がみえる。モラエスたちのヘリも離陸したらしい。

眼下の谷を見て体じゅうの毛穴が粟立った。月光に照らされた雪原が生物のように蠢いている。重力に圧縮されて表面にいくつもの皺ができ、あちこちに氷雪のブロックを浮かべながら溶けたバターのように谷の出口へ流動する。夥しい亀裂から蒸気の噴煙が立ち昇る。

膨大な氷流は谷の出口で波濤を形成し、さらに下部の氷河へと雪煙を上げて雪崩落ちる。グロックナーバレーが吐き出す壮絶な嘔吐。言葉を失ってただ見とれる。まさに間一髪だった。

我に返って燃料計に目をやった。指針はゼロのわずか上。ゼロを切ってもまだいくらかは飛べるが、アイスマンヒュッテまでもつかどうかはわからない。幸い月が昇ってくれて、着陸時の視界はまずまずだが、気象条件は着いてみないとわからない。ロンネ棚氷のときのように、ブリザードを突いての着陸が成功するとは限らない。行く手には乗り越えなければならない死線がまだいくつも立ちはだかっていた。

第八章

1

空調の吹き出し口から暖気は出ているが、ツインオッターのコクピットは凍てついたままだ。キャビンの寒さはここ以上だろう。二基のプラット&ホイットニーエンジンが吐き出す強力な暖気も機体に開いた大穴からたちまち漏れ出してしまうのだ。

インターコムでキャビンの様子を問い合わせる。間髪を容れずナオミが応答する。

「いまのところ全員無事よ。アロンゾの出血は止まったわ。きれいに貫通しているから、傷口は向こうに着いてから縫合すれば大丈夫。叔父は血圧が少し高そうだけど、とりあえず危険はなさそうよ。ほかのみんなは問題ないけど、とにかくここは凄い寒さよ。空気が薄いから、飛行が長引くと高所障害も出かねないわ」

めりはりの利いたその応答が、逆にキャビンの緊張感を伝えてくる。

「了解。しばらくの辛抱だ。幸い月も昇ってくれた。あとは着陸時の気象条件だけだ」

「燃料はもちそう?」

不安を隠した口調でナオミが訊いてくる。こちらも不安を気取られないように応答する。

「ツインオッターの場合、燃料計がゼロを切ってもさらに二十分くらいは飛べると聞いている」

先輩のパイロットからそう聞いた。しかし自分で試したわけではない。限りなく細い希望の綱渡り。ナオミは冷静に応答する。

「それを信じるしかなさそうね。あとどのくらいかかりそう?」

「十五分ほどだ。なんとかたどり着けるはずだ」

希望を込めてそう答えた。どんな過酷な状況でも、希望というものはいいものだ。それは人の心を結びつける。絶望は人の心を分断する。

事態は思わぬ方向に展開したが、アイスマンとナオミの計画が破綻したわけではない。きっかけは偶発的でも、あの地滑りは起こるべくして起きたもので、時期が予定より早まっただけなのだ。

ジークフリートやモラエスの介入も、アイスマンはたぶん予期していたはずだった。難関はあくまでグロックナーバレーのベールを剝ぐことで、それはやってみなければわからないことだった。しかしその後の政治的な処理には目算があると、これまでもことあるごとに言っていた。

その方面のことはアイスマンに任せるとして、彬の仕事はまずこの飛行を成功させることだ。

ヒュッテには越冬に十分な食料や燃料が備蓄してある。モラエスはすでに牙を抜かれた。問題はジークフリートがこれからどういう仕掛けをしてくるかだ。

低酸素による高所障害と寒気を避けて、地表を吹き荒れるカタバ風の影響を受けないぎりぎりの六〇〇〇フィートの高度をとって、巡航速度の一三〇ノットで真一文字にアイスマンヒュッテを目指す。

ヒュッテまで五キロを残す地点で、ついに燃料は切れて両翼のエンジンは停止した。

プロペラのピッチをフェザリングにし、フラップを下げて滑空に入る。バリローチェでもコンセプシオンIIでもやったことだが、今回は条件がまるで違う。猛り立つブリザードのただなかへ無動力で着陸することは、無謀を通り越してほとんど自殺行為だが、成功させる以外に生きて大地を踏む手立てはない。

腹に響くような風切り音に満たされたコクピットから地上の状態に目を凝らす。濁流のようなブリザードの雪煙がくまなく地表を覆っている。GPSで現在位置を確認する。正面にヒュッテの赤屋根が見えていいはずだ。夜間は自動点灯する誘導灯もまだ見えない。機体は急速に降下する。対地高度はすでに二〇〇〇フィートを切っている。

手近な物に体を固定するようインターコムでナオミたちに指示を出す。キャビンはほとんどが貨物スペースで、まともなシートは四つだけ。大半の隊員がじかに床に座っているはずだ。予期せぬ機体の動揺で壁や天井に体をぶつけることもありうるし、胴体に開いた大穴や仮補修しただけのドアから外に飛び出す危険もある。

高度は一五〇〇フィートを切った。ブリザードの縞目が粗くなる。そのなかから一本の鉄柱が突き出している。アイスマンヒュッテの無線アンテナだ。さらに目を凝らすと、雪の煙幕を透かしてヒュッテの赤屋根がはっきり見える。

フェルナンドが喜色を浮かべて手を叩く。あのよく喋るフェルナンドが飛び立ってからずっと寡黙だった。すでにゼロを指している燃料計が目の前にあり、行く手に広がるのはただざり立つブリザードの雲――。一つ間違えば空飛ぶ棺桶になりかねないツインオッターのコクピットにいるストレスは、キャビンにいるナオミたち以上のものがあるはずだ。

フラップを慎重に操作して高度を下げる。ブリザードの雲を透かして点滅する誘導灯が見えてきた。その二つの光を正面に捉えてさらに下降する。

乱気流の層に飛び込んだ。ツインオッターが暴れ出す。最小限の機体操作でそれを宥める。補助翼《エルロン》や昇降舵を派手に動かせば逆にコントロール不能に陥りやすい。

あのダウンバーストの恐怖が蘇る。全身の毛穴から冷たい汗が滲み出す。操縦桿を握る手が硬直して、ラダーペダルを踏む足先が痙攣する。必死で呼吸を整える。サンタマリアの祈りを唱える。ナオミの笑顔を思い浮かべる。ナオミの声を耳元に蘇らせる。

その声が言う。落ち着いて、アキラ。あなたはあの危機をもう乗り越えたのよ。惧れるものはなにもないの。いま感じている恐怖はただの幽霊に過ぎないの。幽霊と闘う必要はないのよ。しっかり目を開けてその正体を見るのよ。実体のないその幽霊の正体を――。

緊張のブロックがごとりと落ちた。両腕の金縛りがとれた。両足の痙攣が止まった。乱気流に身を委ねるツインオッターと心が一つになっている。

今度はブリザードの層に飛び込んだ。視界が純白の闇に覆われる。頼りになるのは計器だけだ。レーダー高度計、姿勢指示器、旋回釣り合い計、対気速度計、昇降計——。シミュレーター訓練のようにそのすべてに意識を配分する。

地表との高度差一〇〇フィート。強い横風に機体が流される。パワーゼロの滑空飛行ではそのモーメントには抗えない。無理はしないで成り行きに任す。着陸地点の多少のぶれなど気にはしていられない。

対地高度五〇フィート。機体がすとんと沈み込む。とっさに機首を引き起こす。固い衝撃が床から突き上げる。機体が跳ね上がる。コクピットの部材が軋む。大地が着陸を拒絶しているように、二度、三度と激しい衝撃が突き上げる。ここはツインオッターの堅牢さに命を託すほかはない。

機体はさらに何度かバウンドして、ようやく滑走は安定した。雪面の凹凸が不規則な振動となって機体を包む。横風に煽られて右に傾く。エルロンの操作で踏みとどまる。滑走の振動が次第に弱まり、やがて聞こえるのは窓外の風音だけになった。

「やったわね、アキラ！」

感極まったナオミの声がインターコム越しに飛び込んだ。

「ナイス・ランディング！」

エストラーダの祝福の声も飛び込んだ。

フェルナンドが声を上げて泣いている。彬の胸の奥でもなにかが弾け、溢れる涙に目の前の計器が滲んでぼやけた。

ヒュッテのなかは冷え切っていた。ありったけの暖房器具を食堂に集めてフル稼働させ、低温で調子の出ないディーゼル発電機をだましだまし始動させ、ようやく明かりと温《ぬく》もりのある最低限の居住環境を整えるのに三十分以上はかかった。

ナオミはアロンゾの銃創を縫合し、アイスマンの体調をチェックした。アイスマンは落ち着きをとり戻し、血圧もほぼ正常値に戻っているという。急転した事態についてもアイスマンは冷静に受け止めていた。

アロンゾはアイスマンの意を受けて部下たちを食堂の一隅に集め、彼らには伏せていた事態の一部始終を説明した。どうやらアイスマンが法外な危険手当を約束したらしく、多少の不平は漏らしたが、ことを荒立てようとする者はいなかった。逃げ出そうにも初冬の南極でほかに行く当てがあるわけでもない。

フランツ・ロシュマンの仮説は証明され、ギュンターの計画にしても手順はともかくその成功は疑いなかった。アイスマンは発見者の証として、ベールを脱いだグロックナーバレーを早急に空撮したいと言う。

燃料の備蓄は十分だが、ツインオッターの機体には大穴が開いている。修理しないと長時間の飛行では命に関わる。今回のブリザードを突いての着陸にしても彬の技量を超えた僥倖があってのもので、次も上手くいく保証はない。そんな事情を説明するとアイスマンは不満顔ながらも納得した。当面は彬とフェルナンドで機体の補修をしながら、好天を待つことで話は落ち着いた。

ナオミはさっそく熱いコーヒーを淹れ、備蓄食料の段ボール箱から探し出したクッキーとチョコレートを振舞った。憔悴した避難民たちの胃袋と心にようやく平穏が戻ってきた。

2

予期せぬ来訪者はパーマーランドが明け初めるころにやってきた。

ブリザードは夜っぴて吹き荒れて、エネルギーを使い尽くしたように明け方になってぱたりと止んだ。明け方といっても朝八時を過ぎ、唯一暖房の入った食堂で仮眠した全員が起きだして、アイスマンヒュッテでの新生活の準備にとりかかったところだった。

遠くから爆音が聞こえてきた。昨夜のファーガソンの忠告もあったので、外へ出て様子を窺うと、茜色に燃えそめた北東の空にこちらに近づいてくる四発の大型輸送機の姿が見えた。怪しげなアメリカ隊のいるフリーダムヒルは南西に位置する。ジークフリートの一味だとしたら方角が違う。

機影はぐんぐん大きくなり、ヒュッテの西を回り込んで着陸体勢に入った。胴体と尾翼のマークでフレイ基地から飛来したチリ空軍のＬＣ１３０だとわかった。しかし基地からは連絡を受けていないし、そもそもこの季節の南極で、空軍がなけなしのLC130を運用するというのがいかにも異例だ。電気まわりの機能はまだ回復しておらず、来意を問い合わせようにも無線が使えない。あとを追って戸外に出てきたナオミもなんの用事かわからないと首を傾げる。

LC130は昨夜のブリザードの新雪を豪勢に巻き上げて着陸し、主棟の正面へタキシングしてきた。後部のハッチが開き、チリ空軍エドアルド・フレイ基地のロゴ入りのダウンスーツを着た男たちが降りてきた。何名かはM16ライフルを肩から下げている。そのなかにドクトール・ヌネスの姿が認められた。歩み寄って声をかけた。

「ドクトール。こんなところまでなんの用事で？」

ヌネスが口を開く前に、憲兵の袖章をつけた男が割って入った。

「私はフレイ基地憲兵隊長のバスコ・サリナスだ。この基地は共和国政府が接収する。君たちには即刻ここを撤収してもらう。身柄はこのLC130でフレイ基地へ移送する。接収の補償については後日政府と協議してもらうことになる」

これまで友好関係にあったフレイ基地関係者にしては権柄《けんぺい》ずくな物言いだ。落ち着きの悪い気分で問いかけた。

「どういう理由で？」

「我が国に対する重大な安全保障上の問題が発生した。これは国家非常事態法に基づく強制措置だ」

「我々がなにかしたとでも？」

「アルゼンチン政府から強硬な抗議があった。君たちはアルゼンチン陸軍のヘリコプターに対して攻撃行動をとり、一機を破壊した。さらに同陸軍兵士二名を殺害した。これは犯罪であるのみならず、相手国からは戦争行為とみなされる安全保障上の重大な脅威だ」

予想もしない罠が仕掛けられていた。これも作戦のうちならモラエスの狡猾さを過小評価したことになる。

「攻撃してきたのは向こうで、こちらはあくまで正当防衛だ。火器を搭載した軍用ヘリをもち込むことこそ南極条約に抵触する違法行為じゃないのか」

「言い分は法廷で聞く。君たちを国内法で裁くということで相手国とは外交決着がついている」

サリナスは冷ややかに応じる。気まずそうに突っ立っているヌネスに問い質す。

「どうなんです、ドクトール。相手の主張だけを真に受けて、自国民を犯罪者扱いすることがチリ共和国の外交ですか。コンセプシオンⅡに攻撃を仕掛けたのはモラエスと結託したアルゼンチン陸軍の非正規部隊です。こちらは飛行中に軍用機による攻撃も受けた。ツインオッターの機体には被弾の痕が残っています。そもそもコンセプシオンⅡは国内法ではチリ共和国の領土だ。彼らの行動こそ明らかな侵略行為でしょう」

ヌネスは曖昧な態度でとりなした。

「デリケートな政治問題なんだよ、アキラ。隣国同士、波風を立てずにことを決着させるには互いの顔を立てる必要がある。君たちに対する処置は寛大なものになるはずだ。我々はアイスマンとの関係においても波風は立てたくない。しばらくここを明け渡してくれるだけでいいんだ」

心のなかで身構える。外交問題うんぬんは口実に過ぎない。コンセプシオンIIでの昨夜の出来事を彼らは知っている。おそらくその意味も――。

ナオミがサリナスに詰め寄った。

「残念ですけどその命令には従えません。裁判を起こすなら受けて立ちます。それとも自国民である私たちに銃を向けて強制的に排除するつもり？」

勢いに押されたようにサリナスは口調を改めた。

「穏便に退去を要請しろというのが基地司令官からの指示です、セニョリータ。ことを荒立てる気はありません」

「そもそも命令の出どころは？　執行令状はおもちかしら？」

ナオミはひるまず切り込んでいく。事件が起きたのは昨日なのに、面倒な外交手順と国内法上の手続きを済ませ、貴重なＬＣ１３０をわざわざ飛ばしてきた。その行動の早さはたしかに胡散臭い。

やりとりが聞こえたらしく、エストラーダを従えてアイスマンが外に出てきた。

「ヌネス！　この裏切り者！　藪医者なだけでも世間に迷惑をかけているというのに、そのうえ押し込み強盗にまで成り下がろうというのか？」

アイスマンは厭味の爆弾を投げつける。ヌネスが声を昂ぶらせる。

「アイスマン。コンセプシオンⅠにしてもコンセプシオンⅡにしても、公式にはチリ共和国の資産であり、あなたには貸与という形式をとっている。もともとあなたの所有物じゃないんです」

アイスマンは傍らで支えるエストラーダの手を振りほどき、鼻と鼻が触れそうな距離までヌネスに近づいた。

「それは形式上の話だ。条約消滅後に備えた既得権の確保に基地の数だけは減らしたくないというから協力したまでだ。その代わりこちらのやることには干渉しないという大統領の証文もとりつけた。それを反故《ほご》にするというのは、よからぬ下心があるからに決まっている」

「上が決めたことなんです、アイスマン。我々は軍人であり、命令には従うしかない。しかしあなたに対しては失礼のないように穏便にことを運べとの指令も受けている。ここはじっくり話し合って――」

ヌネスは説得に懸命だ。敵か味方か中立か、なんとも判断がつきかねる。

「ではその上とやらとじかに話し合う。この件の最高責任者は誰だ？」

アイスマンはかさにかかる。痺れを切らしたようにサリナスが割って入る。

「最高責任者はもちろん大統領ですよ、セニョール・シラセ。いくらあなたでもそう簡単にコンタクトはとれない」

アイスマンは鼻で笑った。

「ラゴスは私に借りがある。なにを隠そう私があの男を大統領にしてやったようなものだからな。限られた人間にしか教えない大統領個人の電話番号を私は知っている。ナオミ、インマルサットは使えるのか」

サリナスの顔色が変わった。勢いよくナオミが応じる。

「コンセプシオンIIから携帯型をもってきたのよ。バッテリーで動くからいますぐ使えるわ」

サリナスが傍らの兵士に目配せした。兵士たちがM16の銃口をこちらに向ける。背筋をぞくりと悪寒が走る。この連中はやはりまともではない。

エストラーダがアイスマンの前に出る。ナオミもアイスマンに寄り添った。アイスマンは動じる様子もない。

「どうも胡散臭いと思っていた。正体を現したな、薄汚い盗人どもが。ヌネス。おまえまで片棒を担いでいるとは思わなかったぞ」

慌てふためいてヌネスはサリナスに詰め寄った。

「ちょっと待て。意を尽くして説得するんじゃなかったのか。だからアイスマンと親しい私が交渉役としてついてきた。飛び道具で脅して強制するなら、わざわざ私がくる理由はなかった」

「そのとおり。だからあんたはもう用済みだ、ドクトール・ヌネス。長生きしたかったら我々の指示に従うことだ」

サリナスは薄笑いを浮かべる。兵士の銃口がヌネスに向けられた。ヌネスは後退る。アイスマンはしたり顔で頷いた。

「大統領とじかに話をされては困るわけだな。私も迂闊だった。フレイ基地にもモラエスの知り合いがいたとはな」

アイスマンの頬が赤く染まっている。血圧の上昇が心配になる。サリナスは意味ありげににやついてみせる。

「あんなこそ泥と同列に扱われたくはないな。我々こそがグロックナーバレーの正統な所有者だ。その秘密も我々だけに属すべきものだ。だからあんたたちはあの地滑りで死んだことにする。そのためにはこの地上からきれいさっぱり消えてもらう必要がある。それが我々がお邪魔した本当の用件なんだよ」

鳥肌の立つような恐怖を覚えた。サリナスはLC130で身柄を移送すると言った。その本当の意味が現実味を帯びて実感された。以前ヌネスから聞いたコンドルの得意とする殺戮の手口。輸送機で大海のただなかに運び、突き落として魚の餌にする――。

3

彬たちはロープで手足を拘束されて後部ハッチ付近に集められた。

LC130の貨物室は、薄暗く、救いようのない寒さで、頭の芯が痺れるような轟音に満たされている。会話が通じるのは隣同士くらいだ。アイスマンやアロンゾの具合が気になるが、それもいま全員が直面する運命を思えばとるに足りないことかもしれない。

あれからまもなくフェルナンドとアロンゾと五名の隊員も機内に連行された。豪腕のエストラーダも丸腰では抵抗のすべもない。飛び立ってすでに三十分。貨物室には窓がなく現在地を知る方法はない。しかし離陸直後に大きく左旋回したのが機体の傾きでわかった。離陸時は北から南へ滑走したはずだから、向かっているのはおそらく北東。おおむね大西洋だと推測できる。もちろんその理由も——。

不運なヌネスもこちらの仲間に加わっている。たまたま彬の隣に寝転んでいるため轟音のなかでも話が聞けた。

もともとアイスマンのお目つけ役だったヌネスは、基地司令官の指令で同行しただけで、サリナスの企てについては関知しないという。現にいま大西洋の鮫の餌の仲間入りをしている点からすれば嘘ではなさそうだ。

基地司令官への命令はプンタアレナスの方面司令部からきたと聞いたが、その命令が偽だったか、司令官がサリナスと同じ穴の狢《むじな》だったかどちらかだろうとヌネスは口惜しさを滲ませた。いずれにせよジークフリートの一派は空軍内部にも浸透していたというわけだった。

監視役の下士官一名を貨物室に残し、サリナスたちは機体前部の客室にいる。プンタアレナスとフレイ基地を結ぶ定期便に使うため、料金を払って搭乗する乗客用に仮設された特別設備だ。貨物室にはフレイ基地で見かけたことのある雪上車が積まれている。彬たちを処分してから陸路でグロックナーバレー見物にでも出かけるつもりらしい。

アイスマンとナオミの会話は彬の耳には届かない。フェルナンドとアロンゾは壁に背をもたせて押し黙っている。隊員たちは隣同士でしきりに喋り合っている。突然の拘束の理由がわからず、怒りよりも当惑が心を占めているようだ。

事情を説明するゆとりはなかったし、またそれでよかったのかもしれない。やがて訪れる最悪の一瞬が逃れようもない運命なら、知らずにいたほうがましかもしれない。心に希望があれば突破口も生まれるかもしれない。いまここでいたずらに絶望に打ちのめされる必要はない。

エストラーダはなにやらもぞもぞと蠢いている。ときおり痛みを堪えるように顔をしかめる。監視の男がそれに気づいた。銃をもって歩み寄り、エストラーダになにか言う。エストラーダが言い返す。騒音でそのやりとりは聞こえないが、エストラーダが激しく罵っているのがわかる。

男がライフルを振り上げた。銃身がエストラーダの顔を打つ。頬が裂けて血が噴き出した。エストラーダは男に血の混じったつばを吐きかけた。白いアノラックに血の色の水玉模様が散らばった。男の顔色が変わる。体重をかけてエストラーダの腹に銃身を突き下ろす。エストラーダは海老のように体を曲げてそれを堪える。

男がまた銃身を振り上げた。その一瞬、拘束されていたはずのエストラーダの腕が素早く伸びた。銃身を掴む。引き寄せる。男は前にのめり込む。エストラーダの上体が跳ね上がる。男の襟を摑み、その額に頭突きを一発食らわせる。

男がよろめいた。その脛を縛られたままの両足で払う。エストラーダに覆い被さるように男が倒れ込む。

エストラーダの右手が機敏に動く。男の腰から拳銃を抜きとり、銃身をその口に突っ込んだ。くぐもった銃声が耳に刺さった。男の後頭部から血と脳漿が噴き出した。

エストラーダは男の体を押し退けて、素早く足のロープを解いた。客室にいるサリナスたちに動きはない。機内の騒音に加え、男の頭自体がサイレンサーになった。銃声は聞こえていないはずだった。

続いてエストラーダは彬のロープを解いた。彬は隣のヌネスのロープを解いた。どうやったのかと訊くとエストラーダはにんまり笑った。

「ジプシーの芸人だった祖父《じい》さんから仕込まれた縄抜けの術だ。お陰でアフリカじゃ何度か命拾いしたことがある」

まもなく全員が拘束を解かれた。ナオミは倒れている男に触れもしない。すでに死体以外のなにものでもないことは素人目にも明らかだ。

彬は死んだ男のグロック17を拝借した。エストラーダはM16を手にとった。残る敵はサリナスを含む四名に、コクピットにいる正副二名のパイロット。人数ではこちらが勝るが、火器の数では敵が優勢だ。まともに闘って勝ち目はない。彬はある作戦を思いついた。耳打ちするとエストラーダは大きく頷いた。

積み荷の雪上車に走り寄る。車体はワイヤーで床に固定してある。そのターンバックルを次々外す。彬は運転席に駆け込んだ。エストラーダも助手席に飛び乗った。

機体は水平飛行を続けている。エンジンを始動する。アクセルを踏む。ディーゼルエンジンが唸りを上げる。キャタピラが盛大な音を立てて床を噛む。

　雪上車は妥協のない力強さで前進し、貨物室と客室のあいだの隔壁をいとも軽々と突き破る。前方の座席にいたサリナスが振り向いた。部下たちも慌てて立ち上がる。雪上車は座席を踏み潰して前進する。サリナスたちは逃げ惑う。最前部の隔壁の手前へ追い詰める。

　敵は拳銃を抜いて応戦する。窓より低く頭を下げて彬はアクセルを踏み続けた。風防ガラスが砕け飛ぶ。エストラーダが外へ飛び出す。バーストモードの銃声が響いた。サリナスの腕が吹き飛んだ。部下の男の頭が炸裂する。彬も運転席から立ち上がり、コクピットに逃げ込む男の背中にグロックの銃弾を叩き込む。男の体が床に沈んだ。背後でまた派手な銃声が響いた。

　運転席から飛び降りてコクピットへのタラップを駆け上がる。副操縦士が立ち上がる。ショルダーホルスターに手がかかる。その喉元に向けて引き金を引く。副操縦士の首がへし折れる。機長が慌てて両手を挙げる。操縦席のコンソールに目を走らせる。オートパイロットのランプが点いている。

　エストラーダが顔をのぞかせた。むせるような硝煙がコクピットに流れ込む。機長の身柄はエストラーダに預けて、彬は機長席に滑り込む。素早く計器類をチェックする。運航状況に問題はない。

　それを確認したとたんに全身が震え出す。生まれて初めて射殺した二人の男の顔が目に浮かぶ。吐き気がする。頭のなかで誰かが絶叫している。助かったのだと言い聞かせる。これで全員が助かったのだと、何度も何度も自分に言い聞かせる。次第に気持ちが落ち着いてくる。

「アキラ、伏せろ！」

一息つく暇もなくエストラーダが叫ぶ。慌ててコンソールに突っ伏した。銃声が響いた。跳弾が唸る。続けて別の銃声。背後で重い物が床に落ちる音がした。振り向くと先ほどの機長がうつ伏せに倒れている。右手に拳銃が握られている。エストラーダが荒い息を吐く。

「危なかった。目を離した隙に倒れていたサリナスの銃をもぎとってコクピットへ駆け込みやがった。敵ながらたいした敢闘精神だ」

命拾いしたと思った一瞬、今度は機体がぐらりと傾いた。エストラーダがハンドレールにしがみつく。不可解な機体の挙動に頭のなかが空白になる。オートパイロットのランプが点滅している。先ほどの銃撃でコンソールに窪みができている。たぶんその衝撃でオートパイロットが誤作動したのだ。

慌てて解除レバーを引く。マニュアルに切り替わったはずの操縦桿を右に倒す。操縦桿は頑なに抵抗する。オートパイロットが解除されない。機体はさらに傾いていく。このままでは揚力を失って眼下の海へ一直線だ。レバーを何度も引きなおす。ようやくオートパイロットのランプが消える。

こわばっていた筋肉が弛緩する。大きく深くため息を吐く。そのとき貨物室で大きな音がした。なにかが引きずられるような摩擦音。続いて機体がスクラップされるような衝撃音。LC130が小犬のように身震いする。空中分解の恐怖が頭をよぎる。

「なにが起きたんだ？」

エストラーダに思わず怒鳴る。エストラーダが怒鳴り返す。

「傾いた床を雪上車が滑った。機体の土手っ腹に穴を開けて、そのまま機外へ飛び出した」

耳を疑った。操縦席は右にあり、機体の左側は視界に入らない。

「主翼は大丈夫か？　エンジンは？」

エストラーダの声が返らない。もう一度問い返す。

「どうした？　なにか起きたのか？」

「エンジンがもぎとられた。主翼がそこからへし折れた」

恐怖に心臓が凍りつく。ＬＣ１３０は上翼式でエンジンは翼の下にある。機体から飛び出した雪上車がそこにぶつかったらしい。その衝撃でエンジンがもぎとられ、そこから主翼がへし折れたのだ。

機体が再び左に傾く。操縦桿を右いっぱいに倒す。左翼のエルロンは役に立たない。フラップをフルダウンして揚力を確保する。機体はようやく水平に戻った。荒い呼吸を整えながらエストラーダに問いかける。

「飛ばされたエンジンは？」

「外側の一基だ。そこから先の翼もない」

「残りの一基は？」

「動いているよ。なんとかなるか？」

エストラーダががなり立てる。無事な右翼と合わせてエンジンが三基。出力の面で支障はない。問題は翼の欠落だ。アイスマンヒュッテまで戻れたとしても、その状態で無事に着陸できるかどうか。

不安定な機体を宥めて機首を回す。現在位置はアイスマンヒュッテの北東三〇〇キロのウェッデル海上。ＬＣ１３０の速力なら戻るのに三十分もかからない。

ナオミがコクピットにやってきた。

「サリナスは出血多量で死んだわ。ほかの全員も――」

自身が大量失血でもしたようにナオミの顔も蒼白だ。死者の何人かを看取ったのだろう。ダウンパーカーに血の染みがついている。彬自身も体に染みついた硝煙と血の匂いがもう生涯消えないような気がして、いまも自責の棘に苛まれていた。

「こんな闘いがいつまで続くのかしら」

肩に置いたナオミの手が震えている。操縦桿から片手を離し、その手を強く握り締める。グローブ越しに感じられるその手の冷たさを通してナオミの心の切なさが伝わってくる。いとおしい思いが胸を掻きむしる。たとえギュンターの思いを継ぐものであれ、目的を果たしたとしてもナオミが失ったものは還《かえ》らない。勝つにせよ負けるにせよ、なにかを失わない闘いなどあり得ない。

「もうじき終わる。もうじき。必ず――」

そんな言葉しか思い浮かばない。いまは闘うことの、生き延びることの向こうにだけ希望があった。彬にとって希望はナオミへの愛そのものだった。

座席の死体を片づけてフェルナンドが副操縦席に座り、海氷に埋まったウェッデル海を南西に向かった。

4

ＬＣ１３０の速力はツインオッターのほぼ倍で、エンジン一基を失ったとはいえ、広大なロンネ棚氷を隔てたパーマーランドも指呼《しこ》の間《かん》だ。左翼の約三分の一がもぎとられたが、気流の安定した上空の飛行には堪えられる。フラップを下ろして揚力を増し、右翼のエルロンだけで姿勢を維持する。

これも経験だとフェルナンドに操縦を任せると、ものの十分でこつを覚えた。大型の軍用輸送機を飛ばすのは初めてだとフェルナンドは興奮を隠さない。四発機に関しては無資格操縦だが、いまは気にしてはいられない。異常が起きたらすぐ呼ぶように言って、彬はナオミたちのいる貨物室に向かった。

エストラーダが頭を吹き飛ばした男の遺体は雪上車が踏み潰した客室に片づけられていた。左の外壁には雪上車による大穴があいているが、輸送機の機内はもともと与圧しておらず、吹き込む寒気以外の実害はない。

傭兵経験のあるエストラーダは手馴れたもので、兵員輸送用の金属ベンチを引き出して、そこに全員をかけさせていた。シートベルトを装着しているから着陸時の揺れには堪えられる。

改めて機体の状況を説明し、着陸時のリスクについても忌憚《きたん》のない話をしておいた。とくに動揺はなかった。誰もが動揺のストックを使い果たしているようだった。いずれにせよツインオッターと比べて高度な航法装置をもち、機体の安定性も高いＬＣ１３０なら着陸についての不安は少ない。

南極半島の沿岸部が見えたところでフェルナンドと操縦を替わる。けさからの好天はまだ続いていた。唯一の貨物の雪上車が落下したため、機体はいまは空身に近く、翼とエンジンの喪失による揚力低下は機体重量の軽減で相殺できる。

パーマーランド一帯は上空も地表も穏やかで、こんな事態でなければ絶好の飛行日和だ。眼下のアイスマンヒュッテも平穏だ。主棟の前のツインオッターの翼が陽光に眩しく輝いている。

高度を下げながら南へ回り込み、滑走路を正面に捉えて着陸体勢をとる。速力が落ちるにつれ機体は振れて左下がりになる。片翼だけのエルロン操作でなんとか姿勢を立て直す。パワーと揚力の不足はやはり否めない。フラップをフルダウンしても降下速度が予想以上だ。強引に機首を起こして揚力を稼ぐ。

主棟の赤屋根が眼下を飛び退る。その瞬間、視界に入ったものに心臓が飛び跳ねた。滑走路脇に人影が見えた。人数は四名。こちらに手を振っている。それぞれ色違いのアノラックを着ているところをみると民間人らしい。アイスマンヒュッテは無人のはずだ。フリーダムヒルからの客人が早々と到着したのか。

着陸すべきか一瞬迷った。しかし速力はもう六〇ノットを切っている。再離陸は不可能だ。

このまま着陸することにして、インターコムでナオミやエストラーダに報告する。

「武器は携行していたか？」

エストラーダが訊いてくる。

「全員丸腰だ。手を振っているやつもいた」

「モラエスたちじゃないのか？」

「服装が違う。チヌークもヒューイもいない」

「主棟から距離を置いて駐機してくれ。相手の様子が観察できるぎりぎりのところがいい」

「了解！」

答えてそのまま着陸を敢行する。重い衝撃が突き上げる。ランディングギアのスキーが雪煙を舞い上げる。

「ビューティフル・ランディング！」

フェルナンドが声を上げる。自分でも感心するほどの安定した着陸だった。減速しながら滑走路の端までタキシングする。主棟との距離は約三〇〇メートル。エンジンをアイドリングにして機外に降りる。エストラーダと隊員も敵から捕獲したM16を携えて貨物室のハッチから降りてきた。

「ここのところ着陸するたびに面倒が起きるな。そのうち着陸恐怖症になりそうだ」

エストラーダは渋い顔でM16のコッキングレバーを引く。遠くで人影が動いた。一人がなにかに跨《またが》った。周囲に雪煙が舞い、その姿が次第に大きくなる。スノーモビルだ。アイスマンヒュッテにも何台か置いてあるが、極寒地仕様ではないためいまはお蔵入りになっている。自分たちでもち込んだものらしい。

エストラーダと隊員が銃口を向ける。警戒する様子もなくスノーモビルは近づいてくる。乗っている男の顔が判別できた。ファーガソンだった。

「物騒なお出迎えだな。しかし無事でなにより。無線を傍受していたら、フレイ基地でおかしな動きがあったんで、慌てて飛んできたら誰もいなかった。心配してたんだよ」

ファーガソンは相変わらず屈託がないが、こちらは不審な思いが募るばかりだ。

「どうやってここまで?」

「極点基地からマクマード基地へ飛ぶLC130の便があったんで、立ち寄ってもらったんだ」

「ニューヨーク州空軍はこの季節はLC130を運航していないはずだけど」

「臨時便があったんだよ。極点基地のタービン発電機が故障して、急遽マクマード基地から交換部品を運んでもらった。冬に向かって発電機が動かないんじゃ、極点基地の住人は凍死してしまうからね」

「昨日の午前中はフリーダムヒルにいた。妙にフットワークがいいじゃないですか」

「例の仮病騒ぎで飛来したLC130でいったんマクマード基地まで戻ったんだよ。そこでその臨時便に乗り換えて極点基地へ帰ったわけだ。しかし馬鹿にこちらの動きを詮索するな」

「あなたが正体を明かさないからですよ。我々のことを四六時中監視している理由を説明してもらいたい」

「そろそろそうすべきだと考えていたところだ。建物のなかでコーヒーでもご馳走になりながら、というわけにはいかないかね」

ファーガソンは鼻につくほどの親密感を湛えて言った。

5

暖房の効いた主棟の食堂で、彬たちはファーガソンを囲んでテーブルについた。毛糸のキャップをとり、汗ばんだスキンヘッドを露出すると、ファーガソンはアイスマンに向かって生真面目に切り出した。

「私の身分はＦＢＩの特別捜査官で、ターゲットは連邦政府内部のナチスの残存勢力の摘発です」

意表を突かれてアイスマンの顔を見る。ポーカーフェイスか、すでに見当がついていたのか、アイスマンは平然とした顔で押し黙る。

テーブルを囲んでいるのはアイスマンとナオミと彬とエストラーダ。ほかの隊員たちは発電機や造水設備の調整に立ち働いている。いまのところグレーゾーンに分類せざるをえないヌネスにはアイスマンが席を外させた。負傷したアロンゾは私室で休んでいる。ファーガソンは深刻な表情で続けた。

「合衆国はかつて共産主義封じ込めの尖兵としてナチスの残党を利用した。ジークフリートはその歴史が生んだモンスターです――」

第二次大戦直後、ナチスの技術者や諜報部門の人材が大挙してアメリカへ亡命し、CIAを始めとする連邦政府機関に雇用された。ジークフリートはその人脈に属する大物の一人だという。その話は、誘拐事件のあとプンタアレナスでナオミが語った、ギュンターがベルリンのユダヤ系ジャーナリストから得たという情報を裏づけた。彬はわだかまっていた疑問を投げかけた。

「ジークフリートがヒトラーの息子だという噂は？」

「連中がつくった神話だよ。ファシズムは崇拝すべき偶像を必要とする」

「利いたふうな前講釈は結構だ。知りたいのはおまえさんがなにを企んでここへ来たかだ」

アイスマンは不快な害虫を見るような視線を投げた。ファーガソンは気にする様子もない。

「冷戦が終わり、米連邦政府内に居場所を失った彼らは、いよいよ自分たちの手で第三帝国の再興を画策し始めた。南米のどこかの国を乗っ取る計画で、その資金源がグロックナーバレーの金鉱脈です。それを阻止し、彼らに引導を渡すことが私の任務です」

「連中がなにを画策しようがあの谷を自分のものにはできない。南極条約という壁がある」

アイスマンは鼻で笑う。ファーガソンは余裕をみせる。

「その点はあなたも同じでしょう。抜け道はいくらでもある。世界の裏経済に精通した彼らにとって、その利権を金に換えるのは容易《たやす》いことだ」

アイスマンはぴくりと眉を動かした。

「そもそもグロックナーバレーのことをどうやって知った」

「その情報をもたらしたのはマルティン・ボルマンです。彼はそれと交換にアメリカへの亡命を求めたんです」

彬は以前ヌネスから聞いた話を思い出した。

「しかしボルマンはUボートでブエノスアイレスにやってきたと聞いている」

「そのとおり。亡命したのは結局アルゼンチンだった――」

ファーガソンは眉根を寄せて、FBIが把握したということの顚末を語り出した。

ボルマンはベルリン陥落以前からアメリカ側と通じていたという。しかしアメリカとしてはまさかナチスの副総統という大物の亡命は受け容れられない。妥協の産物がアルゼンチンへの亡命の黙認だった。ボルマンはベルリン陥落直前にドイツを出国し、四五年の五月半ばにブエノスアイレスへやってきた。

リッテンバウムたちを置き去りにしたエルンスト・フォン・ザウケルは、その前年の二月にUボートでブエノスアイレスに到着していた。そして運び出した五〇トンの金塊のうち五トンを家賃代わりにアルゼンチン軍政に手渡し、残りはUボートのなかに秘匿した。

ボルマンの到着を待ちながらザウケルはある準備を進めた。国家乗っ取りによる第三帝国の再興――それがボルマンやザウケルの野望だった。残りの四五トンの金塊は、当時のアルゼンチン国軍の脆弱さからすれば、クーデターで国を乗っ取ることが十分可能な資金だった。ナチスの諜報部門が事前に得ていた情報を頼りに、ザウケルは国軍の不満分子に接近して彼らを買収した。クーデター計画は決行直前まで煮詰まった。

しかしボルマンが到着した直後に計画は発覚した。ボルマンとザウケルは残りの四五トンの金塊と引き換えに訴追を免れ、隣国チリへ再亡命した。訴追されれば死刑は確実だったが、アルゼンチン軍政にしてみれば都合の悪い事情があった。事件を公表すればナチスの大物の亡命を受け容れた事実が世界に知れ渡る。アルゼンチンのような小国が戦後の新体制を生き延びるうえでそれは致命的だ。しかも最初に受けとった五トンと合わせた五〇トンの金塊は軍政にとって濡れ手で粟の儲けだった。

軍政はその事実をひた隠しにしたが、それでも情報は漏れ出した。やがて五〇トンの金塊がUボートで南極へ運ばれたというまことしやかな噂が広まった。その噂を聞いていたピノチェトは、チリの観測隊がナチの刻印入りのインゴット（ザウケルたちが輸送中に落としたものだろう）を発見したとき、その五〇トンの金塊がすぐ近くにあると考え、探索のための基地としてコンセプシオンIを建設した――。

ザウケルたちが南極から金塊を運び出したのが一九四四年の二月。ボルマンが金塊を携えてブエノスアイレスへ到着したといわれていたのが翌年の五月。その時間のずれが不正確な噂によるものだとようやく説明がついた。物語は核心に近づいている。

「ジークフリートとはいったい何者なんだ？」

彬に促されてファーガソンはその核心に踏み込んだ――。

「まず第二次大戦直後におけるCIAとFBIの確執があった。そのころアメリカにとっては裏庭同然の中南米での諜報活動を牛耳っていたのがエドガー・フーバー率いるFBIで、発足間もないCIAはそれにとって代わることを望んだ。しかし当時のCIAにはいまのような潤沢な予算はなかった。あり余る連邦予算を抱えたFBIに対抗するには莫大な資金が必要だった——」

CIAはそのために連邦予算とは別の裏金作りを画策した。グロックナーバレーの黄金がその金蔓だったという。したがって連邦政府内部に対してもそれは秘匿されるべきものだった。グロックナーバレーの調査はCIAの要員だけで行なった。そしてその埋蔵量と品位に驚嘆した。それはCIA単独では扱いかねた。サンプルとして採掘したものだけで当時のCIAの年間予算に匹敵した。それが一挙に世に出れば世界の金市場を大暴落させかねなかった。

手を拱《こまね》くうちに世界は冷戦に突入し、CIAは連邦政府諜報部門のエースにのし上がった。予算にも不自由しなくなった。FBIの牙城の中南米も縄張りにとり込むことに成功した。CIAは厄介物と化したグロックナーバレーを封印することにした。

CIA内部には表向き合衆国に恭順を誓うナチスの残党が数多くいたが、彼らもこれを歓迎した。グロックナーバレーの黄金の戦略的価値は彼らにとって核兵器にも匹敵し、とき至って第三帝国再興に起ち上がる日まで封印されるべきものだった。一九六一年には南極条約が発効し、南極圏での鉱物資源探査活動は凍結された。それはグロックナーバレーを封印するための堅固な錠前の役割を果たすものとなった。

やがて高齢化した彼らは組織を温存するために、親族やナチスのシンパを後継者として連邦政府に送り込んだ。ジークフリートはそうした第二世代の一人だという。しかし冷戦の終了で彼らの影響力は低下した。アメリカの中東政策は親イスラエルに傾き、反ユダヤ主義を教条とする彼らの足場は傾き始めた。宿主としての役割を終えたアメリカに彼らは見切りをつけ、二世代にわたる野望の現実化に向かって密かに動き出した――。

一方チリに亡命したボルマンは、サンチアゴを拠点にオデッサの組織を拡大した。南米の独裁者たちとも親交を深め、チリやアルゼンチンの政界にも影響力をもつようになった。しかしブエノスアイレスで虎の子を失っていたボルマンは、やがて資金の枯渇で凋落の道をたどりだす。

それに対しチリでのピノチェトのクーデターを機に乗り込んできたジークフリート一派は、ラテンアメリカを吹き荒れた反共ナショナリズムの嵐のなかで影響力を発揮しだした。コンドル作戦に資金やノウハウを提供したのも彼らだった。ジークフリートというコードネームは独り歩きしていたが、それが実体のある人間として人前に現れることは決してなかった。トトラーの息子だという伝説が広まったのもそのころだという。

母屋をとられかけたボルマンが巻き返そうとして着目したのがグロックナーバレーの黄金だった。ボルマン自身もその谷がどこに消えたかはわからなかった。劣勢を跳ね返すにはなんとしてでもそれを再発見する必要があった――。

「ロシュマン夫妻を拉致したのは、やはりボルマンだったのね」

ナオミが抑え切れない様子で身を乗り出した。ファーガソンは苦い表情を浮かべた。

「ええ、我々の調べでは、ロシュマン夫妻はボルマンが統括していたオデッサに拉致されて、おそらくは殺害された。彼らは当時すでに、ロシュマン博士がリッテンバウムとともに遠征に参加したクラウス・ワイツマンだという事実を突き止めていたんです。その博士がチリの観測隊に参加してグロックナーバレーの一帯を調査したことも知っていた。彼らは博士がその謎を解く鍵を見つけたと推測したようです」

「それを聞き出そうとして拉致したというの？」

ファーガソンは頷いた。

「そして拷問や自白剤の使用によって殺されました。たぶんグロックナーバレーの秘密については沈黙したまま――。ロシュマン夫人の場合は犯行を隠蔽するために巻き添えにされたと考えています」

「そしてギュンターが失踪し、記憶をなくして帰ってきた時期は、もうボルマンは勢力を失っていた。つまりそちらに関与したのはジークフリートの一派――」

ナオミが確認する。ファーガソンは頷いた。

「彼が記憶を失ったのも自白剤によるものとみて間違いありません。しかしギュンターは彼らが期待する情報を与えられなかった――」

ナオミがその先を引き取る。

「当時の彼はグロックナーバレーのことをなにも知らなかったから」

「そのとおり。しかし連中は、ギュンターやアイスマンやあなたの監視はやめず、ついにギュンターがその秘密を解き明かしたことを察知した。そして待つことにした。あなたたちがその果実の収穫に入るときを——」

「そのときがいまということ?」

「そうです。そろそろ連中が動き出すころです」

「ジークフリートはここへやってくるとみているの?」

ナオミの問いかけにファーガソンは頷いた。

「彼らはあなたたちを、というよりグロックナーバレーの秘密に接したすべての人間を抹殺するまで諦めないでしょう——」

6

「きょうは絶好の飛行日和だな、アキラ」

一通り話を聞き終え、全員が集まって軽い昼食を済ませたあと、唐突にファーガソンが言い出した。彬は当惑した。

「どこへ行こうというんだ」

「せっかくグロックナーバレーが素顔をさらしたんだ。君たちもいずれ出かけるつもりなんだろう。これから一緒に行ってみないか」

「ジークフリートが襲ってくると言ったばかりじゃないか。それにスキーを履いたツインオッターじゃ、あそこへはもう着陸できない」

「そんなことはない。グロックナーバレーは君たちが思っているよりシャイらしい」

ファーガソンは傍らのバックパックから一枚の写真をとり出した。写っているのは空から見慣れたあの馬蹄形の谷だ。その出口から東の氷河へ続く雪崩の跡があり、内側の大部分は岩が露出している。

「ここへ来る途中、上空から撮影したグロックナーバレーだよ」

テーブルにいる全員が身を乗り出す。よく見ると岩盤が露出しているのは全体ではない。コンセプシオンIIの建物は跡形もないが、北側の岩尾根の裾にはツインオッターの離着陸に十分な雪原が残っている。

「あの辺はメタンハイドレート層がまばらだった。ギュンターの計算どおり着火させれば動いたはずなんだが、偶発的な発火ではあそこまで延焼しなかったらしい」

アロンゾは口惜しそうだが、グロックナーバレーへのアクセスはかえって楽になった。岩盤がすべて露出すると滑走できる雪面がなくなるため、谷の入り口に着陸し、そこからは徒歩でというのが当初の目算だった。雪原の状態を仔細にチェックしたが、障害になりそうなクレバスはない。しかしファーガソンがそれを提案したのが腑に落ちない。

「あなたの仕事はジークフリートを捕捉することで、グロックナーバレーそのものに利害はないはずだ。単なる野次馬根性にはつき合えないよ」

「君たちは謎を一つ残しているとは思わないか」

ファーガソンは思わせぶりに言う。腹のうちが読めない。

「アキラ、そいつの言うとおりだ。きょうのような陽気はそうはやってこない。このチャンスを逃す手はない」

詮索はそこまでにしろと言いたげにアイスマンが声を上げる。馬鹿に乗り気だ。こちらのほうも腹が読めない。

「あなたも行く気なんですか？　ツインオッターは胴体に穴が開いたままですよ」

彬の問いには答えず、アイスマンはアロンゾに声をかける。

「きょうの気温は何度だ？」

「マイナス二六度。上空はさらに一〇度は低いでしょう」

「ほらみろ、春のような陽気だ。心配ない。冬の南極に関しては私はおまえなんかより経験が豊富だ」

ピクニックに行くような口振りだ。ナオミを見ると、困惑はしているが好奇心がそれに勝るという顔をしている。渋々アイスマンに答える。

「わかりました。機体の穴を応急処置で塞ぎます。一時間ほど待ってください。人員は？」

「留守の部隊を置いたとしても、ジークフリートが襲ってきたら抵抗はできない。全員で行こう。どうだ、アロンゾ？」

アロンゾはむろん断らない。

「痛みは軽くなっています。ここまできて現場を見ないわけにはいきませんよ」

「じゃあ、出発前に痛み止めの注射をしておくわ」

ナオミの声も弾んでいる。結局、好奇心には勝てないらしい。疑惑が晴れたわけではないドクトール・ヌネスも同行させることにした。万一敵側の人間だとしたら、一人残せばなにをされるかわからない。

手の空いている隊員に手伝ってもらい、あり合わせのアルミ板で機体の穴を塞ぐ。多少は隙間があるが風の侵入は防げる。予備燃料タンクの亀裂も補修した。飛行距離は短いが、不測の事態に備えて燃料は満タンにする。ファーガソンたちを含めて乗客は十三名。定員オーバーだが、荷物がないので離着陸に支障はない。

午後一時にはアイスマンヒュッテを飛び立った。飛行は順調で、約十五分でグロックナーバレー上空に達した。純白の大地が負った無残な傷のように、地滑りの痕が谷の出口から下部の氷河へと続いている。雪と氷のブロックのあいだにコンセプシオンIIの建物の残骸がのぞく。もし巻き込まれていたらと改めて怖気《おぞけ》が走る。

気流は穏やかだった。谷を囲むヌナタックの岩肌を舐めるように回り込み、北の山裾に残された氷雪の台地に機首を向けた。

上空を通過して状況を確認する。東の端にクレバスがいくつかあるが、そこを避けても滑走距離は十分ある。

谷底の岩盤は東に傾斜し、荒々しい太古の素顔をさらけ出している。コンセプシオンIIの建物があったのとほぼ同じ位置に雪が詰まった穴がいくつも口をあけている。リッテンバウムたちの採掘跡だろう。

「なんともちゃちな坑道だな。あんな掘り方で五〇トンもの金を掘り出した話が事実なら、本格的な機械を入れれば世間の常識を覆す鉱山になるのは間違いないよ」

インターコム越しにアロンゾの声が聞こえる。キャビンのどよめきが伝わる。フェルナンドの頬も弛んでいる。黄金とは誰の心にとっても抗いがたい魅力を放つものらしい。

高度を下げて氷雪の台地の東に回り、クレバスを避けて着地点を決める。機体は滑らかに雪面に滑り込む。谷の突き当たりまでタキシングする。谷の出口近くでは三〇メートル以上あった岩盤との高度差が、そのあたりでは数メートルに縮まっている。少し歩くと安全に谷底に降りられる傾斜路が見つかった。

隊員の一人がアロンゾに肩を貸し、アイスマンはしっかりした足どりで自力で降りていく。骨折した足はほとんど治癒しているようだ。過去の地滑りで磨かれた谷底の岩盤は石畳のように平坦だ。

隊員たちは足元の岩屑を拾っては奇声を上げる。手にとると、そこには幾条もの金色の筋が認められ、なかには五ミリほどのナゲットを含むものもある。

地質学者という触れ込みのファーガソンはそんなものには目もくれず、坑道の一つに足早に向かっていく。立ち止まった坑道は四メートルほどの段差の斜面に掘られたもので、ほかの坑道には雪が詰まっているが、そこは入り口が大きな岩で塞がれ、隙間をさらにコンクリートで埋めてある。

「さて、どんな見世物を用意しているのか楽しみなことだ」

アイスマンは冷やかし半分で軽口を叩く。

「楽しめるようなものじゃありませんよ、たぶん」

ファーガソンはバックパックを下ろし、細い筒状のものを何本かと充電式の電動ドリルをとり出した。そのドリルで入り口の岩に穴をあけ、筒状のものをそこに差し込む。

「坑道内にはメタンが溜まっているかもしれない。これは鉱山用の特殊な爆薬で炎がほとんど出ないんだ」

説明しながら筒から延びた導火線を束ね、そこにタイマーをセットする。距離を置いて待機していると、鈍い爆発音とともに坑道を塞いでいた岩が崩れ落ちた。

「大仕掛けだな。大山鳴動して鼠一匹じゃあるまいな」

アイスマンが皮肉な視線を投げる。

「リッテンバウムが知りえずに死んだ秘密がこのなかにあるはずなんです」

ファーガソンは謎めいた言葉を返し、ぱっくりと口を開けた坑道へ歩き出す。落ち着きの悪い思いでナオミを見た。ナオミも思いあぐねる視線を返す。

ファーガソンは火薬臭の残る坑道へハンドライトを手に踏み込んでいく。彬も続いた。腰を屈めないと頭がつかえる。アイスマンの腕を支えながらナオミもあとについてくる。

坑道は緩い傾斜で下に向かっている。低温で日も当たらない坑道内には氷柱《つらら》一つ下がっていない。内部の空気はほぼ無臭で、息苦しさは感じない。

一〇〇メートルほど進むと広い空間に出た。ファーガソンがハンドライトで照らし出す。その光に浮かんだものを見て心臓が止まりかけた。

夥しい人が折り重なっている。肌は一様に白く、顔も手も指先も人の形を保っているが、命あるものの温もりはない。白濁した目は大理石の彫像のように虚ろだ。

それぞれの衣服には銃で撃たれたらしいいくつもの穴が開き、周囲には黒々とした血痕のようなものが滲んでいる。頭部に明瞭な銃創が認められる者もいる。苦悶、悲しみ、驚愕、絶望――死の直前に抱いたであろうさまざまな感情がそれぞれの顔の上で凍りついている。ファーガソンが振り向いた。

「リッテンバウムによる救出を信じて南極で一冬を過ごした残留部隊だよ。みごとに白蠟化している。南極の寒さとこの谷を覆った氷雪が、六十年近い昔の死者を死亡当時のまま保ち続けたわけだ」

「誰が殺したんだ?」

問い質す自分の声が震えている。体全体が震えている。

「CIAの前身のOSS(戦略サービス局)。指揮したのは当時OSS長官だったウィリアム・ドノバンだよ。荒事が好きでワイルドビルの綽名《あだな》があった。戦前にはナチスドイツやムッソリーニとも接触があった。CIAの礎をつくった人物で、ウィリアム・コルビー、ウィリアム・ケーシー、アレン・ダレスといった歴代のCIA長官も彼の息のかかった人脈だ。一九四五年の春、OSS特殊作戦部の秘密部隊が米海軍の艦艇でロンネ棚氷に達し、そこから陸路パーマーランドに向かった。残留部隊は沿岸部の冬の強風に耐え切れず、風のないこの谷へ戻って越冬していた。OSSの部隊を救援隊と勘違いした残留隊員は、喜びも束の間、理由も告げられずに射殺され、この坑道に葬られたというわけだ」

「どうしてOSSがそんなことを――」

問いかける声が虚ろに谺する。ファーガソンはあくまで落ち着いたものだ。

「ボルマンからの情報でグロックナーバレーの秘密を知ったドノバンは、それを誰にも渡すまいと決意した。旧ナチスドイツはもちろん、いずれ敵対するのが明らかなソビエトや、同盟国のイギリス、フランスにもだ。スペインでリッテンバウムを暗殺したのも彼らだよ。南極に遠征隊の大部分がとり残されているのもむろん知っていた。戦争が終われば各国は再び南極の調査に乗り出す。その前に生き証人はすべて抹殺する必要があった。リッテンバウムの弟のグスタフの私的な遠征隊をウェッデル海上で拿捕《だほ》し、発狂寸前まで脅しつけて撤退させたのも彼らだよ」

頭のなかがたちの悪い毒ガスのようなもので満たされた。

「だとしたらハイジャンプ作戦を敢行した当時すでに、アメリカはグロックナーバレーの所在を把握していたことになる」

「そのとおり。ハイジャンプ作戦の真の目的はグロックナーバレーの鉱物資源調査だった。空母まで動員して南極大陸全体をカバーする大作戦を装ったのは、そのあいだ他国の遠征隊を締め出しておくためで、裏で主導権を握ったのが当時すでにOSSから改組されていたCIAだった。彼らはグロックナーバレーを徹底的に調査し、そして封印した。それが真相だ」

ファーガソンはいつもの人懐っこい笑みを浮かべた。この場所とここまでの話とその表情のあいだの得体の知れないギャップに戸惑った。

「すべてを語ったわけじゃないだろう。いちばん肝心な話を忘れているんじゃないのか」

背後でアイスマンが声を上げた。ファーガソンは戸惑った顔をみせたが、どこかポーズのようにもそれは受けとれた。

「どういうことでしょうかね、アイスマン？」

「私は五年前にマルティン・ボルマンに会っている。バルパライソの老人ホームでな」

アイスマンは脇から支えているナオミの腕を振りほどいてファーガソンに歩み寄った。

「やつは妙な話をした。アドルフ・ヒトラー二世が世界を支配する時代がまもなく来るという。ヒトラーに子供がいた話は聞いていない。嘘だろうと言うとやつは躍起になってまくしたてた。訳のわからない寝言のような話だ。それを頭のなかで組み立て直すと、要するに凍結保存したヒトラーの精子とエバ・ブラウンの卵子がベルリン陥落直前に国外へもち出されたという。その精子と卵子による人工授精で生まれた彼らの息子が、近い将来、第三帝国再興のために決起するという与太話だった」

ファーガソンは興味深そうに眉を上げる。アイスマンはその顔にじろりと視線を向けた。

「その息子はアメリカ人の代理母の腹を借りて生まれ、現在は成長してアメリカのある政府機関に所属しているという。しかしそれは世間を欺くための隠れ蓑で、第三帝国はその人物によって必ず再び地上に君臨するとボルマンは言い張った。それでも真に受けないでいると、やつはある写真を見せた。ヒトラー二世だという男の写真だ。あのアドルフ・ヒトラーとは似ても似つかない眉目秀麗《びもくしゅうれい》な男だった。それを指摘すると容姿は美人だったエバ・ブラウンの血を受け継いだせいだと譲らない。百歳に手が届きそうな年寄りの話で、そのころは耄碌もしていた。どうせ妄想の類いだと聞き流した。そのうち知り合いのネオナチ・シンパの政治家からジークフリートの噂を聞いた。連中のあいだで最近ヒーローに祭り上げられている人物で、なにを隠そうヒトラーの実子なんだという。それも馬鹿げたデマの類いだと私は信じなかった」

ファーガソンは人を食ったようにふんふん頷く。アイスマンの声が昂ぶった。

「しかしきょうおまえさんの話を聞き、こんな珍しい場所に案内してもらって、私は自分が間違っていたことに気づいたよ。ジークフリートは本当の正体は隠したまま、その神話を世間に広めるために何人もの影武者を使っているとも聞いた。しかし本物は私の目の前にいる。そのつるつる頭にふさふさした髪を生やせば、あんたはボルマンがみせてくれた写真の男とそっくりだ。どうだね。私の見立ては間違っているかね、ヘル・ジークフリート」

ファーガソンがふてぶてしく笑う。その声が坑道の壁に谺する。

「そこまでおわかりなら話が早い。真相についてはご想像に任せるが、私が第三帝国を受け継ぐべき人間であることは紛れもない事実だ。そしてまもなくここが諸君の永遠の眠りの場となる。マスコミのインタビューでは、つねづね南極に骨を埋める覚悟だと言ってきたあなただ。じつにふさわしい死に場所だとは思わないかね」

傍らでエストラーダの手が動いた。アノラックのポケットから引き抜いたのはサリナスから奪ったグロック。素早くスライドを引きセーフティを外す。ファーガソンに銃口を向ける。ファーガソンは表情ひとつ変えない。

「私を撃つ前にうしろを確認すべきだな、セニョール・エストラーダ」

エストラーダが振り向いた。彬も振り向いた。ファーガソンの部下が二人、ショートタイプのウージーを構えている。バックパックに忍ばせていたらしい。こちらにもライフルがあったのに携行しなかったのは迂闊だった。

まもなくファーガソンの別の部下がアロンゾやヌネスや他の隊員たちを連れてきた。エストラーダは銃を奪いとられ、全員が両手両足を縛り上げられた。

「間抜けなサリナスが始末し損ねたお陰で私が手を下す羽目になった。こうみえても私は気が小さい。血を見るのは嫌いでね。だから諸君とはここでお別れする。あとは六十年前の先客と仲良くやってもらいたい」

そう言ってせせら笑うと、ファーガソンは部下を引き連れて坑道の出口に立ち去った。十分ほどしてくぐもった爆発音が聞こえた。岩盤が崩れる地響きが伝わり、出口から射し込んでいたかすかな外光が消えた。逃れようのない天然の棺のなかに永遠に閉じ込められたのだと彬は悟った。

7

両手両足を縛られてぶざまに横たわる体から凍《い》てついた岩盤が体温を奪ってゆく。漆黒の闇は鉛に埋め込まれたような窒息感を伴って死の恐怖を掻きたてる。ついいましがたまで視野に入っていた死者たちの残像が闇のスクリーンに浮かび上がる。黄泉《よみ》へ誘《いざな》う使者のようにその残像が笑いかける。

「エストラーダ。例の縄抜けの術はどうなった？」

問いかけるアイスマンの声が澱んだ冷気を震わせる。闇の向こうでエストラーダが呻く。

「いまやってますよ。あの蛆虫どもが、これでもかというほど固い糞結びにしやがったんです」

体全体を悪寒が駆けめぐる。体温が失われるにつれて生きる希望も萎えてゆく。ＬＣ１３０の機内とは状況が違う。縄が解けても出口を閉ざす岩が人力で動くかどうかわからない。ここに閉じ込めて殺すつもりなら、連中が簡単に突破できるような土木工事で済ませるはずがない。従順だった隊員たちがアイスマンを罵り出す。啜《すす》り泣く声が聞こえる。恐怖に抗う絶叫が坑道に谺する。

「落ち着け、この意気地なしどもが！　人間なんてものはいずれ死ぬ。しかしこんな薄ら寒い場所で、こんな生き地獄のような場所で、あの屑どもに一矢《いっし》も報いずに死ぬわけにはいかんのだ。諦めるな！　絶対に生きてここを出るんだ！」

アイスマンの怒声が飛ぶ。唸るように訝していた喧騒がぴたりと止んだ。希望がないのはわかっている。しかしなんの根拠もないはずのアイスマンの叱咤《しった》が絶望に抗う勇気を与えてくれる。

「解けたぞ！」

エストラーダが声を上げる。闇のなかでどよめきが起きる。エストラーダが問いかける。

「アロンゾ、ここにはメタンが溜まっているか？」

「たぶんないな。メタン自体は無臭だが、火山性のメタンは不純物が多いから臭いがある。しかしここはガス臭がしない。風の流れを感じるから、たぶん自然換気してしまうんだろう」

「火を点けても大丈夫だな？」

エストラーダが確認する。

「大丈夫だ」

アロンゾが答えると、まもなく闇の一角に明かりが点った。オイルライターの炎だ。その小さな炎が闇を押し退ける。エストラーダの顔が浮かんだ。冷え切った心の奥にも小さな温もりの灯が点る。エストラーダはライターを地面に置き、その明かりを頼りに近くに横たわる隊員の縄を解く。自由になった隊員とエストラーダがそれぞれまた別の隊員の縄を解く。

隊員の一人がバックパックからハンドライトをとり出した。新たな光の輪が闇の領域をさらに狭める。その円錐形の光のなかに縛《いまし》めの解けたナオミの姿が浮かんだ。ナオミも彬の姿を見てこちらに走り寄る。

「大丈夫？　顔色が悪いわ。体が冷えてるんでしょう」

忙《せわ》しない手つきで彬の縄をほどきながら、そう言うナオミの顔にも疲労と恐怖の色が貼りついている。両手両足が自由になり、よろめきながら立ちあがると、怯えた小動物のようにナオミが腕のなかに飛び込んできた。慌てて抱きとめる。嗚咽混じりにナオミが言う。

「悪夢よ、これは。この世の地獄よ、ここは――」

「ああ、たしかに悪夢だよ。でも目覚めない夢はない。アイスマンの言うとおりだ。僕らは絶対に生きてここを出る」

小刻みに震えるナオミの体を抱きしめた。なけなしの希望のいくばくかでも分け与えたいと思いながら。かつてこの谷でリッテンバウムやクラウス・ワイツマンとともに過ごした人々が、彼らが救おうとして救い得なかった人々が、凍結した骸《むくろ》となって無数の眼差しを向けている。声のない呪詛《じゅそ》が耳元で渦を巻く。彬にしても魂を貪りつくそうとする死の恐怖に、そんな言葉の力で虚しく抗っているだけなのだ。

各自がバックパックのなかをまさぐると、ハンドライトやヘッドランプがいくつか出てきた。低温でバッテリーはそうはもたない。時間の猶予はない。その一本を手にしてエストラーダが出口に走る。彬もあとを追う。ほかの隊員も駆けてくる。

出口付近は天井の岩盤が崩落し、大きな一枚岩が衝立《ついたて》のように坑道を塞いでいた。その隙間をさらに大小の岩塊が埋めている。全員でとりかかり、動かせる岩塊はすべて取り除いたが、その先も崩落は続いていた。人力で突破するのは不可能だ。無益に終わった重労働に困憊《こんぱい》して誰もがその場にへたり込んだ。

「セニョール・シラセの言うとおり、こんな糞面白くない場所で死ぬわけにゃいかんぞ」

エストラーダが怒りに震える指で煙草に火をつける。吐き出した煙が坑道の奥へ水平に流れる。彬は閃くものを感じた。

「奥だよ、エストラーダ。突破口は奥にある」

さっきのアロンゾの話でも、普通なら澱んでいるはずのメタンがほとんど存在しないらしい。風は出口を塞ぐ岩の隙間を抜けて内部へ流れている。つまり坑道の奥に外へ繋がる風の通路がある。人が通れるかどうかはわからないが、探してみるだけの価値はある。

アイスマンたちが居残る広場に駆け戻る。エストラーダが盛大に煙草をふかす。煙の行方に注視する。煙の塊はゆっくりと奥へ流れ、薄く引き伸ばされて、折り重なった死体の山に吸い込まれる。

「お目当ての抜け穴はとんでもないところにあるらしいな――」

言いながらエストラーダは死体の山に向かって十字を切った。やるべき作業を思うと気が滅入《めい》るが、躊躇はしていられない。全員がそれに倣って十字を切り、あとは腹を括って仕事にかかる。

二人一組で頭と足をもち、硬直した死体を向かいの壁際に移動する。医師のナオミは表情を変えないが、エストラーダの顔は蒼ざめている。死体を製造するのは苦にしないが、出来上がった死体を扱うのは苦手らしい。

低温で極度に乾燥した南極では水分は氷から直接気体に変わる。昇華と呼ばれるその現象で水分が失われているのだろう。どの死体もほぼ生前の姿をとどめながら、もち上げてみると思ったより軽い。

足の悪いアロンゾと病み上がりのアイスマンを除く全員でとりかかり、百数十はある死体の三分の一ほどを移動させると、背後の壁面に人が抜けられそうな亀裂が見つかった。覗き込むと奥のほうはやや広がっているが、それでも腹ばいでしか進めない。見たところ一〇メートルほど先は行き止まりだが、それでも奥へと風は流れている。

ヘッドランプをつけてまず彬がなかに入る。花崗岩質の粗い岩肌が上と下から圧迫する。ヤモリのように這いつくばって、ぎごちない動作で前進する。

突き当たりの壁が近づくにつれて、人の歌声に似た音が響き渡る。吹き抜ける風の音だろう。それがあの死者たちの怨念の歌にも聞こえ、おぞましいものに出会いそうな予感に前進する動きがつい鈍る。厚い羽毛を貫いて岩盤の冷気が体に沁みる。ヘッドランプの光が粗く削られた正面の壁を照らし出す。

不意に体が前へ滑った。腹ばっている岩盤が突然傾斜している。危ないと思ったときは遅かった。真っ逆さまの体勢で滑り出す。心臓が凍りつく。恐怖の爪が魂に摑みかかる。滑落の勢いは止まらない。必死で体の向きを変える。ようやく足が下になる。傾斜は恐ろしく急で、足の下は漆黒の闇。底がどこにあるのか、どうなっているのかわからない。

両手両足を広げて岩盤に体を貼りつける。それでもダウンパーカーのナイロン地は滑落に抵抗するほどの摩擦を生じない。ナイロンが焼ける匂いがする。ヘッドランプの光のなかを飛び出した羽毛が雪のように舞う。それでも必死でもがき続けるうちに、滑落のスピードが落ちてきた。傾斜が弛んでいる。頭上の空間が広がった。両手両足を突っ張った。滑落がやっと止まる。

荒い息を吐きながら立ちあがる。頭上に障害物はない。ヘッドランプをめぐらした。そこは十分に広い天然の洞窟だった。体のあちこちがひどく痛む。途中の岩角で打撲したらしい。それでも立って歩けないほどではない。

「おーい、大丈夫か?」

頭上でエストラーダの声がする。岩溝の奥に明かりがちらつく。あとを追ってきて、いま滑落した急斜面の上から覗いているらしい。

「大丈夫だ。ここから先は洞窟が続いている。もう少し先へ行ってみる」

「ちょっと待て。おれも降りていく」

「一度降りたら戻れないぞ」

「隊員の一人がロープをもっていた。そこまでどのくらいある」

「二〇メートルはありそうだな」

「それなら大丈夫だ。ロープを固定すれば自由に行き来できる。そもそもこの状況ではどっちにいたって似たようなもんだがな」

まもなく頭上からナイロンロープが垂れてきて、それを伝ってエストラーダが降りてきた。山なす死体と一緒にいるのは誰しも心細いのだろう。結局全員が洞窟に集まった。

足の悪いアロンゾとまだ体調が万全でないアイスマンには、様子がわかるまでここで待つようにと勧めたが、どちらも頑なに拒絶する。アロンゾにはフェルナンドが肩を貸し、アイスマンにはナオミとエストラーダが付き添って、全員で出発することにした。

彬が先頭に立って先へ進んだ。洞窟はしばらく水平に続き、途中から上り坂に変わる。足元は不安定な岩屑で埋まっている。背後から吹き抜ける風が強まり、また耳元であの不気味な風音が響きだす。後続する足音がその伴奏をするように洞窟の壁に谺する。洞窟は右に左に折れ曲がり、ときに人が通れるぎりぎりの幅に狭まりながらも途切れることなく続いていく。

十分ほどして前方にほのかな光が見えてきた。どこかから射し込む光が洞窟の壁に当たっているらしい。こんな場所に人工光はあり得ない。そこは間違いなく地上に通じているはずだ。無意識に足どりが速まった。ヘッドランプの光が弱くなる。バッテリーが切れかけているらしい。傾斜の増した足元の岩屑を踏みしだいてひたすら進む。

洞窟が右へ湾曲する。そのカーブに沿ってさらに進むと、唐突に強い光が目に飛び込んだ。慣れるまでに時間がかかった。少し先で洞窟が小部屋のように広くなっている。光はその上のほうから降り注いでいた。

その空間に足を踏み入れたとたんに、言葉にならない衝撃を受けた。凹凸の多い岩盤上に岩屑を敷き詰めて平らに均《なら》した一角があり、真鍮製のストーブやアルミのコッヘルや食器類、缶詰の空き缶やクラッカーの空箱、乾燥食品の包装紙、食べ残しの極地用携行食《ミカン》が置いてある。明らかに人が生活していた痕跡だ。どれも一様に細かい砂埃が積もり、長期間放置されていたことを示していた。

　頭上の岩盤には大きな亀裂があり、無数の氷柱《つらら》が垂れ下がっている。光はそこから射し込む外光だった。天井までは四、五メートルあり、それに接する壁面の一つがなんとか攀《よ》じ登れる程度に傾斜している。亀裂は人が通り抜けられる幅がある。足の悪いアロンゾでもなんとか脱出できそうだ。ようやく生還の目処が立ったが、その歓びよりもこの場所の異様さが心を捉えた。

　ナオミもエストラーダもあっけにとられている。外光は空間のほぼ半分を照らしている。暗がりの奥に目をやると、壁の窪みにピラミッド状の黄色いものがある。支柱一本で支えられたビバークテントだ。その生地の表面も砂埃で汚れている。

　言葉にしにくい予感を抱いた。入り口のジッパーを開けた。発泡スチロールのマットの上に寝袋があり、そこから首だけ出して男が眠っていた。その眠りが永遠に覚めることのないものだということを彬は直感的に理解した。ぼさぼさに伸びた栗色の髪と髭。痩せこけた頬。蒼ざめた肌にはあの六十年前の死者たちのように白蠟化した死体特有の鈍い光沢がある。眠ったまま息を引きとったように目蓋は穏やかに閉じられている。

　エストラーダがテントと寝袋をナイフで切り裂いた。ナオミが跪いて遺体の状況を検分する。ナオミは手振りで衣服も切り開くように指図する。エストラーダはぎごちない手つきでアノラックを裂き、さらにその下の衣類も切り裂いた。遺体のあちこちには黒い斑紋があり、肋骨が浮き上がり、腹部は陥没していた。

右の腰骨から大腿部にかけてが奇妙な角度で折れ曲がり、右足全体が炭化したように黒く、ミイラのように干からびていた。その無残な印象とは対照的に不快な臭いは一切しない。南極内陸部の寒冷な環境では死体を腐敗させる細菌すらも生きられないのだ。目の前の死者の不思議な生々しさの前で、あらゆる言葉が語られる前に蒸発していく。

「ひどい骨折をしたようね。その結果、右足全体が腫れあがり、内圧が皮膚の弾性の限界を超えて、筋肉組織が壊死《えし》したのよ。たぶんそこから全身に毒素が回って、多臓器不全を起こしたか、あるいは動く力もなくなって餓死したんだと思うわ――」

ナオミは長い氷柱を垂らした頭上の亀裂に目をやった。

「この状態だと自力での脱出は無理だったでしょうね。どのくらいの期間かはわからないけど、手持ちの食料とあの氷柱を溶かした水だけで生き長らえたのよ」

ナオミの見立てが妥当だというようにドクトール・ヌネスが大きく頷く。目の前の死者が生きたであろう絶望的な時間を彬は思った。かすかな笑みさえ湛えた穏やかな死に顔が、決して苦痛のなかで死を迎えたわけではなかったことを暗示していて、それがわずかな救いのような気がした。

はだけた衣服を整えていたナオミの顔から血の気が引いた。アノラックの襟をもつ手が震えている。黙ってナオミは彬の顔を見た。その視線が誘うようにまた手元の布地に吸い寄せられる。内ポケットの表に縫いこまれた刺繍文字――「ドクトール・フランツ・ロシュマン」。

体の芯から言いようのない慄きが湧き起こる。マルティン・ボルマンによって拉致され、行方不明になっていたギュンターの父、フランツ・ロシュマン博士。それがどうしてこんな場所に？

同姓同名、あるいはこの人物がなにかの事情で彼のアノラックを譲り受けた――。そんな思いを巡らせはしたが、その死に顔をじっと眺めて、この人物がロシュマン博士その人であると彬は直感した。そこにはギュンターに通じる面影があった。ナオミの顔を覗き込む。彬の無言の問いを理解したようにナオミも黙って頷いた。

8

「やはりここだったか」

静まり返った洞窟の空気をアイスマンの声が震わせた。彬は声の方向を振り向いた。洞窟にいる全員の目がアイスマンの顔に釘付けになる。

「知っていたの、叔父さん？」

問いかけるナオミの声に鋭い猜疑の色が滲む。

「あるいはと思っていたんだよ。しかし私も半信半疑だった。話を聞いたといっても、しょせんは老いぼれボルマンの寝言のようなものだったからな」

ナオミが問い返す。アイスマンはフランツ・ロシュマンの遺体に歩み寄り、傍らに跪いて十字を切った。

「バルパライソの老人ホームでマルティン・ボルマンに会ったときの話だよ」

「それは聞いてるわ。ボルマンはロシュマン夫妻を拉致して殺害したことを認めたんでしょ？」

「いま思えば私の早とちりだった。やつは拉致したとは言ったが殺したとは言わなかった。そして博士のことを、第三帝国の資産を掠めとった極悪人だとか、総統を欺いた報いは地獄の業火に値するとか口汚く罵った」

「つまりどういうこと？」

「やつがロシュマン夫妻を拉致して殺したのなら博士を盗人呼ばわりするいわれはない。しかし博士が拉致された当時のチリの政治状況を思えば、博士が生存している可能性など私の頭にはかけらも浮かばなかった」

アイスマンの顔に慚愧の翳りがのぞく。ピノチェトの独裁時代の行方不明者はほぼすべてが殺害されたというのが現在のチリ国内での常識だ。彬にしてもアイスマンからその話を聞いたとき、夫妻が生存しているとは想像すらしなかった。アイスマンは続ける。

「そのうえ私が会ったときのボルマンは明らかに耄碌しておった。話の最中に何度も過去と現在が入り乱れた。だからそのあたりの事情もボルマンの記憶のあやふやさゆえだと私は勝手に解釈した」

「ところがボルマンは、そのことについては正確に喋っていたわけね」

ナオミが傍らに横たわるフランツ・ロシュマンの遺体に目を落とす。アイスマンは頷いた。

「そういうことだ。いま考えればほかにも思い当たることがある」

「それはなに？」

問いかけるナオミの声が洞窟の壁に谺する。

「一九八〇年代の初頭から半ばにかけての話だ。ピノチェトが政権基盤を確立しつつあった時期で、反政府勢力のゲリラ活動も活発だった——」

アイスマンは記憶の抽斗をまさぐるようにおもむろに語りだす。

「当時そうした反政府勢力に資金を提供する強力なスポンサーがいた。マヌエル・コントレラス率いる秘密警察DINAはそのスポンサーの究明に躍起になったが、ついに正体は摑めなかった。そのスポンサーのことを反政府勢力内部の者たちはある英語のコードネームで呼んでいたらしい。〈サウスポール・ナゲット〉——すなわち南極の金塊だ」

「南極の金塊——」

衝撃を受けたように鸚鵡返しに呟いて、ナオミはさらに問いかけた。

「その資金は金塊のかたちで提供されていたの？」

アイスマンは首を振る。

「DINAが摑んだ情報では、現金、それもドル紙幣だったらしい。銀行を使えばピノチェトに差し押さえられるから、アルゼンチンから国境を越えて札束を運び込んでいたという話だ。アジェンデの時代と比べれば沈静化していたものの、当時もインフレはひどかった。ペソじゃあっというまに紙くずに変わるが、ドルならその心配もない」

「じゃあ〈サウスポール・ナゲット〉というコードネームの意味は?」

「ブエノスアイレスから南極へ運ばれたという例のナチスの金塊の噂に当時ピノチェトが夢中になっていたことは反政府勢力も知っていた。それをからかうジョークのたぐいだろうとDINAの連中は考えていたようだ」

「それで叔父さんは、その〈サウスポール・ナゲット〉の正体がロシュマン博士だったと思っているの」

「当時は考えもしなかったが、いまこんな場所でフランツ・ロシュマンの遺体に対面するとな」

「つまりロシュマン博士はボルマンたちの手を逃れ、そのあと何度か南極へ来て金を運び出した。それをどこかでドルに換え、反政府勢力に手渡した?」

ナオミが確認すると、アイスマンはゆっくりと頷いた。

「リッテンバウムの手記にあったとおり、ここの鉱脈の品位は驚異的なものだ。おまえたちも岩盤に散らばっていた鉱石を見ただろう。石を砕くだけでほぼ純金に近いナゲットが取り出せる。上にあったのはせいぜい数ミリの代物だが、ロシュマンはもっと大きなナゲットをいくつも見つけたはずだ。彼はそれを運び出し、闇市場で現金化した。一人で運べる程度の量でも、反政府ゲリラの活動をまかなうには潤沢すぎる資金になったはずだ」

アイスマンのその大胆な推理に当惑しながら、今度は彬が問いかけた。

「つまりロシュマン博士はボルマンたちの手を逃れ、その後一人で何度も南極にやってきたということですね」

「そう考えると辻褄が合う」

「しかし彼はたった一人でどうやってここへ来て、さらに金塊を運び出せたんですか。それも誰にも知られずに」

「そこはわからん。しかしロシュマンにはあらゆる困難を克服する執念があった。自分の家族を含む数百万の同胞を殺害したナチスの残党にグロックナーバレーの黄金を渡すわけにはいかない。それは非業の死を遂げたリッテンバウムの遺志を継ぐ闘いでもあった。当時ボルマンやジークフリートと結託していたピノチェトの独裁を打破することは彼の悲願のはずだった」

「ボルマンはそのことに気づいていた？」

「おそらくな。しかしピノチェトに言うわけにはいくまい。向こうはグロックナーバレーの秘密に気づいていない。知られれば横取りされるのは目に見えていた」

「あくまで叔父さんの推理に過ぎないわ」

ナオミはまだ納得がいかない様子だ。アイスマンはビバークテントの傍らにうずたかく積まれていた石の一つを手にとった。ほぼこぶし大のその石の表面の埃をアノラックの袖で払うと、鈍い金色の地肌が露出した。周囲でどよめきと嘆息が湧き起こる。アイスマンが問いかける。

「アロンゾ。これでどのくらいの値打ちがある？」

「重さが一〇〇オンスはあるでしょう。純度はおそらく八〇パーセント以上。現在の相場で三万ドルは固いと思います」

ため息まじりにアロンゾが答えると、居並ぶ隊員たちの目が血走った。

「この谷にはこんなものがごろごろしている。五つ六つ拾って帰ればそれだけで一財産になる」

アイスマンは自分の推理の正しさを確信したように高らかに言った。

9

「そのあたりの詮索はあとでゆっくりするとしてだ。まずはここから脱出せにゃいかんぞ、エストラーダ」

奇妙な沈黙と高揚に支配された洞窟内の空気を破ってアイスマンが声をかけた。

「わかりました。まず私が外を覗いてきます」

足元の石屑を拾ってポケットに入れようとしている隊員の尻を蹴飛ばしながら、エストラーダが答える。彬も声を上げた。

「一緒に行くよ。ツインオッターの状態が気になるから」

エストラーダは先に立って天井の亀裂へと続く傾斜路を攀じ登る。途中で何度も折れ曲がったこの洞窟が、どこに達しているかは見当がつかない。顔を出したところにファーガソンたちがいれば全員の運命がそこで尽きる。

岩肌は凍てつき、貼りついた氷で足が滑る。亀裂の直下に出ると、エストラーダはいったん登るのをやめて、外の気配を感じとる。

「物音はしない。近くに人がいる様子はないな」

声を低めてエストラーダは言い、亀裂のあいだにするりと体を滑り込ませた。彬もすぐにあとに続いた。

亀裂から顔を出すと、そこは畳十枚分ほどの岩のテラスで、正面にグロックナーバレーの全容が見渡せた。谷の出口の向こうには流氷に埋め尽くされた純白のウェッデル海が広がっている。谷を囲むU字形の尾根の奥まった部分の中腹のようだ。夢中で歩いたので感じなかったが、洞窟を進むあいだにかなりの高度を稼いでいたことになる。

標高はなだれ落ちる前のグロックナーバレーの雪面よりも明らかに高い。谷間が雪に埋もれていても、ここからならあの洞窟にいつでも出入りできたわけで、フランツ・ロシュマンはそれを知っていたことになる。アイスマンの推理の信憑性が高まった。

ファーガソンたちはまだ先ほどの坑道の入り口にたむろしている。なにをしているわけでもなく、手持ち無沙汰になにかを待っているようでもある。それが却って不気味に映る。

ツインオッターが駐機しているのは、二〇〇メートルほど右手の岩尾根の裾のあたり。テラスからそこに行くには、急峻な山肌を斜めに下降する必要がある。途中で見つかれば下から狙い撃ちされる。敵の火器は射程の短いウージーだが、間違って当たる可能性もなくはない。

それでもここはやるしかない。ファーガソンたちが谷からの退避にツインオッターを使う気だとしたら、食料も耐寒装備もなしに彬たちは極寒の谷に取り残されることになる。そうなればあのフランツ・ロシュマンと似たような末路をたどるのは間違いない。

下にいるアイスマンにエストラーダが状況を説明する。アイスマンもこちらの判断に同意した。全員がテラスへ這い登ってきた。生死のかかったこの状況で、アロンゾは足の痛みも忘れた様子だ。

全員がテラスに揃ったところで、エストラーダを先頭に歩き出す。彬は列の最後についた。急傾斜の岩肌に貼りつくように横移動する。エストラーダは安全なルートを見極めて進んでくれるが、それでも不安定な足場に体がこわばる。ファーガソンたちはまだ気づかない。

アロンゾがバランスを崩した。うしろにいたフェルナンドが支えて落下は免れたが、足元の石が落石となり、乾いた音を立てて岩肌を転げ落ちる。

思わず息を呑む。ここで見つかればすべてが終わる。しかし隠れる場所はない。全員が精いっぱい身を屈めるが、敵の視線を遮るものはなにもない。落石の音はまだ止まない。

凍りついたような時間が続く。ファーガソンの一団がこちらを振り向いた。万事休す!

そのとき尾根の向こうから金属性の爆音が近づいてきた。頭上を仰いだとたん、葉巻のような巨大な影が岩稜の向こうから飛び出した。ツインローターの大型ヘリ。純白の冬季迷彩塗装。モラエスたちのＣＨ47チヌークだ。

敵の全員がこちらに目を向けたが、見ているのはヘリで、彬たちではなさそうだ。ヘリはファーガソンたちの近くの平坦な岩盤に着陸した。後部ハッチが開き、ランプウェイに冬季迷彩のモラエスの手下が姿を現し、段ボールや木枠入りの荷物を運び出す。ファーガソンたちも手伝いに入る。

いつ結託したのか知らないが、分け前の分配の話でも成立したのだろう。補給物資が運び込まれたということは、ファーガソンたちはしばらくここに居座るつもりらしい。アイスマンに先んじてグロックナーバレーの地質調査を終了し、南極条約終了後の既得権主張の根拠にする気か、それとも手っ取り早く自らの手で金を掘り出して、闇市場で現金に換えるのか。

エストラーダが手振りで合図する。ファーガソンたちは荷物の搬出に忙しく、こちらに注意を払う者はいない。

焦りは禁物だ。全員が慎重に歩き出す。ようやく斜度が緩んだところで、エストラーダが一気に走り出す。ツインオッターが駐機する氷雪の台地まであと二〇メートルもない。後続する者も駆け出した。アイスマンもアロンゾもここは必死で駆け下りる。

全員が息を荒らげて機体の背後にたどり着き、ようやく敵の視界から身を隠すことができた。しかしここからが難題だ。エンジンを始動し、タキシングで機首を反転させ、さらに離陸するという大仕事をファーガソンたちが見逃してくれるはずがない。

しかし躊躇しているひまはない。敵との距離は約四〇〇メートル。ウージーなら射程外だが、モラエスたちが別の火器を持ち込んでいる可能性もある。

彬はコクピットに滑り込んだ。全員が乗り込んだことを告げながら、フェルナンドも副操縦席に滑り込む。

エンジンを始動する。素早く計器を点検する。スロットルを押し込む。ターボプロップエンジンの甲高い唸りが馬蹄形の谷に谺する。

機体がするりと動き出す。フットペダルを操作して、狭い雪原で慎重に機体を回し込む。ファーガソンたちはようやく気づいたようだ。こちらに向けて撃ってくるが、射程不足でツインオッターの機体にも当たらない。

機首を東に向け終えて、そのまま離陸体勢に入る。モラエスの部隊も撃ってくる。そちらはたぶんＡＫ47で、有効射程はウージーより長い。案の定、機体側面に着弾する音が鋭く響く。キャビンの搭乗者の安否が気になるが、いまは離陸することが先決だ。

スロットルを全開する。前方の雪面に立て続けに雪煙が舞い上がる。その弾幕に飛び込むように、機体が勢いよく滑り出す。

東に下る緩い斜面で機体は一気に加速する。雪面を滑るスキーの振動が消えて、ふわりと機体が浮き上がる。キャビンで湧き起こる歓声がインターコムを通して耳に飛び込む。どうやらそちらも無事だったようだ。

モラエスたちのチヌークは飛び立つ気配がない。あえて挑発する必要もない。茫然と見上げるファーガソンたちを横目に見ながら、彬はコンセプシオンＩの方向へ機体を翻《ひるがえ》した。

第九章

1

　モラエスのチヌークは追ってこない。

　いくら鈍足のツインオッターでも、大型輸送ヘリのチヌークに速力では負けない。追いつけないと諦めたのだろうが、向こうにはガンシップタイプのヒューイもある。そちらに待ち伏せされたら厄介だ。神経を張り詰めて前方と横手に目を凝らす。怪しい機影はない。全身を覆っていた緊張の鎧が氷解する。反対側の視野を確認していたフェルナンドも大きく肩で息を吐く。

「大丈夫だよ、アキラ。少なくともアイスマンヒュッテまでは生きて帰れそうだ」

「あれだけの大発見をしたんだ。もっと先まで生きて帰るさ」

　興奮とも畏怖ともつかない慄きを覚えながら彬は言った。しかし真の危機はいま始まったばかりかもしれない。敵には優勢な武器と空の足がある。こちらにはわずかな火器とツインオッターがあるだけだ。スティンガーとＲＰＧ－７はコンセプシオンⅡに捨ててきた。本気で攻撃されたら勝ち目はない。一時の高揚はすぐに悲観へと傾きだす。

気味悪いほど順調に、ツインオッターはアイスマンヒュッテに帰還した。極点から駆け下りるカタバ風の舌端はまだここまで達していない。ヒーターをフル稼働させ、凍てついた食堂に暖気を送り込み、熱いコーヒーと軽食でやっと人心地がついた。

屋内の居住環境が整い、ツインオッターのメンテナンスもほぼ完了した午後六時近くには、アイスマンヒュッテの周囲は窒息しそうな闇と魂を引き裂くようなブリザードの咆哮に包まれた。

夕食が済むとアイスマンは、彬、ナオミ、アロンゾ、エストラーダ、ヌネスの五人を居室に呼び寄せた。二度までともに命を失いかけたヌネスに対する疑惑はすでに晴れたようで、彬にしてもそれは同様だった。

「さっき大統領と話がついた。いよいよナチの盗人どもとの本当の闘いだ——」

アイスマンはほぼ手中に収めかけた勝利を確信するように、頬を紅潮させて切り出した。チリ共和国と共同で南極条約失効後のグロックナーバレーの領有権を主張するというのが彼の戦略だった。

南極大陸の領有権はクレイマントと呼ばれる複数の国が重複して主張しているケースが多い。例えばグロックナーバレーのあるパーマーランドや南極半島はチリとアルゼンチンとイギリスが領有を主張している。現在は南極条約によって主権請求権が凍結されているが、問題はそれが失効したときだ。国際社会にとっては難題だが、最終的には当事国同士の協議によって分割領有される可能性が高く、その場合、既成事実としての実効的占有が重要な根拠となる。それが国際法の専門家に委嘱して研究したアイスマンの結論だった。

今回の発見の発表とグロックナーバレーの潜在的領有権の主張を共和国政府が行なうようにと、アイスマンは大統領に要請したらしい。条件は将来における利益の折半。開発権は彼一人に付与するというものだ。

よく考えればアイスマンは単なる発見者に過ぎず、本来は権益を主張できる立場にはない。そこがアイスマンのしたたかなところで、応じなければ他のクレイマント——イギリスもしくはアルゼンチンに同条件の話を持ちかけると付け加えたところ、大統領は即座に応諾したという。

サリナス一味の動きについては、チリ共和国政府は一切関与せず、軍上層部も把握していなかったと大統領は明言した。アルゼンチン政府からも正式な抗議は受けておらず、早急に事実関係を調査して、軍や政府内部に関与したものがいれば厳正に処罰すると大統領は約束したという。

夜九時を過ぎてブリザードは嘘のように収まった。風は弱いが、空はどんよりと曇り、夜空にはオーロラも月も星もない。気温はマイナス三〇度。この時期としては暖かい。初冬の南極では貴重なこの穏やかな陽気が疎ましい。ブリザードの障壁がなければアイスマンヒュッテは敵に対して丸裸だ。この機に乗じて攻撃してくる可能性があるが、打つべき対策はほとんどない。互いの鼓動が聞きとれそうな静寂を、張り詰めた鋼線のような緊張が貫いた。

銃弾が貫通しそうなウッドパネルの壁面にはあり合わせの鋼板を重ねて防御楯とし、各人にはライフルもしくは拳銃を携行させた。歩哨を立てたいところだが、それは凍死しろというのとほぼ同義だ。各方向の窓には見張りの隊員が張りついている。

午後十一時を過ぎても敵は動きをみせない。ヘリを使えば接近は容易だ。あのとき全員を殺す気だったのなら、なぜいま攻撃を仕掛けてこないのか。その静けさがかえって不吉な予感を搔きたてる。膠着《こうちゃく》した状況にアイスマンも苛立ちを募らせている。

「偵察飛行といくか、アキラ」

エストラーダが言い出した。彬は迷うことなく頷いた。

上空から見たパーマーランドは、高層雲を透かして届くかすかな月明かりを受けて、干からびた骸のように眼下に横たわっていた。アイスマンヒュッテの主棟だけが、絶海の孤島の灯台のように、大地を覆う夜のベールに小さな光の穴を穿っている。

操縦席の背後でエストラーダはスターライトスコープ越しに行く手に目を走らせる。フェルナンドも副操縦席から眼下に視線を注ぐ。エストラーダに問いかける。

「なにか見えるか」

「なにも見えない。高度を下げてくれ」

「了解。地上一〇〇〇フィートまで下げる。この闇夜ではそのくらいが限界だ」

目視では地表との距離が摑めない。レーダー高度計の数値を頼りに降下する。敵にミサイルがあれば確実にロックされる。錐を揉まれるように胃が痛む。航空灯を消し、エンジン出力を落として、ヒュッテを中心に半径一〇キロほどの円を描く。

「右前方になにかあるぞ――」

エストラーダが声を上げる。彬もその方向に身を乗り出すが、裸眼ではなにも見えない。エストラーダの声が緊張を帯びる。

「雪上車が二台。一台はごく普通のやつだ。問題は残る一台だよ。行き過ぎないように右に回り込んでくれ」

機体をバンクさせ、慎重にラダーペダルを踏みながら、苛立ちを隠さず問いかける。

「もう一台がどうしたんだ」

「雪上車じゃない。M2ブラッドレー歩兵戦闘車――米陸軍の制式装甲車だ」

エストラーダの語尾が震える。唐突に頭のなかが白くなる。

「なんでそんなものが南極に?」

「おれだって聞きたいよ。フル装備なら二五ミリ機関砲に七・六二ミリ機関銃、対戦車ミサイルのTOWも搭載している」

「やつらはなにを考えている?」

「おれたちを殲滅しにきたんだよ」

「まさか、そこまで――」

「ところがここは南極だ。もう冬に入りかけて、人がいる基地は近場にはほとんどない。極点基地だって春がくるまで孤立する。なにをしようと誰にも知られることはない。おっと、敵がこっちに気づいたようだ。何人か飛び出してきた。急いで離脱しよう」

エストラーダが肩を叩く。フルスロットルで機首を起こす。窓の外を緑色の流星がよぎる。その美しさに一瞬気をとられ、直後に心臓が止まりかける。

「アキラ！　下から撃ってきている。ライフルじゃないよ。機関砲だ」

フェルナンドの声は半ば悲鳴だ。

「大丈夫。暗視装置を使った射撃で飛んでいる飛行機を狙っても、せいぜいまぐれで当たるくらいだ」

エストラーダはさすがに落ち着いている。その言葉を信じて高度を上げる。曳光弾の軌跡はすぐにまばらになり、まもなく途切れた。こめかみの動脈がずきずきと拍動する。首筋や腋の下に冷や汗が滲んでいる。


再び南へ機首を向け、十五分ほどの飛行でグロックナーバレーの上空に進入した。

眼下の光景にあっけにとられた。谷の様子は一変していた。谷の奥まったあたりは煌々と明かりが灯り、油圧ショベルやブルドーザーなどの土木機械が動き回り、プレハブの建物や大型テントがいくつも設営されている。外で動いている人員が五十人はいる。屋内にもさらにいるはずだ。

「やつら本気でお宝を掘り出す気だ」

エストラーダがため息を吐く。リッテンバウムたちの時代とは違う。これだけの設備と人手があれば、一冬でこの谷の表層にあるナゲットのあらかたを掘り出せる。それだけでも彼らの野望を現実化するのに必要な資金は生み出せるはずだ。

上空を飛び越して谷を囲むヌナタック群の裏側へ出ると、そこにもほのかに明るい一角があり、ドラム缶やコンテナが野積みされている。

その近くに四発の輸送機が駐機している。機体は半ば闇に溶け込んで、翼や機体のマークは読みとれない。LC130ではない。ランディングギアにスキーを履いたイリューシン。大型機が着陸可能な場所に物資を空輸して、そこからヘリで谷底まで運ぶ作戦だ。モラエスのヘリも見える。モラエスとファーガソンの結託はやはり本物だったらしい。

アイスマンヒュッテに無線で状況を知らせて、機首を反転する。先ほどの雪上車と装甲車はアイスマンヒュッテから五キロの地点に移動して、獲物を狙う肉食獣のように暗い闇の底に身を潜めている。

その向こうに小さくヒュッテの灯火が見える。まだ攻撃を受けている気配はないが、その姿は狼に狙われた仔山羊のようにか弱く見える。エストラーダはスターライトスコープでヒュッテの周囲をさらに索敵する。

「あそこにもいるぞ――」

エストラーダの押し殺した声。心臓が早鐘を打つ。

「北三キロくらいのところに車影が一つ。そいつもTOW装備の装甲車のようだ」

「南北から挟み撃ちされているわけだな」

エストラーダは慎重に応じた。

「おれが確認できたところではな。ほかにもまだいるかもしれん。まずは着陸してくれ。急いで戦闘準備をしなきゃいかん」

戦闘準備――。エストラーダが口にしたその言葉が頭の芯を殴打する。吐き気にも似た不安に堪えながらアイスマンヒュッテへ接近すると、爆音を聞きつけたらしく、ナオミとヌネスが主棟から飛び出した。その無事な姿を見て、背中に貼りついた鋼のような緊張が解けた。

二人は手にしたハンドライトで着地点を指示する。ヒュッテからの明かりと二つのライトで対地高度は目測できた。ヒュッテの屋根に立てられた吹き流しの動きは穏やかな向かい風。着陸は安定していた。ナオミが駆け寄ってくる。

「状況はどうなの」

「どうやらおれたちは籠の鳥らしい――」

ヒュッテに向かいながら状況を説明する。

「どういう手を打ってくるつもりかしら」

ナオミは不安に抗うように硬い笑みを浮かべたが、それは鋭い寒気に凍てついたように頬の表面に貼りついただけだった。

「いずれにせよ、無事に我々を南極から脱出させる気はないらしい」

「私たち、ここで死ぬことになりそうね」

ナオミはか細い声で言った。そこには恐怖に由来するものとは別の暗い絶望の響きがあった。ナオミの肩に腕を回し、強く抱き寄せて彬は言った。

「死ぬわけにはいかない。突破口はある」

そう言う自分にも目算はない。しかし絶望とは希望を放棄したときに襲いかかる悪夢だ。可能性があるなら、どんな隘路であれ進むべきだ。闘わずに死ぬことは、敵の野望に自ら手を貸すことにほかならない。

「あなたを巻き込んだことを悔やんでいるの——」

ナオミは彬の腰に腕を回し、体を寄せ、その言葉に重ねるように言い添えた。

「フェルナンドやエストラーダや、ほかの隊員を巻き込んでしまったことを——」

ヒュッテの窓から漏れる明かりにナオミの吐く息が氷片となってきらめいた。

「君が巻き込んだわけじゃない。アイスマンでもない。どんな運命であれ、それは結局、自らの意志で選んだものなんだよ」

ナオミは悲しげな眼差しで問いかける。

「死ぬのが怖くないの？」

「怖いよ。だから闘うんだ。最後まで」

ナオミは曖昧な笑みとともに首を振る。

「私は怖くない。すべては終わったの。グロックナーバレーは開けてはならない扉だったのよ。それは死の扉。ギュンターも、ロシュマン博士も、フォン・リッテンバウムも、あの洞窟のなかの死者たちも、みんなその扉に触れて死んでいった」

ナオミの冷え切った頬が彬の頬に触れた。その隙間を温かいものが伝って流れ、すぐにざらりとした氷の感触に変わる。

「彼らのためにも――」

言いながらナオミの顔を覗き込む。見つめ返す瞳に涙が溢れている。極寒の大気のなかに滲み出た体温と同じ温もりの小さな海。そのいとおしい海を見つめながら語りかけた。

「生きなきゃいけない。そして彼らの希望を受け継がなきゃいけない」

「希望はないわ。私たちが直面しているのはあまりにも大きい敵なのよ」

ナオミは小刻みに首を振る。強風に舞う落ち葉のように、その心の揺れを柔らかい掌でそっと押さえて欲しいというかのように。

「君がいるから――」

自分の額をナオミの額に押しつけて彬は言った。

「この世界にもっとずっと長くいたいんだ。君と一緒にこの世界にずっと」

「無理よ。私たちはもう――」

言いかけたナオミの唇が彬の唇に触れる。その柔らかな感触が磁力のように二人の唇を引き寄せる。ただなるがままに唇を重ね、彬はナオミを抱き寄せた。彬の背中に回した腕をナオミは骨がきしむほど締めつける。極寒の外気のなかで二人の体温が交じり合い、氷の棘のような慄きがゆっくりと溶けてゆく。ナオミの耳元で彬は祈りのように繰り返した。

「生きて還ろう。ギュンターの魂のために。ロシュマン博士の魂のために。フォン・リッテンバウムの魂のために。あの洞窟で眠る人々の魂のために。彼らが伝え得なかった思いを世界に伝えるために――」

ヒュッテの食堂に、窓の外の監視に当たる隊員を除く全員が集まった。どの顔も希望のストックを使い果たしたようにやつれて見える。エストラーダはホワイトボードに敵の配置を図示し、状況を説明した。

「敵に背を見せるのは腹立たしいが、ここにいる限り、お先真っ暗というわけだ」

アイスマンが不快感丸出しに確認する。エストラーダは苦々しい表情で頷いた。アイスマンは今度はヌネスに問いかける。

「フレイ基地はどうだ。安全だと思うか」

「サリナスが偽の大統領命令で基地司令官を騙し、なけなしのLC130を飛ばせたとは考えにくい。つまり――」

ヌネスは沈鬱な表情で身を乗り出す。アイスマンは苛立たしげに先回りする。

「基地司令官もやつらとグルか」

「その可能性が大でしょう」

「ほかに安全な退避先は?」

「モラエスの行動からしてアルゼンチンのベルグラーノIIも安心できない。近くにはほかに越冬している基地はありません」

「さて、どうしたものかな」

アイスマンは途方にくれた様子でエストラーダに問いかける。

「問題は連中がなぜ静観しているかです。たぶんそうやって圧力をかけて、こちらが空に逃げるのを待ってるんですよ――」

エストラーダは考えを整理するように煙草に火をつけた。

「連中が装備しているTOWは敵戦車の装甲を貫通することが目的で、爆風や破片効果による殺傷力は弱い。つまりだだっ広くて密閉性も低いこの建物にぶち込んでも大きな被害は与えられない。しかし離陸中の飛行機は恰好の標的です。飛び上がったところを狙い撃ちすれば全員一度に殺せます。おれが敵の指揮官ならそうします」

食堂の空気が凝固した。誰かがテーブルの脚を蹴る。空からの生還の可能性はどうやら潰えたようだった。

「籠城戦に持ち込むとすれば？」

気丈なアイスマンの声もさすがに悲痛だ。エストラーダは力なく首を振る。

「こちらの武器は自動小銃と拳銃だけ。銃弾も二千発ちょっとです。重装備の装甲車をもつ敵にすりゃ、赤ん坊の手を捻るようなものですよ。地獄への土産に白兵戦で二、三人ぶち殺すくらいはできますがね」

突破口は必ずある。ついさっき彬はナオミにそう言った。しかし思考を巡らしてもこれといった知恵は浮かばない。

「いよいよ白旗を揚げて降参か」

アイスマンが重苦しいため息を吐き出した。そのとき思考のギアがことりと動いた。

「突破口が一つありますよ。少なくともやってみる価値はある——」

重く澱んだ沈黙を破って彬は立ち上がった。希望に餓えた視線が集中した。全員が耳をそばだてるのを感じながら、命と引き換えになりかねないその奇襲作戦について、彬は努めて冷静に語って聞かせた。

2

駐機場のツインオッターの航空灯が灯る。フェルナンドが操縦席でエンジンを始動する。吹き上がるエンジン音がマイナス数十度のパーマーランドの夜気を震わせる。

彬とエストラーダはファーガソンたちの置き土産のスノーモビルにタンデムで跨って、耳を劈く爆音に紛れて東に傾斜する雪原の下方へと回り込んだ。前方には、片翼の一部とエンジン一基を失ったサリナスたちのＬＣ１３０が駐機している。

スターライトスコープを装着したエストラーダの操縦で、雪煙を巻き上げないように注意しながら、闇に浮かぶＬＣ１３０の巨大なシルエットに接近する。背後でツインオッターの奏でる爆音が高まった。耳元を吹く風音に混じって、別れ際のナオミの言葉が蘇る。

「後悔はしていないの。ここにいてよかった。アキラ。あなたと一緒にここにいられて」

そう言ってナオミは彬の胸に顔を押しつけた。二つの心を一つに重ね合わせようとするように。その肩がかすかに震えていた。心のなかで熱いものが弾け、ただ無我夢中でナオミを抱きしめた。その短い言葉に込められた不思議な魔法が、いま直面する隘路を突破する勇気を、生への希望を与えてくれていた。

スノーモビルが停止した。目の前にLC130の黒々とした巨体がわだかまる。

「頼むぞ、アキラ」

短く言ってエストラーダは闇の奥へと走り去る。凍てついたドアを力任せに引き出して、コクピットへ駆け上がる。祈る思いで電気系統のスイッチを入れる。パネルの計器が点灯する。大きく息を吐き出した。緊張に呪縛された筋肉がわずかに緩んだ。さすがに寒冷地仕様のLC130で、バッテリーはまだ生きていた。

切迫した思いでイグニッションスイッチを入れる。セルモーターのくぐもった駆動音。すかさずスロットルレバーを押し倒す。三基のエンジンが唸りだす。低周波の回転音が次第に高まって、鋭い金属音となって耳に突き刺さる。一二〇〇RPMに達したところでパーキングブレーキをオフにする。LC130の巨大な機体が目覚めたばかりの恐竜のようにのっそりと動き出す。

前照灯を点灯する。円錐形の光芒が前方の闇に光の回廊を切り開く。左右のエンジン出力のアンバランスをラダー操作で調整しながら、ゆっくり南に機首を向ける。

前照灯の光芒にアイスマンヒュッテが浮かび上がる。駐機場ではいまにも飛び立ちそうにツインオッターが翼を震わせる。

回転数を二〇〇〇ＲＰＭに上昇させる。ＬＣ１３０は巨体を軋ませて滑り出す。三〇ノット、四〇ノット、五〇ノット――。機体は激しい振動を伴って加速する。

アイスマンヒュッテとツインオッターが右手の視界を飛び退る。主棟の前にナオミやヌネスの不安げな顔が並んでいる。ナオミがこちらに手を振っている。

さらに一〇〇メートル滑走し、機首を一〇度ほど右に振る。機体は平坦な滑走エリアから飛び出した。前照灯の光芒が刃のような風紋《サスツルギ》に覆われた雪原を照らし出す。

その光芒の奥に見える小さな二つの箱型の物体――標的の雪上車とＭ２ブラッドレー歩兵戦闘車だ。ＬＣ１３０はその標的めがけて疾駆する。吹き溜まった雪を巻き上げて、荒れた雪原を暴れ馬のように跳ね飛んで。敵のミサイルがＬＣ１３０を破壊するのが先か、ＬＣ１３０が敵を踏み潰すのが先か。引き分けなしのチキンレースだ。

雪面の凹凸で針路がぶれる。全長三〇メートルの機体が暴れだす。ラダーペダルに両足を踏ん張り、懸命に直進を維持し続ける。豆粒ほどだった標的が膨張する。速度は七〇ノット。敵の対戦車ミサイルＴＯＷはすでに装塡されているはずだ。

目測で距離は三キロを切った。すでにＴＯＷの射程内だが、まだ発射する気配はない。脱出に使うのはツインオッターだと敵はみているはずだった。その裏を掻く作戦はいまのところ成功しているようだった。

スロットルをさらに押し込んだ。回転数は二六〇〇RPMに跳ね上がる。速度が九〇ノットに達すると、機体の挙動は落ち着いてきた。ブラッドレーと雪上車をぴたり真正面に捉えている。あとはこのまま直進するだけだ。敵の決断が遅れれば遅れるほど、こちらの勝利は確実になる。

ブラッドレーの周囲に人影が見える。雪上車もすぐそばにいる。一石二鳥で片付けるには密集してくれるほうが都合がいい。

TOWの発射筒が識別できた。ツインオッターを狙っていたのを、ためらうようにこちらに振り向ける。距離は約一〇〇〇メートル。敵は判断に迷っている。有線誘導方式のTOWは命中するまで発射位置から移動できない。赤外線誘導方式のように撃ち逃げができない。そこが最大の付け目といえた。

距離は四〇〇メートルを切った。スロットルを最大に叩き込む。速力は一気に一〇〇ノットを超える。飛び上がろうとする機体を昇降舵の操作で押さえ込む。もう針路にぶれは出ない。LC130はブラッドレーと装甲車に向かって真一文字に疾駆する。そろそろ脱出のタイミングだ。

コクピットを出てタラップを駆け降りる。頭のなかで恐怖の榴弾が炸裂した。脱出用に開けておいたドアが閉じている。雪原の凹凸で機体がバウンドしたせいで勝手に閉じてしまったらしい。

ロックはかかっていないのに、部材が変形しているのか、押しても引いても動かない。焦燥の棘が全身を掻きむしる。肩から体当たりを試みる。三度目でようやく隙間ができたが、それでも扉は下に落ちない。

機体の反対側には雪上車がぶち抜いた穴がある。そちらから脱出しようと折り重なった座席の残骸を乗り越えようとしたとき、機首方向でなにかが爆発した。落雷のような大音響が脳味噌をじかに揺さぶった。コクピットの戸口から赤黒い炎が噴き出した。爆風で体が飛ばされた。皮膚を焼くような熱気に包まれた。

TOWの一撃を食らったらしい。機内にどす黒い煙が充満する。刺激臭のガスが喉を焼く。炎の蜥蜴《とかげ》が床を這う。機体がダンスを踊りだす。

恐怖で心臓が空になる。思考のギアが空転する。世界がぐるぐる回りだす。彬は死を予感した。悲しみが魂を押し潰す。たった一人で受け容れるにはあまりに大きすぎる悲しみだ。死ぬ前にナオミの声が聞きたかった。ナオミの温もりを感じたかった。

ナオミの名前を絶叫する。その絶叫さえも疾駆する機体の轟音に呑み込まれる。髪が焼ける。炎の舌が皮膚を舐める。喉が破裂するようにむせ返る。

そのときなにかに吸い込まれるように、目の前の黒煙が右に流れた。よろめきながらその行く手へと歩み寄る。

頑なに閉ざしていたドアが開いていた。機体を包む炎に照らされて、水平の滝のように後方へ流れる雪原に、彬は頭からダイブした。頭上を巨大な翼が駆け抜けた。

衝撃が全身を貫いた。骨という骨が悲鳴をあげる。体が宙に舞い上がる。空中で何度も回転する。またサスツルギの雪面に叩きつけられる。不思議に痛みは感じない。

胴体の半分を紅蓮《ぐれん》の炎に包まれて、なお疾走するＬＣ１３０の姿が見える。そのスピードが突然落ちた。怪鳥のようなその巨体がブラッドレーと雪上車に激突する。機体が右に傾いた。翼がへし折れた。脱落したエンジンが異界の生き物のように雪面を跳ねていく。

直後にＬＣ１３０の機体は眩い火の玉に包まれた。きのこ雲のように噴き上がる炎と煙を背景に、ブラッドレーの砲塔やキャタピラや人の体やその一部が宙を舞う。

熱風が焼けた鉄板のように殴りかかる。夥しい金属やプラスチックやガラスの破片が落ちてくる。左の大腿部になにかが当たった。脚を捻じ切られるような痛みが走る。

ヒュッテのはるか背後の雪原でも、炎が夜空を舐めていた。エストラーダもミッションに成功したらしい。

突然世界から音が消えた。燃え盛る炎が絵画のように美しい。悲しみが音のないシンフォニーのように立ち上がる。寂寥がダウンの褥《しとね》のように魂を押し包む。

目の前にナオミの顔がある。懸命になにか喋っている。しかしその声が聞こえない。夢かうつつかわからない。

意識が闇に溶けていく。ナオミに向かって手を差し伸べながら、ゆっくりと大地の底へ沈んでいく。

激しい風音のなかで彬は目覚めた。

いや風音なのか耳鳴りなのかわからない。そこは狭いが適度な明るさの暖かい場所だった。ぼんやりした視界のなかにナオミの顔がある。ヌネスの、アイスマンの、エストラーダの顔がある。一様に安心したような笑みを湛えている。

エストラーダがなにか言う。口が動くだけで声が聞こえない。アイスマンヒュッテの居室のベッドの上だとはわかったが、いつどうして運び込まれたかがわからない。

腕には点滴の針が刺さり、そこから延びたチューブの先の点滴液をナオミが手際よく交換する。今度はヌネスが問いかけるが、やはり聞こえるのはブリザードの風音に似た奇妙な音だけだ。

最後に残る記憶は炎上するＬＣ１３０の巨体だった。命からがら成功したミッションのことは覚えていた。以後の記憶が消えている。ここにこうしていることからすれば、少なくとも死なずには済んだらしい。

身じろぎすると左の太腿に痛みが走る。思わず顔をしかめると、ナオミが枕元に寄ってきて、優しく頬に手を当てる。そのひんやりとした感触が火照った肌に心地よい。

ナオミが耳を指で示し、左右に首を振ってみせる。耳が聞こえないのかと問いかけている。そうだと答えようとして咳き込んだ。喉の奥がざらついて痛い。機内で吸い込んだ煤煙《ばいえん》でどうやら喉も痛めたらしい。

喋る代わりに頷くと、ナオミはわかったというように微笑んで、ポケットから取り出したメモ用紙になにか書き込んだ。

〈外傷性急性聴力障害、予後は良好〉

示されたメモを見て納得した。ミサイルの爆発音で耳を痛めたようだった。身振りと筆談によるやりとりで、自分の体のダメージの程度と救出時の状況がおおむねわかった。皮膚が露出していた顔には軽い火傷を負っているが、衣類に覆われていた部位は無事らしい。

意識を喪失したのは脱出時に受けた頭部の打撲によるもので、ほかにも打撲の痕はいくつもあったが、幸い骨折した部位はないらしい。いちばんの負傷箇所は左の太腿で、爆発した機体の破片が大腿骨近くまで刺さっていたが、すでに摘出し縫合も済んでいる。急性聴力障害は症状が出て間もないため、ステロイド剤と血管拡張剤の投与で十分回復が期待できるという。

南極広しといえども医師二人を抱えた越冬基地はざらにない。この季節の南極で彬は最も幸福な怪我人といえそうだった。

LC130が爆発炎上するのを見て、すぐに現場に向かったのはナオミとヌネスとフェルナンドだった。足に使ったのはまだエンジンを動かしていたツインオッターで、現場までタキシングし、雪原に倒れている彬を発見した。敵の生存が未確認である以上、それも危険を冒しての行動だった。

彬の生存を確認し、機内で応急処置を施して、再びタキシングでヒュッテへ連れ戻った。LC130の機体は小爆発を繰り返しており、現場にはそれ以上近づけなかった。生存者がいる気配はなかったという。装甲車の残骸はあったが、雪上車は見当たらず、そちらは逃げたのではないかとフェルナンドは言う。

いまはそれから二時間経った午前三時。エストラーダは詳しい話は耳が回復してからと言いながら、それでも身振りと筆談で敵の別働隊を撃破した様子を語りだす。

アロンゾが倉庫から探し出したダイナマイトを携行し、北側の別働隊にエストラーダは背後から接近した。味方へのＬＣ１３０の突入に気をとられている敵に近づいて、Ｍ２ブラッドレーの車体の下に点火したダイナマイトを投げ込んだ。

爆発したダイナマイトは床を突き破り、車内に格納されていたＴＯＷを誘爆させ、ブラッドレーはわずか数秒で跡形もなく消えたという。生存者はむろんいないとエストラーダは朗らかに笑った。

状況説明はそこまでにして、しばらく安静にするようにというナオミの指示で一同は散っていった。語りたいことは山ほどあった。とくにナオミに対しては――。

そんな思いを込めた視線を送ると、ナオミはわかっているというように頷いて、そっと手を握り、子供をあやすような視線を返して、そのまま部屋を出て行った。聞こえない喋れない動けないの三重苦の身としては抗うわけにはいかない状況だった。


翌朝十時に彬が起きだすと、アイスマンヒュッテは騒然としていた。食堂からアイスマンの甲高い怒声が轟く。ナオミとアロンゾが宥める声が聞こえるが、その声にもただならぬ緊張の色がある。

左大腿部の傷はまだ疼くが歩けないほどではなく、聴力障害も耳鳴りはほとんど止んで、アイスマンの罵り声を聞くには支障ない。傷の痛みも打撲の痛みも忘れて食堂へ走る。ドアを開けたとたんにアイスマンの怒声の直撃を受けた。

「アキラ、これから極点基地へ飛ぶぞ。あのネオナチの盗人野郎を捕まえて化けの皮を剝がにゃならん」

「無理よ、叔父さん。このブリザードのなかを飛ぶなんて自殺行為よ。それにアキラは怪我をしてるのよ」

「どうしたんです。なにがあったんです」

問いかける声はまだひどくかすれ、喉の奥が割れそうに痛む。自分の声が地鳴りのように頭に響く。安静にしている分には問題ないが、やはりまだ人並みの体ではないらしい。

「ああ、アキラ。もう起きて大丈夫なの」

アイスマンの傍らを離れてナオミが駆け寄ってくる。

「おおむね大丈夫。それよりいったいなにが」

自分の体より目の前の騒ぎが気になった。食堂にはナオミとアロンゾのほか、ヌネスとエストラーダが不安げな顔を並べている。アイスマンが憤然と立ち上がる。

「なにがじゃないぞ、アキラ。我々は逆賊にされてしまった」

「逆賊?」

「見せてやれ、ナオミ。あのペテン師野郎の三百代言《さんびゃくだいげん》を」

アイスマンはテーブルのノートパソコンを指さした。インマルサット経由でインターネットに接続した画面にはCNNのウェッブサイトが表示されている。ナオミがヘッドラインの一つをクリックする。開いた画面に見覚えのある顔がある。ファーガソン！　記事を読んでまた驚いた。

〈アムンゼン・スコット基地の地質学者──ジョン・ファーガソン博士、パーマーランドで驚異的品位の金鉱脈を発見〉

アムンゼン・スコット南極点基地の地質学者ジョン・ファーガソン博士は、四月二十二日、世界最高クラスの品位の金鉱脈を発見したと発表した。

場所はグロックナーバレーと名づけられた南極半島脊梁山脈の小さな谷。地質学調査でこの谷を訪れた博士は、谷の基底の岩盤が高品位の金鉱床であることを発見した。分析の結果、金含有率は一トン中五〇〇グラムで、これまでの世界最高ランクの鉱床を上回るという。

博士は全米科学財団にこの事実を報告した。南極は国際条約のもとにすべての領有権が凍結されており、今後の調査・研究については、同財団ならびにSCAR（南極科学委員会）の判断に委ねられる。ファーガソン博士はこう語っている。

「南極の他のあらゆる資源同様、グロックナーバレーに眠るこの富が、国家間の争いを離れて研究され、将来、人類共通の福祉に活用されることを願っている」

ナオミは黙って別のヘッドラインをクリックする。

〈南極で米国の観測チームが襲撃され、隊員に複数の死者〉

南極大陸のパーマーランドで、四月二十三日午前零時ごろ、米国のオーロラ観測チームが何者かに襲撃された。生還した隊員の証言によれば、三台の雪上車で移動中にロケット砲による攻撃を受けたものとみられ、二台が大破。乗っていた六名の隊員に生存者はいない模様。攻撃を免れた一台がベースキャンプに戻り事件を報告した。

現場はチリの内陸観測基地コンセプシオンＩの近くで、犯人は基地内に潜伏していたものとみられている。もしロケット砲が持ち込まれていたなら南極条約に抵触し、さらに攻撃が基地内からのものなら人道的にも安全保障上の観点からも由々しい事態だとして米国は強い懸念を表明し、チリ政府に迅速な事実関係の究明を要求した。

アイスマンのいう意味がやっとわかった。周囲に人っ子一人いない初冬の南極で、真実を知るのは彬たちと彼らだけだ。敵にすれば遠慮なしに嘘八百を並べられるホワイトボードのような場所なのだ。ナオミは続けて関連項目をクリックする。

〈米国、南極条約からの脱退を示唆〉

ホワイトハウスのマカフィー報道官は、二十三日、緊急記者会見を開き、南極のパーマーランドで起きた南極観測チーム襲撃事件に関連して、近い将来、米国が南極条約から脱退する可能性があることを示唆した。要旨は次のとおり。

南極では従来、条約加盟各国の相互信頼に基づき、武力を伴う法執行機関を持たず、信頼と善意による平和維持を基礎としてきた。しかし当地に最大規模の基地と人員を擁する米国は、今回の事件に安全保障上の重大な懸念を抱き、人類にとって最後の大陸である南極をテロリストの聖域としないために、適切な規模の武装治安部隊投入の必要性を認めざるを得ない。

ついてはその障害となる、武器持ち込みを禁じた南極条約からの脱退も視野に入れ、不退転の決意で南極の平和と秩序維持に貢献する考えである。

読み終えて顔を上げたとたんにアイスマンがまくし立てる。

「わかったか。ファーガソンがどれほど性悪の盗人か。人類共通の福祉に活用されることを願うだと？　そんなお為ごかしの裏でこの世界を薄汚い手で牛耳るチャンスを狙っているんだ。このままではグロックナーバレーの黄金はやつの手に渡り、世界はファシズムの糞つぼに叩き込まれる」

アイスマンの怒りはわかる。敵の作戦の狡猾さ以上に、それにしてやられた自分への怒り心頭というところだろう。

「どうしてやつが極点基地にいると？」

「さっき、サンチアゴの馬鹿息子が心配して電話してきた。本国でも騒ぎになっておるようだ。あのつるりん頭が極点基地でインタビューに応じる映像がテレビのニュースで流れたそうだ。グロックナーバレーの金鉱石のサンプルを見せびらかしていたそうだ。録画した画像をインターネットで送れと言ってある。もうじき届くだろう」

アイスマンの頬が紅潮する。最近は落ち着いていた血圧の上昇が気にかかる。

「ラゴス大統領とは話を？」

「電話に一つも出てこんのだ。向こうから話も訊いてこない。おおかたアメリカに脅されて寝返ったんだろう――」

アイスマンはカフェインレスのコーヒーを不味そうに呷る。

「このままじゃ良くて監獄行き。逆らえば反乱者としてその場で始末。こんな場所には夏でも人っ子一人やってこない。そのうちどこかの国の軍隊がやってきて、機体の残骸も装甲車の残骸も消えてなくなり、すべては闇に葬られるだろう」

「それはアメリカの意向なんですか」

「ホワイトハウスもやつらの茶番に乗せられているのかもしれん。あのナイトアウル作戦とかいうオーロラ観測プロジェクトのスポンサーが誰だかわかったよ――」

アイスマンはナオミにマグカップを突き出してコーヒーのお代わりを催促する。

「誰なんです」

「コンチネンタル・マインズ・インダストリーズ社だ。ＣＥＯのクリス・ミューラーはアメリカの政界に強い人脈をもつフィクサーだ。父親は戦後アメリカに移住したナチの科学者。いまは表向きネオコンに宗旨替えをしているが、かつてはコンドル作戦の最大のスポンサーの一人で、腹のなかはいまもごりごりのネオナチで、ジークフリートを頭目とするネオ・オデッサグループの黒幕と目されている」

「どうしてわかったんです?」

「私だってワシントンにエージェントの一人や二人は抱えている。昨年から米国防総省《ペンタゴン》にちょっかいを出して、資金協力するから南極でなにかやらないかと持ちかけていたらしい。ペンタゴンはイラクの件で手いっぱいで、最初は動こうとしなかったが、そういうときこそ平和目的の活動で世間にアピールすることが必要だと強引に実施に踏み切らせたそうだ。ペンタゴンが運用するGPS衛星への磁気嵐の影響を研究するというのがそのお題目だ」

「ペンタゴンを動かして、お墨付きの隠れ蓑を用意した。ミューラーとファーガソンは最初から結託していたわけですね」

「グロックナーバレーにいる大部隊が、その作戦に参加した連中だとしたらな」

「全部か一部かは別として、それは間違いないでしょう。この時期、南極の内陸で、あれだけの人員と物資を蓄積している場所はほかにありませんよ」

そのときパソコンの画面上にメール着信の通知が表示された。ナオミがメールソフトを立ち上げる。サンチアゴのアイスマンの息子からで、ファーガソンのインタビューの映像ファイルが添付されていた。

映像は一分足らずとごく短く、喋っている内容は先ほどのCNNのウェッブニュースと変わりないが、ファーガソンが取り出した金鉱石を見てアロンゾが声を上げた。

「あれは違いますよ。グロックナーバレーの金鉱石じゃない、ふざけやがって」

「なんだと?」

アイスマンが椅子から飛び上がる。ナオミは再生を一時停止する。アロンゾはいったん席を立ち、グロックナーバレーで採取した鉱石を手にして戻ってきた。

「見比べてくださいよ。こちらが本物です。石英のなかに金色の筋やナゲットが見える。不純物が少ないからで、非常に稀なタイプです。しかしあいつが手にしているのは黒い筋が無数に入っている。銀やらニッケルやら金以外の鉱物を含んでいるせいで、あの谷から出たものじゃありません」

「つまり偽物なのか?」

アイスマンはテーブルに置いた拳を震わせる。苦々しい口調でアロンゾが続ける。

「そもそも品位がトンあたり五〇〇グラムと言っているのがおかしい。それでも十分驚異的な含有率ですが、グロックナーバレーはその数倍です」

「それでやつらの考えがわかったぞ——」

アイスマンはテーブルを勢いよく叩いた。

「昔、ミューラーのやつがよく使った手口だ。やつは南米の独裁政権からあちこちの鉱山の利権を安く買い取った。使った手口は試掘で出たサンプルを別の鉱山のより低品位のサンプルとすり替えるというものだ。もちろん政権側は承知だった。当然、実際の数字は世間に公表する産出高より大きくなる。その差益を裏金に回し、一部はコンドル作戦の活動資金に、一部は独裁者どもへの闇献金に使っていた。今度は同じ手口で浮かせた金を、ファーガソンたちが画策する第三帝国再興の資金に流用しようとしているわけだ」

「ホワイトハウスはそれを承知で？」

ヌネスが問いかける。アイスマンは声を震わせる。

「いまホワイトハウスを牛耳っているネオコンは元来イスラエル贔屓《びいき》でナチスは嫌いだ。愚かなネオコンどもはミューラーに唆《そその》かされて南極条約脱退などという世迷いごとを言い出している。条約脱退の次は超大国アメリカの覇権を振りかざしたグロックナーバレーの領有だろうよ」

「自分たちがネオナチの野望の小道具にされているとも知らずに？」

言い募るアイスマンに、ナオミは当惑を隠さない。

「アメリカはやつらに尻の穴の毛を抜かれようとしている。そのついでに我々はテロリストの汚名を着せられ、この地上から抹殺されかねんのだ。やはり極点基地へ飛んでファーガソンを捕まえるしかない」

アイスマンは固めた拳をまたテーブルに打ちつけた。卓上のカップやポットがジャンプする。彬は宥めるように問いかけた。

「しかし捕まえたとしても、やつの陰謀を暴き立てる具体的な証拠がないでしょう」

「証拠は私の頭のなかにある」

アイスマンはいきり立つ。ナオミが差し水をするように割って入る。

「それは憶測であって、証拠とは言えないでしょう。少なくともそれで世間を納得させることはできないわ」

彬も同感だ。ナオミを援護して説得する。

「飛べたとしても、極点基地に力ずくで乗り込んでファーガソンを締め上げたりしたら、テロリストの汚名を上塗りするだけです。ここは別の作戦を考えるしかない」

「エストラーダ、お前はどう思う」

味方を求めてアイスマンは問いかける。

「打つ手はあります。アイスマン。手近にやつの正体を暴くのに都合がいい証人がいるでしょう」

エストラーダは謎をかけるように言う。

「もって回った言い方だな。誰の話だ」

「グロックナーバレーにいるモラエスですよ。あそこならツインオッターでひとっ飛びです。ファーガソンと手を組んだ以上、あいつだってかなり踏み込んだ事実は知っているでしょう。クリス・ミューラーともコンドル作戦の絡みで縁は深い」

「しかしあそこには敵の主力が集結しているわけだろう。どうやって拉致するんだ」

「アイデアがなくもないんです――」

エストラーダは不敵な自信を覗かせた。

3

高まる緊張のなかで夜を待った。

昨年、コンセプシオンIで越冬した体験から、この季節は夜間にブリザードが小休止することが多いとアイスマンは言う。たしかに昨日もそうだった。

その言葉のとおり、夜八時を過ぎるとブリザードの雄叫びが収まった。頭上には重苦しいほどに密集して星が瞬き、地平線近くには夜空に穿たれた丸窓のような月が昇っていた。月明りに照らされた氷床の上では、緑や赤のオーロラが、帯となり襞《ひだ》となりリングとなって、ときに激しくときに緩やかに沈黙のダンスを踊っている。

エストラーダは待ちかねたように吸殻が山なす灰皿で煙草をもみ消して立ち上がる。ファーガソンたちの置き土産のスノーモビル二台はすでにツインオッターの機内に積み込んである。

爆音を聞かれないように高度を二万フィートにとる。エンジン出力を落として低速で接近し、谷の北方一〇キロの衝立のようなヌナタックの麓に着陸した。敵からの視界はそのヌナタックによって遮られる。

彬とエストラーダは、M16とグロック17、長尺のコンバットナイフをそれぞれ携行し、さらに予備のマガジン、銃弾、ダイナマイト、導火線、ロープなどを詰め込んだバックパックを背負い込み、アプローチ用のスノーモビルに乗り込んだ。

南からの風が氷床に積もった粉雪を舞い上げる。まだブリザードの予兆というほどではないが、天の気まぐれともいうべきこの好天がもつのはたぶんあと数時間だ。

「行こうか、アキラ」

エストラーダの素っ気ない声に促され、彬はスノーモビルに跨った。機内で温まっていたエンジンは難なく始動し、場違いに陽気な排気音を撒き散らす。フェルナンドと握手を交わし、思いを断ち切るようにアクセルを全開する。背後からエストラーダのスノーモビルの排気音が追ってくる。

マイナス四〇度を下回る寒気は厚いダウンスーツに浸透し、重ね着した衣類の下の皮膚を刺し、肉を貫き、骨にまで達する。顔はゴーグルとマスクで防護しているが、真っ向からの風を受ければ焼き鏝を当てられたような激痛が走る。

地平線近くを周回する月が、サスツルギの小波を立てた乳白色の氷の海に二人の影を引き延ばす。陶然としてその光景に眺め入る自分に気づく。壮絶なまでに美しい地上最大の冷凍庫は、サイレーン（海の精）の誘惑のように生への意志を麻痺させる。

二十分ほどの走行で谷を囲むヌナタック群が見えてきた。氷床からの立ち上がりは低いところで十数メートル、高いところでは一〇〇メートルほどで、乗り越えるのは山登りというより丘登りという程度だ。侵入コースは出発前に検討済みだ。

アクセルを絞って西面に回る。麓にスノーモビルを乗り捨てて、二〇メートルほどの高さの鞍部まで岩の斜面を這い登る。斜度は四〇度ほど。風化した岩肌はことのほか脆い。

頼りない手がかり足がかりを必死にまさぐり、ずり落ちては登り返す。エストラーダは岩登りの素養でもあるのか、巨体をヤモリのように岩肌に貼りつかせ、無駄のない身のこなしで先行する。息が上がり、分厚い羽毛の下の肌が汗ばみだしたころ、ようやく鞍部の頂きに出た。

眼下の谷間では施設の設営が完了したようで、谷の中央の岩盤上にはプレハブの仮設家屋十数棟と大型テント十張りほどが並び、ちょっとした集落の様相だ。モラエスのヒューイとチヌークも見える。

ロシュマン博士の遺体のあった洞窟へと斜面を下る。急峻な岩場はロープで懸垂下降する。こちらの斜面もかなり脆いが、敵の土木用重機はきょうも休みなしで、その騒音が落石の音を消してくれる。作業現場の照明はほのかに足元を照らしてくれる。

慎重にテラスへ降り立って、ヘッドランプを点灯し、洞窟へ続く岩の裂け目から内部の様子を確認する。生きた人間の気配はない。奥まった壁面近くにフランツ・ロシュマンが眠るビバークテントが見える。

グロック17を手にしてエストラーダが先に降りる。彬はM16を構えて援護する。傾斜路を降り終え、周囲を確認してからエストラーダが振り返る。彬も続いて洞窟の底に降り立った。

内部の状態はきのうと変わりなく、人が踏み込んだ形跡はない。フランツ・ロシュマンの終の棲家は、外部の騒音が遮られ、年を経た陵墓のような静寂に満ちていた。

ぐるり巡らしたヘッドランプの光芒の先に気になるものがあった。埃の積もった食器や食料の類いが置かれた石積みの片隅に、やはり分厚い埃を被った四角い薄いものがある。手にとって埃をはたくと、表紙の黄ばんだ一冊のノートだった。

不思議なときめきを覚えてページを開く。ぎっしりと手書きされているのは彬には読めない種類の言語で、おそらくドイツ語だと思われた。フランツ・ロシュマンが書き残したものだろう。日記の形式で綴られたそのテキストを流し読むうちに、ページを繰る手が震えてきた。明らかに人名であるその単語だけは彬にも読みとれた。

リカルド・シラセ——。

それはほかのページにも散見された。アイスマンとロシュマン博士との秘められた関係を示唆し、おそらくは死に瀕した絶望のなかで書き残された肉筆のテキスト——。

エストラーダは怪訝な表情を見せたが、問いかけもせず先へと促した。そのノートをポケットに捻じ込み、エストラーダに続いて回廊状の洞窟に駆け込んだ。

痛み止めが切れてきたのか、太腿の傷が疼きだす。しかし高まる緊張のなかで、それは意識を鋭敏にする方向に作用する。

地下広場に続く急斜面にはきのうのロープが残っていた。それを伝って広場に出る。そこにいる死者たちもまた、きのうと変わらない姿で永遠の眠りを貪っていた。

心のなかで黙禱しながら広場を駆け抜けて、ファーガソンが爆薬で埋めた出口へ向かう。出口をふさぐ岩のあいだに手早くダイナマイトをセットして、導火線を延ばしながら、また地下広場へと駆け戻る。

エストラーダが導火線に点火する。小さな炎が敏捷なネズミのように狭い洞窟を駆け抜ける。

ほどなく出口の方向で眩い光が炸裂し、落雷のような爆発音が轟いた。生暖かい爆風が圧搾空気のように広場になだれ込む。

間髪を容れず出口へ走る。立ち込める土煙の向こうに仮設家屋とテントの一群が見える。その手前の広場には倒れて蠢く人の姿がある。標的はテント群のなかの一つだけ形の違うオリーブドラブのドーム型テント。アルゼンチン陸軍の標準装備品で、そこがモラエスの御座所のはずだった。

M16を射撃姿勢で構えて穿たれた穴から飛び出した。エストラーダは広場の隅の発電ユニットにマガジンが空になるまで銃弾を叩き込む。発電機の運転音が消え、谷間を照らす照明が消えた。

慌てふためく怒声が聞こえる。暗がりで状況がつかめず、敵は反撃を躊躇している。スターライトスコープを装着して、エストラーダが標的のテントに突進する。星明かりを頼りに彬もあとを追う。

テントのなかでもみ合う音。鈍い打撃音が何度か続く。彬もなかへ飛び込んだが、肉眼では暗くてなにも見えない。闇の奥で凄みを帯びたエストラーダの声がする。

「この蛆虫野郎。ヘリの操縦はできるんだろう。おれたちを乗せてコンセプシオンIまで送るんだ。さもなきゃ二度と立って小便ができないようにしてやるぞ」

銃口がどこに向けられているかよくわかる。怯えた声の返事が聞こえる。

「や、止めてくれ。言うとおりにする」

間違いない。モラエスだ。エストラーダの声がそれに続く。

「いくぞ、アキラ。さあ、この糞野郎立つんだ。表へ出ろ」

モラエスを先頭にしてテントを出る。非常電源を立ち上げたのか、四方からの投光器の光が闇に馴染んだ網膜を刺す。モラエスは手錠で両手を拘束されている。

周囲に人が集まっている。ほとんどが丸腰で、武器を持っているのは白い戦闘服のモラエスの手下だけだ。武装したファーガソンの仲間がどこへ行ったかが気がかりだ。

「銃を捨てろ。さもなきゃこいつの頭をざくろにするぞ」

エストラーダの鋭い怒声。モラエスもそれに唱和する。

「言うことを聞け。銃を捨てるんだ。こいつらはまともじゃない。逆らうな」

手下たちはあっさり銃を捨てた。モラエスが泣き喚く。

「頼む。こんな薄着じゃ死んじまう。着替えさせてくれ」

「だったら暖かくしてやろう」

エストラーダはモラエスのベルトを手前に引いて、ズボンのなかにダイナマイトを一本挿し込んだ。一メートルほどの導火線がついている。

「こいつは遅延タイプの導火線で、爆発まで三十秒だ。走ればヘリまで間に合うぞ」

「や、止めろよ、おい」

モラエスの声が引き攣った。エストラーダは黙って導火線に火をつけた。うしろ手に拘束されたモラエスはパン食い競走の選手のように駆け出した。エストラーダが銃を突きつけてあとを追う。彬は背走しながらM16で敵の集団を牽制する。

十五秒ほどでヘリに着いた。エストラーダは導火線を手でちぎり取る。小便で濡れたモラエスのズボンはもう凍っている。

「さあ運ちゃん、急いでやってくれ。行き先はコンセプシオンIだ」

エストラーダはモラエスをコクピットに座らせて手錠を解いた。彬は副操縦席の無線機でフェルナンドをコールした。

「作戦は成功した。我々はモラエス少佐殿のヘリでコンセプシオンIまで送ってもらう。そちらもすぐに飛び立ってくれ。これから空の上で合流しよう」

4

エストラーダはモラエスを丁重にもてなした。暖房の効いた自室へ招待し、ヒュッテにあるいちばん頑丈な椅子に鎮座させ、両手両足を荷造り用テープで括りつけた。

彬一人が証言録画用のビデオカメラ一式を持って立ち会った。エストラーダは慇懃な口調で切り出した。

「さて、モラエス少佐。おれがジプシーの血を引いていて、ナチスが大嫌いで、その二番煎じのコンドル作戦を率いた連中を見ると殺したい衝動を抑えられない人間だということはご承知と思うが——」

モラエスは媚《こ》びるような口調で抗弁する。

「おれはコンドルのなかでも下っ端だった。人も殺しちゃいない。立場上ちょっと手伝わされただけなんだ」

「マヌエル・コントレラス大佐の片腕といえばコンドルのナンバー2だ。あんたが飛行機の上からその手で突き落とした人間が百人はいると確かな筋から聞いている。しかしまあいい、少佐。きょうはその話じゃない。ファーガソンがなにを企んでいるか、本当のところを聞かせて欲しいんだ」

「おれはヘリで輸送を手伝っているだけなんだ。小遣い程度の分け前をもらう約束で、立ち入ったことは聞いていない」

エストラーダは耳を貸さない。

「ここには優秀な医者が二人いる。一人は南極一腕のいい外科医で、もう一人は日本の優秀な大学を卒業した内科医だ。おれがそのヤニまみれの歯を一本ずつ引っこ抜いても、ちゃんと止血をしたうえに、良心的な歯科技工士を紹介してくれる。おれがその腕を切り落としても、ちゃんと傷口を縫合して痛み止めの注射も打ってくれる。足を切り落としても、同じように丁寧に治療してくれるうえに、いい義足屋も紹介してくれる。その薄汚いペニスを切り落としても小便くらいはまともに出るようにしてくれる。昔、あんたたちがやった拷問と比べればだいぶ人道的だろう。聞いただけでやって欲しくなるってもんだろう」

「喋れったって知らないことは喋れない」

モラエスの顔は蒼白だ。必死で身じろぎするが、布テープが何重にも巻かれた体はぴくりとも動かない。エストラーダがナイフを持った手を軽く振る。九インチのコンバットナイフが一物の手前五ミリに突き刺さる。ズボンから湯気の立つ液体が滲み出し、椅子の座面に広がった。

「腕がなまったな。外しちまったよ。もう一回試していいか」

エストラーダはテーブルの上のサバイバルナイフから料理包丁に至る刃物のコレクションを見繕う。

「や、止めてくれ。本当に知らないんだ。あいつはおれにはなにも喋らない」

「なににつけても計算高いあんたが、相手の腹のうちも知らずにはした金で雇われるとは思えない」

エストラーダは刃渡り三〇センチの肉切り包丁を取り上げた。

「ブタを捌くにはこういう道具が向いている。ガキのころ親父にブタの去勢を手伝わされた。人間の去勢は初めてだが、まあ似たようなもんだろう」

エストラーダは肉切り包丁を手に歩み寄り、鋭い刃先でモラエスのベルトを断ち切った。ズボンを切り裂いた。小便まみれのトランクスも切り裂いた。ピーナツ大に縮んだペニスを指でつまんで引き伸ばし、根元に鋭い刃先を押し付けた。皮膚が切れ血が滲んだ。モラエスの顔が紫に変わる。

「こうやって遠慮がちにやるとブタが苦しむと親父に叱られた。一気にばっさりやるほうがブタにとっては幸せだと」

エストラーダは包丁を振り上げた。モラエスの絶叫が狭い個室の壁を震わせた。

「言う。言うから止めてくれ。なんでも喋るから止めてくれ。お願いだから」

モラエスは誉めてやりたいほどよく喋った。かつて拷問がお手のものだったコンドル作戦の高級将校も、自分が受けるのは極端に嫌いとみえた。

ファーガソンが金鉱脈の品位を低く見せかけた理由は、やはりアイスマンの読みどおりだった。

ファーガソンは鉱脈の試掘を急いでいた。計画の遂行には埋蔵量を確定する必要があった。そのために現地で大規模な試掘を行ないたい。しかしアメリカの偵察衛星で撮影されれば活動の実態が発覚する。他国の衛星の精度なら単なる地学的調査だと言いくるめられても、高精度のアメリカの衛星から見ればそれが金鉱脈の試掘だというくらいすぐわかる。いずれアメリカには南極条約を脱退させる予定とはいえ、現時点では条約違反で、それではホワイトハウスも話に乗ってこない。

そうした事態を想定して、ミューラーはCIAの衛星部門にネオ・オデッサのエージェントを潜伏させていた。衛星が南極圏に入ったときだけカメラが停止する人為的なバグを仕込ませる作戦だった。突発的だったとはいえ、アイスマンの企てが実質的に成功し、グロックナーバレーの岩盤が露出した。ファーガソンからの報告を受け、ミューラーは作戦を始動した。戦略的優先度の低い南極圏のことで、CIA上層部もさほど神経は尖らせなかった。

しかしそう長期には騙しおおせない。ミューラーが保証したのは最長一週間。ファーガソンは自分たちだけでやるつもりだったが、機材や物資の搬入に手間どった。そこでモラエスが持ち込んだヘリに目をつけた。谷の外に着陸した輸送機から谷への物資の搬入にそれは最適だった。

したたかなモラエスは簡単には応じなかった。ミューラーが一枚嚙んでいると聞いてただならぬものを感じた。彼もまたCIAやネオナチ関係に独自の人脈を持っていた。そこから集めた信憑性のある情報の断片を突きつけて、ファーガソンに真実を語れと迫った。

背に腹は替えられなかったのかもしれないし、取り込めば役に立つと見たのかもしれない。ファーガソンはネオ・オデッサの策謀の詳細を明らかにした。

端緒となる国は南米のウルグアイ。アメリカが最も嫌う極左もしくは極右の政党をけしかけて、潤沢な資金を提供し、クーデターを起こさせる。国際世論は非難する。外国資本は逃げていく。そのタイミングで掌を返したように資金供給を断てば、もともと作り物に過ぎない政権は破綻する。

その混乱に乗じて、近代兵器で武装したネオ・オデッサ正規軍が解放勢力を装って首都を制圧。新国家を創設する。その後国際社会の認知が得られるまでは穏健な政策をとり続け、やがて一気にナチス本来の政治システムを確立し、国境を接するアルゼンチンやチリも同じ手口で略取する。最終的にはナチ化されたチリ、ウルグアイ、アルゼンチンは統合され、南米にその半分近い領土を占めるナチスの帝国が出現する。

それはかつてミューラーたちが南米で行なった政治工作の応用編だった。ピノチェト一派に背後から資金やノウハウを提供し、アジェンデ社会主義政権を打倒させ、さらに新たに成立した独裁政権を傀儡として、チリをアメリカにとって都合のいい国家にするために夥しい数の市民を虐殺させた。同様のことは南米の多くの国で行なわれ、いずれも成功した。それはすでに実証済みの、すこぶる信頼度の高い手法だった。

さらに実働部隊のネオ・オデッサ正規軍には航空機、戦車、重火器、ミサイル、艦船を保有させ、ブエノスアイレス、サンチアゴ、サンパウロ級の大都市を制圧できる戦闘能力と補給能力を保持させる——。

その計画の根幹を支える資金源がグロックナーバレーの金だった。前段としてミューラーの米政界とのパイプを生かし、アメリカに南極条約を脱退させる。次いでグロックナーバレーの領有を宣言させ、ミューラーは採掘権を手に入れる。そしてアイスマンが睨んだとおり、品位を偽って公表することによって生じる富をそっくり第三帝国再興計画の資金に投入する。

そこまでの話を聞きだして、モラエスは計画への参加を申し出た。本人の言によれば、もといまの南米にはびこる民主化などという堕落した風潮が許せない。ネオ・オデッサの追求する強力な国家統制と愛国的規律に拠って立つ第三帝国こそがモラエスの理想の国家像だった。さらに強力な権力には強大な利権がついて回る。強欲なモラエスにとって、それはまさしく蜜でできた国家だった。

今回のことで協力してくれれば、ネオ・オデッサ正規軍の指揮官として迎え入れるとファーガソンは約束した。モラエスは有頂天になった。グロックナーバレーの金鉱脈の真実の品位と規模は聞いただけで目の眩《くら》むようなもので、加えてもともと南米の国家の多くにはファシズムとの親和性が高い時代があった。それを思えば、ファーガソンが語る計画は成功疑いなしだった。

嘘ではない証拠にと、モラエスはネオ・オデッサの秘密基地の場所を教えた。フエゴ島の山岳地帯にあるいまは廃坑となっている金山の跡地で、地元の政府には資材置き場として登録してある。所有者はクリス・ミューラー。そこにはすでにミューラーが闇市場で買い集めた武器が集積され、数百名のナチスかぶれの若者が軍事訓練に励んでいるという。彬たちに攻撃を仕掛けようとしたM2ブラッドレーはそこから運ばれたものらしい。

ミューラーはペンタゴンに金を出してオーロラ観測プロジェクトを実施させたが、多忙なペンタゴンはその実務を丸ごとミューラーの会社に外注した。最近の欧米では軍の業務もアウトソーシングが進められ、それ自体は珍しいことではないらしい。

ミューラーにとってはそこがまさしく思う壺で、人員と機材はすべてミューラー側が調達し、土木機械や資材はその秘密基地から自社のイリューシンで空輸した。M2ブラッドレーもそのなかに紛れ込ませた。人員もそこから連れてきた。看板代わりにたまにはニュージーランドに常駐するニューヨーク空軍のLC130も利用した。フリーダムヒルで見た機体がそれらしい。彬もまんまと騙されていたわけだった。

そこまでの証言は彬がデジタルビデオに録画した。自白を強要した印象を与えてはまずいので、撮影は首から上だけにした。最後に宣誓をさせて撮影を終わると、モラエスはオフレコで訊いてきた。

「この証言を使って、ファーガソンやミューラーをぶっ潰してくれるんだろう。そうじゃなければおれが殺される」

エストラーダは冷ややかに問い返した。

「洗いざらい喋った理由は、おれに脅されたせいばかりじゃないんだろう」

モラエスは頷いた。

「おれにはインディオの血が流れている。それを知ってか知らずか、ファーガソンの野郎が言いやがった。ユダヤ人やスラブ人やジプシーや黄色や黒の猿ども同様、インディオの血を引く偽白人も穢《けが》れた血族だとな。やがて再興される第三帝国にあっては劣等民族として扱われるとな。ほかの無様な人種の話ならともかく、やつはおれの血のことを言いやがった。いまじゃあいつを絶対許せない」

エストラーダはどこか神妙に頷いた。

「その話、信じてやるよ」

モラエスは図に乗ってきた。

「なあ、セニョール・シラセに取り次いでくれ。もう一度おれと組まないかって。ファーガソンはおれたち共通の敵だ。そうだろう、エストラーダ。分け前は少しでいい。おれだってなにかと役に立つ人間だ」

エストラーダは黙って腰からグロックを引き抜いた。モラエスの眉間に狙いをつける。セーフティを外す。安心しきっていたモラエスの顔が引き攣った。

「なにをするんだ?」

エストラーダは黙って引き金を引いた。撃鉄がカチリと空を撃つ。モラエスは有名なムンクの絵のような顔のまま凝固した。エストラーダは笑って言った。

「あんたを殺したくなりそうな気がしてな。怖くて実包を抜いておいたんだ」

5

窓の外ではブリザードが低い唸りを上げていた。彬は食堂へ戻り、待機していたナオミとヌネスとアロンゾにデジタルビデオで撮影した証言を再生しながら、モラエスの尋問の顚末を語って聞かせた。

「ファーガソンの野望を暴露して私たちに着せられた汚名をそそぐには不十分かもしれないけど、でもこれを世界に公表すれば流れは確実に変わるわ」

ナオミが言う。敵の頭目のファーガソンは極点基地にいる。モラエスを拉致してきた以上、敵側に指揮する者はいない。当面は攻撃はないはずだ。そのあいだにここから世界のマスコミに情報を発信する。ナオミの言うとおり、まだモラエス一人が喋っただけで裏はとれていない。しかしその内容が世界を震撼させるビッグニュースなのは間違いない。

「世界中のマスコミが取材に走るわよ。秘密基地の存在はヘリを現地へ飛ばせばわかることだし、いまグロックナーバレーで起きていることだって、各国の偵察衛星が黙っていても撮影しだすわ。アメリカのほど高精度じゃないにしても、こちらの主張を補強する材料としてはそれで十分よ」

ナオミは潑剌《はつらつ》としている。命からがらコンセプシオンIIから脱出して以来、ようやく見えてきた曙光《しょこう》だった。

「アイスマンは？」

彬は問いかけた。いちばん喜びを分かち合いたい人物がいない。

「部屋に閉じこもったきりなのよ。例のノートを読んでいるんだと思うわ」

彬たちはヒュッテに帰ってすぐモラエスの尋問に入った。ロシュマン博士の手書きのノートはその前にナオミに手渡したが、ナオミもドイツ語は読めないという。

現代の医学界では英語が事実上の公用語で、ドイツ語圏以外でドイツ語がわかる医師というのは稀らしい。ヌネスがわかるかもしれないと話していたところへアイスマンがやってきて、話を聞くなり、ひったくるように奪いとって自室へ消えた。

彬もナオミもただ啞然としたが、そのときのアイスマンの表情には、普段はみせない暗い翳りがあった。ナオミによれば、アイスマンは大学ではドイツ語を学び、堪能ではないが多少の読み書きはできるらしい。

「辞書と首っ引きで唸ってるのよ。成績はよくなかったと聞いているから――」

ナオミは小さく笑ってみせるが、彬に言われて急に気がかりになりはじめたように表情がぎごちない。

「ちょっと様子を見てくるわ」

そう言ってナオミが立ち上がる。そのとき爆竹が爆ぜるような乾いた音が耳に飛び込んだ。

銃声——。彬の直感を肯定するようにエストラーダが機敏に立ち上がる。音がしたのは外ではない。アイスマンの居室の方向だ。息苦しいような不安に襲われる。

エストラーダは銃を手にして廊下に駆け出した。彬も椅子を蹴って立ち上がる。忘れていた太腿の傷に痛みが走る。廊下に出ると、アイスマンの居室の戸口の前でエストラーダが立ちつくしている。彬の傍らをすり抜けてナオミが戸口に走り寄る。

「叔父さん！」

鋭い矢のような声が耳に飛び込んだ。エストラーダの巨体を押しのけてナオミが部屋に駆け込んだ。彬も戸口に駆け寄った。

目に飛び込んだのはシーツを染めた鮮やかな赤だった。アイスマンはベッドに大の字に横たわり、右手をベッドサイドにだらりと下げ、その手には小型拳銃のワルサーＰＰＫが握られている。たぶん護身用だろう。しかしアイスマンが銃を所持しているとは知らなかった。

右側頭部の髪が円形に焦げている。血はその真ん中の銃創から流れ出ているが、量はさほど多くない。

自殺——。そう理解した瞬間、全身が熱病のように震えだす。なぜアイスマンがという問いが頭のなかで谺する。エストラーダもアロンゾもただ茫然と突っ立っている。

表情は悲痛だが、ナオミは取り乱していない。胸に耳を当て心音を確かめる。瞼を開いて瞳孔を覗き込む。口元に顔を近づけて呼吸の有無を確認する。さらに頭部の傷を見る。背後からのぞくナオミの頬にわずかに血色が戻った気がした。

「ドクトール・ヌネス！　叔父は生きています。手伝ってください」

通りのいい声でナオミが呼びかける。その声とほとんど同時に、医療キットを抱えたヌネスが部屋に飛びこんだ。

ナオミはアイスマンの両頬に手を当てた。その肩が突き上げてくるものに堪えるように揺れている。その頬をヴィーノの滴のような涙が伝う。親子以上に深い絆で結ばれた叔父と姪――。二人のあいだだけの魂の交感によって、アイスマンの行為の意味をすでに理解しているかのように。


ツインオッターは真南へ機首を向け、高度二万フィート、一三〇ノットをキープする。地表は純白の濁流のようなブリザードの雲に覆われ、頭上は月と星とオーロラの目くるめく饗宴だ。

飛び立ったのは午後十一時三十五分。アイスマンヒュッテの周辺のブリザードがピークに達する直前で、あと三十分も出発が遅れればおそらく離陸は無理だった。現在の時刻は午前零時。アイスマンはいまも昏睡状態で、ワルサーＰＰＫの七・六五ミリ弾はまだその頭蓋のなかにある。

小口径で威力は乏しいが、それでも至近距離なら十分殺傷力はある。脳幹や動脈を逸れたのが幸いしたようだ。ナオこもヌネスも希望はあるという。脳に銃弾や金属片を残したまま普通の生活を送っている人も珍しくはないらしい。放置するより手術で取り除くリスクのほうが大きいケースもあるからだという。

いずれにせよX線撮影で銃弾の位置を確認する必要があるが、コンセプシオンIにそのための設備はない。フレイ基地にはあるが、サリナスたちのことを考えれば近寄りたくない場所だ。アルゼンチンのベルグラーノIIも同様に安全とは言いがたい。

ヌネスは極点基地を推した。X線設備があるのはもちろん、越冬チームのドクターが脳神経外科の専門医らしい。親交があるヌネスはその腕に太鼓判を押した。

極点基地にはファーガソンがいる。しかしネオ・オデッサの頭目だろうがヒトラーのご落胤だろうが、そこでは一介の研究者に過ぎない。その正体は隠さざるを得ないはずだから、その点でもネオ・オデッサが牛耳っているかもしれないフレイやベルグラーノIIより安全だとヌネスは主張した。エストラーダも同意したが、武器弾薬を携行するのは忘れなかった。モラエスのヘリに積んであったRPG-7ロケット砲も拝借してきたらしい。

極点基地のドクターには出発前にヌネスが連絡を入れた。米政府からテロリストの容疑がかけられたコンセプシオンIの住人からの突然の来意を、意にも介さずドクターは受け容れた。アイスマンにせよヌネスにせよ、南極の住民にとっては互いに気心の知れた隣人なのだ。必要な場合に備えて摘出手術の準備も整えておくという。

ついでに現地の天候も聞いてもらう。極点はブリザードもなく平穏だが、気温はマイナス六〇度に近いという。それは事実上の片道飛行を意味する。いったん着陸してエンジンを止めてしまえば、もう再始動できない気温なのだ。

アイスマンは遺書を残していた。それはあのノートの表紙の裏に書かれていた。

フランツ・ロシュマンは私を許した。しかし私は許されるに値しない罪を犯した。神はすべてをご覧になる。死によって贖いうるものかはいざ知らず、生きることは私にとってもはや恥辱以外のなにものでもなくなった。ギュンターは私を許してくれるだろうか。そしてナオミは——。

あまりにも短く抽象的なその文言から伝わってくるのは、それがロシュマン博士とアイスマンとのあいだで起きたなにごとかに関わるものらしいという点だけだ。

ヌネスもドイツ語とは無縁だという。アロンゾもエストラーダもだめで、残りの全員にもドイツ語が読める者はいなかった。したがってノートの内容はいまも不明だ。

スペイン語ではなくドイツ語で書かれている点から、博士がそれを誰に読ませようとしたのかは想像がつく。たぶん息子のギュンターだろう。アイスマンの慙愧には、それをギュンターに読ませることができなかった無念も含まれるのかもしれない。

いずれにせよ、アイスマンの救命が焦眉《しょうび》の課題だ。気流は安定しており、エンジンも快調だ。ギュンターが死んだ日の飛行に似ている――。そんな不吉な思いを退けながら、操縦をフェルナンドに託してキャドンへの戸口をくぐる。いつもならここで飛んでくるアイスマンの厭味が懐かしい。

頭部に包帯を巻かれ、点滴の管に繋がれて、アイスマンは静かに眠っていた。

「状態は安定しているわ。脈拍も呼吸も体温も正常。脳圧亢進の兆候もないし――」

そう言うナオミのほうが患者よりやつれて見えた。アイスマンの手をとり、しきりに揉みしだき、掌を刺激している。それに反応してアイスマンの指が動く。いわゆる脳死とはほど遠い状態だ。わずかに安堵しながらナオミの傍らに腰を下ろした。

「なぜだろう。なぜアイスマンは――」

ナオミはしばし考え込み、食後の昼寝のような顔で眠るアイスマンに目を落とす。

「叔父は堪えていたのよ。私が初めて会ったときからずっと」

「堪えていたって？」

「うまく言えないわ。叔父は言葉にしなかったから。それを語ることで私たちが大切にしているなにかが壊れてしまうとでもいうように」

「私たちとは？」

「私とギュンター」

「なにかとは？」

「そうね、たぶん――」

ナオミは考え込むというより、それを口にすることをためらうように間を置いた。

「私よりギュンターに関わることのような気がしたの」

「つまりロシュマン博士とのあいだで起きたなにか――」

「そうだと思う。私も知るのが怖かった。小さいときからよ。ギュンターと知り合ったころから。なぜかずっとそう感じていたの」

気流の乱れで機体が動揺した。アイスマンがわずかに表情を歪めた。耳元で語られる二人の会話が聞こえてでもいるように。

6

四時間の飛行で南緯八五度を越えた。

主燃料タンクは使いきり、補助燃料タンクも残量が減ってきた。そろそろ着陸して、ドラム缶で運んできた予備燃料を補給する必要があった。地表を覆うブリザードの雲も、ここまで来るとだいぶまばらだ。着陸可能な地点を探しながら高度を下げる。

鋭いピークと巨大な氷河を連ねる南極横断山脈はすでに越え、ここから南極点までは生命のかけら一つない標高二〇〇〇メートルを超すひたすら平坦な氷の高原だ。

「左のほうによさそうなところがあるよ、アキラ。あそこだ」

フェルナンドが指さす方向に、ブリザードの雲が帯状に切れた一画がある。低い角度で差し込む月光を反射してぎらぎらと光る氷面に、クレバスや目立った凹凸は見当たらない。

「OK。キャビンに伝えてくれ」

フェルナンドに言って、左方向に機体を回し込む。フェルナンドはインターコムでキャビンのナオミたちに着陸する旨を伝え、動揺や振動への注意を促す。

対地高度が六〇〇フィートを切ったあたりで凶暴な向かい風に煽られる。アクロバットのような機体操作で着地点に向かう。それでも視界は良好だ。

羽根布団を踏みしめるように機体を緩やかに降下させ、気流の弾性を押し潰すように接地した。短い滑走で停止したとたんに風に煽られて機体が暴れだす。エルロンとラダーの操作で懸命に宥めすかす。

間髪を容れずフェルナンドが機外へ飛び出した。エストラーダとヌネスもキャビンから飛び出した。ワイヤーとアイススクリューで三人は手際よく氷床に機体を固定する。エンジンをアイドリングにして彬も外に飛び出した。

耳元で列車の轟音のように強風が唸りをあげる。風上に体重を預けても風圧で体が丸ごと浮き上がる。吸い込んだ寒気が鋭い氷の爪のように気管や肺を掻きむしる。

エストラーダとヌネスが予備燃料のドラム缶を次々抛り出す。彬とフェルナンドは二人がかりでそれを縦に起こし、ポンプを接続して給油を開始する。

そのとき北の方角から、風の音とは違う、高周波を含んだ唸りが聞こえてきた。音の方向に目をやった。月光を背に接近してくる大型機。四発の上翼機だがLC130ではない。プロペラ機ではなくジェット機だ。

翼形状で機種は判別できた。イリューシン76――。間違いない。昨夜グロックナーバレーを偵察したとき、谷の外側に駐機していたあのイリューシン。向かっているのは南極点の方向だ。寒風に苛まれていた体の芯が熱くなる。なんの目的で――。

エストラーダも気づいたらしい。耳のそばで強風に負けない大声を上げる。

「どうする、アキラ?」

ここまでくれば、もう引き返せる燃料はない。アイスマンの治療も急を要する。彬も怒鳴り返した。

「どうするって、行くしかないだろう」

わかったというように頷くエストラーダの表情がこわばって見える。


燃料の補給には三十分を要した。地表付近の強風帯をくぐり抜け、高度二万フィートに達したとき、あのイリューシンの機影は見えなかった。速力ではツインオッターをはるかに上回る。目的地が極点基地なら、もう到着しているはずだった。

極点基地を無線で呼び出す。当直の隊員が応答する。声の調子は平静だ。さりげなく現地の様子を訊く。極点は風は穏やかで、気温はマイナス五八度。ドクターから報告を受けているようで、隊員は幸運を祈ると愛想のいい応答で交信を締めくくった。

交信を終えても心は落ち着かない。フェルナンドは飛び立ってから言葉を発しない。ベストだと思っていた選択が、いまでは最悪だったようにも思えてくる。

敵の動きはこちらの予想を超えていた。グロックナーバレーの部隊の大半があのイリューシンで移動したとすれば、丸腰の隊員しかいない極点基地はひとたまりもなく制圧される。それともファーガソンを迎えに来ただけか。だとすれば放っておくしかない。ここで逃がすのは悔しいが、いまはこちらもそれどころではない。

あるいは目的は彬たち——。形式上は彼らは米国防総省に所属する。治安維持を名目に彬たちを拘束する名分はある。

フェルナンドに操縦を任せてキャビンへ向かう。エストラーダは機内に積み込んできた武器の点検を始めている。アイスマンはまだ昏睡状態だ。ナオミとヌネスが問いかけるようにこちらを見る。極点基地との交信の様子を聞かせても、キャビンの凍ったような緊張は緩まない。

「選択の余地はないわね」

ナオミが強い口調で言う。彬は緊張を覚えながら頷いた。ヌネスが訊いてくる。

「極点まで、あとどのくらいだ」

「一時間足らずでしょう」

死刑執行までの残り時間を答えるような気分で言った。なにか秘策でもないかと期待するように、ヌネスはエストラーダの顔を見る。予備マガジンに実包を装塡する手を休めて、エストラーダが顔を上げる。

「神様が用意してくれるのは、あながち最悪の答えばかりじゃない」

ナオミも硬い表情で言う。

「エストラーダに賛成よ。闘う前に負けないことよ。ほかに選択の余地がないなら、行くのよ。なけなしの希望にしがみついてでも」

その言葉とは裏腹に、ナオミの瞳には諦念の色を帯びた翳りが読みとれた。


南極点付近の氷床は凪《な》いだ海のように月光に照り映えていた。アムンゼン・スコット南極点基地のドームの明かりが見えてきた。一六〇〇キロにおよぶ長距離飛行。その目的地が絶好の気象条件に恵まれているというのに、心は一つも弾まない。

エストラーダがキャビンにやってきた。

「下はどんな具合だ」

「一見したところ平穏無事。まだ距離があるから正確なところはわからない。もし敵が罠を仕掛けているなら、こちらに警戒させるような気配は見せないはずだ」

「たしかにそうだ。あの馬鹿でかい飛行機は見えるのか」

エストラーダの問いに視力のいいフェルナンドが答える。

「ドームの前の駐機場にいるよ。周りに人の姿は見えない」

「やはり罠を仕掛けているのか。とりあえず地上に降りさせてくれるかどうかが、最初のハードルだな」

評論家めいた口調でエストラーダが言う。極点基地へは夏場に観光飛行でよく飛ぶので勝手は知っている。半ば雪に埋もれたドームの屋根が近づいてくる。到着を歓迎するように滑走路には誘導灯も点灯している。普通ならなんの不安もない着陸に、これほど慄きを覚えるのは初めてだ。

覚えず硬直する全身の筋肉をだましながら、それでも腹立たしいほど滑らかに接地する。滑走の振動に包まれながら周囲を観察する。まだなにも起きない。リバースピッチで減速し、ドーム横手の駐機場までタキシングする。やはりなにも起きない。ファーガソンたちのイリューシンからできるだけ離れて駐機する。基地全体が気味悪いほどに静寂だ。

ドームから雪上車が出てきた。緊張に喉が渇いた。ボディには極点基地のロゴマーク。固唾《かたず》を呑んで動きを窺った。思わず大きく息を吐く。乗っているのはファーガソンでもその部下たちでもなさそうだ。

雪上車はツインオッターのキャビンの脇に停まった。なかからダウンスーツで達磨のように膨れた男が出てきて呼びかけた。

「ドクトール・ヌネス。患者の容態は？」

キャビンのドアからヌネスが顔を出す。

「ドクターー・ニールセン。お久しぶりです。無理をお願いして申し訳ありません」

握手を交し合う二人の姿を見て、全身から一気に力が抜けた。機内で語り合った最悪の事態は、どうやら杞憂に終わったようだった。

アイスマンは基地の雪上車で医療センターに運び込まれた。医療センターといっても越冬中のスタッフはニールセンのほかにナースが一人だけで、当然のようにナオミとヌネスもスタッフとして駆り出された。

ニールセンの診断でもアイスマンの状態は安定しており、銃弾を摘出するかどうかはX線撮影しての判断だという。昏睡状態は続いているが生命反応は活発で、予後は良好だろうとニールセンは言う。

ここでは夏はニュージーランド時間、越冬中は米国東部標準時が採用される。現在はチリ時間より一時間遅れの午前五時十五分。ドーム内に人の姿はない。ドームといっても基地の各施設を覆う巨大な屋根にすぎず、寒さは外とほとんど変わらない。

アイスマンのことはナオミたちに任せ、彬たちは多少は暖気の残る食堂棟で待つことにした。この時間には飲み物も食事も出ない。フェルナンドはツインオッターの機内にテルモスに詰めたコーヒーとサンドイッチがあるのを思い出し、気を利かせて取りに戻った。手持ち無沙汰と寒さで貧乏ゆすりをしていると、馴染みのあるあの男が入ってきた。エストラーダが身構える。

「同席していいかね」

人を食ったように問いかけて、こちらが返事もしないうちに、ファーガソンは向かいの椅子に腰をおろす。

「なんの用だ、この泥棒野郎」

エストラーダが腹の空いた猛犬のように喉を鳴らす。

「まあまあ、いきり立たずに。ここはお互いにとって非武装中立地帯だろう」

たしかにファーガソンは丸腰のようにみえる。こちらも基地の好意に敬意を表して、武器はツインオッターに置いてきた。

「ちょうどいい。ここで締め上げて、お前がばら撒いた嘘八百を撤回させてやる」

エストラーダは敏捷な野獣のように身を乗り出して、ファーガソンの襟首を鷲掴みする。ファーガソンは穏やかにそれを振りほどく。

「その必要はない。私の完敗だよ。合衆国政府が動き出した。つい二時間前、クリス・ミューラーが逮捕された。自社株売買にまつわるインサイダー取引の容疑だが、それは口実だ。あんたたちがマスコミに流した情報でホワイトハウスが動かざるを得なくなったんだ。もうじき私のほうにも手が回るだろう」

思わずエストラーダと顔を見合わせた。こちらへ飛んでいるあいだに、アロンゾはモラエスの自供の映像に加え、コンセプシオンIIでの事件の真実を、焼け残りのM2ブラッドレーの写真とともに世界のマスコミに配信したはずだった。ギュンターの研究論文、鉱脈の品位の正確なデータも計画どおりそのプレスパッケージには含まれていたはずだった。

敵による傍受を嫌い、飛行中の無線連絡は避けていたが、ファーガソンの話が本当なら、世界の反応は予想以上に早かった。

「あの飛行機でずらかるつもりか。そうはさせるか。お前にはまだ貸しがある」

　エストラーダはファーガソンの襟首をまた摑み、額に静脈を浮き立たせて締め上げる。ファーガソンは激しくむせながら、身をのけぞらせてそれを振りほどく。

「もう勝負はついたんだ。ここではお互い平和的に付き合うのが賢明じゃないかね」

　いきり立つエストラーダを制して、彬はファーガソンに視線を据えた。

「馬鹿に余裕があるじゃないか。今度はなにを企んでいる」

「当面、行く当てもなくなった。ここにしばらく滞在することにした」

「どういうことだ。もうじき手が回るとさっき言ってたじゃないか」

「どこへ逃げても拘束される。いまはまだ初冬だが、本格的な冬がくれば、この基地は外部からのアクセスが不可能になる。私は必ず態勢を立て直す。ここはそのための最高のシェルターといえる」

　ファーガソンは意味ありげに笑ってみせる。弾かれたように身構える。

「この基地を乗っ取る気か？」

「そのとおり。きょうからここは第三帝国の新たな領土となる」

「頭のねじがすっ飛んだのか。ここには三十人近い越冬隊員がいる。いったいどうやって
――」

　そこまで言いかけたとき、戸口から男が踏み込んできた。手には黒光りするウージー・マシンピストル。見覚えがある。コンセプシオンⅠに現れたときファーガソンについてきた連中の一人。やはり罠は仕掛けられていた。心臓が勝手に躍りだす。こめかみの動脈が膨張する。

「抵抗すれば命を縮めることになる。この前のように生ぬるいことはしない」

ファーガソンがせせら笑う。外で人のどよめき。窓を見る。ドーム内の広場に基地の隊員が集まっている。ナオミも、ヌネスも、ドクター・ニールセンもいる。ウージーを手にした連中がその集団を取り囲む。十名以上はいる。恐怖と怒りが鋭く均衡する。ファーガソンが居丈高に言う。

「外へ出て、やつらと一緒に並ぶんだ」

「なにがしたい？」

不快な慄きとともに問い返す。ファーガソンは冷血動物のように舌なめずりする。

「選別だよ。この基地の越冬食料には限りがある。だから人の数を減らさなきゃならない。エストラーダ。君はジプシーの血を引いている。アキラ。君は黄色い東洋のサルだ。基地にはユダヤ人もいれば黒人もいる。どいつもこいつも劣等人種で第三帝国の市民にふさわしくない。とくにユダヤ人とジプシーは世界を汚す汚染物質だ」

「どういう意味だ？」

エストラーダが興奮した虎のように吼《ほ》えたてる。

「生かすに値しない家畜に餌は要らない。死んでもらうということだ。君たちはなかでもとくに罪深い。わが同志である優秀なアーリア人種の若者を多数殺害した」

ファーガソンは椅子から立ち上がり、手をうしろに組んで演説口調で喋りだす。エストラーダの膝がわなわな震える。燃え上がる怒りがオーブンの余熱のように伝わってくる。エストラーダが挑発する。

「お望みなら、その優秀なアーリア人種をもう一人殺してやってもいいんだぞ」

エストラーダのズボンの裾から光るものが落ちた。エストラーダは腰を落としてそれを拾い、銃を持つ男の方向に腕を振る。鋭利なナイフが一直線の軌跡を描き、吸い寄せられるように男の手の甲に突き刺さる。子供のように泣き叫びながら、男は床に銃を落とした。

「アキラ、そいつを押さえるんだ！」

叫んでエストラーダはファーガソンに摑みかかる。彬は男の足元にダイブした。拾い上げたウージーのストックを男の顔に叩き込む。鼻血が噴き出す。歯が飛び散る。額が割れる。三打目で男は床に倒れた。

エストラーダはファーガソンを押し倒し、覆い被さって首を締め上げる。素手でファーガソンを殺そうとしているらしい。猛毒を帯びた憎悪がその全身から滲み出す。ファーガソンの顔が赤黒く膨れあがる。目の玉が飛び出る。舌がめくれ上がる。

唐突にくぐもった銃声が響いた。エストラーダの体が下から弾かれたように跳ね上がる。ダウンスーツの背中から血染めの羽毛が噴き出した。ファーガソンは銃を隠し持っていた。腹から撃たれて貫通したのだ。

それでもエストラーダは力を緩めない。彬はウージーでファーガソンを狙う。標的は絶えずエストラーダの陰になる。またしても重くて鈍い射撃音。エストラーダの背中が板ばねのように波打った。それでもエストラーダは力を緩めない。

ファーガソンの四肢が弛緩する。白目を剝いて口から泡を吹く。首がことりと横に倒れる。ファーガソンはもう動かない。

エストラーダはよろよろと立ち上がる。血染めの羽毛が床に落ちる。脇腹を押さえてたたずむエストラーダに駆け寄った。

「大丈夫か？」

「二発食らったが、大したことはない。ここには腕のいい医者が三人いる。それより外はどうなってる」

訊かれて慌てて窓を覗く。集団が二つに分かれている。片方は欧米系の白人。もう片方は東洋系やアフリカ系、連中の勝手な基準でユダヤ系その他に分類された白人たち。

そのグループにナオミがいた。昂然と頭を上げて、卑屈さや怯えを微塵も覗かせず、それでもすでに死を予感したように、肌は血色を失い、瞳は虚ろな光を帯びて悲しげだ。その心を引き裂く恐怖を思った。身を苛む絶望を思った。

頭の血管が吹き飛んだ。怒りが理性を焼き尽くした。敵は十数名で銃がある。戸口を出たとたんに蜂の巣だ。それでも何人かは地獄への道連れにできる。体がぶるぶる震えだす。ナオミを殺そうとするやつは許せない。自分が殺されるまでに、殺せるだけの敵を殺してやる。

そのまま飛び出そうとして辛うじて踏みとどまった。それでは余りにも無駄死にだ。必死で理性を呼び戻す。食堂のなかを見渡した。厨房の裏に戸口がある。そこから出れば敵から死角だ。目で合図する。エストラーダはファーガソンの拳銃を手にして窓辺で援護の姿勢をとる。

彬は裏口から外に出た。ふと頭上を見るとドームのガラス屋根に人影が貼りついている。フェルナンド！　ツインオッターの機内にあった銃をありったけ抱えているようだ。捕虜たちの頭上に向かって這ってゆく。ブラヴォー。いい作戦だ。それならこちらは敵の注意を逸らさなければ――。

いちばん近い敵を狙ってウージーを三連バースト。男の体が跳ね上がり、襤褸屑になって落下する。敵は慌てて散開する。全員の銃口がこちらを向いた。コンテナハウスの角に身を隠す。雷百個分の射撃音。鼻の先に銃弾の壁ができている。それがドームの鋼鉄の壁で弾かれる。銃声と残響で頭の芯が痺れだす。

エストラーダも撃ち始めた。敵の頭が立て続けに二つ砕け散る。彬もフルモードで撃ちまくる。広場の真ん中で仲良く三人が倒れてくれる。敵は動揺し、建物の陰に退避した。さっきの集中砲火でマガジンを撃ち尽くしたのか、反撃もすでに散発的だ。

捕虜たちは犯人側と逆方向に退避した。フェルナンドはじりじりとその頭上に向かう。ドームの上でフェルナンドが立ち上がる。手にしたグロックを亀の甲状のガラスに向ける。その射撃音を掻き消すために彬はウージーをさらに連射した。エストラーダも撃ちまくる。敵も慌てて反撃してくる。

フェルナンドの足元でガラスが割れた。M16とグロックが落ちてくる。頭上の動きに気づいていたのか、隊員が何名か飛び出して、それを拾ってまた物陰に身を隠す。

まもなく隊員たちも攻撃に加わった。三方からの一斉射撃に、敵は乱れてドームの外へ逃げ出した。戦闘経験のない速成兵士らしい。統率を失えば烏合《うごう》の衆だ。ドームの鉄扉が閉じる音がした。敵は厳寒の屋外へ締め出された。

隠れていた捕虜が広場に出てきた。ナオミもヌネスもニールセンも無事だった。緊張と絶望の混合物が溶け去った。唐突に目頭が熱くなり、目の前の光景が涙に滲む。

エストラーダが気になった。食堂へ駆け戻る。エストラーダは血だまりのなかにへたり込んでいた。大丈夫かと訊くと顔を歪めて頷いた。口元に小さな笑みさえ覗かせて。その肩に腕を回して抱擁する。体が震えて止まらない。嗚咽がこみ上げて止まらない。

ナオミを呼ぼうと立ち上がりかけた。そのとき目の前の窓のガラスに人影が映った。心臓が止まりかける。ファーガソン――。

総統のご落胤は想像以上に頑丈な男で、そう簡単には死んでくれないようだった。手にはさっきと別の拳銃がある。彬が殴り倒した男のホルスターが空だった。どうやら間抜けをやらかしたらしい。それも奪っておくべきだった。

ウージーを腰だめに構えて立ち上がる。しかし心臓は恐怖の冷気で氷漬けだ。構えているのは見せかけだけで、マガジンはすでに空なのだ。

「おれの野望を、夢を、台無しにしやがって、東洋のサルめが――」

潰れた喉からファーガソンは声を絞り出す。その指がトリガーにかかる。頭から血の気が引いてゆく。世界から色彩が消えてゆく。自分はこのまま死んでゆく。ナオミもそのあと殺される。最悪の死だ。ただ絶望しかない糞まみれの死だ。

銃声が轟いた。思わず目をつぶる。なにも起きない。音のした方向が違う。慌てて目を開けた。拳銃を構えてエストラーダが身を起こしている。蛇口でもできたようにファーガソンの腹から大量の血が流れ出す。それでもファーガソンは倒れない。エストラーダの銃はスライドが下がったままだ。いまのが最後の一発だったのだ。

血の泡を吹いてファーガソンが哄笑《こうしょう》する。銃口は震えながらエストラーダを捉えている。彬は倒れている男に駆け寄った。ベルトの予備マガジンをウージーの空マガジンと交換する。ファーガソンは見向きもしない。気づかないのか無視しているのか――。

ファーガソンの拳銃が火を噴いた。エストラーダの体がぐらぐら揺れた。彬はファーガソンに向けてウージーを連射した。

フルオートのリズムに合わせてファーガソンは身をくねらせる。その手のなかで拳銃が暴発する。跳弾が床やら壁やらを飛び跳ねる。

側頭部に鉄棒で殴られたようなショックを受けた。めまいと吐き気が襲ってくる。周りの風景がぐるぐる回る。頭のなかでブードゥーの太鼓が鳴り響く。

ファーガソンはよろめきながらまだ立っている。そのシルエットのど真ん中に残りの銃弾を叩き込む。

目の前が暗くなる。熱を帯びていた体が冷えてゆく。命と引き換えに、それでもなにかは成し遂げた。ナオミが微笑んでくれている。ナオミと幸福に暮らす夢をみながら、ゆっくりと地球の中心へ落ちてゆく。

終章

南極点の凪は凪いでいた。

十月も半ばを過ぎて、南半球では季節は春。ツインオッターは群青色《ぐんじょういろ》の南極の空へ舞い上がる。翼を奪われた長い冬がようやく終わった。極点の冬の寒気はそのエンジンを凍てつかせ、羽ばたく自由を奪い続けた。

彬、ナオミ、アイスマン、エストラーダ、フェルナンド、ヌネスの六人は全米科学財団の許可のもとに半年間、極点基地に滞在した。ファーガソンが死んだあの事件のあと、極点の気温はほぼマイナス六〇度以下をキープして、ときにマイナス七〇度を大きく下回った。低温対策を施したツインオッターでも、そこは脱出不可能な場所だった。

全米科学財団の許可は極点基地を救った彬たちへの招待状でもあった。地球上で最も過酷な冬というゴージャスな贈り物は、楽しむというにはほど遠かったが、越冬隊員たちのもてなしは厚かった。

アイスマンは順調に回復した。ニールセンの技量は素晴らしく、動脈が錯綜する部位に残された銃弾をほとんど障害を残さず摘出した。弾道は脳幹をわずかに逸れていて、入射角があとわずか狂えば脳死は免れなかったという。アイスマンは手術後の数週間、深刻な抑鬱状態を呈したが、その後は徐々に快方に向かい、いまではあの個性的な憎まれ口が極点基地の娯楽の一つにさえなっている。

エストラーダは腹部に二発、大腿部に一発銃弾を浴び、うち一発が腸に穴を開けたが、今冬の極点基地の医療チームにかかれば傷とはいえない程度のもので、わずか二週間で強制退院を宣告され、チャーミングなネブラスカ生まれのナースのいる医療センターのベッドから抛り出された。側頭部を銃弾がかすめた彬に至っては、脳波検査で異常がなかった段階で軽傷の宣告を受け、塗り薬をもらっただけで多忙な医療センターから放逐された。

初冬の寒気を突いて飛来した極寒地仕様のＬＣ１３０で、ファーガソン一味の遺体と生存者はいったんマクマード基地へ運ばれて、さらにニュージーランド経由で米本国へ移送された。

グロックナーバレーにいた一味の残留部隊は、もう一機あったイリューシンでフエゴ島の秘密基地へ逃亡を図ったが、着陸したとたんに、待機していたチリ警察特殊部隊に拘束された。あのあとすぐに解放したモラエスと彼の部下たちもそこに含まれていたという。

ジョン・ファーガソンの身元は大きな謎だった。全米科学財団のファイルに記載されているサウス・ダコタ大学のジョン・ファーガソン教授は一昨年死亡していた。隊員として採用されたときのファーガソンの書類は捏造されたものだった。過去に犯歴はなく、指紋からも身元は特定できなかった。いちばん関心が集まったヒトラーのご落胤説は、ヒトラーの遺体が現存しないためDNAによる確認ができない。

退院後のある日、アイスマンはコンセプシオンIの五人組を自宅に招いた。周囲に多大な迷惑をかけた行為について、なんらかの説明が要ると考えた末のことらしい。

フランツ・ロシュマンを殺したのは自分だと彼は言う。彼は早い時期からフランツ・ロシュマンがクラウス・ワイツマンだと知っていた。出どころはのちにギュンターの育ての親となるシュナイダー夫人。気の置けない雑談の場でのことだった。

アイスマン自身はロシュマン家との付き合いはなく、当時の彼には関心のない話題だった。リッテンバウムの手記についてはまだ知らず、クラウス・ワイツマンの数奇な運命についてもむろん知るよしもない。

ところがピノチェトが政権を掌握した七〇年代半ばのある日、ハンス・ハウザーという男が彼のもとを訪れた。持ちかけたのは南極での金鉱探しの話だった。若手実業家として注目されていた彼のもとへは山師の類いがしばしば押しかけた。しかしハウザーは当時の彼が絶大な信頼を置いていたピノチェト将軍の紹介状を持っていた。

案の定、ハウザーの話は眉唾で、ドイツのある軍属から南極に有望な金鉱脈があると聞いた。発見してぜひビジネス化したい。ついては会社を設立するから出資して欲しいというものだった。儲け話を持ちかけて出資だけさせてドロンする——。その手のペテン師は当時も多かった。

ピノチェトの紹介だからむげにもできず、雑談程度は付き合った。そのとき出たのがクラウス・ワイツマンの話で、金鉱脈の鍵を握る人物だと言われ、彼は軽い気持ちでシュナイダー夫人から聞いた話を教えてやった。ハウザーがマルティン・ボルマンだとはつゆ知らず、つい口を滑らせたとアイスマンは慚愧の念を滲ませる。

結局ビジネスの件は断った。その後ハウザーからは音沙汰がなく、ロシュマン夫妻が失踪したときは、アイスマンもコンドルの仕業と信じて疑わなかった。

過ちに気づいたのはピノチェトからハウザーの正体を教えられたときで、ピノチェトはロシュマン夫妻を拉致したのはオデッサだと明言した。そのときのピノチェトの話には信じるに足る信憑性があった。

ワイツマンはユダヤ人だった。ナチスのナンバー2で、亡命後もオデッサの大物として君臨するボルマンが、彼の情報を求める理由がまっとうなはずもない。堪えがたい悔恨が心に棲みついたころ、身近に現れたのがギュンターだった——。

そのあとの話はナオミから聞いていたが、ボルマンとの因縁話は彼女にも初耳のようだった。

彬が見つけたノートはアイスマンが翻訳していた。内容は洞窟の虜囚となって死に至るまでの身辺雑記。淡々とした表現で綴られた記録は、それゆえに凄惨さを際立たせていた。生の可能性を絶たれ、時々刻々の肉体の変化に歩み寄る死を感じとり、なお生の意味を問い、希望について語る、四十五日間の魂の軌跡は読む者の心を揺さぶった。

そこで何度か繰り返されたのが息子ギュンターの面倒をみてくれるアイスマンへの深い感謝の言葉だった。夫妻の拉致へのアイスマンの関与を、彼は終生知らずにいたようだった。

「忙しさにかまけて、ただ相手を煙に巻いて退散させることだけが目的の雑談だった。そんな不埒な思惑のなかで不用意に漏らした話が、気高く勇気ある心の持ち主の人生を破壊した。私のような雑念と妄念の塊がのうのうと生きて、フランツは、クラウス・ワイツマンはあんなふうに死んでいった。その理不尽が私を完膚なきまで叩きのめしたんだ」

アイスマンは目尻に光るものを滲ませた。

そうした日々の記録や論考で埋まるページのなかにときおり挿入される回想を繋ぎ合わせれば、その無垢な魂が歩んだ拉致事件以後の数奇な人生が浮かんでくる。

彼はウルグアイの首都モンテビデオの場末に死体として捨てられ、検死のために運ばれた病院で蘇生した。

拉致から蘇生までの記憶は失われていたが、グロックナーバレーの金鉱についての質問が繰り返された残像だけはいつまでも残っていた。

薬物による自白強要が行なわれたのだろうと彼は想像した。そして仮死状態を死亡と誤診され遺棄された。やったのはオデッサの関係者だという直感も働いた。拉致の一年ほど前から身辺にその影がちらついていた。

しかし仮死状態に陥れるほどの強力な自白剤によっても、ボルマンらに真実は語らなかったと彼は確信していた。化学薬品の力では、心は動かせても魂は動かせない——。それが彼の信念だった。合理的な根拠の有無は別として、事実は彼の言うとおりだった。その後もボルマンはついにグロックナーバレーの真実にはたどり着けなかったのだから。

自分が生きていると知れば、ボルマンは再び同じ行為に及ぶと彼は考えた。高波が何度も襲えばやがて堤防も決壊する。巻き添えになった妻のように、息子のギュンターにまで魔の手が伸びる——。

用いたのはクラウス・ワイツマンからフランツ・ロシュマンに生まれ変わったときと同じ手口だろう。彼はスペインに移住し、スペイン国籍をもつ別人になった。

リッテンバウムや祖父ヘルベルト・ロシュマンの思い出に繋がる彼の第二の人生——その象徴であるフランツ・ロシュマンの名前には愛着があった。新たなスペイン名になかなか馴染めず、衣服の縫い取りや蔵書の記名にその名を記す癖がいまも抜けないとこぼす箇所もある。あの遺体のアノラックにあったネームの縫い取りも、その癖に由来するものだと納得がいった。

どういう伝手を使ってか、一九八〇年に彼はスペインの南極観測チームに参加してパーマーランドに遠征し、以後は個人資格で年一回のペースで南極に旅行したようだった。その際グロックナーバレーに立ち寄ったかどうか、そもそも目的はなんだったのか、ロシュマンは一切触れていない。アイスマンが言う〈サウスポール・ナゲット〉が彼であることの証左もまたどこにも見当たらない。

グロックナーバレーにはもう数メートルの積雪があるという。夏のあいだにその何割かが溶け、また冬に新たな雪が積もり、何十年か後には再び氷雪の谷になる。

アメリカは南極条約脱退の意思を撤回した。アイスマンもまたチリ共和国政府を通じて主張していた採掘権の請求を撤回した。

グロックナーバレーの金鉱脈が商業ベースで採掘されれば、世界経済はメガトン級の衝撃を受けるとの試算もなされた。このためグロックナーバレーの黄金を、今世紀中は採掘禁止とする議定書の策定が、すでに南極条約協議会で提起されている。

ロシュマンが求めた答えはそれかもしれない。巨大な富がこの世界にもたらす災禍を、彼がいちばんよく知っていたのかもしれない。

アイスマンはこの夏、フランツ・ロシュマンの遺体を回収し、プンタアレナスのギュンターの墓の隣に埋葬するという。洞窟に眠るリッテンバウム隊の遺体については、遺族への返還と補償について、アメリカとドイツが水面下で折衝しているという噂も聞いた。

「快調だね、アキラ」

半年ぶりに空を羽ばたくツインオッターの操縦桿を握ってフェルナンドはご機嫌だ。

一昨日から本格的な整備をはじめ、けさこの春の初飛行の許可を出し、テストパイロットにフェルナンドを指名した。空を飛べないことが冬のあいだの彼の最大の不満だった。

雲ひとつない空の下、ひたすら平坦な氷の大地がプラチナの延べ板のように陽光に眩い。二機のプラット&ホイットニーエンジンが奏でるコーラスが春を喜ぶ鳥の声のようにも聞こえてくる。

コンセプシオンIで冬を越したアロンゾと四人の隊員は、きのうチャーターしたセスナ404で極点基地まで飛んできた。半年ぶりの合流だ。あのドロシー・セイヤーも燃料代に自腹を切ってフリーダムヒルから飛んできた。

極点基地の隊員たちは、この日のセレモニーをこの春いちばんのビッグイベントにすると言って、昨晩から準備に余念がない。エストラーダとヌネスは越冬食料の在庫処分を兼ねて、基地のシェフとともにセレモニー後のパーティーの準備に大わらわだ。アイスマンもことのほか上機嫌で、多忙な隊員たちのあいだをからかって回り、大いに顰蹙《ひんしゅく》を買っている。

「アキラ、そろそろ時間じゃないのか」

フェルナンドが時計を指し示す。午後一時三十分を回ったところ。たしかにそろそろだ。花婿だって準備がいらないわけじゃない。

「フェルナンド。操縦を替わろう」

「ラダーの効きが強めだから注意して」

いつもなら渋るフェルナンドが、きょうは機嫌よく操縦権を明け渡す。操縦桿を介して伝わるターボプロップエンジンの小気味よい鼓動を楽しみながら、大きく左にバンクしてダウンウインドに滑り込む。

眼下には見はるかす白銀の氷床。その中心には雪を被った極点基地のドームや付随施設。万国旗に囲まれたセレモニーポールの周りには、こちらに手を振る色とりどりの人群れが見える。コクピットの暖気のなかにナオミの微笑を感じる。風を切る翼の音にナオミの躍る心を感じる。窓外の夢見るような空の青にナオミの深い愛を感じる。

両翼のエンジンと風切り音の三重奏が、希望へのファンファーレのように機内の空気を震わせる。

彬の操るツインオッターは風の回廊を駆け降りる。花嫁が待つ南半球の頂上に向かって――。

解説

茶木《ちゃき》則雄《のりお》（文芸評論家）

冒険小説の王道は秘境にあり、と筆者は考えている。

冒険小説の定義は人によって異なるだろうが、この分野の海外小説の翻訳を数多く手がけてきた鎌田三平《かまたさんぺい》氏は、自ら責任編集した『世界の冒険小説・総解説』（自由国民社）のなかでこう書いている。

「冒険小説とは、主人公が（多くの場合は偶然に）、自分自身から不特定多数の他人にいたるまでの、人間の生命にかかわる、あるいはそれと同程度の危機に遭遇し、自らの力でその危機を克服していく過程を中心に描いた物語である」

鎌田氏の言う「自らの力で」を、「気力、体力、知力の限りを尽くして」と、定義しているのは冒険小説評論の第一人者である北上次郎《きたがみじろう》氏だ。

いずれにせよ、冒険小説がそういう物語であるならば、舞台として最も理想的なのは秘境であろう。なぜなら、秘境の過酷な自然条件は、その場所にいることだけで生命に危険が及ぶと同時に、他人の援助を当てにできないため、「自らの力」で「気力、体力、知力の限りを尽くして」危機を脱しなければならないからである。冒険小説を書く作家にとって魅力的な舞台設定であることは間違いない。

秘境を舞台にした冒険小説は、実際これまでも多く書かれてきた。たとえば、アフリカ大陸の密林を舞台にしたマイクル・クライトン『失われた黄金都市』、アラスカ雪原で繰り広げられる過酷なレースを描いたジョゼ・ジョバンニ『犬橇』、アンデス山中に墜落した飛行機の乗客たちを主人公にしたデズモンド・バグリイ『高い砦』、中部ノルウェーの大山脈群を舞台にしたハモンド・イネス『蒼い氷壁』、極北の孤島を舞台にしたダンカン・カイル『氷原の檻』など、枚挙にいとまがない。だが、秘境中の秘境である南極や北極そのものを舞台にした作品は、ほとんどないと言っていい。北極海を舞台にしたものはアリステア・マクリーンの『女王陛下のユリシーズ号』や『北極戦線』（以上、いずれもハヤカワ文庫）があるが、これはむしろ海洋冒険小説の範疇《はんちゅう》に含まれるものだろう。そもそも大陸ではない北極はともかくとして、南極大陸を舞台にした冒険小説となると、思い浮かぶのはウィリアム・ディートリッヒ『氷の帝国』（徳間文庫）くらいだ。多くのノンフィクションが書かれていることを思うと、意外の感がなくもない。南極を真っ向から取り上げた本書『極点飛行』は、そういう意味で、極めて稀少価値が高い小説であると同時に、冒険小説の王道に挑戦した意欲作と言っていい。

物語は、クリスマスイブのコックピットにはじまる。南極に向かう小型プロペラ機、ツインオッターの操縦桿を握る桐村彬《きりむらあきら》は、航空無線で緊急事態を告げられる。南極基地のひとつコンセプシオンⅠを実質的に所有するチリ国籍の日系人実業家、通称〝アイスマン〟ことリカルド・シラセと隊員の一人が、事故で重傷を負ったというのだ。南極点を経由して、医療施設の充実した南極最大の基地マクマードまで患者を運ぶ困難な仕事を、しぶしぶ引き受けた桐村だったが、途中、国籍不明の飛行機から危険な威嚇攻撃を受ける。

第二次世界大戦中から封印されてきた、謀略と裏切り渦巻く黄金伝説をめぐる死闘は、こうして幕を開ける。

まずはこの冒頭で、いつもながらのことだが、笹本稜平は読み手の心をぐいと摑んでみせる。日本人のパイロットが、なぜ南極で定期飛行に携わっているのか。作者は国内線の副操縦士だった桐村の過去を描きながら、「冒険の対象でもなければ人生の夢を委《ゆだ》ねる場所でもない」南極にいる理由を「手っ取り早く金が稼げる土地であり、いまよりましな人生へのステップボードであるにすぎない」と言いきる彼の乾いた人生観を、浮き彫りにしてみせるのだ。危険を厭《いと》わず、自分の流儀に基づいて仕事をするプロの雇われパイロット——ギャビン・ライアルの傑作航空冒険小説『もっとも危険なゲーム』（ハヤカワ文庫）を彷彿《ほうふつ》させる主人公の設定だ。冒険小説ファンなら思わずニヤリとする出だしである。

また、条約によって領土の請求権を凍結された南極で、なぜ、一実業家が〝実質的に〟と但し書きが付くにせよ基地を〝所有〟できるのか。チリが南極の特定地域に対する主権請求権を放棄していないクレイマントと呼ばれる七ヵ国のひとつであることや、引退した大富豪〝アイスマン〟の奇矯な人間性を描きながら、作者は、南極大陸の過酷な自然条件と地理関係を含めて、読者にこの壮大な冒険物語の骨格を提示していく。

上手いのは、本書の肝とも言える封印された黄金伝説に、巧みな説得力とリアリティを持たせている点だ。莫大な黄金が、なぜ南極大陸に眠っているのか。この謎の核心をスリリングに描くため、第二次世界大戦中のナチス・ドイツの機密作戦に携わった陸軍少佐の手記を、伝説の謎を解き明かす鍵として登場させているのだ。つまりこれによって、説明ではなく描写として、ナチの機密作戦の顚末を活写してみせるのである。しかも、「メモワール」と題されたこの手記そのものが、独立した冒険小説として、抜群に読ませる。読者は、現在進行中のサスペンスフルな冒険行と、過去の凄絶な死地からの脱出行を、同時に楽しめる仕掛けなのである。さらには、数奇な運命を綴ったこの手記は、いくつもの謎を解き明かすが、その解き明かされた謎の向こうから、また新たな謎が提示されるから、堪《たま》らない。

南極探検で諸外国に後《おく》れをとっていたナチス・ドイツが、大戦末期に調査を実施したのは史実として知られているところだが、しかしそれにしても、ここまで途轍《とてつ》もない物語を想像力だけで創り上げる作者の力量には、感服するほかない。

この、一見荒唐無稽なトンデモ話に真実性をもたらしているのは、確かなディテールと堅牢なプロットである。それは手記が書かれた経緯と登場人物との関連性にも見て取れるし、やがて手記を読むことになる桐村との関わりについても言える。政情不安定な南米諸国の歴史と現状を含め、あらゆる面で、作者の目配りが利いている小説と言っていい。

穿《うが》った見方かもしれないが、アイスマンの姪であるナオミと桐村のロマンスでさえも、物語の説得力を増すために生み出されたかのような印象を受ける。いくら金のためとはいえ、またプロのパイロットとしての矜持《きょうじ》を胸に抱いているとはいえ、従軍経験のない一般人が銃器を使った殺戮戦にまで望んで参加するか、という問題である。疑問を払拭《ふっしょく》させているのは、恋情にほかならない。誘拐されたナオミを救出するため、というモチベーションがあるからこそ、読者は納得するのである。このあたりの考え抜かれたプロットは、まったくもって見事の一語に尽きる。

したがって、読んでいて違和感がまったくない。まるで実際に展開されているかのような臨場感と迫真性を、物語に内包しているのである。

とはいえそれは、つねに高い水準をクリアし続ける笹本作品に共通する特長である。格段、強調すべき事柄ではない。ただ、虚構性と真実性をここまで見事に融合させたのは、笹本作品のなかでも本書が一番だと思うが、どうだろう。

強調すべきは、本書が秘境冒険小説と航空冒険小説のテイストを併せ持つだけではなく、さまざまなジャンルの冒険小説の要素を全編にこれでもかと鏤《ちりば》めている点だろう。黄金伝説にまつわる過去には、戦争冒険小説や海洋冒険小説の興趣が感じられるし、ナチスの目を逃れての南極脱出行には、ちょっとした漂流冒険小説の面白さがある。軍や諜報機関が絡む謀略小説の興趣もあれば、山岳冒険小説に近いテイストまでもがある、といった具合だ。かつてこれほど豪華な、総花的冒険小説があっただろうか。しかも、〝秘境〟と〝航空〟という二本柱は揺るぎなく屹立《きつりつ》しているのである。骨は限りなく太い。

著者の冒険小説にはこれまで、山岳冒険小説の『天空への回廊』（光文社文庫）、国際謀略小説の系譜に連なる『フォックス・ストーン』（文春文庫）や『ビッグブラザーを撃て！』（光文社文庫)、『マングースの尻尾』(徳間書店)、第六回大藪春彦賞を受賞した海洋冒険小説『太平洋の薔薇』(光文社文庫)、そして森林冒険小説とでも言うべき『グリズリー』(徳間文庫)とあるが、この『極点飛行』は、笹本冒険小説の集大成にして代表作、と言っても過言ではないだろう。

冒険小説の王道を行く笹本稜平の代表作——どうか存分に堪能《たんのう》していただきたい。

二〇〇五年六月　光文社刊

光文社文庫

長編冒険小説
極《きょく》点《てん》飛《ひ》行《こう》

著者　笹《ささ》本《もと》稜《りよう》平《へい》

2008年2月20日　初版1刷発行

発行者　駒井稔
印刷　堀内印刷
製本　ナショナル製本

発行所　株式会社 光文社
〒112-8011 東京都文京区音羽1-16-6
電話 (03)5395-8149 編集部
8114 販売部
8125 業務部

© Ryōhei Sasamoto 2008
落丁本・乱丁本は業務部にご連絡くだされば、お取替えいたします。
ISBN978-4-334-74376-5　Printed in Japan

R本書の全部または一部を無断で複写複製(コピー)することは、著作権法上での例外を除き、禁じられています。本書からの複写を希望される場合は、日本複写権センター(03-3401-2382)にご連絡ください。

お願い　光文社文庫をお読みになって、いかがでございましたか。「読後の感想」を編集部あてに、ぜひお送りください。

このほか光文社文庫では、どんな本をお読みになりましたか。これから、どういう本をご希望ですか。

どの本も、誤植がないようつとめていますが、もしお気づきの点がございましたら、お教えください。ご職業、ご年齢などもお書きそえいただければ幸いです。当社の規定により本来の目的以外に使用せず、大切に扱わせていただきます。

光文社文庫編集部

光文社文庫　好評既刊

横浜殺人結婚式　斎藤　栄
横浜　死の広場　斎藤　栄
運命岬殺人旅行　斎藤　栄
日美子の公園探偵　斎藤　栄
日本リゾート殺人事件　斎藤　栄
鎌倉NGO紫苑の家　斎藤　栄
軽井沢幻愛の目撃　斎藤　栄
ラナンキュラスの微笑　斎藤　栄
復讐鬼　斎藤　栄
ニューヨークの悪魔　斎藤　栄
信州の鎌倉殺人旅行　斎藤　栄
鎌倉十二神将の誘拐　斎藤　栄
モナリザの微笑　斎藤　純
俳句殺人事件　齋藤愼爾編
短歌殺人事件　齋藤愼爾編
現代詩殺人事件　齋藤愼爾編
遠別少年　坂川栄治

死亡推定時刻　朔　立木
深層　朔　立木
悪魔の階段　笹沢左保
殺したい女　笹沢左保
十九歳の葬式　笹沢左保
ビッグブラザーを撃て！　笹本稜平
天空への回廊　笹本稜平
太平洋の薔薇(上・下)　笹本稜平
ビコーズ　佐藤正午
女について　佐藤正午
スペインの雨　佐藤正午
ジャンプ　佐藤正午
ありのすさび　佐藤正午
彼女について知ることのすべて　佐藤正午
リボルバー　佐藤正午
不可解な使者　佐野　洋
轢き逃げ　佐野　洋

光文社文庫　好評既刊

蟬の誤解　佐野　洋
歩け、歩け　佐野　洋
白い刑事　佐野　洋
わたしの台所　沢村貞子
大学病院が死んだ日　志賀　貢
主治医　志賀　貢
ブルー・ハネムーン　篠田節子
逃避行　篠田節子
猫と魚、あたしと恋　柴田よしき
猫は密室でジャンプする　柴田よしき
猫は聖夜に推理する　柴田よしき
猫はこたつで丸くなる　柴田よしき
猫は引っ越しで顔あらう　柴田よしき
風精の棲む場所　柴田よしき
星の海を君と泳ごう　柴田よしき
時の鐘を君と鳴らそう　柴田よしき
宙の詩を君と謳おう　柴田よしき

寝台特急「はやぶさ」1/60秒の壁　島田荘司
出雲伝説7/8の殺人　島田荘司
北の夕鶴2/3の殺人　島田荘司
消える「水晶特急」　島田荘司
確率2/2の死　島田荘司
Yの構図　島田荘司
展望塔の殺人　島田荘司
灰の迷宮　島田荘司
夜は千の鈴を鳴らす　島田荘司
ら抜き言葉殺人事件　島田荘司
奇想、天を動かす　島田荘司
羽衣伝説の記憶　島田荘司
飛鳥のガラスの靴　島田荘司
幽体離脱殺人事件　島田荘司
涙流れるままに(上・下)　島田荘司
光る鶴　島田荘司
高山殺人行1/2の女　島田荘司